Bram Stoker
Drácula

São Paulo
2023
EXCELSIOR
BOOK ONE

© 2020 by Book One
Todos os direitos reservados e protegidos pela Lei 9.610 de 19/02/1998. Nenhuma parte desta publicação, sem autorização prévia por escrito da editora, poderá ser reproduzida ou transmitida sejam quais forem os meios empregados: eletrônicos, mecânicos, fotográficos, gravação ou quaisquer outros.

1ª reimpressão — 2023

Tradução: **Cássio Yamamura**
Preparação: **Sylvia Skallák**
Revisão: **Tássia Carvalho e Guilherme Summa**
Capa: **Felipe Guerrero**
Arte, projeto gráfico e diagramação: **Francine C. Silva**
Impressão: **Ipsis Gráfica**

Dados Internacionais de Catalogação na Publicação (CIP)
Angélica Ilacqua CRB-8/7057

S883d	Stoker, Bram, 1847-1912
	Drácula / Bram Stoker; tradução de Cássio Yamamura. – São Paulo: Excelsior, 2020.
	368 p.
	ISBN: 978-65-80448-49-4
	Título original: *Dracula*
	1. Ficção irlandesa 2. Vampiros I. Título II. Yamamura, Cássio
20-1945	CDD Ir823

SIGA NAS REDES SOCIAIS:
@editoraexcelsior
@editoraexcelsior
@edexcelsior
@editoraexcelsior

editoraexcelsior.com.br

Diário de Jonathan Harker (taquigrafado)

3 de maio. Bistrița. – Deixei Munique às 8:35 da noite, no dia 1º de maio, chegando a Viena no início da manhã seguinte; deveria ter chegado às 6:46, mas o trem atrasou uma hora. Budapeste parece um lugar maravilhoso, pelo vislumbre que tive no trem e pelo pouco que pude andar pelas ruas. Temia me afastar demais da estação, visto que havíamos chegado atrasados e sairíamos o mais próximo quanto possível do horário correto. A impressão que tive era a de que deixávamos o Ocidente e entrávamos no Oriente; a ponte mais a oeste entre as que se estendiam com esplendor sobre o Danúbio, que aqui é nobre em sua largura e profundidade, nos levou às tradições do regime turco.

Partimos não muito depois e, após o anoitecer, chegamos a Clausemburgo. Ali, parei para passar a noite no Hotel Royale. Comi no jantar – ou, melhor, na ceia – um frango preparado com pimentão vermelho, que era muito bom, mas dava sede (*lembrete:* pedir a receita para dar a Mina). Perguntei ao garçom, que disse que se chamava "paprika hendl" e que, como era um prato nacional, eu conseguiria pedi-lo em qualquer lugar dos Cárpatos. Meu alemão superficial se provou bastante útil por aqui; aliás, não sei se seria capaz de seguir adiante sem ele.

Como tive certo tempo disponível quando em Londres, visitei o Museu Britânico e pesquisei livros e mapas na biblioteca a respeito da Transilvânia;

ocorreu-me que algum conhecimento prévio a respeito do país dificilmente deixaria de ter dada importância ao lidar com um nobre do país em questão. Descobri que o distrito que ele nomeara fica no extremo leste do país, na fronteira de três estados – Transilvânia, Moldávia e Bucovina –, no meio das montanhas dos Cárpatos; uma das porções mais indômitas e desconhecidas da Europa. Não descobri qualquer mapa ou obra que fornecesse a localização exata do Castelo de Drácula, pois ainda não há mapas desse país que se comparem aos nossos mapas da Ordnance Survey; mas descobri que Bistrița, a cidade batizada pelo conde Drácula, é um lugar razoavelmente conhecido. Devo fazer algumas de minhas anotações aqui, visto que elas podem refrescar minha memória quando eu contar sobre minhas viagens a Mina.

Na população da Transilvânia, há quatro nacionalidades distintas: saxões no sul e, misturado com eles, os valáquios, que são descendentes dos dácios; magiares no oeste e os sículos no leste e no norte. Ficarei entre esses últimos, que alegam descender de Átila e dos hunos. Esse talvez seja o caso, pois, quando os magiares conquistaram o país no século xi, encontraram os hunos assentados no território. Li que todas as superstições conhecidas no mundo se reúnem na curva dos Cárpatos como se ela fosse o centro de determinado tipo de redemoinho de imaginação; se for verdade, talvez minha estadia seja bastante interessante (*lembrete:* preciso perguntar ao conde sobre todas elas).

Não tive uma boa noite de sono, embora minha cama fosse confortável o suficiente, pois tive toda sorte de sonho estranho. Havia um cão uivando sob minha janela a noite toda, o que pode ter alguma relação; ou pode ter sido a páprica, pois tive de beber toda a água em minha jarra e ainda assim continuei com sede. Próximo da manhã, caí no sono e fui despertado por batidas contínuas à minha porta, então suponho que nesse momento eu dormi bem. No desjejum, comi mais páprica e uma espécie de mingau de farinha de milho que chamaram de "mămăligă", além de berinjela recheada com carne, uma iguaria que chamaram de "impletata" (*lembrete:* também obter a receita para esse prato). Tive de comer o desjejum às pressas, visto que o trem partia pouco antes das oito – ou melhor, deveria ter partido, pois, depois que cheguei à estação, às 7:30, precisei aguardar sentado no vagão por pouco mais de uma hora antes que começássemos a andar. Parece-me que quanto mais para o leste se vai, menos pontuais são os trens. Como será que eles são na China?

O dia todo parecíamos nos demorar em um país cheio de beleza de todo tipo. Às vezes, víamos cidades ou castelos pequenos no topo de colinas íngremes como os que vemos nos missais antigos; algumas vezes, passamos por rios e córregos cujas margens pedregosas pareciam ficar sujeitas a grandes enchentes em ambos os lados. É preciso muita água, e uma corrente muito forte, para varrer toda e qualquer vegetação da beira do rio. Em todas as estações havia grupos de pessoas, às vezes multidões, com toda sorte de vestes. Algumas eram apenas como os camponeses da minha terra ou como os que vi na França e na Alemanha, com jaquetas curtas, chapéus redondos e calças feitas em casa; mas outras eram bastante pitorescas. As mulheres tinham uma aparência bonita – exceto quando vistas de perto –, mas quadris muito brutos. Todas vestiam mangas brancas de um tipo ou de outro e a maioria usava cintos grandes com várias tiras feitas de algo que flutuava feito vestidos de balé – mas, claro, havia anáguas por baixo. Os mais estranhos que vimos foram os eslováquios, que eram mais bárbaros do que os demais, com seus grandes chapéus de vaqueiro, calças largas de cor branca encardida, camisas de linho brancas e cintos de couro pesados e enormes, com quase trinta centímetros de largura e reforçados com tachas de latão por toda parte. Eles usavam botas de cano alto, enfiando as calças dentro delas, e tinham cabelos negros longos e bigodes negros cheios. Eram bastante pitorescos, mas não pareciam muito cativantes. Se colocados em um palco, seriam prontamente identificados como um bando de salteadores orientais. Porém, me disseram que eles são bastante inofensivos e um tanto incapazes de se impor naturalmente.

A noite acabava de cair quando chegamos a Bistrița, que é um lugar antigo e deveras interessante. Fica praticamente na fronteira – o Passo de Borgo leva daqui a Bucovina – e é um lugar de existência bastante tempestuosa, e sem dúvida há marcas disso. Cinquenta anos atrás, uma série de grandes incêndios ocorreu, causando um estrago terrível em cinco ocasiões diferentes. Bem no início do século XVII, a cidade foi submetida a um cerco e perdeu treze mil pessoas, com fome e doenças somando-se às baixas de guerra em si.

O conde Drácula me orientou para que eu fosse ao hotel Golden Krone, que descobri, para meu agrado, ser amplamente antiquado, pois é claro que eu queria ver tudo o que pudesse a respeito dos costumes do país. É evidente que eu era esperado, pois, quando me aproximei da porta, deparei-me com uma senhora de idade e de aparência alegre vestindo roupas típicas de camponesa: anágua branca com um avental longo duplo – na frente e atrás – de aspecto colorido, amarrado um pouco mais justo do que o decoro ditaria. Quando me aproximei, ela se curvou e disse:

– É o *Herr* inglês?
– Sim – falei. – Jonathan Harker.

Ela sorriu, e passou um recado a um senhor com camisa de mangas brancas que a seguira até a porta. Ele se retirou, mas voltou logo em seguida com uma carta:

Caro amigo,

Bem-vindo aos Cárpatos. Aguardo ansiosamente por sua presença. Durma bem esta noite. Às três horas do dia de amanhã, a diligência partirá para Bucovina; há um lugar nela reservado a vossa mercê. No Passo de Borgo, minha carruagem há de aguardá-lo e de trazê-lo a mim. Espero que sua viagem de Londres até aqui tenha sido agradável e que vossa mercê aproveite sua estadia em meu belo país.

Seu amigo,
Drácula

4 de maio. – Descobri que o senhorio recebera uma carta do conde, orientando-o a reservar o melhor lugar no coche para mim; mas, ao fazer perguntas a respeito dos detalhes, ele parecia um tanto reticente, fingindo não conseguir entender meu alemão. Não podia ser verdade, pois, até então, ele entendera tudo perfeitamente; no mínimo, respondera minhas perguntas exatamente como se tivesse entendido. Ele e sua esposa, a senhora que me recebera, entreolharam-se de um modo apavorado. Ele balbuciou que o dinheiro havia sido enviado em uma carta e que isso era tudo o que sabia. Quando perguntei a ele se conhecia o conde Drácula, e se podia me contar algo a respeito de seu castelo, tanto ele como a esposa fizeram o sinal da cruz e, alegando não saber absolutamente nada, simplesmente recusaram-se a falar mais. Isso ocorreu tão próximo ao horário de partida que não tive tempo de indagar mais ninguém, porque era tudo muito misterioso e nada agradável.

Pouco antes de eu partir, a senhora idosa veio até meu quarto e disse, bastante histérica:

– Vossa mercê precisa mesmo ir? Oh, jovem *Herr*, precisa mesmo ir? – Ela estava em um estado tão agitado que parecia ter perdido o domínio sobre o alemão que sabia falar e o misturou com outra língua que eu desconhecia totalmente. Só consegui entendê-la depois de fazer muitas perguntas. Quando disse a ela que precisava partir de imediato, e que tinha negócios importantes a tratar, ela voltou a perguntar:

– Vossa mercê sabe que dia é hoje?

Respondi que era dia 4 de maio. Ela balançou a cabeça e disse novamente.

– Ah, sim! Isso eu sei. Isso eu sei, mas sabe que dia é hoje?

Ao dizer que não entendia, ela prosseguiu:

– É a véspera do Dia de São Jorge. Não sabe que esta noite, quando o relógio marcar meia-noite, todas as coisas ruins do mundo terão total influência? Sabe aonde está indo, ao encontro de que está indo? – Ela estava tão claramente incomodada que tentei reconfortá-la, mas sem sucesso. Por fim, ela ficou de joelhos e implorou para que eu não fosse embora; para que eu ao menos esperasse um ou dois dias antes de partir. Era uma situação bastante ridícula, mas não me senti confortável. Contudo, havia negócios a tratar e eu não podia permitir que nada interferisse nisso. Portanto, tentei fazer com que ela se levantasse e falei, com a maior solenidade de que conseguia dispor, que agradecia, mas que meu dever era imperativo e que eu precisava ir. Então, ela levantou-se, enxugou os olhos e, pegando um crucifixo em seu pescoço, ofereceu-o a mim. Não sabia o que fazer, visto que, como membro da Igreja da Inglaterra, fui ensinado a considerar esse tipo de coisa uma forma de idolatria e, no entanto, parecia tão rude recusar a oferta de uma idosa tão bem-intencionada e nesse estado emocional. Ela viu, imagino, a dúvida em meu rosto, pois colocou o rosário no meu pescoço e disse: – Por sua mãe. – Depois, saiu do quarto. Escrevo este trecho do diário enquanto aguardo pelo coche, que está, é claro, atrasado; e o crucifixo ainda está em meu pescoço. Se foi o medo da senhora de idade, as várias tradições fantasmagóricas desta região ou o próprio crucifixo, não sei, mas não estou com a mente tão tranquila quanto de costume. Se este livro algum dia chegar a Mina antes de mim, que traga minha despedida. Aí vem o coche!

5 de maio. O Castelo. – O cinza da manhã havia sumido e o sol estava sobre o horizonte distante, que parece serrilhado – se é por causa de árvores ou de montanhas, eu não sei, pois ele está tão distante que as coisas grandes e as pequenas misturam-se. Não estou com sono e, como foi orientado que não me chamassem até que eu acorde, naturalmente escreverei até que o sono chegue. Há muitas coisas estranhas para registrar, e, antes que algum leitor desses registros imagine que tive um jantar generoso demais antes de sair de Bistrița, deixe-me dizer exatamente o que comi. Jantei o que eles chamavam de "carne de ladrão": pedaços de toucinho, cebola e carne bovina, temperados com pimentão vermelho, colocados em um espeto e assados no fogo, no estilo simples da carne para gato que temos em Londres! O vinho era o Golden Mediasch, que produz uma ardência insólita na língua que, porém, não era desagradável. Bebi apenas duas taças dele e mais nada.

Quando cheguei ao coche, o condutor não estava em seu lugar, e o vi conversando com a senhoria. Era evidente que estavam falando de mim, pois de vez em quando me olhavam e algumas das pessoas sentadas ao banco próximo à porta – que eles chamam de uma palavra cujo significado é "portador de conversa" – aproximaram-se e escutaram a conversa, depois fitaram a mim, a maior parte delas com piedade. Ouvi várias palavras serem repetidas; palavras estranhas, pois havia diversas nacionalidades na multidão. Então, peguei discretamente meu dicionário poliglota na bolsa e as consultei. Devo dizer que não foram animadoras, pois em meio a elas constavam "Ordog" – Satã –, "pokol" – inferno –, "stregoica" – bruxa –, "vrolok" e "vlkoslak" – ambas com o mesmo significado, uma em eslovaco e a outra em sérvio, para descrever algo que seria ou lobisomem, ou vampiro. (*Lembrete:* preciso perguntar ao conde a respeito dessas superstições.)

Quando partimos, a multidão à porta da pousada, que a essa altura havia ficado consideravelmente numerosa, fez o sinal da cruz e apontou dois dedos na minha direção. Com certa dificuldade, convenci um passageiro a me dizer o significado do gesto; ele não me respondeu de início, mas, ao descobrir que eu era inglês, explicou ser uma simpatia contra mau-olhado. Não foi muito agradável, considerando que estava indo a um lugar desconhecido a fim de me encontrar com um homem desconhecido; mas todos pareciam tão gentis, tão tristes e tão compreensivos que não pude deixar de me emocionar. Jamais esquecerei o último vislumbre que tive da entrada do hotel e de suas figuras pitorescas, todos fazendo o sinal da cruz sob a arcada larga, tendo em seu plano de fundo a folhagem rica de oleandros e laranjeiras em vasos verdes apinhados no centro do jardim. Então, nosso cocheiro, cujas ceroulas largas ocupavam o assento frontal inteiro – "gotza" é como chamam –, açoitou os quatros cavalos pequenos com seu grande chicote, os quais correram emparelhados, e nossa viagem começou.

Logo perdi de vista e esqueci os temores fantasmagóricos em meio à beleza da paisagem conforme avançávamos, embora, se eu soubesse a língua – ou melhor, línguas – que os outros passageiros falavam, talvez não conseguisse deixá-los de lado com tanta facilidade. Diante de nós havia um terreno verde e inclinado repleto de florestas e bosques, com colinas íngremes aqui e acolá, coroadas com arvoredos ou casas de campo cujas empenas de telhado ficavam voltadas para a estrada. Havia por toda parte uma quantidade espantosa de frutos: maçãs, ameixas, peras, cerejas; e, à medida que passávamos, eu conseguia enxergar a grama verde sob as árvores coberta de pétalas caídas. Entrando e saindo do espaço entre as colinas verdes desse lugar aqui chamado "Mittel Land" corria a estrada, que se perdia de vista ao contornar curvas gramadas ou se deixar ocultar pelas fronteiras irregulares das florestas de pinheiro, que vez ou outra desciam pelas encostas como labaredas. A estrada era acidentada, mas ainda assim parecíamos deslizar por ela com pressa febril. Não tinha como entender naquele momento o significado da pressa, mas o condutor claramente estava decidido em não perder tempo para chegar a Borgóprund. Disseram-me que essa estrada no verão é excelente, mas que ainda não havia recebido manutenção depois do inverno e da neve. Nesse quesito, era diferente da maioria das estradas dos Cárpatos, pois era uma antiga tradição que elas não fossem tão bem-cuidadas. Desde antigamente, os hospodares não executavam a manutenção delas, em busca de evitar que os turcos pensassem que estavam se preparando para trazer tropas estrangeiras, de modo a acelerar a guerra que, na verdade, sempre estava engatilhada.

Para além das colinas verdes e elevadas da Mittel Land erguiam-se potentes encostas florestadas até as escarpas imponentes dos próprios Cárpatos. À nossa direita e esquerda elevavam-se, com o sol da tarde mergulhando por completo atrás deles e trazendo todas as cores gloriosas dessa bela cordilheira: azul e roxo profundos nas sombras dos picos, verde e marrom onde grama e rocha encontravam-se; além de exibir uma perspectiva de rochas dentadas e penhascos pontudos até que mesmo esses sumissem à distância, onde os picos nevados se erguiam com grandeza. Aqui e acolá apareciam enormes fendas na montanha, pelas quais, enquanto o sol começava a se pôr, víamos de vez em quando o brilho branco de quedas-d'água. Um dos meus colegas de viagem tocou meu braço enquanto contornávamos a base de uma colina e ganhávamos vista para o pico de uma montanha, enorme e coberto de neve, o qual, conforme serpenteávamos pela estrada, parecia estar bem à nossa frente.

– Veja! *Isten szek*! O assento de Deus! – E ele fez o sinal da cruz, com reverência.

Enquanto percorríamos a estrada sinuosa e sem-fim, e o sol baixava cada vez mais atrás de nós, as sombras no anoitecer começaram a rastejar ao nosso redor. Isso foi enfatizado pelo fato de o topo nevado da montanha ainda conter o pôr do sol, aparentando emitir um brilho rosa frio e delicado. Aqui e acolá passávamos por tchecos e eslovacos, todos com roupas pitorescas, mas notei que o bócio é terrivelmente alastrado. À beira da estrada, havia muitas cruzes e, quando passávamos por elas, todos os outros passageiros faziam o sinal da cruz. De vez em quando, havia um camponês ou camponesa de joelhos diante de um santuário; eles nem sequer se viravam quando nos aproximávamos, parecendo que, entregues à devoção, não tinham olhos ou orelhas para o mundo exterior. Havia muitas coisas novas para mim: por exemplo, os montes de feno nas árvores, e aqui e ali belos agrupamentos de bétulas, cujos caules brancos brilhavam como prata por trás do verde delicado das folhas.

De vez em quando passávamos por um *leiter-wagon* – a carroça de camponês comum – com uma vértebra longa e serpentiforme, calculada para se adequar às irregularidades da estrada. No veículo, sempre vinha sentado um grupo de camponeses voltando para casa; os tchecos com suas peles de cordeiro brancas e os eslovacos com coloridas, esses últimos carregando como lanças de montaria cajados longos com um machado na ponta. Ao passo que a noite caía, começou a ficar bastante frio, e o crescente crepúsculo parecia fundir em um enevoamento único à escuridão das árvores – carvalhos, faias e pinheiros –, embora nos vales que passávamos entre os altos das colinas, enquanto subíamos pelo Passo, abetos escuros se destacassem vez ou outra em contraposição ao fundo de neve ainda por derreter. Às vezes, quando a estrada era cruzada por florestas de pinheiros que, na escuridão, pareciam se fechar ao nosso redor, enormes massas acinzentadas, que cobriam as árvores em uma parte ou outra, criavam um efeito peculiar, estranho e solene. Esse efeito deu continuidade aos pensamentos e às conjecturas soturnas germinadas anteriormente naquela noite, quando o pôr do sol projetou as nuvens fantasmáticas em um alto-relevo estranho que, em meio aos Cárpatos, pareciam serpentear indefinidamente ao longo dos vales. Às vezes, as colinas eram tão íngremes que, apesar da pressa de nosso cocheiro, os cavalos só eram capazes de avançar a passo de estrada. Eu queria descer e caminhar por elas, como fazemos em minha terra, mas o cocheiro não deu ouvidos.

– Não, não – ele disse. – Vossa mercê não pode caminhar por aqui; os cães são muito ferozes. – Em seguida, acrescentou, com o que claramente almejou ser um gracejo macabro, visto que olhou ao redor para contemplar o sorriso de aprovação dos demais. – E vossa mercê já terá que lidar bastante com isso antes de ir dormir. – A única parada que ele se dispôs a fazer foi um intervalo rápido para acender suas lâmpadas.

Quando escureceu, parecia haver certa agitação entre os passageiros, que constantemente falavam com o condutor, um após o outro, como se lhe pedissem para aumentar a velocidade. Ele açoitou os cavalos sem piedade com seu longo chicote e com gritos desvairados de incentivo para que se esforçassem mais. Então, através da escuridão, eu conseguia enxergar algo como um fragmento de luz cinzenta à nossa frente, como se houvesse uma fissura nas colinas. A agitação dos passageiros aumentou; o coche desvairado agitava-se sobre as grandes molas de couro e oscilava como um barco jogado a uma tempestade marinha. Tive de me segurar. A estrada começou a se nivelar e parecemos voar pelo trajeto. Em seguida, as montanhas pareciam se aproximar de nós por ambos os lados e se fechar ao redor; entrávamos no Passo de Borgo. Um a um, vários dos passageiros me ofereceram presentes, insistindo com tanta sinceridade para que eu os aceitasse que não havia como recusar; eram sem dúvida uma sorte estranha e variada, mas, cada um deles foi dado de pura boa-fé, com palavras gentis, bênçãos e uma estranha combinação de movimentos indicativos de medo que eu vira do lado externo do hotel em Bistrița: o sinal da cruz e a simpatia contra mau-olhado. Então, conforme corríamos pela estrada, o condutor curvou-se para a frente, e os passageiros em cada lado, esticando os pescoços pela beirada do coche, fitaram a escuridão com avidez. Era evidente que algo muito emocionante acontecia ou era esperado, mas, embora eu tenha perguntado a todos os passageiros, nenhum deles me deu a menor explicação. Esse estado de agitação perdurou por mais um tempo. Nuvens escuras rolavam acima de nós e no ar pairava a sensação pesada e opressiva de trovoadas iminentes. Parecia que a cordilheira havia dividido a atmosfera em duas e que agora havíamos chegado ao lado trovejante. Naquele momento, o que eu fazia era procurar o veículo que me levaria ao conde. A todo momento eu esperava ver o brilho de lâmpadas cortar a pretidão, mas tudo estava escuro. A única luz eram os raios tremeluzentes de nossas próprias lâmpadas, sobre as quais as baforadas dos cavalos em cavalgada intensa subiam na forma de luz branca. Podíamos ver agora a estrada de areia branca à frente, mas nela não havia sinal de qualquer veículo. Os passageiros reclinaram-se com um suspiro aliviado que parecia zombar de minha decepção. Já pensava qual era a melhor coisa a se fazer quando o cocheiro, consultando o relógio, disse aos outros algo que mal pude ouvir, pois foi dito com tamanha discrição e em tom muito baixo; achei ter sido "uma hora adiantado". Então, virando-se para mim, disse em um alemão pior do que o meu:

– Não há carruagem aqui. Não há ninguém a espera do *Herr*, afinal. Ele agora irá até Bucovina e voltará amanhã ou depois de amanhã; melhor que seja depois de amanhã.

Enquanto falava, os cavalos começaram a relinchar, bufar e se agitar freneticamente, de modo que o cocheiro teve de segurar firme as rédeas. Então, em meio ao coro de gritos dos camponeses e um sinal da cruz feito por todos eles, uma caleche com quatro cavalos chegou por trás, nos ultrapassou e parou ao lado do coche. Eu conseguia ver pela luz de nossas lâmpadas, conforme a iluminação chegava a eles, que os cavalos eram da cor do carvão, sendo animais esplêndidos. Eram conduzidos por um homem alto de barba marrom e longa e um grande chapéu negro, que parecia ocultar de nós o seu rosto. Tudo o que pude ver foi o brilho de um par de olhos bastante reluzentes, que pareciam vermelhos sob a luz da lâmpada, enquanto ele se virava para ficar frente a frente conosco. Ele falou ao condutor:

– Está adiantado hoje, caro amigo.

O homem balbuciou em resposta:

– O *Herr* inglês tinha pressa.

Nisso, o estranho respondeu:

– É por isso, suponho, que vossa mercê queria que ele fosse para Bucovina. Não pode me enganar, caro amigo; sei até demais, e meus cavalos são ligeiros. – Ele sorria ao falar, e a luz das lâmpadas recaiu sobre uma boca de aparência rija, com lábios bem avermelhados e dentes que pareciam afiados, além de serem brancos como marfim. Um de meus companheiros sussurrou ao outro o verso de "Lenore", de Bürger:

– *Denn die Todten reiten schnell.* (– *Pois os mortos cavalgam rápido.*)

O condutor estranho claramente ouviu as palavras, pois levantou o rosto com um sorriso cintilante. O passageiro desviou o olhar, ao mesmo tempo estendendo os dois dedos e fazendo o sinal da cruz.

– Dê-me a bagagem do *Herr* – disse o condutor; e com uma prontidão alarmante minhas malas foram entregues e colocadas na caleche. Então, desci pela lateral do coche, já que a caleche estava bem ao lado, e o condutor me ofereceu a mão, que agarrou meu braço com uma firmeza de aço; sua força devia ser formidável. Sem dizer uma palavra, ele agitou as rédeas, os cavalos se viraram e nós fomos levados pela escuridão do Passo. Ao olhar para trás, vi o ar expirado pelos cavalos do coche e iluminado pela luz das lâmpadas; projetadas nele estavam as silhuetas de meus não mais companheiros fazendo o sinal da cruz. Então, o cocheiro estalou seu chicote e lá se foram para Bucovina. Enquanto eles mergulhavam na escuridão, senti um arrepio estranho e um sentimento solitário acometeu-me; mas uma capa foi colocada sobre meus ombros, e uma manta em meus joelhos, e o condutor disse em um alemão impecável:

– A noite está fria, meu *Herr*, e meu mestre, o conde, ordenou que eu cuidasse muito bem de vossa mercê. Há um frasco de slivovitz [o equivalente do país a um conhaque de ameixa] debaixo do assento, caso deseje.
– Não bebi, mas foi reconfortante saber que ele estava sempre ali. Senti um estranhamento, e mais do que um medo ligeiro. Creio que, se houvesse surgido qualquer alternativa, eu deveria ter optado por ela, em vez de prosseguir naquela jornada noturna desconhecida. A carruagem seguiu um ritmo forte em linha reta; em seguida, mudamos completamente de direção e seguimos por outra estrada reta. Parecia-me que estávamos apenas passando pelo mesmo trecho vezes sem conta; então, registrei mentalmente um detalhe mais destacado e descobri que esse era o caso. Gostaria de ter perguntado ao condutor o significado disso, mas tinha muito receio de fazê--lo, pois considerei que, na posição em que me encontrava, qualquer objeção teria efeito nulo caso houvesse um atraso intencional. Depois de um tempo, porém, como estava curioso em relação à passagem do tempo, acendi um fósforo e, com sua chama, olhei para meu relógio: estava a poucos minutos da meia-noite. Isso me trouxe certo choque, pois suponho que a superstição generalizada a respeito da meia-noite fora ampliada por minhas experiências recentes. Aguardei com uma sensação de suspense nauseante.

Então, um cão começou a uivar em algum lugar distante numa residência rural ao longo da estrada – uma lamúria agoniada, como se tivesse medo. O som foi adotado por outro cão, e por um terceiro e mais um, até que, carregado pelo vento que agora soprava suave pelo Passo, um uivo desvairado começou, parecendo vir de toda a região, de tão longe quanto a imaginação era capaz de conceber através da escuridão da noite. Ao primeiro uivo, os cavalos começaram a se debater e a empinar, mas o condutor falou com eles de maneira apaziguadora e eles se acalmaram, mas tremiam e suavam como se tivessem acabado de fugir de um susto repentino. Então, à distância, nas montanhas em ambos os lados, iniciou-se um uivo de som mais alto e mais nítido – de lobos – que afetou os cavalos na mesma medida que afetou a mim mesmo, pois pensei em saltar da caleche e correr, ao passo que os cavalos se debateram outra vez e avançaram descontroladamente, de modo que o condutor teve de usar toda a sua força notável para evitar que saíssem em disparada. Em poucos minutos, porém, minhas orelhas se acostumaram ao som, e os cavalos se acalmaram o suficiente para que o condutor pudesse descer e ficar de frente para eles. Ele os acariciou e os reconfortou, além de sussurrar algo em suas orelhas, como ouvi dizer que domadores de cavalos fazem, e obteve um resultado extraordinário, pois sob suas carícias eles voltaram a ficar controláveis, embora ainda tremendo. O condutor voltou a seu assento e, agitando as rédeas, partiu com um ritmo intenso. Dessa vez, após chegar ao ponto mais distante do Passo, ele de repente fez uma curva fechada em uma estrada estreita que seguia para a direita.

Logo ficamos cercados por árvores, que às vezes criavam um arco sobre a estrada em que passávamos como se adentrando um túnel; e novamente rochedos enormes e sombrios nos vigiavam com imponência em ambos os lados. Mesmo abrigados, conseguíamos escutar o vento crescente, pois suas lamúrias e assovios perpassavam as rochas, e os ramos das árvores iam de encontro uns aos outros enquanto seguíamos. Ficou cada vez mais frio e uma neve fina como poeira começou a cair, de modo que, pouco tempo depois, nós, bem como tudo ao nosso redor, estávamos cobertos por um manto branco. O vento agudo ainda trazia o uivo dos cães, embora ficassem mais fracos à medida que avançávamos no trajeto. Os urros dos lobos soavam cada vez mais próximos, como se nos cercassem por todos os lados. Fiquei terrivelmente apreensivo, e os cavalos partilhavam de meu medo. O condutor, porém, não estava nem um pouco perturbado e continuava virando a cabeça de um lado para o outro, ao passo que eu não conseguia enxergar nada além da escuridão.

De repente, à distância e do lado esquerdo, vislumbrei uma chama azul fraca tremeluzindo. O condutor a viu na mesma hora; ele parou os cavalos de imediato e, saltando para o chão, sumiu no escuro. Eu não soube o que fazer, e menos ainda à medida que o uivo dos lobos parecia se aproximar; mas, enquanto eu ponderava, o condutor reapareceu de repente e, sem se pronunciar, tomou seu assento e deu continuidade à viagem. Creio que devo ter caído no sono e sonhado várias vezes com o incidente, pois ele parecia se repetir indefinidamente e, agora, em retrospecto, é como um pesadelo horrível. Em um momento, a chama parecia tão próxima da estrada que, mesmo rodeado pelas trevas, eu conseguia ver os movimentos do condutor. Ele foi com rapidez para o lugar de origem das chamas – elas deveriam estar bem fracas, pois não pareciam iluminar nem um pouco as imediações – e, juntando algumas pedras, formou um padrão com elas. Por um momento, surgiu um estranho efeito ótico: quando estava entre mim e a chama, ele não a obstruiu, de modo que continuei enxergando inteiramente seu tremeluzir fantasmagórico. Isso me assustou, mas, como o efeito era apenas temporário, considerei que meus olhos me enganavam, interpretando a escuridão. Então, por um período não houve chamas azuis e seguimos em alta velocidade pelas trevas, com o uivo de lobos ao redor, como se eles nos acompanhassem tal qual um círculo em movimento.

Finalmente chegou um momento no qual o condutor distanciou-se como nunca havia feito antes e, durante sua ausência, os cavalos começaram a tremer como nunca, a bufar e relinchar de pavor. Eu não conseguia ver nenhum motivo para isso, pois o uivo dos lobos havia cessado por completo. Mas bem naquele momento, a lua, navegando por nuvens negras, surgiu atrás do topo serrilhado de um rochedo saliente coberto de pinheiros e, com sua luz, vi ao nosso redor um anel de lobos, com dentes brancos e línguas vermelhas expostas; com membros longos e vigorosos e pelos desgrenhados. Eles eram cem vezes mais aterrorizantes no silêncio sombrio que os circundava do que quando uivavam. Pessoalmente, senti algo similar a uma paralisia de medo. É somente quando uma pessoa se vê frente a frente com horrores desse tipo que ela entende o peso real deles.

Em sincronia, os lobos começaram seus uivos como se a luz da lua tivesse um efeito peculiar sobre eles. Os cavalos saltaram e empinaram, e perscrutavam desamparados ao redor com olhos que se reviraram de um modo angustiante de se ver; mas o anel vivo de terror os envolvia por todos os lados e eles eram obrigados a permanecer dentro dele. Chamei o cocheiro para que ele voltasse, pois me parecia que nossa única chance consistia em tentar romper o anel e ajudá-lo a se aproximar. Gritei e bati na lateral da caleche, esperando com o barulho assustar os lobos daquele lado, de modo a lhe dar uma oportunidade de adentrar a emboscada. Como ele chegou lá, eu não sei, mas ouvi sua voz elevar-se para um tom de ordem imperiosa e, ao fitar na direção do som, vi-o parado na estrada. Ao mexer seus braços longos, como se tirasse do caminho algum obstáculo impalpável, os lobos recuaram cada vez mais. Nesse momento, uma nuvem densa cobriu a face da lua, então retornamos novamente à escuridão.

Quando pude enxergar de novo, o condutor subia na caleche e os lobos haviam desaparecido. Era tudo tão estranho e insólito que fui acometido por um medo terrível e temia falar ou me mexer. A passagem do tempo parecia interminável conforme seguíamos o caminho, agora em escuridão quase completa, já que as nuvens em movimento obscureciam a lua. Continuamos subindo, com períodos ocasionais de descidas breves, mas na maior parte sempre subindo. De repente, me dei conta do fato de que o condutor levava os cavalos ao pátio de um enorme castelo em ruínas, cujas janelas altas e negras não permitiam a entrada de um raio de luz sequer e cujas ameias danificadas cravavam uma linha serrilhada contra o céu iluminado pelo luar.

II

Diário de Jonathan Harker (cont.)

5 de maio. – Devo ter caído no sono, pois com certeza, se estivesse plenamente desperto, teria notado que nos aproximávamos de um lugar tão notável. No escuro, o pátio parecia ter um tamanho considerável e, como várias passagens saíam dele sob grandes arcos redondos, talvez parecesse maior do que realmente era. Ainda não tive oportunidade de vê-lo à luz do sol.

Quando a caleche parou, o condutor desceu num pulo e estendeu a mão para me ajudar a descer. Não tive como deixar de notar mais uma vez sua força prodigiosa. Sua mão parecia efetivamente uma morsa de aço que poderia ter esmagado minha mão se assim desejasse. Em seguida, ele pegou meus pertences e os colocou no chão ao meu lado enquanto eu ficava em frente a uma enorme porta antiga, reforçada com pregos de ferro grandes e encaixada no vão saliente de pedras gigantescas. Mesmo na penumbra eu conseguia ver que a rocha fora rigorosamente esculpida, mas que o trabalho havia sido bastante desgastado pelos anos e pelo céu. Enquanto aguardava, o condutor subiu novamente em seu assento e agitou as rédeas; os cavalos começaram a andar e o veículo e tudo mais desapareceu por uma das aberturas escuras.

Fiquei em silêncio onde estava, pois não sabia o que fazer. De sino ou aldrava não havia sinal; por essas paredes sombrias e vãos de janela escuros minha voz dificilmente passaria. O tempo que esperei pareceu infinito, e senti dúvidas e temores se acumulando dentro de mim. Em que tipo de lugar encontrava-me, e em meio a que tipo de gente? Em que tipo de aventura lúgubre eu embarcara? Será que era um incidente comum na vida de um auxiliar de advogado enviado para explicar a compra de uma propriedade londrina a um estrangeiro? Auxiliar de advogado! Mina não gostaria de ouvir isso. O certo é "advogado", pois, pouco antes de partir de Londres, soube que fui aprovado no exame e agora sou efetivamente um advogado! Comecei a esfregar os olhos e a me beliscar para confirmar se estava acordado. Parecia-me tudo um pesadelo horrível, e eu esperava em dado momento acordar de repente e descobrir que estava em casa, com o amanhecer entrando aos poucos pelas janelas, como eu de vez em quando me sentia de manhã após trabalhar demais no dia anterior. Mas minha carne reagiu ao teste do beliscão e meus olhos não se enganavam. Eu estava mesmo desperto e em meio aos Cárpatos. Tudo o que podia fazer agora era ser paciente e aguardar a chegada do amanhecer.

Assim que cheguei a tal conclusão, ouvi passos pesados aproximando-se atrás da porta colossal, e enxerguei através de fissuras o brilho de uma luz iminente. Em seguida, houve o som de correntes se agitando e tinidos de trancas enormes sendo puxadas. Uma chave virou-se com o rangido alto do desuso prolongado, e a grande porta abriu para dentro.

Em seu interior, havia um senhor de idade alto, com barba feita à exceção de um longo bigode branco, e trajando preto da cabeça aos pés, sem qualquer traço de cor em algum lugar de si. Ele segurava em sua mão uma lamparina de prata antiga, na qual a chama queimava sem qualquer tipo de chaminé ou globo, lançando sombras longas e onduladas ao tremeluzir diante do sopro da porta aberta. Com sua mão direita, o homem gesticulou de modo cortês para que eu entrasse, dizendo em ótimo inglês, mas com uma entonação estranha:

– Bem-vindo a meu lar! Entre por livre e espontânea vontade! – Ele não deu sinal de que viria encontrar-se comigo, e em vez disso ficou parado feito uma estátua, como se seu gesto de boas-vindas o tivesse fixado em estado pétreo. No instante, porém, que cruzei o limiar, ele moveu-se para frente num impulso e, estendendo a mão, pegou a minha com uma força que me fez encolher, um efeito que não foi atenuado pelo fato de que ela parecia tão fria quanto o gelo, mais parecida com a mão de um defunto do que a de um homem vivo. Novamente, ele disse: – Bem-vindo a meu lar. Venha voluntariamente. Parta em segurança; e deixe um pouco da felicidade que traz!

A força do aperto de mãos era tão similar à que eu havia reparado no condutor, cujo rosto não vi, que por um momento ponderei se não era a mesma pessoa com quem eu falava. Para ter certeza, indaguei:

– Conde Drácula?

Ele curvou-se de modo cortês ao responder:

— Eu sou Drácula; e dou-lhe boas-vindas, sr. Harker, à minha casa. Entre; o ar da noite está frio, e vossa mercê precisa comer e descansar. — Enquanto falava, ele colocou a lamparina em uma arandela na parede e, indo para fora, pegou minha bagagem; ele a levou para dentro antes que eu pudesse impedi-lo. Protestei, mas ele insistiu: — Não, senhor. Vossa mercê é meu hóspede. Está tarde e meus criados não estão disponíveis. Deixe que eu mesmo cuide de vossa mercê. — Ele insistiu em carregar minha bagagem pelo corredor e depois por uma grande escada espiralada e outro corredor amplo, em cujo piso de pedra nossos passos ressoavam alto. Ao fim do trajeto, ele abriu uma porta pesada e regozijei ao deparar-me com um cômodo bem iluminado no qual uma mesa estava posta para a ceia, e em cuja lareira portentosa um fogo bem alimentado por lenha ardia e chamejava.

O conde parou, colocou minhas malas no chão, fechou a porta e, atravessando o cômodo, abriu outra porta, que dava em uma sala octogonal iluminada por uma única lâmpada e sem janela de nenhum tipo. Passando por ali, abriu outra porta e gesticulou para que eu entrasse. Foi uma visão bem-vinda, pois havia um grande quarto bem iluminado e aquecido com outra lareira — cuja lenha fora adicionada depois, visto que as de cima ainda não tinham começado a queimar — que emitia um rugido oco pela chaminé ampla. O próprio conde deixou minha bagagem ali dentro e retirou-se, dizendo antes de fechar a porta:

— Vossa mercê precisará, após essa jornada, refrescar-se e arrumar-se. Tenho certeza de que encontrará tudo o que deseja. Quando estiver pronto, venha à outra sala, na qual sua ceia estará servida.

A luz, o calor e a recepção cortês do conde pareceram dissipar todos os meus temores e dúvidas. Tendo então voltado a meu estado normal, descobri que estava consideravelmente faminto; então, arrumei-me rapidamente e fui para a outra sala.

A ceia já estava posta. Meu anfitrião, que estava ao lado da imensa lareira, apoiando-se na obra de alvenaria, fez um gesto de mão gracioso até a mesa e disse:

— Peço-lhe que se sente e ceie à vontade. Será compreensivo, espero, com o fato de que não lhe acompanharei na refeição; mas já comi meu jantar e não tenho o hábito de cear.

Entreguei-lhe a carta selada que o senhor Hawkins havia confiado a mim. Ele abriu-a e leu-a com seriedade; em seguida, com um sorriso charmoso, entregou-a para mim. Pelo menos um trecho nela me encheu de prazer.

— Lamento que uma crise de gota, moléstia da qual sofro regularmente, me impeça por completo de qualquer viagem num futuro próximo; mas fico contente em dizer que posso enviar um substituto à altura, no qual tenho a mais absoluta confiança. É um homem jovem, repleto de energia e talento à sua própria maneira e de inclinação bastante fiel. É discreto e silencioso, e se tornou um adulto trabalhando para mim. Ele estará pronto para atendê-lo como for necessário durante a estada e obedecerá suas instruções com relação a qualquer assunto.

O conde aproximou-se, tirou a tampa de um prato e eu imediatamente me servi de um excelente frango assado que – somado a um pouco de queijo, uma salada e uma garrafa de vinho de Tokaji envelhecido, do qual bebi duas taças – foi minha ceia. Durante o tempo em que comia, o conde me faz várias perguntas a respeito de minha viagem e lhe contei aos poucos sobre tudo pelo que passei.

A essa altura, havia terminado a ceia e, atendendo ao desejo de meu anfitrião, puxei uma cadeira perto da lareira e comecei a fumar um charuto que ele me oferecera, ao mesmo tempo que se justificava por não fumar. Naquele momento, tive a oportunidade de observá-lo e concluí que ele apresentava uma fisionomia bastante característica.

Seu rosto tinha um aspecto aquilino forte – muito forte –, com um nariz fino de dorso elevado e narinas peculiarmente arqueadas; sua testa era alta e arredondada, e o cabelo era ralo na região das têmporas, mas cheio em todas as outras partes. Suas sobrancelhas eram enormes, quase encontrando-se na altura do nariz e com pelos abundantes que pareciam encaracolar-se de tão profusas. A boca, pelo que podia ver por trás do bigode denso, era rígida e tinha uma aparência um tanto cruel, com dentes brancos peculiarmente afiados; eles projetavam-se dos lábios cuja vermelhidão notável mostravam uma vitalidade surpreendente para um homem de sua idade. De resto, as orelhas eram pálidas, com as pontas extremamente pontudas; o queixo era largo e forte, e as bochechas eram firmes, apesar de finas. O efeito geral era de uma palidez extraordinária.

Até então, eu havia notado suas mãos apoiadas nos joelhos à luz do fogo, e elas me pareciam alvas e delicadas; mas, ao vê-las perto de mim, percebi que eram um tanto rústicas: largas, com dedos atarracados. Estranhamente, havia pelos no centro de sua palma. As unhas eram longas e finas, e foram cortadas em forma pontiaguda. Enquanto o conde se aproximava de mim e suas mãos me tocavam, não consegui conter um arrepio. Podia ser porque seu hálito era rançoso, mas uma sensação terrível de náusea me acometeu, e, por mais que tivesse tentando, não consegui escondê-la. O conde, claramente notando isso, recuou e, com um sorriso meio mórbido, que mostrou seus dentes protuberantes mais do que antes, sentou-se novamente no seu lado da lareira. Ficamos em silêncio por um tempo e, enquanto eu olhava para a janela, vi o primeiro raio fraco do amanhecer iminente. Parecia haver uma estranha quietude em tudo; mas, ao aguçar meus ouvidos, escutei no vale abaixo o uivo de vários lobos. Os olhos do conde brilharam e ele disse:

– Ouça-os: os filhos da noite. Que música fazem! – Ao ver, suponho, uma expressão no meu rosto que lhe era estranha, ele acrescentou: – Ah, senhor, habitantes da cidade como vossa mercê não são capazes de adentrar a mente do caçador. – Então, levantou-se e disse: – Mas vossa mercê deve estar cansado. Seu quarto está pronto, e amanhã vossa mercê poderá dormir até a hora que desejar. Precisarei ficar indisponível até a tarde; então durma bem e tenha bons sonhos! – Com uma saudação cortês, ele abriu para mim a porta para a salinha octogonal e entrei em meu quarto...

Encontro-me em um mar de mistério. De dúvidas, de medos, de pensamentos estranhos, que não ouso confessar à minha própria alma. Deus me guarde; senão por mim, pelo bem daqueles que me são caros!

7 de maio. – Novamente é o começo da manhã, mas descansei e aproveitei as últimas vinte e quatro horas. Dormi até tarde no dia e acordei quando bem entendi. Quando me vesti, fui à sala em que comi a ceia e encontrei um desjejum de alimentos frios, com café mantido quente pela jarra colocada na lareira. Havia um cartão sobre a mesa, no qual estava escrito:

Preciso me ausentar um pouco. Não me aguarde.
                                                            D.

Sentei-me e desfrutei uma refeição substanciosa. Quando concluí, procurei por um sino para avisar aos servos que eu havia terminado; porém, não encontrei um. Definitivamente, há carências estranhas na casa, considerando as extraordinárias evidências de riqueza que me rodeiam. Os utensílios de mesa são de ouro e seu acabamento é tão belo que devem ter imenso valor. As cortinas, os estofamentos das cadeiras e sofás e os dosséis de minha cama são feitos dos tecidos mais dispendiosos e lindos, e deveriam ter tido um valor fabuloso quando foram feitos, pois datavam de séculos, embora estivessem em excelente estado. Vi peças parecidas no palácio de Hampton Court, mas lá elas estavam gastas, desfiadas e carcomidas. Apesar disso, em nenhum dos cômodos havia um espelho. Não há sequer um espelho de toalete em minha mesa, de modo que eu tinha de pegar o espelhinho portátil em minha mala para fazer a barba ou pentear o cabelo. Não vi criados em lugar algum nem escutei qualquer som perto do castelo que não fosse o uivo de lobos. Certo tempo depois de eu haver terminado minha refeição – não sabia se chamava de desjejum ou jantar, pois comi entre as cinco e as seis da tarde –, procurei algo para ler, pois não queria transitar pelo castelo antes de pedir permissão para o conde. Não havia absolutamente nada no quarto, livro, jornal ou sequer material para escrever; então, abri outra porta no cômodo e encontrei o que parecia ser uma biblioteca. Tentei a porta do lado oposto à minha, mas descobri que estava trancada.

Na biblioteca, encontrei, para meu deleite, um grande número de livros ingleses, estantes inteiras, e volumes encadernados de revistas e jornais. Uma mesa no centro estava apinhada de revistas e jornais ingleses, embora nenhum deles tivesse data muito recente. Os livros eram dos tipos mais diversos: história, geografia, política, política econômica, botânica, geologia, direito e leis – tudo relacionado à Inglaterra e à vida, aos costumes e aos hábitos ingleses. Havia até obras de referência, como o catálogo de serviços de Londres, os livros "vermelho" e "azul",[1] o Whitaker's Almanac, a lista de oficiais do Exército e da Marinha e – por algum motivo isso alegrava meu coração – a relação de advogados do país.

Enquanto eu olhava os livros, a porta se abriu e o conde entrou. Ele me cumprimentou de maneira cordial e disse esperar que eu tivesse tido uma boa noite de descanso. Em seguida, falou:

– Fico grato que tenha encontrado este lugar, pois tenho certeza de que há muito aqui que será de interesse de vossa mercê. Esses guias – ele pôs a mão em um dos livros – têm sido bons amigos comigo e, faz alguns anos, desde que tive a ideia de ir para Londres, me deram muitas, muitas horas de prazer. Por eles, pude conhecer sua grandiosa Inglaterra; e conhecê-la é amá-la. Desejo caminhar pelas ruas cheias de sua gloriosa Londres, ficar em meio ao turbilhão e à torrente da humanidade; participar de sua vida, suas mudanças, sua morte e tudo o que faz com que ela seja o que é. Mas que pena! Pois até o momento só conheço sua língua pelos livros. Confio em vossa mercê para aprender a falá-la, caro amigo.

– Mas, conde – falei –, o senhor sabe e fala inglês com fluência!

Ele curvou-se, sério.

– Agradeço, caro amigo, por sua estimativa lisonjeira, mas receio que ainda estou no começo da estrada que percorrerei. É verdade que entendo a gramática e as palavras, mas ainda preciso saber como dizê-las.

– Na verdade – insisti –, sua pronúncia é excelente.

– Nem tanto – ele respondeu. – Digo, sei que, se eu andasse e conversasse na sua Londres, nenhuma das pessoas lá deixaria de reconhecer-me como estrangeiro. Isso não me basta. Aqui, sou um nobre; sou um boiardo; o povo comum me conhece como senhor. Mas um estrangeiro em terra estrangeira é um ninguém; as pessoas não o conhecem, e não conhecer é não se importar. Estarei satisfeito se eu for como os demais, de modo que

---

[1] Publicações oficiais do governo britânico que apresentavam dados financeiros do país. (N.E.)

ninguém pare ao me ver, ou interrompa a própria fala ao ouvir minhas palavras; "Haha, um estrangeiro!". Sou senhor há tanto tempo que ainda seria um senhor... ou pelo menos ninguém seria meu senhor. Vossa mercê não está aqui somente como agente de meu amigo Peter Hawkins, de Exeter, para contar-me sobre minha nova propriedade em Londres. Vossa mercê deve, espero, descansar aqui comigo por um tempo, para que com nossas conversas eu aprenda a entonação inglesa; e desejo que me avise quando eu cometer erros, por menores que sejam, em minha fala. Lamento por ter que me ausentar por tanto tempo hoje, mas sei que vossa mercê perdoará quem tem tantas tarefas importantes a fazer.

Claro que declarei total disposição, e perguntei se podia acessar aquele cômodo sempre que quisesse. Ele respondeu:

— Sim, certamente. — Em seguida, acrescentou: — Vossa mercê pode ir a qualquer parte do castelo que desejar, exceto os lugares em que as portas estiverem trancadas, que obviamente são lugares onde vossa mercê não deseja estar. Há um motivo para as coisas serem como são, e, caso visse com meus olhos e soubesse o que sei, talvez entendesse melhor.

Eu disse que tinha certeza de que era o caso, e ele prosseguiu:

— Estamos na Transilvânia; e a Transilvânia não é a Inglaterra. Nossos costumes não são os mesmos que os seus, e haverá muitas coisas que lhe serão estranhas. Não, pelo que vossa mercê me contou das experiências que já teve, já sabe um pouco das estranhezas que pode encontrar.

Isso levou a uma longa conversa; e como era claro que ele queria falar só por falar, fiz várias perguntas a respeito das coisas que já haviam acontecido comigo ou que eu notara. Às vezes, ele se desviava do assunto ou mudava o rumo da conversa fingindo não entender; mas geralmente respondia com plena franqueza a tudo o que eu perguntava. Então, conforme o tempo passava e eu ficava um pouco mais audacioso, indaguei-lhe sobre alguma das estranhezas da noite anterior, como, por exemplo, por que o cocheiro ia aos lugares onde havia visto as chamas azuis. Ele em seguida me explicou ser uma crença popular que, em certa noite do ano — aquela noite, a propósito, na qual todos os espíritos malignos supostamente tinham influência irrestrita —, uma chama azul era vista em qualquer lugar no qual um tesouro fora ocultado.

— Esse tesouro foi escondido — ele explicava — na região pela qual vossa mercê passou na noite de ontem, não há muita dúvida; pois era um território disputado há séculos pelos valáquios, saxões e turcos. Ora, é difícil encontrar um pedaço de chão nesta região que não tenha sido banhado pelo sangue de homens, patriotas ou invasores. No passado, houve períodos turbulentos, quando os austríacos e os húngaros vieram em hordas, e os patriotas foram de encontro a eles: homens e mulheres, velhos e crianças também. Eles aguardaram a chegada das forças inimigas nos rochedos acima dos passos, de modo que pudessem assolá-los com avalanches artificiais. Quando um invasor triunfava, não encontrava muita coisa, pois o que havia ficara escondido em território amigo.

– Mas como – perguntei – os tesouros podem ter ficado tanto tempo sem serem descobertos quando há um sinal inequívoco deles, bastando aos homens se dar ao trabalho de procurá-los?

O conde sorriu, e seus lábios se retraíram até as gengivas – os dentes caninos longos e afiados ficaram estranhamente expostos. Ele respondeu:

– Porque o camponês é, em seu âmago, covarde e tolo! Essas chamas só aparecem em uma noite; e nessa noite, nenhum sujeito nesta terra irá, se possível, colocar o pé fora de casa. E, meu caro senhor, mesmo se ele o colocasse, não saberia o que fazer. Ora, mesmo o camponês que marcou a localização da chama, segundo o senhor, seria incapaz de encontrar a própria marcação na luz do dia. Mesmo vossa mercê, ouso dizer, não conseguiria encontrar esses lugares, conseguiria?

– Nisso, tem razão – confessei. – Sei tanto quanto os mortos a respeito de onde procurá-los.

Com isso, mudamos de assunto.

– Vamos – ele disse por fim. – Conte-me sobre Londres e sobre a casa que adquiriram para mim.

Com um pedido de desculpas por meu descuido, fui ao meu quarto pegar os papéis na mala. Enquanto os colocava em ordem, ouvi um barulho de porcelana e prata no outro cômodo e, enquanto passava por ela, percebi que a mesa havia sido limpa e a lamparina estava acesa, pois, a essa altura, estava bem escuro. Também havia lamparinas acesas na sala de estudos ou biblioteca, e encontrei o conde deitado no sofá lendo – imagine só – um Bradshaw's Guide da Inglaterra. Quando entrei, ele tirou os livros e papéis da mesa; e com ele repassei as plantas, os documentos e valores dos mais diversos tipos. Ele tinha interesse em tudo, e fez-me uma miríade de questionamentos a respeito do lugar e de seus arredores. Ele claramente havia estudado de antemão tudo o que podia no que dizia respeito à vizinhança, pois, no fim das contas, claramente sabia muito mais do que eu. Quando fiz essa observação, ele respondeu:

– Ora, caro amigo, não é necessário que assim seja? Quando eu chegar lá, estarei sozinho, e meu amigo Harker Jonathan... Não, perdão, deixei-me levar pelo hábito de meu país de falar primeiro o nome de família; meu amigo Jonathan Harker não estará ao meu lado para corrigir-me e auxiliar-me. Ele estará em Exeter, a milhas de distância, provavelmente trabalhando em documentos legais com meu outro amigo, Peter Hawkins. Pois então!

Nós tratamos minuciosamente da compra da propriedade em Purfleet. Após lhe relatar os fatos, obter a assinatura dele nos documentos necessários e escrever uma carta, incluindo-os, para enviar ao sr. Hawkins, ele começou a perguntar como eu havia encontrado um lugar tão apropriado. Li para ele as anotações que fiz na época, e que reproduzo a seguir:

> Em Purfleet, em uma estrada secundária, deparei-me com um lugar que parecia cumprir os requisitos, e no qual havia uma placa deteriorada informando que o local estava à venda. Ele é rodeado por um muro alto, de estrutura antiga e feito de rochas pesadas, e não recebe manutenção há muitos anos. Os portões fechados são de carvalho antigo e denso e ferro inteiramente corroído por ferrugem.
>
> O terreno se chama Carfax, sem dúvida uma corruptela do bom e velho "*Quatre Face*", visto que a casa tem quatro lados, condizentes com os pontos cardeais em uma bússola. Ele contém aproximadamente oito hectares, cercados pelo muro de pedra sólida mencionado antes. Há muitas árvores na propriedade, o que a torna sombria em determinadas partes, e há um açude ou lagoa profunda de aparência escura, claramente alimentado por uma nascente, visto que a água é transparente e cai em um córrego de tamanho considerável. A casa é bem grande e de muitos períodos atrás; diria ser de tempos medievais, pois parte dela é feita de rochas de pronunciada espessura, com apenas algumas janelas no alto, gradeadas com ferro. Parece parte de uma fortaleza, e fica próxima a uma capela ou uma igreja, na qual não pude entrar, pois não estava com a chave da porta que dava acesso a ela pela casa, mas tirei fotografias com minha Kodak de vários ângulos. A casa foi acrescentada posteriormente, mas de um modo bastante errático, e só posso conjecturar a respeito da área, que deve ser bem grande. Há apenas algumas casas por perto, uma delas é um casarão amplo construído recentemente e transformado em um manicômio particular. Porém, ele não é visível a partir da propriedade.

Quando terminei de ler, ele disse:

– Fico feliz que ela seja grande e antiga. Eu próprio sou de uma família antiga, e ter de morar em uma residência nova seria fatal para mim. Uma casa não se torna habitável da noite para o dia e, afinal, são poucos os dias que compõem um século. Agrada-me também que haja uma capela dos tempos de antigamente. Nós, nobres da Transilvânia, não gostamos de pensar em nossos ossos repousando em meio à plebe. Não busco júbilo nem jovialidade, nem a voluptuosidade esplendorosa da luz do sol e de águas cristalinas que tanto agradam os jovens e os alegres. Não sou mais jovem; e meu coração, após anos desgastantes de luto pelos mortos, não é mais congruente com a jovialidade. Além disso, os muros de meu castelo estão danificados; as sombras são muitas, e o vento sopra frio pelas frestas das ameias e caixilhos. Amo a penumbra e a sombra e prefiro ficar a sós com meus pensamentos quando tenho a opção. – De alguma forma, suas palavras e sua aparência não eram condizentes entre si, ou então algum traço em seu semblante fez seu sorriso parecer maligno e saturnino.

Logo em seguida, com uma desculpa qualquer, ele me deixou, pedindo para recolher todos os documentos. Ele ficou um tempo ausente, e eu comecei a olhar alguns livros ao meu redor. Um deles era um atlas que se abria sozinho na Inglaterra, como se o mapa daquelas páginas tivesse sido bastante usado. Ao observá-lo, encontrei pequenos anéis marcando certos lugares e, ao examiná-los, percebi que um ficava perto de Londres, logo ao leste, exatamente onde sua nova propriedade situava-se; os outros dois correspondiam a Exeter e Whitby, na costa de Yorkshire.

Havia passado quase uma hora quando o conde retornou.

– Ahá! – disse. – Ainda nos livros? Muito bem! Mas vossa mercê não deve só trabalhar. Venha, fui informado de que sua ceia está pronta. – Ele me pegou pelo braço e fomos para o cômodo ao lado, onde encontrei uma ceia excelente posta à mesa. O conde novamente excluiu-se da refeição, porque já havia jantado quando estava fora da casa. Mas ele sentou-se, assim como na noite anterior, e conversou enquanto eu comia. Depois da ceia, fumei um pouco, como da outra vez, e o conde permaneceu comigo, conversando e fazendo perguntas sobre todo e qualquer assunto concebível, hora após hora. Senti que estava ficando muito tarde, mas não disse nada, pois me sentia na obrigação de atender aos desejos de meu anfitrião de todos os modos. Não estava sonolento, pois o longo sono de ontem havia me restaurado; mas não conseguia deixar de sentir o calafrio que percorre o corpo com o nascer do sol, que é como, à sua própria maneira, uma mudança na maré. Dizem que as pessoas à beira da morte geralmente falecem com o nascer do sol ou com mudanças na maré; qualquer um que, cansado e impossibilitado de deixar seu posto, tenha sido submetido a essa mudança na atmosfera tem tudo para acreditar nisso. De repente, ouvimos o canto de um galo subindo com estridência sobrenatural pelo ar da manhã; o conde Drácula, levantando-se de sobressalto, disse:

– Ora, eis a manhã novamente! Que descuido meu deixá-lo desperto por tanto tempo. Preciso que vossa mercê torne as conversas sobre meu querido novo lar, a Inglaterra, menos interessantes, de modo que eu não esqueça como o tempo voa. – E, com uma reverência cortês, prontamente me deixou.

Fui para meu quarto e puxei as cortinas, mas não havia muito a se apreciar; minha janela tinha vista para o pátio e tudo que eu via era o cinza morno de um céu que despertava. Então, puxei as cortinas para fechá-las e escrevi meu relato do dia.

8 de maio. – Receio que, enquanto escrevia este livro, comecei a ficar disperso demais; mas agora me vejo contente por ter incluído detalhes desde o começo, pois há algo de tão estranho neste lugar e em tudo que há nele que não consigo deixar de me sentir apreensivo. Queria estar longe em segurança, ou que jamais tivesse vindo. Pode ser que essa estranha existência durante a noite esteja me afetando; mas quem me dera fosse só isso! Se houvesse alguém com quem conversar, eu seria capaz de aguentar, mas não há ninguém. Só tenho o conde para conversar comigo, e ele... Temo que sou a única alma viva neste lugar. Permita-me ser tão prosaico quanto os fatos podem ser; irá me ajudar a aguentar a situação, e a imaginação não pode causar um tumulto. Se o fizer, estarei perdido. Deixe-me dizer logo a situação em que me encontro – ou pareço encontrar-me.

Dormi apenas algumas horas quando fui à cama e, sentindo que não conseguiria dormir mais, levantei-me. Havia pendurado meu espelhinho perto da janela e estava começando a fazer a barba; de repente, senti uma mão em meu ombro e ouvi a voz do conde falar comigo.

– Bom dia.

Sobressaltei-me, pois me chocou que eu não o tivesse visto, considerando que o reflexo do espelho abrangia o cômodo inteiro atrás de mim. Com meu susto, cortei-me de leve, mas não percebi no momento. Tendo respondido à saudação do conde, virei-me para o espelho para entender como ocorreu esse deslize. Dessa vez, não havia equívoco, pois o homem estava próximo de mim, e eu conseguia vê-lo por sobre o ombro. Mas não havia reflexo dele no espelho! O lugar inteiro atrás de mim estava visível; mas não havia sinal de um homem, além de mim, nele. Foi assustador e, somando-se a tantas outras estranhezas, começou a ampliar a vaga apreensão que sempre tenho quando o conde está por perto; mas foi nesse momento que vi que o corte criara um pequeno sangramento e que o sangue escorria até meu queixo. Baixei a navalha, virando-me parcialmente em busca de um curativo. Quando o conde viu meu rosto, seus olhos arderam com o que parecia uma fúria demoníaca e ele agarrou minha garganta. Recuei e sua mão tocou o colar de contas que continha o crucifixo. Isso causou uma mudança instantânea nele, pois a fúria sumiu tão rápido que mal pude acreditar que ela chegou a existir.

– Tome cuidado – ele disse. – Cuidado com cortes. É mais perigoso do que imagina neste país. – Então, pegando o espelhinho, continuou: – E essa coisa vil que foi responsável. É uma buginganga sórdida de vaidade humana. Chega disso! – Ele abriu a janela pesada puxando com sua mão horrível e arremessou o espelho, que se partiu em mil pedaços nas pedras do pátio abaixo. Em seguida, retirou-se sem dizer mais nada. É bastante incômodo, pois não sei como farei para me barbear, a não ser que use meu relógio de bolso ou a base da bacia de barbear, que felizmente é de metal.

Quando fui à sala de jantar, o desjejum estava preparado; mas eu não via o conde em lugar algum. Então, desjejuei sozinho. É estranho o fato de até agora não ter visto o conde comendo ou bebendo. Ele deve ser um sujeito muito peculiar. Depois do desjejum, explorei um pouco o castelo. Fui até as escadas e encontrei um cômodo com vista para o sul. A vista era magnífica e, de onde eu estava, podia apreciá-la amplamente. O castelo estava à beira de um terrível precipício. Uma pedra que caísse da janela percorreria centenas de metros sem encostar em nada! Até onde o olho enxergava há um mar verde de copas de árvores, com ocasionais fissuras onde há clareiras. Aqui e acolá há fios prateados de rios que serpenteiam em desfiladeiros profundos pela floresta.

Mas não estou no ânimo para falar de beleza, pois, após apreciar a vista, explorei mais o lugar: portas, portas, portas por toda a parte, e todas trancadas e aferrolhadas. Em nenhum lugar além das janelas do castelo havia uma saída disponível.

O castelo é uma verdadeira prisão, e eu sou um prisioneiro!

III

Diário de Jonathan Harker (cont.)

Ao descobrir que era um prisioneiro, fui acometido por uma espécie de sensação frenética. Subi e desci as escadas correndo, tentei abrir cada porta e olhei por toda janela que encontrava; mas depois de pouco tempo a certeza de meu desamparo sobrepujou todos os demais sentimentos. Quando reexamino a situação agora que passaram-se algumas horas, acho que enlouqueci por um tempo, porque me comportei de forma bem similar a um rato em uma ratoeira. Porém, quando fiquei convicto de meu desamparo, sentei-me com calma – mais calma do que jamais tivera em minha vida – e me pus a refletir sobre qual era o melhor curso de ação. Ainda estou refletindo, pois ainda não cheguei a uma conclusão definitiva. Somente de uma coisa tenho certeza: de que nada vale levar minhas ideias ao conhecimento do conde. Ele sabe muito bem que estou aprisionado, visto que ele é o responsável por isso, e sem dúvida tem suas próprias razões para tê-lo feito; ele só me enganaria caso confiasse plenamente os fatos a ele. Então, pelo que consigo saber, meu único plano será manter os olhos abertos e meu conhecimento e meus temores exclusivamente comigo. Sei que ou, como um bebê, sou enganado por meus próprios temores, ou estou em uma situação desesperadora; no segundo caso, preciso e precisarei de toda a minha inteligência para sobreviver.

Mal chegara a essa conclusão quando ouvi a porta colossal abaixo fechar-se e soube que o conde retornara. Ele não veio imediatamente à biblioteca, então fui com cuidado para meu quarto e encontrei-o arrumando a cama. Isso era estranho, mas apenas confirmava o que eu já vinha pensando: não havia criados na casa. Posteriormente, quando, pelas frestas das dobradiças da porta, o vi colocando a mesa na sala de jantar, tive certeza; pois, se ele próprio realiza todas essas tarefas domésticas, certamente é prova de que não há mais ninguém para realizá-las. Isso me causou um arrepio, pois, se não há mais ninguém no castelo, só pode ter sido o próprio conde o condutor do coche que me trouxe até aqui. Essa é uma noção terrível; afinal, se for esse o caso, o que significa o fato de que ele era capaz de controlar os lobos, como fizera, simplesmente erguendo a mão em silêncio? Como se explicava o fato de todos em Bistrița e no coche temerem tanto por meu bem-estar? O que significavam os presentes que me foram dados: o crucifixo, o alho, a flor silvestre, a tramazeira? Deus abençoe a tão bondosa mulher que colocara o crucifixo em meu pescoço! Pois traz-me conforto e força sempre que o toco. É estranho que algo que eu tenha sido ensinado a enxergar desfavoravelmente como objeto de idolatria me ampare em um momento de solidão e crise. Será que há algo na essência da coisa em si, ou será que é um condutor, um auxílio tangível, para lembranças de conforto e compaixão? Em dado momento, se possível, preciso examinar essa questão e tentar chegar à minha própria conclusão. Enquanto isso, preciso descobrir tudo o que for possível a respeito do conde Drácula, pois isso pode ajudar-me a entender a situação. Talvez hoje à noite ele fale de si mesmo, se eu levar a conversa nesse sentido. Preciso, contudo, tomar bastante cuidado para não despertar suspeitas.

Meia-noite. – Tive uma longa conversa com o conde. Fiz-lhe algumas perguntas sobre a história da Transilvânia e foi maravilhoso como ele se afeiçoou ao assunto. Ao falar das coisas e das pessoas, especialmente das batalhas, discorria como se houvesse estado presente em tudo aquilo. Ele depois explicou isso dizendo que, para um boiardo, o orgulho de sua linhagem e nome era seu próprio orgulho; a glória deles, sua glória; o destino deles, seu destino. Ao falar a respeito de sua linhagem, sempre usava "nós", e quase sempre falava no plural, como o pronunciamento de um rei. Gostaria de conseguir escrever tudo o que ele dissera exatamente do modo como foi dito, pois para mim foi fascinante. Parecia haver no relato dele a história completa do país. Ele se animava enquanto falava e andava pelo cômodo puxando o seu grande bigode branco e agarrando qualquer coisa que suas mãos tocavam como se fosse esmagar todas elas com sua enorme força. Algo que ele disse devo redigir com o máximo de fidelidade possível, pois narra, à sua própria maneira, a história de sua raça:

– Nós, sículos, temos direito ao nosso orgulho, pois em nossas veias corre o sangue de várias raças valentes que lutaram pelo domínio do território como os leões lutam. Aqui, no turbilhão de raças europeias, a tribo dos úgricos trouxe da Islândia o espírito guerreiro que Thor e Odin lhes conferiram e que seus *beserkir* demonstraram tão cruel e intencionalmente pelo litoral da Europa, sim, e pela Ásia e África também, de modo que os povos achavam que os próprios lobisomens os invadiam. Quando chegaram aqui, também encontraram os hunos, cuja fúria bélica varrera a terra como uma chama com vida própria. Desse modo, os povos moribundos alegavam que em suas veias corria o sangue dessas bruxas antigas que, expulsas da Cítia, procriaram com os diabos no deserto. Tolos, tolos! Que diabo ou que bruxa foi um dia tão grandioso quanto Átila, cujo sangue corre nestas veias? – Ele ergueu os braços. – Resta dúvida do porquê de sermos uma raça conquistadora, de termos orgulho? De por que, quando os magiares, os lombardos, os avares, os protobúlgaros ou os turcos vieram aos montes para nossas fronteiras, nós fizemos com que recuassem? É estranho o fato de que, quando Arpades e suas legiões varreram a pátria húngara e nos encontraram aqui ao chegar à fronteira, a *honfoglalás*[2] tenha concluído naquele ponto? E, quando a horda húngara se moveu para o leste, os sículos foram reivindicados como parentes pelos vitoriosos magiares, e a nós por séculos foi confiada a guarda da fronteira do território turco; sim, e além disso, o dever ininterrupto da guarda da fronteira, visto que, como dizem os turcos: "as águas dormem e o inimigo é insone". Quem além de nós entre as quatro nações recebeu com mais boa vontade a "espada sangrenta" ou, diante do chamado bélico, reuniu-se mais rápido sob o estandarte do rei? Quando redimiu-se a grande vergonha de minha nação, a vergonha do Kosovo, quando as bandeiras dos valáquios e dos magiares tombaram diante do Crescente? Quem foi senão um membro da minha raça aquele que, no posto de voivoda, atravessou o Danúbio e derrotou os turcos em seu próprio território? Esse era, de fato, um Drácula! Lamentável que, após sua queda, seu próprio irmão indigno tenha vendido seu povo aos turcos, trazendo às pessoas a vergonha da escravidão! Não foi esse Drácula, afinal, que inspirou outro de sua raça que, em uma era posterior, levou suas forças repetidamente até as terras turcas pelo grande rio? Quando foi forçado a recuar, ele invadiu de novo e de novo e de novo, embora tivesse que voltar sozinho do campo ensanguentado onde suas tropas eram massacradas, já que sabia que somente ele poderia triunfar no final! Diziam que ele só pensava em si mesmo. Tolice! De que servem camponeses sem um líder? Que fim tem uma guerra sem um

---

2   O processo de conquista da Bacia dos Cárpatos pelo povo húngaro ("*honfoglalás*" pode ser traduzido como "conquista da pátria"). (N.E.)

cérebro e um coração para conduzi-la? Novamente, quando, após a Batalha de Mohács, nós nos livramos do joio húngaro, nós, do sangue Drácula, estávamos entre os líderes, pois nosso espírito não tolerava que não fôssemos livres. Ah, jovem senhor, os sículos – e por sua vez os Dráculas, como o sangue, o coração, o cérebro e a espada – podem vangloriar-se de um histórico que colônias de cogumelos como os Hapsburgo e os Romanoff jamais terão. Os tempos de guerra se foram. O sangue é algo precioso demais nesses tempos de paz desonrosa e as glórias das grandes raças são como contos.

A essa altura, era quase manhã, e fomos dormir. (*Lembrete:* este diário parece terrivelmente com o início das *Mil e uma noites*, pois tudo precisa ser interrompido com o canto do galo... o que também é similar ao fantasma do pai de Hamlet.)

12 de maio. – Deixe-me começar com fatos: fatos puros e escassos, verificados com livros e dados, e dos quais não se pode haver dúvida. Não posso confundi-los com experiências que se sustentam em minha observação ou em minha memória. Na última noite, quando o conde veio a este cômodo, começou a perguntar-me sobre assuntos legais e os procedimentos para realizar certos tipos de negócio. Passei o dia cansado e debruçado em livros e, apenas para manter minha mente ocupada, repassei alguns dos conteúdos do meu exame na Lincoln's Inn. Havia certo método no interrogatório do conde, e tentarei registrá-lo na devida ordem; esse conhecimento pode, em algum momento, e de alguma forma, ser útil para mim.

Primeiro, ele perguntou se um indivíduo na Inglaterra podia ter mais de um advogado. Disse-lhe que ele podia ter uma dúzia, se assim quisesse, mas que não seria sensato ter mais de um advogado responsável por uma única transação, pois apenas um poderia atuar por vez, e que mudar de um para o outro definitivamente iria contra seus interesses. Ele parecia ter entendido por completo e em seguida perguntou se havia qualquer dificuldade prática em deixar um homem cuidando, digamos, de finanças bancárias e outro supervisionando despacho de bens, caso fosse necessária ajuda local em um lugar distante da terra do advogado bancário. Pedi que explicasse melhor, para que eu não corresse o risco de induzi-lo ao erro, e ele disse:

– Darei um exemplo. Nosso amigo, o senhor Peter Hawkins, à sombra da belíssima catedral em Exeter, que fica longe de Londres, compra-me por intermédio de vossa gentil pessoa minha casa em Londres. Excelente! Agora, permita-me a franqueza, antes que vossa mercê estranhe o fato de eu ter recorrido aos serviços de alguém tão longe de Londres em vez de algum residente de lá: o fiz porque nenhum interesse local deve ser servido além de meu próprio desejo; e, como um residente de Londres talvez tivesse um interesse ou amigo para servir, procurei meu agente fora da região, cujo labor serviria exclusivamente ao meu interesse. Agora, suponhamos que eu, que tenho muitos negócios, deseje despachar bens para, digamos, Newcastle, Durham, Harwich ou Dover; será que isso não seria realizado com mais facilidade se eu contratasse um advogado em cada um desses portos?

Respondi que certamente seria mais fácil, mas que nós, advogados britânicos, temos um sistema de agenciamento de um pelo outro, de modo que trabalhos locais poderiam ser feitos localmente sob instruções de qualquer advogado, de modo que o cliente, no simples ato de confiar em um homem, podia ter seus desejos executados por ele sem empecilhos.

– Contudo – ele disse –, eu teria liberdade para administrar isso eu mesmo, não?

– Claro – respondi. E complementei: – Isso é muitas vezes feito por homens de negócios, que não gostam que suas transações sejam conhecidas em sua totalidade por uma única pessoa.

– Ótimo! – ele disse, e passou a perguntar sobre os modos de realizar consignações, os formulários a preencher e as várias dificuldades que poderiam surgir, mas que, consideradas de antemão, poderiam ser prevenidas. Expliquei-lhe tudo isso dentro de minha capacidade, e ele sem dúvida deixou-me a impressão de que seria um excelente advogado, pois não havia nada que não considerasse ou previsse. Para um homem que nunca esteve no país, e que claramente não lidava com muitos negócios, seu conhecimento e perspicácia eram sensacionais. Quando ficou satisfeito com relação às questões que levantara, e eu tinha conferido tudo tão bem quanto podia com os livros que tinha à mão, ele se levantou de repente e disse:

– Depois daquela primeira carta para nosso amigo, o senhor Peter Hawkins, vossa mercê escreveu algo mais para ele ou para qualquer outra pessoa?

Foi com certo amargor no coração que respondi que não, que ainda não havia notado nenhuma oportunidade de mandar cartas para quem quer que fosse.

– Então, escreva agora, meu caro jovem – ele disse, colocando uma mão pesada em meu ombro. – Escreva para nosso amigo e para qualquer amigo seu; e diga, caso seja de seu agrado, que vossa pessoa ficará comigo por mais um mês a partir de hoje.

– O senhor deseja que eu fique tanto tempo aqui? – perguntei, pois meu coração gelava ante a ideia.

– Desejo profundamente; digo mais: não aceitarei recusa. Quando seu mestre, empregador, como preferir, definiu que alguém viria em nome dele, ficou entendido que apenas minhas necessidades precisavam ser consultadas. Não poupei despesas. Não é verdade?

O que eu podia fazer senão curvar-me em anuência? Isso tratava dos interesses do sr. Hawkins, não dos meus; eu tinha de pensar nele, não em mim. Além disso, enquanto o conde Drácula falava, havia algo em seus olhos e em sua conduta que me fez lembrar que eu era um prisioneiro e que, mesmo se quisesse ir embora, não tinha escolha. O conde enxergou sua vitória em minha reverência e seu poder na preocupação em meu rosto, pois começou imediatamente a fazer uso de ambos, embora o fizesse à sua própria maneira, suave e irresistível:

– Peço-lhe, meu jovem amigo, que não faça comentário sobre nada além de negócios em suas cartas. Sem dúvida seus amigos ficarão contentes em saber que vossa mercê está bem, e que aguarda ansiosamente a hora de retornar para casa e reencontrar-se com eles. Não é verdade? – Ao falar, ele me entregou três folhas de papel de recado e três envelopes. Eram todos papéis de correio internacional extremamente finos e, ao olhar para eles e depois para o conde, reparando em seus dentes caninos afiados repousando sobre o lábio inferior vermelho, entendi tão bem quanto se ele tivesse me falado que eu deveria tomar cuidado com o que eu escrevia, pois ele seria capaz de ler. Então, decidi escrever apenas recados formais por ora, mas secretamente fazer um relato completo ao sr. Hawkins, e também para Mina, pois para ela posso redigir em taquigrafia, o que deve confundir o conde, caso ele veja. Quando terminei de escrever as duas cartas, me sentei em silêncio, lendo um livro enquanto o conde escrevia vários recados, consultando alguns livros em sua mesa enquanto redigia. Então, ele pegou minhas duas cartas e acrescentou-as às suas, deixando-as junto ao material de escrita; depois disso, no instante em que a porta fechou-se do lado dele, inclinei-me e fitei as cartas, que estavam viradas para baixo na mesa. Não senti qualquer remorso por fazê-lo, pois, nas atuais circunstâncias, sentia que deveria me proteger de todas as formas possíveis.

Uma das cartas era endereçada a Samuel F. Billington, nº 7, Crescent Avenue, Whitby; outra ao *Herr* Leutner, em Varna; a terceira era para Coutts & Co., em Londres, e a quarta aos *Herren* Klopstock e Billreuth, banqueiros, em Budapeste. A segunda e a quarta não estavam seladas. Eu estava prestes a olhá-las quando vi a maçaneta se mexer. Afundei-me no assento, tendo apenas tempo para recolocar as cartas do jeito como estavam e voltar para meu livro antes que o conde, segurando mais uma carta na mão, entrasse no recinto. Ele pegou as cartas na mesa e selou-as com cuidado. Virando-se para mim, disse:

– Peço-lhe que me perdoe, mas tenho muitos afazeres particulares esta noite. Encontrará, espero, tudo de que precisa em ordem. – Virou-se à porta e, após uma breve pausa, continuou: – Permita-me aconselhá-lo, meu caro jovem... não, permita-me alertá-lo com plena seriedade de que, caso vossa mercê deixe estes aposentos, não durma em qualquer outra parte do castelo sob circunstância alguma. Ele é antigo e tem muitas lembranças, e sonhos desagradáveis aguardam aqueles de sono imprudente. Esteja ciente! Caso o sono acometa-o agora ou depois, ou esteja prestes a acometê-lo, vá imediatamente a seu quarto ou a estes aposentos, pois assim seu descanso será seguro. Mas, caso não seja cauteloso com relação a isso, então... – Ele encerrou seu discurso de forma horrível, gesticulando com as mãos como se as lavasse. Entendi claramente; minha única dúvida era se algum sonho conseguiria ser mais terrível do que a rede de trevas e mistério horrenda e sobrenatural que parecia se fechar ao meu redor.

Mais tarde. – Confirmo as últimas palavras escritas, mas agora não restam dúvidas. Não temerei dormir em qualquer lugar em que ele não esteja. Coloquei o crucifixo na cabeceira de minha cama – imagino que, assim, meu descanso será livre de sonhos – e ali ele deve ficar.

Quando ele me deixou, fui para meu quarto. Depois de um tempo sem ouvir nada, saí e subi a escadaria de pedra até o local com vista para o sul. Por mais que ela fosse inacessível para mim, havia uma sensação de liberdade na vasta paisagem em comparação à escuridão estreita do pátio. Dessa vista, sentia ainda mais que estava aprisionado, e desejava respirar ar fresco, mesmo que fosse ar da noite. Estou começando a sentir o peso dessa existência noturna. Está acabando com meus nervos. Fico assustado com minha própria sombra, e minha cabeça está cheia de fantasias horríveis. Deus é testemunha de que tenho motivo pelo meu medo terrível neste lugar maldito! Olhei para a bela paisagem, banhada pelo luar suave e amarelado, até ficar quase tão claro quanto o dia. Sob a luz suave, as colinas distantes derretiam, e as sombras nos vales e gargantas eram de um negror aveludado. A simples beleza parecia revigorar-me; havia paz e conforto em cada respiração. Ao me debruçar na janela, meus olhos captaram algo se movendo um andar abaixo de mim e ligeiramente à esquerda: era onde eu imaginava, pela ordem dos quartos, ser a janela do quarto do conde. A janela na qual eu estava era alta e afundada, com um mainel de pedra e, embora estivesse gasta pelo tempo, ainda estava inteira; mas claramente fazia muito tempo desde que a esquadria fora retirada. Escondi-me atrás do mainel e, com cuidado, olhei para fora.

O que vi foi a cabeça do conde saindo da janela. Não vi o rosto, mas reconhecia o homem pelo pescoço e pelo movimento das costas e dos braços. De qualquer modo, seria impossível confundir as mãos que tive tanta oportunidade de estudar. Estava inicialmente interessado e um pouco entretido, pois é incrível como uma questão tão pequena toma a atenção de um sujeito quando este é prisioneiro. Mas meus sentimentos mudaram para repulsa e terror quando vi o homem inteiro emergir aos poucos da janela e começar a rastejar pela parede do castelo rumo àquele abismo pavoroso, *de cabeça para baixo* com sua capa se estendendo ao redor dele como um enorme par de asas. A princípio, não acreditava nos meus olhos; achei ser uma artimanha do luar, um efeito estranho de sombra; mas continuei olhando e não havia como ser ilusão. Vi os dedos das mãos e dos pés se prenderem aos cantos das rochas cuja argamassa foi quase toda removida pelo desgaste dos anos, usando cada protuberância e irregularidade a fim de avançar para baixo em uma velocidade considerável, como um lagarto andando por uma parede.

Que tipo de homem é esse, ou que tipo de criatura é essa com aparência de homem? Senti o terror deste lugar horrível me dominar; estou com medo – aterrorizado – e não tenho escapatória; estou cercado de terrores nos quais não ouso pensar...

15 de maio. – Mais uma vez vi o conde sair do castelo lagarteando. Ele se moveu para baixo diagonalmente, descendo uns trinta metros e ficando bastante à esquerda. Depois, sumiu em um buraco ou janela. Quando sua cabeça sumiu, coloquei a minha para fora buscando ter uma visão melhor, mas sem sucesso – a distância era grande demais para permitir um ângulo de visão favorável. Sabia que ele tinha deixado o castelo a essa altura, e pensei em aproveitar a oportunidade para explorar mais do que eu havia ousado até então. Voltei ao quarto e, pegando uma lamparina, tentei abrir cada uma das portas. Estavam todas trancadas, como eu esperava, e as fechaduras eram relativamente recentes; mas desci as escadas até o salão de entrada pelo qual passara no dia em que cheguei. Descobri que conseguia retirar os ferrolhos com certa facilidade e também desenganchar as correntes grandes; mas a porta estava trancada, e a chave havia sumido! Ela só pode estar no quarto do conde; preciso ficar atento caso sua porta fique destrancada, de modo que eu possa pegá-la e fugir. Em seguida, examinei extensamente as várias escadas e corredores e tentei abrir as portas deles. Uma ou duas salas menores perto do salão de entrada estavam abertas, mas não havia nada para se ver nelas além de móveis velhos, empoeirados e carcomidos. Porém, finalmente encontrei uma porta no topo da escadaria que, embora parecesse estar trancada, cedeu um pouco quando forçada. Tentei fazer mais força e descobri que não estava efetivamente trancada, mas que a resistência vinha do fato de as dobradiças terem se soltado ligeiramente e de a pesada porta estar apoiada no chão. Ali estava uma oportunidade que eu talvez não tenha novamente, então me esforcei e, com várias tentativas, abri o suficiente para que pudesse me esgueirar. Eu agora estava em uma ala do castelo mais à direita do que os cômodos que eu conhecia, além de situar-me também um andar abaixo. Pelas janelas, conseguia ver que os quartos ficavam na face sul do castelo, com a janela do último quarto abrindo-se tanto para o sul como para o oeste. Em ambos os sentidos havia um grande precipício. O castelo fora construído na beirada de um grande rochedo, de modo que era bastante impenetrável em três de seus lados, e janelas grandes eram colocadas onde fundas, arcos ou colubrinas não alcançariam, de modo que a luz e o conforto, impossíveis em uma posição que precisasse de guarda, eram garantidos. A oeste há um grande vale e, depois, erguendo-se bem longe, uma fortaleza de montanhas serrilhadas, com picos uns sobre os outros, a rocha íngreme coberta de tramazeiras e espinhais, cujas raízes se agarravam a rachaduras, fendas e cantos das pedras. Estava claro que esta era a parte do castelo antigamente ocupada por damas, pois a mobília tinha mais ar de conforto do que qualquer outra que eu tivesse visto. As janelas não tinham cortinas, e o luar amarelo, atravessando os vitrais losangulares para preencher o recinto, permitia até que se visse cor, ao mesmo tempo que atenuava a abundância de pó que repousava sobre tudo e, de certa forma, disfarçava os desgastes do tempo e das traças. Minha lamparina parecia não ter muito efeito diante do luar brilhante, mas estava feliz por tê-la comigo, pois havia uma solidão aterrorizante no lugar que gelava meu coração e arrepiava meus nervos. Ainda assim, era melhor do que ficar sozinho nos cômodos que passei a detestar devido à presença do conde e, após tentar acalmar um pouco meus nervos, fui tomado por uma quietude suave. Cá estou, sentado em uma mesinha de carvalho na qual antigamente, talvez, uma donzela sentava-se para escrever, com muita reflexão e muitos ruboros, uma carta de amor cheia de erros de ortografia; nesta mesa taquigrafo em meu diário sobre tudo o que aconteceu desde a última vez que o fechei. É o que há de mais atual no século XIX. E, no entanto, a não ser que meus sentidos me enganem, os séculos antigos tinham, e têm, poderes próprios que não podem ser mortos pela mera "modernidade".

Mais tarde: manhã do dia 16 de maio. – Que Deus preserve minha sanidade, pois a ela fui reduzido. Segurança e garantia de segurança são coisas do passado. Enquanto eu permanecer aqui, há apenas uma esperança restante, a de que eu não enlouqueça; isto é, caso já não esteja louco. Se eu estiver são, então sem dúvida é enlouquecedor pensar que, entre todas as coisas asquerosas que rastejam por este lugar sórdido, o conde é a que me causa menos medo; que ele é o único a quem posso recorrer por segurança, mesmo que isso só dure enquanto eu servir a seus interesses. Ó, Deus! Deus misericordioso! Permita-me ter calma, pois qualquer outro caminho definitivamente levará à loucura. Começo a vislumbrar sob nova luz certas questões que antes me intrigavam. Antes disso tudo, nunca havia entendido o que Shakespeare queria dizer quando fez Hamlet dizer:
"Minha lousa! Rápido, minha lousa!

Preciso registrar"[3] [*etc.*]

Pois agora, enquanto sinto-me como se meu próprio cérebro estivesse desvairado, ou como se tivesse chegado o choque que acabaria com ele de uma vez por todas, recorro a meu diário para acalmar-me. O hábito de registrar tudo com precisão deve ajudar a reconfortar-me.

O alerta misterioso do conde assustou-me na hora; assusta-me ainda mais agora quando paro para pensar, pois no futuro ele terá um controle terrível sobre mim. Terei receio de desconfiar de suas futuras palavras!

Quando terminei de escrever em meu diário e, felizmente, recoloquei o caderno e a caneta no bolso, senti sono. O alerta do conde veio-me à mente, mas senti certo prazer na desobediência. A sensação de sono me tomava, e com ela a obstinação que o sono traz como escolta. O luar suavizava ainda mais, e a vastidão afora dava-me uma sensação de liberdade refrescante. Decidi não voltar essa noite para os cômodos sombrios e assombrados e, em vez disso, dormir aqui, onde, no passado, donzelas sentaram-se, cantaram e viveram vidas adoráveis enquanto seus seios gentis entristeciam-se pelos companheiros afastados em guerras impiedosas. Arrastei um grande sofá para fora de seu lugar, perto de um canto para que, ao deitar, pudesse contemplar a bela vista ao leste e ao sul, e, sem pensar nem me importar com a poeira, acomodei-me para dormir. Imagino que devo ter caído no sono; espero que sim, mas temo que não seja o caso, pois tudo o que se seguiu foi assustadoramente real – tão real que, neste momento, sentado sob a plena luz solar da manhã, não sou capaz de acreditar que tenha sido tudo um sonho.

Eu não estava sozinho. O cômodo era o mesmo, sem nenhuma mudança desde que eu chegara a ele; conseguia ver pelo chão, sob o luar brilhante, minhas próprias pegadas perturbando o acúmulo de poeira. Entre mim e o luar havia três mulheres jovens, cujos vestidos e postura indicavam que eram damas. Pensei na hora que devia estar sonhando ao vê-las, pois, embora a luz da lua estivesse atrás das três, não havia sombra delas no chão. Elas aproximaram-se de mim, olharam-me por um tempo, depois sussurraram entre si. Duas eram morenas e tinham narizes altos e aquilinos – assim como o conde – e olhos enormes, escuros e penetrantes que pareciam quase vermelhos sob o contraste da lua pálida e amarelada. A outra era alva, o mais alva possível, com grandes ondas de cabelo dourado e olhos como safiras pálidas. Sentia que, de algum modo, conhecia seu rosto, e que o reconhecia por associá-lo a um temor onírico, mas não conseguia recordar no momento como ou onde formou-se esse conhecimento. As três tinham

---

[3] Embora corresponda a uma fala em *Hamlet*, Ato i, Cena v, a correspondência não é exata. (N.E.)

dentes brancos e brilhosos que radiavam como pérolas em contraste com o rubi de seus lábios voluptuosos. Havia algo nelas que me deixava irrequieto; que causava certo anseio e, ao mesmo tempo, um pavor mortal. Senti em meu coração um desejo perverso e ardente de que aqueles lábios vermelhos me beijassem. Não é adequado registrar isso, caso algum dia este escrito chegue aos olhos de Mina e tragam-lhe mágoa, mas é a verdade. Elas sussurraram entre si e, em seguida, riram as três – um riso musical e nítido, mas tão inteiriço que parecia ser um som impossível de ser emitido pela suavidade dos lábios humanos. Era como o tilintar doce e insuportável de copos musicais tocados por uma mão hábil. A moça alva balançou a cabeça de maneira galante e as outras duas a incentivaram. Uma delas disse:

– Vai em frente! Tu vais primeiro, nós vamos em seguida; teu é o direito de começar.

A outra acrescentou:

– Ele é jovem e vigoroso; há beijos para todas nós.

Permaneci deitado e quieto, olhando sob minhas pálpebras com a agonia de uma expectativa prazerosa. A moça loura avançou e curvou-se sobre mim até que eu pudesse sentir sua respiração sobre mim. De certa forma, doce era a lufada, o doce do mel, que fazia percorrer o mesmo arrepio nos nervos que sua voz; mas havia um amargor encoberto pelo doce, uma repugnância amarga, como há no aroma do sangue.

Tinha medo de abrir minhas pálpebras, mas via perfeitamente com elas entreabertas, enxergando por entre os cílios. A jovem ficou de joelhos e se curvou na minha direção, em puro regozijo. Havia uma voluptuosidade deliberada que era ao mesmo tempo excitante e repulsiva, e, ao arquear o pescoço, ela literalmente lambeu os beiços, como um animal, de modo que eu via sob a luz do luar a umidade reluzindo nos lábios escarlates e na língua vermelha que percorria os dentes brancos e afiados. Descia lentamente sua cabeça, e os lábios foram para baixo da minha boca e de meu queixo e pareciam estar prestes a firmar-se na minha garganta. Ela então parou, e pude ouvir o som vigoroso da língua lambendo dentes e lábios, além de sentir o hálito quente em meu pescoço. Em seguida, a pele da minha garganta formigou como acontece com a carne quando uma mão prestes a fazer cócegas aproxima-se mais e mais. Sentia o toque suave e vibrante dos lábios na pele ultrassensível da garganta, e as pontas duras de dois dentes afiados, apenas tocando e parando ali. Fechei meus olhos em um lânguido êxtase e esperei... esperei com o coração latejante.

Mas, naquele instante, outra sensação tomou-me, rápida como um relâmpago. Fiquei consciente da presença do conde, e de seu ser como se envolto em uma tempestade de fúria. Ao abrir meus olhos involuntariamente, vi sua mão forte agarrar o pescoço esguio da mulher alva e, com a força de um gigante, afastá-la de mim. Os olhos azuis transformaram-se com a fúria, os dentes brancos rangiam de ira e as bochechas alvas coraram vermelhas de agitação. Mas o conde! Nunca havia imaginado tamanha cólera e fúria, nem mesmo nos demônios do além. Seus olhos flamejavam de verdade. A luz vermelha neles era lúgubre, como se as chamas do inferno ardessem por trás deles. Seu rosto apresentava uma palidez mortal e as rugas nele eram rígidas como fios de arame; as sobrancelhas espessas que se encontravam acima do nariz agora pareciam a barra suspensa de um metal branco de tão incandescente. Com um movimento feroz do braço, ele lançou a mulher para longe de si e depois gesticulou para as outras como se as expulsasse; era o mesmo gesto régio que testemunhei sendo usado nos lobos. Em uma voz que, embora grave e quase sussurrada, parecia cortar o ar e ecoar pelo recinto, ele disse:

– Como ousais tocá-lo, qualquer uma entre vós? Como ousais repousar os olhos sobre eles quando eu vos proibi? Recuai, vos aviso! Este homem pertence a mim! Cuidado para não se envolver com ele, ou havereis de lidar comigo.

A moça alva, com um riso de afetação grosseira, virou-se para retorquir:
– Tu nunca amastes; nunca amas!

Com isso, as outras duas mulheres juntaram-se a ela e pelo cômodo ressoou um riso tão duro, sem entusiasmo e sem alma que quase desmaiei ao ouvi-lo; parecia o regozijo de demônios. Então, após olhar atentamente para meu rosto, o conde virou-se e disse em um sussurro delicado:

– Sim, também sou capaz de amar. Vós tendes o passado como prova disso. Não é verdade? Bem, agora prometo que, quando não tiver mais nada a tratar com ele, vós podereis beijá-lo à vontade. Agora ide! Ide! Preciso despertá-lo, pois há trabalho a se fazer.

– E ficaremos sem nada esta noite? – disse uma delas, com um riso grave, enquanto apontava para um saco que ele jogara no chão e que se movia como se contivesse algo vivo. Ele respondeu com um aceno de cabeça, afirmativamente. Uma das mulheres saltou na direção do saco e o abriu. Se meus ouvidos não me enganam, houve um arquejo e um gemido baixo, como se fosse uma criança parcialmente sufocada. As mulheres cercaram a vítima, enquanto eu ficava atônito de horror; mas, quando olhei, elas haviam desaparecido, junto ao terrível saco. Não havia porta perto delas, e elas não tinham como ter passado por mim sem que eu percebesse. Elas pareciam ter simplesmente desvanecido sob os raios do luar e saído pela janela, pois consegui ver do lado de fora as silhuetas sombrias e turvas por um momento, antes que desaparecessem por completo.

Com isso, o horror me dominou, levando-me ao desmaio.

IV

Diário de Jonathan Harker (cont.)

Acordei em minha própria cama. Se é que não foi sonho, o conde deve ter-me carregado até aqui. Tentei dar o assunto por encerrado, mas não conseguia chegar a nenhuma conclusão inquestionável. Definitivamente havia algumas evidências menores, como o fato de minhas roupas estarem dobradas e dispostas de um modo diferente de como eu estava habituado a fazer. Meu relógio também estava sem corda, sendo que estou rigorosamente acostumado a dar-lhe corda logo antes de ir para a cama, além de outros detalhes similares. Mas coisas assim não são prova, pois podem ser evidência de que minha mente estava agindo fora do normal e, independentemente do motivo, eu sem dúvida estava bastante incomodado. Preciso ficar atento a provas. Por uma coisa sou grato: se o conde me carregou até aqui e me despiu, ele o fez com pressa, pois meus bolsos estão intactos. Tenho certeza de que este diário seria um mistério insuportável para ele, que o teria confiscado ou destruído. Ao olhar ao redor deste quarto, que antes fora fonte de medo, notei que agora era como um santuário, pois nada pode ser mais terrível do que aquelas mulheres atrozes que esperavam – que *esperam* – sugar meu sangue.

18 de maio. – Desci para olhar novamente para aquele quarto sob a luz do dia, pois *preciso* saber a verdade. Quando cheguei à porta no fim do lance de escadas, descobri que estava fechada. Foi encaixada no batente com tanta força que parte da madeira havia lascado. Pude ver que o ferrolho da fechadura não fora arrancado, mas a porta estava fechada por dentro. Temo que não foi sonho, e preciso agir a partir desse princípio.

19 de maio. – Eu sem dúvida estou em apuros. Na noite de ontem, o conde pediu-me no tom mais gentil possível para escrever três cartas: uma dizendo que meu trabalho aqui estava quase concluído e que eu deveria partir para casa dentro de alguns dias, outra afirmando que eu partiria na manhã seguinte à data da carta e a terceira confirmando que eu havia deixado o castelo e chegado em Bistrița. Se pudesse, teria me revoltado, mas senti que, no atual estado das coisas, seria loucura arranjar uma briga com o conde enquanto estou tão absolutamente em suas mãos; e recusar-me significaria levantar suas suspeitas e despertar sua raiva. Ele sabe que sei demais e que não posso sobreviver, pois seria um perigo para ele; minha única chance está em prolongar minhas oportunidades. Talvez ocorra algo que me dê uma chance de escapar. Percebi em seus olhos parte daquela ira acumulada que se manifestou quando ele arremessou a mulher alva para longe de si. Ele explicou para mim que o serviço de correio era esparso e incerto, e que escrever desde já garantiria a paz de espírito de meus amigos; e assegurou-me com grandiosidade que ordenaria para que as cartas ficassem retidas em Bistrița até o momento certo, caso minha estadia acabasse sendo prolongada, de modo que me opor à ideia seria gerar novas suspeitas. Portanto, fingi entender sua perspectiva e perguntei quais datas deveria colocar nas cartas. Ele calculou por um momento e replicou em seguida:

– A primeira deve corresponder ao dia 12 de junho; a segunda, a 19 de junho; e a terceira, a 29 de junho.

Agora sei quanto tempo tenho de vida. Que Deus me ajude!

28 de maio. – Há uma chance de escapatória, ou de pelo menos mandar notícias para casa. Um bando de *szgany* veio ao castelo e montaram campo no pátio. Esses *szgany* são ciganos; tenho anotações a respeito deles no meu livro. Eles são específicos desta parte do mundo, embora sejam aliados aos ciganos comuns ao redor do globo. Há milhares deles na Hungria e na Transilvânia, quase todos fora da lei. Geralmente associam-se a um grande nobre ou boiardo e denominam-se pelo nome dele. São destemidos e sem religião, exceto por superstições, e conversam apenas suas próprias variações do idioma romani.

Vou escrever algumas cartas para casa, e tentarei providenciar para que sejam enviadas. Já falei com eles por minha janela a fim de começar a conhecê-los. Eles tiraram os chapéus e fizeram reverências e vários sinais que, contudo, não fui capaz de entender mais do que entendia o idioma oral deles...

Escrevi as cartas. Taquigrafei a de Mina e simplesmente pedi ao sr. Hawkins que entrasse em contato com ela. Para ela, expliquei minha situação, mas sem os horrores que ainda eram conjecturais. Seria um choque e um susto mortal se eu dissesse tudo o que há em meu coração. Caso as cartas não sejam enviadas, ao menos o conde ainda não saberá meu segredo ou a extensão de meu conhecimento...

Entreguei as cartas; joguei-as por entre as grades de minha janela com uma moeda de ouro e fiz os sinais que pude imaginar para indicar que desejava que as postassem. O homem que as pegou colocou-as perto do coração e curvou-se, em seguida colocando-as em seu chapéu. Não havia mais nada que eu pudesse fazer. Fui silenciosamente até a sala de estudos e comecei a ler. Como o conde não chegou, escrevo aqui...

O Conde chegou. Ele sentou-se a meu lado e disse com sua voz mais suave enquanto abria duas cartas:

– Os *szgany* me deram isso, e, embora não saiba de onde vieram, tratarei delas, é claro. Vejamos! – Ele deve tê-las examinado. – Uma é de vossa mercê, endereçada a meu amigo Peter Hawkins. A outra... – ele notou os símbolos estranhos ao abrir o envelope, e o aspecto sombrio recaiu sobre seu rosto e seus olhos flamejaram, perversos – ... a outra é uma coisa vil, um ultraje à amizade e à hospitalidade! Não tem assinatura. Ora! Nesse caso, não nos diz respeito.

Ele calmamente colocou a carta e o envelope nas chamas da lamparina até que ambos fossem consumidos. Em seguida, continuou:

– A carta para Hawkins, essa eu irei, é claro, enviar, visto que é sua. Suas cartas me são sagradas. Peço-lhe perdão, caro amigo, que eu, sem saber, violei o selo. Poderia, por favor, selá-la novamente? – Ele estendeu a carta para mim e, com uma reverência cortês, entregou-me um envelope limpo. Tudo o que pude fazer foi reendereçá-la e entregá-la a ele em silêncio. Ao sair da sala, pude ouvir a chave virar de leve. Um minuto depois, fui até a porta e tentei abri-la; estava trancada.

Quando, uma ou duas horas depois, o conde veio silenciosamente até a sala, sua chegada despertou-me, pois eu tinha adormecido no sofá. Ele se comportava de modo bastante cortês e jovial e, ao ver que eu estava dormindo, disse:

– Então, caro amigo, está cansado? Vá para a cama. Lá, o descanso será melhor. Posso não ter o prazer de conversar esta noite, visto que tenho tanto trabalho a fazer, mas vossa mercê irá dormir, espero. – Fui para meu quarto, deitei na cama e, por mais estranho que pareça, tive um sono sem sonhos. O desespero é um calmante à sua própria maneira.

31 de maio. – Esta manhã, quando acordei, pensei que poderia pegar papéis e envelopes em minha mala e deixá-los no meu bolso, para que eu pudesse escrever caso surgisse oportunidade; mas, então, outra surpresa, outro choque!

Cada pedacinho de papel sumira, incluindo todas as minhas anotações e memorandos relativos a ferrovias e trajetos, minha carta de crédito; na verdade, qualquer coisa que fosse útil para mim depois que eu deixasse o castelo. Sentei-me e refleti por um tempo; então, algo me ocorreu e vasculhei minha maleta e o armário onde colocara minhas roupas.

O terno que havia usado para viajar havia sumido, bem como meu sobretudo e minha manta; não conseguia achar rastro deles em lugar algum. Isso parecia uma nova maquinação vil...

17 de junho. – Esta manhã, sentado na beirada da cama, quebrando a cabeça, ouvi do lado de fora um estalar de chicotes e a batida e raspada de cascos de cavalo pela passagem pedregosa externa, no pátio. Com alegria, apressei-me rumo à janela e assisti à entrada nele de dois *leiter-wagons* grandes, cada qual puxado por oito cavalos fortes; junto a cada par havia um eslovaco, com chapéu largo, cintos reforçados, peles de carneiro sujas e botas de cano alto. Eles também tinham cajados longos nas mãos. Corri até a porta, com a intenção de descer e encontrar-me com eles no salão principal, pois achava que, assim, talvez a porta estivesse aberta para eles. Novamente, um choque: minha porta estava trancada do lado de fora.

Então, corri até a janela e gritei para eles, que ergueram o olhar até onde eu estava, apontando estupefatos, mas no mesmo momento o "*hetman*" dos *szgany* surgiu e, ao vê-los apontando para minha janela, disse algo que os impeliu a rir. Depois disso, não houve esforço meu – fossem gritos de dar dó, fossem súplicas agonizantes – que fizesse com que olhassem para mim. Eles decididamente deram-me as costas. Os *leiter-wagons* continham caixas quadradas e grandes, com alças de corda grossa; estavam claramente vazias pela facilidade grosseira com a qual eram movidas. Quando todas haviam sido descarregadas e apinhadas em um vasto monte em um canto do pátio, os eslovacos receberam dinheiro dos *szgany* e, cuspindo nas moedas para dar sorte, foram com preguiça até seus respectivos cavalos. Pouco depois, ouvi o estalo de seus chicotes sumir à distância.

24 de junho, antes do amanhecer. – Na noite passada, o conde deixou minha companhia mais cedo e trancou-se no seu quarto. Assim que senti que podia, corri pela escada espiralada e olhei pela janela que dava para o sul. Pensei em ficar de olho no conde, pois há alguma coisa acontecendo. Os *szgany* estão alojados em algum lugar do castelo, prestando algum tipo de serviço. Sei disso porque de vez em quando ouço um som abafado de algo que parecia enxadões e pás e, o que quer que fosse, devia cumprir um objetivo de vilania inescrupulosa.

Estava na janela havia pouco menos de meia hora quando vi algo saindo da janela do conde. Recuei e olhei com cautela, vendo o homem emergir por inteiro. Meu novo choque foi descobrir que ele vestia as roupas que usei durante a viagem até aqui e tinha pendurado no ombro o saco terrível que eu vira as mulheres levarem embora. Não havia dúvida de qual era sua tarefa, e também de que era minha roupa! Esse, então, era seu novo plano nefasto: permitiria que outros me vissem, ou achassem ter-me visto, para que ele pudesse criar evidências de que eu havia sido visto em cidades e vilarejos, postando minhas próprias cartas, e que qualquer crueldade que ele viesse a fazer fosse, pela população local, atribuída a mim.

Enfurece-me pensar que isso pode seguir impune e que, enquanto isso, estou trancado aqui, efetivamente um prisioneiro, mas sem a proteção da lei que é direito e consolo mesmo a um criminoso.

Pensei em aguardar a fim de observar o retorno do conde e, por um longo período, sentei-me obstinado à janela. Em certo momento, comecei a perceber que havia partículas estranhas pairando nos raios do luar. Eram como o mais fino grão de poeira que girava e juntava-se em grupos de aspecto meio nebuloso. Observei-os com uma sensação calmante, e fui tomado por algo similar à tranquilidade. Apoiei as costas no vão da janela para assumir uma posição mais confortável, de modo que pudesse apreciar mais plenamente o rodopio aéreo.

Algo colocou-me em estado de alerta: um uivo grave e lamentoso de cães em dado lugar no vale abaixo, fora de minha vista. Parecia ressoar ainda mais alto em meus ouvidos e as partículas de poeira flutuantes pareciam adquirir novas formas de acordo com o som, dançando sob o luar. Senti dificuldade em despertar e atender a um chamado de maus instintos; mais do que isso, minha alma em si jazia em conflito, com minhas sensibilidades parcialmente esquecidas esforçando-se para atender ao chamado. Eu estava em processo de hipnose! Cada vez mais rápido dançava a poeira; os feixes lunares pareciam tremeluzir enquanto atravessavam-me em direção à escuridão maciça atrás de mim. Juntavam-se mais e mais até parecerem adquirir formas fantasmagóricas e turvas. Então, sobressaltei-me, plenamente desperto e em posse de meus sentidos, e corri do lugar aos gritos. As formas fantasmáticas, que gradualmente materializavam-se a partir dos feixes lunares, pertenciam às três mulheres pavorosas às quais eu estava condenado.

Fugi e senti-me um pouco mais seguro em meu quarto, onde não há luz da lua e a lamparina ardia incandescente.

Passadas algumas horas, ouvi algo no quarto do conde, como um gemido agudo prontamente reprimido; em seguida, silêncio – um silêncio profundo e horrendo que provocou-me arrepios. Com o coração latejante, tentei abrir a porta, mas estava trancado em meu cárcere e não podia fazer nada. Apenas sentei e chorei.

Sentado, ouvi um som no pátio lá fora – o grito angustiado de uma mulher. Precipitei-me até a janela e olhei por entre as grades. Ali, de fato, havia uma mulher com o cabelo desgrenhado, com as mãos sobre o coração, como alguém cansado de tanto correr. Ela estava apoiada em um canto do portão de entrada. Ao perceber meu rosto na janela, ela lançou-se em direção ao castelo e gritou com uma voz carregada de ameaça:

– Dá-me meu filho, monstro!

Ela se pôs de joelhos e, erguendo os braços, gritou as mesmas palavras em uma entonação que partiu meu coração. Em seguida, arrancou os próprios cabelos e bateu com a mão no peito, entregando-se a todas as violências da emoção extrema. Por fim, lançou-se adiante e, embora eu não pudesse mais vê-la, conseguia escutar suas mãos nuas esmurrando a porta.

Em algum lugar acima, provavelmente na torre, ouvi um clamor com a voz do conde, seu sussurro áspero e metálico. Seu chamado pareceu ter sido atendido por amplos e numerosos uivos de lobos. Antes que muitos minutos tivessem passado, uma alcateia espalhou-se pela entrada do pátio, como a água de uma represa cheia cujas comportas se abriam.

Não ouvi gritos da mulher, e o uivo dos lobos foi curto. Não levou muito tempo antes que eles partissem um a um, lambendo os lábios.

Não senti pena dela, pois sabia o que ocorrera com seu filho. Era melhor para ela morrer.

O que devo fazer? O que posso fazer? Como escapar dessa coisa terrível dos domínios da noite, das trevas e do medo?

25 de junho, manhã. – Nenhum homem que não tenha sofrido com a noite sabe quão caro ao coração e aos olhos a manhã pode ser. Quando o sol subiu tanto nesta manhã que iluminava o topo do grande portão à frente de minha janela, seu ápice tocado pela luz parecia a pomba da arca de Noé. Meu medo esvaiu-se como uma veste etérea em dissolução com o calor. Preciso agir de algum modo enquanto tenho essa coragem matinal. Ontem à noite, uma de minhas cartas pré-datadas foi postada, a primeira da série fatal que irá apagar todo e qualquer rastro de minha existência da Terra.

Que eu não pense nisso. Hora de agir!

Era sempre à noite que eu era molestado, ameaçado ou de algum modo submetido ao perigo ou ao medo. Ainda não vi o conde sob a luz do dia. É possível que ele durma quando os outros acordam, de modo que esteja desperto enquanto eles dormem? Se ao menos eu pudesse sair deste quarto! Mas não há como fazê-lo. A porta está sempre trancada, estou sem saída.

Sim, há uma saída, para quem ousar arriscá-la. Por que outro corpo não passaria por onde o corpo dele passou? Com meus próprios olhos o vi sair da janela rastejando. Por que não imitá-lo e entrar pela janela por onde ele sai? As chances de funcionar são desesperadoras, mas minha necessidade é ainda mais. Tentarei a sorte. A pior das hipóteses será apenas a morte; a morte de um homem não é a mesma que a morte de um bezerro, e o temível além-mundo talvez ainda me aguarde de braços abertos. Que Deus me ajude em minha missão! Adeus, Mina, caso eu fracasse; adeus, meu amigo fiel e segundo pai; adeus a todos – e principalmente a Mina!

Mesmo dia, mais tarde. – Fiz conforme disse e, com a ajuda de Deus, voltei em segurança para este quarto. Preciso registrar cada detalhe na ordem correta. Enquanto minha coragem estava fresca, fui até a janela na face sul e imediatamente saí, ficando sobre a saliência estreita de pedra que percorre o edifício nesse lado. As pedras são grandes e foram cortadas de modo grosseiro e a argamassa entre elas foi, pela ação do tempo, gasta até quase inexistir. Tirei minhas botas e me aventurei pelo trajeto desesperado. Olhei para baixo uma vez, em busca de garantir que um vislumbre repentino da profundidade terrível não me dominasse, mas, depois disso, mantive meus olhos longe dessa direção. Sabia muito bem o sentido e distância da janela do conde e fui até lá da melhor maneira que pude, dadas as oportunidades existentes. Não senti tontura – creio que estava exaltado demais para isso – e pareceu levar um tempo ridículo de tão curto até que eu me encontrasse sobre o parapeito e tentasse abrir a janela de guilhotina. Estava, porém, em estado de pura agitação quando me curvei e coloquei o primeiro pé dentro do vão. Em seguida, olhei ao meu redor em busca do conde, mas com surpresa e alívio fiz uma descoberta: o quarto estava vazio! Os móveis eram poucos, estranhos e pareciam nunca ter sido usados; tinham um estilo similar ao dos quartos ao sul e estavam cobertos de poeira. Procurei a chave, mas ela não estava na fechadura e não a encontrei em lugar algum. A única coisa que encontrei foi uma grande pilha de ouro em um canto – ouro de todo tipo: dinheiro romano, britânico, austríaco, húngaro, grego e turco, cobertos por uma camada de pó, como se há muito estivessem no chão. Nenhum deles tinha, pelo que pude notar, menos de trezentos anos. Também havia correntes e ornamentos, alguns com joias, mas todos velhos e enferrujados.

Em um canto do quarto havia uma porta pesada. Tentei abri-la, já que, como não conseguia encontrar a chave do quarto ou da porta para o pátio – que era meu objetivo principal nessa busca –, precisava examinar mais o recinto, senão todos os meus esforços seriam em vão. Ela estava aberta, e levava a um corredor de pedra que culminava em uma escada espiralada descendente. Desci, tomando cuidado com meus passos, pois a escadaria era escura, iluminada apenas por brechas na alvenaria pesada. No fim dos degraus havia uma passagem escura semelhante a um túnel e de onde emanava um odor cadavérico e doentio, o odor de terra velha recém-revolvida. Enquanto percorria a passagem, o cheiro ficou mais próximo e intenso. Finalmente, puxei uma pesada porta entreaberta, e encontrei-me em uma capela antiga em ruínas, que claramente era usada como cemitério. O teto estava quebrado e em dois locais havia degraus que levavam a criptas, mas o chão havia sido recentemente escavado e a terra colocada em grandes caixas de madeira, aquelas que os eslovacos trouxeram. Não havia ninguém por perto e busquei por mais passagens, mas não havia nenhuma. Em seguida, examinei cada centímetro do chão, para não perder nenhuma oportunidade, fui até mesmo às criptas, onde a iluminação fraca mal conseguia entrar, embora fazê-lo fosse um terror a meu âmago. Em duas delas entrei e não vi nada além de partes de caixões velhos e montes de poeira; na terceira, porém, tive uma descoberta.

Ali, em uma das caixas grandes, que totalizavam cinquenta, em uma pilha de terra recém-escavada, repousava o conde! Ele estava morto ou dormindo, não sabia determinar: os olhos estavam abertos e imóveis, mas sem o aspecto vítreo da morte; as bochechas tinham o calor da vida percorrendo a palidez; os lábios estavam mais vermelhos do que nunca. Mas não havia sinal de movimento, nem pulso, nem respiração, nem pulsação do coração. Inclinei-me para perto e tentei encontrar qualquer sinal de vida, sem conseguir. Ele não podia estar ali havia muito tempo, pois o odor de terra teria dispersado em questão de algumas horas. Ao lado da caixa estava sua tampa, com buracos em partes diversas. Pensei que ele talvez portasse as chaves, mas, quando fui procurá-las, fitei os olhos mortos e, por mais mortos que estivessem, vislumbrei um ódio tão intenso, embora inconsciente de mim ou de minha presença, que fugi do local e saí do quarto do conde pela janela, escalando novamente a parede do castelo. Chegando ao meu quarto, me joguei ofegante na cama e tentei pensar...

29 de junho. – Hoje é o dia de minha última carta, e o conde tomou providências para provar que ela era genuína, pois novamente lhe assisti deixar o castelo pela mesma janela, com os meus trajes. Enquanto ele descia a janela, à moda de um lagarto, desejei ter uma pistola ou arma letal, de modo que pudesse destruí-lo; mas temo que nenhuma arma de fabricação humana teria efeito nele. Não ousei esperar para testemunhar seu retorno, pois temia ver as estranhas irmãs. Voltei à biblioteca e li até cair no sono.

Fui acordado pelo conde, que lançou para mim o olhar mais soturno que um homem poderia lançar enquanto dizia:

– Amanhã, caro amigo, devemos partir. Vossa mercê retornará para a bela Inglaterra, e eu para uma tarefa cujo fim pode fazer com que nunca mais nos vejamos. A carta para sua terra natal foi despachada; amanhã, não estarei aqui, mas tudo estará pronto para sua viagem. De manhã, virão os *szgany*, que têm suas próprias tarefas por aqui, e também virão alguns eslovacos. Quando tiverem partido, minha carruagem deve vir buscá-lo e levá-lo até o Passo de Borgo para encontrar-se com a diligência de Bucovina para Bistrița. Mas fico com a esperança de vê-lo novamente no Castelo de Drácula.

Eu suspeitava dele, e decidi pôr sua sinceridade à prova. Sinceridade! Parece uma profanação da palavra associá-la com um monstro desses, então perguntei sem delongas:

– Por que não poderia partir esta noite?

– Porque, meu caro senhor, meu cocheiro e meus cavalos têm outros afazeres no momento.

– Mas eu caminharia com gosto. Quero partir o quanto antes.

Ele sorriu; um sorriso tão gentil, plácido e diabólico que eu sabia que havia algum truque por trás da placidez. Ele perguntou:

– E sua bagagem?

– Não é problema. Posso mandar buscá-la depois.

O conde levantou-se e disse, com uma cortesia afável que me fez esfregar os olhos de tão real que parecia:

– Seu povo, os ingleses, tem um ditado que me é muito caro, pois o espírito dele é o que norteia a nós, boiardos: "Cabe acolher os que chegam e levar à saída os que querem partir". Venha comigo, jovem amigo. Nem uma hora a mais deve esperar em minha casa contra a vontade, por mais que eu esteja triste com sua partida, e pelo fato de desejá-la tão de pronto. Venha! – Com uma gravidade solene, ele, segurando a lamparina, conduziu-me escadas abaixo e até o salão de entrada. De repente, parou. – Ouça!

Surgiu nas proximidades o uivo de vários lobos. Era quase como se o som viesse do comando de sua mão erguida, como a música de uma grande orquestra parece nascer da batuta do maestro. Depois de um momento de pausa, ele seguiu, em seu modo solene, até a porta, retirou as correntes e ferrolhos pesados e pôs-se a abri-la.

Para meu profundo espanto, descobri que estava destrancada. Olhei ao redor com suspeita, mas não encontrei nenhuma chave.

Quando a porta começou a abrir-se, o uivo dos lobos do lado de fora ficou mais alto e furioso; suas mandíbulas vermelhas com dentes a mastigar e suas patas com garras gastas entraram pela fresta na porta. Foi então que soube que resistir ao conde naquele momento seria em vão. Com aliados assim sob seu comando, não havia nada que eu pudesse fazer. Mas a porta continuava a abrir aos poucos e apenas o corpo do conde obstruía o vão. De repente, ocorreu-me que talvez esse fosse o momento e causa de minha morte: seria dado aos lobos, por instigação própria. Havia uma crueldade diabólica na noção que seria própria do conde e, como minha última esperança, gritei:

— Feche a porta! Esperarei até o amanhecer! — E cobri meu rosto com as mãos em busca de esconder minhas lágrimas de decepção amarga. Com um movimento de seu braço potente, o conde bateu a porta e as trancas tiniram e ecoaram pelo salão ao retornarem a seus lugares.

Em silêncio, voltamos para a biblioteca e, depois de um minuto ou dois, fui para meu próprio quarto. Minha última visão do conde Drácula foi ele beijando a própria mão ao despedir-se de mim; com um brilho vermelho de triunfo nos olhos e um sorriso do qual Judas, no inferno, teria orgulho.

Quando estava no meu quarto, prestes a deitar-me, achei ter ouvido sussurros à minha porta. Fui até ela a passos leves e prestei atenção. A não ser que meus ouvidos me enganassem, ouvi a voz do conde:

— Sai, voltai para vosso lugar! Ainda não é vossa hora. Aguardai! Tende paciência! Esta noite é minha. A de amanhã é vossa! — Houve um riso baixo e jovial e, em fúria, abri a porta e vi do lado de fora as três mulheres terríveis lambendo os lábios. Quando apareci, todas juntaram-se em um riso horrível e fugiram.

Voltei ao meu quarto e fiquei de joelhos. O fim está, então, tão próximo? Amanhã! Amanhã! Senhor, ajude-me, bem como aqueles a quem sou caro!

30 de junho, manhã. — Essas talvez sejam as últimas palavras que escreverei neste diário. Dormi até pouco antes do amanhecer e, quando despertei, pus-me de joelhos, pois decidira que, se a morte estava a caminho, iria encontrar-me pronto.

Por fim, senti aquela mudança sutil no ar, e soube que a manhã havia chegado. Então, veio o canto bem-vindo do galo, e senti que estava seguro. Com o coração tranquilo, abri a porta e corri até o salão. Tinha visto que a porta ficava destrancada, e a fuga estava diante de mim. Com mãos que tremiam de ansiedade, tirei as correntes e deslizei os ferrolhos enormes.

Mas a porta não abria. Fui tomado pelo desespero. Puxei com insistência a porta e forcei-a até que, com todo o seu tamanho, tremesse no batente. Conseguia ver o trinco de dentro. Foi trancada depois que deixei o conde.

Então, fui tomado por um desejo incontrolável de obter a chave a qualquer custo, e decidi ali, naquele momento, escalar a parede de novo e ir até o quarto do conde. Ele talvez me matasse, mas a morte agora parecia o mais agradável dos males. Sem parar, corri até a janela ao leste e desci pela parede, como da outra vez, até o quarto do conde. Estava vazio, mas isso era esperado. Não vi a chave em lugar algum, mas a pilha de ouro permanecia lá. Entrei na porta do canto e desci a escada espiralada e o corredor escuro para a capela antiga. Agora sabia muito bem onde encontrar o monstro que procurava.

A caixa grande estava no mesmo lugar, fechada e encostada na porta, mas a tampa estava colocada sobre ela e, embora ainda não fixada, seus parafusos estavam em posição, prontos para serem martelados. Sabia que precisava procurar a chave no corpo, então levantei a tampa e a deixei apoiada na parede; então, notei algo que preencheu meu âmago de horror. Ali estava o conde, mas parecendo ter tido a juventude parcialmente restaurada, pois o cabelo e o bigode brancos agora eram de um cinza-escuro cor de chumbo; as maçãs do rosto estavam mais cheias e a pele clara parecia vermelho-rubi por baixo; a boca estava mais vermelha do que nunca, pois nos lábios havia gotas de sangue fresco, que escorriam dos cantos da boca e iam até o queixo e o pescoço. Mesmo os olhos profundos e ardentes pareciam rodeados por carne inchada, pois as pálpebras e a pele abaixo dos olhos estavam salientes. Parecia como se a criatura terrível se tivesse empanturrado de sangue. Estava ali, como uma sanguessuga nojenta, exausta de tanto saciar-se. Estremeci ao curvar-me para tocá-lo, e cada sentido meu sentia repulsa ante o contato; mas precisava fazer a busca, senão estaria perdido. A noite iminente talvez visse meu corpo como um banquete de maneira similar àquelas três mulheres hediondas. Apalpei o corpo todo, mas nenhum sinal encontrei da chave. Em seguida, parei e observei o conde. Havia um sorriso zombeteiro no rosto inchado que parecia levar-me à loucura. Era esse o ser que eu ajudava na transferência para Londres – onde, talvez, por séculos a fio, ele ficaria livre para saciar-se em meio aos milhões de cidadãos, além de criar um novo e crescente círculo de semidemônios que se alimentariam dos indefesos. Só de pensar nisso, eu ficava possesso. Senti um desejo terrível de livrar o mundo de um monstro desses. Não havia arma letal à mão, mas peguei uma pá das que os trabalhadores haviam usado para encher as caixas e, levantando-a para o alto, golpeei com a parte fina o rosto odioso. Mas, ao fazê-lo, a cabeça virou-se e os olhos fixaram-se em mim, com as chamas horrendas de um basilisco. O olhar parecia paralisar-me, e a pá mexeu-se na minha mão e desviou-se do rosto, limitando-se a um corte profundo acima da testa. A pá caiu de minhas mãos, ficando sobre a caixa, e, ao puxá-la, a borda da ferramenta acertou a tampa, que caiu novamente, e escondeu de mim a visão horrenda. A última coisa que vi foi o rosto inchado, manchado de sangue e com um sorriso malicioso fixo digno das profundezas do inferno.

Pensei detidamente sobre qual deveria ser meu passo seguinte, mas meu cérebro parecia em chamas, e esperei com uma sensação de desespero crescente. Enquanto aguardava, ouvi à distância uma canção de ciganos entoada por vozes alegres que aproximavam-se e, junto à música, o movimento de rodas pesadas e o estalar de chicotes; os *szgany* e os eslovacos aos quais o conde se referira estavam chegando. Olhando uma última vez ao redor e para a caixa que continha o corpo vil, saí correndo de onde estava e fui até o quarto do conde, determinado a sair em disparada no momento em que a porta fosse aberta. Forçando os ouvidos, prestei atenção e escutei andares abaixo a chave virando a fechadura grande e a abertura da colossal porta. Devia haver outros acessos, ou alguém tinha a chave para uma das portas trancadas. Depois, surgiu o som de muitos passos pesados, que logo sumia em uma passagem que ecoava para cima com um aspecto metálico. Virei-me para correr novamente até a cripta, onde talvez eu encontrasse o novo acesso; mas naquele momento pareceu surgir um sopro de vento violento, e a porta para a escada fechou-se com uma força que agitou a poeira das vergas. Quando corri para abri-la com um empurrão, descobri que estava firme demais para ceder. Mais uma vez, era prisioneiro, e a rede da perdição se fechava cada vez mais ao meu redor.

Enquanto escrevo estas linhas, na passagem abaixo há o som de muitos passos e o estrondo de coisas maciças sendo baixadas – sem dúvida as caixas, com seu carregamento de terra. Há um som de martelo; é a caixa sendo pregada. Agora consigo ouvir os passos pesados atravessando novamente o salão, com muitos passos letárgicos vindo atrás deles.

A porta está fechada e as correntes se mexem; há o ruído de uma chave na fechadura; consigo ouvi-la sendo puxada: em seguida, outra potra se abre e se fecha; ouço o rangido de trancas e ferrolhos.

Agora, no pátio e na passagem pedregosa, o rolar de rodas pesadas, o estalar de chicotes, e o coro dos *szgany* perderam-se à distância.

Estou sozinho no castelo com aquelas terríveis mulheres. Credo! Mina, sim, é uma mulher, e não há nada em comum entre elas. Elas são diabos das profundezas!

Não ficarei a sós com elas; tentarei escalar a parede do castelo além do que já escalei até agora. Levarei um pouco do ouro comigo, caso o queira para depois. Talvez eu encontre um modo de sair deste lugar terrível.

Depois disso, para casa! Pelo trem mais rápido e mais próximo! Para longe deste local maldito, desta terra maldita, onde o diabo e sua prole ainda caminham com pés terrenos!

Ao menos a misericórdia de Deus é melhor do que a desses monstros, e o precipício é alto e íngreme. Em sua base, é possível que um homem descanse... como homem. Adeus a todos! Mina!

Carta, da srta. Mina Murray para a srta. Lucy Westenra

9 de maio.
Querida Lucy,

    Perdão pela minha demora em escrever-lhe, mas tenho estado soterrada de trabalho. A vida de uma professora-assistente às vezes é penosa. Mal posso esperar para ficar contigo à beira-mar, onde podemos conversar livremente e construir nossos castelos no ar. Tenho trabalhado arduamente nos últimos tempos, pois quero progredir junto aos estudos de Jonathan, e tenho praticado taquigrafia com bastante assiduidade. Quando nos casarmos, serei útil a Jonathan e, caso consiga estenografar bem, posso anotar o que ele quer dizer com esse método e em seguida redigir tudo para ele na máquina de escrever, pois também estou empenhada na prática da datilografia. Eu e ele às vezes trocamos cartas taquigrafadas, e ele está taquigrafando um diário relatando sua viagem no exterior. Quando eu estiver contigo, farei um diário do mesmo modo. Não estou falando daqueles diários com duas páginas para cada semana e com o domingo espremido em um cantinho, mas de um caderno no qual eu possa escrever sempre que sentir vontade. Creio que não será de grande interesse para outras pessoas; mas não escrevo para elas. Talvez eu mostre a Jonathan depois, se houver algo digno de nota, mas está mais para um caderno de exercícios. Vou tentar fazer igual aos jornalistas: entrevistar, escrever descrições e tentar lembrar de conversas. Ouvi dizer que, com um pouco de prática, é possível lembrar-se de tudo o que aconteceu ou que foi dito durante um dia. Porém, veremos. Contarei a ti meus planos quando nos encontrarmos. Recebi há pouco algumas linhas apressadas de Jonathan vindas da Transilvânia. Ele está bem e retornará dentro de uma semana. Mal posso esperar para ouvir todas as novidades que ele tem para contar. Deve ser tão bom ver o estrangeiro. Pergunto-me se nós – digo, eu e Jonathan – visitaremos esses países juntos um dia. O relógio bateu dez horas. Até mais.

Com carinho,
Mina.

p.s. – Conta-me as novidades quando escrever. Tu não tens me dado notícias há muito tempo. Ouvi rumores, especialmente de um homem alto, belo e de cabelos cacheados???

Carta, de Lucy Westenra para Mina Murray

17, Chatham Street,
Quarta feira.
Querida Mina,

Devo dizer que é *muito* injusto acusar-me de ser uma má correspondente. Escrevi para ti *duas vezes* desde que nos separamos, e tua última carta foi apenas *a segunda*. Além disso, não há nada para contar. Não há nada que de fato lhe interesse. A cidade está bastante agradável no momento, e vamos bastante a galerias de arte e a passeios no parque. Quanto ao homem alto de cabelo cacheados, suponho que seja o que me acompanhou no último concerto popular. Claramente há alguém espalhando boatos. Era o sr. Holmwood. Ele muitas vezes vem nos ver, e ele e mamãe dão-se muito bem; os dois têm tantas coisas em comum para conversar a respeito. Conhecemos um tempo atrás um sujeito que seria perfeito para ti, se já não estivesses noiva de Jonathan. É um partidão: bonito, rico e bem-nascido. Ele é médico e é bem inteligente. Imagina só! Com apenas vinte e nove anos, ele tem um manicômio enorme inteiro sob seus cuidados. O sr. Holmwood introduziu-o a mim; ele nos visitou aqui uma vez e agora vem com frequência. Creio que ele seja um dos homens mais determinados que já conheci e, apesar disso, o mais calmo. Parece absolutamente imperturbável. Só posso imaginar que poder fantástico ele tem sobre seus pacientes. Ele tem um hábito curioso de olhar para as pessoas diretamente no rosto, como se tentasse ler suas mentes. Ele tenta fazer isso comigo bastante, mas, modéstia à parte, sou um osso duro de roer. Sei disso pelo espelho. Já tentaste ler o próprio rosto? *Eu já*, e te digo que não é má ideia, e dá mais trabalho do que se imaginaria quando se tenta pela primeira vez. Ele diz que eu lhe renderia um estudo psicológico curioso, e humildemente concordo com ele. Como bem sabes, não me interesso o suficiente em vestidos para ser capaz de descrever as novas tendências. Vestidos são uma chateza só. Usei outra gíria, mas não importa; Arthur sempre diz essa. Pronto, está dito. Mina, contamos nossos segredos uma para a outra desde *crianças*; dormimos juntas e comemos juntas, rimos e choramos juntas; e agora, embora tenha dito, gostaria de dizer mais. Ai, Mina, já não adivinhaste? Eu o amo. Estou corada só de escrever, pois, embora eu *ache* que ele me ama, ele não me disse com todas as palavras. Mas, ai, Mina. Eu o amo; o amo; o amo! Pronto, isso fez bem para mim. Gostaria de estar contigo, querida, sentada à lareira sem roupas formais, como fazíamos; e assim eu tentaria contar-lhe como me sinto. Mal sei como estou conseguindo escrever esta carta, mesmo que seja para ti. Tenho medo de me deter, pois poderia acabar rasgando a carta, e não quero me deter, porque quero *tanto* contar tudo a ti. Dá-me notícias *agora mesmo*, e diga-me o que pensas a respeito. Mina, preciso parar por aqui. Boa noite. Lembra-te de mim em tuas preces e, Mina, reza por minha felicidade.

Lucy

P.S. – Não é necessário dizer que isto é segredo. Boa noite de novo. – L.

Carta, de Lucy Westenra para Mina Murray

24 de maio.
Querida Mina,

Obrigada e obrigada e mais uma vez obrigada por tua doce carta. Foi tão bom poder contar a ti e ter tua compaixão.

Querida, nunca chove, mas quando chove inunda. Como são verdadeiros os provérbios. Cá estou, prestes a completar vinte anos em setembro e nunca pediram minha mão até hoje, nunca a sério, e hoje, pediram três vezes. Imagina só! Três propostas de casamento em um só dia! Não é terrível?! Sinto muito, mas muito mesmo, de verdade, por dois dos rapazes. Ai, Mina, estou tão feliz que não sei o que fazer. E três propostas! Mas, por tudo o que é sagrado, não conta a nenhuma das outras garotas, pois elas começariam a ter todo tipo de ideia extravagante e se imaginariam injuriadas e desprezadas se no primeiro dia em casa não receberem ao menos seis. Algumas mulheres são tão vaidosas. Nós duas, querida Mina, que estamos noivas e em breve nos tornaremos mulheres casadas, maduras e sóbrias, podemos desprezar a vaidade. Bem, preciso contar sobre os três, mas tu precisas guardar segredo, querida, de *todo mundo* – exceto, é claro, de Jonathan. Contarás a ele, porque, em teu lugar, eu certamente contaria a Arthur. Uma mulher deve contar tudo ao marido (não acha, querida?), e eu preciso ser justa. Os homens gostam que as mulheres, especialmente suas esposas, sejam tão justas quanto eles; e receio que nem sempre as mulheres sejam tão justas quanto deveriam ser. Bem, querida, o primeiro veio pouco antes do almoço. Falei a respeito dele para ti, o dr. John Seward, o homem do manicômio, com queixo forte e fronte avantajada. Ele transmitia calma, mas ainda assim estava nervoso. Claramente vinha ensaiando todo tipo de minúcia, e lembrou-se de todas elas; mas quase sentou na própria cartola, algo que homens calmos geralmente não fazem, e depois, quando quis parecer tranquilo, ficou brincando com um bisturi de um modo que quase me deixou aos gritos. Ele falou comigo, Mina, de forma bem direta. Me disse quanto carinho tinha por mim, embora me conhecesse tão pouco, e como sua vida seria comigo para ajudá-lo e alegrá-lo. Estava prestes a me contar como ficaria infeliz se eu não tivesse interesse nele, mas, ao ver que eu chorava, disse que era um bruto e que não me causaria mais incômodo. Depois, deteve-se e perguntou se eu seria capaz de amá-lo com o tempo. Fiz que não com a cabeça e suas mãos tremeram e, com certa hesitação, ele me perguntou se eu já gostava de alguém. Ele foi bem gentil ao dizê-lo, afirmando que não queria arrancar confidências de mim, mas só queria saber, pois, se o coração de uma mulher fosse livre, podia-se ter esperança. Então, Mina, senti certo dever de contar-lhe que de fato havia alguém. Só lhe contei isso, e com isso ele se levantou e, com um aspecto bem forte e bem sério, pegou minhas duas mãos nas suas e disse que esperava que eu fosse feliz, e que, se eu quisesse um amigo, deveria considerá-lo um dos melhores que tenho. Oh, Mina, querida, não consigo deixar de chorar; perdão por esta carta estar toda borrada. Ter a mão pedida em casamento é muito bom e tudo o mais, mas não há alegria nenhuma quando tu és obrigada a ver um coitado, que tu sabes que te ama de verdade, ir embora parecendo ter o coração partido e saber que, não importa o que ele tenha dito no momento, estás saindo da vida dele. Querida, preciso parar de escrever neste momento; me sinto tão desolada, apesar de estar tão feliz.

Noite.
Arthur acabou de ir embora, e me sinto melhor do que quando havia parado de escrever, então posso contar para ti a respeito do dia. Bem, querida, o segundo veio depois do almoço. É um rapaz adorável, um americano do Texas, e ele parece tão jovem e tão imaculado que parece quase impossível que ele tenha estado em tantos lugares e vivido tantas aventuras. Entendo a pobre Desdêmona quando palavras tão perigosas foram despejadas em seu ouvido, mesmo que por um homem negro. Suponho que nós, mulheres, somos tão covardes que pensamos que um homem nos salvará de nossos medos e casamos com ele. Não sei o que eu faria se fosse um homem que desejasse fazer com que uma garota me amasse. Não, não sei, pois eis o sr. Morris contando-nos suas histórias, ao passo que Arthur nunca contou história alguma e no entanto... Perdão, estou me adiantando. O sr. Quincey P. Morris me encontrou sozinha. Parece que os homens sempre encontram as garotas quando estão sozinhas. Não, não encontram, pois Arthur tentou duas vezes *criar* essa oportunidade, comigo ajudando-o o máximo que podia; não tenho vergonha de contar isso agora. Preciso dizer de antemão que o sr. Morris nem sempre fala em gírias – digo, ele nunca o faz conversando com estranhos ou diante deles, pois é muitíssimo educado e tem uma polidez excepcional –, mas descobriu que eu achava graça em ouvi-lo falando gírias americanas e, sempre que eu estava presente e não havia ninguém para alarmar-se, ele dizia coisas tão engraçadas. Receio, querida, que são todas invenções dele, pois cabem exatamente ao que quer que ele tenha a dizer. Mas é assim que gírias funcionam. Não sei se virei a falar em gírias; não sei se Arthur gosta disso, pois nunca o ouvi usá-las até agora. Bem, o sr. Morris sentou-se ao meu lado e parecia tão feliz e alegre quanto podia estar, mas eu percebia que ele também estava bem nervoso. Ele tomou minhas mão nas suas e disse, cheio de doçura:
– Senhorita Lucy, sei que não sou digno nem de amarrar seus sapatinhos, mas acho que, se vossa mercê ficar esperando por um homem que seja, acabará junto às sete moças com lamparinas quando desistir. Por que vossa mercê simplesmente não sobe em minha carroça e seguimos viagem juntos, os dois emparelhados?
Bem, ele parecia tão bem-humorado e tão alegre que não foi tão difícil recusá-lo como o coitado do dr. Seward; então, respondi, com o máximo de leveza possível, que não entendia de carroças e que ainda não tinha sido domada para andar em parelha. Com isso, ele falou que foi leviano em sua fala e que esperava, se tivesse sido um erro fazê-lo em ocasião tão séria e significativa para ele, que eu o perdoasse. Ele parecia

mesmo sério quando disse isso, e não consegui deixar de ficar um pouco séria também (sei, Mina, que acharás que sou uma coquete incorrigível por isso), embora não conseguisse evitar certo júbilo por ele ser o segundo em um mesmo dia. E, então, minha querida, antes que eu pudesse dizer uma palavra que fosse, ele começou a despejar uma perfeita avalanche de amor, colocando coração e alma a meus pés. Parecia tão sincero a respeito disso que jamais pensarei novamente que um homem é sempre brincalhão, e nunca sério, porque ele às vezes é jovial. Creio que ele viu algo em meu rosto que o refreou, pois parou de repente e falou com um fervor masculino que me faria amá-lo se livre eu fosse:

– Lucy, sei que a senhorita é uma jovem de coração honesto. Não deveria estar aqui falando com vossa mercê como agora falo se não a considerasse um grão puro, até o fundo de sua alma. Diga-me, de amigo para amigo, há outra pessoa por quem vossa mercê tem afeição? Se houver, nunca mais incomodarei sequer um fio de cabelo seu, mas serei, caso permita, um amigo muito leal.

Querida Mina, por que os homens são tão nobres quando nós mulheres somos tão indignas deles? Cá estava, quase caçoando desse cavalheiro de coração enorme. Não consegui conter as lágrimas – receio, querida, que pus mais de mim neste papel do que deveria ter posto, em mais de um sentido – e me senti mal de verdade. Por que uma garota não pode casar-se com três homens, ou quantos homens a quiserem, poupando-nos desse desgaste? Mas isso é heresia, não devo dizer uma coisa dessas. Fico feliz em dizer que, embora chorasse, consegui olhar nos olhos valentes do sr. Morris e lhe dizer diretamente:

– Sim, há alguém que amo, embora ele ainda nem tenha dito que me ama. – Foi a decisão certa falar com ele com tal franqueza, pois uma luz iluminou seu rosto e ele estendeu as duas mãos para pegar a minha (acho que a coloquei entre elas) e disse do fundo do coração:

– Esta é minha garota corajosa. É melhor chegar tarde demais para ganhar seu coração do que chegar na hora para qualquer outra garota neste mundo. Não chore, minha querida. Se é por mim, sou osso duro de roer e aguento de pé. Se esse outro sujeito não souber a felicidade que tem em mãos... bem, é melhor que ele a descubra logo, ou há de se ver comigo. Mocinha, sua honestidade e bravura fizeram de mim um amigo, o que é mais raro do que um amante; é menos egoísta, ao menos. Minha querida, terei um passeio muito solitário entre aqui e o Reino do Senhor. Eu poderia ganhar um beijo seu? Será algo para afastar as trevas de vez em quando. Espero que vossa mercê saiba que pode dá-lo, já que esse outro bom sujeito – que só pode ser um bom sujeito, querida, um dos melhores, senão não o amaria – ainda não se manifestou.

Isso mexeu comigo, Mina, pois *foi* corajoso e gentil da parte dele, além de nobre, para um rival (não foi?); e estava tão triste. Então me curvei e o beijei. Ele se levantou com minhas mãos na dele e, enquanto ele contemplava meu rosto (receio que estava bastante corada), disse:

– Mocinha, segurei sua mão e recebi um beijo seu; se isso não faz de nós amigos, nada fará. Obrigado por sua gentil sinceridade para comigo e adeus.

Ele apertou minha mão e, pegando seu chapéu, saiu do quarto sem olhar para trás, sem lágrimas, tremores ou hesitações. E eu chorei feito um bebê. Ai, por que um homem desses precisa viver infeliz quando há várias garotas que venerariam até o chão em que ele pisa? Sei que eu o faria se fosse livre, só que não desejo ser livre. Querida, isso me deixou bastante aborrecida, e sinto que não sou capaz de escrever palavras de felicidade neste momento, após ter contado o que contei; e prefiro não falar do terceiro até que possa fazê-lo com pura felicidade.

Com todo carinho,
Lucy

P.S. – Ah, sobre o terceiro... Não preciso lhe contar sobre o terceiro, preciso? Além disso, foi tudo tão confuso; parecia apenas um momento entre ele entrar no quarto, seus braços me envolverem e ele me beijar. Estou muito, muito feliz, e não sei o que fiz para merecer isso. Só me resta tentar no futuro mostrar que não sou ingrata a Deus por toda a Sua bondade em enviar-me um amante desses, um marido desses, um amigo desses.

Adeus.

Diário do dr. Seward (gravado em fonógrafo)

25 de maio. – Hoje a maré de meu apetite está baixa. Não consigo comer nem dormir, então me resta o diário. Desde minha rejeição de ontem, estou com uma sensação de vazio; nada no mundo parece importante o suficiente para valer o esforço... Como sabia que a única cura para esse tipo de coisa é o trabalho, desci para visitar meus pacientes. Escolhi um que me rendera um estudo deveras interessante. Ele é tão peculiar que estou determinado a entendê-lo da melhor forma que puder. Parece-me que hoje me aproximei mais do que nunca do coração desse mistério.

Interroguei-o mais extensivamente do que jamais havia feito, buscando ganhar domínio dos fatos de sua alucinação. Em meu método para fazê-lo, houve, percebo agora, certa crueldade. Parecia que eu desejava mantê-lo em sua loucura – algo que evito fazer com pacientes da mesma maneira com que evitaria os portões do inferno.

(*Lembrete:* em que ocasião eu *não* evitaria o abismo do inferno?) *Omnia Romæ venalia sunt.*[4] O inferno tem seu preço! *Verb. sap.*[5] Se há algo por trás desse instinto, será de grande valia traçar sua origem *corretamente*, então é melhor começar a fazê-lo, portanto...

R. M. Renfield; *ætat*:[6] 59. – temperamento sanguíneo;[7] grande força física; morbidamente instigável; períodos de tristeza que levam a uma ideia fixa que não consigo determinar. Suponho que o temperamento sanguíneo em si e a influência perturbadora culminam em uma conclusão traçada mentalmente; um homem possivelmente perigoso, provavelmente perigoso caso não seja egoísta. Em homens egoístas, a cautela é uma armadura tão segura para seus inimigos como é para eles próprios. O que penso a respeito disso é que, quando o eu é o ponto fixo, a força centrípeta é equilibrada pela centrífuga; quando o dever, uma causa etc. é o ponto fixo, a segunda força é soberana, e apenas o acaso ou uma série de acasos podem equilibrá-la.

Carta, de Quincey P. Morris para o honorável Arthur Holmwood

25 *de maio.*

Meu caro Art,

Tecemos histórias em volta da fogueira nas pradarias, tratamos as feridas um do outro depois de tentarmos desembarcar nas Marquesas, e brindamos à beira do Titicaca. Há mais histórias a tecer, mais feridas a tratar e mais brindes a fazer. Permite-me que o façamos ao redor de minha fogueira amanhã à noite? Não hesito em chamar-te, pois

---

4 "Tudo em Roma está à venda", citação de *Guerra de Jugurta*, de Salústio. (N.E.)

5 Abreviação da expressão em latim *"verbum sat sapienti est"*, equivalente ao ditado português "para bom entendedor, meia palavra basta". (N.E.)

6 Idade (latim). (N.E.)

7 Referente à teoria humoral, que define quatro temperamentos associados a fluidos corporais: colérico (bílis amarela), sanguíneo (sangue), fleumático (flema) e melancólico (bílis negra). (N.E.)

sei que certa dama estará ocupada com certo jantar, e que tu estarás livre. Haverá apenas mais uma pessoa, nosso velho amigo da Coreia, Jack Seward. Ele também virá e ambos queremos comiserar com taças de vinho e brindar do fundo de nossos corações ao homem mais feliz de todo o mundo, que ganhou o coração mais nobre que Deus já fez e o mais digno de se ganhar. Prometemos receber-te calorosamente, saudar-te carinhosamente e oferecer-te um brinde tão confiável quanto sua mão direita. Ambos prometemos deixar-te em casa, caso bebas demais para certo par de olhos. Vem!

Teu amigo, como sempre e para sempre,

Quincey P. Morris

Telegrama de Arthur Holmwood para Quincey P. Morris

26 de maio.
Conta sempre comigo. Tenho notícias de arrepiar as orelhas.

Art

Diário de Mina Murray

24 de julho. Whitby. – Lucy encontrou-se comigo na estação, mais adorável e bela do que nunca, e nós fomos até a casa na Crescent onde elas estão acomodadas. Esse lugar é adorável. O pequeno rio, o Esk, corre por um vale profundo, que se alarga conforme se aproxima do porto. Ele é atravessado por um grande viaduto de pilastras altas cuja presença faz a paisagem parecer mais distante do que de fato é. O vale é belo e verdejante, e é tão íngreme que, em qualquer dos lados, o lado oposto é a única coisa à vista, a não ser que se esteja perto o suficiente para olhar para baixo. As casas da parte velha da cidade – do lado oposto ao nosso – têm todas telhados vermelhos e, de todo modo, parecem amontoadas umas nas outras, como as imagens que temos de Nuremberg. Logo à direita da cidade há as ruínas da Abadia de Whitby, que foi pilhada pelos dinamarqueses e que aparece em uma parte de "Marmion", na qual a jovem é posta entre paredes. São ruínas das mais nobres, de tamanho imenso e cheias de curiosidades belas e românticas; há a lenda de que uma mulher alva é vista em uma das janelas. Entre ela e a cidade existe outra igreja, a da paróquia, cercada por um grande cemitério repleto de lápides. Esse é, na minha opinião, o lugar mais agradável em Whitby, pois fica logo acima da cidade e tem uma vista completa do porto e de toda a baía, onde o cabo de nome Kettleness se estende para o mar. Ele desce de um jeito tão íngreme para o porto que parte da encosta desabou e alguns túmulos foram destruídos. Em um trecho, parte da cantaria estende-se até o caminho arenoso abaixo. Há passagens, ladeadas por bancos, ao longo do adro; e algumas pessoas sentam-se lá o dia inteiro, contemplando a vista bela e apreciando a brisa. Virei aqui com frequência para me sentar e trabalhar. Inclusive escrevo neste momento com o caderno no joelho e escutando a conversa de três homens mais velhos sentados ao meu lado. Eles parecem não ter nada para fazer o dia inteiro além de ficarem aqui sentados conversando.

O porto está abaixo de mim, do outro lado, uma longa parede de granito esticando-se na direção do mar, com uma curva para fora em sua extremidade, no meio da qual há um farol. Um quebra-mar maciço acompanha sua parte externa. Na extremidade mais próxima, o quebra-mar tem a forma de um cotovelo dobrado voltado para dentro e em sua ponta também há um farol. Entre os dois quebra-mares jaz uma abertura estreita para o porto, que depois se abre repentinamente.

É agradável na maré alta; mas durante a vazante não resta nada, só o córrego do Esk, correndo entre dois bancos de areia com pedras aqui e ali. Fora do porto neste lado surge um grande recife de cerca de oitocentos metros, cuja crista afiada sai diretamente de trás do farol ao sul. Ao fim dele há uma boia com um sino que balança ante o tempo ruim e envia um som pesaroso pelo vento. Há uma lenda aqui de que, quando um navio se perde, pode-se ouvir sinos tocando no mar. Preciso perguntar àquele senhor a respeito disso; lá vem ele...

Ele é um senhor peculiar. Deve ser extremamente velho, pois seu rosto é todo enrugado e retorcido como casca de árvore. Ele me diz que tem mais de cem anos e que era marinheiro da frota pesqueira da Groenlândia durante a batalha de Waterloo. Ele é, receio, um sujeito bastante cético, pois, quando lhe perguntei a respeito dos sinos no mar e da mulher alva na abadia, ele respondeu de modo bastante brusco:

– Me preocuparia não sobre essas cousas, dona. É tudo conversa velha. Veja, nem digo que nunca existiu isso, mas posso dizer que no meu tempo não era verdade. Isso aí serve pra visitas e viajantes e gente assim, mas não pra uma boa moça como a senhorita. Essa gente de York e Leeds que vem pra cá a pé e fica comendo arenque defumado e bebendo chá e tentando comprar azeviche a preço baixo deve acreditar. Fico pensando em quem se dá ao trabalho de contar essas mentiras pra eles; inclusive os jornais, que são cheios de conversa fiada.

Pensei que poderia aprender coisas interessantes com ele, então perguntei-lhe se importava-se em me contar sobre a pesca de baleias nos tempos de antigamente. Ele estava se preparando para fazê-lo quando o relógio badalou as seis horas, no que ele se levantou com dificuldade e disse:

– Careço de ir pra casa agora, dona. Minha bisneta não gosta de ficar esperando quando o chá está pronto, porque eu demoro para descer todos os degraus, porque são um monte; e, dona, a cada hora que passa, é menos lenha que tenho na barriga.

Ele partiu cambaleante e pude vê-lo se apressar o máximo que podia, pela escada. As escadarias são de grande valia para o local. Elas levam da cidade até a igreja e somam centenas de degraus – não sei quantos – que formam uma curva delicada; a inclinação é tão amena que um cavalo poderia subi-la e descê-la com facilidade. Acho que originalmente devia ter alguma relação com a abadia. Também preciso ir para casa. Lucy saiu a fim de realizar visitas com a mãe e, como eram apenas visitas formais, não fui com elas. Elas estarão em casa a essa altura.

1º de agosto. – Cheguei aqui há uma hora com Lucy, e tivemos uma conversa das mais interessantes com meu velho amigo e com os outros dois que sempre vêm e juntam-se a ele. Ele é evidentemente o Senhor Oráculo dos três, e devo imaginar que em seu tempo era uma pessoa muito autoritária. Não faz concessão alguma e teima com todos. Se ele não consegue vencer a discussão com argumentos, os intimida, em seguida considerando o silêncio como concordância com seu ponto de vista. Lucy estava bela e adorável com seu vestido de linho branco; sua pele adquiriu um tom bonito com o tempo que ela passou aqui. Percebi que os homens idosos não perderam tempo em chegar e sentar-se perto dela quando sentamos. Ela é tão gentil com os mais velhos; acho que todos se apaixonaram por ela na hora. Mesmo meu senhorzinho sucumbiu e não a contestou, em vez disso dobrando a implicância comigo. Fiz ele tocar no assunto das lendas, e ele deu início a uma espécie de sermão. Tentarei lembrar e escrever como foi:

– Tudo conversa fiada, do começo ao fim; é isso que é e nada mais. Isso de maldição e aparição e fantasma e demônio e duende é tudo pra fazer criança e mulher tonta chorar. Só bolhas de ar, sem nada dentro. São, que nem tudo quanto é agouro e sinal e alerta, invenção de vigários e gente esperta de má índole e cambistas de ferroviária pra assustar os ingênuos e levar eles a fazer cousas que não fariam. Fico furioso quando penso nisso. Ora essa, são eles que, além de imprimir mentira no papel e ficar falando no púlpito, querem gravar mentira em lápide também. Olha ao redor, na direção que quiser; as tábuas, que tentam o quanto podem ficar de cabeça erguida devido ao orgulho, estão tudo tortas, tombando com o peso da mentirada escrita nelas: "Aqui jaz o corpo" ou "À sagrada memória de" escrito nelas, e, na verdade, metade delas não tem corpo nenhum; e as memórias deles não importam pra ninguém, muito menos são sagradas. Tudo mentirada, uma mentira depois da outra!

Jesus amado, vai ser uma bagunça só no Juízo Final quando eles sair em suas mortalhas, tudo junto e arrastando as lápides como prova de que eram bons; alguns tremendo de medo e com as mãos tão enrugadas e escorregadias do tempo que passaram no mar que nem vão conseguir segurar as pedras.

Podia ver, pelo ar cheio de si dele e pelo modo como olhava os demais buscando a aprovação dos amigos, que ele estava se exibindo. Então falei algo para mantê-lo falando:

— Ora, senhor Swales, não pode estar falando sério. Certamente nem todas essas lápides estão erradas, estão?

— Sei lá! Pode ter uns coitados que não, menos quando eles faz a pessoa parecer boazinha demais; porque tem gente que acha que uma bacia qualquer é igual ao mar, mesmo que seja só a dela. A cousa toda é mentirada. Agora olha só, a senhorita vem aqui, de fora, e vê esse *Kirkgarth* aqui. — Aquiesci, pois achei que seria melhor concordar, embora não entendesse seu dialeto com perfeição. Sabia que tinha algo a ver com a igreja. Ele prosseguiu: — E aí acha que essas lápides são de gente enterrada aqui, tudo bela e folgada? — Aquiesci de novo. — É aí que começa a mentira. Ó, um monte desses jazigos tem tanto corpo quanto a caixa de tabaco do velho Dun tem tabaco numa sexta à noite. — Ele cutucou um dos companheiros e todos riram. — E Jesus amado! De que outro modo seria? Olhe aquele ali, depois da mesa com cadeiras: leia!

Fui até lá e li:

— "Edward Spencelagh, marinheiro mestre, assassinado por piratas na costa de Andres, em abril de 1854; *ætat*: 30."

Quando voltei, o sr. Swales continuou.

— Quem será que trouxe o corpo pra casa, pra enterrar aqui? Assassinado na costa de Andres! E a senhorita ainda acha que o corpo está ali embaixo! Ó, eu podia dizer uma dúzia de gente que ficou com os ossos na Groenlândia, lá pra cima — ele apontou para o norte —, ou pra onde as correntes levaram depois. Tem um monte de lápide ao seu redor. Seus olhos de jovem conseguem ler a letra miúda das mentiras daqui. Esse Braithwaite Lowrey: sei do pai dele, que se foi com o naufrágio do *Lively* perto da Groenlândia, em 1820; ou Andrew Woodhouse, que se afogou nos mesmos mares em 1777; ou John Paxton, afogado no Cabo Farewell um ano depois; ou o bom e velho John Rawlings, que tem um avô que navegou comigo, afogado no golfo da Finlândia em 1850. Será que esses homens vão ter que vir correndo pra Whitby quando as trombetas tocarem? Sei não, hein! Digo-lhe que, quando eles chegarem aqui, vai ser um empurra-empurra e um acotovelando o outro, vai ser que nem as brigas no gelo de antigamente, quando a gente ia pra cima um do outro até o sol cair, e tentava aplicar curativo à luz da aurora boreal. — Isso era claramente um gracejo local, pois o homem de uma risada alta e seus amigos se juntaram com gosto.

— Mas — eu disse —, é certo que o senhor não esteja de todo correto, pois vossa mercê parte do princípio de que todas as pessoas, ou suas almas penadas, terão que levar suas próprias lápides no Juízo Final. Acha que isso será mesmo necessário?

— Ué, pra que mais serve lápide? Responda-me, senhorita!

— Para consolar a família, suponho.

— Para consolar a família, supõe! — ele disse com escárnio intenso. — Que consolo trará à família ao saber que tem mentira escrita nelas e que todo mundo da região sabe que é mentira? — Ele apontou para uma pedra aos nossos pés que fora posicionada deitada como uma laje, sobre a qual o assento repousava, próximo à beira do penhasco. — Leia as mentiras dessa lápide aqui — ele disse. De onde eu estava, as letras ficaram de cabeça para baixo, mas Lucy estava na posição certa, então ela inclinou-se e leu:

— "À sagrada memória de George Canon, que faleceu, na esperança da gloriosa ressurreição, a 29 de julho de 1873, ao cair do rochedo de Kettleness. Este túmulo foi erguido por sua mãe enlutada para seu filho tão amado. Era o único filho de sua mãe, que era viúva." Sinceramente, senhor Swales, não vejo graça alguma nisso — ela fez o comentário com seriedade e certa recriminação.

— Não vê qual é a graça! Haha! Mas isso é porque não sabe que a mãe enlutada era uma megera que odiava o filho porque ele era todo torto, um aleijado, que odiava tanto ela que cometeu suicídio pra que ela não pudesse recolher o seguro de vida. Ele estourou os miolos com um mosquete velho que tinham para espantar corvos. Dessa vez não foi para isso, pois trouxe moscas e corvos carniceiros até ele. Foi assim que ele caiu do rochedo. E, quanto à tal da gloriosa ressurreição, eu muitas vezes ouvi ele dizer que esperava ir pro inferno, porque sua mãe era tão carola que era certeza que ia pro céu, e ele não queria ficar onde ela estivesse. Então, essa lápide é ou não é, de todo jeito possível — ele cutucou a pedra com a bengala ao falar —, uma mentirada só? E Gabriel vai ou não vai rir quando o Geordie subir ofegante os degraus, com a lápide apoiada no quadril e pedir para apresentá-la como prova?

Eu não soube o que dizer, mas Lucy mudou o rumo da conversa quando se levantou e disse:

— Ai, por que o senhor nos contou isso? É meu banco favorito, não posso escolher outro; e agora preciso viver com o conhecimento de que sento sobre o túmulo de um suicida.

— Isso não lhe fará mal, bela donzela, e talvez o coitado do Geordie fique contente em ter uma moça tão formosa em seu colo. Não lhe causará dano algum. Ó, faz uns vinte ano que eu sento aí, e mal não me fez. Não se preocupe com a gente debaixo do seu pé, nem com a gente que não está lá! A hora de ter medo será quando vir as lápides levadas embora, e o lugar tão vazio quanto uma lavoura recém-colhida. Olha a hora, preciso ir. Meus cumprimentos às senhoritas! – E foi embora mancando.

Lucy e eu ficamos sentadas por um tempo, e tudo diante de nós era tão belo que demos as mãos; e ela contou-me novamente sobre Arthur e o casamento deles. Isso me deixou com um pouco de saudade, pois já se completou um mês que não tenho notícias de Jonathan.

Mesmo dia. – Vim para cá sozinha, pois estou muito triste. Não há carta para mim. Espero que não haja nada de errado com Jonathan. O relógio acaba de bater nove horas. Vejo as luzes espalhadas por toda a cidade, às vezes em fileiras onde estão as ruas e às vezes em chamas individuais; elas acompanham o Esk e somem na curva do vale. À minha esquerda, a vista é obstruída por uma linha negra do telhado da casa velha próxima à abadia. As ovelhas e cordeiros balem nos campos atrás de mim e os cascos de um burro trotam na estrada pavimentada abaixo. A banda no quebra-mar toca uma valsa desafinada em ritmo rápido e mais adiante, no cais, há uma reunião do Exército da Salvação em uma viela. Nenhum dos grupos ouve um ao outro, mas aqui de cima ouço e vejo os dois. Pergunto-me onde está Jonathan e se ele tem pensado em mim! Queria que ele estivesse aqui.

Diário do dr. Seward

5 de junho. – O caso de Renfield fica cada vez mais interessante conforme começo a compreender o homem. Ele tem certas qualidades bastante desenvolvidas: egoísmo, discrição e obstinação. Gostaria de descobrir qual é o objeto dessa última característica. Ele parece ter um esquema definido por conta própria, mas do que se trata eu ainda não sei. A qualidade que o redime é seu amor pelos animais, embora tenha maneiras tão curiosas de demonstrá-lo que às vezes imagino que só seja uma forma anormal de crueldade. Seus animais de estimação são um tanto estranhos. Atualmente, seu passatempo é pegar moscas. Ele tem tantas no momento que tive de repreendê-lo pessoalmente. Para minha surpresa, ele não teve um surto de fúria, como eu esperava, mas tratou do assunto com uma seriedade simples. Pensou por um momento e depois disse:

– Eu poderia ter um prazo de três dias? Irei me livrar delas. – É claro, disse que isso seria satisfatório. Ficarei atento a ele.

18 de junho. – Sua atenção agora é em aranhas, e ele tem várias bem grandes em uma caixa. Ele as alimenta com suas moscas, cujo número está ficando claramente menor, embora ele tenha usado metade de sua comida para atrair novas moscas para seu quarto.

1º de julho. – As aranhas agora estão virando um transtorno tão inconveniente quanto as moscas, e hoje lhe disse que precisa livrar-se delas. Ele pareceu ficar bastante triste diante disso, então aleguei que ele precisava pelo menos desfazer-se de algumas. Ele assentiu com alegria e dei-lhe o mesmo prazo de antes para a redução. Ele me causou muito nojo enquanto passei tempo com ele, pois, quando uma mosca varejeira repugnante e farta de carniça zuniu para dentro do quarto, ele pegou-a, segurou-a triunfante no alto entre o polegar e o indicador e, antes que eu pudesse saber o que ele faria, colocou-a na boca e comeu-a. Censurei enfaticamente esse ato, mas ele defendeu-se em voz baixa dizendo que era muito bom e muito sadio; que era vida, vida forte, e que dava vida a ele. Isso deu-me uma ideia, ou o rudimento de uma ideia. Preciso observar como ele se livra das aranhas. Ele claramente tem um problema mental, pois porta um pequeno caderno no qual sempre está anotando algo. Páginas inteiras dele estão preenchidas com vários algarismos, geralmente números sendo somados em pequenos grupos e os resultados dessas contas novamente somados em grupos, como se estivesse "convergindo" um cálculo, por assim dizer.

8 de julho. – Há um método em sua loucura, e a ideia rudimentar em minha mente começa a tomar forma. Será uma ideia plena em breve, e então... oh, pensamento inconsciente! Terás de conceder espaço ao seu irmão consciente. Mantive distância de meu amigo por alguns dias, de modo que eu pudesse notar se houvesse qualquer mudança. As coisas permaneceram como estavam, exceto que ele desfez-se de alguns de seus bichinhos e arranjou um novo. Ele conseguiu pôr as mãos em um pardal, e já o domou parcialmente. Seu método de domesticação é simples, pois o número de aranhas já começou a diminuir. As que permanecem, porém, são bem alimentadas, pois ele ainda atrai moscas tentando-as com sua comida.

19 de julho. – Estamos progredindo. Meu amigo agora tem uma colônia inteira de pardais, e suas moscas e aranhas foram quase erradicadas. Quando fui vê-lo, ele veio correndo até mim e disse que queria pedir-me um grande favor; um favor muito, muito grande. E, enquanto falava comigo, bajulava-me como um cão. Perguntei do que se tratava e ele disse, com certo êxtase na voz e na postura:

– Um filhote de gato. Um gatinho pequeno, macio e brincalhão, com o qual eu possa brincar, e que eu possa ensinar, e que eu possa dar de comer... e dar de comer... e dar de comer!

Não estava desprevenido para esse pedido, pois havia visto como seus bichinhos cresciam em tamanho e vivacidade, mas não tinha interesse em ver sua bela família de pardais mansos exterminada do mesmo modo que as moscas e aranhas; então, disse que veria o que era possível e lhe perguntei se não preferia ter um gato adulto do que um filhote. Foi denunciado por sua avidez ao responder:

– Sim, claro, um gato adulto! Só pedi um filhote para o caso de o senhor recusar-se a me dar um gato adulto. Ninguém me negaria um gatinho, negaria?

Balancei a cabeça e disse que, no momento, temia não ser possível, mas que veria o que podia ser feito a respeito. Seu rosto desmoronou, e pude vislumbrar um alerta de perigo nele, pois de repente havia esse olhar feroz e oblíquo que representava o desejo de matar. Esse homem é um maníaco homicida em potencial. Devo testá-lo com esse desejo atual e ver seu desenrolar; com isso, saberei mais.

Dez da noite. – Visitei-o novamente e encontrei-o sentado em um canto, sorumbático. Quando cheguei, ele se jogou de joelhos diante de mim e implorou que eu lhe permitisse ter um gato; sua salvação dependia disso. Fui firme, porém, e respondi que não seria possível, o que fez com que ele se afastasse, sem dizer uma palavra, sentasse no canto onde eu o havia encontrado e começasse a roer os dedos. Vou visitá-lo novamente amanhã de manhã.

20 de julho. – Visitei Renfield bem cedo, antes que o assistente fizesse sua ronda. Encontrei-o desperto e cantarolando uma melodia. Ele espalhava açúcar que havia guardado pela janela; claramente recomeçara a capturar moscas, e o fazia com alegria e boa vontade. Procurei seus pássaros e, não tendo os encontrado, perguntei a ele onde estavam. Ele respondeu, ainda de costas para mim, que todos haviam levantado voo e ido embora. Havia algumas penas soltas pelo quarto e em seu travesseiro constava uma gota de sangue. Não mencionei isso para ele, mas disse ao zelador para me avisar caso ele agisse de maneira estranha durante o dia.

Onze da manhã. – O assistente acabou de vir me dizer que Renfield está bem mal e que ele regurgitou um monte de penas.

– Creio, doutor – disse o assistente –, que ele tenha comido os pássaros; que os tenha apanhado e comido, crus!

Onze da noite. – Apliquei um opiato em Renfield esta noite, o suficiente para fazê-lo dormir, e peguei seu caderno de bolso para examinar. O pensamento que vem zumbindo em meu cérebro ultimamente completou-se e a teoria está comprovada. Meu maníaco homicida é de um tipo peculiar. Inventarei uma nova classificação para ele, e o chamarei de maníaco zoófago (que come vidas); o que ele deseja é absorver o máximo de vidas possível, e ele decidiu fazê-lo de modo cumulativo. Ele deu várias moscas para uma aranha e várias aranhas para um pássaro e depois queria um gato para comer os vários pássaros. Quais teriam sido seus passos seguintes? Quase valeria a pena completar o experimento. Isso poderia ser feito se ao menos houvesse causa o suficiente. Os homens já desprezaram a vivissecção e, no entanto, veja os resultados dela nos dias de hoje! Por que não avançar a ciência em seu aspecto mais desafiador e vital: o conhecimento acerca do cérebro? Se eu obtivesse o segredo de uma só mente como essa; se tivesse a chave para a imaginação de um lunático que fosse – talvez avançasse meu ramo científico em um grau com o qual a fisiologia de Burdon-Sanderson ou o conhecimento cerebral de Ferrier sequer seriam comparáveis. Se ao menos houvesse uma causa suficiente! Não posso pensar muito nisso, ou posso ficar tentado; uma causa nobre talvez mude minha ideia, pois não é possível que eu também tenha um cérebro excepcional congenitamente?

Que raciocínio hábil o desse homem; os lunáticos sempre são assim dentro do próprio escopo. Pergunto-me em quantas vidas ele avalia um homem, ou se só conta como uma. Ele fechou as contas com extrema precisão e hoje deu início a um novo registro. Quantos de nós dão início a um novo registro em cada dia de nossas vidas?

Para mim, parece ter sido ontem que minha vida inteira se encerrou com uma nova esperança e que comecei de fato um novo registro. Assim será até que o Registrador-Mor some tudo e feche meu livro de registro, resultando em lucro ou prejuízo. Oh, Lucy, Lucy, não posso zangar-me contigo, nem zangar-me com meu amigo cuja felicidade lhe pertence; devo apenas aguardar sem esperanças e trabalhar. Trabalhar! Trabalhar!

Se ao menos eu tivesse uma causa tão intensa como meu pobre amigo insano – uma causa boa e altruísta para motivar-me ao trabalho –, isso sim seria felicidade.

Diário de Mina Murray

26 de julho. – Estou ansiosa, e me acalma expressar-me aqui. É como sussurrar pra mim mesma e dar-me ouvidos ao mesmo tempo. Além disso, há algo nos símbolos de taquigrafia que a torna diferente da escrita normal. Estou infeliz por causa de Lucy e por causa de Jonathan. Não tinha notícias de Jonathan há algum tempo e estava bastante preocupada; mas ontem o caro sr. Hawkins, sempre tão gentil, enviou-me uma carta dele. Eu havia lhe escrito perguntando se sabia de algo e ele enviou-me a carta. É apenas uma linha escrita no Castelo de Drácula, dizendo que ele está partindo para casa. Isso não é típico de Jonathan; não entendo o que ocorre e isso me deixa incomodada. Além disso, Lucy, embora esteja bem, recuperou o antigo hábito do sonambulismo. Sua mãe falou comigo a respeito disso, e decidimos que devo trancar a porta de nosso quarto toda noite. A sra. Westenra acredita que sonâmbulos sempre vão até os telhados das casas ou às beiras de penhascos, acordam de repente e caem com um grito desesperador que ecoa por todo o lugar. Coitada, naturalmente está apreensiva por Lucy, e disse-me que seu marido, o pai de Lucy, tinha o mesmo hábito; que ele se levantava no meio da noite, vestia-se e saía de casa, caso não fosse detido. Lucy se casará no outono e já está planejando seu vestido e como a mobília será disposta. Entendo-a, pois faço o mesmo, exceto pelo fato de que eu e Jonathan começaremos nossa vida de um modo bem simples, e tentaremos arcar com as contas. O sr. Holmwood – ele é o honorável Arthur Holmwood, filho único do lorde Godalming – virá para cá em breve, assim que puder deixar a cidade, pois seu pai não está muito bem, e acho que minha querida Lucy conta os segundos até ele chegar. Ela quer levá-lo ao assento no adro sobre o penhasco e mostrar-lhe a beleza de Whitby. Ouso dizer que é a espera que a perturba; ela deve ficar bem quando ele chegar.

27 de julho. – Nenhuma notícia de Jonathan. Estou ficando bastante nervosa a respeito disso, embora eu não saiba o porquê; mas gostaria que ele escrevesse, mesmo que fosse apenas uma linha. Lucy tem estado mais sonâmbula do que nunca, e toda noite acordo com seus movimentos no quarto. Felizmente, o tempo está tão quente que ela não irá resfriar-se; mas ainda assim a ansiedade e o sono perpetuamente interrompido estão começando a me afetar, e eu mesma estou ficando nervosa e com sono leve. Graças a Deus a saúde de Lucy está perdurando. O sr. Holmwood foi convocado para ir a Ring ver o pai, que ficou gravemente enfermo. Lucy fica aflita com a postergação do reencontro, mas isso não afeta sua aparência; ela ganhou um pouquinho de peso, e suas bochechas estão com um tom rosado adorável. Ela perdeu aquele aspecto anêmico que tinha. Espero que isso dure.

3 de agosto. – Outra semana se passou e nada de notícias de Jonathan; falei com o sr. Hawkins, que também não recebeu nada. Ai, espero que ele não esteja doente. Ele com certeza teria escrito. Olho para essa sua última carta, mas por algum motivo não a acho satisfatória. Não parece escrita por ele, mas é sua letra. Não há dúvida disso. Lucy não teve tantos episódios sonâmbulos esta semana, mas possui uma concentração estranha que não entendo; mesmo dormindo, parece observar-me. Ela tenta abrir a porta e, ao descobrir que está trancada, anda pelo quarto à procura da chave.

6 de agosto. – Mais três dias e nenhuma notícia. O suspense está ficando aterrorizante. Se ao menos eu soubesse para que endereço escrever ou para onde ir, me sentiria mais calma; mas ninguém ouviu nada a respeito de Jonathan desde a última carta. Só posso rezar a Deus por paciência. Lucy está mais agitada do que nunca, mas, com exceção disso, está bem. A noite passada estava com um tempo agourento, e os pescadores disseram que uma tempestade aproxima-se. Preciso tentar observar e aprender os sinais meteorológicos. Hoje faz um dia cinzento e, enquanto escrevo, o sol se esconde atrás de nuvens espessas, no alto de Kettleness. Tudo está cinza – menos a grama verde, que parece esmeralda em meio a tudo. Além de as pedras terrosas estarem cinzentas, nuvens cinzentas, tingidas com a luz do sol nas extremidades, pairavam sobre o mar cinzento, no qual bancos de areia estendem-se como dedos cinzentos. O mar quebrava nas margens e nos bancos de areia com um rugido, abafado pela neblina marinha que adentrava a terra firme. O horizonte se perdeu em uma névoa cinza. Tudo é vastidão; as nuvens se apinharam como rochedos gigantes e há um murmúrio no mar que parece um presságio de desgraça. Há figuras sombrias em uma parte ou outra da praia, às vezes cobertas parcialmente pela névoa, parecendo "homens como árvores andando". Os barcos pesqueiros voltavam em disparada para casa, subindo e descendo nas ondas enquanto iam para o porto inclinados no sentido de seus embornais. Lá vem o velho sr. Swales. Ele está vindo diretamente para mim e posso ver, pelo modo como ele tirou o chapéu, que deseja conversar...

Fiquei bem comovida pela mudança no pobre senhor. Quando sentou-se ao meu lado, disse de forma bastante gentil:

– Quero lhe dizer uma cousa, senhorita.

Podia ver que ele não estava bem, então segurei sua mão enrugada e pedi que falasse à vontade; foi o que ele fez, depositando sua mão na minha:

– Receio, minha cara, que devo tê-la chocado com todas as cousas horríveis que falei sobre os portos, e cousas do tipo, nas últimas semanas; mas não foi de coração, e quero que se lembre disso quando eu não estiver mais aqui. A gente, que é velho caduco e tem um pé já na cova, não gosta de pensar no assunto, e não quer sentir medo dele. E é por isso que me acostumei a tirar sarro do assunto, pra que eu animasse meu próprio coração um pouquinho. Mas, senhorita, e que Deus a abençoe, não tenho medo de morrer, nem um tiquinho; só não quero morrer se der pra evitar. Minha hora deve estar para chegar, já que sou velho, e cem anos é muito tempo pra um homem esperar; e estou tão perto que o Velho já deve estar afiando a foice. Sabe, não consigo deixar de lado o hábito de fazer piada com isso de uma hora pra outra, a mandíbula se mexe como já está acostumada a mexer. Algum dia em breve o Anjo da Morte vai tocar a trombeta pra mim. Mas não carece de ficar triste com isso, minha cara! – Pois ele percebeu que eu estava chorando. – Se ele viesse esta noite, não rejeitaria o chamado dele. Porque a vida, no fim das contas, é só a espera por outra coisa que a gente está fazendo, e a morte é a única coisa de que a gente pode ter certeza absoluta. Mas estou satisfeito, porque ela está chegando pra mim, minha cara, e vai chegar rápido. Talvez chegue enquanto olhamos e contemplamos. Talvez esteja neste vento vindo do mar que traz junto perdas e naufrágios e aflições e corações tristes. Veja! Veja! – ele exclamou de repente. – Tem uma coisa naquele vento e depois da névoa que tem som e cara e cheiro e gosto de morte. Está no ar. Dá pra sentir. Senhor, fazei-me responder com alegria quando me chamarem! – Ele ergueu os braços com devoção e tirou o chapéu. Sua boca se mexia como se ele rezasse. Depois de alguns minutos de silêncio, ele se levantou, deu-me um aperto de mãos, abençoou-me, despediu-se e saiu mancando. A situação toda comoveu-me e deixou-me bastante aborrecida.

Fiquei contente quando o guarda costeiro chegou, com a luneta sob o braço. Ele parou para falar comigo, como sempre faz, mas o tempo todo manteve os olhos em um navio estranho.

– Não consigo saber que barco é esse – comentou. – É russo, pela aparência; mas balança na água de um jeito tão insólito. Não consegue se decidir; parece ver que há uma tempestade chegando, não consegue decidir se segue para o mar no norte ou se ancora aqui. Olhe, ali de novo! Ele se move de um jeito estranho, como se ignorasse a mão no leme; muda a cada sopro de vento. Até amanhã neste horário teremos mais notícias dele.

VII

Recorte do jornal The Dailygraph de 8 de agosto
(colado no diário de Mina Murray)

De um correspondente.
Whitby.

    Uma das maiores e mais repentinas tempestades já registradas acabou de ocorrer aqui, com resultados estranhos e únicos. O tempo estava um pouco abafado, mas isso está longe de ser um evento incomum no mês de agosto. O fim da tarde de sábado foi plenamente agradável, e uma grande massa de turistas saiu para visitar o Bosque de Mulgrave, a Baía de Robin Hood, Rig Mill, a Baía de Runswick, Staithes e as várias viagens possíveis nos arredores de Whitby. Os vapores *Emma* e *Scarborough* iam e voltavam pela costa, e houve um fluxo atípico tanto saindo de Whitby como chegando aqui. O dia estava mais agradável do que o normal até a tarde, quando alguns dos tagarelas que frequentam o adro de East Cliff, e que daquela vista imponente contemplavam a ampla extensão do mar visível de norte a leste, chamaram atenção para o surgimento repentino de cirros no alto do céu a noroeste. Nesse momento, o vento soprava do sudoeste com a intensidade tênue que, em termos barométricos, é classificada como "Nº2: brisa leve". O guarda costeiro do respectivo turno comunicou o fenômeno prontamente, e um pescador idoso, que por mais de meio século acompanha os sinais meteorológicos de East Cliff, previu enfaticamente a chegada de uma tempestade repentina. O pôr do sol iminente era tão belo, tão grandioso em suas massas de nuvens de cores esplêndidas, que havia um grupo considerável nos caminhos do velho adro sobre o penhasco para apreciar a beleza. Antes que o sol mergulhasse atrás da massa negra de Kettleness, ficando audaciosamente oblíquo no céu a oeste, sua trajetória para baixo foi marcada por uma miríade de nuvens de todas as cores do pôr do sol: vermelho, roxo, rosa, verde, violeta, e todos os tons dourados; em certas partes, havia massas não muito grandes, mas de um negror aparentemente absoluto, em todo tipo de forma, tão bem definidas quanto silhuetas colossais. A experiência não foi ignorada por pintores, e sem dúvida alguns dos esboços de "Prelúdio à Grande Tempestade" agraciarão as paredes da Academia Real e do Instituto Real no próximo mês de maio. Mais de um capitão decidiu naquele momento que seu "cobble" ou sua "mula", termos para diferentes classes de barcos, permaneceriam no porto até o fim da tempestade. O vento diminuiu até inexistir durante o anoitecer e, à meia-noite, havia uma calmaria absoluta, um calor abafado e aquela intensidade definitiva que, com a aproximação do trovão, afeta as pessoas de inclinação mais sensível. Havia apenas algumas poucas luzes à vista no mar, pois mesmo os vapores costeiros, que geralmente se mantinham bem perto da costa, ficaram mais afastados mar adentro, e apenas uns barcos pesqueiros estavam visíveis. O único veleiro perceptível era uma escuna estrangeira com todo o velame aberto, que aparentemente rumava para o oeste. A imprudência ou ignorância dos oficiais da embarcação foram um tema rico para se comentar enquanto ela permanecia à vista, e foram feitos esforços para sinalizar para o barco e avisar que baixasse as velas ante o perigo. Antes que a noite caísse por completo, a embarcação foi vista com suas velas agitando-se com indolência enquanto seguia pelas grandes ondas do mar.

"Indolente como um barco pintado em um oceano pintado."

Pouco antes das dez horas, a quietude do ar tornou-se bastante opressiva, e o silêncio era tão definido que o balido de uma ovelha no campo e o latido de um cão na cidade eram ouvidos com distinção, e a banda no quebra-mar, com sua ária francesa jovial, era como uma dissonância na harmonia silenciosa da natureza. Pouco depois da meia-noite, surgiu um som estranho vindo do mar, e bem no alto, o ar começava a trazer um estrondo misterioso, fraco e surdo.

Então, sem aviso prévio, a tempestade começou. Com uma rapidez que, no momento, parecia incrível, e mesmo depois é impossível de conceber, a própria natureza convulsionava num instante. As ondas se formavam com uma fúria crescente, cada uma superando a anterior, até que, dentro de poucos minutos, o mar até então parado era como um monstro devorador rugindo. Ondas de crista branca quebravam sem controle nos bancos de areia e escalavam as protuberâncias dos penhascos; outras acertavam os quebra-mares, e a espuma delas banhava a lanterna dos faróis que se erguiam em cada ponta do Porto de Whitby. O vento vibrava como trovões, e soprava com tanta força que até mesmo homens fortes tinham dificuldade em manter-se de pé, às vezes precisando se agarrar com força a pilares de ferro. Mostrou-se necessário evacuar os vários curiosos nos cais, senão o número de fatalidades naquela noite seria muito maior. Para somar-se às dificuldades e perigos do momento, massas de névoa marinha deslizaram para a terra firme – nuvens brancas e úmidas que chegaram de forma fantasmagórica, tão densas, abafadas e frias que não era necessário muito esforço da imaginação para pensar que os espíritos daqueles que perderam-se no mar tocavam seus semelhantes vivos com as mãos geladas da morte, e muitos estremeceram conforme os anéis de névoa marinha passavam. De vez em quando, o nevoeiro dispersava e o mar a uma distância curta podia ser visto com o clarão de relâmpagos, que agora vinham com rapidez e densidade, seguidos pelo estrondo de trovões que faziam o céu acima parecer tremer inteiro sob os passos fortes da tempestade.

Algumas das cenas decorrentes disso foram de uma grandeza incomensurável e de interesse cativante: o mar, subindo pelas montanhas, lançava para o céu com cada onda massas enormes de espuma branca que a tempestade parecia pegar e atirar para o espaço; em uma parte ou outra, um barco pesqueiro com uma vela esfarrapada corria desesperadamente em busca de abrigo antes do impacto; de vez em quando, as asas brancas de um pássaro de litoral eram arremessadas pela tempestade. No topo de East Cliff, o novo holofote estava pronto para teste, mas essa seria a primeira vez. Os oficiais responsáveis colocaram o aparelho para funcionar e, nas pausas da névoa invasora, varreram a superfície do mar com ele. Uma vez ou outra sua atuação foi deveras eficaz, como quando um barco pesqueiro cuja amurada estava submersa disparou em direção ao porto, conseguindo, com a orientação da luz que o acolhera, evitar o perigo de ir de encontro aos quebra-mares. Conforme cada barco alcançava a segurança do porto havia um grito de alegria do grupo de pessoas no litoral, um grito que por um momento parecia cortar a ventania, mas depois ia embora em seu encalço.

Pouco tempo depois, o holofote descobriu a certa distância uma escuna com todas as velas içadas; aparentemente, essa mesma embarcação fora notada mais cedo. O vento a essa altura ia para o leste, e os espectadores no penhasco estremeceram quando se deram conta do perigo no qual o barco se encontrava. Entre ele e o porto havia o enorme recife no qual tantos bons navios colidiram de tempos em tempos e, com o vento soprando nesse sentido, seria praticamente impossível a embarcação ser capaz de chegar à entrada do porto. Era quase hora da maré alta, mas as ondas eram tão grandes que em seus vales as partes rasas da praia eram quase visíveis, e a escuna de velas içadas avançava com uma velocidade tão alta que, nas palavras de um velho marujo, "ela vai chegar a algum lugar, mesmo que seja no inferno". Então, veio outra leva de névoa marinha, maior do que qualquer outra anterior; uma massa de nevoeiro úmido, que parecia envolver tudo como uma mortalha cinzenta e permitia às pessoas somente o órgão da audição, pois o rugido da tempestade, o estrondo do trovão e o estouro das enormes ondas percorriam a cegueira abafada com ainda mais intensidade do que antes. Os raios do holofote permaneceram fixos na entrada do porto pelos quebra-mares ao leste, onde esperava-se a colisão, e homens seguravam o fôlego enquanto aguardavam. O vento de repente mudou para o noroeste e o que restava de névoa marinha dissipou-se com a mudança; em seguida, *mirabile dictu*,[8] por entre os quebra-mares, pulando de onda em onda enquanto avançava em alta velocidade, a escuna mudou de direção antes do choque, com todas as velas ainda içadas, e chegou à segurança do porto. O holofote seguiu a embarcação, e um arrepio percorreu o corpo de todos que a viam, pois, amarrado ao leme, havia um cadáver, com a cabeça pendente balançando terrivelmente de um lado para o outro a cada movimento do navio. Além desse corpo, não havia uma silhueta sequer visível no convés. Todos foram tomados por um enorme espanto quando se deram conta de que a embarcação, como que por milagre, havia encontrado o caminho até o porto, sem condução além da mão de um homem morto! Porém, tudo isso ocorreu em menos tempo do que levei para escrever as palavras anteriores. A escuna não parou, mas seguiu pelo porto, ficando encalhada no acúmulo de areia e pedregulhos muitas vezes banhado pelas marés e tempestades no canto sudeste do cais abaixo de East Cliff, conhecido na região como o Cais de Tate Hill.

Houve, é claro, um dano considerável quando a embarcação subiu no banco de areia. Os mastros, cordas e esteios estavam todos tensionados, e algumas das partes superiores desabaram. Mas o mais estranho de tudo foi que, no exato instante que o navio tocou a praia, um cão imenso saltou do convés para baixo, como se tivesse sido lançado pelo impacto, e, correndo para frente, saltou da proa para a areia. Indo diretamente para o penhasco íngreme – cuja ligação entre o cemitério no topo e o quebra-mar ao leste é tão inclinada que algumas das lápides chegam a de fato se projetar para a parte do penhasco que desmoronou –, o animal desapareceu no escuro, que parecia intensificado nos locais para onde o holofote não apontava.

---

8 "Admirável de se dizer". (N.E.)

Por acaso, não havia ninguém no momento no Cais de Tate Hill, e todos que têm casas nas proximidades ou estavam na cama ou estavam no alto do penhasco. Portanto, o guarda costeiro em serviço no lado leste do porto, que logo desceu para o pequeno cais, foi o primeiro a subir a bordo. Os homens que operavam o holofote, após fazerem-no percorrer a entrada do porto e não encontrarem nada, apontaram a luz para o navio naufragado e a deixaram lá. O guarda costeiro correu até a popa e, quando chegou ao leme, curvou-se para examiná-lo, recuando imediatamente como se tomado por uma emoção repentina. Isso pareceu despertar a curiosidade geral, e um número considerável de pessoas começou a correr. É um trajeto longo de West Cliff até o Cais de Tate Hill pela ponte levadiça, mas este que vos fala é um corredor razoável e chegou antes da multidão. Contudo, quando cheguei, encontrei já reunida no cais uma aglomeração que o guarda costeiro e a polícia não deixaram subir a bordo. Mas, por cortesia do barqueiro-chefe, eu, como correspondente do jornal, ganhei permissão para subir no convés e fiz parte do seleto grupo que se deparou com o marinheiro falecido quando ele ainda estava amarrado ao leme.

Era compreensível o guarda costeiro ter ficado surpreso, ou mesmo espantado, pois não é sempre que se tem uma vista dessas. O homem estava simplesmente atado pelas mãos, amarradas uma na outra e presas a um dos raios do leme. Entre uma das mãos e a madeira havia um crucifixo, o conjunto de contas que o continha, envolvendo tanto os pulsos como o leme, tudo preso por cordas. O pobre sujeito talvez estivesse sentado em algum momento, mas o ruflar e tremular das velas exerceu força no leme e o jogou de um lado para o outro, de modo que as cordas que o amarravam haviam penetrado a carne até o osso. Tomou-se nota detalhada do estado das coisas e um médico (o cirurgião J. M. Caffyn, residente do East Elliot Place, nº 33), que chegou imediatamente depois de mim, declarou, após examiná-lo, que o homem devia estar morto há cerca de dois dias. Em seu bolso, havia uma garrafa cuidadosamente tampada e vazia, com exceção de um pequeno rolo de papel, que se revelou o adendo ao diário de bordo. O guarda costeiro alegou que o homem deve ter amarrado as próprias mãos, apertando os nós com os dentes. O fato de um guarda costeiro ter sido o primeiro a bordo pode evitar complicações posteriores no Conselho do Almirantado; pois guardas costeiros não podem reivindicar posse dos itens recuperados, que é o direito do primeiro civil a subir em uma embarcação abandonada. Porém, as línguas da lei estão se mexendo, e um jovem estudante de Direito está dizendo para quem lhe der ouvidos que os direitos do proprietário já foram anulados por completo e a propriedade estava sujeita aos estatutos de mão-morta, já que o leme, como símbolo, senão como prova, de posse atribuída, era segurado por *mãos mortas*. Não é preciso dizer que o condutor falecido foi removido com respeito do lugar onde realizou sua honrosa vigia até a morte – uma firmeza tão nobre quanto a do jovem Casabianca – e colocado no necrotério enquanto aguardava a investigação.

A tempestade repentina já está indo embora e sua ferocidade se acalma; as multidões estão se separando e indo para suas respectivas casas, e o céu começa a avermelhar-se sobre as planícies de Yorkshire. Devo enviar, a tempo da próxima edição, mais detalhes sobre o navio abandonado que encontrou de forma tão miraculosa um caminho em meio à tempestade até o porto.

Whitby. 9 de agosto.

O que se seguiu à estranha chegada do navio abandonado durante a tempestade ontem é quase tão espantoso quanto o acontecimento em si. Descobriu-se que a escuna é russa, de Varna, e chama-se *Demeter*. Ela é quase inteira lastreada por uma areia prateada, com só uma quantidade pequena de carga – uma série de grandes caixas de madeira cheias de terra vegetal. A carga estava destinada a um advogado de Whitby, o sr. S. F. Billington, do nº 7 na Crescent, que nesta manhã subiu a bordo e tomou posse dos bens atribuídos a ele. O cônsul russo, representando os responsáveis pelo fretamento, também tomou posse formal da embarcação e pagou todas as devidas taxas portuárias etc. Não se fala sobre nada aqui hoje que não seja essa estranha coincidência; os oficiais da Câmara de Comércio foram minuciosos ao confirmar que tudo estava em conformidade com os regulamentos vigentes. Como o assunto é uma curiosidade do momento, eles estão claramente determinados a garantir que não haja motivo para reclamações posteriores. Boa parte do interesse era relativa ao cão que desembarcou quando o navio chegou à areia, e um número considerável de membros da Sociedade Protetora dos Animais, que tem uma representação forte em Whitby, tentou acolher o animal. Porém, para a frustração geral, ele não foi encontrado; parecia ter desaparecido por completo da cidade. Pode ser que estivesse assustado e ido para os pântanos, onde ainda esconde-se, aterrorizado. Há aqueles que temem essa possibilidade, pois o animal pode vir a se tornar um perigo, já que era evidentemente bruto e feroz. Na manhã de hoje, um cão grande, mestiço de mastim e pertencente a um comerciante de carvão que morava perto do Cais de Tate Hill, foi encontrado morto na estrada de frente ao jardim de seu dono. Tinha sinais de luta e evidentemente seu oponente era animalesco, pois sua garganta foi rasgada e seu ventre foi aberto como se tivesse sido cortado por uma garra selvagem.

Mais tarde.
    Por gentileza do inspetor da Câmara de Comércio, tive permissão de examinar o diário de bordo da *Demeter*, que estava em ordem até três dias atrás, mas não continha nada particularmente relevante além do desaparecimento de alguns homens. O maior interesse, porém, era relativo ao papel encontrado na garrafa, que foi incorporado hoje à investigação; e uma narrativa mais estranha que as reproduzidas no material eu até hoje não vi. Como não há razão para sigilo, tenho permissão para incluí-las e, sendo assim, envio uma transcrição, omitindo apenas detalhes técnicos de marítima e supervisão de carga. Parece quase como se o capitão tivesse sido tomado por um tipo de mania antes de estar no mar aberto e que ela tivesse crescido regularmente durante a viagem. É claro que minha afirmação deve ser entendida com temperança, visto que escrevo a partir do que me foi ditado por um funcionário do consulado russo, que fez a gentileza de traduzi-lo para mim em um curto período de tempo.

Diário de bordo da Demeter

De Varna a Whitby
(Iniciado em 18 de julho; tantas coisas estranhas têm acontecido que irei manter anotações detalhadas de agora em diante até desembarcarmos.)

    Em 6 de julho, terminamos de carregar a embarcação, areia prateada e caixas de terra. Meio-dia, zarpamos. Vento leste, fresco. Tripulação: cinco ajudantes... dois imediatos, o cozinheiro e eu (o capitão).
    Em 11 de julho, de manhã, entramos no Bósforo. Oficiais de alfândega turcos subiram a bordo. Gorjeta. Tudo em ordem. Seguimos viagem às 16:00.
    Em 12 de julho, passamos pelo Dardanelos. Mais oficiais de alfândega e a nau capitânia do esquadrão costeiro. Gorjeta de novo. O trabalho dos oficiais foi extenso, mas rápido. Queriam-nos fora de lá logo. À noite, chegamos no arquipélago.
    Em 13 de julho, passamos pelo Cabo Matapão. A tripulação parecia descontente com alguma coisa. Pareciam assustados, mas não falavam por quê.
    Em 14 de julho, certa ansiedade relativa à tripulação. Os homens são todos confiáveis; viajei com eles antes. Um dos imediatos não conseguia definir o que havia de errado; só lhe disseram que havia *algo*, e fizeram o sinal da cruz. O imediato perdeu a paciência com um deles no dia e bateu no sujeito. Esperava-se uma briga feia, mas tudo aquietou-se.
    Em 16 de julho, um imediato relatou de manhã que um tripulante, Petrofsky, sumira. Não havia explicação para isso. Ele fez a vigia do bombordo por oito badaladas na noite anterior; foi substituído por Abramoff, mas não

foi para o beliche. Os homens estão mais abalados do que nunca. Todos diziam que esperavam algo assim, mas não relatavam nada além do fato de que havia *alguma coisa* a bordo. O imediato está ficando bastante impaciente com eles; temia mais problemas adiante.

Em 17 de julho, ontem, um dos homens, Olgaren, veio à minha cabine e, de modo apavorado, contou para mim que ele pensava haver um estranho a bordo da embarcação. Ele disse que, em sua vigia, estava abrigado atrás da cabine do convés (pois chovia forte) quando viu um homem alto e esguio que não era igual a ninguém da tripulação subir pela escada da escotilha, avançar pelo convés e desaparecer. Ele seguiu-o com cuidado, mas, quando chegou à proa, não encontrou ninguém e as portas de escotilha estavam todas fechadas. Ele estava em um pânico causado por um medo supersticioso, e receio que esse pânico talvez se alastre. Para acalmar esses temores, hoje farei uma busca cuidadosa pelo navio, de proa a popa.

Mais tarde no dia, reuni a tripulação inteira e disse-lhes que, como eles claramente achavam que havia alguém na embarcação, nós faríamos uma busca de ponta a ponta. O primeiro imediato ficou bravo, disse que era bobagem e que aceitar ideias tão tolas prejudicaria o moral dos homens; ele disse que usaria uma escora para mantê-los longe de problemas. Deixei que ele cuidasse do leme enquanto os demais começaram uma busca minuciosa, todos juntos, com lanternas; não ficou um canto por revirar. Como havia apenas as enormes caixas de madeira, não havia cantos estranhos onde um homem poderia esconder-se. Os homens ficaram bastante aliviados quando a busca encerrou e voltaram ao trabalho com alegria. O primeiro imediato fez cara feia, mas não se pronunciou.

22 de julho. – Tempo ruim nos últimos três dias, e todos ocupados com as velas; sem tempo para sentir medo. Os homens parecem ter esquecido o terror. O imediato está alegre novamente e as relações estão todas amistosas. Elogiou os homens pela atuação diante do tempo ruim. Passamos por Gibraltar e atravessamos o Estreito. Tudo em ordem.

24 de julho. – Parece haver alguma maldição neste navio. Já com um tripulante a menos, entramos do Golfo da Biscaia com um tempo terrível à frente, e ontem à noite perdemos mais um homem – desaparecido. Assim como o primeiro, ele encerrou seu turno de vigia e não foi mais visto. Os homens estão todos em pânico de tanto medo; fiz circular uma petição anônima por vigias em dupla, já que eles temiam ficar sozinhos. Imediato irritado. Teme que ocorra algum problema, pois ou ele ou um dos homens agirá com violência.

28 de julho. – Quatro dias no inferno, errando em meio a uma espécie de redemoinho e com ventos tempestuosos. Ninguém conseguiu dormir.

A tripulação toda está cansada. Não sabia como organizar vigias, visto que ninguém estava apto a fazê-las. O segundo imediato se ofereceu para ficar no leme e manter a vigia, deixando que os homens tivessem algumas horas de sono. Os ventos se acalmavam; o mar ainda estava terrível, mas não se fazia sentir tanto, pois o navio ficou mais estável.

29 de julho. – Mais uma tragédia. Essa noite houve vigia de apenas uma pessoa, pois a tripulação estava cansada demais para fazê-lo em duplas. Quando o encarregado pelo turno da manhã foi ao convés, não encontrou ninguém além do timoneiro. Ele gritou alto e todos foram ao convés. Busca minuciosa, mas sem encontrar ninguém. Estamos agora sem o segundo imediato e a tripulação está em pânico. Imediato e eu concordamos em ter armas à mão de agora em diante e aguardar qualquer sinal de causa.

30 de julho. – Noite passada. Alegria por estarmos chegando à Inglaterra. Tempo bom, velas todas içadas. Recolhi-me exausto e tive um sono pesado; acordado pelo imediato dizendo que tanto o vigia como o timoneiro haviam sumido. Só há eu, o imediato e dois ajudantes para operar a escuna.

1º de agosto. – Dois dias de neblina e nenhum veleiro à vista. Esperava que, no Canal da Mancha, fosse possível emitir um sinal de ajuda ou aportar em algum lugar. Sem forças para operar as velas, tivemos que seguir o vento. Não arriscávamos baixá-las, pois não conseguiríamos voltar a içá-las. Parece que somos levados a um destino terrível. Imediato agora mais desmoralizado do que qualquer um dos dois ajudantes. Sua natureza forte parece ter sido sua ruína internamente. Os outros dois estão, além do medo, trabalhando com apatia e paciência, com as mentes prontas para o pior. São russos. Ele, romeno.

2 de agosto, meia-noite. – Tendo dormido apenas alguns minutos, acordei ao ouvir um grito, aparentemente vindo de fora da minha escotilha. Não conseguia ver nada em meio ao nevoeiro. Corri até o convés e trombei com o imediato. Disse-me ter ouvido um grito e saído correndo, mas sem sinal do homem de vigia. Mais um desaparecido. Senhor, nos acuda! O imediato diz que devemos ter passado o Estreito de Dover, pois num momento em que a neblina dispersou, ele viu North Foreland, no mesmo momento que o homem gritou. Se for esse o caso, estamos agora no Mar do Norte, e somente Deus pode nos conduzir na neblina que parece acompanhar nosso trajeto; e Deus parece nos ter abandonado.

3 de agosto. – À meia-noite, fui dispensar o homem no leme e, quando cheguei lá, não encontrei ninguém. O vento estava regular e, como soprava a popa, não sofremos desvios. Não ousei sair do lugar, então gritei para chamar o imediato. Após alguns segundos, ele chegou correndo no convés com roupas de baixo. Ele parecia desvairado e mentalmente exaurido, e tenho quase certeza de que sua razão sucumbira. Ele aproximou-se de mim e sussurrou áspero com a boca em minha orelha, como se temesse que o próprio ar escutasse:

– Tem *algo* aqui. Agora sei. Na vigia de ontem eu vi. Era como um homem, magro e esguio, e de uma palidez fantasmagórica. Estava na proa e olhava para frente. Fui sorrateiramente para trás da coisa e apliquei-lhe minha faca; mas a faca atravessou o nada, vazio como o ar. – Ao falar, pegou a sua faca e atacou o espaço com ferocidade. Em seguida, continuou: – Mas está aqui, e vou encontrar. Está no compartimento de carga, talvez dentro daquelas caixas. Vou abri-las uma a uma e conferir. O senhor cuida do leme. – E, com um olhar de alerta e um dedo nos lábios, ele desceu. Um vento agitado começava a subir e eu não podia deixar o leme. Vi-o retornar ao convés com uma caixa de ferramentas e uma lamparina, depois descer pela escotilha. Está louco, completa e descontroladamente louco, e não adiantaria tentar detê-lo. Ele não pode fazer mal às caixas enormes: seu conteúdo está registrado como "barro", e abri-las é a coisa mais inofensiva que ele pode fazer. Então aqui estou, cuidando do leme e fazendo essas anotações. Só me resta confiar em Deus e esperar que a neblina passe. Então, caso não consiga levar o barco a qualquer porto com o vento que houver, baixarei as velas e ficarei à deriva, enviando sinais pedindo ajuda...

Está quase no fim agora. Justo quando eu começava a ter esperanças que o imediato voltaria acalmado (pois escutei-o batendo em algo repetidamente no compartimento de carga, e trabalhar faz bem para ele), veio pela escotilha um grito repentino e apavorado que fez meu sangue gelar, e ele disparou até o convés como a bala saída de uma arma; um homem descontrolado, com os olhos revirando e o rosto convulsionando de medo.

– Socorro! Socorro! – gritava, em seguida olhando o lençol de névoa ao nosso redor. Seu horror virou desespero e, com uma voz firme, disse: – É melhor o senhor vir também, capitão, antes que seja tarde demais. *Ele* está aqui. Agora sei o segredo. O mar há de me salvar d'Ele, e é tudo que me resta! – Antes que eu pudesse dizer uma palavra sequer ou aproximar-me para detê-lo, ele saltou por cima da amurada e propositalmente lançou-se ao mar. Creio que agora eu também saiba o segredo. Foi esse louco que livrou-se dos homens um a um e agora segue por conta própria o mesmo destino. Deus me acuda! Como relatarei todos esses horrores quando aportar o barco? *Quando* aportar o barco. Será que esse dia chegará?

4 de agosto. – Ainda neblina, que o sol nascente é incapaz de penetrar. Sei que o sol nasce porque sou marinheiro, pois não haveria nenhum outro modo de saber. Não ousava descer do convés, não ousava deixar o leme sozinho; então, a noite toda aqui fiquei, e na penumbra vi... *o* vi! Deus que me perdoe, mas o imediato tinha razão quando jogou-se ao mar. Era melhor morrer como homem; morrer como um marujo na água profunda não era algo contra o que um homem poderia protestar. Mas sou capitão, e não posso abandonar meu navio. Mas deixarei esse demônio ou monstro perplexo, pois amarrarei minhas mãos no leme quando minha força começar a ceder, e com elas amarrarei o que o homem – a coisa! – não ousa tocar; então, com ventos bons ou ruins, hei de salvar minha alma, bem como minha alma de capitão. Estou cada vez mais fraco e a noite aproxima-se. Se Ele encarar meu rosto mais uma vez, talvez eu não tenha tempo de agir... se naufragarmos, talvez esta garrafa seja encontrada, e talvez quem a encontrar entenda; caso contrário... bem, então que todos os homens saibam que fui fiel ao que me foi confiado. Que Deus, a Santíssima Virgem e os santos ajudem uma pobre alma ignorante tentando cumprir seu dever...

É claro que o veredito estava em aberto. Não há evidências para apresentar, e não há como dizer no momento se foi ou não o próprio homem quem cometeu os assassinatos. A população aqui crê quase universalmente que o capitão não é nada menos do que um herói, e ele terá um funeral público. Já tomaram providências para que seu corpo seja levado por um cortejo de barcos por um trecho do Esk, depois retornado ao Cais de Tate Hill e enviado à escadaria da abadia, pois ele será enterrado no adro do penhasco. Os donos de mais de cem barcos já se apresentaram como dispostos a conduzi-lo a seu túmulo.

Não achou-se traço algum do enorme cão, fato recebido com pesar, visto que, no atual estado da opinião pública, creio que ele seria adotado pela cidade. Amanhã ocorrerá o funeral, assim se encerrando mais um "mistério do mar".

Diário de Mina Murray

8 de agosto. – Lucy ficou bastante agitada a noite toda e eu também não consegui dormir. A tempestade dava medo e, enquanto ecoava alto por entre as chaminés, causou-me um arrepio. Houve um sopro violento que, quando surgiu, parecia uma arma disparada à distância. Estranhamente, Lucy não acordou, mas levantou-se duas vezes e vestiu-se. Felizmente, todas as vezes acordei a tempo, consegui despi-la sem acordá-la e a levei de volta para a cama. É muito estranho esse sonambulismo, pois assim que sua vontade é obstruída de forma física, suas intenções, se é que existem, desaparecem e ela se entrega com exatidão quase completa à rotina de sua vida.

De manhã cedo, acordamos e fomos ao porto para ver se havia acontecido algo durante a noite. Havia pouquíssimas pessoas por lá e, embora o sol brilhasse, e o ar estivesse limpo e fresco, as ondas grandes e de aparência lúgubre e até mesmo escuras, devido à espuma que se acumulava em suas cristas como neve, forçavam caminho pela entrada estreita do porto, como um brutamontes atravessando uma multidão. De certa forma, senti-me grata por Jonathan não estar no mar naquela noite, mas sim em terra firme. Mas, ai, será que ele está na terra ou no mar? Onde ele está, e como chegou ao lugar em questão? Tenho cada vez mais temor e ansiedade por ele. Se ao menos eu soubesse o que fazer, e pudesse fazer algo!

10 de agosto. – O funeral do pobre capitão do navio hoje foi deveras comovente. Todos os barcos do porto pareciam estar ali, e o caixão foi carregado por capitães desde o Cais de Tate Hill até o adro. Lucy foi comigo, e chegamos adiantadas ao nosso velho banco enquanto o cortejo de barcos subiu o rio até o viaduto e depois desceu novamente. Tivemos uma bela vista e pudemos acompanhar a procissão quase inteira. O local de descanso do pobre coitado ficava razoavelmente perto do nosso banco, de modo que subimos nele no momento do enterro e assistimos a tudo. A pobrezinha da Lucy parecia bastante incomodada. Ela ficou agitada e apreensiva o tempo inteiro, e não consigo deixar de pensar que seus sonhos noturnos estejam desgastando-a. Ela tem sido particularmente estranha a respeito de uma coisa: recusa-se a admitir para mim que há qualquer causa para apreensão ou que, caso haja, ela mesma não a compreende. Há o fator adicional de que o pobre sr. Swales foi encontrado morto esta manhã em nosso banco, com o pescoço quebrado. Claramente, segundo o médico, ele havia caído de costas do banco ao tomar algum susto, pois havia um semblante de medo e horror em seu rosto que os homens afirmaram ser arrepiante. Coitado daquele bom senhor! Talvez tivesse visto a Morte com os olhos moribundos! Lucy é tão doce e sensível que as coisas têm um efeito mais agudo nela do que em outras pessoas. Agora há pouco ela ficou bastante aborrecida por uma coisa menor para a qual não dei muita atenção, embora eu goste bastante de animais. Um dos sujeitos que vinha aqui regularmente para observar os barcos era acompanhado por seu cachorro. O cão está sempre com ele. São ambos de personalidade calma, e nunca vi o homem bravo nem ouvi o cachorro latir. Durante a cerimônia, o cachorro não ia até o dono, que estava no banco conosco; em vez disso, ficava a alguns metros de distância, latindo e uivando. O dono falou com ele com gentileza, depois com rispidez, depois com raiva; mas o animal não ia até ele nem parava de fazer barulho. Estava em um estado de fúria, com os olhos cheios de selvageria e pelagem eriçada como o rabo de um gato preparando-se para brigar. Por fim, o homem também ficou nervoso; foi até o cão, chutou-o e depois o pegou pela nuca e o levou até a lápide na qual o assento está apoiado, em um ato que foi parte arrastão, parte arremesso. No momento em que entrou em contato com a pedra, a pobre criatura aquietou-se e caiu trêmula. Ele não tentou fugir, mas agachou-se, curvado e tremendo, e ficou em um estado de terror que dava tanta dó que tentei, sem sucesso, reconfortá-lo. Lucy também sentiu muita pena, mas não tentou tocar o cão; em vez disso, fitava-o de uma maneira meio agoniada. Temo profundamente que a natureza dela seja hipersensível demais para seguir sem sofrimento neste mundo. Ela sonhará com isso hoje à noite, tenho certeza. A soma de todas as coisas – o navio conduzido ao porto por um cadáver; sua postura, amarrado ao leme com um crucifixo e contas; o funeral comovente; o cão, primeiro furioso, depois aterrorizado – fornecerá bastante material a seus sonhos.

 Creio que será melhor para ela deitar-se quando estiver fisicamente cansada, então a levarei para um passeio pelos rochedos de ida e volta até a Baía de Robin Hood. Ela não deve ficar tão propensa ao sonambulismo assim.

Diário de Mina Murray

Mesmo dia, onze da noite. – Ai, como estou cansada! Se não tivesse tornado este diário uma obrigação, não o abriria esta noite. Tivemos um passeio maravilhoso. Lucy, depois de um tempo, alegrou-se, imagino que graças a algumas vacas adoráveis que se aproximaram de nós em um campo próximo ao farol, assustando nós duas. Creio que tenhamos esquecido tudo além, é claro, do medo pessoal e, aparentemente, isso limpou nossas mentes e nos deu um novo começo. Tomamos uma quantidade bastante generosa de chá na Baía de Robin Hood em uma pequena pousada à moda antiga, com uma janela projetada para fora sobre as pedras da praia, cobertas de alga. Creio que teríamos assustado as "Novas Mulheres" com nosso apetite. Os homens são mais tolerantes, abençoados sejam! Então, caminhamos para casa com algumas, leia-se várias, paradas para descanso e com nossos corações cheios de um medo constante de bovinos selvagens. Lucy estava bastante cansada, e pretendíamos ir para a cama assim que pudéssemos. Porém, o jovem pároco veio visitar, e a sra. Westenra pediu que ele ficasse até a ceia. Lucy e eu tivemos que lutar contra o sono; sei que de minha parte foi uma luta árdua, e sou bastante heroica. Creio que algum dia os bispos deveriam reunir-se e considerar dar cria a uma nova classe de párocos que não ceiem, por mais que os outros insistam, e que saibam quando há garotas cansadas. Lucy está dormindo e respirando de leve. Suas bochechas estão mais coradas do que de costume e isso parece tão meigo. Se o sr. Holmwood apaixonou-se por ela só de vê-la na sala de estar, pergunto-me o que ele diria se a visse agora. Alguns adeptos das "Novas Mulheres" um dia começarão a dizer que homens e mulheres deveriam poder ver um ao outro dormindo antes de um pedido de casamento e sua aceitação. Mas creio que a Nova Mulher no futuro não se contentará a aceitar; ela mesma fará o pedido de casamento. E inclusive fará esse pedido muito bem! Há certo consolo nisso. Estou tão feliz hoje, porque minha querida Lucy parece estar melhor. Creio de verdade que ela superou essa crise e que acabaram os problemas com os sonhos. Estaria ainda mais feliz se ao menos soubesse se Jonathan... que Deus o abençoe e o proteja.

11 de agosto, três da manhã. – Diário novamente. Sem sono agora, não custa nada escrever. Estou agitada demais para dormir. Tivemos tamanha aventura, uma experiência tão agoniante. Caí no sono assim que fechei meu diário... De repente, fiquei totalmente desperta, e sentei-me com uma sensação horrível de medo e uma impressão de vazio ao meu redor. O quarto estava escuro, de modo que eu não via a cama de Lucy; fui discretamente em sua direção e busquei-a tateando. A cama estava vazia. Acendi um fósforo e percebi que ela não estava no quarto. A porta estava fechada, mas não trancada, como eu deixara. Tinha receio de acordar a mãe dela, que estava mais doente do que o normal ultimamente, então vesti algumas roupas e me preparei para procurá-la. Quando saía do quarto, ocorreu-me que as roupas que ela usava podiam dar indícios de suas intenções oníricas. Um penhoar significaria que ficou dentro de casa; um vestido, que saiu. "Graças a Deus", disse a mim mesma. "Ela não pode estar longe, está apenas de camisola." Desci as escadas correndo e olhei para a sala de estar. Nada ali! Depois, fui em todos os cômodos da casa com a porta aberta, com um medo crescente gelando meu coração. Por fim, fui até a porta de entrada e a encontrei aberta. Não estava escancarada, mas a tranca não estava encaixada. As pessoas na casa tomavam o cuidado de trancar a porta todas as noites, então temi que Lucy tivesse saído da casa sem vestir mais nada. Não havia tempo para pensar no que poderia acontecer; um medo vago e dominante obscureceu todos os detalhes. Peguei um xale grande e pesado e fui correndo para a rua. O relógio badalava uma da manhã quando eu estava na Crescent e não havia uma vivalma à vista. Apressei-me pela North Terrace, mas não identifiquei qualquer sinal da figura branca que esperava. Na beirada do West Cliff acima do cais olhei para o porto que ficava no East Cliff, com esperança ou medo – não sei qual dos dois – de ver Lucy em seu banco favorito. Havia uma lua cheia brilhante, com nuvens negras e pesadas deslizando pelo céu, que faziam da cena toda uma maquete efêmera de luz e sombra conforme passavam. Por um instante não conseguia ver nada, pois a sombra de uma nuvem escurecia a Igreja de St. Mary e tudo ao seu redor. Então, à medida que a nuvem ia embora, eu conseguia observar as ruínas da abadia ficando visíveis; e, conforme o gume de uma tira de luz tão afiada quanto uma espada avançava, a igreja e o adro ficavam visíveis aos poucos. Independentemente de qual era minha expectativa, ela foi saciada, pois ali, em nosso banco favorito, a luz prateada da lua banhava uma silhueta parcialmente reclinada e branca como a neve. A chegada da nuvem foi rápida demais para que eu pudesse enxergar muita coisa, pois sombras obstruíram a luz quase imediatamente; mas parecia-me que algo escuro estava atrás do banco onde a figura branca brilhava e curvava-se para perto dela. Se era homem ou animal, não tinha como saber; não esperei por outro vislumbre. Em vez disso, disparei pelos degraus altos até o cais e atravessei o mercado de peixes até a ponte, que era o único modo de chegar ao East Cliff. A cidade parecia morta, pois seguia sem ver vivalma; achei bom ser esse o caso, pois não queria testemunhas das condições em que a pobre Lucy encontrava-se. O tempo e a distância pareciam sem-fim, meus joelhos tremiam e minha respiração ficava difícil enquanto percorria degraus infindáveis até a abadia. Devo ter sido rápida, mas apesar disso parecia-me que meus pés carregavam peso de chumbo, como se cada junta do meu corpo estivesse enferrujada. Quando estava quase no topo, conseguia ver o banco e a silhueta alva, pois agora estava próxima o suficiente para distingui-los mesmo sob as sombras. Havia, sem dúvida, algo, longo e negro, inclinado sobre a figura branca parcialmente reclinada. Gritei, apavorada:

– Lucy! Lucy! – E algo ergueu a cabeça e, de onde eu estava, consegui ver um rosto branco e olhos vermelhos cintilantes. Lucy não respondeu e eu corri até a entrada do adro. Ao entrar, a igreja estava entre mim e o banco e, por cerca de um minuto, não tive como enxergá-la. Quando minha visão foi desobstruída, a nuvem havia ido embora, e o luar reluzia com tamanha intensidade que eu conseguia ver Lucy parcialmente reclinada com a cabeça repousando no encosto do banco. Ela estava totalmente sozinha, e não havia sinal algum de qualquer coisa viva por perto.

Quando curvei-me para perto dela, notei que ainda dormia. Seus lábios estavam separados um do outro e ela respirava – não sua respiração suave típica, mas arquejos longos e intensos, como se se esforçasse para encher os pulmões a cada respiração. Enquanto me aproximava, ela ergueu a mão ainda dormindo e puxou a gola da camisola perto da garganta. Enquanto o fazia, o corpo dela arrepiou-se de leve, como se se apercebesse do frio. Coloquei o xale morno sobre ela e levei as extremidades ao redor de seu pescoço, pois tinha medo de que Lucy pegasse um resfriado fatal com o ar noturno, visto que estava tão pouco vestida. Fechei o xale envolvendo a garganta com um alfinete de segurança grande; mas a ansiedade deve ter me deixado desajeitada e devo tê-la arranhado ou espetado, pois vez ou outra, quando sua respiração ficava mais quieta, ela colocava de novo a mão na garganta e gemia. Quando ficou cuidadosamente coberta, pus meus sapatos nos pés dela e comecei a acordá-la com gentileza. A princípio, ela não respondeu, mas seu sono ficou cada vez mais irrequieto, com gemidos e suspiros ocasionais. Por fim, como o tempo passava rápido e, por vários outros motivos, desejava de imediato levá-la para casa, agitei-a com mais vigor, até que ela enfim abriu os olhos e despertou. Não parecia surpresa em me ver, pois, é claro, não percebera de imediato onde estava. Lucy sempre despertava de forma bela e, mesmo em um momento como esse, no qual seu corpo deveria estar gelado e sua mente um tanto apavorada por acordar sem roupa em um adro à noite, ela não perdeu a graça. Tremeu um pouco e agarrou-se a mim; quando lhe disse que viesse comigo imediatamente para casa, levantou-se sem abrir a boca, com a obediência de uma criança. Conforme caminhávamos, o cascalho machucava meus pés, e Lucy percebeu quando eu retraía o corpo. Ela parou e quis insistir que eu pusesse os sapatos; mas não o fiz. Porém, quando chegamos à passagem do lado de fora do adro, onde havia uma poça d'água, resquício da tempestade, envolvi meus pés com lama, colocando um pé depois do outro, de modo que, enquanto íamos para casa, ninguém que possivelmente encontrássemos notaria meus pés descalços.

 A sorte nos favoreceu, e chegamos em casa sem ver uma alma sequer. Em um momento vimos um homem, que não parecia de todo sóbrio, passando por uma rua à nossa frente. Mas nos escondemos atrás de uma porta até que ele desaparecesse em uma das passagens que existem por aqui, becos estreitos (ou "wynds", como se diz na Escócia). Meu pulso latejava tão alto esse tempo inteiro que em dados momentos achei que desmaiaria. Estava repleta de ansiedade por Lucy, não só por sua saúde, pois corria o risco de sofrer hipotermia, mas por sua reputação caso a história chegasse a más-línguas. Depois de chegarmos, lavarmos nossos pés e orarmos juntas em gratidão, coloquei-a na cama. Antes de adormecer, ela pediu – até implorou – que eu não dissesse nada a ninguém, nem à mãe dela, a respeito de sua aventura sonâmbula. Inicialmente hesitei para fazer a promessa; contudo, ao pensar no estado de saúde de sua mãe, e em como o conhecimento desse fato a afetaria, pensando também em como essa história poderia ser – não, certamente seria – distorcida caso descoberta, decidi que era uma decisão sábia. Espero ter feito a coisa certa. Tranquei a porta, e a chave está presa a meu pulso, então talvez eu não seja perturbada novamente. Lucy está dormindo bem; o reflexo do amanhecer está elevado no mar distante...

Mesmo dia, meio-dia. – Tudo está bem. Lucy dormiu até eu acordá-la e pareceu nem ter se mexido na cama. A aventura da noite não parece ter-lhe feito mal; pelo contrário, trouxe-lhe benefícios, pois ela parecia melhor nesta manhã do que havia estado nas últimas semanas. Infelizmente, notei que meu descuido com o alfinete a feriu. Inclusive, deve ter sido sério, pois a pele em sua garganta estava perfurada. Devo ter espetado um pedaço de pele e atravessado parte dele, pois há dois pontos vermelhos, como furos de agulha, e na gola de sua camisola havia uma gota de sangue. Quando pedi desculpas e mostrei minha preocupação, ela riu e me acariciou, dizendo que nem sentia nada. Felizmente, não deixarão cicatriz, de tão pequenas que são as feridas.

Mesmo dia, à noite. – Tivemos um dia contente. O ar estava limpo, o sol brilhava forte e uma brisa fria soprava. Levamos o almoço para o Bosque de Mulgrave; a sra. Westenra foi de carruagem pela estrada e eu e Lucy andamos pelo caminho ao pé do penhasco e encontramos com ela no portão. Fiquei um pouco triste, pois não conseguia deixar de considerar o quanto me sentiria *absolutamente* feliz se Jonathan estivesse comigo. Mas ora! Só preciso ter paciência. À noite, passeamos pelo Casino Terrace, ouvimos boas músicas de Spohr e Mackenzie e fomos cedo para a cama. Lucy parece mais calma do que havia estado por um bom tempo, e caiu no sono na hora. Trancarei a porta e guardarei a chave comigo, como antes, embora não espere ter problemas hoje à noite.

12 de agosto. – Minhas expectativas estavam erradas, pois houve dois momentos na noite em que fui desperta por Lucy tentando sair. Ela parecia, mesmo dormindo, um pouco impaciente diante da porta trancada, e voltou para a cama quase como protesto. Acordei com o amanhecer e ouvi os pássaros cantando do lado externo da janela. Lucy também acordou e, para meu alívio, estava ainda melhor do que na manhã anterior. Seu modo alegre parecia ter retornado, e ela veio, aninhou-se ao meu lado e contou-me tudo sobre Arthur. Falei-lhe sobre minha ansiedade por Jonathan e ela tentou confortar-me. Bem, ela teve certo sucesso, pois, embora a compaixão não possa mudar os fatos, pode torná-los mais suportáveis.

13 de agosto. – Mais um dia quieto, e fui para a cama com a chave no pulso, como nas outras vezes. Novamente acordei à noite; deparei-me com Lucy sentada na cama, ainda dormindo, apontando para a janela. Levantei em silêncio e, subindo a persiana, olhei para fora. O luar estava reluzente, e o efeito suave da luz sobre o mar e o céu, mesclados em único grande mistério silencioso, era mais belo do que as palavras podem descrever. Entre mim e o luar pairava um grande morcego, indo e vindo em grandes movimentos circulares. Uma vez ou outra chegou bem perto, mas creio que ficou assustado ao me ver, e voou para longe pelo porto e na direção da abadia. Quando afastei-me da janela, Lucy havia voltado a se deitar, e dormia em paz. Ela não se agitou mais pelo restante da noite.

14 de agosto. – No East Cliff, lendo e escrevendo o dia todo. Lucy parece ter se apaixonado pelo lugar, assim como eu, e é difícil convencê-la a sair de lá quando é hora de ir para casa para o almoço, o chá ou o jantar. Nesta tarde, ela fez uma observação engraçada. Estávamos indo para casa jantar, e chegamos ao topo da escadaria do cais oeste e paramos para contemplar a vista, como geralmente fazemos. O sol se pondo, baixo no céu, já mergulhava para trás de Kettleness; a luz vermelha se lançava pelo East Cliff e pela velha abadia, e parecia banhar tudo com um belo brilho rosado. Ficamos quietas por um momento e Lucy de repente murmurou, como se falasse sozinha:
– De novo os olhos vermelhos dele! São os mesmos! – Foi uma expressão tão estranha, surgida a partir do nada, que me espantou um pouco. Virei-me de leve, a fim de olhar para Lucy sem parecer que eu a estava fitando, e percebi que ela parecia estar sonhando acordada, com um semblante estranho no rosto que eu não conseguia determinar do que se tratava; então, não disse nada, mas segui seus olhos. Ela parecia olhar para nosso banco, onde havia uma figura sombria sentada sozinha. Fiquei um pouco assustada, pois pareceu por um instante que o estranho tinha olhos enormes como chamas ardentes; mas um olhar mais atento desfez a ilusão. A luz vermelha do sol brilhava nas janelas da Igreja de St. Mary atrás de nosso banco e, conforme o sol descia, havia mudanças suficientes da refração e reflexão para simular o movimento da luz. Chamei a atenção de Lucy para esse efeito peculiar e ela voltou a si com um sobressalto, mas ainda parecia triste; pode ser que pensasse na noite terrível que tivera ali. Nunca falávamos disso; então, não mencionei nada e nós fomos para casa jantar. Lucy estava com dor de cabeça e foi mais cedo para a cama. Eu a vi dormindo e saí para fazer uma breve caminhada. Andei pelos penhascos a oeste, cheia de uma tristeza afetiva, pois pensava em Jonathan. Quando cheguei em casa – a essa altura, a lua brilhava, uma luz tão forte que, embora a frente de nossa região da Crescent estivesse sombreada, tudo era bem visível –, levei meu olhar até nossa janela, e vi a cabeça de Lucy projetada para fora. Pensei que ela talvez me procurasse, então peguei meu lenço e acenei com ele. Ela não notou-me nem fez nenhum movimento sequer. Nesse momento, a luz do luar passou por um ângulo da construção e iluminou a janela. Era claramente Lucy com a cabeça sobre o parapeito e os olhos fechados. Ela estava em sono profundo, e ao lado dela, sentado no parapeito, havia algo que parecia um pássaro de tamanho razoável. Fiquei com medo de que ela tomasse muita friagem, então subi as escadas correndo, mas, quando entrei no quarto, ela voltava para a cama, ainda

dormindo, e respirando em arquejos; levava a mão à garganta, como se a protegesse do frio. Não a acordei, mas arrumei suas cobertas buscando aquecê-la; tomei providências para que a porta ficasse trancada, e a janela, bem fechada.

Ela parece tão meiga enquanto dorme; mas está mais pálida do que é o normal para ela, e seus olhos adquiriram olheiras e um aspecto cansado dos quais não gosto nem um pouco. Receio que há algo que a preocupe. Gostaria de conseguir descobrir o que é.

15 de agosto. – Levantei mais tarde do que de costume. Lucy estava lânguida e cansada, e continuou dormindo depois que fomos chamadas. Tivemos uma boa surpresa no desjejum. O pai de Arthur está melhor, e quer que o casamento ocorra logo. Lucy está cheia de alegria discreta, e sua mãe estava contente e triste ao mesmo tempo. Em outro momento do dia, contou-me por quê. Ela lamentava por Lucy não ser mais sua, mas regozijava o fato de que ela logo teria alguém para protegê-la. Pobrezinha, que amor de senhora! Revelou-me que tem sua sentença de morte. Não contara a Lucy e me fez prometer manter segredo; seu médico dissera-lhe que dentro de alguns meses, no máximo, ela deve morrer, pois seu coração está cada vez mais fraco. A qualquer momento, mesmo agora, um choque repentino seria morte certa para ela. Ah, foi sensato poupá-la de saber sobre o que ocorreu naquela terrível noite de sonambulismo de Lucy.

17 de agosto. – Nada de diário por dois dias. Não consegui juntar forças para escrever. Era como se uma mortalha sombria passasse a cobrir nossa felicidade. Nenhuma notícia de Jonathan, e Lucy parece estar enfraquecendo, ao passo que sua mãe está chegando às suas últimas horas. Não entendo esse abatimento de Lucy. Ela come bem, dorme bem e aproveita o ar fresco; mas, enquanto isso, a cor de suas bochechas empalidece e ela fica cada vez mais fraca e lânguida dia após dia; à noite, consigo ouvir seus arquejos como se não estivesse conseguindo ar. Sempre mantenho a chave de nossa porta presa ao meu pulso à noite, mas ela se levanta, caminha pelo quarto e senta-se à janela aberta. Ontem à noite, vi-a no parapeito quando acordei e, no momento em que tentei acordá-la, não consegui; ela estava desmaiada. Quando consegui fazê-la recobrar a consciência, ela estava extremamente fraca, e chorou baixo entre esforços longos e dolorosos para respirar. Quando perguntei como ela havia ido parar na janela, ela balançou a cabeça e se afastou. Espero que seu estado enfermo não esteja relacionado ao acidente infeliz com o alfinete. Olhei seu pescoço enquanto ela dormia, e as pequenas feridas não pareciam ter sarado. Ainda estão abertas e talvez estejam até maiores do que antes, com um contorno levemente branco. São como dois pontinhos brancos com centros vermelhos. A não ser que elas sarem dentro de um ou dois dias, insistirei para que o médico as verifique.

Carta, de Samuel F. Billington & Filho, advogados, Whitby, para os srs. Carter, Paterson & Cia., Londres

17 de agosto.
Caros senhores,

Recebam em anexo a fatura dos bens enviados pela Great Northern Railway. Eles serão enviados a Carfax, próximo a Purfleet, assim que chegarem à estação de King's Cross. A casa no momento está vazia, mas seguem junto as chaves, todas com identificação.

Por favor, deposite as caixas, cinquenta no total, que compõem a remessa, no prédio parcialmente em ruínas que é parte da casa e está marcado com um "A" na planta anexa. Seu agente reconhecerá com facilidade o local, pois é a capela antiga da mansão. Os bens partirão no trem das 9:30 da noite de hoje, e chegarão a King's Cross às 4:30 da tarde de amanhã. Como nosso cliente deseja que a entrega seja feita o mais rápido possível, precisamos que os senhores tenham funcionários prontos em King's Cross no horário determinado e que enviem os bens para o destino sem demora. Com o intuito de prevenir qualquer atraso possível causado por exigências rotineiras relativas ao pagamento de seus departamentos, encaminhamos um cheque no valor de dez libras (£10), cujo recebimento solicitamos que confirmem. Caso o encargo seja inferior a essa quantia, o valor excedente pode ser devolvido; caso seja superior, enviaremos um cheque no valor da diferença assim que tivermos notícias suas; as chaves devem ser deixadas no saguão principal da casa, onde o proprietário poderá pegá-las ao entrar na casa com sua cópia de chave.

Esperamos que não entendam como uma violação dos limites da cortesia profissional quando insistimos para que se assegure a máxima rapidez.
Cordialmente, caros senhores,
Samuel F. Billington & Filho

Carta, dos srs. Carter, Paterson & Cia., Londres, para Samuel F. Billington & Filho, Whitby

Caros senhores,

Confirmamos as £10 recebidas e encaminhamos um cheque no valor de uma libra, dezessete xelins e nove pence (£1 17s 9d), valor excedente, como indicado no recibo aqui anexo. Os bens foram enviados em total conformidade com as instruções e as chaves foram deixadas em um pacote no saguão principal, conforme orientado.

Atenciosamente, caros senhores,
em nome de Carter, Paterson & Cia.

Diário de Mina Murray

18 de agosto. – Estou feliz hoje, e escrevo no banco do adro. Lucy está cada vez melhor. Ontem ela dormiu bem a noite inteira, e não me incomodou nenhuma vez. O rosa parece já estar retornando a suas bochechas, embora ela ainda esteja com uma palidez lamentável. Se estivesse anêmica, eu entenderia, mas não está. Está alegre, cheia de vida e de bom humor. E toda a introversão mórbida parece tê-la deixado, e ela acabou de me lembrar, como se fosse algo que se esquecesse, *daquela* noite e de que foi aqui, neste banco, que a encontrei dormindo. Enquanto me contava, ela tamborilou a sola do sapato na laje de pedra, dizendo:

– Meu pobres pezinhos não faziam tanto barulho aquele dia! Ouso dizer que o senhor Swales diria que eu não queria acordar o Geordie.

Como estava espirituosa e comunicativa, perguntei se ela tinha sonhado com algo naquela noite. Antes que respondesse, surgiu em sua testa aquela expressão franzida e adorável que Arthur (acostumei-me a chamá-lo de Arthur por causa dela) diz amar; e, de fato, não me espante que ele ame. Então, ela prosseguiu como se sonhasse acordada e tentasse lembrar a si mesma:

– Não foi bem um sonho; mas parecia tudo tão real. Só queria estar aqui, neste lugar. Não sei por que, pois estava com medo de algo… não sei do quê. Lembro, embora deveria estar dormindo, de passar pelas ruas e atravessar a ponte. Um peixe saltou enquanto eu passava; curvei-me para vê-lo. Enquanto subia as escadas, ouvi vários cães uivando; a cidade parecia estar cheia de cães uivando, todos ao mesmo tempo. Então, tive uma vaga lembrança de algo longo, sombrio e com olhos vermelhos, como aquilo que vimos no pôr do sol, e algo ao mesmo tempo muito doce e muito amargo ao meu redor; e então parecia que eu afundava nas profundezas das águas verdes, e havia um canto em meus ouvidos, como já ouvi dizer que ocorre com homens afogando-se; e então, tudo parecia afastar-se de mim; minha alma parecia sair do meu corpo e pairar no ar. Creio que lembro que, em um momento, o farol oeste estava logo abaixo de mim, e então houve uma espécie de sensação agoniante, como se eu estivesse em um terremoto, recuperei os sentidos e deparei-me contigo chacoalhando meu corpo. Vi-te antes de sentir-te.

Ela então começou a rir. Pareceu-me um pouco irreal, e a ouvi sem fôlego. Não gostei disso, e preferi não pensar no assunto, então falamos de outras coisas e Lucy voltou a seus modos de sempre. Quando chegamos em casa, a brisa fresca a revigorara e suas bochechas pálidas estavam efetivamente mais rosadas. Sua mãe jubilou-se ao vê-la e passamos uma noite bem alegre juntas.

19 de agosto. – Alegria, alegria, alegria! Embora não seja alegria pura. Finalmente, notícias de Jonathan. O pobrezinho estava doente; por isso não escrevera. Não tenho mais receio de pensar no assunto ou mencioná-lo, agora que sei disso. O sr. Hawkins encaminhou-me a carta, além de escrever ele mesmo; ah, que gentileza. Partirei de manhã e irei até Jonathan, para ajudar a cuidar dele, caso necessário, e trazê-lo para casa. O sr. Hawkins disse que não seria má ideia casar lá mesmo, no exterior. Chorei sobre a carta da boa irmã até conseguir senti-la ficar umedecida em meu peito, onde agora está. É de Jonathan, e precisa ficar próxima a meu coração, pois ele está *em* meu coração. Minha trajetória está toda mapeada e minha bagagem está pronta. Só levo uma muda de roupas; Lucy levará meu baú para Londres e cuidará dele até que eu peça que ele seja enviado, pois talvez... Não escreverei mais. Preciso guardar isso para dizer a Jonathan, meu marido. A carta que ele viu e tocou deve me trazer conforto até que nos encontremos.

Carta, de irmã Agatha, Hospital de São José e Santa Maria, Budapeste, para a srta. Wilhelmina Murray

12 *de agosto.*
Cara madame,

Escrevo a pedido do sr. Jonathan Harker, que não tem forças para escrever por conta própria, embora esteja melhorando bem, graças a Deus e a São José e Santa Maria. Ele está sob nossos cuidados há quase seis semanas, vítima de uma febre cerebral intensa. Ele pede que eu transmita seu amor, e que eu avise que, nesta carta, também escrevo em nome dele ao sr. Peter Hawkins, em Exeter, para dizer, com todo o respeito, que lamenta pelo atraso, e que o seu trabalho foi totalmente concluído. Ele precisará de algumas semanas de descanso em nosso sanatório nas colinas, mas retornará depois disso. Pede que eu diga que não tem dinheiro suficiente consigo, e que gostaria de pagar por sua estadia aqui, para que outros que passem necessidade não fiquem sem ajuda.

Sinceramente,
Com toda a compaixão e bênçãos,
Irmã Agatha

p.s. – Agora que meu paciente está dormindo, abro esta carta para dizer algo mais. Ele contou-me tudo a respeito de vossa mercê, e que em breve será a esposa dele. Minhas bênçãos aos dois! Ele sofreu um choque terrível – segundo nosso médico – e o que contou em seu delírio era pavoroso: falou de lobos, veneno e sangue, de fantasmas e demônios e prefiro não dizer do que mais. Assegure-se sempre de que não haja nada capaz de agitá-lo nesse sentido por um longo período de tempo; os resquícios de uma doença como essa não se vão com facilidade. Deveríamos ter escrito há muito tempo, mas não sabíamos nada a respeito de seus amigos, e não havia nada que ele carregasse que fôssemos capazes de entender. Ele chegou no trem vindo de Clausemburgo, e o chefe de estação contara ao guarda que ele chegara correndo na estação pedindo aos gritos por uma passagem para casa. Notando por seu comportamento violento que ele era inglês, deram-lhe um bilhete para a estação mais distante para a qual o trem percorresse nesse sentido.

Pode ter certeza de que está sendo muito bem cuidado. Ele conquistou nossos corações com sua ternura e gentileza. Tem melhorado bastante e a mim não resta dúvidas de que, dentro de algumas semanas, ele voltará a seu estado normal. Mas tome cuidado com ele, por segurança. Que haja – rezo a Deus, a São José e a Santa Maria – muitos, mas muitos anos felizes para ambos.

Diário do dr. Seward

19 de agosto. – Houve uma mudança estranha e repentina em Renfield na noite passada. Aproximadamente às oito da noite, ele começou a ficar agitado e a farejar como um cão de caça. O assistente espantou-se com esse comportamento e, sabendo de meu interesse no paciente, encorajou-o a falar. Ele geralmente é respeitoso e às vezes servil com o atendente; mas dessa vez, pelo que o funcionário disse, agiu com bastante arrogância. Não aceitou sequer falar com ele. Tudo o que dizia era:

– Não quero falar contigo: tu não importas agora, o Mestre está perto.

O assistente crê que seja alguma forma repentina de mania religiosa que o tomou. Se for esse o caso, precisamos tomar cuidado, pois um homem forte simultaneamente com manias homicidas e religiosas pode tornar-se perigoso. A combinação é terrível. Às nove da noite, visitei-o eu mesmo. Sua atitude para comigo foi a mesma apresentada ao assistente; em sua introspecção sublime, a diferença entre mim e o assistente era como nada para ele. Parecia mania religiosa, e ele logo pensará ser Deus ele próprio. Essas diferenças ínfimas entre homem e homem são insignificantes demais para um ser onipotente. Como esses loucos entregam-se! O Deus verdadeiro toma cuidado para não fazer um pardal cair; mas o Deus criado pela vaidade humana não vê diferença entre uma águia e um pardal. Ah, se ao menos os homens soubessem!

Por cerca de meia hora, Renfield continuava agitando-se cada vez mais. Não fingi estar de vigia, mas mantive uma observação rígida o período inteiro. De repente, surgiu nos seus olhos aquele olhar astuto que sempre vemos quando um louco obtém uma ideia, acompanhado por um movimento astuto de cabeça e de costas com o qual os funcionários do manicômio estão tão familiarizados. Ele ficou bastante quieto, sentou-se resignado à beira de sua cama e olhou para o vazio com olhos sem brilho. Pensei que descobriria se sua apatia era real ou dissimulada, e tentei fazê-lo falar de seus bichinhos, um assunto que nunca deixou de chamar sua atenção. Inicialmente, ele não respondeu, mas, depois de um tempo, ele se pronunciou, irritado.

– Que se danem! Não dou a mínima para eles.

– O quê? – falei. – Não pode ser verdade que não se importa com as aranhas! – As aranhas no momento são seu hobby, e o caderno está cheio de colunas com pequenas quantidades.

A resposta dele foi enigmática:

– As damas de honra alegram os olhos que aguardam a chegada da noiva; mas, quando a noiva se aproxima, as damas deixam de brilhar para os olhos já preenchidos.

Ele não se explicava, mas permaneceu obstinadamente sentado em sua cama durante todo o tempo que passei com ele.

Estou cansado e desanimado esta noite. Não consigo deixar de pensar em Lucy, e em como as coisas poderiam ter sido diferentes. Se eu não dormir logo, o cloral, o Morfeu moderno! Preciso tomar cuidado para não transformar isso em hábito. Não, não tomarei nada esta noite. Pensei em Lucy, e não lhe causarei desonra associando-a à substância. Se necessário, esta noite será insone...

Mais tarde. – Estou grato por ter feito a decisão; ainda mais grato por ter me atido a ela. Agitei-me deitado na cama e ouvi o relógio badalar apenas duas vezes quando o vigia da noite veio até mim, enviado pela ala de pacientes, para avisar que Renfield escapara. Coloquei minhas roupas e saí de casa imediatamente; meu paciente é uma pessoa perigosa demais para perambular rua afora. As ideias que ele tem podem ser perigosamente aplicáveis a estranhos. O assistente me esperava. Disse que o havia visto menos de dez minutos antes, aparentemente dormindo na cama, quando olhou pela vigia da porta. Sua atenção foi alertada pelo som da janela sendo arrancada. Ele correu e viu seus pés desaparecerem pela janela, e na mesma hora mandou que me chamassem. Ele tinha apenas suas roupas noturnas e não podia ter ido muito longe. O assistente pensou que seria mais útil observar para onde o paciente ia do que segui-lo, pois poderia perdê-lo de vista enquanto saía do prédio pela porta. O assistente era um homem corpulento e não seria capaz de atravessar a janela. Eu sou magro, então, com sua ajuda, saí por ali, com os pés primeiro e, como só estávamos alguns metros acima do chão, sem me machucar. O assistente me disse que Renfield havia ido para a esquerda e seguido em linha reta, então corri o mais rápido que pude. Enquanto percorria o cinturão de árvores vi uma figura branca escalar o muro elevado que separa nosso terreno do pertencente à casa abandonada.

No mesmo momento, voltei correndo e disse ao vigia para reunir três ou quatro homens e seguir-me até o terreno de Carfax, caso nosso amigo apresentasse perigo. Providenciei uma escada e, passando pelo muro, pousei do outro lado. Pude ver a silhueta de Renfield desaparecendo atrás do ângulo da casa, então corri atrás dele. Do outro lado do prédio, vi-o espremido contra a velha porta da capela, feita de carvalho e peças de ferro. Ele falava, aparentemente com alguém, mas eu temia me aproximar o suficiente para ouvir o que dizia, pois eu podia assustá-lo e fazê-lo fugir. Seguir um enxame errante de abelhas não é nada perto de seguir um lunático no tomado por um surto de fuga! Contudo, depois de alguns minutos, pude ver que ele não percebia nada ao seu redor, então arrisquei aproximar-me dele – ainda mais depois que minha equipe havia passado pelo muro e o cercava. Ouvi-o dizer:

– Estou aqui para fazer vossa vontade, Mestre. Sou vosso escravo, e hei de ser recompensado, pois fiel serei. Vos venero há muito tempo e de uma longa distância. Agora que estou perto de vossa presença, aguardo por vossos comandos. Vós não me esquecereis, não é, Mestre, em vossa distribuição de dádivas?

Ele definitivamente *é* um egoísta mendicante, de qualquer modo. Pensa em pães e peixes mesmo quando crê estar diante de uma presença real. Suas manias criam uma combinação espantosa. Quando o cercamos, ele lutou como um tigre. É incrivelmente forte, pois estava mais para fera selvagem do que para homem. Nunca vi um lunático com um acesso de raiva assim antes; e espero nunca ver novamente. É uma misericórdia eu ter descoberto sua força e seu perigo antes que fosse tarde. Com a força e a determinação dele, talvez tenha feito coisas atrozes antes de ser aprisionado. Enfim, agora ele está seguro. Nem mesmo Jack Sheppard conseguiria libertar-se da camisa de força que restringe seus movimentos, e ele está acorrentado à parede na sala acolchoada. Seus gritos são às vezes horrendos, mas os silêncios que se seguem são ainda mais mortais, pois cada movimento seu denota o desejo de matar.

Agora há pouco, ele falou palavras coerentes pela primeira vez:

– Serei paciente, Mestre. Está chegando; chegando; chegando!

Aceitei isso como uma sugestão e cheguei a meu quarto. Estava agitado demais para dormir, mas este diário me aquietou, e sinto que conseguirei dormir um pouco esta noite.

IX

Carta, de Mina Harker para Lucy Westenra

Budapeste, 24 de agosto.
Minha querida Lucy,

 Sei que deve estar ansiosa para saber sobre tudo que aconteceu desde que nos separamos na estação ferroviária em Whitby. Bem, minha cara, cheguei bem em Hull e embarquei no navio para Hamburgo, em seguida tomando o trem para cá. Sinto que mal consigo me lembrar de algo a respeito da viagem, exceto que eu sabia que vinha para encontrar-me com Jonathan e que, como provavelmente teria que prestar cuidados, era melhor eu dormir o máximo que pudesse... Ai, encontrei meu bem tão magro, pálido e enfraquecido. Toda a sua determinação havia sumido de seus preciosos olhos, e aquela dignidade silenciosa que eu disse haver em seu rosto evanesceu. Ele está em ruínas, e não se lembra de nada do que aconteceu em muito tempo. Pelo menos, ele quer que eu acredite que esse seja o caso, eu não o questionarei. Ele sofreu um choque terrível, e temo que exigirá demais de seu pobre cérebro tentar se lembrar. A irmã Agatha, que é uma boa alma e uma enfermeira nata, disse-me que ele delirou sobre coisas terríveis enquanto estava descontrolado. Pedi-lhe que me contasse a respeito delas, mas ela simplesmente fez o sinal da cruz e disse que jamais contaria; que os delírios dos enfermos são segredos de Deus, e que, caso uma enfermeira os ouça por decorrência de sua vocação, ela deve respeitar sua confidencialidade. É uma pessoa gentil e de bom coração e, no dia seguinte, quando me viu preocupada, trouxe o assunto novamente à tona e, depois de dizer que jamais poderia citar os delírios de meu pobre amado, acrescentou:

– Posso contar-lhe o seguinte, minha cara: que não foi nada referente a algum mal que ele próprio tenha cometido; e vossa mercê, como futura esposa, não tem motivo para preocupação. Ele não a esqueceu, nem o que ele deve à senhora. Seu medo era de coisas grandiosas e terríveis, com as quais nenhum mortal é capaz de lidar.

Creio que a alma nobre pensou que eu talvez estivesse com ciúmes, pensando que meu bem apaixonara-se por outra garota. Que ideia, *eu*, com ciúmes de Jonathan! E apesar disso, querida, permita-me confessar que senti um lampejo de alegria quando *tive certeza* de que não era outra mulher a fonte do problema. Cá estou agora, sentada ao lado dele, onde posso ver seu rosto enquanto dorme. Ele está acordando!

Quando ele acordou, pediu-me seu casaco, pois queria tirar algo do bolso; solicitei à irmã Agatha, que trouxe todos os pertences dele. Notei que entre eles estava seu caderno, e ia pedir-lhe que me deixasse dar uma olhada nele – pois sabia que assim talvez encontrasse alguma pista para sua situação –, mas creio que ele deve ter visto o pedido em meus olhos, pois requisitou que eu fosse até a janela, alegando que queria ficar sozinho por um momento. Depois, chamou-me de volta; quando cheguei, ele estava com a mão sobre o caderno e me disse cheio de solenidade:

– Wilhelmina. – Foi assim que soube que ele falava muitíssimo sério, pois nunca mais me chamou por esse nome desde que me pediu em casamento. – Sabes, querida, o que penso sobre a confiança entre marido e esposa: não deve haver segredos, nada a esconder. Sofri um grande choque, e, quando tento pensar no que aconteceu, sinto minha cabeça girar, e não consigo saber se foi tudo real ou o sonho de um desvairado. Sabes que tive febre cerebral, e que isso equivale a uma forma de loucura. O segredo está aqui, e não desejo sabê-lo. Quero retomar minha vida a partir daqui, com nosso casamento. Pois, querida, decidimos nos casar assim que as formalidades estivessem cumpridas. Estás disposta, Wilhelmina, a partilhar de minha ignorância? Eis aqui o caderno. Fica com ele e lê caso queiras, mas nunca me contes; a não ser que, de fato, algum dever solene me obrigue a retornar aos momentos de amargura, oníricos ou despertos, sãos ou loucos, aqui registrados.

Ele deixou as costas caírem, exausto, e eu coloquei o livro sob o travesseiro e o beijei. Pedi à irmã Agatha suplicar à Madre Superiora que permitisse nosso casamento nesta tarde, e aguardo pela resposta dela...

Ela veio e disse a mim que o capelão da igreja missionária anglicana foi enviado. Casaremo-nos dentro de uma hora, ou assim que Jonathan acordar...

Lucy, o tempo passou num piscar de olhos. Sinto-me solene, mas muito, muito feliz. Jonathan acordou pouco depois da hora e tudo estava pronto; ele sentou-se na cama, apoiado em travesseiros. Disse o "aceito" com força e firmeza. Eu mal conseguia falar; meu coração estava tão pleno que mesmo essa palavra parecia ficar presa à minha garganta. As irmãs foram tão gentis. Peço a Deus que eu nunca, jamais me esqueça delas e de suas responsabilidades sérias e tenras. Decidi que é um dever meu. Preciso contar-te sobre meu presente de casamento. Quando o capelão e as irmãs me deixaram a sós com meu marido... ai, Lucy, é a primeira vez que escrevo as palavras "meu marido"! Enfim, quando me deixaram a sós com meu marido, peguei o livro sob seu travesseiro, embrulhei-o em papel branco, amarrei-o com uma fita azul-clara que tinha em meu pescoço e selei o nó com cera, usando como sinete minha aliança. Então, beijei o embrulho e o mostrei a meu marido, dizendo-lhe que manteria o caderno assim, como um símbolo exterior e visível de nossa confiança um no outro, para o resto de nossas vidas; que nunca o abriria a não ser que fosse para o próprio bem dele, ou em favor de algum dever da mais alta seriedade. Então, ele pegou minhas mãos com as suas – e, ai, Lucy, foi a primeira vez que pegou a mão *de sua esposa* – e disse que foi o presente mais amável do mundo, e que ele reviveria todo o seu passado novamente, se fosse necessário para recebê-lo. O pobrezinho quis dizer só uma parte do passado, mas não está em condições para pensar em tempo, e não devo surpreender-me se ele inicialmente confundir-se não só em relação ao mês, mas também ao ano.

Ora, querida, o que eu poderia falar? Só consegui dizer que era a mulher mais feliz do mundo e que não tinha nada para dar a ele além de mim mesma, minha vida e minha confiança, e que com isso vinham meu amor e meu comprometimento por todos os dias de minha vida. E, minha cara, quando ele beijou-me, e puxou-me para perto de si com suas pobres mãos debilitadas, foi como um juramento dos mais solenes entre nós dois...

Lucy, querida, sabe por que conto tudo isso a ti? Não é só porque isso me deleita muito, mas também porque tu me és muito cara. Foi um privilégio meu ser tua amiga e tua guia quando saístes da escola para preparar-te para o mundo e a vida reais. Quero que vejas agora, e com os olhos de uma esposa feliz, para onde o dever levou-me; de modo que em tua vida de casada sejas tão feliz quanto sou. Minha cara, pelo Deus Todo-Poderoso, que tua vida seja tudo o que promete ser: um longo dia de sol, sem ventos violentos, sem que o dever seja esquecido e sem que haja desconfiança. Não posso desejar-te nenhuma dor, pois isso nunca se concretizará; mas espero que tu *sempre* fiques tão feliz quanto eu estou *agora*. Adeus, minha cara. Devo postar esta carta imediatamente e, talvez, escrever-te novamente muito em breve. Preciso parar agora, pois Jonathan está acordando; preciso cuidar de meu marido!

Sempre com amor,
Mina Harker

Carta, de Lucy Westenra para Mina Harker

Whitby, 30 de agosto.
Minha querida Mina,

Oceanos de amor e milhões de beijos, e que logo estejas em tua própria casa com teu marido. Gostaria que voltásseis a tempo de ficar conosco por aqui. O ar forte daqui logo revigoraria Jonathan; a mim revigorou bastante. Estou cheia de vida, com um apetite voraz e dormindo bem. Ficarás contente em saber que deixei de acordar enquanto durmo. Creio que não saio da cama há uma semana, digo, a partir do momento que me deito à noite. Arthur disse que estou engordando. A propósito, esqueci de mencionar que Arthur está aqui. Temos passeios tão bons juntos, a pé, de carruagem, a cavalo ou a remo; além de jogarmos tênis e pescarmos. Amo-o mais do que nunca. Ele diz amar-me mais ainda, mas eu duvido, pois inicialmente me dissera que não tinha como me amar mais do que me amava naquele momento. Mas isso é tolice. Eis ele agora, chamando-me. Portanto, nada mais de sua amorosa amiga,

Lucy.

P.S. – Mamãe mandou lembranças e carinho. Ela parece estar melhor, coitada.

P.P.S. – Casaremos no dia 28 de setembro.

Diário do dr. Seward

20 de agosto. – O caso de Renfield fica cada vez mais interessante. Ele agora aquietou-se de tal modo que há períodos de completa interrupção de sua cólera. Pela primeira semana após seu ataque, ele estava perpetuamente violento. Então, uma noite, assim que a lua subiu ao céu, ele aquietou-se e passou a murmurar para si mesmo:

– Agora posso esperar; agora posso esperar.

O assistente veio me dizer, então fui imediatamente para lá a fim de examiná-lo. Ele ainda estava com a camisa de força e na sala acolchoada, mas o aspecto possesso sumira de seu semblante; seus olhos tinham algo da delicadeza suplicante – ouso dizer "bajuladora" – de antigamente. Estava satisfeito com essa atual condição, e orientei para que ele fosse desatado. Os assistentes hesitaram, mas por fim cumpriram meu desejo sem contestar. Era estranho o fato de o paciente ter espirituosidade suficiente para notar a desconfiança deles, pois, ao aproximar-se de mim, disse em um sussurro, enquanto olhava furtivamente para eles:

– Eles acham que eu seria capaz de machucar o senhor! Imagine! *Eu* machucar *o senhor*! Tolos!

Foi de certa forma reconfortante para meus sentimentos descobrir que, mesmo na mente desse louco, diferencio-me dos outros; mas ainda assim não compreendi sua linha de raciocínio. Devo entender que tenho algo em comum com ele, de modo que nós, portanto, precisamos nos aliar; ou ele espera ganhar de mim um benefício tão estupendo que meu bem-estar lhe é necessário? Preciso descobrir posteriormente. Esta noite, ele não fala. Mesmo a oferta de um gato, filhote ou mesmo adulto, não o tentou. Apenas diz:

– Não me importam gatos. Tenho mais no que pensar por ora e posso esperar; posso esperar.

Depois de um tempo, deixei-o sozinho. O assistente me disse que ele ficou quieto até pouco antes do amanhecer e que depois começou a ficar irrequieto e depois violento até que finalmente tivesse um acesso de fúria que o exauriu de modo a induzi-lo a uma espécie de coma.

... Por três noites sucederam-se os mesmos eventos: violento o dia todo, depois quieto do surgimento da lua ao nascer do sol. Gostaria de ter alguma pista da causa. Parece quase como se houvesse uma influência que vai e vem. Que pensamento feliz! Esta noite, colocaremos a inteligência sã contra a insana. Ele escapou sem nossa ajuda; hoje, escapará com ela. Daremos a ele uma chance, e teremos homens a postos para segui-lo caso se faça necessário.

23 de agosto. – "O inesperado sempre acontece." Como Disraeli entendia da vida. Nosso pássaro, ao ver a gaiola aberta, não quis voar, de modo que todas as nossas providências sutis foram em vão. De qualquer modo, provamos uma coisa: que os períodos de quietude duram um tempo razoável. Poderemos no futuro afrouxar suas amarras por algumas horas a cada dia. Dei ordens ao assistente noturno para deixá-lo apenas trancado na sala acolchoada, depois que ele estivesse tranquilizado, até uma hora antes do amanhecer. O corpo da pobre alma apreciará o alívio, mesmo que sua mente não seja capaz de processá-lo. Espere! O inesperado de novo! Fui chamado; o paciente escapou mais uma vez.

Mais tarde. – Outra aventura noturna. Renfield habilmente esperou que o assistente entrasse no quarto para inspecioná-lo. Passou por ele e disparou pelo corredor. Falei para os assistentes seguirem-no. Novamente ele foi para o terreno da casa abandonada, e o encontramos no mesmo lugar, apoiado na velha porta da capela. Ao me ver, ficou furioso; se os assistentes não o tivessem imobilizado a tempo, ele teria tentado me matar. Enquanto o contínhamos, algo estranho aconteceu. Ele de repente redobrou os esforços e depois, de forma igualmente repentina, acalmou-se. Observei ao redor por instinto, mas não vi nada. Então, notei o olhar do paciente e segui sua trajetória, mas não consegui distinguir nada olhando para o céu iluminado pela lua, salvo por um morcego grande que batia as asas para o oeste de forma silenciosa e fantasmática. Morcegos geralmente voam de forma curva e errática, mas esse parecia seguir em linha reta, como se soubesse seu destino ou tivesse intenções próprias. O paciente acalmou-se a cada instante que passava e logo disse:

– Não precisam me amarrar; voltarei sem resistir!

Sem problemas, voltamos à casa. Sinto que há algo de agourento na calma dele, e não me esquecerei desta noite...

Diário de Lucy Westenra

Hillingham, 24 de agosto. – Preciso imitar Mina e manter as coisas escritas. Então, poderemos ter longas conversas quando nos encontrarmos. Pergunto-me quando isso ocorrerá. Queria que ela estivesse comigo novamente, pois me sinto tão infeliz. Na noite passada, pareceu que eu havia voltado a sonhar, do mesmo modo como sonhava em Whitby. Talvez seja a mudança de ares, ou a volta para casa. É tudo escuro e horrendo para mim, pois não consigo me lembrar de nada; mas um medo vago me preenche e me sinto tão fraca e desgastada. Quando Arthur veio almoçar, parecia bastante angustiado ao me ver, e não tive forças para tentar agir com alegria. Pergunto-me se poderia dormir no quarto da mamãe hoje. Tentarei arranjar uma desculpa para fazê-lo.

25 de agosto. – Mais uma noite ruim. Mamãe não pareceu simpática à minha sugestão. Ela também não está muito bem, e sem dúvida tem medo de preocupar-me. Tentei ficar desperta e até consegui por um período; mas, quando o relógio anunciou a meia-noite, ele me acordou de um cochilo, então devo ter caído no sono. Havia uma espécie de arranhão ou ruflo à janela, mas isso não me incomodou e, como não lembro de mais nada, creio que tenha sido o momento no qual adormeci. Mais pesadelos. Gostaria de ser capaz de me lembrar deles. Estou terrivelmente fraca na manhã de hoje. Meu rosto está com uma palidez fantasmagórica e a garganta me dói. Deve haver algo de errado com meus pulmões, pois parece que nunca tenho ar o suficiente. Tentarei me animar quando Arthur chegar, senão sei que ele ficará desolado ao deparar-se comigo neste estado.

Carta, de Arthur Holmwood para o dr. Seward

Hotel Albemarle, 31 de agosto.
Meu caro Jack,

Quero que faças-me um favor. Lucy está doente; para ser mais preciso, ela não tem nenhuma doença específica, mas está em péssimo estado, e piora a cada dia. Perguntei a ela se haveria um motivo; não ouso perguntar à mãe dela, pois perturbar a mente da pobre senhora em seu atual estado de saúde, ainda mais falando da própria filha, seria fatal. A sra. Westenra me contou em confidência que seu fim está determinado – doença do coração –, embora Lucy ainda não saiba. Tenho certeza de que há algo consumindo a mente de minha querida. Quase me distraio ao pensar nela; olhar para ela me dói o coração. Eu lhe disse que iria pedir-te para que a visitasses e, embora ela tenha protestado de início – sei por que, meu caro –, ela enfim concordou. Será uma tarefa dolorosa para ti, sei disso, velho amigo, mas é pelo bem *dela*, e não posso hesitar em pedir, nem tu podes hesitar em agir. Precisamos que venhas almoçar em Hillingham amanhã, às duas, para que a sra. Westenra não suspeite de nada, e depois do almoço Lucy terá uma oportunidade de ficar a sós contigo. Devo visitar a casa na hora do chá, e podemos partir juntos; estou repleto de ansiedade, e quero conversar contigo a sós assim que puder, depois que a tiveres examinado. Não faltes!

Arthur

Telegrama, de Arthur Holmwood para Seward

Convocado para visitar meu pai, que piorou. Por isso escrevo. Escreva os detalhes e envie hoje à noite para Ring. Use telegrama, se necessário.

Carta, do dr. Seward para Arthur Holmwood

Meu caro velho amigo,

A respeito da saúde da srta. Westenra, digo prontamente que, em minha opinião, não há qualquer disfunção ou enfermidade que eu conheça. Ao mesmo tempo, não estou de modo algum contente com a aparência dela; é preocupante o quanto está diferente de quando a vi pela última vez. É claro que deves considerar que não tive a oportunidade de um exame completo, como gostaria; nossa amizade cria uma dificuldade que nem a ciência médica ou os costumes conseguem contornar. É melhor contar-te com exatidão o que aconteceu, permitindo que tu chegues, dentro do possível, a tuas próprias conclusões. Depois, direi o que fiz e que proponho que se faça.

De início, vi a srta. Westenra com uma disposição aparentemente alegre. Sua mãe estava presente, e dentro de segundos concluí que ela estava fazendo de tudo para enganar a mãe e evitar causar ansiedade nela. Sem dúvida ela supõe, se é que não sabe, o cuidado que precisa ter. Almoçamos sozinhos e, como todos nos esforçávamos para manifestar alegria, obtivemos, como forma de recompensa por nosso trabalho, um pouco de alegria genuína. Em seguida, a sra. Westenra foi deitar-se e Lucy ficou comigo. Fomos a seus aposentos e, até que chegássemos lá, sua alegria permaneceu, pois os criados iam e vinham. Porém, assim que a porta fechou-se, a máscara caiu do rosto; ela afundou-se em uma cadeira com um forte suspiro e escondeu os olhos com a mão. Quando vi que sua jovialidade vacilara, imediatamente aproveitei-me de sua reação para realizar um diagnóstico. Ela me disse com ternura:

– Não fazes ideia do quanto detesto falar sobre mim mesma. – Lembrei-a de que a confidencialidade de médico é sagrada, mas que tu estavas gravemente preocupado com ela. Ela entendeu na mesma hora o que quis dizer e resolveu a questão com brevidade: – Conta a Arthur tudo o que quiseres. Não me importo comigo, mas sim com ele! – Portanto, meu relato é livre.

Pude claramente ver que ela está com certa falta de sangue, mas não encontrei os sintomas típicos de anemia, e por acaso pude testar o estado de seu sangue, pois, ao abrir uma janela emperrada, uma corda arrebentou e ela cortou a mão de leve em um caco de vidro. Foi em si um incidente desimportante, mas me deu uma oportunidade clara, e coletei algumas gotas do sangue e o analisei. A análise qualitativa apresentou um estado normal e por si indica, devo inferir, um estado de saúde vigoroso. Em outras questões físicas, acho satisfatório dizer que não há motivo para ansiedade; mas, como deve haver alguma causa, cheguei à conclusão de que deve ser algo mental. Ela reclama da ocasional dificuldade de respirar uma quantidade satisfatória de ar e do sono pesado e letárgico, com sonhos que a assustam, mas cujo conteúdo ela não consegue lembrar. Ela disse que, quando era criança, sofria de sonambulismo, e que o hábito voltou quando estava em Whitby, que certa vez saiu na rua à noite e foi até o East Cliff, onde a srta. Murray encontrou-a; mas ela assegura-me de que o hábito não retornou nos últimos dias. Estou repleto de dúvidas, e por isso tomei o melhor curso de ação no qual pude pensar: escrevi a meu velho amigo e mestre, o Professor Van Helsing, de Amsterdã, que sabe mais sobre doenças obscuras do que qualquer outra pessoa neste mundo. Pedi-lhe que viesse e, como dissestes que arcarias com todas as despesas, contei a ele sobre ti e tua relação com a srta. Westenra. Essa observação, meu caro amigo, foi feita para atender teus desejos, pois eu ficaria deveras orgulhoso e feliz em fazer o que pudesse por ela. Sei que Van Helsing faria qualquer coisa por mim por razões pessoais, portanto, independentemente das circunstâncias de sua vinda, devemos atender seus desejos. Ele pode parecer um sujeito arbitrário, mas isso se deve ao fato de que ele sabe do que fala, melhor do que qualquer um. Ele é um filósofo e um metafísico, além de ser um dos cientistas mais inovadores de sua época; e ele tem, creio eu, uma mente absolutamente aberta. Isso é somado a nervos de aço, temperamento gélido, determinação indomável, autocontrole e tolerância, virtudes elevadas a bênçãos, e o coração mais honesto e gentil que pulsa neste mundo. São essas qualidades que equipam o nobre trabalho que ele realiza em prol da humanidade, atuando tanto na teoria como na prática, pois seu campo de atuação é tão vasto quanto sua compaixão. Digo-te tais fatos para que entendas por que confio tanto nele. Pedi para que ele viesse imediatamente. Verei a srta. Westenra amanhã novamente. Ela combinou de encontrar-se comigo na região comercial, de modo que eu não alarme sua mãe com uma segunda visita em tão pouco tempo.

Com o carinho de sempre,
John Seward

Carta, do prof. dr. Abraham Van Helsing (doutor em medicina, em filosofia, em letras etc.) ao dr. Seward

2 de setembro.
Meu bom amigo,

Quando recebi tua carta, já me pus a caminho. Por sorte, posso partir imediatamente, sem lesar ninguém que tenha depositado confiança em mim. Se não tivesse essa sorte, o prejuízo seria para essas pessoas, pois atendo a meu amigo quando me chama para ajudar aqueles com quem ele se importa. Diga a teu amigo que, aquela vez na qual com tanta presteza tu sugaras de minha ferida o veneno de gangrena oriundo da faca que nosso outro amigo, em seu nervosismo, deixou escapar, tu fizestes mais por ele agora que ele deseja minha ajuda do que toda a sua fortuna seria capaz de fazer. Mas é um prazer a mais ajudar seu amigo; é por ti que vou. Reserva acomodações para mim no Hotel Great Eastern, de modo que eu fique por perto, e, por favor, toma providências para que eu possa ver a moça amanhã, não muito tarde, pois é provável que eu tenha que voltar para cá à noite. Mas, caso se faça necessário, voltarei em três dias, e ficarei por mais tempo, se precisar. Por ora, me despeço, meu amigo.

Van Helsing

Carta, do dr. Seward para o honorável Arthur Holmwood

3 de setembro.
Meu caro Art,

Van Helsing já veio e já partiu. Ele veio comigo a Hillingham e descobriu que, por vontade de Lucy, sua mãe foi almoçar fora, de modo que ficamos a sós com ela. Van Helsing examinou a paciente com cuidado. Ele me dará notícias e as repassarei a ti, pois é claro que não fiquei presente durante toda a consulta. Receio que ele esteja bastante preocupado, mas disse que precisa refletir. Quando falei a ele sobre nossa amizade e no quanto tu confias em mim para lidar com isso, ele disse:

– Deves contar a ele tudo o que achas. Conta o que eu acho, se quiser e for capaz de adivinhar. Não, não estou brincando. Não é brincadeira, mas coisa de vida ou morte, talvez mais que isso.

Perguntei o que ele quis dizer com isso, pois estava bastante sério. Isso ocorreu quando havíamos voltado à cidade e ele tomava uma xícara de chá antes de voltar para Amsterdã. Ele não me deu mais nenhuma pista. Não fiques bravo comigo, Art, pois a reticência dele significa em si própria que seu cérebro está dedicado ao bem dela. Ele falará com clareza na hora certa, asseguro-te. Então, disse a ele que simplesmente escreveria um relato de nossa visita, como se fizéssemos um artigo descritivo especial para o *Daily Telegraph*. Ele não reagiu a isso, mas observou que a fuligem em Londres não está tão nociva quanto era na época em que ele fora estudante aqui. Receberei o relatório dele amanhã, se ele conseguir fazê-lo. De qualquer modo, receberei uma carta.

Bem, quanto à visita. Lucy estava mais animada do que no dia em que a vi inicialmente, e definitivamente estava com aparência melhor.

Ela perdeu parte do aspecto fantasmático que tanto perturbou-te, e sua respiração estava normal. Ela foi um doce de pessoa com o professor (como sempre é) e tentou deixá-lo confortável; embora eu pudesse ver que a pobrezinha esforçava-se demais para conseguir fazê-lo. Creio que Van Helsing também o notou, pois percebi o breve relance sob suas sobrancelhas espessas que conheço bem. Ele então começou a conversar sobre tudo, menos sobre nós e doenças, com tamanha simpatia que era possível ver o ânimo dissimulado de Lucy mesclar com a realidade. Então, sem nenhuma mudança aparente, ele gentilmente conduziu a conversa ao motivo de sua visita, e disse com suavidade:

– Minha cara senhorita, este é um enorme prazer, pois vossa mercê é muito querida. Há muito, minha cara, que se um dia existiu, eu não vejo. Disseram-me que vossa mercê estava com os ânimos em baixa, e que estava com uma palidez fantasmagórica. A isso digo "Puf!". – Ele estalou os dedos para mim e prosseguiu: – Mas a senhora e eu mostraremos como estão errados. Como é possível que ele – apontou para mim com o mesmo olhar e gesto com o qual uma vez apresentou-me para seus alunos em, ou na verdade depois de, uma ocasião em particular a qual ele nunca me deixa esquecer – saiba algo sobre jovens damas? Ele tem suas madames para brincar, e para restaurar a felicidade delas, e trazê-las de volta aos que as amam. É um trabalho duro, mas, ah, bem-recompensado, gerar tamanha felicidade. Mas as moças! Ele não tem esposa nem filha, e jovens não confidenciam com jovens, mas com os mais velhos, como eu, que já conhecem tantos pesares e suas causas. Então, minha cara, peçamos que ele se retire para fumar no jardim, enquanto vossa mercê e eu conversamos entre nós.

Entendi a mensagem e fui caminhar do lado de fora da casa; pouco depois, o professor foi à janela me chamar. Ele parecia solene, mas disse:

– Fiz um exame cuidadoso, mas não há causa funcional. Concordo contigo que houve muita perda de sangue; houve, mas não há mais. Mas as condições dela não são anêmicas em nenhum aspecto. Pedi que ela chamasse sua criada, para que eu possa perguntar uma ou outra coisa a mais, só para garantir que não havia deixado nada escapar. Sei muito bem o que ela dirá. No entanto, há causa; sempre há causa para tudo. Preciso ir para casa e refletir sobre isso. Deves mandar-me telegramas todo dia; e, se for necessário, voltarei aqui. A doença, visto que não estar de todo bem é doença, interessa-me, e a adorável moça também me interessa. Ela encanta-me e por ela, se não por ti ou pela doença, virei.

Como te contei, ele não disse uma palavra a mais, mesmo quando estávamos a sós. Então agora, Art, sabes tudo o que sei. Ficarei vigilante.

Espero que teu pai se recupere. Deve ser terrível para ti, velho amigo, estar nesta situação entre duas pessoas tão caras a ti. Compreendo tua noção de dever para com teu pai, e tens razão de cumpri-lo; mas, caso se faça necessário, avisarei para que venhas imediatamente para Lucy; portanto, não te excedas em ansiedade a não ser que receba notícias minhas.

Diário do dr. Seward

4 de setembro. – O paciente zoófago nos mantém interessados nele. Teve apenas um surto, que ocorreu ontem em um horário atípico. Pouco antes das badaladas do meio-dia, ele começou a ficar irrequieto. O assistente sabia os sintomas e na mesma hora convocou ajuda. Felizmente, os homens vieram correndo e chegaram na hora certa, pois, quando o relógio anunciou as doze horas, ele ficou tão violento que foi necessária a força de todos eles para contê-lo. Em cerca de cinco minutos, porém, ele começou a ficar cada vez mais quieto, por fim mergulhando em uma espécie de melancolia, estado no qual permaneceu até o momento. O assistente me disse que seus gritos enquanto tinha o ataque eram deveras perturbadores. Fiquei bastante ocupado ao chegar, precisando cuidar de outros pacientes que foram aterrorizados por ele. Consigo, de fato, entender o efeito, pois mesmo eu fiquei perturbado com os sons, embora estivesse a certa distância. Agora já se foi o horário de jantar do sanatório, e até agora meu paciente está sentado em um canto, pensativo, com um semblante inerte, taciturno e desolado no rosto, que parece ser mais indicativo do que propriamente revelador. Não consigo entender muito bem.

Mais tarde. – Outra mudança em meu paciente. Às cinco, fui conferi-lo e o vi aparentemente tão feliz e contente quanto costumava ser. Pegava moscas e as comia e anotava suas capturas com riscos na porta, nas frestas entre acolchoados. Ao ver-me, ele se aproximou e pediu desculpas pela má conduta, e pediu-me de forma bastante humilde e subserviente para ser levado novamente a seus aposentos e receber de volta seu caderno. Decidi agradar-lhe, então ele está em seu quarto, com a janela aberta. Espalhou o açúcar do chá no parapeito e está cultivando uma quantidade razoável de moscas. Ele agora não as come; em vez disso, coloca-as em uma caixa, como fizera antes, e já sonda os cantos do quarto à procura de uma aranha. Tentei fazê-lo falar sobre os últimos dias, pois qualquer pista a respeito de seus pensamentos me seria de imensa ajuda; mas ele não respondia. Por um breve momento ele parecia bastante triste, e dizia em uma voz um tanto distante, como se dissesse para si mesmo, não para mim:

– Acabado! Tudo acabado! Ele abandonou-me. Não há esperança para mim a não ser que eu faça tudo por conta própria! Doutor, será que vossa mercê não pode ser muito bondoso comigo e me dar um pouco mais de açúcar? Acho que seria bom para mim.

– E para as moscas? – falei.

– Sim! As moscas também gostam, e eu gosto das moscas; portanto, eu gosto. – E há quem acredite que os loucos são incapazes de raciocinar. Providenciei para que ele recebesse o dobro de açúcar e o deixei tão feliz quanto, suponho, se pode ser. Gostaria de poder compreender sua mente.

Meia-noite. – Outra mudança nele. Saíra para ver a srta. Westenra, que encontrei em um estado muito melhor, e tinha acabado de voltar. Estava ao nosso portão, contemplando o pôr do sol, quando novamente ouvi seus gritos. Como seu quarto fica neste lado do prédio, consegui ouvir melhor do que de manhã. Para mim, foi um choque dar as costas para o belo esplendor enfumaçado de um pôr do sol em Londres, com suas luzes pálidas e sombras negras e todos os tons que surgem nas nuvens imundas bem como nas águas imundas, e deparar com a terrível severidade de meu edifício de pedra fria, com sua abundância de aflição pulsante, e com meu coração desolado que precisa passar por tudo isso. Cheguei a ele bem nos últimos momentos do sol e de sua janela assisti ao disco vermelho mergulhar no horizonte. Conforme isso ocorria, o frenesi dele arrefecia cada vez mais e, ao sumir o sol, ele escorregou das mãos que o seguravam, virando uma massa inerte no chão. É incrível, porém, a capacidade de recuperação intelectual dos lunáticos, pois dentro de alguns minutos ele se levantou com calma e olhou ao redor. Foi para a janela sem hesitar e varreu com a mão os grãos de açúcar; em seguida, pegou sua caixa de moscas, mandou-as para fora e desfez-se da caixa; por fim, fechou a janela e, atravessando o quarto, sentou-se na cama. A situação toda surpreendeu-me, então perguntei-lhe:

– Não vais mais juntar moscas?

– Não – respondeu. – Estou farto dessa bobagem. – Ele definitivamente é um caso interessante de se estudar. Gostaria de ter um vislumbre de sua mente ou da causa de suas agitações repentinas. Espere, talvez haja uma pista, afinal, se conseguirmos descobrir por que hoje seus ataques ocorreram com o sol a pino e no pôr do sol. Será que em determinados períodos há uma influência maligna do sol sobre certas naturezas, como às vezes a lua tem sobre outras? Veremos.

Telegrama, de Seward, Londres, para Van Helsing, Amsterdã

4 de setembro. – Paciente segue melhor hoje.

Telegrama, de Seward, Londres, para Van Helsing, Amsterdã
5 de setembro. – Paciente melhorou bastante. Bom apetite; sono natural; alta disposição; cor retornando.

Telegrama, de Seward, Londres, para Van Helsing, Amsterdã
6 de setembro. – Mudança terrível para pior. Vem já; não espera uma hora sequer. Não mandarei telegrama para Holmwood antes de te ver.

Carta, do dr. Seward para o honorável Arthur Holmwood

6 de setembro.

    Meu caro Art,

    As notícias que tenho hoje não são tão boas. Lucy regrediu um pouco esta manhã. Há, contudo, uma vantagem criada pela situação; a sra. Westenra naturalmente ficou ansiosa com o estado de Lucy, e consultou-me profissionalmente a respeito. Aproveitei a oportunidade e lhe disse que meu antigo mestre, Van Helsing, o grande especialista, viria passar um tempo comigo, e que eu a colocaria sob seus cuidados junto aos meus; então, agora podemos ir e vir sem alarmá-la indevidamente, visto que um choque significaria para ela morte súbita, o que seria desastroso para Lucy, em seu estado já debilitado. Estamos cercados por dificuldades, todos nós, meu pobre amigo; mas peço a Deus que as superemos sãos e salvos. Se necessário, volto a escrever, de modo que, caso não receba nada meu, parta do princípio de que estou aguardando notícias. Às pressas,

teu amigo,
John Seward

Diário do dr. Seward

7 de setembro. – A primeira coisa que Van Helsing disse-me quando nos encontramos na Liverpool Street foi:

– Disseste algo ao nosso jovem amigo, o noivo dela?

– Não – respondi. – Esperei até que me encontrasse contigo, como disse no telegrama. Escrevi a ele uma carta dizendo apenas que virias, pois a senhorita Westenra não estava tão bem, e que eu mandaria notícias se necessário.

– Certo, meu amigo – ele disse. – Fizeste certo! Melhor que ele não saiba, por ora; talvez nunca fique sabendo. Espero que assim seja, mas, se for necessário, ele saberá de tudo. E, meu bom John, permite-me avisar-te: tu lidas com os loucos. Todos os homens são loucos de uma forma ou outra; e, com a mesma discrição com a qual lidas com teus loucos, deves lidar com os loucos de Deus, o resto do mundo. Tu não contas a teus loucos o que fazes e por que o fazes; não contas o que pensa. Então, deixa o conhecimento em seu devido lugar, onde ele há de ficar em repouso, onde há de reunir seus pares e florescer. O que nós dois sabemos, devemos manter aqui e aqui. – Ele tocou-me no coração e no crânio, em seguida repetindo o gesto no próprio corpo. – Tenho minhas próprias ideias no momento. Mais tarde, devo revelá-las a ti.

– Por que não agora? – perguntei. – Pode ser útil; talvez cheguemos a um veredito.

Ele olhou para mim e disse:

– John, meu amigo, quando o trigo está crescendo, mesmo antes de estar maduro – quando o leite da mãe-terra ainda está nele, e a luz do sol ainda não começou a conceder-lhe seu tom dourado – o agricultor pega uma espiga, esfrega-a entre as mãos calejadas, elimina num sopro as partes verdes e diz: "Veja só! É trigo do bom; será uma boa safra, quando a colheita chegar". – Não entendi como isso aplicava-se e lhe disse isso. Em resposta, ele aproximou-se, tomou minha orelha em sua mão, deu um puxão esportivo, como fazia tanto tempo atrás em suas palestras, e disse: – O bom agricultor diz isso naquela hora porque sabe, mas não antes disso. Mas não se vê o bom agricultor escavando o trigo plantado para conferir se irá crescer; isso é coisa de crianças que brincam de plantio, não daqueles que têm isso como o trabalho de suas vidas. Entendes agora, meu caro John? Semeei meu trigo, e a Natureza tem seu trabalho a fazer para que ele floresça; se florescer, será promissor; e eu aguardarei até que as espigas comecem a ficar maiores. – Ele parou de falar, pois claramente viu que eu compreendera. Em seguida, prosseguiu, com bastante sobriedade. – Tu sempre fostes um estudante cauteloso, e teu registro de casos sempre foi mais robusto do que o dos outros. Eras apenas estudante nessa época; agora és mestre, e creio que esse bom hábito não foi abandonado. Lembra-te, amigo, que o conhecimento é mais forte do que a memória, e não devemos confiar no que é mais fraco. Mesmo que não tenhas mantido a boa prática, permite-me dizer-te que o caso de nossa querida dama talvez seja, com ênfase no "talvez", de tamanho interesse para nós e para os outros que talvez nem mesmo todos os demais casos consigam deixá-lo para trás, como tua gente gosta de dizer. Anota-o bem. Nada é um detalhe pequeno demais. Aconselho-te a registrar até mesmo suas dúvidas e conjecturas. Pode interessar futuramente para conferir o quanto chegaste perto da verdade. Aprendemos com o fracasso, não com o sucesso!

Ao descrever os sintomas de Lucy – os mesmos de antes, mas infinitamente mais acentuados –, ele pareceu ficar bastante sério, mas não se manifestou. Pegou com ele uma bolsa que continha vários instrumentos e remédios; "a parafernália mórbida de nosso ofício benéfico", como ele uma vez disse em uma de suas palestras, o equipamento de um professor da arte do tratamento. Quando entramos na casa, a sra. Westenra nos recebeu. Ela estava alarmada, mas não tanto quanto esperávamos que estivesse. A natureza, em um dia em que estava particularmente benevolente, decretara que mesmo a morte teria um antídoto para seus terrores. Aqui, em um caso no qual qualquer choque pode se mostrar fatal, as coisas estão tão ordenadas que, por um motivo ou por outro, os assuntos não pessoais – mesmo a terrível alteração da filha à qual ela é tão apegada – não parecem atingi-la. É de certa forma similar ao modo que a Dama Natureza envolve um corpo estranho com um tecido insensível capaz de proteger de males que, de outro modo, criariam feridas mediante o contato. Se isso é um egoísmo ordenado, então devemos nos deter antes de condenar o vício do egocentrismo, pois pode isso ter raízes mais profundas do que temos conhecimento.

Usei meu conhecimento dessa fase de patologia espiritual e decretei uma regra determinando que ela não deveria ficar junto a Lucy ou pensar na doença da filha mais do que absolutamente necessário. Ela concordou prontamente, com tanta rapidez que enxerguei novamente a mão da Natureza lutando pela vida. Van Helsing e eu fomos levados ao quarto de Lucy. Se ontem fiquei chocado quando a vi, hoje fiquei horrorizado. Ela estava morbidamente pálida, branca como giz; o vermelho parecia ter sumido até dos lábios e gengivas, e os ossos do rosto estavam visivelmente proeminentes; sua respiração era angustiante de se ver ou ouvir. O rosto de Van Helsing enrijeceu como mármore, e suas sobrancelhas convergiram a ponto de quase se encontrarem sobre o nariz. Lucy estava deitada, sem mexer-se, e não parecia ter forças para falar; então, por um momento, ficamos todos em silêncio. Então, Van Helsing fez um gesto para mim e nós deixamos o quarto com gentileza. No instante em que fechamos a porta, ele rapidamente foi para a porta seguinte, que estava aberta. Em seguida, puxou-me para dentro consigo e fechou a porta.

– Meu Deus! – ele disse. – Isso é terrível. Não há tempo a perder. Ela morrerá por simples insuficiência de sangue para manter seu coração tão ativo quanto deveria estar. É preciso fazer uma transfusão de sangue imediatamente. Qual de nós dois?

– Sou mais jovem e mais forte, professor. O certo é que seja eu.

– Então fica pronto agora mesmo. Pegarei minha bolsa. Estou preparado.

Desci as escadas com ele e, no meio do caminho, bateram à porta da frente. Quando chegamos ao saguão, a criada acabara de abrir a porta e Arthur entrou rapidamente. Ele veio com pressa até mim, dizendo em um sussurro impetuoso:

– Jack, estava tão ansioso. Li nas entrelinhas de tua carta e fiquei em agonia. Papai melhorou, então vim correndo aqui para ver com meus próprios olhos. Seria este cavalheiro o doutor Van Helsing? Sou muito grato a vossa mercê por ter vindo.

Na primeira vez que os olhos do professor lançaram-se sobre Arthur, ele estava irritado por ter sido interrompido naquele momento; mas em seguida, conforme registrava suas proporções robustas e reconhecia a virilidade jovem e potente que parecia emanar dele, seus olhos reluziram. Sem hesitar, disse-lhe com seriedade enquanto apertava sua mão:

– O senhor chegou no momento certo. É o noivo de nossa querida senhorita. Ela está mal; muito, muito mal. Não, meu jovem, não fique assim. – Pois Art de repente empalideceu e sentou em uma cadeira, à beira do desmaio. – O senhor deve ajudá-la. Pode fazê-lo mais do que qualquer outra vivalma, e sua coragem é sua melhor aliada.

– O que posso fazer? – Arthur perguntou, rouco. – Diga-me e farei. Minha vida pertence a ela, e eu daria até a última gota de sangue em meu corpo por ela.

O professor tinha um lado bastante bem-humorado, que pude, com meu conhecimento prévio, detectar em sua resposta:

– Meu jovem senhor, jamais pediria... não até a última!

– O que devo fazer? – Seus olhos flamejavam, e suas narinas abertas exalavam determinação.

Van Helsing deu um tapinha em seu ombro.

– Venha! – ele disse. – O senhor é um homem, e é de um homem que precisamos. É mais apto do que eu, mais apto do que meu amigo John.

Arthur parecia confuso e o professor prosseguiu explicando de forma gentil:

– A jovem senhorita está muito, muito mal. Está com falta de sangue, e sangue precisa ter ou morrerá. Meu amigo John e eu deliberamos e estávamos prestes a realizar o que chamamos de "transfusão de sangue", que consiste na transferência das veias cheias de uma pessoa para as veias vazias de outra, que precisa disso. John iria dar o sangue dele, visto que é mais jovem e vigoroso do que eu. – Com isso, Arthur me deu um aperto de mãos em silêncio. – Mas, agora, o senhor está aqui, e está melhor do que nós, jovens ou velhos, que passamos muito tempo no mundo das ideias. Nossos nervos não são tão calmos nem nosso sangue tão vibrante quanto o seu!

Arthur virou-se para ele e disse:

– Se ao menos o senhor soubesse a gratidão com a qual eu morreria por ela, entenderia... – Ele parou, com a voz presa na garganta.

– Bom garoto – disse Van Helsing. – Em um futuro não tão próximo, ficará feliz em ter feito tudo o que podia por aquela que ama. Venha e fique em silêncio. Poderá beijá-la novamente uma vez antes de começarmos, mas depois precisa ir; e deve partir quando eu mandar. Não diga nada à madame; sabe como é! Não se pode permitir choques; qualquer conhecimento a respeito disso seria chocante. Venha!

Fomos todos para o quarto de Lucy. Arthur foi orientado a ficar do lado de fora. Lucy virou a cabeça e olhou para nós, mas não disse nada. Ela não estava dormindo, mas estava fraca demais para fazer qualquer esforço. Seus olhos comunicaram-se conosco, e isso foi tudo. Van Helsing pegou alguns utensílios de sua bolsa e os dispôs em uma mesinha fora do campo de visão. Então, preparou um narcótico e, indo até a cama, disse em um tom encorajador:

– Agora, senhorita, aqui está seu remédio. Beba tudo, como uma menina bem-comportada. Veja, vou levantar sua cabeça para ficar fácil de engolir. Isso. – Ela tomou o líquido com êxito e esforço.

Surpreendeu-me o tempo que a droga levou para ter efeito. Isso, inclusive, destacava o quanto estava fraca. O tempo parecia não passar até que o sono começou a tremular em suas pálpebras. Por fim, porém, o narcótico começou a demonstrar sua potência e ela caiu em um sono profundo. Quando o professor ficou satisfeito, chamou Arthur para dentro e o fez tirar o casaco. Por fim, disse:

– Pode dar aquele beijo enquanto eu trago a mesa para cá. John, meu amigo, vem me ajudar! – De modo que nenhum de nós assistiu a ele curvando-se até ela.

Virando-se para mim, Van Helsing comentou:

– Ele é tão jovem e tão forte, e de sangue tão puro, que não precisamos desfibriná-lo.

Então, tão rápido quanto metódico, Van Helsing realizou a operação. Conforme a transfusão ocorria, algo similar a vida parecia retornar às bochechas de Lucy, e com a palidez crescente de Arthur a alegria em seu rosto parecia absolutamente brilhante. Depois de um tempo comecei a ficar ansioso, pois a perda de sangue estava sendo custosa a Arthur, por mais forte que fosse. Tive uma noção do terrível desgaste que o sistema de Lucy sofrera ao ver que aquilo que enfraquecera Arthur apenas a recuperou parcialmente. Mas o semblante do professor estava fixo, e ele permanecia com o relógio na mão e com os olhos alternando entre a paciente e Arthur. Conseguia ouvir meu coração palpitando. Logo ele disse, num tom suave:

– Não aguarde um segundo a mais. Basta. Cuida dele, eu cuido dela.

No fim de tudo, pude ver o quanto Arthur ficou enfraquecido. Tratei a ferida e pegava seu braço para tirá-lo de lá quando Van Helsing disse sem virar-se (o homem parece ter olhos atrás da cabeça):

– O tão corajoso amante, creio eu, merece outro beijo, que receberá em breve. – E, como agora havia encerrado a operação, arrumou o travesseiro na cabeça da paciente. Ao fazê-lo, a fina gargantilha de veludo negro que ela parecia sempre ter no pescoço, adornada com uma antiga fivela de diamante que seu noivo lhe dera, foi levemente levantada, expondo uma marca vermelha em sua garganta. Arthur não notou, mas pude ouvir a inspiração profunda e sibilante que era um dos modos como Van Helsing denunciava suas emoções. Ele não comentou nada comigo naquela hora, mas virou-se para mim, dizendo: – Agora leva nosso jovem enamorado e corajoso para baixo, dá a ele o vinho do porto, e deixa que deite por um tempo. Ele deve, em seguida, ir para casa descansar, dormir e comer bastante, de modo que restaure o que deu a seu amor. Ele não deve ficar aqui. Espera! Um momento. Imagino, senhor, que esteja ansioso pelo resultado. Então saiba que, em todos os aspectos, a operação teve êxito. O senhor salvou a vida dela dessa vez, e pode ir para casa e descansar com a mente tranquila, sabendo que tudo o que pode ser é. Contarei tudo a ela quando estiver melhor; ela o amará ainda mais devido ao que o senhor fez. Adeus.

Quando Arthur foi embora, voltei ao quarto. Lucy dormia tranquila, mas sua respiração estava mais intensa; conseguia ver a coberta se mexer enquanto seu peito arquejava. Ao seu lado, sentava-se Van Helsing, fitando-a com determinação. A gargantilha de veludo voltou a cobrir a marca vermelha. Perguntei ao professor aos sussurros:

– Alguma ideia a respeito da marca no pescoço?

– Tens tu alguma ideia?

– Ainda não examinei – respondi, e, em seguida, soltei a gargantilha. Bem na veia jugular externa havia duas perfurações; não eram grandes, mas não pareciam sadias. Não havia sinal de doença, mas as partes externas estavam brancas e gastas, como se tivessem sido trituradas. Na mesma hora ocorreu-me que essa ferida, ou seja lá o que fosse, podia ser o meio pelo qual ocorria a perda de sangue; mas descartei a ideia assim que ela formou-se, pois algo assim não seria possível. A cama inteira estaria encharcada de escarlate com o sangue que ela deve ter perdido para deixar a palidez que tinha antes da transfusão.

– E então? – indagou Van Helsing.

– E então... – falei. – Não faço ideia.

O professor levantou-se.

– Preciso retornar a Amsterdã esta noite – avisou. – Lá há livros e coisas que desejo. Deves ficar aqui a noite inteira, e não podes deixar tua vista sair dela.

– Devo chamar uma enfermeira?

– Somos os melhores enfermeiros, nós dois. Fica de vigia a noite toda; certifica-te de que ela alimente-se bem e de que nada a perturbe. Não deves dormir a noite toda. Mais tarde, poderemos dormir, nós dois. Voltarei o mais rápido que puder. E então, daremos início.

– Daremos início? – falei. – O que raios isso quer dizer?

– Veremos! – ele respondeu, retirando-se às pressas. Voltou um instante depois, colocando a cabeça para o lado de dentro e dizendo com um dedo erguido:

– Lembra-te: ela é teu fardo. Se deixá-la sozinha e o pior acontecer, não terás mais sono tranquilo!

Diário do dr. Seward (cont.)

8 de setembro. – Fiquei a noite inteira com Lucy. O opiato dissipou seu efeito até o anoitecer, e ela acordou sozinha; parecia uma pessoa diferente da qual era antes da operação. Ela estava até bem disposta, e cheia de uma vivacidade feliz, mas era possível ver sinais do abatimento absoluto que sofrera. Quando disse à sra. Westenra que o dr. Van Helsing orientou para que eu ficasse sentado de plantão ao lado dela, ela praticamente desdenhou da ideia, apontando o estado revigorado e o excelente ânimo da filha. Porém, fui resoluto e fiz preparativos para uma vigia longa. Enquanto sua criada preparava-a para dormir, eu entrei, tendo antes disso ceado, e puxei uma cadeira ao lado da cama. Ela não manifestou qualquer forma de protesto, em vez disso olhando para mim com gratidão sempre que eu notava seu olhar. Depois de um longo tempo, ela parecia cair no sono, mas fazia esforço para recompor-se e permanecer acordada. Isso repetiu-se várias vezes, com cada vez mais esforço e pausas cada vez mais curtas com o passar do tempo. Estava claro que ela não queria dormir, então abordei a questão diretamente:

– Não queres dormir?

– Não; estou com medo.

– Medo de dormir! Por quê? É o prazer que todos desejamos.

– Ah, não se fosses como sou... se o sono fosse para ti um presságio do horror!

– Presságio do horror? Mas que raios queres dizer com isso?

– Não sei; ai, não sei. É isso que é tão terrível. Toda a fraqueza me toma enquanto durmo, a ponto de eu temer a própria ideia de dormir.

– Mas, minha cara, podes dormir esta noite. Estou aqui de olho em ti, e posso prometer que nada ocorrerá contigo.

– Ah, posso confiar em ti!

Aproveitei a oportunidade e disse:

– Prometo-te que, se eu vir qualquer evidência de pesadelo, farei com que acordes na mesma hora.

– Farás isso? De verdade? Como és bondoso comigo. Então dormirei!
– E, assim que terminou de falar, deu um suspiro profundo de alívio e recostou-se adormecida.

A noite inteira, observei-a. Ela não agitou-se em nenhum momento; em vez disso, continuou num sono profundo tranquilo, vital e salutar. Seus lábios estavam levemente separados e seu peito subia e descia com a constância de um pêndulo. Havia um sorriso em seu rosto, e era evidente que nenhum pesadelo havia vindo perturbar sua paz de espírito.

No início da manhã, sua criada veio, e deixei-a sob os cuidados dela e voltei para casa, pois estava ansioso com relação a várias coisas. Mandei um breve telegrama para Van Helsing e para Arthur, relatando o excelente resultado da operação. Meu próprio trabalho, com suas várias obrigações, ocupou todo o meu dia; estava escuro quando consegui perguntar a respeito de meu paciente zoófago. O relatório era positivo: ele ficou bastante quieto de manhã e na noite anterior. Chegou um telegrama de Van Helsing, em Amsterdã, enquanto eu jantava, sugerindo que eu deveria ir para Hillingham hoje à noite, pois seria bom estar disponível, e dizendo que ele partiria com o correio da noite e se juntaria a mim de manhã cedo.

9 de setembro. – Estava bastante cansado e desgastado quando cheguei a Hillingham. Por duas noites, mal havia dormido, e meu cérebro começava a sentir aquele torpor indicativo de exaustão cerebral. Lucy estava acordada e alegre. Ao me dar um aperto de mãos, fitou meu rosto com atenção e disse:

– Nada de passar a noite de plantão hoje. Estás cansado. Estou bem novamente; de verdade, estou; se alguém vai ficar de vigia hoje, serei eu, te vigiando. – Eu não iria discutir, mas fui cear. Lucy veio comigo e, avivado por sua presença encantadora, tive uma refeição magnífica e bebi duas taças de um vinho do porto ainda melhor. Então, Lucy levou-me para cima, e mostrou-me um quarto próximo ao dela, onde um fogo aconchegante ardia.
– Agora – ela disse – deves ficar aqui. Deixarei esta porta aberta e a minha também. Podes deitar no sofá, pois sei que nada faria um médico ir para a cama tendo um paciente no horizonte. Se eu quiser algo, hei de chamar-te, e podes vir até mim na mesma hora. – Não pude fazer nada além de aquiescer, pois estava "moído" de cansaço, e não conseguiria ficar de plantão, se tentasse.

Então, depois que ela reforçou a promessa para chamar-me caso quisesse qualquer coisa, deitei no sofá e esqueci-me a respeito de tudo.

Diário de Lucy Westenra

9 de setembro. – Estou tão feliz esta noite. Tenho estado tão terrivelmente fraca que ser capaz de pensar e de me mover é como sentir a luz do sol depois de muito tempo de ventania do leste em um céu todo acinzentado. De algum modo, Arthur parece muito, muito próximo a mim. É como se eu sentisse sua presença quente em mim. Creio que doença e fraquezas são coisas egoístas, e fazem nosso olhar e compaixão voltarem-se para dentro de nós mesmos, ao passo que a saúde e a força dão as rédeas ao amor e, com o pensamento e o sentimento, o que ama pode ir para onde quiser. Sei onde estão meus pensamentos no momento. Se ao menos Arthur soubesse! Meu querido, meu querido, tuas orelhas devem formigar enquanto dormes, assim como as minhas formigam quando acordo. Ai, o abençoado descanso de ontem à noite. Como dormi bem, com o bom e querido dr. Seward de olho em mim. E esta noite, não temerei dormir, pois ele está próximo e fácil de chamar. Obrigada a todos, por serem tão bondosos comigo! Obrigada, Deus! Boa noite, Arthur.

Diário do dr. Seward

10 de setembro. – Notei a mão do professor em minha cabeça, e despertei em um segundo. Isso é uma das coisas que se aprende em um manicômio.
– E como está nossa paciente?
– Estava bem, quando a deixei; ou melhor, quando ela deixou-me – respondi.
– Vem, vamos conferir – disse. E juntos adentramos o quarto.

A persiana estava baixada, e fui levantá-la com gentileza, enquanto Van Helsing ia, a passos macios como os de um gato, até a cama.

Quando levantei a persiana, e a luz da manhã preencheu o quarto, ouvi a inspiração baixa e sibilante do professor e, conhecendo sua raridade, um medo terrível percorreu meu coração. Enquanto eu me aproximava ele recuava; sua exclamação de horror ("*Gott in Himmel!*") dispensava o reforço criado por seu rosto em agonia. Ele ergueu a mão e apontou para cama, e seu rosto férreo estava pálido, quase branco. Senti meus joelhos tremerem.

Ali na cama, aparentemente desfalecida, estava a pobre Lucy, mais terrivelmente pálida e sem cor do que nunca. Até os lábios estavam brancos, e as gengivas pareciam ter retraído dos dentes, como às vezes vemos em um cadáver após uma doença prolongada. Van Helsing ergueu o pé para batê-lo no chão de raiva, mas o instinto de toda uma vida e todos os longos anos de condicionamento o contiveram, e ele baixou a perna com delicadeza.

– Rápido! – disse. – Traz o conhaque.

Fui voando para a sala de jantar e voltei com a garrafa. Ele molhou os pobres lábios brancos com o líquido e, juntos, o esfregamos nas palmas, nos pulsos e no coração. Ele sentiu o coração dela e, depois de alguns momentos de suspense agoniante, disse:

– Não é tarde demais. Ainda bate, mesmo que fraco. Todo o nosso trabalho foi desfeito; precisamos começar de novo. Não há um jovem Arthur aqui entre nós agora; precisarei que tu o faças, John, meu amigo.

Enquanto falava, colocava os braços na bolsa e retirava os instrumentos para a transfusão; tirei meu casaco e puxei para cima a manga da camisa. Não havia a possibilidade para o uso de opiatos, nem a necessidade; então, sem demora, começamos a operação. Depois de um tempo – que não pareceu ser pouco, pois a drenagem do próprio sangue, não importa o quanto tenha sido voluntária, é uma sensação terrível –, Van Helsing ergueu um dedo em alerta.

– Não se mexe – disse –, pois receio que, recuperando as forças, ela possa acordar; e isso seria perigoso, oh, tão perigoso. Mas hei de tomar precauções. Darei uma injeção hipodérmica de morfina. – Ele então prosseguiu com rapidez e agilidade a fazer conforme disse. O efeito em Lucy não foi ruim, pois o desfalecimento pareceu se tornar sutilmente um sono narcótico. Foi com uma sensação de orgulho pessoal que consegui identificar o retorno de um tom fraco de cor às bochechas e aos lábios pálidos. Não há homem que saiba, até passar por isso, como é sentir o próprio sangue vital sair de seu corpo para as veias da mulher que ama.

O professor observou-me com um olhar crítico.

– Isso basta – ele disse.

– Mas já? – protestei. – Tiraste bem mais de Art.

Diante disso, ele deu um sorriso um tanto triste ao responder:

– Ele é o amor dela, o *noivo* dela. Tu tens trabalho, muito trabalho, a fazer por ela e por outras pessoas; e o que já foi dado é suficiente.

Quando encerramos a operação, ele cuidou de Lucy, enquanto eu aplicava pressão digital em minha incisão. Eu deitei, enquanto esperava que ele ficasse livre para cuidar de mim, pois sentia-me fraco e um pouco nauseado. Depois de algum tempo, ele pôs ataduras em minha ferida e mandou que eu fosse para o andar de baixo tomar uma taça de vinho. Enquanto deixava o quarto, ele foi até mim e sussurrou:

– Atenção, não se deve falar nada a respeito disso. Se nosso jovem enamorado chegar sem aviso, como da outra vez, nem uma palavra a ele. Iria ao mesmo tempo causar-lhe susto e ciúme. Nenhum dos dois deve ocorrer. Portanto!

Quando voltei, ele olhou para mim com cuidado, em seguida dizendo:

– Não estás tão mal. Vai ao teu quarto, deita no sofá e descansa um pouco; depois, come um desjejum generoso e volta aqui.

Segui suas ordens, pois sabia como eram corretas e sábias. Fiz minha parte, e agora meu próximo dever era preservar minhas forças. Senti-me bastante fraco, e com isso perdi parte da perplexidade com relação ao que ocorrera. Dormi no sofá, mas fiquei constantemente pensando em como Lucy tivera um retrocesso tão grande, e como ela poderia ter perdido tanto sangue sem sinal algum de sangramento. Creio que os pensamentos perduraram em meus sonhos, pois, dormindo e desperto, minha mente sempre retornava às pequenas perfurações em sua garganta e à aparência irregular e gasta em seus exteriores – por menores que fossem.

Lucy dormiu bem até o amanhecer e, quando acordou, estava razoavelmente bem e forte, embora nem tanto quanto no dia anterior. Quando Van Helsing a viu, saiu para passear, deixando-a sob minha responsabilidade, com a ordem específica de que eu não a deixasse sozinha por um segundo sequer. Consegui ouvir sua voz ao longo do corredor, perguntando onde era o posto telegráfico mais próximo.

Lucy conversou comigo com desenvoltura e parecia não saber que algo tivesse acontecido. Tentei mantê-la entretida e interessada. Quando sua mãe veio vê-la, ela não pareceu notar qualquer mudança, mas disse para mim, cheia de gratidão:

– Devemos tanto ao senhor, dr. Seward, por tudo o que fez, mas deve tomar cuidado para não trabalhar demais. Vossa mercê está até pálido. Precisa de uma esposa para cuidar do senhor, é disso que precisa!

Ao falar isso, Lucy avermelhou-se, embora por apenas um momento, pois seus vasos sanguíneos não aguentavam tanto sangue acumulando-se na cabeça. Surgiu como reação a isso uma palidez excessiva quando ela virou-se para mim com olhos suplicantes. Eu sorri e aquiesci, colocando um dedo nos lábios; com um suspiro, ela tornou a repousar o corpo nos travesseiros.

Van Helsing voltou dentro de algumas horas, e logo depois disse:

– Agora vai para casa, come e bebe bastante. Fica forte. Ficarei aqui esta noite, e vigiarei a senhorita eu mesmo. Nós dois devemos acompanhar o caso, e não devemos deixar mais ninguém saber. Tenho motivos seriíssimos. Não, não perguntes quais são; pensa o que quiseres. Não temas pensar nem no mais improvável. Boa noite.

No saguão de entrada, duas das criadas vieram até mim e perguntaram se elas ou uma delas não podiam vigiar a srta. Lucy. Imploraram para que eu permitisse, e, quando lhes contei que o dr. Van Helsing desejava que eu ou ele ficássemos de plantão, elas me pediram de modo bem comovente para que eu falasse com "o cavalheiro estrangeiro" a respeito disso. A benevolência delas mexeu comigo. Talvez seja porque estou fraco no momento, ou porque era pelo bem de Lucy que a devoção delas se fez notar; pois repetidas vezes vi casos similares de bondade feminina. Voltei para cá a tempo de jantar um pouco depois da hora; fiz minhas rondas – tudo em ordem – e escrevi isso enquanto esperava o sono chegar. Aí está ele.

11 de setembro. – Esta tarde fui até Hillingham. Deparei-me com Van Helsing com um ótimo humor e Lucy bem melhor. Pouco depois de ter chegado, uma grande encomenda do exterior chegou para o professor. Ele a abriu com perplexidade – fingida, claro – e retirou dela um grande arranjo de flores brancas.

– São suas, senhorita Lucy – disse.

– Para mim? Oh, doutor Van Helsing!

– Sim, minha cara, mas não são para seu divertimento. São medicinais. – Nisso, Lucy fez cara feia. – Mas calma; não são para tomar misturadas nem nada nauseante do tipo, então não é necessário entortar seu nariz tão belo, ou devo dizer a meu amigo Arthur as mágoas que ele pode precisar enfrentar ao ver tão distorcida a beleza que ele ama tanto. Ah, bela senhorita, isso endireitou o nariz bonito. Isto aqui é medicinal, mas a senhorita não sabe como atua. Colocarei em sua janela e farei uma bela guirlanda, que colocarei em seu pescoço para que a senhorita durma bem. Ah, sim! Elas, como a flor de lótus, fazem com que os problemas sejam esquecidos. Têm o aroma das águas de Lete, e da fonte da juventude que os Conquistadores buscaram nas Flóridas e encontraram tarde demais. – Enquanto falava, Lucy examinava as flores e as cheirava. Depois, jogou-as no chão, dizendo, dividida entre o riso e o nojo:

– Ai, professor, creio que seja apenas uma brincadeira de sua parte. Ora, estas flores são apenas alho comum.

Para minha surpresa, Van Helsing levantou-se e disse com toda a sua seriedade, incluindo a mandíbula de ferro fixa e as sobrancelhas cheias encontrando-se:

– Comigo não há leviandades! Nunca faço piadas! Há motivos sérios em tudo o que faço; e alerto para que não me contrarie. Tenha cuidado, se não por si mesma, por outras pessoas. – Então, ao ver a pobre Lucy assustada, o que era compreensível, ele prosseguiu com mais gentileza. – Oh, senhorita, minha cara, não fique com medo. Faço isso pelo seu próprio bem; mas há muita virtude para a senhorita nessas flores tão comuns. Veja, eu mesmo as colocarei em seu quarto. Farei eu mesmo a guirlanda que colocará no pescoço. Mas seja discreta! Não diga nada aos outros, que podem fazer perguntas demais. Deve-se obedecer, e o silêncio faz parte da obediência;

e a obediência a deixará forte e bem nos braços amorosos que a aguardam. Agora fique sentada um pouco. Vem comigo, John, meu amigo, que tu me ajudarás a espalhar pelo quarto o alho, que veio de Haarlem, onde meu amigo Vanderpool planta ervas em estufas durante o ano inteiro. Tive que contatá-lo por telégrafo ontem, senão o pacote não teria chegado hoje.

Adentramos o quarto, trazendo junto as flores. As ações do professor eram definitivamente estranhas e não constavam em nenhuma farmacopeia que eu conhecesse. Primeiro, ele fechou as janelas e garantiu que ficassem trancadas; em seguida, pegando um punhado de flores, esfregou-as em todas as molduras, como se buscasse garantir que cada sopro de ar que porventura entrasse ficasse carregado do odor de alho. Depois, esfregou pele de alho em volta da porta – em cima, embaixo e dos lados –, repetindo o procedimento com a lareira. Pareceu-me tudo um tanto bizarro, e logo falei:

– Bem, professor, sei que o senhor sempre tem um motivo para suas ações, mas isto certamente é um enigma para mim. Felizmente não temos um cético aqui, senão ele diria que o senhor está preparando um feitiço para espantar um espírito maligno.

– Talvez eu esteja! – ele respondeu baixo enquanto começava a fazer a guirlanda que Lucy usaria no pescoço.

Em seguida, esperávamos enquanto Lucy se arrumava para a noite e, quando ela estava na cama, Van Helsing veio e colocou ele mesmo a guirlanda de alho no pescoço dela. As últimas palavras que lhe disse foram:

– Tome cuidado para não desarrumá-la; e, mesmo que sinta que o quarto está abafado, não abra a janela ou a porta esta noite.

– Prometo que farei isso – disse Lucy. – E mil vezes obrigada por toda a sua bondade para comigo! Oh, o que fiz para ser abençoada com amigos assim?

Ao deixarmos a casa em minha carruagem, que me aguardava, Van Helsing disse:

– Esta noite, poderei dormir em paz, e dormir é o que quero; duas noites de viagem, muitas leituras entre elas e muita ansiedade no dia seguinte, e uma noite de plantão, sem poder nem piscar. Amanhã de manhã cedo, deves chamar-me, e vamos juntos ver nossa bela senhorita, muito fortalecida graças ao "feitiço" que deixei preparado. Hoho!

Ele parecia tão confiante que eu, recordando minha confiança dois dias antes e o resultado nefasto, senti um terror vago. Deve ter sido minha fraqueza que me fez hesitar contar sobre ele a meu amigo, mas isso só aumentou a sensação, como lágrimas contidas.

XI

Diário de Lucy Westenra

12 de setembro. – Como eles são bons comigo. Gostei bastante daquele adorável dr. Van Helsing. Pergunto-me por que ele estava tão ansioso por causa dessas flores. Ele me assustou de verdade, foi tão enérgico. E, no entanto, ele deve ter razão, pois já sinto que me trazem conforto. De algum modo, não temo ficar sozinha esta noite, e posso dormir sem medo. Não devo me preocupar com nenhum ruflo do outro lado da janela. Ai, a terrível batalha que tenho travado contra o sono ultimamente; a dor da insônia ou do medo de dormir, com tantos horrores desconhecidos me aguardando! Como são abençoadas certas pessoas, cujas vidas não encontram medos e aflições; para as quais o sono é uma bênção que vem à noite e não traz nada além de doces sonhos. Bem, cá estou eu esta noite, esperando dormir, deitada como Ofélia na peça, com as "coroas de virgem". Jamais gostei de alho antes, mas hoje à noite ele se mostra maravilhoso. Há uma paz em seu aroma; sinto o sono chegando. Boa noite a todos.

Diário do dr. Seward

13 de setembro. – Fui até o Berkeley e encontrei Van Helsing, como sempre, no horário. A carruagem convocada para o hotel esperava. O professor pegou sua bolsa, que ele agora sempre trazia consigo.

Que tudo fique registrado com exatidão. Van Helsing e eu chegamos em Hillingham às oito horas. Era uma manhã adorável; o sol brilhante e toda a sensação fresca do começo do outono pareciam a conclusão das obras anuais da natureza. As folhas adquiriam todo tipo de cor bela, mas ainda não haviam começado a cair das árvores. Ao entrarmos, encontramos a sra. Westenra saindo da sala de estar. Ela sempre acorda cedo. Ela nos cumprimentou calorosamente e disse:

– Os senhores ficarão felizes em saber que Lucy melhorou. Minha menina ainda está dormindo. Espiei dentro do quarto e a vi, mas não entrei, já que não queria perturbá-la.

O professor sorriu, parecendo bem contente. Ele esfregou as mãos e disse:
– Ahá! Imaginei que havia diagnosticado o quadro. Meu tratamento está funcionando.

A isso, ela respondeu:
– O senhor não deve ficar com todo o crédito, doutor. O estado de Lucy nesta manhã se deve em parte a mim.

– Como assim, minha senhora? – o professor perguntou.

– Bem, eu estava preocupada com minha menina durante a noite e entrei no quarto dela. Ela estava dormindo profundamente, de modo que, mesmo quando eu entrei, ela não acordou. Mas o quarto estava terrivelmente sufocante. Havia umas flores horríveis e de cheiro forte por toda parte, e ela tinha até um punhado delas no pescoço. Fiquei com receio de que o odor pesado seria mais do que minha menina conseguiria suportar em seu estado enfraquecido, então me livrei delas e abri um pouco a janela a fim de permitir a entrada de um pouco de ar fresco. Tenho certeza de que ficará feliz com o estado dela.

Ela foi até sua sala privativa, onde geralmente fazia seu desjejum bem cedo. Conforme ela falava, eu observava o rosto do professor, e vi-o adquirir o tom de cinzas. Ele foi capaz de manter o autocontrole na presença da pobre senhora, pois estava ciente de seu estado e de como um choque lhe seria prejudicial; ele chegou a sorrir para ela enquanto segurava a porta para que entrasse no cômodo. Mas, no momento em que ela sumiu de vista, Van Helsing puxou-me, repentina e vigorosamente, para a sala de jantar e fechou a porta.

Então, pela primeira vez na vida, assisti a Van Helsing perdendo o controle. Ele levantou as mãos sobre a cabeça em um desespero silencioso, depois bateu as palmas em um gesto desolado; por fim, sentou-se em uma cadeira e, colocando as mãos no rosto, começou a chorar, com soluços altos e secos que pareciam vir do fundo do coração. Depois, ergueu os braços novamente, como se implorasse ao universo.

– Deus! Deus! Deus! – disse. – O que fizemos, o que essa coitada fez, que nos deixou tão rodeados de dor? Ainda há uma maldição entre nós, enviada do antigo mundo pagão, para que essas coisas aconteçam, e aconteçam assim? Essa pobre mãe, em sua ignorância, na melhor das intenções, faz a filha perder corpo e alma; e não podemos lhe contar, sequer podemos alertá-la, senão ela morrerá, e assim morrerão as duas. Oh, como estamos encurralados! Como todos os poderes dos diabos conspiram contra nós! – De repente, ele pôs-se de pé. – Vem – chamou. – Vem. Precisamos olhar e agir. Com ou sem diabos, ou com todos os diabos juntos, não importa; enfrentaremos o problema de qualquer modo. – Ele se dirigiu ao saguão para pegar sua bolsa; e juntos fomos para o quarto de Lucy.

Novamente, abri a persiana, enquanto Van Helsing ia até a cama. Dessa vez, ele não sobressaltou-se ao ver no pobre rosto a mesma palidez horrenda e cerosa de antes. Ele adquiriu um semblante de tristeza dura e pena infinita.

– Como esperava – murmurou, com aquela inspiração sibilante dele, que era tão expressiva. Sem dizer uma palavra, ele trancou a porta, e começou a depositar sobre a mesa os instrumentos para mais um procedimento de transfusão de sangue. Eu havia há muito reconhecido a necessidade, e comecei a tirar meu casaco, mas ele me deteve com uma mão de alerta.

– Não! – disse. – Hoje, deves operar. Eu darei o sangue. Já estás enfraquecido. – Enquanto falava, tirou o casaco e subiu a manga da camisa.

De novo, a operação; de novo, o narcótico; de novo, certo retorno da cor às bochechas cinzentas e da respiração regular de um sono saudável. Dessa vez, assisti enquanto Van Helsing recuperava as forças e descansava.

Pouco depois, encontrou uma oportunidade para dizer à sra. Westenra que ela não deveria retirar nada do quarto de Lucy sem o consultar; que as flores tinham valor medicinal e que respirar o odor delas fazia parte do sistema de cura. Então, ele retomou o caso para si, dizendo que a vigiaria esta noite e a seguinte, e que me avisaria quando eu deveria vir.

Depois de mais uma hora, Lucy acordou do sono, revigorada e reluzente, aparentemente sem danos causados pela terrível provação que passara.

O que significa tudo isso? Começo a perguntar-me se meu hábito prolongado de viver entre os insanos está começando a afetar meu próprio cérebro.

Diário de Lucy Westenra

17 de setembro. – Quatro dias e noites de paz. Estou voltando a ficar tão forte que mal me reconheço. É como se eu tivesse passado por um longo pesadelo e acabasse de acordar, ver os belos raios de sol e sentir o ar fresco da manhã ao meu redor. Tenho uma lembrança parcial e turva de períodos longos e ansiosos de espera e medo, trevas nas quais não havia sequer a dor da esperança para realçar o sofrimento presente. E então, longos períodos de esquecimento, e o retorno à vida como um mergulhador subindo de uma grande profundidade. Porém, desde que o dr. Van Helsing passou a ficar comigo, todos esses sonhos desagradáveis parecem ter se esvaído; os ruídos que antes me aterrorizavam – o ruflo na janela, as vozes distantes que me pareciam tão próximas, os sons ríspidos que vinham não sei de onde e mandavam que eu fizesse não sei o quê – todos cessaram. Agora vou para a cama sem nenhum medo de dormir. Nem ao menos tento ficar acordada. Afeiçoei-me ao alho, e uma caixa cheia chega para mim todo dia, vindo de Haarlem. Esta noite, o dr. Van Helsing irá embora, pois precisa ficar em Amsterdã por um dia. Mas não preciso ser observada; estou bem o suficiente para ficar sozinha. Obrigada, Deus, pelo bem de mamãe, de meu querido Arthur e todos os nossos amigos que têm sido tão gentis! Não devo nem sentir diferença, pois noite passada o dr. Van Helsing dormiu na cadeira durante boa parte do tempo. Vi-o dormindo duas vezes quando acordei; mas não tive medo de retomar o sono, embora os galhos ou morcegos ou alguma outra coisa batiam quase com raiva contra os vidros da janela.

The Pall Mall Gazette, *18 de setembro*

O LOBO FUGIDO
UMA PERIGOSA AVENTURA DE NOSSO REPÓRTER
Entrevista com o zelador do Jardim Zoológico

Após muitos pedidos e quase o mesmo número de recusas, e após usar o tempo inteiro as palavras "Pall Mall Gazette" como um talismã, consegui encontrar o zelador do setor do Jardim Zoológico que abrange o departamento dos lobos. Thomas Bilder mora em um dos chalés na propriedade, atrás do abrigo dos elefantes, e estava prestes a tomar seu chá quando o encontrei. Idosos e sem filhos, Thomas e sua esposa eram hospitaleiros, e, se a hospitalidade com a qual me tratavam estiver dentro da média, suas vidas devem ser bem confortáveis. O zelador não tratou do que ele se referia como "negócios" antes do fim do chá da tarde, com o qual todos ficamos satisfeitos. Então, quando a mesa foi retirada e ele acendeu o cachimbo, disse:

– Agora o senhor pode me preguntar o que quiser. Espero que entenda eu não falar de assunto pessoal antes de comer. Eu sempre dou um lanchinho pros lobo e pros chacal e pras hiena na nossa seção antes de preguntar coisas pra eles.

– Como assim, "perguntar coisas para eles"? – indaguei, na tentativa de deixá-lo disposto a falar.

– Bater na cabeça deles com uma barra é um jeito; coçar as orelha é outro, quando o sujeito quer se exibir pras moça. A primeira parte não me incomoda tanto, a de bater com uma barra antes de dar o jantar pra eles;

mas espero que tenham tomado seu xerez e café, por assim dizer, antes de tentar coçar as orelha. Entenda – ele acrescentou, filosoficamente –, tem uma natureza igual entre a gente e os animal. O senhor vem aqui e me pergunta sobre meus negócio, e eu, sendo um carrancudo, se não fosse por essa meia libra, teria enxotado o senhor antes de responder qualquer coisa. Nem mesmo quando me preguntou sarcástico se eu queria que preguntasse pro superintendente se poderia me fazer preguntas. Sem ofensa, mandei o senhor ir pro inferno?

– Sim.

– E quando disse que me denunciaria por falar palavras obscena, isso foi bater na cabeça; mas a meia libra fez tudo ficar bem. Eu não ia lutar, então esperei a comida, e fiz meu uivo que nem os lobo, os leão e os tigre faz. Mas, sagrado seja Deus, agora que a velha patroa colocou um bolo com chá em mim e que eu acendi o cachimbo, pode coçar minhas orelha o quanto quiser, que não vou nem rosnar. Pode fazer suas pregunta. Sei do que quer saber, do lobo que escapou.

– Exatamente. Quero que o senhor me dê seu ponto de vista. Basta me contar como aconteceu; e, assim que eu estiver ciente dos fatos, gostaria que dissesse o que considera ser a causa, e como acha que será o desfecho da situação.

– Certo, doutor. A história toda é a seguinte: esse lobo, que a gente chamava de Bersicker, era um dos três cinzentos que vieram da Noruega para o Jamarch, e que compramos dele quatro anos atrás. Era um lobo bem-comportado, que nunca deu muito trabalho. Fico mais surpreso de ele querer fugir do que se fosse qualquer outro animal aqui. Mas aí que a gente vê: não dá pra confiá nem em lobo, nem em mulher.

– Não dê ouvidos pra ele, senhor! – interveio a sra. Tom, com um riso alegre. – Ele cuida dos animal faz tanto tempo que é uma bênção ele próprio não ter virado um lobo velho! Mas ele não faz mal. – Olha só, senhor, fazia mais ou menos duas hora que eu tinha alimentado os bicho ontem quando ouvi uma coisa estranha. Eu tava montando uma cama na jaula dos macacos para um puma adoecido; mas, quando ouvi ganidos e uivos, fui pra lá na mesma hora. E lá estava Bersicker, atacando as grades como se tentasse sair. Não tinha muita gente naquele dia, e por perto só tinha um homem; sujeito magro, com nariz de gancho e barba pontuda com uns pelo branco. Olhava de um jeito duro e frio com olhos vermelhos; eu meio que não gostei muito dele, porque parecia que ele era o motivo da irritação. Ele usava luvas brancas de pelica, e apontou pros animal olhando pra mim e disse: "Zelador, esses lobos parecem perturbados com algo". "Pode ser que seja com o senhor", falei, porque não gostei do jeito dele. O homem não se irritou, como eu esperava, mas sorriu de um jeito meio insolente, com uma boca cheia de dentes branco e afiado. "Oh, não, eu não seria do agrado deles", falou. "Ah, sim, seria sim", falei, imitando ele. "Eles sempre gostam dum osso o outro pra limpar os dente na hora do chá, e isso o senhor tem de monte." Bem, foi estranho, mas, quando os animal viu nós conversando, eles deitou no chão e, quando eu fui até o Bersicker, ele me deixou fazer carinho nas orelha, como sempre. Então o homem veio, e, acredite se puder, ele também passou a mão nas orelhas do velho lobo! "Cuidado", avisei. "O Bersicker é ligeiro." "Não se preocupe", ele disse. "Estou acostumado!" "Também é do ramo?", falei, tirando o chapéu, porque um sujeito que trabalha com lobo e *et cetera* é um bom amigo para cuidadores de animais. "Não", ele respondeu. "Não exatamente do ramo, mas tive vários como animais de estimação." E com isso ele levantou chapéu como se fosse um lorde e foi embora. O bom e velho Bersicker continuou olhando pra ele até ele sair de vista, e então foi deitar num canto e não saiu pelo resto da tarde. Bem, ontem à noite, assim que a lua subiu, os lobo começaram a uivar. Não tinha por que eles uivarem. Não tinha ninguém por perto, fora uma pessoa que claramente chamava um cachorro em algum lugar no fundo dos jardins fora do parque. Uma ou outra vez eu saí pra ver se estava tudo bem, e estava, e aí os uivos pararam. Pouco antes das doze eu dei uma olhada geral antes de me recolher e, macacos me mordam, quando cheguei na gaiola do velho Bersicker, vi a grade rompida e retorcida e a gaiola vazia. E isso é tudo que eu tenho certeza.

Concluído o relato dele, comecei as perguntas:

– Mais alguém viu qualquer coisa?

– Um dos nossos jardineiro voltava pra casa mais ou menos nessa hora do coral quando viu um cachorrão cinzento saindo da cerca-viva. Pelo menos é o que ele disse, mas não acredito muito, não, porque ele não contou nada disso pra patroa dele quando chegou em casa, e foi só depois que souberam que o lobo fugiu, e nós já tinha passado a noite vasculhando o parque atrás de Bersicker, que ele se lembrou de ter visto algo. Eu acho que foi o "coral" que mexeu com a cabeça dele.

– E, senhor Bilder, o senhor tem alguma explicação para a fuga do lobo?

– Bem, senhor – ele disse, com uma modéstia suspeita. – Acho que tenho; mas não sei se o senhor ficará satisfeito com a teoria.

– É certo que ficarei. Se um sujeito como o senhor, que conhece os animais por experiência própria, não é capaz de ter uma boa hipótese, quem mais poderia tentar?

– Certo, senhor, minha explicação é a seguinte: me parece que o lobo escapou… simplesmente porque queria sair daqui.

Pelo entusiasmo com o qual Thomas e sua esposa riram da piada, pude entender que ele já a fizera antes, e que toda a explicação era apenas um preparativo para ela. Não pude fazer uma competição de provocações com o estimável Thomas, mas achei que havia um caminho mais certeiro para seu coração. Então, disse:

– Ora, senhor Bilder, consideremos que aquele primeiro meio-soberano fez seu trabalho, e que seu irmão está esperando ser convocado quando o senhor me disser o que acha que acontecerá.

– Tem razão, senhor – ele logo disse. – Tenho certeza que entende minha brincadeira, é que a patroa aqui me deu uma piscadela, que foi um jeito de dizer para eu continuar com a piada.

– Ora, eu não! – protestou a senhora.

– Minha opinião é a seguinte: tem um lobo escondido em algum lugar. O jardineiro, que antes não lembrava, disse que ele galopava para o norte mais rápido do que um cavalo conseguiria ir; mas eu não acredito nele, pois, sabe, os lobo não corre mais rápido que os cão, o corpo deles não permite isso. Os lobo são bichos formosos em livros de historinha, e diria também que, quando se juntam em matilhas e caçam algum bicho mais apavorado, aí fazem um barulho dos diabos e fazem picadinho dele, seja lá o que for. Mas, louvado seja Deus, no mundo real um lobo é só um ser inferior, que não tem metade da inteligência ou da coragem de um bom cão; e nem um oitavo da capacidade de lutar. Esse não está acostumado a lutar nem a arranjar a própria comida, e é mais provável que esteja em algum lugar no parque escondido e tremendo e, se é que tem algo em mente, pensando onde deve pegar seu desjejum; ou talvez ele tenha descido para alguma área nos arredores e tá em um depósito de carvão. Imagina, uma cozinheira vai tomar um tremendo susto quando ver os olho verde dele brilhando no escuro! Se ele não conseguir comida, vai procurar, e talvez encontre um açougue a tempo. Se não encontrar, e uma babá for passear com um soldado, deixando uma criança sozinha no carrinho... Bem, então não ficaria surpreso se tiver uma criança a menos no censo. É isso.

Eu entregava ele o meio-soberano, quando algo surgiu do outro lado da janela e o rosto do sr. Bilder alargou-se duas vezes com a surpresa.

– Deus me abençoe! – disse. – Se não é o velho Bersicker, de volta por conta própria!

Ele foi à porta e a abriu; um ato desnecessário a meu ver. Sempre considerei que um animal selvagem nunca parece tão belo do que quando há um obstáculo de considerável durabilidade entre nós; uma experiência pessoal intensificou esse conceito mais do que o atenuou.

Afinal, porém, não há nada como o hábito, pois nem Bilder nem sua esposa trataram o lobo diferentemente do que eu trataria um cachorro. O animal em si era tão pacífico e bem-comportado quanto o pai de todos os lobos fictícios: o então amigo da Chapeuzinho Vermelho, enquanto ganhava sua confiança com a dissimulação.

A cena toda era uma mistura inefável de comédia e compaixão. O terrível lobo, que por metade de um dia paralisou Londres e deixou trêmulas todas as crianças na cidade, estava ali com uma postura penitente, sendo recebido e afagado como um filho pródigo vulpino. O velho Bilder o examinou todo com um zelo do mais carinhoso e, quando terminou de fazê-lo, disse:

– Viu? Sabia que o coitado ia se meter numa encrenca; não foi o que eu disse desde o começo? Olha a cabeça dele toda cortada e cheia de vidro quebrado. Andou pulando por uns muro. Uma pena que as pessoas pode colocar garrafa quebrada no topo dos muro. É nisso que dá. Vem comigo, Bersicker.

Ele pegou o lobo e o trancou em uma jaula, com um pedaço de carne cuja quantidade satisfazia as condições elementares de um novilho gordo, e foi avisar seus superiores.

Eu também saí de lá, buscando fornecer um relato com as informações mais exclusivas do dia a respeito da estranha fuga no zoológico.

Diário do dr. Seward

17 de setembro. – Depois do jantar, estava envolvido em meu escritório botando em dia a contabilidade, que, devido à urgência de outras atividades e às várias visitas a Lucy, estava lamentavelmente desatualizada. De repente, a porta se abriu num ímpeto, e meu paciente entrou, com o rosto distorcido de agitação. Eu estava atônito, pois um paciente entrar no escritório do superintendente quando bem entende é algo de que não se tem notícia. Sem deter-se por um momento sequer, ele veio diretamente até mim. Havia uma faca de jantar em sua mão e, como notei que ele representava perigo, tentei manter a mesa entre nós. Ele, porém, era rápido e forte demais para mim, pois, antes que eu pudesse me equilibrar, ele me atacou e produziu um corte bem sério em meu pulso esquerdo. Contudo, antes que pudesse golpear-me novamente, usei minha mão direita e o mantive deitado de costas para o chão. Meu pulso jorrava sangue, criando uma pequena poça no carpete. Observei que meu amigo não tinha intenção de continuar a investida e preocupei-me em atar meu pulso, sem nunca perder de vista a figura prostrada. Quando os assistentes chegaram correndo e nossa atenção voltou-se para ele, sua ação me deixou extremamente nauseado. Ele estava deitado de bruços no chão lambendo, como um cão, o sangue que caíra de meu pulso ferido. Ele foi contido com facilidade e, para minha surpresa, foi embora com os assistentes, relativamente plácido e apenas repetindo várias vezes:

– O sangue é a vida! O sangue é a vida!

Eu não podia perder sangue nesse momento; já tinha menos do que o necessário para meu bem-estar físico, e o desgaste prolongado da enfermidade de Lucy, com suas terríveis fases, pesa sobre mim. Estou deveras agitado e cansado; preciso descansar, descansar, descansar. Felizmente, não fui convocado por Van Helsing, então não precisarei abrir mão do sono; esta noite, eu não ficaria bem sem ele.

Telegrama, de Van Helsing, Antuérpia, para Seward, Carfax (enviado para Carfax, Sussex, pois o condado não fora especificado; entregue com atraso de 22 horas)

17 de setembro. – Não deixa de vir a Hillingham esta noite. Se não vigiares o tempo inteiro, visita e confirma que as flores estão a postos; muito importante; sem falta. Depois que eu chegar, estarei contigo assim que possível.

Diário do dr. Seward

18 de setembro. – A caminho do trem para Londres. A chegada do telegrama de Van Helsing me encheu de desolação. Uma noite inteira perdida, e sei por amarga experiência o que pode ocorrer em uma noite. É claro que é possível que tudo esteja bem, mas o que *pode* ter acontecido? Certamente há uma maldição terrível pairando sobre nós, de modo que qualquer acidente possível deve arruinar tudo o que tentamos fazer. Levarei este cilindro comigo, para então completar minha entrada no fonógrafo de Lucy.

Memorando deixado por Lucy Westenra

17 de setembro. Noite. – Escrevo isso e deixo à vista, de modo que ninguém corra o risco de enfrentar problemas por minha causa. Este é um registro exato do que ocorreu na noite de hoje. Sinto que estou morrendo de fraqueza, e mal tenho forças para escrever, mas preciso fazê-lo mesmo que acabe morrendo.

Fui para a cama como sempre, garantindo que as flores estivessem dispostas de acordo com as orientações do dr. Van Helsing, e logo caí no sono.

Fui desperta pelo ruflo à minha janela, que começara depois que fui, sonâmbula, até o penhasco em Whitby (e fui salva por Mina) e cujo som eu conhecia muito bem. Não estava com medo, mas gostaria que o dr. Seward estivesse no quarto ao lado – como o dr. Van Helsing dissera que ele estaria – para que eu pudesse chamá-lo. Tentei dormir, mas não consegui. Então, fui tomada pelo velho medo do sono e decidi que ficaria desperta. O sono perversamente tentava vir quando eu não o desejava; então, como temia ficar sozinha, abri minha porta e chamei:

– Tem alguém aí?

Não houve resposta. Fiquei com medo de acordar mamãe, então fechei a porta novamente. Então, ouvi nos arbustos do lado de fora um uivo, como o de um cão, mas mais feroz e grave. Fui até a janela e olhei para fora, mas não vi nada, além de um morcego grande, que claramente vinha batendo as asas contra a janela. Então, voltei para a cama, mas determinada a não dormir. Logo depois, a porta abriu-se e mamãe apareceu na fresta; observando que eu me mexia e não estava dormindo, ela entrou e sentou-se ao meu lado. Ela disse-me com ainda mais carinho e delicadeza do que o habitual:

– Estava preocupada contigo, minha querida, e vim ver se estavas bem.

Temia que ela pegasse um resfriado ali sentada e lhe disse que ficasse sob as cobertas e dormisse comigo, então ela subiu na cama e deitou-se ao meu lado; ela não tirou seu penhoar, pois disse que só ficaria lá um pouquinho e depois voltaria para a própria cama. Enquanto estava ali em meus braços e eu nos dela, o ruflo e os golpes voltaram à janela. Ela se assustou e ficou um pouco amedrontada, perguntando:

– O que é isso?

Tentei acalmá-la, e o consegui depois de um tempo. Ela ficou deitada e em silêncio; mas conseguia ouvir seu pobre coração pulsando terrivelmente. Depois de um tempo, veio novamente o uivo do lado de fora, nos arbustos, e pouco depois algo veio de encontro à janela, e vários cacos de vidro foram lançados ao chão. A persiana era empurrada pelo vento que entrava, e pela abertura dos vidros quebrados via-se a cabeça de um lobo cinzento enorme e magro. Mamãe gritou apavorada e sentou-se com dificuldade, agarrando-se desesperadamente a qualquer coisa capaz de ajudá-la. Entre outras coisas, ela agarrou a guirlanda de flores que o dr. Van Helsing insistira que eu usasse no pescoço, arrancando-a de mim. Por um ou dois segundos ela ficou sentada, apontando para o lobo, e sua garganta soltou um gorgolejo estranho e horrendo; depois disso, ela caiu, como se atingida por um raio, e sua cabeça acertou a minha e me deixou desorientada por alguns instantes. O quarto e tudo ao redor pareciam girar. Mantive os olhos fixos na janela, mas o lobo recuou a cabeça e toda uma miríade de pontinhos parecia emanar da janela quebrada, rodopiando como o pilar de poeira que os viajantes descrevem quando há uma tempestade no deserto. Tentei me mexer, mas era como se houvesse um feitiço em mim, e o corpo da minha pobre mãe, que já parecia estar se esfriando – pois seu abençoado coração havia parado de bater –, pesava sobre mim; e por um momento não lembrei de mais nada.

O tempo que demorou para que eu recuperasse a consciência pareceu curto, mas muito, muito agoniante. Em algum lugar nas redondezas, um sino passou tocando; os cães por toda a vizinhança uivavam; e em nossos arbustos, ali fora, um rouxinol cantava. Eu estava desorientada e estupefata de dor, terror e fraqueza, mas o som do rouxinol parecia a voz da minha falecida mãe vindo me confortar. Os sons pareciam também ter acordado as criadas, pois conseguia ouvir seus pés descalços passando perto da minha porta. Chamei-as; elas entraram e, quando viram o que havia acontecido e o que era a forma sobre mim na cama, gritaram. O vento soprou pela janela quebrada e a porta fechou com força. Elas ergueram o corpo de minha querida mãe e a colocaram, coberta por um lençol, na cama após eu me levantar. Estavam tão assustadas e nervosas que lhes disse que fossem até a sala de jantar e tomassem uma taça de vinho. A porta se abriu por um instante e se fechou de novo. As criadas berraram e foram juntas à sala de jantar; e eu depositei as flores que tinha à mão sobre o peito de minha amada mãe. Ao vê-las ali, lembrei do que o dr. Van Helsing me dissera, mas não queria removê-las e, além disso, faria uma das criadas ficar de vigia comigo agora. Fiquei surpresa ao notar que elas não voltavam. Chamei-as, mas, como não obtive resposta, fui à sala de jantar procurá-las.

Meu coração murchou ao ver o que ocorrera. As quatro estavam incapacitadas deitadas no chão, respirando com dificuldade, a garrafa de xerez na mesa, metade cheia, mas com um odor insólito e acre. Tinha cheiro de láudano e, olhando para o aparador, descobri que o frasco que o médico de mamãe usa para o remédio dela – ai! Que *usava* – estava vazio. O que vou fazer? O que vou fazer? Estou novamente no meu quarto, com mamãe. Não posso deixá-la, e estou sozinha, sem contar as criadas adormecidas, drogadas por alguém. Sozinha com os mortos! Não me arrisco a sair, pois consigo ouvir o uivo baixo do lobo pela janela quebrada.

O ar parece cheio de pontinhos, flutuando e rodopiando na corrente de ar vinda da janela, e as luzes ardem azuis e fracas. O que farei? Que Deus me proteja do mal esta noite! Esconderei este bilhete junto ao peito, de modo que seja encontrado quando forem preparar meu corpo para o velório. Minha mãe querida se foi! Também devo ir. Adeus, querido Arthur, caso eu não sobreviva a esta noite. Que Deus o proteja, querido, e que Ele me acuda!

XII

Diário do dr. Seward

18 de setembro. – Fui imediatamente para Hillingham e cheguei cedo. Pedi ao cocheiro que me aguardasse no portão, e fui até a entrada sozinho. Bati com delicadeza e toquei a sineta o mais discretamente possível, pois temia perturbar Lucy ou sua mãe, e esperava apenas trazer um criado até a porta. Depois de um tempo, sem resposta, bati e toquei a sineta outra vez; ainda sem resposta. Xinguei a preguiça da criadagem que ainda estava na cama a uma hora dessas – pois já eram dez em ponto –, então toquei e bati novamente, com mais impaciência, mas ainda sem resposta. Até então, culpei apenas os criados, mas agora um medo terrível começava a me tomar. Seria esse abandono mais um elo na corrente de ruína que parecia se fechar ao nosso redor? Seria aquela uma casa mortal, à qual eu havia chegado tarde demais? Sabia que minutos ou até mesmo segundos de atraso podiam significar horas de perigo a Lucy, caso ela tivesse sofrido novamente uma daquelas recaídas apavorantes; e contornei a casa a fim de ver se, porventura, encontrava uma entrada alternativa.

Não encontrei forma alguma de entrar. Todas as janelas estavam fechadas e trancadas, e voltei perplexo para a entrada. Ao fazê-lo, ouvi o rápido tamborilar de patas de cavalo sendo conduzidas a passos rápidos. Elas pararam diante do portão e, segundos depois, deparei-me com Van Helsing a caminho da entrada. Ao ver-me, disse, ofegante:

– Então és tu, e acabaste de chegar. Como ela está? Chegamos tarde demais? Não recebeste meu telegrama?

Respondi com o máximo de brevidade e coerência possível que apenas recebera seu telegrama pela manhã, e que não havia perdido um minuto sequer antes de ir para lá, e que não conseguia fazer com que ninguém na casa me escutasse. Ele deteve-se e ergueu o chapéu ao dizer com solenidade:

– Nesse caso, temo que tenhamos chegado tarde. A vontade de Deus está feita! – Com sua energia prontamente recuperada, como de costume, prosseguiu: – Vem. Se não há um modo de entrar, devemos providenciar um. O tempo agora é crucial para nós.

Fomos até os fundos da casa, onde havia uma janela de cozinha. O professor pegou uma pequena serra de cirurgia de sua bolsa, e, entregando-a para mim, apontou para as barras de ferro que protegiam a janela. Fui até elas na mesma hora e logo havia cortado três. Então, com uma faca longa e fina, empurramos os trincos e abrimos a janela. Ajudei o professor a entrar e fui logo atrás. Não havia ninguém na cozinha ou nos aposentos da criadagem, que ficavam ali perto. Tentamos todos os cômodos conforme avançávamos e, na sala de jantar, fracamente iluminada por raios de luz que atravessavam as venezianas, havia quatro criadas estiradas no chão. Não havia motivo para dá-las como mortas, pois a respiração agoniada e o aroma acre de láudano no ambiente não deixava dúvidas a respeito de sua condição. Van Helsing e eu nos entreolhamos, e enquanto nos afastávamos, ele disse:

– Podemos cuidar delas depois.

Com isso, subimos até o quarto de Lucy. Por instantes, detivemo-nos à porta em busca de escutar, mas não havia qualquer som audível para nós. Com rostos pálidos e mãos trêmulas, abrimos a porta com delicadeza e entramos no quarto.

Como descrever o que vimos? Na cama havia duas mulheres, Lucy e a mãe. A segunda estava mais ao centro da cama, e coberta com um lençol branco cuja extremidade fora soprada pela corrente de ar vinda da janela quebrada, deixando exposto o rosto pálido e sem sangue, com um semblante de terror fixado nele. Ao lado dela estava Lucy, seu rosto branco e com ainda menos sangue. As flores que antes jaziam em seu pescoço repousavam sobre o peito da mãe, e sua garganta estava nua, mostrando as duas pequenas feridas que notáramos antes, mas que agora estavam horrivelmente brancas e laceradas. Sem dizer nada, o professor curvou-se sobre a cama, quase tocando o peito da pobre Lucy com a cabeça; então, virou-se rapidamente, como alguém que ouve algo e, erguendo o tronco de súbito, gritou para mim:

– Ainda não é tarde demais! Rápido! Rápido! Traga o conhaque!

Desci as escadas às pressas e retornei com a bebida, a qual tive o cuidado de cheirar e provar caso estivesse adulterada como a garrafa de xerez que encontrei na mesa. As criadas ainda respiravam, porém com mais agitação, e imaginei que o efeito do narcótico estava passando. Não permaneci lá para ter certeza; em vez disso, voltei para Van Helsing. Ele esfregou o conhaque, como fizera em outra ocasião, nos lábios e gengivas de Lucy, bem como nos pulsos e na palma das mãos. Então, disse a mim:

– Consigo fazer isso, é tudo o que pode ser feito no momento. Vai acordar as criadas. Bate uma toalha molhada no rosto delas, e podes bater com força. Faz com que providenciem calor, uma lareira acesa e uma banheira quente. Esta pobre alma está quase tão fria quanto a que está ao seu lado. Ela precisará ser aquecida antes que façamos qualquer outra coisa.

Fui imediatamente e não tive dificuldade em acordar três das mulheres. A quarta era uma moça jovem, e a droga claramente tivera maior efeito nela, então a acomodei no sofá e a deixei dormir. As outras estavam estonteadas de início, mas, ao recobrarem a memória, choraram e soluçaram com histeria. Porém, fui rígido com elas, e não lhes permiti falar. Disse-lhes que uma vida perdida já era ruim e que, se demorassem, a srta. Lucy seria sacrificada. Então, aos choros e soluços, elas seguiram adiante, parcialmente vestidas, e prepararam o fogo e a água. Felizmente, o fogo da cozinha e da caldeira ainda estavam acesos, e não faltava água quente. Providenciamos uma banheira e inserimos Lucy nela, levando-a como estava. Enquanto estávamos ocupados esfregando seus braços e pernas, bateram à porta da frente. Uma das criadas saiu correndo, colocou às pressas mais algumas roupas e abriu a porta. Então, voltou e sussurrou para nós que havia um cavalheiro com uma mensagem do sr. Holmwood. Falei para apenas dizer que ele deveria aguardar, pois não podíamos receber ninguém no momento. Ela foi repassar a mensagem e, absorvido por nosso trabalho, esqueci completamente do sujeito.

Nunca vi, em toda a minha vivência, o professor trabalhar com vigor tão implacável. Eu sabia – assim como ele – que se tratava de um embate feroz contra a morte e, em um momento de pausa, foi o que lhe disse. Ele respondeu de um modo que não compreendi, mas com o semblante mais sério que seu rosto poderia assumir:

– Se isso fosse tudo, eu pararia aqui e agora, e deixaria que ela partisse em paz, pois não vejo a luz da vida em seu horizonte. – E continuou seu trabalho com vigor renovado e frenético, se é que era possível.

Pouco depois, ambos notamos que o calor começava a surtir certo efeito. O pulso de Lucy estava um pouco mais audível ao estetoscópio, e o movimento de seus pulmões ficara visível. O rosto de Van Helsing se iluminou e, enquanto a retirávamos da banheira e a colocávamos em lençóis quentes a fim de secá-la, ele me disse:

– A primeira vitória é nossa! Rei em xeque!

Levamos Lucy para outro quarto, que agora estava preparado, acomodamo-na sobre a cama e fizemos com que engolisse algumas gotas de conhaque. Notei que Van Helsing amarrara um lenço de seda no pescoço dela. Ela ainda estava inconsciente e continuava tão ruim quanto as outras vezes que a havíamos visto – se é que não estava pior.

Val Helsing chamou uma das mulheres e lhe disse que ficasse com Lucy, sem tirar os olhos dela até que retornássemos, em seguida gesticulando para que eu saísse do recinto com ele.

– Precisamos discutir sobre o que deve ser feito – ele disse à medida que descia as escadas. No saguão de entrada, Van Helsing abriu a porta da sala de jantar, nós entramos e ele fechou a porta com cuidado. As janelas haviam sido abertas e as persianas já estavam baixadas, seguindo a etiqueta fúnebre que as mulheres britânicas de classes mais baixas sempre seguiam com rigor. A sala estava, portanto, na penumbra. Mas havia luz o suficiente para o que precisávamos. A seriedade de Van Helsing foi um pouco atenuada por uma expressão de perplexidade. Ele claramente tinha algo torturando sua mente; então, esperei por um instante, no que ele disse:

– O que faremos agora? A quem recorremos? Precisamos de outra transfusão de sangue, e logo, ou a vida daquela pobre garota não durará mais do que uma hora. Tu já estás exausto; também estou. Receio em confiar nessas mulheres, mesmo que elas tenham coragem de fornecer sangue. O que podemos fazer para obter alguém disposto a abrir as veias por ela?

– E qual o problema comigo, afinal?

A voz vinha do sofá do lado oposto da sala, e a entonação trouxe alívio e alegria a meu coração, pois pertencia a Quincey Morris. Van Helsing sobressaltou-se, inicialmente irritado, mas seu rosto se atenuou e uma expressão de contentamento tomou seus olhos quando falei em voz alta:

– Quincey Morris! – Fui em direção a ele com a mão estendida. – O que o traz até aqui? – perguntei enquanto nossas mãos encontravam-se.

– Creio que o motivo seja Art.

Ele entregou-me um telegrama.

Não ouvi nada de Seward há três dias, e estou terrivelmente ansioso. Não posso sair daqui. Papai está no mesmo estado. Mande notícias de como Lucy está. Não se atrase.

Holmwood

– Creio que eu tenha chegado na hora certa. Sabes que é só dizer o que precisam que eu faça.

Van Helsing caminhou até ele e pegou sua mão, olhando-o nos olhos ao dizer:

– O sangue de um homem corajoso é a melhor coisa nessa Terra quando há uma mulher em perigo. O senhor, sem dúvida, é um homem. Bem, o diabo pode armar contra nós, mas Deus nos manda homens quando de homens precisamos.

Novamente realizamos aquela operação terrível. Não tenho estômago para entrar em detalhes. Lucy sofreu um choque terrível que lhe atormentou mais do que das outras vezes, pois, embora bastante sangue tenha entrado em suas veias, seu corpo não respondeu ao tratamento tão bem quanto nas ocasiões anteriores. Sua luta para retornar à vida foi algo horrendo de se ver e ouvir. Porém, a atividade do coração e dos pulmões melhorou, e Van Helsing aplicou uma injeção subcutânea de morfina, como antes, obtendo resultado positivo. Seu desmaio tornou-se um descanso profundo. O professor ficou com ela a fim de observá-la enquanto eu ia para o andar inferior com Quincey Morris e mandava uma das criadas pagar um dos cocheiros que estavam a postos. Deixei Quincey deitado depois de servir-lhe um copo de vinho, e pedi à cozinheira que preparasse um desjejum generoso. Então, ocorreu-me um pensamento e voltei para o quarto onde Lucy encontrava-se. Quando entrei com discrição, vislumbrei Van Helsing com uma ou duas folhas de papel em mãos. Ele claramente havia lido o conteúdo e refletia a respeito, sentado com a mão na testa. Havia um olhar satisfeito, mas sério, em seu rosto, como alguém que teve uma dúvida sanada. Ele entregou-me o papel, dizendo apenas:

– Caiu do decote de Lucy quando a levávamos para a banheira.

Quando li o que estava escrito, fiquei parado, olhando para o professor; depois de um tempo, perguntei:

– Pelo amor de Deus, o que significa tudo isso? Ela estava, ou está, insana? Senão, que tipo de perigo horrível é esse?

Eu estava tão atônito que nem sabia o que mais dizer. Van Helsing estendeu a mão e pegou o papel, dizendo:

– Não te preocupes com isso agora. Esquece o presente. Irás saber e entender tudo em seu devido tempo; mas não agora. A propósito, o que vieste dizer a mim?

Isso me trouxe de volta à esfera dos fatos, e recobrei a atenção.

– Vim falar sobre o atestado de óbito. Se não agirmos devidamente e com juízo, pode haver um inquérito, e esse papel precisará ser apresentado. Espero que não haja necessidade de inquérito, pois, se houver, certamente tirará a vida da pobre Lucy, se mais nada o fizer. Nós dois sabemos, assim como sabe o médico que a atendia, que a senhora Westenra tinha uma doença cardíaca, e podemos confirmar que ela morreu em decorrência disso. É melhor preenchermos o atestado agora mesmo, para que eu o leve ao cartório e depois ao agente funerário.

– Excelente, John, meu amigo! Muito bem pensado! É certo que a senhorita Lucy, mesmo triste pelos inimigos que a atormentam, ao menos está feliz pelos amigos que a amam. Um, dois, três, todos abriram as veias por ela, além deste velho aqui. Ah, sim, eu sei, meu caro John; não sou cego! O gesto dos três me é ainda mais caro por isso! Agora vai.

No saguão, encontrei Quincey Morris com um telegrama para Arthur contando sobre o falecimento da sra. Westenra; que Lucy também estava doente, mas agora melhorava; e que eu e Van Helsing estávamos com ela. Disse-lhe aonde eu ia, e ele me encorajou para ir logo; mas, enquanto eu partia, disse:

– Quando voltares, Jack, posso ter uma palavrinha contigo, só entre nós?
– Aquiesci em resposta e saí.

Não tive dificuldade com o registro, e combinei com o agente funerário da região para que viesse no fim do dia tirar as medidas para o caixão e realizar os planejamentos necessários.

Quando voltei, Quincey me esperava. Disse-lhe que falaria com ele assim que me atualizasse a respeito de Lucy, e subi até o quarto dela. Ela ainda dormia, e o professor aparentemente não havia saído da cadeira ao seu lado. Ao vê-lo colocar o dedo sobre os lábios, compreendi que ele a esperava acordar em breve e não queria adiantar a natureza. Então, desci até Quincey, e o conduzi à sala do desjejum, onde as persianas estavam levantadas, trazendo um aspecto mais animado – ou melhor, menos desanimado – do que os demais cômodos. Quando ficamos a sós, ele me disse:

– Jack Seward, não quero intrometer-me em nenhum lugar onde não tenho direito de estar; mas este caso não é nada normal. Sabes que eu amava a garota e queria me casar com ela; mas, embora isso tenha ficado no passado, não consigo deixar de sentir ansiedade por seu bem-estar. O que há de errado com ela? Na hora que entraram no quarto, o holandês, que reconheço ser um senhor respeitável, comentou ser necessária *outra* transfusão de sangue, e alegou que nenhum de vocês dois estava em condições. Agora, sei muito bem que médicos como vós falam em confidencialidade, e que um sujeito não deve esperar compreensão sobre o que discutem em privado. Mas esta não é uma situação comum, e o que quer que seja, fiz minha parte. Não é verdade?

– É – falei.

Ele continuou:

– Creio que já fizestes o mesmo que fiz hoje, assim como Van Helsing. Não é esse o caso?

– É.
– E creio que Art também participou. Quando o vi, quatro dias atrás, em sua casa, ele parecia estranho. Não via alguém ficar abatido tão rápido desde que estava nos pampas e uma égua da qual gostava partir dessa para melhor em uma só noite. Um desses morcegões que chamam de "vampiros" a atacou à noite e, com o que foi consumido ou perdido devido à veia aberta, não havia sangue suficiente nela para que se levantasse, e precisei fazer uma bala atravessar seu corpo prostrado. Jack, se puderes contar-me sem violar nenhuma confidencialidade, Arthur foi o primeiro, não é?

Enquanto falava, o coitado parecia terrivelmente ansioso. Era torturado pelo suspense a respeito da mulher que amava, e lhe aumentava a dor sua mais absoluta ignorância acerca do mistério terrível que parecia rodeá-la. Seu coração sangrava, e foi necessária toda a sua virilidade – que inclusive tinha em grande quantidade – para não desmoronar. Eu me detive antes de responder, pois senti que não deveria deixar escapar nada que o professor desejava manter em segredo, mas ele já sabia tantas coisas e deduzira tantas mais que não havia motivo para não responder, então repeti a resposta:

– É.
– Quanto tempo tem essa história?
– Cerca de dez dias.
– Dez dias! Então, Jack Seward, suponho que a bela coitada que todos amamos recebeu em suas veias nesse período o sangue de quatro homens vigorosos. Diacho, o corpo dela não teria como aguentar tanto sangue. – Então, aproximando-se, indagou num quase sussurro intenso: – Para onde está indo o sangue?

Balancei a cabeça.
– Essa – falei – é a grande questão. Van Helsing está totalmente frenético por conta disso e eu estou esgotado. Não consigo nem aristar um palpite. Ocorreram uma série de circunstâncias menores que arruinaram nossos planos para que Lucy permanecesse devidamente em observação. Mas isso não acontecerá de novo. Ficaremos aqui até que tudo melhore... ou piore.

Quincey ergueu a mão.
– Contem comigo – respondeu. – É só dizer o que preciso fazer que eu farei.

À tarde, quando Lucy acordou, seu primeiro movimento foi tatear o busto e, para minha surpresa, retirar o papel que Van Helsing me dera para ler. Cauteloso, o professor o recolocara onde estava, para o caso de ela ficar alarmada quando acordasse. Seus olhos iluminaram-se agradecidos ao nos ver. Em seguida, observou ao redor e, percebendo onde estava, estremeceu; ela gritou alto e colocou as mãos esguias no rosto pálido. Tanto eu como Van Helsing entendemos o que isso significava: ela havia se dado conta da morte da mãe; então, tentamos consolá-la como podíamos. A compaixão certamente a acalmou um pouco, mas ela estava com a mente e o coração muito abatidos e passou um bom tempo num choro baixo e fraco. Dissemos a ela que agora sempre haveria um de nós, quando não os dois, fazendo-lhe companhia o tempo inteiro, e isso pareceu trazer-lhe certo conforto. No fim da tarde, ela caiu no sono. E, nesse momento, algo muito estranho aconteceu. Ainda dormindo, ela pegou o papel em seu peito e o rasgou em dois. Van Helsing interveio e pegou as folhas da mão dela. Porém, ainda assim, ela continuou o movimento, como se ainda segurasse e rasgasse o material; por fim, levantou as mãos e as abriu como se espalhasse os pedaços. Van Helsing parecia surpreso e suas sobrancelhas se uniram de forma pensativa, mas ele não se pronunciou.

19 de setembro. – A noite toda ela teve um sono espasmódico, sempre com medo de dormir, e ficando um pouco mais fraca ao acordar. O professor e eu alternamos vigia, e em nenhum momento a deixamos sozinha. Quincey Morris não revelou o que pretendia fazer, mas eu sabia que ele havia rondado o exterior da casa a noite inteira.

Quando a manhã chegou, sua luz mostrou o estrago feito às forças da pobre Lucy. Ela mal conseguia virar a cabeça, e o pouco do alimento que conseguiu engolir não pareceu ajudar. Em dados momentos, ela dormiu, e tanto eu como Van Helsing notamos a diferença entre quando ela dormia e quando estava acordada. Dormindo, ela parecia mais forte, embora mais cansada, e sua respiração era mais suave; sua boca aberta exibia as gengivas pálidas e retraídas, fazendo com que os dentes parecessem mais longos e afiados do que de costume. Desperta, a suavidade de seus olhos claramente mudava sua expressão, pois ela parecia seu eu de antes, embora definhando. À tarde, ela quis saber de Arthur, e mandamos um telegrama para ele. Quincey foi encontrá-lo na estação.

Quando ele chegou eram quase seis da tarde. O sol se punha forte e quente, e a luz vermelha atravessou a janela e dava mais cor às bochechas pálidas. Quando a avistou, Arthur apenas engasgou de emoção, e nenhum de nós conseguiu se manifestar. Nas horas que se passaram, os espasmos de sono, ou do estado comatoso que o emulava, ficaram mais frequentes, de modo que diminuíam os períodos nos quais se podia conversar. A presença de Arthur, porém, pareceu agir como estimulante; Lucy recuperou parte das forças, e falou com ele com mais energia do que em qualquer momento desde que havíamos chegado. Ele também juntou forças e falou do modo mais animador com que era capaz, então a situação foi aproveitada da melhor maneira possível.

Agora, quase à uma da manhã, ele e Van Helsing estão com ela. Devo substituí-los em quinze minutos, e faço este registro no fonógrafo de Lucy. Até as seis da manhã, eles devem tentar descansar. Receio que amanhã nossa vigia terá fim, pois o choque foi demasiado; a coitada não tem como se recuperar. Que Deus nos ajude.

Carta, de Mina Harker para Lucy Westenra
(jamais aberta por esta)

17 de setembro.
Minha querida Lucy,

Parece *uma eternidade* desde que tive notícias tuas, ou pelo menos desde que escrevi para ti. Sei que me perdoarás quando ler todas as notícias que tenho. Bem, trouxe meu marido de volta são e salvo. Quando chegamos a Exeter, havia uma carruagem à nossa espera e, nela, embora estivesse acometido por gota, estava o sr. Hawkins. Ele levou-nos à casa dele, onde havia aposentos agradáveis e confortáveis para nós, e nós jantamos juntos. Após o jantar, o sr. Hawkins disse:

– Meus caros, quero brindar à vossa saúde e prosperidade; e que vossas mercês recebam todas as bênçãos. Conheço-os desde a infância e, com amor e orgulho, vi-os crescer. Agora, quero que morem aqui comigo. Não tenho mais nenhum filho; todos se foram, e em meu testamento deixei tudo para vossas mercês.

Eu chorei, Lucy, minha querida, quando Jonathan e o senhor deram um aperto de mãos. Tivemos uma noite deveras feliz.

Então, cá estamos, alojados nesta bela casa antiga, e tanto em meu quarto como na sala de estar consigo ver os ulmeiros da catedral próxima, com seus ramos grandes e negros contrastando com as pedras velhas e amareladas da catedral, e ouvir o vozerio e o barulho e a grasnada das gralhas o dia todo, como fazem as gralhas (e os humanos). Estou ocupada, não preciso dizer-te como é, arrumando as coisas e cuidando da casa. Jonathan e o sr. Hawkins estão ocupados o dia todo; como, agora, Jonathan é sócio, o sr. Hawkins quer informá-lo a respeito de todos os clientes.

Como está tua mãe? Espero ir à cidade por alguns dias para ver-te, querida, mas não tenho como ir agora, com tantas responsabilidades; e Jonathan ainda precisa de cuidados. Ele está começando a recuperar o peso, mas foi terrivelmente enfraquecido pela doença prolongada; mesmo agora ele às vezes acorda de repente, tremendo até que eu consiga fazê-lo retornar à serenidade que lhe é típica. Porém, graças a Deus, esses episódios são cada vez mais raros a cada dia que passa, e creio que com o tempo eles devem sumir em definitivo. E agora que contei-te minhas novidades, quero saber as tuas. Quando tu casarás? E onde? E quem realizará a cerimônia? E o que tu vestirás? E será um casamento público ou privado? Conta-me tudo, querida, conta-me tudo a respeito de tudo, pois nada que te interesses deixará de ser importante para mim. Jonathan pede-me para mandar "saudações respeitosas" em nome dele, mas não acho que isso baste para o sócio júnior da importante firma Hawkins & Harker; e então, como tu me amas, e ele me ama, e eu te amo em todos os modos e tempos verbais, simplesmente mando cumprimentos por parte dele, "com amor". Adeus, minha querida Lucy, e todas as bênçãos para ti.

Sua amiga,
Mina Harker

Relatório do dr. Patrick Hennessey (doutor em medicina; membro da Faculdade Real de Cirurgiões da Inglaterra; licenciado pela faculdade de clínicos do Rei e da Rainha, na Irlanda; etc.) para o dr. John Seward

20 de setembro.
Meu caro senhor,

Em conformidade com os desejos de vossa mercê, anexo o relatório da situação de tudo deixado sob minha responsabilidade... Em relação ao paciente, Renfield, há mais a ser dito. Ele teve outro ataque, que poderia ter tido um desfecho terrível, mas que felizmente desenrolou-se sem infelicidades. Na tarde de hoje, uma carruagem de carga com dois homens visitou a casa desocupada do terreno vizinho ao nosso – a casa para a qual, o senhor deve se lembrar, o paciente fugiu duas vezes. Os homens pararam em frente à nossa entrada e pediram direções ao porteiro, pois eram de fora. Eu, por minha vez, observava da janela do escritório, fumando depois do jantar, e vi um deles vir em direção à casa. Ao passar pela janela dos aposentos de Renfield, o paciente começou a ralhar, xingando-o de todo insulto que conseguia proferir. O homem, que parecia um sujeito decente, contentou-se em dizer para ele "calar a boca suja de mendigo", ao passo que nosso amigo acusou o sujeito de roubá-lo e querer matá-lo, dizendo que lhe faria mal se ele tentasse fazê-lo. Abri a janela e gesticulei ao homem para que ele não desse importância, então ele contentou-se após terminar de olhar o lugar e concluir do que se tratava dizendo:

– Deus o abençoe, senhor, não vou me incomodar com o que é dito para mim em um raio de hospício. Lamento pelo senhor e pela chefia, que precisa passar o dia com uma fera desvairada assim.

Ele então pediu com civilidade as direções, e lhe expliquei onde ficava o portão da casa vazia; ele partiu, sob ameaças, xingamentos e injúrias de nosso amigo. Dirigi-me a seus aposentos na tentativa de descobrir se havia alguma causa para sua raiva, visto que ele normalmente é bastante bem-comportado, e, com exceção de seus surtos violentos, nada dessa ordem havia ocorrido antes. Para minha surpresa, encontrei-o bastante tranquilo e afável. Tentei fazê-lo falar do incidente, mas ele perguntou despreocupado ao que eu me referia, e me levou a acreditar que estava totalmente alheio ao acontecimento. Porém, lamento dizer que era mais uma manifestação de sua astúcia, porque meia hora depois escutei-o novamente. Dessa vez, ele havia fugido pela janela de seu quarto e corria pela avenida. Chamei os assistentes para virem comigo e fui atrás dele, pois temia que ele pretendesse praticar alguma maldade. Meu medo foi confirmado quando vi a mesma carruagem que passara antes vindo pela estrada, levando nela grandes caixas de madeira. Os homens enxugavam as próprias testas e estavam com os rostos vermelhos, como se tivessem feito um esforço físico tremendo. Antes que eu pudesse chegar ao paciente, Renfield avançou contra os homens e, puxando um deles para fora do veículo, começou a bater a cabeça do sujeito no chão. Se eu não o tivesse apanhado imediatamente, creio que ele teria matado o sujeito ali, naquele momento. O outro sujeito saltou da carruagem e acertou a cabeça do paciente com o cabo do chicote pesado. Foi um golpe terrível, mas o paciente pareceu não se incomodar e também agarrou-o, debatendo-se contra nós três e puxando-nos de um lado para o outro como se fôssemos gatinhos. O senhor sabe que não sou um peso-pena, e os outros dois eram ambos corpulentos. Ele inicialmente resistia em silêncio; mas, conforme começávamos a dominá-lo, e os assistentes colocavam uma camisa de força, ele começou a gritar:

– Eles fracassarão! Não serei roubado! Não serei assassinado aos poucos! Lutarei por meu mestre e senhor! – Além de outros delírios incoerentes.

Foi com uma dificuldade considerável que levaram-no de volta ao sanatório e o colocaram na sala acolchoada. Um dos assistentes, Hardy, quebrou um dedo no processo. Porém, já tratei de Renfield e ele encontra-se bem.

Os dois cocheiros foram inicialmente enfáticos com ameaças de processo por danos, e prometeram fazer todas as penas da lei recaírem sobre nós. As ameaças, contudo, misturaram-se a uma forma de desculpa para o fato de terem sido ambos derrotados por um louco fraco. Disseram que, não fosse a energia que gastaram carregando e erguendo as caixas pesadas para a carruagem, teriam facilmente lidado com ele. Outro motivo que deram para sua derrota foi a extrema sede causada pela natureza empoeirada da profissão, além da distância condenável entre o trabalho e qualquer pub. Entendi o que queriam dizer e, depois de um bom copo de bebida, ou talvez um pouco mais, e com uma moeda de uma libra na mão de cada, eles minimizaram o ataque, e juraram estar dispostos a cruzar o caminho de um louco pior se tivessem o prazer de conhecer um sujeito tão excelente quanto este que vos escreve. Recolhi os nomes e endereços deles, caso fosse necessário. Seguem os dados: Jack Smollet, de Dudding's Rents, King George's Road, em Great Walworth; e Thomas Snelling, Peter Farley's Row, Guide Court, em Bethnal Green. São ambos empregados pela Companhia de Mudanças e Entregas Harris & Filhos, em Orange Master's Yard, em Soho.

Relatarei a vossa mercê qualquer ocorrência relevante, e mandarei um telegrama imediatamente no caso de algo importante.

Sinceramente, caro senhor,
seu fiel encarregado,
Patrick Hennessey

Carta, de Mina Harker para Lucy Westenra (jamais aberta por esta)

18 de setembro.
Minha querida Lucy,

Um terrível infortúnio nos ocorreu. O sr. Hawkins faleceu muito de repente. Alguns talvez achem que não é tão triste para nós, mas ambos passamos a amá-lo tanto que nos parece mesmo como se tivéssemos perdido um pai. Nunca conheci meu pai ou minha mãe, então a perda do querido senhor foi um verdadeiro golpe para mim. Jonathan está muito angustiado. Não é apenas o fato de que ele sente muita, muita tristeza pelo homem tão bom e tão querido que foi seu amigo a vida toda, e que no fim o tratou como filho e lhe deixou uma fortuna que, para nós de origem modesta, é de uma quantia que supera qualquer sonho de cobiça. Jonathan sentia o peso em outro aspecto. Ele diz que a responsabilidade que recai sobre ele com isso o deixa nervoso. Ele começou a ter dúvidas. Tentei animá-lo, e *minha* fé *nele* o ajuda a ter fé em si mesmo. Mas é nessa circunstância que o terrível choque que ele sofrera exerce peso maior. Ai, é tão penoso que uma natureza meiga, simples, nobre e forte como a dele – uma natureza que lhe permitiu, com ajuda de nosso bom amigo, passar de funcionário a mestre em poucos anos – seja submetida a tanto sofrimento que a própria essência de suas forças se esvai. Perdoa-me, querida, se te preocupo com meus problemas no meio de nossa felicidade; mas, Lucy, querida, preciso contar a alguém, pois o esforço de manter uma aparência corajosa e animadora para Jonathan me desgasta, e não há ninguém aqui a quem posso confiar segredos. Estou com medo de ir para Londres, o que faremos amanhã de manhã, pois o pobre sr. Hawkins escreveu em seu testamento que deveria ser sepultado no mesmo túmulo que seu pai. Como não há nenhum familiar, Jonathan chefiará a cerimônia. Tentarei passar para ver-te, querida, nem que seja por alguns minutos. Desculpa-me pelo incômodo.

Com todas as bênçãos,
sua querida,
Mina Harker

Diário do dr. Seward

20 de setembro. – Só a determinação e a força do hábito permitem que eu faça um registro hoje. Estou desolado demais, deprimido demais, cansado demais do mundo e de tudo nele, incluindo da vida em si, de modo que não me importaria se, neste momento, ouvisse ruflarem as asas do anjo da morte, que tem ruflado essas terríveis asas com intensidade: a mãe de Lucy, o pai de Arthur e agora... Melhor começar a tratar do meu trabalho.

Devidamente, liberei Van Helsing de seu turno vigiando Lucy. Queríamos que Arthur também fosse descansar, mas, a princípio, ele recusou. Foi só quando lhe contei que gostaríamos de sua ajuda durante o dia e que não poderíamos nos permitir desmoronar por falta de descanso, pois Lucy seria prejudicada, que ele concordou em descansar. Van Helsing foi bastante gentil com ele.

– Venha, meu jovem – chamou. – Venha comigo. O senhor está adoecido e fraco, e dispõe de muita tristeza e dor mental, além do preço que seu corpo pagou, como nós dois sabemos. O senhor não deve ficar sozinho, pois a solidão é cheia de temores e inquietações. Venha para a sala de estar, onde a grande lareira está acesa e há dois sofás. Deite-se em um deles, ao passo que eu deitarei no outro e nossa compaixão reconfortará um ao outro, mesmo que não conversemos, e mesmo enquanto dormimos.

Arthur foi com ele, lançando um olhar ansioso para o rosto de Lucy, que estava deitada em seu travesseiro, quase mais branca do que os lençóis. Ela jazia bem inerte, e eu olhei ao redor do quarto a fim de atestar que tudo estava como deveria. Pude ver que o professor havia aplicado nesse quarto, como no outro, sua intenção de usar o alho; a janela inteira estava impregnada do odor; no pescoço de Lucy, sobre o lenço de seda que Van Helsing a proibiu de tirar, havia um colar das mesmas flores de cheiro forte. Lucy respirava com certo esforço, e seu rosto estava pior do que nunca, pois a boca aberta mostrava as gengivas pálidas. Seus dentes, na penumbra incerta, pareciam mais prolongados e afiados do que de manhã. Em particular, devido a um efeito de luz, os caninos pareciam mais longos e afiados do que os demais. Sentei ao lado dela e, pouco tempo depois, ela se mexeu, irrequieta. No mesmo momento, surgiu um som abafado na janela, um ruflo ou uma bofetada. Fui até ela cuidadosamente e espiei pelo canto da persiana. A lua estava cheia, e pude notar que o barulho era produzido por um morcego grande, que rondava o lado de fora – sem dúvida atraído pela luz, mesmo que fraca – e de vez em quando acertava a janela com suas asas. Quando voltei a meu assento, percebi que Lucy se movera ligeiramente, e havia arrancado as flores de alho do pescoço. Recoloquei-as do melhor modo que pude, e fiquei sentado observando-a.

Depois de certo tempo, ela acordou, e servi-lhe comida, como Van Helsing indicara. Ela só comeu um pouco, e mesmo isso o fez com languidez. Não parecia haver nela agora a determinação inconsciente de lutar pela vida e pela retomada de forças que até então era característica de sua enfermidade. Pareceu-me curioso que, no momento em que ficou consciente, ela apertou as flores de alho contra o próprio corpo. Era definitivamente estranho o fato de que, quando ela ficava em seu estado letárgico, com dificuldade para respirar, ela afastava as flores de si; mas, quando acordava, agarrava-as e trazia-as para perto. Não havia possibilidade de equívoco com relação a isso, pois, nas longas horas seguintes, ela adormeceu e despertou várias vezes, repetindo ambas as ações.

Às seis, Van Helsing veio me liberar. Arthur havia caído no sono, e o professor teve a misericórdia de deixá-lo dormindo. Quando viu o rosto de Lucy, pude ouvir sua inspiração sibilante, e ele me disse num sussurro ríspido:

– Levanta as persianas; quero luz! – Ele então curvou-se e, com o rosto quase tocando o de Lucy, examinou-a com cuidado. Ele retirou as flores e removeu o lenço de seda da garganta dela. Ao fazê-lo, ele sobressaltou-se para trás, e pude ouvir a exclamação sufocada em sua garganta: – *Mein Gott!* – Também curvei-me para olhar, e um arrepio estranho percorreu meu corpo.

As feridas na garganta haviam desaparecido por completo.

Por cinco minutos ininterruptos, Van Helsing ficou fitando-a, com o rosto seriíssimo. Ele então virou-se para mim e disse com calma.

– Ela está morrendo. Ocorrerá muito em breve. Fará uma enorme diferença, crê em mim, se ela falecer acordada ou dormindo. Desperta o pobre rapaz e deixa que ele a veja uma última vez. Ele confia em nós e lhe prometemos.

Fomos até ele e o acordamos. Ele ficou desorientado por um momento, mas, ao ver a luz do sol perpassando as frestas das venezianas, achou que era tarde demais, e expressou seu medo. Assegurei-lhe de que Lucy ainda dormia, mas disse-lhe, com toda a delicadeza possível, que tanto eu como Van Helsing temíamos a aproximação do fim. Ele cobriu o rosto com as mãos e saiu do sofá pondo-se de joelhos, onde ficou por talvez um minuto, com a cabeça baixa, rezando, ao passo que os ombros tremiam de pesar. Peguei a mão dele e o ajudei a levantar-se.

– Vem, meu caro amigo – falei. – Reúne todas as tuas forças; assim será melhor e mais fácil para ela.

Quando entramos no quarto de Lucy, pude ver que Van Helsing, prudente como sempre, arrumara o cômodo e deixara tudo com a aparência mais agradável possível. Ele até penteou o cabelo de Lucy, de modo que se espalhasse no travesseiro com as ondulações que lhe eram típicas. Quando entramos no quarto, ela abriu os olhos e, ao vê-lo, sussurrou delicadamente:

– Arthur! Ai, meu amor, estou tão feliz que vieste!

Ele inclinava-se para beijá-la quando Van Helsing gesticulou para que não o fizesse.

– Não – sussurrou. – Ainda não! Segure a mão dela; trará mais conforto assim.

Então, Arthur pegou a mão dela e ajoelhou-se ao seu lado. Ela estava com uma aparência impecável, com seus traços suaves complementando a beleza angelical de seus olhos, que, gradualmente, se fecharam, ao passo que ela mergulhou no sono. Por um tempo, seu peito arquejou de leve e seu fôlego ia e vinha como se fosse uma criança cansada.

Então, de modo imperceptível, ocorreu a estranha mudança que eu notara à noite. Sua respiração ficou pesada, a boca abriu-se, e as gengivas pálidas e retraídas faziam os dentes parecerem mais longos e afiados do que nunca. Em um estado inconsciente e vago, como se dormisse acordada, Lucy abriu os olhos, agora completamente opacos e vidrados, e pediu em uma voz suave e voluptuosa que nunca antes ouvi sair de seus lábios:

– Arthur! Ai, meu amor, estou tão feliz que vieste! Beija-me!

Arthur prontamente curvou-se a fim de beijá-la; porém, naquele instante, Van Helsing, que, como eu, assustara-se com a voz, interveio. Pegou-o pelo pescoço com as duas mãos e, puxando-o com uma força e ferocidade que nunca achei que ele tivesse, efetivamente atirou-o quase para o outro lado do quarto.

– Pelo bem de sua vida, não! – disse. – Pela sua alma e pela dela! – E ficou entre os dois como um leão encurralado.

Arthur ficou tão surpreso que, por um momento, não soube o que fazer ou dizer; e, antes que qualquer impulso violento o dominasse, ele se deu conta do lugar e da ocasião, e ficou quieto, aguardando.

Mantive os olhos fixos em Lucy, assim como Van Helsing, e vislumbramos um espasmo raivoso passar em seu rosto como uma sombra; os dentes afiados fecharam-se. Em seguida, os olhos se cerraram, e ela respirou com força.

Pouco depois, ela abriu os olhos com toda a sua doçura, colocando a pobre mão pálida e magra na mão bronzeada e grande de Van Helsing, que, aproximando-se de Lucy, beijou sua mão.

– Meu tão bom amigo – ela disse, com voz fraca, mas compaixão inefável. – És um verdadeiro amigo para mim e para ele! Ai, cuida dele e me dá paz!

– Prometo! – ele respondeu, solene, ajoelhando-se ao lado dela e erguendo a mão, como quem faz um juramento. Em seguida, virou-se para Arthur e disse a ele: – Venha, meu jovem, ponha a mão dela nas suas, e beije-a na testa, apenas uma vez.

No lugar dos lábios, seus olhos encontraram-se; e assim separaram-se. Os olhos de Lucy fecharam-se. Van Helsing, que a observava de perto, pegou o braço de Arthur e afastou-o. Em seguida, a respiração de Lucy se intensificou de novo, e depois parou de uma vez só.

– É o fim – anunciou Van Helsing. – Ela morreu!

Peguei Arthur pelo braço e o levei à sala de estar, onde ele se sentou, cobrindo o rosto com as mãos e chorando de um modo que quase me fez desmoronar.

Voltei ao quarto e deparei-me com Van Helsing olhando pela pobre Lucy, e seu rosto estava mais sério do que nunca. Alguma mudança ocorrera em seu corpo. A morte devolvera-lhe parte de sua beleza, pois sua fronte e bochechas recuperaram parte dos traços harmoniosos; mesmo os lábios perderam a palidez mortal. Era como se o sangue, sem mais precisar atender às necessidades do coração, tivesse decidido tornar a gravidade da morte o menos grosseira possível.

"Enquanto dormia, pensamos que morrera
E quando morreu, que estava dormindo."[9]

Pus-me ao lado de Van Helsing e disse:

– Bem, ora, coitada. Enfim há paz para ela. É o fim!

Ele virou-se para mim e replicou com solenidade grave:

– Não exatamente, lamento dizer! Não exatamente. É apenas o começo.

Quando perguntei o que quis dizer, ele apenas balançou a cabeça e respondeu:

– Não podemos fazer nada por ora. Espera e verás.

---

9 Tradução livre do poema "The death-bed", de Thomas Hood. (N.E.)

Diário do dr. Seward (cont.)

O funeral foi organizado para o dia seguinte, de modo que Lucy e sua mãe pudessem ser enterradas juntas. Cuidei de todas as formalidades desagradáveis, e o elegante agente funerário mostrou que sua equipe fora contaminada – ou abençoada – com parte de sua própria graça e solicitude. Mesmo a mulher que realizava as cerimônias fúnebres comentou comigo, como um segredo entre semelhantes profissionais, ao sair da câmara mortuária:

– Ela rendeu um belo cadáver, senhor. É um privilégio e tanto cuidar dela. Não é exagero dizer que ela contribuirá para a reputação de nosso negócio!

Notei que Van Helsing em nenhum momento permitiu-se ficar distante. Isso foi possível devido ao estado desordenado das coisas na casa. Não havia parentes disponíveis e, como Arthur tinha de voltar no dia seguinte para comparecer ao funeral do pai, não conseguimos notificar ninguém que deveria comparecer. Em tais circunstâncias, Van Helsing e eu nos encarregamos de examinar documentos e tudo o mais. Ele insistiu em examinar pessoalmente os documentos de Lucy. Perguntei o porquê, pois receava que ele, por ser estrangeiro, talvez não tivesse total ciência das exigências legais inglesas e acabasse, devido a essa ignorância, criando problemas desnecessários. Ele respondeu para mim:

– Eu sei, eu sei. Tu esqueces que sou advogado, além de médico. Mas isso não tem a ver com a lei. Sabes disso, pois evitou o legista. O que preciso evitar vai muito além dele. Pode haver mais papéis como este. – Enquanto falava, tirou de seu caderno o memorando que estava no peito de Lucy, que ela rasgara enquanto dormia. – Quando encontrares qualquer coisa a respeito do advogado que representa a senhora Westenra, deixa todos os documentos dela selados e escreve para ele esta noite. Quanto a mim, ficarei de vigia aqui e no quarto velho de Lucy a noite toda, e procurarei eu mesmo por mais papéis. Não é adequado que os pensamentos dela caiam na mão de estranhos.

Prossegui com minha parte do trabalho e, em meia hora, encontrei o nome e o endereço do advogado da sra. Westenra, e escrevi para ele. Todos os documentos da coitada estavam em ordem; havia orientações claras a respeito do local de enterro. Mal havia selado a carta quando, para minha surpresa, Van Helsing adentrou o cômodo, dizendo:

– Há algo em que posso ajudar-te, meu amigo John? Estou livre e, caso precises, estou às ordens.

– Encontraste o que buscavas? – perguntei, ao que ele respondeu:

– Não procurava nada em específico. Apenas esperava encontrar, como de fato encontrei, tudo que havia: apenas algumas cartas e memorandos, e um diário recém-começado. Mas os tenho aqui comigo, e não devemos no momento dizer nada a respeito deles. Verei o pobre rapaz amanhã à noite e, com a autorização dele, farei uso de seus conteúdos.

Quando concluímos o trabalho restante, ele disse a mim:

– E agora, amigo John, creio que devemos ir para a cama. Tanto eu como tu precisamos dormir e descansar para nos recuperarmos. Amanhã teremos muito a fazer, mas esta noite não precisa de nós para mais nada. Que tristeza!

Antes de nos recolhermos, fomos olhar a pobre Lucy. O agente funerário sem dúvida fizera um bom trabalho, pois o quarto se tornou uma pequena *chapelle ardente*. Havia uma profusão de belas flores brancas e a morte ficou o menos repulsiva possível. Uma extremidade da mortalha jazia sobre o rosto; quando o professor curvou-se e retirou-a com gentileza, nós dois contemplamos a beleza diante de nós, com as velas de cera altas iluminando o suficiente para que se notasse. Toda a meiguice de Lucy retornara a ela na morte, e as horas que passaram, em vez de deixarem rastros dos "dedos devastadores do desgaste", restauraram a beleza da vida, a ponto de eu sequer conseguir acreditar que contemplava um cadáver.

O professor parecia extremamente sério. Ele não a amou como eu a amei, e não precisava de lágrimas nos olhos. Ele disse para mim:

– Permanece aqui até eu voltar. – E deixou o quarto.

Ele voltou com um punhado de alho-selvagem da caixa que estava no saguão, mas que nunca havia sido aberta, e colocou as flores junto às outras sobre a cama e ao redor dela. Em seguida, tirou de seu pescoço, dentro do colarinho, um pequeno crucifixo de ouro, que colocou sobre a boca dela. Ele colocou a mortalha de volta no lugar e nos retiramos.

Eu me despia em meu quarto, quando, com uma batida de advertência à porta, ele entrou e imediatamente começou a falar:

– Amanhã quero que me tragas, antes do anoitecer, um kit de bisturis de autópsia.

– Precisaremos fazer uma autópsia? – perguntei.

– Sim e não. Quero fazer uma operação, mas não como pensas. Deixa-me contar-te agora, mas não digas uma palavra a mais ninguém. Quero remover a cabeça e retirar o coração. Ah! Tu, um cirurgião, tão chocado! Tu, que já vi, sem deixar tremer a mão ou o coração, realizar operações de vida ou morte que deixariam os demais arrepiados. Ah, mas não posso esquecer, meu caro John, que a amavas; e não esqueci, pois serei eu que farei a operação, e tu só precisas ajudar-me. Gostaria de fazê-lo esta noite, mas pelo bem de Arthur, não o farei. Ele estará disponível após o funeral do pai amanhã, e desejará ver Lucy; ver *isto*. Então, quando ela estiver no caixão, pronta para o dia seguinte, devemos vir aqui enquanto os outros dormem. Abriremos a tampa do caixão e faremos nossa operação; depois colocaremos tudo de volta no lugar, para que ninguém além de nós saiba.

– Mas por que tudo isso? A garota morreu. Por que mutilar seu pobre corpo desnecessariamente? E se não há razão para autópsia nem nada a se ganhar com uma – seja em favor dela, de nós, da ciência ou do conhecimento humano –, por que fazê-la? Fazer sem motivo é monstruoso.

Como resposta, ele colocou a mão em meu ombro e disse, com uma ternura sem-fim:

– Meu caro John, lamento pelo sofrimento de teu coração, e esse sofrimento me faz ter mais carinho por ti. Se pudesse, tomaria para mim o fardo que carregas. Mas há coisas de que não sabes, mas que precisas saber, e Deus me abençoe por sabê-las, embora não seja um conhecimento agradável. John; meu jovem, és meu amigo há vários anos. Já me viste fazer algo para o qual não tivesse um bom motivo? Posso cometer erros, sou apenas humano, mas creio em tudo o que faço. Não foi por isso que me chamaste quando os grandes infortúnios começaram? Sim! Não ficaste surpreso, até mesmo horrorizado, quando não permiti a Arthur que beijasse seu amor no leito de morte e afastei-o com todas as minhas forças? Sim! E, no entanto, viste como ela agradeceu-me, com os belos olhos moribundos e a voz fraca, e como beijou minha mão enrugada e abençoou-me? Sim! E não ouviu-me fazer uma promessa a ela, enquanto ela fechava os olhos com gratidão? Sim! Bem, tenho bons motivos para tudo o que desejo fazer. Confiaste em mim por muitos anos; creste em mim nas últimas semanas, diante de eventos tão estranhos, dos quais poderia ter duvidado. Crê em mim mais um pouco, meu caro John, se não confiares em mim, então terei que dizer o que acho; e isso talvez não seja uma boa ideia. Se eu tiver que trabalhar sem a confiança de meu amigo, e trabalharei com ou sem essa confiança, será com o coração pesado e muita solidão, em um momento em que desejo toda a ajuda e coragem que puder obter! – Ele parou por um momento e prosseguiu, solene: – Meu caro John, dias estranhos e terríveis nos aguardam. Que não sejamos dois, mas apenas um, para trabalharmos em prol de um bom motivo. Será que não podes confiar em mim?

Peguei sua mão e prometi minha confiança. Segurei minha porta para ele enquanto este se retirava e o vi rumar para seus aposentos e fechar a porta. Enquanto estava ali parado, vi uma das criadas passar em silêncio pelo corredor – ela estava de costas para mim, de modo que não me viu – e entrar no cômodo onde jazia Lucy. A visão comoveu-me. Devoção é algo tão raro, e somos muito gratos por aqueles que a demonstram para conosco sem que seja pedido. Ali estava, uma jovem coitada deixando de lado os terrores que ela naturalmente tinha da morte a fim de observar o caixão da patroa tão amada, de modo que a pobrezinha não ficasse sozinha em seu caminho para o descanso eterno...

Devo ter sido acometido por um sono longo e profundo, pois fazia-se pleno dia quando Van Helsing me acordou ao entrar no meu quarto. Ele foi até minha cama e disse:

– Não te preocupas mais com as facas; não haverá mais operação.

– Por que não? – perguntei, visto que a solenidade dele na noite anterior me impressionara bastante.

– Porque – ele disse, solene – é tarde demais... ou cedo demais. Veja! – Nisso, ele ergueu o pequeno crucifixo de ouro. – Isto foi furtado durante a noite.

– Como assim "foi furtado", se estás com ele agora? – perguntei, intrigado.

– Porque peguei-o de volta da vilã imprestável que o roubou, da mulher que furtou dos mortos e dos vivos. A punição dela virá a seu tempo, mas não pelas minhas mãos; ela não sabia de todo o que fizera e portanto, sem saber, apenas o furtou. Agora precisamos esperar.

Com isso, ele se retirou, deixando-me com um novo mistério acerca do qual precisava refletir, com um novo quebra-cabeça para considerar.

O fim da manhã foi um período lúgubre, mas ao meio-dia o advogado chegou: o sr. Marquand, da firma Wholeman, Filhos, Marquand & Lidderdale. Ele era bastante cordial e ficou agradecido pelo trabalho que havíamos feito, em seguida tirando de nós a responsabilidade sobre os detalhes. Durante o almoço, ele nos confidenciou que a sra. Westenra há algum tempo esperava uma morte súbita causada pelo coração e que havia colocado todas as questões na mais absoluta ordem; ele nos informou que, com exceção de determinada propriedade herdada do pai de Lucy – que, agora, por falta de um descendente direto, revertia a uma parte distante da família –, todos os imóveis e bens foram deixados absolutamente para Arthur Holmwood. Ao nos contar isso, prosseguiu:

– Francamente, fizemos tudo o que podíamos para evitar uma disposição testamentária como essa e indicamos certos imprevistos que talvez deixassem sua filha ou sem um tostão ou sem a devida liberdade para aceitar ou rejeitar uma aliança matrimonial. Inclusive, insistimos tanto nisso que quase conflitamos, pois ela nos perguntou se estávamos ou não prontos para executar seu desejo. Com isso, é claro, não tivemos escolha além de aquiescer. Estávamos certos em princípio, e noventa e nove entre cem possibilidades provariam, pela lógica dos eventos, que nosso discernimento era acertado. Porém, sinceramente, devo admitir que, neste caso, qualquer outra forma de disposição tornaria impossível a execução de seus desígnios. Pois com ela falecendo antes da filha, esta ficaria em posse da propriedade e, mesmo que ela só tivesse vivido cinco minutos a mais do que a mãe, a propriedade diante da morte dela seria tratada como sem testamento a não ser que houvesse um, o que é praticamente impossível em um caso desses. Com isso, o lorde Godalming, embora fosse um amigo tão querido, não teria o que reivindicar; e os parentes herdeiros, por serem distantes, dificilmente abririam mão do que seria deles por direito em favor de razões sentimentais de um completo estranho. Garanto, meus caros senhores, que estou em júbilo pelo resultado, em total júbilo.

Ele era um bom sujeito, mas regozijar-se diante de um aspecto tão menor – no qual ele tinha interesse oficial – de uma tragédia tão grande é um caso exemplar dos limites da compreensão e compaixão.

Ele não ficou por muito mais tempo, mas disse que voltaria mais tarde para encontrar-se com o lorde Godalming. Sua visita, porém, nos trouxe certo conforto, já que assegurava que não sofreríamos críticas hostis e terríveis por qualquer um de nossos atos. Arthur deveria chegar às cinco, então, pouco antes dessa hora, visitamos a câmara mortuária. O nome era ainda mais adequado, pois agora tanto mãe como filha ali jaziam. O agente funerário, honrando o ofício, dispôs tudo do melhor jeito possível, deixando um ar fúnebre no lugar que imediatamente nos entristeceu. Van Helsing ordenou para que o arranjo anterior fosse refeito, explicando que, como o lorde Godalming viria muito em breve, seria menos angustiante para seu coração ver apenas os restos mortais de sua noiva, e de mais ninguém. O homem pareceu chocado com a própria estupidez e esforçou-se para deixar as coisas do modo como as havíamos deixado na noite anterior, para que, quando Arthur chegasse, fosse poupado do máximo de choques a seus sentimentos.

Pobre homem! Ele parecia terrivelmente triste e abalado; mesmo sua virilidade robusta parecia ter encolhido um pouco ante o desgaste de suas emoções tão perturbadas. Sei que ele era legitimamente apegado e dedicado ao pai; e perdê-lo em um momento desses foi-lhe um golpe duro. Comigo, foi caloroso como sempre; com Van Helsing, foi cortês e gentil; mas não pude deixar de notar que reprimia algo. O professor também notou, e gesticulou para que eu o levasse ao andar de cima. Assim fiz, deixando-o à porta do quarto, achando que ele gostaria de ficar a sós com ela; mas ele pegou meu braço e me trouxe junto, dizendo com a voz rouca:

– Tu também a amavas, meu companheiro; ela me contou tudo, e não havia no coração dela espaço mais especial para um amigo do que o que ela reservara a ti. Não sei como agradecer-te por tudo que fizeste por ela. Ainda não consigo pensar em... – Ele de repente desmoronou, jogando os braços em meus ombros e repousando a cabeça em meu peito, lamentando: – Ai, Jack! Jack! O que farei? A vida toda parece ter escapado de mim de uma vez só, e não tenho nada no mundo pelo que viver.

Eu o consolei como podia. Em casos assim, os homens não precisam expressar muito. Segurar a mão do outro, firmar o braço sobre os ombros e chorar em uníssono são expressões de compaixão prezadas pelo coração de um homem. Fiquei parado e em silêncio até que seus soluços cessassem, e então disse com delicadeza a ele:

– Vem olhá-la.

Juntos, aproximamo-nos do leito, e ergui a mortalha do rosto. Deus! Como era bela. Cada hora que passava parecia aumentar sua graça. Assustava-me e me espantava um pouco; quanto a Arthur, ele estremeceu e ficou abalado, com uma sensação de dúvida percorrendo seu corpo tal qual um calafrio. Por fim, após uma longa pausa, indagou-me em um sussurro fraco:

– Jack, ela está mesmo morta?

Assegurei-o de que sim, e – como sentia que não deveria permitir que uma dúvida tão horrível perdurasse por um segundo mais – que muitas vezes ocorria de semblantes após a morte se suavizarem e até repousarem na beleza da juventude; que esse era o caso especialmente quando a morte foi precedida por um sofrimento agudo ou prolongado. A afirmação pareceu eliminar qualquer traço de dúvida e, depois de se ajoelhar ao lado do leito e fitá-la carinhosamente por um bom tempo, ele virou-se de lado. Disse-lhe que ele precisava se despedir, pois o caixão precisava ser preparado; então, ele voltou, pegou a mão sem vida e a beijou; depois, curvou-se e beijou a testa dela. Ele se afastou, olhando com afeto por sobre o ombro enquanto deixava a sala.

Deixei-o na sala de estar, e avisei a Van Helsing que ele havia dado seu adeus; então, o professor foi à cozinha a fim de dizer aos funcionários da funerária que dessem andamento aos preparativos e fechassem o caixão. Quando ele voltou, contei-lhe sobre a pergunta de Arthur, e ele disse:
    – Não me surpreende. Agora mesmo tive um momento de dúvida!
    Jantamos todos juntos, e pude testemunhar que o pobre Art tentava lidar com a situação da melhor maneira possível. Van Helsing permaneceu em silêncio durante a refeição; mas, quando acendemos nossos charutos, ele disse:
    – Meu lorde...
    Mas Arthur o interrompeu:
    – Não, não, nada disso, pelo amor de Deus! Pelo menos não no momento. Perdão, senhor. Não quis ser agressivo; é que minha perda é deveras recente.
    O professor respondeu com suavidade:
    – Só usei esse título porque fiquei na dúvida. Não posso chamar-te de "senhor", e passei a gostar de ti; a amar-te de fato, meu jovem, como Arthur.
    Arthur estendeu a mão e pegou a do velho senhor com ternura.
    – Chama-me do que quiseres – falou. – Espero sempre ter o título de amigo. E permite-me dizer que faltam-me palavras para agradecê-lo pela sua bondade com meu pobre amor. – Ele parou por um momento, depois prosseguiu: – Sei que ela compreendia tua bondade ainda melhor do que eu; e se fui rude ou fiz qualquer coisa de errado naquele momento em que agiste com tanta... Tu lembras. – O professor aquiesceu. – Peço que me perdoes.
    Ele respondeu com uma gentileza séria:
    – Sei que foi difícil para ti confiar em mim naquele momento, pois para confiar em tamanha violência é preciso compreender; e entendo que não confies em mim, que não possas confiar, pois ainda não compreendes. E talvez haja mais momentos nos quais eu queira que confies em mim quando não puderes fazê-lo e ainda não puderes entender. Mas chegará o momento em que tua confiança em mim será plena e total, e em que entenderá tudo tão claro quanto o próprio sol. Então, irás me abençoar do começo ao fim pelo seu bem, pelo bem dos outros e pelo bem dela, que jurei proteger.
    – Certamente, certamente, senhor – respondeu Arthur, afetuoso. – Confiarei em ti de todas as maneiras. Sei e creio que tens um coração muito nobre; é amigo de Jack e foi amigo dela. Faz o que quiseres.
    O professor pigarreou algumas vezes, como se estivesse prestes a falar, e por fim disse:
    – Posso perguntar-te uma coisa?
    – Claro.
    – Sabes que a senhora Westenra deixou para ti todos os bens dela?

– Não, pobrezinha. Nunca ocorreu-me.

– E, como tudo pertence a ti, tens o direito de lidar com as coisas como bem entenderes. Quero que me dês permissão para ler todas as cartas e cadernos da senhorita Lucy. Creia, não é questão de curiosidade. Tenho um motivo pelo qual, garanto-te, ela aprovaria. Tenho tudo comigo aqui. Fiquei com eles antes de sabermos que eram teus, para que não caíssem em mãos estranhas, para que nenhum olho estranho vislumbrasse as palavras de sua alma. Ficarei com eles, se puder; mesmo tu não deve vê-los por ora, mas manterei tudo em segurança. Nenhuma palavra será perdida e, no momento certo, deixarei tudo em tuas mãos. É um pedido difícil, mas podes fazê-lo, pelo bem de Lucy?

Retornando a um estado anterior à tragédia, Arthur replicou de coração aberto:

– Doutor Van Helsing, faz o que quiseres. Creio que, ao dizer isso, faço o que minha querida aprovaria. Não te perturbarei com perguntas até que o momento chegue.

O velho professor levantou-se e falou solenemente:

– E tens razão. Será doloroso para todos nós, mas nem tudo será dor, e esta dor não será a última. Todos nós, e tu mais do que todos, meu caro rapaz, teremos que passar pela água amarga antes de chegarmos à água doce. Mas precisamos ter altruísmo e coragem no coração, e cumprir nosso dever, e tudo ficará bem!

Naquela noite, dormi em um sofá no quarto de Arthur. Van Helsing nem sequer deitou-se. Ele caminhou de um lado para o outro, como se patrulhasse a casa, e nunca tirava de vista o quarto em que Lucy jazia no caixão coberto de flores de alho-selvagem, cujo odor suplantava o aroma dos lírios e rosas na calada da noite.

Diário de Mina Harker

22 de setembro. – No trem para Exeter. Jonathan está dormindo.

Parece ter sido ontem a última vez que escrevi neste diário e, no entanto, quanta coisa aconteceu desde então. Antes, em Whitby, com o mundo todo à minha frente, Jonathan longe e nenhuma notícia dele; agora, casada com Jonathan, advogado, sócio, rico e dono do próprio negócio, com o sr. Hawkins falecido e sepultado e Jonathan em outra crise que pode fazer-lhe mal. Algum dia ele talvez me pergunte a respeito de tudo isso. Então fica aqui o registro. Minha taquigrafia está enferrujada – veja só o que a prosperidade repentina faz conosco –, então também é bom refrescá-la com o exercício...

A cerimônia foi simples e bastante solene. Compareceram apenas nós, os criados, um ou outro amigo dele de Exeter, seu agente em Londres e um cavalheiro representando Sir John Paxton, o presidente da Associação dos Advogados. Jonathan e eu ficamos de mãos dadas, lamentando a partida de nosso melhor e mais querido amigo...

Retornamos à cidade em silêncio, pegando um ônibus para a Hyde Park Corner. Jonathan pensou que me interessaria caminhar pela Rotten Row por um tempo, então nos sentamos; mas havia poucas pessoas por lá, e foi triste e deprimente avistar tantas cadeiras vazias. Pensamos na cadeira vazia em casa; então nos pusemos em pé e caminhamos pela Piccadilly. Jonathan segurava-me pelo braço, como fazia antigamente, antes de eu ir para a escola. Sentia-me bastante inadequada, pois não é possível passar anos ensinando etiqueta e decoro a outras garotas sem se deixar levar um pouco pelo pedantismo da coisa; mas era Jonathan, meu marido, e não conhecíamos ninguém que nos observasse (e não importava se o fizessem), então continuamos andando assim. Eu fitava uma belíssima garota com um chapéu de aba larga sentada em uma caleche à frente da Giuliano's, quando senti Jonathan apertar meu braço tão forte que doeu, e proferiu em voz baixa:

– Meu Deus!

Estou sempre ansiosa por conta de Jonathan, pois temo que um ataque nervoso talvez o aflija de novo; então, virei-me para ele rapidamente e lhe perguntei o motivo da perturbação.

Ele estava bastante pálido, e seus olhos pareciam se esbugalhar, parte aterrorizados e parte surpresos, enquanto fitava um homem alto e esguio, com um nariz adunco, um bigode negro e barba pontuda, que também contemplava a bela jovem. Ele olhava para ela com tanta intensidade que não notava nenhum de nós dois, então pude vê-lo bem. Seu rosto não era agradável; era rijo, cruel e impudico, e seus enormes dentes brancos, cuja brancura era realçada pelos lábios tão vermelhos, eram pontudos como os de um animal. Jonathan continuava com os olhos fixos nele, a ponto de preocupar-me que o sujeito notasse. Temia que ele não gostasse disso, pois parecia feroz e sórdido. Perguntei a Jonathan por que ele estava tão incomodado, e ele respondeu, claramente achando que eu sabia tanto quanto ele a respeito da situação:

– Estás vendo quem é?

– Não, amor – respondi. – Não o conheço. Quem é?

Sua resposta pareceu deixar-me chocada e agitada, pois falava como se não soubesse que falava comigo, Mina:

– É o homem em pessoa!

O pobrezinho claramente estava apavorado com algo; bastante apavorado. Creio que, se eu não estivesse ali para que ele apoiasse o peso em mim, teria ido ao chão. Ele continuou observando. Um homem saiu da loja com um pequeno pacote, e entregou-o à moça, que então foi embora. O homem sombrio mantinha os olhos fixos nela e, enquanto a carruagem subia a Piccadilly, ele foi na mesma direção e chamou uma charrete de aluguel. Jonathan continuou de olho nele e disse, como se falasse sozinho:

– Creio que seja o conde, mas ele ficou mais jovem. Meu Deus, se for isso! Ai, meu Deus! Meu Deus! Se eu ao menos soubesse!

Ele angustiava-se tanto que eu não quis fazer perguntas e manter sua mente no assunto; então, permaneci em silêncio. Tirei-o de lá discretamente; segurando meu braço, ele veio sem resistir. Andamos mais um pouco, entramos no Green Park e nos sentamos um pouco ali. Estava quente para um dia de outono, e havia um banco confortável num lugar à sombra. Depois de alguns minutos mirando o nada, os olhos de Jonathan fecharam-se e ele adormeceu silencioso, com a cabeça no meu ombro. Pensei que era melhor assim para ele, então não o perturbei. Depois de cerca de vinte minutos, ele acordou e disse animado para mim:

– Ora, Mina, devo ter caído no sono! Ah, perdoa-me por ser tão indelicado. Vem, vamos tomar um chá em algum lugar. – Ele claramente havia se esquecido do indivíduo sombrio, como durante a doença esquecera-se dos eventos aos quais ele remetia. Não gosto dessas falhas de memória; podem criar ou agravar alguma lesão no cérebro. Não perguntarei a ele, pois receio que fará mais mal do que bem; mas preciso de algum modo saber sobre os fatos de sua viagem no exterior. Temo que tenha chegado a hora de abrir aquele pacote e descobrir o que está escrito. Ai, Jonathan, sei que me perdoarás se eu estiver errada, mas é para teu próprio bem.

Mais tarde. – Uma triste volta para casa em todos os aspectos: a casa desprovida da amada alma que nos foi tão gentil; Jonathan ainda pálido e desorientado com uma recaída de sua enfermidade; e, agora, um telegrama de Van Helsing, quem quer que ele seja:

Sinto em informar que a sra. Westenra faleceu cinco dias atrás, e que Lucy faleceu anteontem. As duas foram enterradas hoje.

Ai, que abundância de tristeza em tão poucas palavras! Pobre sra. Westenra! Pobre Lucy! Elas se foram, para sempre, e nunca voltarão para nós! E pobre, pobre Arthur, que perdeu tamanha doçura na vida! Que Deus ajude todos nós a aguentar tanto sofrimento.

Diário do dr. Seward

22 de setembro. – Está tudo acabado. Arthur voltou para Ring e levou Quincey Morris consigo. Que excelente sujeito Quincey é! Creio do fundo do meu coração que ele sofreu com a morte de Lucy tanto quanto qualquer um de nós; mas permaneceu firme com a tenacidade de um viking. Se os Estados Unidos da América são capazes de criar homens assim, de fato virão a ser uma potência mundial. Van Helsing está deitado, descansando a fim de preparar-se para sua viagem. Ele vai para Amsterdã esta noite, mas diz que voltará amanhã à noite; que ele apenas deseja cuidar de assuntos que só podem ser tratados pessoalmente. Deve encontrar-se comigo depois, se puder; disse que tem trabalho a fazer em Londres e que isso pode levar algum tempo. Coitado dele! Receio que o desgaste da última semana abalou mesmo a força férrea dele. Na hora do enterro, podia ver que ele reprimia algo terrivelmente. Quando tudo acabou, estávamos de pé ao lado de Arthur que, pobrezinho, falava de quando participara da operação na qual seu sangue foi transferido para as veias de Lucy; pude observar a alternância do rosto de Van Helsing entre o branco e o roxo. Arthur dizia que, desde aquele momento, sentia-se como se os dois tivessem casado de fato e que ela era sua esposa aos olhos de Deus. Nenhum de nós disse nada sobre as outras operações, e nunca diremos. Arthur e Quincey se dirigiram juntos à estação, ao passo que eu e Van Helsing viemos para cá. Assim que ficamos sozinhos na carruagem, ele se permitiu um ataque histérico padrão. Ele depois negou para mim ter sido histeria, insistindo que fora apenas seu senso de humor impondo-se nas mais terríveis condições. Ele riu até chorar e tive de fechar as cortinas para que ninguém nos visse e fizesse um juízo errado; em seguida, ele chorou, até voltar a rir; por fim, riu e chorou junto, como as mulheres fazem. Tentei agir sério com ele, como se faz com uma mulher em tais circunstâncias, mas não surtiu efeito. Homens e mulheres são tão diferentes em suas manifestações de força ou fraqueza dos nervos! Então, quando seu rosto ficou sério e severo novamente, perguntei o motivo do riso, e por que ocorrera num momento daqueles. Sua resposta foi, de certo modo, característica dele, pois era lógica, enérgica e misteriosa. Disse:

– Ah, não entendes, meu caro John. Não aches que eu não esteja triste, embora eu ria. Entende, chorava mesmo enquanto o riso me engasgava. Mas também não aches que sou só lamúria quando choro, pois o riso também vem. Considera sempre que o riso que bate à porta e pergunta "posso entrar?" não é riso de verdade. Não! O riso é um rei, que chega como e quando bem entende. Não pergunta nada a ninguém, não escolhe hora nem adequação. Apenas diz: "Aqui estou". Contempla, por exemplo: meu coração está profundamente triste por aquela jovem tão doce; dei meu sangue por ela, mesmo sendo um velho fatigado; dei meu tempo, minha expertise e meu sono; deixei meus outros pacientes sem mim para que ela tivesse tudo. E, no entanto, consigo rir de sua sepultura; rir de quando a terra da pá do sacristão caiu em seu caixão e fez *tum! tum!* em meu coração, devolvendo o sangue às minhas bochechas. Meu coração dói pelo pobre rapaz, aquele rapaz adorável, da idade do meu filho se eu tivesse sido abençoado com sua sobrevivência, e que tinha cabelos e olhos como os dele. Aí está, sabes agora por que amo-o tanto. E, no entanto, quando ele diz coisas que tocam o fundo do meu coração de marido e fazem meu coração de pai ansiar por ele como não anseio por nenhum outro homem – nem mesmo por ti, meu caro John, pois somos mais semelhantes em experiência do que pai e filho –, mesmo em um momento desses o Rei Riso vem a mim aos gritos e berros em meu ouvido: "Cá estou! Cá estou!" até que o sangue volte dançando e traga a meu rosto parte do sol que carrega consigo. Ah, John, meu amigo, é um mundo estranho, um mundo triste, um mundo cheio de desgraças, pesares e problemas; e apesar disso, quando o Rei Riso vem, faz todos dançarem conforme sua melodia. Corações em dor, ossos secos do cemitério e lágrimas que ardem ao caírem, todos dançam juntos ante à música que ele toca com sua boca sem sorriso. E crê em mim, amigo John, que sua vinda é boa e generosa. Ah, nós, homens e mulheres, somos como cordas tensas por forças nos puxando em direções opostas. Então, chegam as lágrimas e, como a chuva nas cordas, elas aumentam nossa firmeza até que a tensão seja demais, e nós rompemos. Mas o Rei Riso vem como o sol, e torna a aliviar a tensão; assim, aguentamos seguir com nossos labores, quaisquer que sejam.

Não queria magoá-lo ao agir como se não entendesse suas palavras, mas, como ainda não compreendia o motivo do riso, perguntei. Ao responder, seu rosto ficou sério, e ele falou em um tom bem diferente:

– Ah, foi a ironia mórbida da coisa toda: essa donzela tão adorável adornada de flores, que parecia bela como a própria vida, a ponto de suscitar dúvida de que estivesse de fato morta; ela jazia no belo mausoléu de mármore no cemitério solitário onde repousavam tantos de sua família, ali com a mãe que a amava e a quem ela amava; e o sino sagrado fazia "Blém! Blém! Blém!" tão triste e devagar; e aqueles homens de Deus, com trajes brancos de anjos, fingindo ler livros sem nunca ter os olhos nas páginas; todos nós com a cabeça baixa. E por que motivo? Ela está morta, ponto! Não é verdade?

– Ora, por tudo que considero sagrado, professor – eu disse. – Não vejo motivo para rir de nada disso. Tua explicação cria um enigma ainda maior do que antes. Mas, mesmo se o serviço fúnebre fosse cômico, e quanto ao pobre Art e seu sofrimento? Ora, seu coração estava partido.

– De fato. Ele não disse que sua transfusão de sangue para as veias dela fazia com que ela fosse genuinamente sua esposa?

– Sim, e foi uma ideia adorável e reconfortante para ele.

– Foi mesmo. Mas há um empecilho, meu caro John. Se for esse o caso, e quanto aos outros? Ho! Ho! Então essa adorável dama é polígama e eu sou um bígamo, pois minha pobre esposa, morta para mim, continua viva segundo a lei da Igreja, mesmo sem ter mais faculdades mentais.

– Também não vejo graça nisso! – falei, sem me sentir particularmente contente em dizer tudo isso. Ele pôs a mão em meu braço e disse:

– John, meu amigo, perdoa-me se causo dor. Ocultei o que sentia dos outros quando os magoaria, mostrando-me somente para ti, meu velho amigo, em quem posso confiar. Se pudesses enxergar o fundo do meu coração no momento em que eu quis rir; se o fizesses no momento em que o riso chegou; se o fizesses naquele momento, em que o Rei Riso guardou sua coroa e seus pertences, pois irias para bem longe de mim por muito, muito tempo; talvez acima de tudo terias pena de mim.

Fiquei comovido com a suavidade de seu tom, e perguntei por quê:

– Porque eu sei!

E agora estamos todos separados uns dos outros e, para muitos de nós, um longo dia de solidão há de pairar sobre nossos telhados com asas sorumbáticas. Lucy jaz no túmulo da família, um mausoléu nobre em um cemitério solitário, longe da multidão londrina, onde o ar é fresco, o sol nasce em Hampstead Heath e as flores crescem como bem entendem.

Então, posso encerrar este diário; só Deus sabe se algum dia farei outro. Se o fizer, ou se eu consultar este novamente, será para lidar com outras pessoas e outros assuntos; pois aqui, afinal, onde contou-se o romance de minha vida, antes que eu retorne e retome meu trabalho, digo com tristeza e sem esperança.

finis

The Westminster Gazette, *25 de setembro*
UM MISTÉRIO EM HAMPSTEAD

A vizinhança de Hampstead está atormentada por uma série de eventos que parece estabelecer paralelo com o que as manchetes anunciaram como "O Horror de Kensington", ou "A Esfaqueadora" ou "A Mulher de Preto". Durante os últimos dois ou três dias ocorreram vários casos de crianças que deixaram suas casas ou não voltaram depois de irem brincar em Hampstead Heath. Em todos os casos, as crianças eram novas demais para dar qualquer relato inteligível, mas todas as suas explicações eram congruentes no fato de que estavam com uma "moça bonita". Era sempre no cair da noite que elas sumiam e, em dois casos, as crianças não foram encontradas até a manhã seguinte. A crença geral na vizinhança é de que, depois que a primeira criança desaparecida usou a explicação de que uma "moça bonita" a chamou para passear, as outras crianças adotaram a expressão para usar como lhes convinha. Isso é o que faz mais sentido, visto que a brincadeira favorita dos pequenos hoje em dia é criar chamarizes e engodos dos quais os demais vão atrás. Um correspondente nos escreveu que ver um dos pequeninos fingindo ser a "moça bonita" é extremamente engraçado. Segundo ele, alguns de nossos caricaturistas poderiam aprender com a ironia da bizarrice de comparar realidade e reprodução. Era de se esperar, pelos princípios gerais da natureza humana, que a "moça bonita" se tornasse o papel mais popular nas apresentações ao ar livre. Nosso correspondente, ingênuo, disse que mesmo Ellen Terry não seria capaz de ser tão atraente quanto essas criancinhas com rosto sujo faziam parecer ou acreditassem que fosse.

Há, porém, um possível aspecto sério na questão, pois algumas das crianças, precisamente todas as que sumiram durante a noite, tinham sido feridas ligeiramente no pescoço. Os ferimentos parecem como se tivessem sido feitos por um rato ou um cão pequeno e, embora fossem de pouca importância individualmente, tendem a indicar que o animal que os atacou tem um método próprio. A polícia do distrito foi orientada a ficar atenta a crianças sozinhas, especialmente as mais jovens, na região de Hampstead Heath, e também qualquer cão sem dono perambulando pelos arredores.

The Westminster Gazette, *25 de setembro*
(edição extraespecial)
O HORROR DE HAMPSTEAD – OUTRA CRIANÇA FERIDA
A "MOÇA BONITA"

Acabamos de receber a informação de que outra criança, desaparecida ontem à noite, foi encontrada no fim da manhã em um arbusto de tojo em Hampstead Heath, na região de Shooter's Hill, possivelmente menos frequentada do que as demais partes do distrito. Ela tinha a mesma ferida pequena na garganta que haviam sido notadas nos casos anteriores. Estava terrivelmente fraca e parecia bastante extenuada. Quando recuperou parte das forças, tinha a mesma história a contar de ter sido atraída pela "moça bonita".

XIV

Diário de Mina Harker

23 de setembro. – Jonathan está melhor depois de uma noite ruim. Estou muito feliz por ele ter bastante trabalho a fazer, pois isso afasta sua mente das coisas terríveis; e, ah, como me regozijo de que ele não esteja mais intimidado pela responsabilidade de seu novo cargo. Sabia que ele encontraria sua verdade e agora estou tão orgulhosa de ver meu Jonathan se colocando à altura da promoção e acompanhando com firmeza seus deveres em todos os aspectos. Ele ficará fora o dia todo até tarde, pois disse que não poderia almoçar em casa. Minhas tarefas domésticas estão feitas, então devo pegar este diário com relatos do estrangeiro, trancar-me em meu quarto e lê-lo...

24 de setembro. – Meu coração não aguentou escrever ontem; aquele terrível relato perturbou-me demais. Coitado! Como deve ter sofrido, independentemente de ser real ou apenas imaginação. Pergunto-me se há alguma verdade na história toda. Será que ele contraiu a febre cerebral e depois escreveu todos esses terrores ou será que havia uma causa para eles? Creio que nunca descobrirei, pois não ouso levar o assunto a ele... e, no entanto, o homem que vimos ontem! Ele parecia certo em relação a ele... Coitado! Creio que o funeral o incomodou e levou sua mente de volta a essa linha de pensamento... Ele acredita na coisa toda. Lembro como no dia do casamento ele dissera: "A não ser que algum dever solene me faça retornar aos momentos de amargura, oníricos ou despertos, sãos ou loucos". Parece estar tudo conectado por um fio de continuidade... O terrível conde vinha a Londres... Se isso fosse verdade, e ele veio a Londres e anda por entre seus milhões de habitantes... Talvez haja um dever solene; se esse dever chegar, não devemos nos retrair... preciso estar preparada. Pegarei minha máquina de escrever imediatamente e começarei uma transcrição. Então, estaremos prontos para outros olhos, se necessário. E, se for desejável e se eu estiver pronta, talvez Jonathan (coitado!) não fique incomodado, pois posso falar por ele e não deixar que ele fique preocupado ou perturbado com isso. Se algum dia Jonathan superar o nervosismo, talvez queira me contar tudo, e posso fazer-lhe perguntas e descobrir coisas, além de ver como posso consolá-lo.

Carta, de Van Helsing para a sra. Harker

24 de setembro.
(Confidencial)
Cara senhora,

Peço desculpas por esta carta, visto que minha amizade com a senhora limita-se ao fato de que fui eu quem enviou-lhe a triste notícia da morte da srta. Lucy Westenra. Por gentileza do lorde Godalming, fui autorizado a ler as cartas e documentos dela, pois estou profundamente preocupado com assuntos de importância vital. Em meio a esses papéis, encontrei algumas cartas endereçadas à senhora, que mostram como eram amigas e como a senhora a amava. Oh, senhora Mina, por esse amor, imploro que me ajude. Faço esse pedido pelo bem dos outros; à procura de reparar erros graves e atenuar infortúnios dos mais terríveis, cuja proporção talvez esteja além de sua compreensão. Podemos nos encontrar? Pode confiar em mim. Sou amigo do dr. John Seward e do lorde Godalming (sendo esse o Arthur da senhorita Lucy). Preciso manter isso uma questão privada por ora. Devo ir a Exeter para encontrá-la imediatamente caso conceda-me o privilégio da visita, e diga-me a hora e o lugar. Imploro por seu perdão, senhora. Li suas cartas para a pobre Lucy e sei como a senhora é uma boa pessoa e o quanto o seu marido sofre; por isso, rogo que, se possível, não o informe, pois pode lhe fazer mal. Mais uma vez, peço desculpas e espero que me perdoe.

Van Helsing

Telegrama, da sra. Harker para Van Helsing
25 de setembro. – Venha hoje no trem das dez e quinze, se conseguir. Posso recebê-lo a qualquer momento que vier.

Wilhelmina Harker

Diário de Mina Harker

25 de setembro. – Não consigo evitar de ficar terrivelmente agitada conforme o tempo avança e a visita do dr. Van Helsing aproxima-se, pois de algum modo espero que ele traga alguma luz acerca da experiência lamentável de Jonathan; e como ele cuidou de Lucy durante sua enfermidade final, pode falar-me sobre ela. Esse é o motivo de sua vinda; falar de Lucy e seu sonambulismo, não de Jonathan. Portanto, agora nunca saberei a verdade! Que tolice a minha. Aquele diário horrendo controla a minha imaginação e tinge tudo com sua própria cor. É claro que isso é sobre Lucy. O hábito retornara à pobrezinha, e aquela noite terrível no penhasco deve tê-la adoecido. Em meio a meus próprios problemas, esqueci como ela ficara doente depois. Ela deve ter contado a ele a respeito das aventuras sonâmbulas no penhasco e que eu sabia de tudo; e agora ele quer que eu repasse os conhecimentos dela, para que ele consiga compreender o caso. Espero que eu tenha feito certo ao não dizer nada para a sra. Westenra; jamais me perdoarei caso alguma ação, mesmo que seja a ausência de uma ação, tenha feito mal à minha querida Lucy. Espero também que o dr. Helsing não me culpe; tenho tido tantas preocupações e anseios ultimamente que não conseguiria aguentar mais no momento.

Acho que pode-se dizer que chorar de vez em quando faz bem para todos nós; limpa o ar, como a chuva. Talvez tenha sido a leitura do diário ontem que me perturbou, e então Jonathan saiu esta manhã e ficará longe de mim o dia e a noite inteiros, a primeira vez que ficamos separados desde o casamento. Espero que meu querido cuide de si e que não ocorra nada que o perturbe. São duas da tarde e o doutor estará aqui em breve. Não devo contar nada do diário de Jonathan, a não ser que ele pergunte a respeito disso. Fico feliz de ter datilografado meu próprio diário para que, caso ele faça perguntas sobre Lucy, eu possa entregá-lo a ele; evitará muitas perguntas.

Mais tarde. – Ele veio e partiu. Céus, que visita estranha, e como tudo faz minha cabeça girar. Sinto-me como em um sonho. Será que isso tudo é possível, ou até mesmo só parte disso? Se eu não tivesse lido o diário de Jonathan primeiro, eu jamais teria sequer aceitado haver uma possibilidade. Coitado, coitado do meu Jonathan! Como ele deve ter sofrido. Pelo amor de Deus, que isso tudo não venha a incomodá-lo novamente. Tentarei protegê-lo disso; mas talvez seja um consolo e bom para ele – por mais que seja terrível e de consequências horrendas – saber com certeza que seus olhos, ouvidos e cérebro não o enganaram e que tudo isso é verdade. Pode ser que seja a dúvida que o assombra; que, quando a dúvida for removida, não importando qual seja a verdade – o lúcido ou o onírico –, ele ficará mais satisfeito e apto a aguentar o choque. O dr. Van Helsing deve ser um bom homem, além de inteligente, se é amigo de Arthur e do dr. Seward e se eles trouxeram-no da Holanda para cuidar de Lucy. Depois de vê-lo, sinto que ele é, de fato, bom, gentil e de natureza nobre. Quando voltar amanhã, perguntarei a ele sobre Jonathan; depois, por Deus, que toda essa tristeza e ansiedade levem a um bom desfecho. Antigamente, eu achava que gostaria de realizar entrevistas; o amigo de Jonathan, do *Exeter News*, disse a ele que memória era tudo nesse tipo de trabalho – que deve-se ser capaz de registrar com exatidão quase todas as palavras ditas, mesmo que elas tenham de ser um pouco refinadas posteriormente. Eis então uma entrevista única; tentarei reproduzi-la *ipsis litteris*.

Eram duas e meia quando ouvi as batidas à porta. Coloquei minha coragem em mãos e esperei. Em poucos minutos, Mary abriu a porta e anunciou:

– É o doutor Van Helsing.

Levantei-me e curvei-me para ele, que veio em minha direção; um sujeito de peso médio e forma corpulenta, com ombros recuados sobre um peito largo e volumoso e um pescoço bem equilibrado sobre o tronco, podendo o mesmo ser dito da cabeça sobre o pescoço. O equilíbrio da cabeça parece sugerir-me ao mesmo tempo reflexão e poder; a cabeça é nobre, de bom tamanho, larga e grande depois das orelhas. O rosto, de barba feita, exibe um queixo forte e retangular, uma boca articulada grande e decidida e um nariz de bom tamanho que era um tanto reto, mas com narinas ligeiras e sensíveis que pareciam aumentar quando as sobrancelhas espessas e densas desciam e a boca tensionava. A testa é larga e distinta, inicialmente subindo quase reto e depois recuando no topo de duas protuberâncias bastante separadas; uma testa que jamais seria coberta pelo cabelo ruivo que, em vez disso, cai naturalmente para trás e para os lados. Os olhos grandes, escuros e azulados eram bem distantes um do outro, e são ligeiros, alternando entre ternura e siso de acordo com o humor do homem. Ele disse-me:

– Senhora Harker, certo? – Curvei-me em concordância. – Que era a senhorita Mina Murray? – Aquiesci de novo. – É Mina Murray com quem vim conversar, a que era amiga da pobre jovem Lucy Westenra. Senhora Mina, é pelos mortos que venho.

– Senhor – falei –, não haveria razão melhor para conceder meu tempo do que o fato de que o senhor foi amigo de Lucy Westenra e cuidou dela. – Estendi minha mão. Ele a pegou e disse com suavidade:

– Ah, senhora Mina, sabia que a amiga da pobrezinha deveria ser uma boa pessoa, mas ainda não tinha como saber o quanto isso era verdade.

Ele encerrou o discurso com uma reverência cortês. Perguntei-lhe sobre qual assunto ele queria falar comigo, no que ele respondeu:

– Li suas cartas para a senhorita Lucy. Perdoe-me, mas precisava começar meu inquérito de algum modo, e não havia ninguém a quem recorrer. Sei que a senhora estava com ela em Whitby. Ela às vezes escrevia em um diário... Não fique surpresa, senhora Mina. Ela começou depois que a senhora partiu, e o fez imitando o seu hábito. Nesse diário, ela faz inferências relacionando certas coisas a um caso de sonambulismo do qual ela registra que vossa mercê a salvou. É com grande perplexidade que venho à senhora e peço que tenha a gentileza de contar-me tudo que consegue lembrar a respeito disso.

– Creio, doutor Van Helsing, que posso contar tudo ao senhor.

– Ah, então a senhora tem uma boa memória para fatos e detalhes? Não é sempre o caso com jovens damas.

– Não, doutor, mas escrevi tudo na época. Posso mostrar-lhe, se quiser.

– Oh, senhora Mina, ficarei grato; será um grande favor que me faz.

Não pude resistir à tentação de confundi-lo um pouco – creio que seja um resquício do sabor da maçã original que perdura até hoje em nossas bocas –, então entreguei-lhe o diário taquigrafado. Ele o pegou com uma reverência agradecida e disse:

– Posso ler?

– Se desejar – respondi com a seriedade mais afetada que fui capaz de expressar. Ele abriu-o e por um momento seu rosto desmoronou. Em seguida, ele se levantou e curvou-se:

– Ora, que dama engenhosa! – ele disse. – Sabia que o senhor Jonathan era um homem deveras agraciado; mas veja só, a esposa também é talentosa em tudo. A senhora poderia conceder-me a honra de sua ajuda, lendo o que está escrito para mim? Infelizmente, não domino a taquigrafia.

A essa altura, minha piadinha já perdera toda a graça e eu estava quase envergonhada; então, peguei a cópia datilografada de minha cesta de costura e entreguei a ele.

– Perdão – falei. – Não pude resistir; mas considerei que o senhor desejava falar sobre minha querida Lucy, e que talvez não tivesse tempo a perder, não por minha causa, pois sei que seu tempo deve ser precioso; por isso, datilografei o conteúdo para o senhor.

Ele pegou-o e seus olhos brilharam.

– A senhora é uma mulher muito generosa – comentou. – Posso ler agora? Talvez eu queira perguntar algumas coisas depois de ler.

– Sem dúvida – respondi. – Leia enquanto providencio o almoço; e então, o senhor pode fazer-me perguntas enquanto comemos.

Ele curvou-se como forma de agradecimento, sentou-se em uma cadeira de costas para a luz e mergulhou nas páginas, enquanto fui tratar do almoço de modo a deixá-lo livre de perturbações. Quando retornei, encontrei-o andando rapidamente de um lado ao outro da sala, com o rosto iluminado e exaltado. Ele veio correndo até mim e segurou-me com as duas mãos.

– Ah, senhora Mina – ele disse. – Como posso dizer o quanto devo à senhora? Este registro é como a luz do sol. Ele me abre os portões. Estou estonteado, deslumbrado diante de tanta luz, e mesmo assim as nuvens a ofuscam continuamente. Mas isso a senhora não compreende nem tem como compreender. Ah, mas sou muito grato à senhora e à sua inteligência. Senhora – ele disse com bastante solenidade –, se em qualquer momento Abraham Van Helsing puder fazer algo pela senhora ou pelos que lhe são caros, espero que me avise. Será um prazer e um deleite se puder servi-la como amigo; e como amigo, tudo o que aprendi até hoje, tudo o que sou capaz de fazer, será empregado em prol da senhora e das pessoas que ama. Nesta vida, há trevas e há luzes; a senhora é uma das luzes. Há de ter vida feliz e vida boa, e seu marido será abençoado por sua presença.

– Mas, doutor, são elogios demais e... e o senhor não me conhece.

– Não a conheço? Eu, que sou velho, e que estudei a vida inteira homens e mulheres; eu, que fiz de minha especialidade o cérebro e tudo que a ele pertence e que dele sai? E li o diário que a senhora com tanta gentileza transcreveu para mim e que exala verdade a cada linha? Eu, que li sua tão meiga carta à pobre Lucy a respeito de seu casamento e sua confiança, não a conheço? Ora, senhora Mina, boas mulheres falam tudo sobre suas vidas, a cada dia, a cada hora e a cada minuto, coisas que podem ser lidas pelos anjos; e nós, homens, que desejamos tal conhecimento, temos algo dos olhos dos anjos. Seu marido é de natureza nobre, e a senhora também é, pois confia, e não é possível haver confiança em quem apresenta uma natureza vil. E quanto a seu marido... conte-me sobre ele. Ele está bem? A febre toda foi embora e ele está forte e com disposição?

Reconheci nisso uma oportunidade de fazer perguntas sobre Jonathan; por isso, disse:

– Ele está quase recuperado, mas ficou muito mal com a morte do senhor Hawkins.

Ele interrompeu-me:

– Ah, sim. Sei disso. Li suas duas últimas cartas.

– Creio que isso o afetou – prossegui –, pois, quando estávamos na cidade, na quinta-feira passada, ele sofreu o que pareceu ser um choque.

– Um choque tão pouco depois de uma febre cerebral! Isso não é nada bom. Que tipo de choque foi?

– Ele pensou ter visto alguém que lhe trazia lembranças terríveis, algo que o levou à febre cerebral.

A partir disso, a situação toda pareceu desabar sobre mim. A pena de Jonathan, o horror pelo qual ele passara, todo o mistério terrível de seu diário e o medo cultivado em mim desde então, tudo isso veio à tona em um grande tumulto. Creio que fiquei histérica, pois joguei-me de joelhos, ergui as mãos até ele e implorei para que fizesse meu marido ficar bem de novo. Ele pegou minhas mãos e as levantou; em seguida, fez-me sentar no sofá, sentando-se a meu lado; ele segurou minha mão na dele e disse-me com uma candura tão, mas tão infinita:

– Levo uma vida estéril e solitária; além disso, trabalho tanto que não tive muito tempo para amizades. Porém, desde que fui chamado até aqui por meu amigo John Seward, conheci tantas pessoas excelentes e vi tanta nobreza que, mais do que nunca, sinto a solidão de minha vida, que cresceu com o avanço dos anos. Creia em mim, portanto, que vim aqui com o mais pleno respeito pela senhora e que a senhora me deu esperança; não esperança naquilo que busco, mas no fato de que ainda há mulheres bondosas para trazer felicidade à vida; mulheres cujas vidas e verdades serviriam como excelente lição para as futuras crianças. Sou grato, muito grato, por poder ser-lhe útil de algum modo; pois, se seu marido sofre, ele sofre dentro de minha esfera de estudo e experiência. Prometo que irei de bom grado fazer *tudo* o que puder por ele; tudo que possa deixar a vida dele vigorosa e viril, e a sua, plena de alegria. Agora, a senhora precisa comer. Está sobrecarregada e talvez com ansiedade demais. Jonathan, seu marido, não gostaria de vê-la tão pálida; e ver o que não gosta no que ama não será bom para ele. Portanto, pelo bem dele, a senhora deve comer e sorrir. Contou-me tudo sobre Lucy, e agora não devemos mais falar disso, para evitar causar-lhe angústia. Ficarei em Exeter esta noite, pois quero pensar bastante no que me contou e, quando tiver terminado de pensar, farei perguntas, se puder. E então, a senhora também me contará o que puder sobre o transtorno de Jonathan, mas não por ora. Agora, a senhora deve comer; depois disso, pode contar tudo para mim.

Depois do almoço, quando voltamos à sala de estar, ele me disse:

– Agora conte tudo sobre ele.

Na hora de falar com esse homem tão culto, comecei a recear de que ele me visse como uma tola de mente fraca e enxergasse John como um louco –

é tudo tão estranho no diário dele – e hesitei em levar a conversa adiante. Mas ele foi tão doce e gentil, e prometeu ajudar, e eu confiava nele. Então, disse:

– Doutor Van Helsing, o que tenho a dizer ao senhor é tão insólito que preciso assegurar que o senhor não ria de mim ou de meu marido. Estou desde ontem com algo similar a uma dúvida febril. Preciso que seja gentil comigo e não ache tolice minha que, mesmo parcialmente, eu tenha acreditado em coisas das mais estranhas.

Ele assegurou-me com sua postura e suas palavras ao replicar:

– Ora, minha querida, se ao menos soubesse o quanto é estranho o motivo pelo qual vim até aqui, seria a senhora que riria. Aprendi a não fazer pouco caso da crença de ninguém, por mais estranha que seja. Busco manter uma mente aberta; e não são as coisas comuns da vida que poderiam fechá-la, mas as coisas estranhas, fora do comum, que fazem a pessoa questionar se está louca ou sã.

– Obrigada! Mil vezes obrigada! O senhor tirou um peso de minha mente. Se me permite, darei ao senhor um documento para que leia. O conteúdo é longo, mas o transcrevi na máquina de escrever. Esclarecerá meu transtorno, bem como o de Jonathan. É uma cópia do diário dele enquanto estava fora do país, contando tudo o que aconteceu. Não ouso fornecer detalhes; cabe ao senhor ler e fazer seu juízo. E então, quando nos vermos novamente, talvez o senhor tenha a gentileza de dar seu parecer.

– Prometo que farei isso – respondeu enquanto eu entregava-lhe as folhas. – Devo, de manhã, o mais cedo que puder, vir visitar a senhora e seu marido, se me permite.

– Jonathan estará aqui às onze e meia; o senhor deve vir almoçar conosco e encontrar-se com ele nessa ocasião. O senhor poderia pegar o trem expresso das 3h34, que o deixará em Paddington antes das oito. – Ele ficou surpreso com meu pronto conhecimento sobre os trens, mas não sabe que decorei todos que param em Exeter, de modo a ajudar Jonathan quando ele estiver com pressa.

Ele levou os papéis e foi embora, ao passo que fiquei aqui sentada pensando... pensando em nem sei o quê.

Carta (escrita à mão), de Van Helsing para a sra. Harker

25 de setembro, seis horas em ponto.
Cara senhora Mina,

Li o diário tão notável de seu marido. A senhora pode dormir sem dúvidas. Por mais estranho e terrível que seja, é *verdade*! Juro por minha vida. Isso pode ser pior para os outros; mas para ele e para a senhora, não há o que temer. Ele é um sujeito nobre; e deixe-me lhe dizer, por experiência própria com homens, que um sujeito que faz o que ele fez, descendo pela parede até aquele quarto – ora, e fazendo isso uma segunda vez –, não é do tipo que sofre danos irreparáveis por um choque. O cérebro e o coração dele estão bem – isso garanto, antes mesmo de vê-lo –, então pode ficar sossegada. Terei muito mais perguntas a ele sobre outras questões. Estou abençoado que hoje vim vê-la, pois descobri tantas coisas de uma só vez que estou estupefato – mais estupefato do que nunca – e preciso refletir.

Com toda a minha lealdade,
Abraham Van Helsing

Carta, da sra. Harker para Van Helsing

25 de setembro, 18h30
Meu caro dr. Van Helsing,

Agradeço mil vezes por sua carta gentil, que aliviou um grande peso de minha mente. E, no entanto, se é verdade, que coisas horríveis existem neste mundo, e que terrível infortúnio aquele homem, aquele monstro, estar mesmo em Londres! Tenho até medo de pensar nisso. Neste momento, enquanto escrevo, recebi um telegrama de Jonathan, dizendo que ele partirá de Launceston esta noite, às 6h25, e estará aqui às 10h18, de modo que não terei o que temer hoje à noite. Portanto, o senhor poderia, em vez de almoçar conosco, vir para o desjejum às oito horas, se não for cedo demais? Se estiver com pressa, pode partir no trem das 10h30, que o fará chegar em Paddington às 2h35. Não precisa responder a esta carta; partirei do princípio de que, caso não receba notícias, o senhor virá para o desjejum.

Sinceramente,
Sua amiga fiel e grata,
Mina Harker

Diário de Jonathan Harker

26 de setembro. – Pensei que nunca escreveria neste diário novamente, mas o momento chegou. Quando cheguei em casa ontem à noite, Mina havia deixado a ceia pronta, e enquanto ceávamos ela me contou sobre a visita de Van Helsing, e que havia lhe dado cópias dos dois diários, e como ela andava ansiosa por mim. Mostrou-me a carta do médico dizendo que tudo o que escrevi era verdade. Isso parece ter-me tornado um novo homem.

Era a dúvida com relação à realidade da coisa toda que me abatia. Sentia-me impotente, no escuro e receoso. Mas agora que sei, não tenho medo, nem mesmo do conde. Ele, afinal, foi exitoso em seu desejo de vir a Londres, e foi ele que vi. Ficou mais jovem, como? Van Helsing é o homem capaz de desmascará-lo e caçá-lo, se ele é como Mina contou. Ficamos acordados até mais tarde e conversamos sobre tudo isso. Mina está se vestindo e irei ao hotel daqui a alguns minutos a fim de trazê-lo para cá...

Creio que ele tenha ficado surpreso ao ver-me. Quando entrei no cômodo em que estava e apresentei-me, ele agarrou-me pelos ombros e virou meu rosto em direção à luz, dizendo, após um exame minucioso:

– Mas a senhora Mina dissera-me que o senhor estava adoecido, e que sofrera um choque. – Foi muito engraçado ouvir minha esposa ser chamada de "senhora Mina" por esse senhor gentil e de rosto vigoroso. Sorri e disse:

– Eu *estava* adoecido, e *sofri* um choque; mas o senhor já curou-me.

– E como?

– Com sua carta para Mina, de ontem. Eu estava absorto em dúvida; tudo adquiriu um tom de irrealidade e eu não sabia no que confiar, nem nas evidências de meus sentidos. E sem saber em que confiar, não sabia o que fazer; só me restava continuar trabalhando e seguindo o que até então havia sido a rotina de minha vida. A rotina deixou de ser suficiente, e eu desconfiava de mim mesmo. O senhor não sabe, doutor, como é duvidar de tudo, até de si mesmo. Não, não sabe; não teria como, com essas suas sobrancelhas.

Isso pareceu agradá-lo; ele ria ao dizer:

– Ora, ora! O senhor é um fisionomista. Descubro algo novo a cada hora que passa. É com muito prazer que o acompanho até o desjejum; e, ah, se permite o elogio de um velho, o senhor é abençoado pela esposa que tem. – Eu poderia ouvi-lo elogiar Mina por um dia inteiro, por isso, apenas aquiesci e permaneci calado. – Ela é uma mulher de Deus, das que são moldadas pelas próprias mãos d'Ele para mostrar a nós, homens e às outras mulheres, que há um paraíso ao qual podemos chegar, e que pode-se encontrar a luz dele aqui na Terra. Tão sincera, tão meiga, tão nobre, tão altruísta, o que, deixe-me dizer, é notável em tempos tão céticos e egoístas. E quanto ao senhor... li todas as cartas para a senhorita Lucy, a pobrezinha, e algumas delas mencionavam o senhor, então o conheço há alguns dias por meio dos outros; mas vi quem o senhor realmente é ontem à noite. O senhor me permite apertar sua mão, não? E que sejamos amigos pelo resto de nossas vidas.

Demos um aperto de mãos, e ele foi tão sincero e gentil que fiquei com um choro preso na garganta.

– E, agora – ele disse –, posso pedir um pouco mais de sua ajuda? Tenho uma grande tarefa a realizar, e ela começa com o saber. O senhor pode ajudar-me com isso. Teria como me contar o que ocorreu antes de sua ida à Transilvânia? Posteriormente, talvez eu peça ajuda com mais coisas, coisas de outra ordem, mas a princípio isso basta.

– Veja bem, senhor – falei. – O que o senhor tem que fazer está relacionado ao conde?

– Está – ele respondeu solenemente.

– Nesse caso, estou com o senhor de coração e alma. Como partirá no trem das 10h30, não terá tempo para ler tudo; mas providenciarei a pilha de papéis. O senhor pode levá-los e lê-los no trem.

Depois do desjejum, conduzi-o à estação. Ao nos separarmos, ele disse:

– O senhor porventura viria à cidade se eu o chamasse, trazendo também a senhora Mina?

– Nós dois iremos quando o senhor chamar – falei.

Havia lhe arranjado os jornais da manhã e os jornais da tarde de Londres do dia anterior e, enquanto falávamos pela janela da carruagem, esperando que o trem partisse, ele os revirava. Seus olhos pareceram notar algo em um deles, o *Westminster Gazette* (reconheci pela cor do papel), e ele ficou bastante pálido. Leu algo com extrema atenção, lamentando consigo mesmo:

– *Mein Gott*! *Mein Gott*! Tão rápido! Tão rápido!

Penso que não se lembrava de minha presença no momento. Na mesma hora, o apito soou e o trem partiu. Isso o fez recobrar a atenção, ele inclinou-se para fora da janela e acenou com a mão, dizendo:

– Mande meu carinho à senhora Mina; escrevo com notícias assim que possível.

Diário do dr. Seward

26 de setembro. – As coisas nunca acabam de verdade. Menos de uma semana depois de eu dizer *"finis"*, cá estou começando tudo de novo; ou, para ser mais preciso, dando continuidade ao mesmo registro. Até esta tarde, não tinha motivo para pensar no que havia ocorrido. Renfield ficara, dentro do possível, mais são do que nunca. Ele já está bem avançado em sua criação de moscas e também já começava a juntar aranhas, então não tem causado problemas para mim. Recebi uma carta de Arthur, escrita no domingo, pela qual me parece estar suportando bem a situação. Quincey Morris está em sua companhia, e isso ajuda bastante, pois ele é uma fonte borbulhante de ânimo. Quincey escreveu-me também, e dele ouço que Arthur está começando a recuperar parte da disposição de antes; então, no que diz respeito a eles, minha mente está tranquila. Quanto a mim, estava me reacomodando a meu trabalho com o entusiasmo que antigamente nutria por ele, de modo que seria válido dizer que a ferida deixada em mim pela pobre Lucy estava cicatrizando. Contudo, tudo agora foi reaberto; e só Deus sabe como isso terminará. Tenho a impressão de que Van Helsing crê também saber, mas só diz o suficiente para aguçar a curiosidade a cada ocasião. Ele foi a Exeter ontem e ficou por lá a noite toda. Hoje, retornou e praticamente voou para dentro do meu quarto aproximadamente às cinco e meia, jogando a edição vespertina do *Westminster Gazette* de ontem em minha mão.

– O que achas disso? – perguntou, de pé, cruzando os braços.

Examinei o jornal, pois não conseguia entender o que ele queria dizer; então, ele pegou-o e apontou um parágrafo sobre crianças que sumiam em Hampstead. Isso não me dizia muita coisa, até que cheguei em um trecho que descrevia pequenas feridas de perfuração em seus pescoços. Algo me ocorreu e ergui o olhar para Van Helsing, que indagou:

– E então?

– É como a pobre Lucy.

– E o que achas disso?

– Apenas que há uma causa em comum. O que quer que a tenha ferido também feriu as crianças.

Não entendi bem a resposta que ele deu:

– Isso é verdade indiretamente, mas não diretamente.

– Como assim, professor? – perguntei. Estava com certa tendência de não dar tanta atenção à sua seriedade; afinal, quatro dias de descanso e desvencilhamento de uma ansiedade ardente e angustiante ajuda a recuperar a leveza de espírito. Mas ao deparar-me com seu rosto, recobrei a sobriedade. Nunca, nem mesmo em meio ao nosso desespero com a pobre Lucy, ele pareceu mais sério do que naquele momento.

– Conta-me! – falei. – Não tenho como arriscar uma opinião. Não sei o que pensar, e não tenho dados para embasar uma conjectura.

– Tentas me dizer, amigo John, que não tens suspeita da causa da morte de Lucy, mesmo depois de todas as pistas dadas não apenas pelos acontecimentos como também por mim?

– Faleceu de esgotamento nervoso proveniente de grande perda ou dissipação de sangue.

– E como o sangue foi perdido ou dissipado? – Balancei minha cabeça. Ele aproximou-se, sentou-se a meu lado e prosseguiu: – És um sujeito inteligente, meu caro John; tens um bom raciocínio e uma sagacidade ousada; mas és cheio de preconceitos. Não permites que teus olhos vejam ou teus ouvidos escutem; aquilo que está fora de tua vida cotidiana não te é digno de nota. Não achas que há coisas que não és capaz de entender, mas que são reais? Que algumas pessoas veem coisas que as outras não veem? Mas há coisas novas e velhas que não podem ser contempladas pelos olhos dos homens, pois eles sabem, ou acham que sabem, coisas que lhes foram contadas por outros homens. Ah, é o mal de nossa ciência, que tudo tem de explicar; e, se não explica, diz que não há nada a se explicar. E, no entanto, vimos ao nosso redor, dia após dia, o surgimento de novas crenças, que julgam a si mesmas como novas e que na verdade são velhos fingindo ser jovens, como as distintas damas de ópera. Imagino que não crês em transferência corporal, não? Nem em materialização, não? Nem em corpos astrais, não? Nem na leitura de mentes, não? Nem em hipnose...

– Nisso acredito – falei. – Charcot claramente comprovou isso.

Ele sorriu e continuou:

– Então, isso consideras satisfatório, sim? E claro que então compreendes como ela funciona e consegues acompanhar a mente do grande Charcot, uma pena que não esteja mais entre nós, até o âmago do paciente que ele influencia. Não? Então, John, meu amigo, devo entender que tu simplesmente aceitas fatos e ficas contente em deixar em branco o espaço entre a premissa e a conclusão? Não? Então, diz-me, pois sou estudante do cérebro, por que aceitas a hipnose e rejeitas a leitura de mentes? Deixa-me te dizer, meu amigo, que há coisas feitas hoje em dia na ciência da eletricidade que seriam consideradas profanas até pelos homens que a descobriram; estes, por sua vez, teriam sido queimados por bruxaria alguns anos antes. Há sempre mistérios na vida. Por que Matusalém viveu novecentos anos e o velho Tom Parr viveu cento e sessenta e nove, ao passo que a pobre Lucy, com o sangue de quatro homens em suas veias infelizes, não conseguiu viver nem um dia a mais? Pois, se tivesse sobrevivido por mais um dia, poderíamos tê-la salvado. Sabes de todos os mistérios da vida e da morte? Dominas toda a esfera da anatomia comparada, podendo dizer por que a qualidade dos brutos existe em certos homens e não em outros? Podes dizer-me por que, ao passo que outras aranhas morrem pequenas e cedo, uma aranha grande viveu por séculos na torre da velha igreja espanhola, crescendo sem parar até que, ao descer, era capaz de beber o óleo de todas as lamparinas da igreja? Podes dizer-me por que nos pampas, e em outros lugares, há morcegos que chegam à noite e abrem as veias do gado e dos cavalos e secam seus vasos sanguíneos; por que em algumas ilhas dos mares a oeste há morcegos que ficam pendurados em árvores o dia todo, de modo que aqueles que os viram os descrevem como enormes castanhas ou cápsulas, e que, quando os marinheiros dormem no convés por causa do calor, descem até eles e então... e então no dia seguinte o que resta são homens mortos, brancos como estava a senhorita Lucy?

– Por Deus, professor! – exclamei, sobressaltando-me. – Queres dizer que Lucy foi mordida por um morcego desses, e que há um bicho desse tipo aqui em Londres, em pleno século XIX?

Ele gesticulou com a mão, pedindo silêncio, e disse:

– Podes me dizer por que a tartaruga vive mais tempo que gerações inteiras de homens; por que os elefantes perduram até verem a formação de dinastias e por que o papagaio nunca morre, apenas de mordida de gato, de cão ou de outro animal? Podes dizer-me por que os homens acreditam, em todas as épocas e lugares, que há indivíduos raros e capazes de viver para sempre, se nada os atrapalhar; que há homens e mulheres que não têm como morrer? Todos sabemos, pois a ciência atestou como fato que há sapos confinados em rochas há milhares de anos, cada qual preso em um buraco minúsculo que nunca conteve nada além dele desde que o mundo era jovem. Podes dizer-me como o faquir indiano pode entregar-se à morte, ser enterrado, ter seu túmulo selado sob terra semeada com milho, que depois é colhido e então semeado e então colhido novamente, e depois, quando os homens removem o selo que até então permanecera intocado, eles encontram ali o faquir indiano que, em vez de morto, levanta-se e anda entre eles como antes?

Diante disso, interrompi-o. Estava ficando desnorteado; ele deixou minha mente tão cheia com sua lista de excentricidades da natureza e impossibilidades possíveis que minha imaginação estava a todo vapor. Tinha uma noção vaga de que ele tentava ensinar-me algo, como há muito tempo fazia em seu escritório em Amsterdã. Nessa época, porém, ele me dizia do que falava, para que eu pudesse ter o objeto da reflexão em mente o tempo todo; agora, eu não tinha seu amparo, mas queria acompanhar seu raciocínio, então disse:

– Professor, permite-me que eu seja novamente teu estudante e protegido. Conta-me a tese, para que eu possa aplicar teu conhecimento enquanto discorres. No momento, minha mente vai de um lado para o outro como um louco, e não um sensato, corre atrás de uma ideia. Sinto-me como um novato caminhando a árduos passos por um pântano com neblina, pulando de moita em moita em um esforço às cegas de seguir adiante sem saber para onde estou indo.

– Eis uma boa imagem mental – ele comentou. – Bem, hei de contar-te. Minha tese é: quero que acredites.

– Acreditar em quê?

– Acreditar em coisas nas quais não consegues acreditar. Deixa que eu ilustre. Ouvi falar uma vez de um americano que definiu fé da seguinte maneira: "O atributo que nos permite acreditar em coisas que sabemos não serem verdade". Pessoalmente, concordo com o homem. Ele quis dizer que devemos ter uma mente aberta, e não permitir que fragmentos de verdade obstruam o avanço de uma verdade maior, como uma pedra obstrui os trilhos de um trem. Notamos a verdade menor primeiro. Ótimo! Cuidamos dela e a valorizamos; mas mesmo assim não devemos pensar nela como toda a verdade do universo.

– Então, queres que eu não deixe convicções anteriores prejudicarem o modo como minha mente receberá um assunto estranho. Estou entendendo tua lição?

– Ah, ainda és meu pupilo favorito. Ensinar-te vale a pena. Agora que estás disposto a entender, deste o primeiro passo para fazê-lo. Acreditas, então, que aqueles buracos tão pequenos nas gargantas das crianças foram feitos pelo mesmo ser que perfurou a senhorita Lucy?

– Diria que sim.

Ele levantou-se e disse solene:

– Então estás errado. Ah, se ao menos fosse isso. Mas infelizmente não! É pior; muito, muito pior.

– Em nome de Deus, professor Van Helsing, o que queres dizer com isso?! – exclamei.

Ele desabou em uma cadeira com um gesto de desespero e posicionou os cotovelos sobre a mesa, cobrindo o rosto com as mãos ao dizer:

– Eles foram feitos *pela* senhorita Lucy!

XV

Diário do dr. Seward (cont.)

Por um momento, fui tomado por pura raiva; era como se ele tivesse desferido um tapa no rosto de Lucy enquanto era viva. Bati com força na mesa e pus-me de pé enquanto lhe disse:

— Doutor Van Helsing, estás louco?

Ele levantou a cabeça e olhou para mim; de algum modo, a brandura de seu rosto acalmou-me de imediato.

— Quem me dera! – ele disse. – A loucura seria fácil de suportar comparada a uma verdade dessas. Ai, meu amigo, por que achas que fiz tantos rodeios, que demorei tanto para contar-te algo tão simples? Foi porque te odeio e sempre te odiei? Foi porque desejava causar-te dor? Foi porque eu queria, depois de tanto tempo, vingar-me da vez em que salvaste minha vida de uma morte aterrorizante? Ora, não!

— Perdoa-me – falei.

Ele continuou:

— Meu amigo, o fiz porque queria revelar-te da forma mais gentil possível, pois sabia que amaras a adorável donzela. Mas mesmo assim não espero que acredites. É tão difícil aceitar de imediato qualquer verdade abstrata, pois podemos duvidar que ela seja possível quando sempre acreditamos em sua negação; é ainda mais difícil acreditar numa verdade concreta tão triste, e que esteja ligada a alguém como a senhorita Lucy. Esta noite, hei de prová-la. Ousarias vir comigo?

Isso deixou-me incerto. Não é uma verdade que um homem gostaria de comprovar; exceto por Byron, com seu ciúme:

"E comprovar a mesma verdade que tanto abominava."

Ele notou minha hesitação e explicou:

– A lógica desta vez é simples, nada de lógica de desvairado, pulando de moita em moita em um pântano nevoento. Se não for verdade, a prova será um alívio; no pior dos casos, mal não fará. E se for verdade! Ah, é aí que mora o horror; e, no entanto, o horror deve servir à minha causa, pois traz consigo a necessidade de acreditar. Vem, digo-te o que proponho: primeiro, partimos agora e conferimos a criança no hospital. O doutor Vincent, do North Hospital, onde o jornal diz que a criança está, é meu amigo, e creio que seja teu também, já que estudaste com ele em Amsterdã. Ele permitirá que dois cientistas confiram o caso, mesmo que não faça o mesmo por dois amigos. Não lhe contaremos nada, apenas que desejamos estudar a situação. E depois...

– E depois?

Ele pegou uma chave em seu bolso e a ergueu.

– E depois passamos a noite, nós dois, no cemitério onde jaz Lucy. Esta é a chave que fecha a sepultura. Recebi-a do coveiro para dar a Arthur.

Meu coração ficou pesado, pois sentia que uma terrível provação nos aguardava. Porém, nada podia fazer, então aguentei o peso como pude e disse que era melhor nos apressarmos, visto que a tarde avançava...

A criança estava acordada quando chegamos. Tinha dormido e comido um pouco, e no geral tudo corria bem. O dr. Vincent retirou o curativo de seu pescoço e mostrou-nos as perfurações. Era inconfundível a similaridade com as que haviam na garganta de Lucy. Eram menores e os contornos pareciam mais recentes; isso era tudo. Perguntamos a Vincent a que ele atribuía a ferida e ele respondeu que deveria ter sido a mordida de um animal, talvez um rato, mas que ele, pessoalmente, tendia a achar que era um dos morcegos tão numerosos no norte elevado de Londres.

– Entre tantos inofensivos – dissera – deve haver uma espécie selvagem do sul, das mais malignas. Algum marinheiro pode ter trazido um para cá e o bicho pode ter escapado; ou até mesmo no jardim zoológico um mais novo pode ter fugido ou outro tenha tido cria com um morcego-vampiro. Essas coisas ocorrem, sabiam? Dez dias atrás, um lobo escapou e creio que havia rastros dele nesta região. Uma semana depois, as crianças em Hampstead Heath não brincavam de nada além de Chapeuzinho Vermelho em todo canto até que essa história de "moça bonita" apareceu, e desde então tem sido uma festa para elas. Mesmo esse pequenino, quando acordou hoje, perguntou à enfermeira se podia ir embora. Quando ela questionou aonde ele queria ir, disse que queria ir brincar com a "moça bonita".

Van Helsing inferiu:

– Espero que, quando mandares a criança para casa, avisarás os pais que a observem rigorosamente. Essas fantasias que fazem as crianças sair por aí são perigosas demais; e, se a criança passar outra noite fora de casa, provavelmente será fatal. De qualquer modo, creio que não darás alta a ele por alguns dias?

– Com certeza, não. Pelo menos não por uma semana; por mais tempo, se a ferida não sarar.

Nossa visita ao hospital demorou mais do que esperávamos, e o sol havia mergulhado quando saímos de lá. Quando Van Helsing viu o quanto estava escuro, disse:

– Não há pressa. É mais tarde do que eu imaginava. Vem, vamos procurar um lugar para comer, e depois seguimos adiante.

Jantamos no Jack Straw's Castle, junto a uma pequena aglomeração de ciclistas e outras pessoas alegres e barulhentas. Às dez horas, saímos da pousada. Nesse momento, estava bem escuro, e os lampiões espalhados intensificavam a escuridão quando saíamos de seus respectivos raios. O professor havia claramente registrado o caminho que precisávamos seguir, pois o percorria sem hesitar; quanto a mim, estava um pouco confuso com relação à localização. À medida que avançávamos, víamos cada vez menos pessoas, até que por fim ficamos relativamente surpresos ao nos depararmos até mesmo com a patrulha da polícia montada, fazendo sua ronda rotineira nos subúrbios. Finalmente, chegamos ao muro do cemitério, o qual pulamos. Com certa dificuldade – pois estava bastante escuro e o lugar parecia tão estranho para nós –, encontramos a sepultura dos Westenra. O professor pegou a chave, abriu a porta rangente e, recuando de maneira educada, mas inconsciente, gesticulou para que eu entrasse primeiro. Havia uma ironia deliciosa na oferta, na cortesia de dar preferência em uma ocasião tão medonha. Meu companheiro foi logo atrás de mim, e cuidadosamente puxou a porta, depois de ver que a tranca não tinha mola para fechar-se sozinha. Se tivesse, acabaríamos em maus lençóis. Em seguida, revirou sua bolsa e, pegando uma caixa de fósforos e um pedaço de vela, criou uma fonte de iluminação. A tumba, durante o dia e rodeada de flores novas, já parecia sombria e repulsiva o suficiente; mas agora, dias depois, quando as flores aqui depositadas estão murchas e mortas, com seus brancos virando cor de ferrugem e seus verdes virando marrons; que as aranhas e besouros retomaram a dominância que têm de costume; que a pedra desbotada pelo tempo, a argamassa empoeirada, o ferro oxidado e úmido, o latão manchado e o revestimento de prata embaçado refletiam o brilho fraco de uma vela; o efeito era mais terrível e sórdido do que eu poderia ter imaginado. Transmitia a noção irresistível de que a vida – a vida animal – não era a única coisa que podia ser levada pelo tempo.

Van Helsing pôs-se a trabalhar sistematicamente. Segurando a vela para que pudesse ler a placa dos caixões, de tal modo que a cera derramava gotas brancas que endureciam ao tocar o metal, ele conferiu qual pertencia a Lucy. Com outra busca em sua bolsa, pegou uma chave de fenda.

– O que vais fazer? – perguntei.

– Abrir o caixão. Tens ainda que ser convencido? – Imediatamente, começou a tirar os parafusos e, por fim, levantou a tampa mostrando o revestimento de chumbo que havia por baixo. A vista era quase demais para mim. Pareceu-me uma afronta aos mortos similar a se eu a despisse quando estava viva; cheguei a segurar a mão dele para detê-lo. Ele apenas disse: – Hás de ver. – E, voltando a remexer a bolsa, retirou uma pequena serra de arco. Golpeando o chumbo com a chave de fenda em um movimento descendente rápido, fez um pequeno buraco que era, no entanto, grande o suficiente para que a ponta da serra entrasse. Esperava um sopro de gás do cadáver em deterioração há uma semana. Nós, médicos, que temos de estudar nossos riscos, acostumamo-nos com esse tipo de coisa, e recuei em direção à porta. Mas o professor não parou por um momento sequer; serrou dezenas de centímetros de um lado do caixão de chumbo, depois na perpendicular e no lado oposto. Pegando a extremidade da parte solta, ele a abriu na direção do pé do caixão e, segurando a vela para dentro da abertura, gesticulou para que eu olhasse.

Aproximei-me e olhei. O caixão estava vazio.

Isso era sem dúvida uma surpresa para mim, e me causou um choque considerável, mas Van Helsing estava impassível. Ele agora tinha mais certeza do que nunca do que dizia, e seguia sua missão com ainda mais determinação.

– Estás satisfeito agora, John, meu amigo? – perguntou.

Senti toda a contestação teimosa de minha natureza despertar em mim quando respondi a ele:

– Estou satisfeito em concordar que o corpo de Lucy não está no caixão; mas isso só prova uma coisa.

– E o que prova, amigo John?

– Que o corpo não está aí.

– Isso é um bom uso de lógica – disse – até certo ponto. Mas como explicas, como podes explicar, o fato de não estar aí?

– Talvez um saqueador de corpos – sugeri. – Talvez alguém da funerária o roubou. – Senti que falava bobagens e, no entanto, era a única causa real que eu tinha como sugerir.

O professor suspirou.

– Ora, está bem! – disse. – Precisamos de mais provas. Vem comigo.

Ele recolocou a tampa do caixão, recolheu seus pertences, enfiou-os na bolsa, apagou a luz com um sopro e também depositou a vela na bolsa. Abrimos a porta e saímos. Do lado de fora, fechamos e trancamos a porta. Ele entregou-me a chave, dizendo:

– Queres ficar com ela? Talvez assegure-te.

Eu ri – não foi um riso alegre, devo dizer – e gesticulei para que ficasse com ela.

– Uma chave não é nada – falei. – Pode haver cópias e, de qualquer modo, não é difícil arrombar uma fechadura como aquela. – Ele não disse nada, mas pôs a chave no bolso. Depois, mandou que eu olhasse para um lado do cemitério enquanto ele observava o outro. Meu lugar era atrás de um teixo e vi sua silhueta escura se movendo até que as árvores e lápides no caminho o escondessem de minha vista.

Foi uma vigia solitária. Pouco depois de assumir meu posto, ouvi um relógio à distância anunciar a meia-noite e com o tempo vieram as badaladas da uma e das duas da manhã. Estava com frio e aborrecido, e bravo com o professor por envolver-me nessa missão e comigo mesmo por aceitar vir. Estava com muito frio e sono para observar atentamente, mas não sonolento o suficiente para faltar com minha palavra, então no geral foram horas fatigantes e terríveis.

De repente, ao virar-me, achei ter visto algo como um traço branco, movendo-se entre dois teixos escuros no lado do cemitério oposto ao mausoléu; no mesmo momento, uma massa escura mexeu-se no lado que estava o professor, avançando com pressa até a primeira coisa. Em seguida, também me mexi; mas tinha de percorrer lápides e sepulturas gradeadas e acabei tropeçando em alguns túmulos. O céu estava nublado e, em dado lugar à distância, um galo adiantado cantou. Um pouco longe, depois de uma fileira de juníperos espalhados que demarcavam o caminho para a igreja, uma forma branca e turva disparou em direção ao mausoléu, que estava escondido da vista por árvores, de modo que não pude ver para onde o vulto desapareceu. Ouvi o barulho de movimento no lugar onde vira a forma branca pela primeira vez e, chegando lá, encontrei o professor segurando nos braços uma criança pequena. Quando me viu, mostrou o que segurava e disse:

– E agora? Satisfeito?

– Não – falei, de uma forma que senti ter sido agressiva.

– Não vês a criança?

– Sim, é uma criança. Mas o que a trouxe até aqui? E ela está ferida? – perguntei.

– Veremos – disse o professor e com ímpeto saímos do cemitério, com ele carregando a criança adormecida.

Quando ganhamos um pouco de distância, fomos a um arvoredo, acendemos um fósforo e olhamos para o pescoço da criança. Não tinha nenhum arranhão ou cicatriz.

– Eu estava certo? – perguntei, triunfante.

– Interviemos bem na hora – replicou o professor, com gratidão.

Agora precisávamos decidir o que fazer com a criança, então conversamos a respeito disso. Se a levássemos a uma delegacia de polícia, teríamos de relatar nossas atividades durante a noite; no mínimo teríamos de dar alguma declaração a respeito de como encontramos a criança. Então, decidimos que a levaríamos para Hampstead Heath e, quando ouvíssemos um policial aproximando-se, a deixaríamos em um lugar onde não haveria como não encontrá-la; depois, arranjaríamos um jeito de voltar para casa o mais rápido possível. Tudo deu certo. Nos limites de Hampstead Heath, ouvimos os passos pesados de um policial, deixamos a criança no caminho e esperamos até o virmos mexendo a lanterna de um lado para o outro. Ouvimos sua exclamação de espanto e nos retiramos em silêncio. Por sorte, subimos em um coche de aluguel perto do Spaniards Inn e fomos transportados até o centro da cidade.

Não consigo dormir, então faço este registro. Mas preciso tentar descansar algumas horas, pois Van Helsing irá chamar-me ao meio-dia. Ele insiste que devo ir com ele em outra expedição.

27 de setembro. – Eram duas horas quando enfim conseguimos uma oportunidade adequada para o que pretendíamos fazer. O funeral realizado ao meio-dia estava concluído e os últimos enlutados se retiravam com lentidão quando, olhando cuidadosamente por trás de um conjunto de amieiros, assistimos ao sacristão fechar o portão pelo lado externo. Sabíamos então que ficaríamos seguros até a manhã do dia seguinte se assim desejássemos; mas o professor disse-me que não deveríamos levar mais do que uma hora. Novamente, tive uma sensação horrenda a respeito da realidade das coisas, na qual todos os esforços da imaginação pareciam descabidos; e dei-me conta de forma distinta dos riscos da lei que corríamos com nossas atividades profanas. Além disso, senti que era tudo tão desnecessário. Por mais que fosse ultrajante abrir um caixão de chumbo a fim de conferir se uma mulher falecida há quase uma semana estava mesmo morta, agora parecia tolice abrir a tumba outra vez quando sabíamos por evidência de nossos próprios olhos que o caixão estava vazio. Porém, dei de ombros e fiquei calado, pois Van Helsing era bom em seguir seu próprio caminho, sem importar quem o censurasse. Ele pegou a chave, abriu o mausoléu e novamente gesticulou para que eu fosse primeiro. O local não estava tão repulsivo como na noite anterior, mas, ah, que indescritível a aparência vil adquirida quando a luz do sol entrava! Van Helsing foi até o caixão de Lucy e eu fui junto. Ele curvou--se e forçou de novo a abertura no chumbo, então um choque de surpresa e pavor percorreu meu ser.

Ali estava Lucy, aparentemente do mesmo modo como a havíamos visto antes de seu funeral. Ela estava, se é que era possível, mais bela e radiante do que nunca, e eu não conseguia acreditar que estivesse morta. Os lábios estavam vermelhos, inclusive mais vermelhos do que antes; e em suas bochechas havia um rubor delicado.

– Isto é um truque?

– Estás convencido agora? – respondeu o professor, que, enquanto falava, estendeu a mão e, de um modo que me arrepiou, puxou os lábios mortos e exibiu os dentes brancos. – Estás vendo? Estás? – prosseguiu. – Estão mais afiados do que antes. Com este e este – ele tocou um dos dentes caninos e o outro logo abaixo –, os pequenos podem ser mordidos. Acreditas agora, amigo John?

Mais uma vez, a hostilidade contestadora despertou em mim. *Não podia* aceitar uma ideia tão sobrepujante como a que ele sugeria; então, tentando defender uma posição da qual mesmo naquele momento eu sentia vergonha, disse:

– Ela pode ter sido colocada aqui depois da noite de ontem.

– Pode mesmo? Se for assim, por quem?

– Não sei. Alguém fez isso.

– E ela está morta há uma semana. A maioria das pessoas nesse período não têm essa aparência.

Não tinha resposta para isso, então fiquei quieto. Van Helsing não pareceu notar meu silêncio; de qualquer modo, não demonstrou pesar nem triunfo. Ele contemplava fixamente o rosto da mulher falecida, erguendo--lhe as pálpebras, observando os olhos, novamente abrindo os lábios e examinando os dentes. Depois, virou-se para mim e falou:

– Aqui, vemos algo diferente de qualquer coisa registrada; eis uma vida dupla que não é comum. Ela foi mordida pelo vampiro quando estava em transe, sonâmbula... Ah, isso espanta-te! Não sabes disso, amigo John, mas saberá tudo mais tarde. No transe, era mais fácil para ele vir roubar mais sangue. No transe ela morreu e no transe agora é uma morta-viva. Então é nisso que ela difere dos outros casos. Normalmente, quando um morto-vivo dorme em casa – e ele fez um gesto amplo com o braço a fim de indicar o que significava "casa" para um vampiro –, seu rosto revela a verdade sobre ele, mas ela é tão doce que, quando não está em estado morto-vivo, retorna ao nada dos mortos comuns. Não há maldade aqui, vês? Por isso é muito difícil o fato de que preciso matá-la enquanto dorme.

Isso gelou meu sangue, e então percebi que havia passado a aceitar as teorias de Van Helsing. Mas, se ela estava morta mesmo, que terror havia na ideia de matá-la? Ele olhou para mim e claramente enxergou a mudança em meu rosto, pois disse quase que com alegria:

– Ah, agora acreditas?

Respondi:

– Não me pressiones tanto de uma vez só. Estou disposto a aceitar. Como farás essa tarefa sanguinária?

– Cortarei a cabeça, encherei a boca com alho, e farei uma estaca atravessar o corpo.

Arrepiou-me pensar em mutilar o corpo de uma mulher que um dia amei. E, no entanto, a sensação não era tão intensa quanto eu esperava. Eu na verdade começava a arrepiar-me devido à presença desse ser, desse morto-vivo, como Van Helsing dizia, e a odiá-lo. É possível que o amor seja de todo subjetivo ou de todo objetivo?

Esperei um tempo considerável para que Van Helsing começasse, mas ele ficou parado, como se estivesse absorto em pensamentos. Depois de um tempo, fechou bruscamente a fivela da bolsa e disse:

– Comecei a pensar e decidi o que é melhor fazer. Se eu simplesmente seguisse minhas inclinações, faria agora, neste momento, o que precisa ser feito; mas há outras tarefas a se fazer depois, tarefas mil vezes mais difíceis no sentido de que ainda não as conhecemos. Isto é simples. Ela ainda não tirou nenhuma vida, embora seja questão de tempo, e agir agora a impediria para sempre de causar qualquer perigo. Mas, por outro lado, talvez queiramos a ajuda de Arthur, e como contaremos a ele isso? Se tu, que viste as feridas no pescoço de Lucy, e testemunhaste feridas tão similares na criança hospitalizada; se tu, que viste o caixão vazio ontem à noite e ocupado hoje com uma mulher que não mudou, além do fato de ter ficado mais rosada e mais bela, uma semana inteira após sua morte; se tu sabias disso e viste o vulto branco ontem à noite que trouxe a criança ao cemitério e, no entanto, nem em seus sentidos acreditava, como posso esperar que Arthur, que não sabe nada disso, acredite? Ele duvidou de mim quando o privei do beijo dela quando morria. Sei que me perdoou por, segundo uma noção equivocada, agir de modo a impedir que ele se despedisse como deveria; e pode achar, devido a outra noção equivocada, que essa mulher foi enterrada viva e, o maior equívoco de todos, que nós a matamos. Ele então dirá que somos nós os equivocados e que a matamos com nossas ideias; então ele ficará extrema e perpetuamente infeliz. E nunca terá certeza, o que é o pior de tudo. Às vezes pensará que ela, que ele tanto amava, foi enterrada viva, e isso tingirá seus sonhos com os horrores que ela teria sofrido; e, em outros momentos, achará que talvez estivéssemos certos e que sua amada era, afinal, uma morta-viva. Não! É como disse a ele uma vez, e desde então descobri muitas coisas. Agora, como sei que é tudo verdade, sei cem mil vezes mais que ele precisará passar pela água amarga antes de chegar à água doce. Ele, coitado, passará por uma hora na qual a face do próprio céu enegrecerá para ele; então, poderemos agir pelo bem geral e trazer-lhe paz. Estou decidido. Vamos. Retorna esta noite à tua casa, ao manicômio, e assegura-te de que tudo esteja em ordem. Quanto a mim, passarei a noite aqui neste cemitério à minha própria maneira. Amanhã à noite vem até mim no Hotel Berkeley às dez em ponto. Falarei para Arthur vir também, e também aquele jovem americano tão distinto que doara seu sangue. Posteriormente, todos teremos trabalho a fazer. Irei contigo até a Piccadilly e jantarei por lá, pois preciso voltar para cá antes que o sol se ponha.

Então, selamos o túmulo e saímos; pulamos o muro do cemitério, que não foi uma tarefa muito difícil, e nos dirigimos até a Piccadilly.

Recado deixado por Van Helsing em sua valise, no Hotel Berkeley, endereçado ao dr. John Seward (não entregue)

27 de setembro.
Amigo John,

Escrevo isto no caso de que algo aconteça. Vou sozinho manter vigia no cemitério. Acho bom que a morta-viva, a srta. Lucy, não saia hoje à noite, de modo que amanhã à noite ela fique ainda mais ávida por fazê-lo. Por isso, afixarei alguns itens de que ela não gostará – alho e um crucifixo – e assim selarei a porta da sepultura. Ela é uma morta-viva jovem e vai recuar. Além disso, eles são apenas para evitar que ela saia; não farão com que ela não queira entrar, pois mortos-vivos são desesperados e precisam encontrar o caminho com menor resistência, seja qual for. Devo ficar a postos a noite toda, do pôr do sol até o sol nascente, e, se houver algo para aprender, aprenderei. Não temo pela srta. Lucy nem ela em si; mas o outro, que é o motivo de ela virar morta-viva, agora tem o poder de buscar a sepultura dela e encontrar abrigo. Ele é ardiloso, como sei por conta do sr. Jonathan e do modo como o tempo inteiro ele nos enganou enquanto disputava conosco a vida da srta. Lucy tal qual um jogo, que nós perdemos; e em muitos aspectos os mortos-vivos são fortes. Ele sempre tem em sua mão a força de vinte homens, e mesmo nós, que demos nossas forças para a srta. Lucy, acabamos alimentando a dele. Além disso, ele pode invocar seu lobo e não sei o que mais. Então, se acontecer de ele ir para lá esta noite, ele há de encontrar-me, e ninguém mais me encontrará... até que seja tarde demais. Mas pode ser que ele não tente ir ao local. Não há motivo para fazê-lo; seu território de caça tem mais presas do que o cemitério onde a mulher morta-viva repousa e um velho observa.

Portanto, escrevo-te por precaução... Recolhe os papéis que estão juntos a este, os diários de Harker e todo o resto, e lê todos eles; em seguida, encontra esse grande morto-vivo, corta a sua cabeça e então ou queima seu coração ou coloca uma estaca nele, de modo que o mundo possa encontrar descanso do tormento dele.

Se for o caso, adeus.
Van Helsing

Diário do dr. Seward

28 de setembro. – É uma maravilha o que uma boa noite de sono faz. Ontem estava quase disposto a aceitar as ideias monstruosas de Van Helsing; mas agora elas se formam lúgubres diante de mim como ultrajes ao bom senso. Não tenho dúvidas de que ele acredita em tudo isso. Pergunto-me se sua mente pode de algum modo ter ficado desvairada. Sem dúvida há *alguma* explicação racional para todos esses mistérios. É possível que o professor tenha feito ele mesmo tudo isso? Ele é tão anormalmente astuto que, se perdesse a cabeça, realizaria o que desejasse com relação a alguma ideia fixa de maneira formidável. Odeio pensar no assunto, e de fato seria quase tão espantoso quanto todas as outras coisas descobrir que Van Helsing enlouquecera; mas, de qualquer modo, irei observá-lo com cautela. Talvez consiga trazer alguma clareza a este mistério.

29 de setembro, manhã. – Ontem à noite, pouco antes das dez, Arthur e Quincey adentraram o quarto de Van Helsing; ele disse-nos o que queria que fizéssemos, mas dirigindo-se especialmente a Arthur, como se a força de vontade de todos nós se equilibrasse na dele. Ele começou dizendo que esperava que todos nós fôssemos com ele, falando:

– Pois há um dever grave a ser realizado. Sem dúvida ficaste surpreso com minha carta? – Essa pergunta era direcionada ao lorde Godalming.

– Fiquei. Perturbou-me um pouco. Há muitos transtornos em minha casa ultimamente e gostaria que não houvesse nenhum a mais. Também fiquei curioso com o que queres dizer. Quincey e eu conversamos; mas, quanto mais conversávamos, mais intrigados ficávamos, e posso dizer que, no que diz respeito ao significado que isso possa deter, não enxergo nem um palmo à minha frente.

– Nem eu – concordou Quincey Morris, lacônico.

– Ah – respondeu o professor –, então os dois estão mais próximos do início que nosso amigo John aqui, que precisa percorrer um longo caminho para chegar ao começo de tudo.

Era claro que ele reconhecera meu retorno à mentalidade cética de antes sem que eu dissesse nada. Então, virando-se para os outros dois, falou com seriedade intensa:

– Quero a permissão de vossas mercês para fazer o que acho ser o bem esta noite. Sei que é muita coisa a se pedir; quando souberem o que é que proponho fazer, e só então, saberão o peso do pedido. Portanto, posso pedir que prometam-me às escuras para que depois, embora fiquem nervosos comigo por um tempo, e não posso disfarçar a existência de tal possibilidade, não sentirão culpa de nada.

– Isso é franco de tua parte – Quincey falou primeiro. – Respondo ao professor. Não entendo qual é o plano dele, mas posso jurar que é um homem honesto; e isso me basta.

– Agradeço, senhor – disse Van Helsing, com orgulho. – É uma honra para mim contar o senhor como um amigo de confiança, e seu apoio me é muito caro. – Ele estendeu uma mão, que Quincey pegou com a sua.

Em seguida, Arthur pronunciou-se:

– Doutor Van Helsing, não gosto de "comprar porco ensacado", como se diz na Escócia, e se houver qualquer coisa na qual minha honra de cavalheiro ou minha fé de cristão sejam comprometidas, não posso fazer uma promessa dessas. Se puder assegurar-me que o que pretendes fazer não viola nenhuma dessas duas, então dou meu consentimento; mas juro pela minha própria vida, não consigo entender onde queres chegar.

– Aceito tua limitação – disse Van Helsing. – E tudo que te peço é que, se sentires que é necessário condenar qualquer ato meu, primeiro o consideres com cuidado e te contentes com o fato de que não viola suas restrições.

– De acordo! – replicou Arthur. – É apenas justo. E agora que encerraram-se os preâmbulos, posso perguntar o que faremos?

– Quero que os senhores venham comigo, e em segredo, para o cemitério em Kingstead.

O rosto de Arthur adquiriu uma expressão abatida e ele questionou com certo espanto:

– Onde a pobre Lucy está enterrada? – O professor aquiesceu. Arthur continuou: – E depois?

– Entraremos no mausoléu!

Arthur levantou-se.

– Professor, falas sério? Ou isto é uma piada monstruosa? Perdão, vejo que é sério. – Ele sentou-se novamente, mas pude ver que sentava-se com uma postura firme e orgulhosa, como alguém que busca manter sua dignidade. Houve silêncio até que ele fizesse mais uma pergunta.

– E uma vez que tivermos entrado?

– Abriremos o caixão.

– Isso é demais! – ele protestou, erguendo-se com nervosismo outra vez. – Estou disposto a ter paciência com tudo que é razoável, mas isso... essa profanação de túmulo, de alguém que... – ele quase engasgou de tanta indignação. O professor fitou-o com pena.

– Se eu pudesse poupar-te da aflição, meu pobre amigo – ele disse. – Deus é testemunha de que eu o faria. Mas esta noite nossos pés precisam andar por caminhos espinhentos; senão, depois, e para sempre, os pés que amas andarão por caminhos em chamas!

Arthur levantou o olhar com o rosto pálido e disse:

– Passar bem, senhor, passar bem!

– Não seria melhor escutar o que tenho a dizer? – perguntou Van Helsing. – Assim ao menos saberás o limite do que pretendo. Posso continuar?

– É justo – Morris interveio.

Depois de uma pausa, Van Helsing continuou, claramente com certo esforço:

– A senhorita Lucy está morta; não é este o caso? Sim! Então, não há mal que ela possa sofrer. Mas se ela não estiver morta...

Arthur pôs-se de pé.

– Deus do céu! – gritou. – O que estás dizendo? Houve um equívoco; ela foi enterrada viva? – ele gemia com uma angústia que nem a esperança poderia afagar.

– Não disse que ela estava viva, meu jovem; não é o que penso. O máximo que posso contar é que talvez ela agora seja uma morta-viva.

– Morta-viva! Não viva! O que isso quer dizer? Isso é um pesadelo ou o quê?

– Há mistérios sobre os quais os homens podem apenas especular, que a cada era que passa eles só resolvem parcialmente. Crê em mim, estamos diante de um deles. Mas ainda não terminei. Posso decapitar a falecida senhorita Lucy?

– Por tudo que é sagrado, não! – Arthur gritou em uma tormenta de emoção. – Nem pelo mundo inteiro concordarei com qualquer tipo de mutilação de seu cadáver. Doutor Van Helsing, testas demais meus limites. O que fiz a ti para que me torturasses desta maneira? O que aquela pobre e doce garota fez para que agora queiras causar tamanha desonra a seu túmulo? És louco por proferir tais coisas ou sou eu louco por dar ouvidos a elas? Não ouse pensar nisso como algo além de sacrilégio; não darei meu consentimento a nada que fizeres. Tenho o dever de proteger a sepultura dela de ultrajes e, por Deus, hei de cumpri-lo!

Van Helsing levantou-se de onde estava sentado o tempo todo e disse, de forma grave e severa:

– Meu lorde Godalming, eu também tenho um dever a cumprir, um dever para com os outros, um dever para com o senhor, um dever para com os mortos; e, por Deus, hei de cumpri-lo! Tudo o que peço ao senhor por ora é que venhas comigo, que vejas e escutes; e se depois, quando eu fizer o mesmo pedido, não estiver mais ávido por seu cumprimento do que eu, então… então agirei de acordo com meu dever, qualquer que eu tenha decidido que seja. Então, para atender aos desejos de vossa senhoria, ficarei disponível para prestar-lhe contas, onde e quando quiser. – Sua voz embargou um pouco, e ele prosseguiu com um tom cheio pena: – Mas imploro-lhe, não fique com raiva de mim. Em uma longa vida de ações que muitas vezes não foram agradáveis de realizar, e que algumas vezes doeram-me o coração, nunca tive uma tarefa tão pesada como a de agora. Creia em mim que, se chegar o momento no qual o senhor muda de opinião a meu respeito, um olhar seu apagará toda essa hora tão triste, pois eu faria tudo que um homem fosse capaz para poupá-lo da tristeza. Apenas reflita. Por que eu criaria tanto trabalho para mim e tanta tristeza? Vim aqui, saído de minha própria terra, para fazer o bem como puder; inicialmente como um favor a meu amigo John e depois para ajudar uma jovem adorável que eu também passei a amar. Sinto vergonha de contar, mas o faço por gentileza. Por ela, dei o que o senhor deu: sangue de minhas veias; eu, que não era, como o senhor, o amado dela, apenas seu médico e amigo. Dei-lhe minhas noites e dias, antes da morte, depois da morte; e se minha morte pode fazer bem a ela mesmo neste momento, em que ela é morta-viva, a minha morte ela terá de boa vontade – ele disse com um orgulho sério e doce, e Arthur ficou bastante comovido com isso. Ele pegou a mão do velho e disse com uma voz embargada:

– Ah, é difícil pensar nisso, e não consigo entender; mas ao menos irei contigo e esperarei.

XVI

Diário do dr. Seward (cont.)

Eram quinze para a meia-noite quando entramos no cemitério pelo muro baixo. A noite estava escura com raios ocasionais do luar atravessando as brechas entre as nuvens densas que deslizavam pelo céu. Mantivemo-nos todos relativamente juntos uns dos outros, com Van Helsing ligeiramente à frente conduzindo-nos. Quando nos aproximamos da tumba, olhei bem para Arthur, pois temia que a proximidade a um lugar carregado de uma lembrança tão pesarosa o deixaria mal; mas ele aguentava bem. Suponho que o próprio mistério da missão de certa forma agia contra sua dor. O professor destrancou a porta e, percebendo uma hesitação natural entre nós por diversos motivos, resolveu o problema sendo o primeiro a entrar. Os demais entre nós entramos e ele fechou a porta. Em seguida, acendeu uma lanterna de furta-fogo[10] e a apontou para o caixão. Arthur avançou a passos hesitantes; Van Helsing disse a mim:

— Estiveste comigo aqui ontem. O corpo da senhorita Lucy estava naquele caixão?

— Estava.

---

10 Lampião fechado com saída de luz apenas em uma direção, geralmente em uma abertura com lente de vidro. (N.T.)

O professor virou-se aos demais e falou:

– Os senhores ouviram; e apesar disso não há ninguém que acredite comigo. – Ele pegou a chave de fenda e mais uma vez tirou a tampa do caixão. Arthur observou, bastante pálido, mas em silêncio; quando a tampa foi removida, aproximou-se. Ele claramente não sabia que havia um caixão de chumbo ou, pelo menos, não pensara nisso. Quando viu a fresta no chumbo, o sangue correu para seu rosto por um momento, mas dispersou com a mesma velocidade, de modo que ele permaneceu com uma brancura fantasmagórica; ainda estava quieto. Van Helsing forçou a beira do chumbo; todos nós olhamos para dentro do caixão e recuamos com o que vimos.

O caixão estava vazio!

Por vários minutos, ninguém disse nada. O silêncio foi rompido por Quincey Morris:

– Professor, já falei em sua defesa. Sua palavra é tudo o que quero. Não perguntaria algo assim normalmente, não o desonraria com a mera sugestão de uma dúvida; mas este é um mistério que vai além de qualquer honra ou desonra. Isto é obra do senhor?

– Juro por tudo que me é sagrado que não a removi nem a toquei. O que ocorreu foi o seguinte: duas noites atrás, eu e meu amigo Seward viemos até aqui, por boa razão, garanto. Abri este caixão, que antes estava selado, e o encontramos vazio, como está agora. Então, esperamos e vimos algo branco vir por entre as árvores. No dia seguinte, viemos aqui durante o dia e ela estava ali deitada. Não estava, meu amigo John?

– Sim.

– Naquela noite, havíamos chegado na hora certa. Mais uma criança havia desaparecido e a encontramos, graças a Deus, ilesa em meio aos túmulos. Ontem, vim para cá antes do pôr do sol, pois, quando o sol se põe, os mortos-vivos podem se mexer. Esperei aqui a noite toda até que o sol nascesse, mas não vi nada. O mais provável é que tenha sido porque espalhei alho nas dobras das portas, que os mortos-vivos não suportam, além de outras coisas das quais têm repulsa. Ontem à noite não houve êxodo, então hoje à noite, antes do pôr do sol, tirei o alho e as demais coisas. E agora encontramos este caixão vazio. Mas ainda não terminei. Até então, já há muitas estranhezas. Esperem comigo do lado de fora, sem que sejamos vistos ou escutados, e muito mais estranhas as coisas ficarão. Então… – ele fechou a saída de luz da lanterna – … para o lado de fora. – Ele abriu a porta e nós saímos em fileira; ele saiu por último e trancou a porta do lado de fora.

Ah! Parecia fresco e puro o ar da noite depois do terror daquela cripta. Como era doce ver as nuvens correndo e os brilhos passageiros do luar entre as nuvens sopradas pelo vento passando no céu, como as alegrias e tristezas na vida de um homem; como era doce respirar o ar puro, sem a mácula da morte e da deterioração; como é humanizador enxergar a luz avermelhada do céu para além da colina e ouvir à distância o zunido abafado que marca a vida de uma cidade grande. Cada um, à sua própria maneira, estava solene e vencido. Arthur estava quieto e, pelo que eu podia ver, tentava captar o propósito e o significado do mistério. Eu estava razoavelmente paciente, e mais uma vez inclinado em parte a deixar a dúvida de lado e aceitar as conclusões de Van Helsing. Quincey Morris estava fleumático como um homem que aceita tudo, com um espírito de coragem serena, arriscando tudo o que tem. Sem poder fumar, ele cortou um naco de tabaco e começou a mastigá-lo. Quanto a Van Helsing, ele se ocupava de modo determinado. Primeiro, pegou de sua bolsa um biscoito de massa fina, cuidadosamente enrolado em um lenço branco; depois, pegou dois punhados de uma coisa branca, similar a massa de pão ou de vidraceiro. Esmagou o biscoito em pedacinhos e incorporou-o à massa entre suas mãos. Então, pegou a mistura e a enrolou em tiras finas, que começou a colocar nas frestas entre a porta do mausoléu e seu batente. Fiquei um pouco confuso com isso e, por estar perto, perguntei o que fazia. Arthur e Quincey também aproximaram-se, pois estavam igualmente curiosos. Ele respondeu:

– Estou selando a cripta, para que a morta-viva não entre.

– E essa coisa que o senhor colocou ali é que fará isso? – perguntou Quincey. – Pelos Céus! Isso é um jogo?

– Sim.

– E o que é isso que estás usando? – Dessa vez, a pergunta veio de Arthur.

Van Helsing levantou o chapéu com reverência e respondeu:

– Hóstia. Trouxe de Amsterdã. Tenho uma indulgência. – Foi uma resposta que espantou os mais céticos entre nós, e sentimos individualmente que, ante a presença de uma determinação tão sincera quanto a do professor, uma determinação que assim lhe fazia usar as coisas que lhe eram mais sagradas, era impossível não confiar. Em um silêncio respeitoso, assumimos os postos que nos foram conferidos nos arredores próximos ao mausoléu, mas fora do campo de visão de qualquer um que se aproximasse. Fiquei com pena dos outros, especialmente de Arthur. Eu havia sido treinado pelas minhas visitas anteriores ao horror da vigília; e, no entanto, eu, que até uma hora antes repudiava as provas, senti o coração pesar dentro de meu corpo. Nunca os túmulos pareceram tão brancos e fantasmáticos; nunca os ciprestes, os teixos ou os juníperos pareceram tanto como a encarnação da melancolia fúnebre; nunca as árvores e a grama agitavam-se de um jeito tão agourento; nunca os ramos rangeram com tanto mistério; e nunca os uivos dos cães criaram um presságio tão infortunado ao longo da noite.

Houve um longo período de silêncio, um vazio enorme e doloroso, seguido por um som ríspido do professor.

– Shhhh! – Ele apontou; e à distância, na passagem de teixos, vimos uma silhueta branca avançar; uma silhueta branca turva, segurando algo escuro no peito. A forma parou e por um momento um raio de luar saiu das massas de nuvens em movimento e mostrou com uma proeminência espantosa uma mulher de cabelos escuros trajando a mortalha da sepultura. Não conseguimos ver seu rosto, pois estava curvado sobre o que vimos ser uma criança de cabelo louro. Houve uma pausa e um gemido agudo, como o de uma criança dormindo ou de um cão que se deita em frente à lareira e sonha. Começávamos a avançar, mas a mão de alerta do professor, que enxergávamos de onde ele estava, atrás de um teixo, manteve-nos em posição; em seguida, enquanto observávamos, o vulto voltou a andar. Naquele momento, estava perto o suficiente para que enxergássemos com clareza e a luz da lua ainda perdurava. Meu próprio coração virou gelo e pude ouvir o ofego de Arthur no momento que reconhecemos os traços de Lucy Westenra. Lucy Westenra, mas tão mudada. A candura tornara-se uma crueldade insensível e impenetrável, e a pureza agora era devassidão voluptuosa. Van Helsing saiu do esconderijo e, obedecendo a seu gesto, todos nós também avançamos; nós quatro ficamos lado a lado em frente à porta do mausoléu. Van Helsing ergueu a lanterna e abriu a saída de luz; com a luz concentrada que caía no rosto de Lucy, podíamos ver que seus lábios estavam rubros de sangue fresco, que escorria e gotejava do queixo, manchando a pureza de seu traje.

Arrepiamo-nos de horror. Pude ver pela luz trêmula que mesmo os nervos férreos de Van Helsing vacilaram. Arthur estava perto de mim e, se eu não o tivesse pegado pelo braço e o segurado, ele teria caído.

Quando Lucy – chamo essa coisa que encarávamos de Lucy porque assumia a forma dela – nos viu, ela recuou com um rosnado raivoso, como um gato pego de surpresa; então seus olhos percorreram-nos. Os olhos de Lucy na forma e na cor; mas os olhos de Lucy sujos e cheios de chamas infernais em vez das orbes puras e gentis que conhecíamos. Naquele momento, o restante de meu amor tornou-se ódio; se ela precisasse ser morta naquele momento, eu o faria com um deleite selvagem. Enquanto nos observavam, seus olhos ardiam com uma luz profana e o rosto era coberto por um sorriso voluptuoso. Oh, Deus, como me arrepiava a visão! Com um movimento indiferente, ela, tão insensível quanto o diabo, lançou ao chão a criança que até então segurava com tanto vigor contra o peito, rosnando por ela como um cão rosna por um osso. A criança deu um grito agudo e ficou ali deitada, gemendo. Havia uma frieza de sangue no ato que extraiu um arquejo de Arthur; quando ela avançou para ele com braços estendidos e um sorriso lascivo, ele recuou e escondeu a face nas mãos.

Ela continuou avançando e, com uma graça cheia de languidez e volúpia, disse:

– Vem para mim, Arthur. Deixa esses outros e vem para mim. Meus braços estão famintos por ti. Vem e juntos descasaremos. Vem, meu marido, vem!

Havia uma doçura diabólica em seu tom, algo como o tinir de um vidro golpeado que ressoou pelo cérebro mesmo daqueles entre nós que ouviram as palavras endereçadas a outro. Quanto a Arthur, ele parecia enfeitiçado; tirando as mãos do rosto, ele abriu bem os braços. Ela se lançava até eles quando Van Helsing saltou para frente e segurou entre eles seu pequeno crucifixo de ouro. Ela recuou diante dele e, com o rosto repentinamente distorcido e cheio de raiva, passou por ele correndo como se fosse entrar na cripta.

Quando chegou perto da porta, porém, ela parou, como se fosse detida por uma força irresistível. Ela então virou-se e seu rosto ficava exposto pela fresta de luar intenso e pela lâmpada, que agora não tremia mais graças aos nervos férreos de Van Helsing. Nunca vi um rosto com uma malícia tão perplexa e espero que isso nunca mais seja visto novamente por olhos de mortais. A cor bela tornara-se lívida, seus olhos pareciam soltar faíscas infernais, as sobrancelhas estavam franzidas como se as dobras de carne fossem os cachos de serpente da Medusa, e a adorável boca manchada de sangue cresceu até virar um quadrado amplo, como as máscaras dramáticas dos gregos e dos japoneses. Se um dia houve um rosto sinônimo à morte – se a aparência pudesse matar –, nós o vimos naquele momento.

Então, por meio minuto ininterrupto, que pareceu uma eternidade, ela ficou entre o crucifixo erguido e as obstruções sagradas em seu acesso ao mausoléu. Van Helsing rompeu o silêncio perguntando a Arthur:

– Responde-me, amigo meu! Devo continuar meu trabalho?

Arthur pôs-se de joelhos e escondeu o rosto nas mãos ao responder:

– Faz o que quiseres, amigo, faz o que quiseres. Não pode nunca mais haver horror como este. – E seu espírito gemeu. Quincey e eu fomos até ele simultaneamente e o pegamos pelos braços. Pudemos ouvir o clique da lanterna fechando-se quando Van Helsing a baixou; aproximando-se da sepultura, ele começou a remover das frestas parte do material sagrado que colocara ali. Quando recuou, todos assistíamos com espanto horrorizado à mulher, com um corpo tão material e real naquele momento quanto o nosso, passando pela fresta na qual mal entraria uma lâmina de faca. Todos tivemos uma enorme sensação de alívio ao ver o professor colocando com calma a massa nos cantos da porta.

Quando isso foi feito, ele ergueu a criança e disse:

– Venham, meus amigos; não podemos fazer mais nada até amanhã. Há um funeral ao meio-dia, então viremos não muito depois disso. Os amigos do falecido terão ido embora até as duas e, quando o sacristão trancar os portões, ficaremos aqui dentro. Quanto ao pequeno aqui, ele não está tão ferido, e até amanhã à noite ficará bem. Devemos deixá-lo onde a polícia o encontrará, como na noite anterior e, depois disso, ir para nossas casas.

Aproximando-se de Arthur, disse:

– Arthur, meu amigo, tiveste uma prova dura; mas depois, quando olhares para trás, verás como era necessário. Agora estás na água amarga, meu jovem. Nesta mesma hora amanhã, peço a Deus que tenhas passado por ela e bebas da água doce, então não sofras demais. Até lá, não pedirei que me perdoes.

Arthur e Quincey vieram para casa comigo e tentamos animar uns aos outros no caminho. Havíamos deixado a criança em um lugar seguro e estávamos cansados; por isso, todos caímos no sono, com graus variados de realidade.

29 de setembro, noite. – Pouco antes das doze, nós três – Arthur, Quincey Morris e eu – fomos ao professor. Era estranho notar que, com certo consenso, todos havíamos vestido roupas pretas. É claro que Arthur estava de preto porque estava de luto, mas os demais entre nós fizemos a escolha por instinto. Chegamos ao cemitério à 1h30 e caminhamos por ele, mantendo distância da cerimônia oficial, de modo que, quando os coveiros terminaram seu trabalho, e o sacristão, achando que todos haviam ido embora, trancou o portão, ficamos com o lugar todo para nós. Van Helsing, em vez de sua pequena bolsa preta, levava consigo uma bolsa longa de couro, similar à usada por jogadores de críquete; era evidente que tinha um peso razoável.

Quando estávamos sozinhos e ouvimos os últimos passos sumirem pela estrada, em silêncio e como se seguíssemos ordens, acompanhamos o professor até o mausoléu. Ele destrancou a porta, que nós fechamos depois que todos entramos. Em seguida, pegou em sua mala a lanterna, acendendo-a, e duas velas de cera as quais, ao acendê-las, colocou em outros caixões, derretendo as pontas uma da outra de modo que fornecessem luz suficiente para atuar. Quando ele novamente ergueu a tampa do caixão de Lucy, todos olhamos – Arthur tremia feito um álamo – e notamos que o corpo estava ali deitado com toda a sua beleza fúnebre. Mas não havia amor em meu coração nem nada além de ódio pela Coisa sórdida que tomara a forma de Lucy sem a alma dela. Podia até ver o rosto de Arthur endurecer enquanto ele olhava. Pouco depois, ele perguntou a Van Helsing:

– Este corpo é mesmo o de Lucy ou é apenas um demônio com a forma dela?

– É o corpo dela; e, no entanto, não é. Mas aguardem um momento, e a verão como era, e como é.

Ela parecia uma Lucy pesadelar ali deitada: os dentes pontudos, a boca repleta de sangue e volúpia – de fazer arrepiar –; toda a aparência carnal e sem espírito parecia uma zombaria diabólica da doce pureza de Lucy. Van Helsing, metódico como sempre, começou a retirar diversos objetos da bolsa e os deixou prontos para uso. Primeiro, tirou um ferro de solda, bem como solda para encanamento, seguidos por uma pequena lamparina a óleo que, iluminando um canto da cripta, liberava um gás que queimava intensamente com uma chama azul; depois, seus bisturis, que deixou na mão; por fim, uma estaca de madeira, de mais ou menos sete centímetros de espessura e um metro de comprimento. Uma das extremidades estava endurecida por ter sido exposta ao fogo e fora afiada até adquirir uma ponta fina. Com a estaca vinha um martelo pesado, como os que são usados nas casas para quebrar carvão. Para mim, os preparativos de um médico para qualquer tipo de trabalho são estimulantes e revigorantes, mas os efeitos desse tipo de coisa causaram certa consternação a Arthur e Quincey. Ambos, porém, mantiveram a coragem e permaneceram em silêncio.

Quando tudo estava pronto, Van Helsing disse:

– Antes que façamos qualquer coisa, permitam-me dizer o seguinte, que vem do conhecimento e experiência dos antigos e de todos os que estudaram os poderes dos mortos-vivos: quando eles adquirem esse estado, vem junto a maldição da imortalidade; eles não podem morrer, precisando seguir era após era aumentando o número de vítimas e multiplicando os males do mundo; pois todos os que morrem como presas dos mortos-vivos viram também mortos-vivos, predadores da própria espécie. E assim o círculo continua crescendo, como as ondas de uma pedra jogada na água. Amigo Arthur, se tivesses dado aquele beijo, do qual sabes, antes de a pobre Lucy falecer ou, novamente ontem à noite, se a tivesses recebido de braços abertos, virarias, após a morte, um *nosferatu*, como dizem no Leste Europeu, e para sempre farias mais desses mortos-vivos para encher-nos de horror. A carreira dessa dama tão querida e tão infeliz está apenas no começo. As crianças cujo sangue ela sugou ainda não estão em um estado tão grave; mas, se ela perseverar como morta-viva, cada vez mais elas perderão sangue e, devido ao poder que ela exerce sobre elas, virão até ela; e assim ela tomará seu sangue com aquela boca perversa. Mas, se ela morrer de verdade, tudo isso cessará; as feridas minúsculas na garganta desaparecerão e elas voltarão a brincar sem nunca saber o que ocorreu. Mas, uma bênção maior do que essa, quando esta morta-viva for posta para descansar como uma morta de fato, a alma da pobre dama que amamos ficará livre novamente. Em vez de realizar vilanias durante a noite e degradar-se cada vez mais assimilando tais atos durante o dia, ela ocupará seu lugar com os outros anjos. Então, meu amigo, será uma mão abençoada em prol dela que aplicará o golpe para libertá-la. Estou disposto a fazê-lo; mas não há ninguém entre nós que teria mais direito? Não haverá alegria em pensar depois, no silêncio da noite e na ausência do sono: "Foi minha mão que a mandou às estrelas, foi a mão daquele que a amava mais; a mão que, entre todas, ela teria escolhido, se fosse escolha dela"? Diga-me: há alguém assim entre nós?

Todos olhamos para Arthur. Ele também viu o que todos fizemos, a ternura infinita com a qual sugerimos que deveria ser a mão dele a que faria Lucy retornar a nós como uma lembrança sagrada, não uma profana; ele aproximou-se e disse com coragem, embora sua mão tremesse e seu rosto estivesse pálido como a neve:

– Meu amigo genuíno, do fundo de meu coração partido, agradeço. Diz-me o que devo fazer e não hesitarei!

Van Helsing depositou uma mão em seu ombro e disse:

– Bravo rapaz! Basta um momento de coragem e estará feito. Esta estaca deve atravessá-la. Será uma tarefa terrível, não te enganes, mas durará apenas um curto período, e depois teu regozijo será maior do que tua dor; desta cripta mórbida emergirás como se andasse no ar. Mas não deves hesitar depois que começares. Pensa apenas que nós, teus amigos de verdade, estamos contigo e rezaremos por ti o tempo inteiro.

– Prossegue – falou Arthur rispidamente. – Diz-me o que fazer.

– Pega esta estaca com tua mão esquerda, pronto para colocar a ponta no coração dela, e o martelo com tua direita. Então, quando começarmos nossa oração pelos mortos, que eu lerei, tenho o livro aqui e os outros irão me acompanhar, tu golpearás em nome de Deus, de modo que tudo fique bem com a falecida que amamos e que a morta-viva finde.

Arthur pegou a estaca e o martelo e, depois que sua mente ficou decidida na ação, suas mãos não tremeram nem um pouco. Van Helsing abriu o missal e começou a ler; Quincey e eu acompanhamos como podíamos. Arthur posicionou a ponta sobre o coração e, ao olhar, pude enxergar a pressão na carne branca. Ele então golpeou com toda a sua força.

A Coisa no caixão contorceu-se; e um grito horrendo de gelar a espinha saiu dos lábios vermelhos abertos. O corpo estremecia, agitava-se, e revirava-se com contorções descontroladas; os dentes brancos e afiados fechavam-se firmes até cortar os lábios, e a boca estava suja de uma espuma escarlate. Mas Arthur jamais hesitou. Ele parecia uma imagem do próprio Thor conforme seu braço subia e descia, afundando mais e mais a estaca da misericórdia, e o sangue do coração perfurado transbordava e esguichava ao redor. Seu rosto estava determinado e um senso de dever elevado parecia reluzir nele; essa visão nos deu coragem de modo que nossas vozes pareciam ressoar pela pequena câmara.

E então, as contorções e estremecimentos do corpo diminuíram; os dentes pareciam ranger e o rosto parecia tremer. Por fim, parou. A terrível tarefa estava concluída.

O martelo caiu da mão de Arthur, que recuou e teria caído se não o tivéssemos pegado. Grandes gotas de suor brotavam de sua testa e sua respiração vinha em arquejos erráticos. Havia de fato exigido muito dele; e, se ele não tivesse sido forçado a isso por algo além das considerações humanas, jamais teria cumprido a tarefa. Por alguns minutos, ficamos tão preocupados com ele que não olhamos para o caixão. Porém, quando o fizemos, um murmúrio de surpresa e espanto percorreu-nos um a um. Observávamos com tamanha ansiedade que Arthur, sentado no chão, ergueu-se para se aproximar e ver também. E então, uma luz estranha e agradecida surgiu em seu rosto e dissipou completamente o horror sombrio que pairava nele.

Então, no caixão não jazia mais a Coisa sórdida que temíamos e passamos a odiar a ponto de sua destruição ter sido considerada um privilégio ao mais apto a fazê-la, mas sim Lucy como a vimos em vida, com seu rosto de doçura e pureza inigualáveis. É verdade que havia, como vimos em vida, os traços da preocupação, da dor e do desgaste; mas esses nos eram todos caros, pois definiam a fidelidade à dama que conhecíamos. Todos sentimos que a calma sagrada que se lançava como raios de sol sobre o rosto e corpo debilitados era apenas um sinal terreno, símbolo da calma que reinaria para sempre.

Van Helsing veio, colocou as mãos no ombro de Arthur e disse-lhe:

– E agora, Arthur, meu bom amigo e bom rapaz, não estou perdoado?

A reação do desgaste terrível aflorou quando ele pegou a mão do velho com as suas e, levando-a aos lábios, beijou-a, em seguida dizendo:

– Perdoado? Que Deus abençoe-te por ter à minha amada devolvido a alma e a mim trazido paz.

Ele pôs as mãos no ombro do professor e, repousando a cabeça no peito do outro, chorou em silêncio por um tempo, ao passo que nós permanecemos imóveis. Quando ele ergueu a cabeça, Van Helsing falou-lhe:

– E agora, meu jovem, podes beijá-la. Beija seus lábios mortos se assim desejares, como ela gostaria que fizesses, se fosse escolha dela. Pois agora ela não é um diabo sorridente; não mais uma Coisa vil, e assim para sempre será. Não é mais uma morta-viva do diabo. É uma morta genuína de Deus, e sua alma com Ele está!

Arthur curvou-se e beijou-a, e então convidamos tanto ele como Quincey a sair do mausoléu; o professor e eu serramos o topo da estaca, deixando a ponta no corpo. Depois, cortamos a cabeça e enchemos a boca de alho. Soldamos o caixão de chumbo, parafusamos a tampa e, recolhendo nossos pertences, saímos. Quando o professor trancou a porta, deixou a chave com Arthur.

Do lado de fora, o ar era doce, o sol brilhava e os pássaros cantavam; parecia que toda a natureza tocava com uma nova afinação. Havia gratidão, alegria e paz em toda parte, pois havíamos encontrado tranquilidade em um aspecto e estávamos gratos, embora fosse com uma felicidade comedida.

Antes de partirmos, Van Helsing disse:

– Agora, meus amigos, um passo de nosso trabalho está feito, um dos mais angustiantes para nós. Mas resta uma tarefa ainda maior: encontrar o autor desse nosso pesar e erradicá-lo. Tenho pistas que podemos seguir, mas é uma tarefa longa e árdua; nela, há perigo e dor. Os senhores poderiam ajudar-me? Passamos todos a acreditar, não é esse o caso? E, desse modo, não vemos qual é o nosso dever? Sim! E não devemos prometer ir até o fim?

Um por vez, demos a mão a ele, e uma promessa foi feita. Depois disso, ao nos retirarmos dali, o professor disse:

– Daqui a duas noites vossas mercês devem encontrar-se comigo para jantarmos juntos às sete horas com meu caro John. Devo convocar mais dois, dois que os senhores ainda não conhecem; e estarei pronto para todo o nosso trabalho apresentar e nossos planos traçar. John, meu amigo, tu vens comigo para casa, pois tenho muito a consultar e podes ajudar-me. Vou para Amsterdã esta noite, mas voltarei amanhã no fim do dia. E então, começará nossa grande missão. Mas antes terei muito a dizer, de modo que saibam o que se deve fazer e temer. Depois disso, nossa promessa deve ser renovada; pois um dever terrível nos aguarda e, depois que colocarmos o pé no arado, não podemos recuar.

XVII

Diário do dr. Seward (cont.)

Quando chegamos ao Hotel Berkeley, Van Helsing encontrou um telegrama à sua espera:

Indo de trem. Jonathan em Whitby. Notícias importantes.

Mina Harker

O professor ficou encantado.

– Ah, a maravilhosa senhora Mina – disse. – Uma pérola de mulher! Ela chegará, mas não posso ficar. Ela deve ir para a tua casa, amigo John. Deves recebê-la na estação. Manda um telegrama em trânsito para que ela fique preparada.

Quando o telegrama foi enviado, ele tomou uma xícara de chá; enquanto isso, contou-me sobre um diário mantido por Jonathan Harker no exterior, e deu-me uma cópia datilografada do registro, bem como do diário da sra. Harker em Whitby.

– Fica com estes – ele disse. – Estuda-os bem. Quando eu voltar, tu serás mestre de todos os fatos e poderemos realizar melhor nosso inquérito. Mantém-los em segurança, pois há muito de valor neles. Precisarás de toda a tua fé, mesmo tendo tido uma experiência como a de hoje. O que aqui é contado – ele colocou a mão com peso e seriedade na pilha de papéis enquanto falava – pode ser o começo do fim para ti, para mim e para muitos outros; ou pode soar os sinos fúnebres para os mortos-vivos que andam em nosso solo. Lê tudo, imploro-te, com a mente aberta; e, se puderes acrescentar qualquer coisa à história aqui contada, acrescenta, pois é de suma importância. Mantiveste um diário de todas essas estranhezas, não? Sim! Então, examinaremos tudo isso juntos quando nos encontrarmos. – Assim, preparou-se para partir e pouco depois tomou uma charrete para a Liverpool Street. Segui para Paddington, onde cheguei em cerca de quinze minutos antes do trem.

A multidão se dissipou após a agitação típica de plataformas de desembarque; e começava a ficar apreensivo, com medo de não encontrar minha hóspede, quando uma moça de aparência delicada e rosto meigo veio até mim e, olhando rapidamente, disse:

– Doutor Seward, correto?

– E a senhora é a senhora Harker! – respondi de imediato; com isso, ela estendeu a mão.

– Reconheci o senhor pela descrição da minha querida Lucy, a coitada; mas... – Ela parou de repente, e um rubor ligeiro espalhou-se por seu rosto.

O rubor que de algum modo chegou ao meu próprio rosto acalmou-nos, servindo como uma resposta tácita ao dela. Peguei sua bagagem, que incluía uma máquina de escrever, e tomamos o metrô para a Fenchurch Street depois de eu ter enviado um telegrama à minha criada, para que aprontasse de imediato uma sala e um quarto a fim de receber a sra. Harker.

Chegamos no horário esperado. Ela sabia, claro, que o lugar era um manicômio, mas pude notar que foi incapaz de conter um arrepio ao entrarmos.

Ela disse-me que, se eu permitisse, viria a meu escritório em breve, pois tinha muito a dizer. Então, cá estou, encerrando minha entrada no meu diário fonográfico enquanto a aguardo. Por ora, ainda não tive como examinar os papéis que Van Helsing deixou comigo, embora estejam dispostos diante de mim. Preciso fazer com que ela adquira algum interesse, para que assim eu tenha uma oportunidade de lê-los. Ela não sabe o quanto o tempo é precioso ou o tipo de tarefa que temos em mãos. Devo tomar cuidado para não assustá-la. Ela chegou!

Diário de Mina Harker

29 de setembro. – Depois que me arrumei, fui ao escritório do dr. Seward. À porta, detive-me por um momento, pois pensei tê-lo ouvido falar com alguém. Porém, como ele insistiu para que eu fosse breve, bati à porta e, ao ouvi-lo dizendo para eu entrar, assim o fiz.

Para minha imensa surpresa, não havia ninguém com ele. Estava sozinho e na mesa à sua frente havia o que na mesma hora reconheci condizer com a descrição de um fonógrafo. Eu nunca havia visto um e fiquei bastante interessada.

– Espero que não tenha aguardado muito – falei. – Mas esperei à porta por tê-lo ouvido falando e presumi que havia alguém com o senhor.

– Ah – ele respondeu com um sorriso. – Só estava fazendo um registro em meu diário.

– Seu diário? – perguntei, surpresa.

– Sim – ele respondeu. – Faço-o nisto aqui. – Ao falar, ele colocou a mão no fonógrafo.

Fiquei bastante animada e deixei escapar:

– Ora, isto é melhor até que taquigrafia! Posso ouvi-lo dizer algo?

– Com certeza – ele respondeu com boa vontade, levantando-se para configurá-lo para modo de reprodução. Então, deteve-se, e um olhar preocupado espalhou-se em seu rosto.

– O fato é que – ele começou, sem jeito – só gravo meu diário nele; e como ele é inteiramente, quase inteiramente, sobre meus casos, pode ser constrangedor... digo...

Ele parou de falar e tentei ajudá-lo a livrar-se do constrangimento.

– O senhor ajudou a cuidar de nossa querida Lucy no fim. Permita-me ouvir como ela morreu; por tudo que sei sobre ela, ficarei deveras grata. Tinha um carinho muito, muito grande por ela.

Para minha surpresa, ele respondeu, com um semblante apavorado:

– Contar-lhe sobre a morte dela? Por nada deste mundo!

– Por que não? – perguntei, pois fui tomada por uma sensação terrível e sombria.

Novamente ele deteve-se, e percebi que tentava inventar uma desculpa. Por fim, disse gaguejando:

– Sabe, eu não sei como selecionar partes específicas do diário. – Mesmo enquanto falava, uma ideia surgiu em sua mente e ele disse com uma simplicidade inconsciente, uma voz diferente e a ingenuidade de uma criança: – É verdade, juro. Palavra de escoteiro! – Não pude deixar de sorrir, resultando numa careta por parte dele. – Entreguei-me com essa – disse. – Mas sabe de uma coisa? Embora eu tenha mantido esse diário por meses, em nenhum momento ocorreu-me como eu iria encontrar qualquer trecho em particular, caso eu quisesse consultá-lo.

A essa altura, minha mente estava decidida que o diário de um médico que tratou Lucy provavelmente tinha algo a acrescentar ao que sabemos sobre aquele Ser terrível e retruquei com audácia:

– Então, doutor Seward, é melhor permitir que eu transcreva-o para o senhor em minha máquina de escrever.

Ele adquiriu uma palidez efetivamente cadavérica e disse:

– Não! Não! Não! Por tudo neste mundo, não deixaria a senhora tomar conhecimento dessa história terrível!

Então era terrível; minha intuição estava certa! Pensei por um momento e, enquanto meus olhos percorriam o quarto, à procura inconsciente de alguma coisa ou oportunidade para ajudar-me, eles se iluminaram diante de uma grande pilha de material datilografado à mesa. Seus olhos notaram os meus e, sem pensar, seguiram seu caminho. Ao ver o pacote, deu-se conta do que eu tinha em mente.

– O senhor não me conhece – falei. – Quando tiver lido esses documentos que datilografei, meu diário e o de meu marido, o senhor saberá mais sobre mim. Não hesitei em dizer-lhe tudo o que há em minha mente e coração a respeito disso; mas é claro que o senhor não sabe nada sobre mim... ainda não; e não devo esperar que confie em mim desde já.

Ele certamente é um sujeito de natureza nobre; minha querida Lucy (pobrezinha) estava certa com relação a ele. Ele levantou-se e abriu uma gaveta grande, na qual havia uma série de cilindros de metal ocos cobertos com cera escura e dispostos ordenadamente; em seguida, disse:

– A senhora tem razão. Não confiei em vossa mercê porque não a conheço. Mas agora conheço; e permita-me dizer que devia tê-la conhecido há muito tempo. Sei que Lucy contou sobre mim para a senhora; ela também falou de sua pessoa para mim. Posso redimir-me da única maneira que está em meu poder? Fique com os cilindros e os ouça; a primeira meia dúzia é de cunho pessoal meu e não lhe causará horror; assim, a senhora me conhecerá melhor. O jantar estará pronto quando tiver terminado. Enquanto isso, lerei alguns desses documentos e assim ficarei mais apto a entender determinadas questões.

Ele foi pessoalmente levar o fonógrafo à sala de estar dos meus aposentos e ajustá-lo para mim. Agora devo descobrir algo agradável, tenho certeza, pois me contará o outro lado de um episódio de amor verdadeiro que já conheço por um ponto de vista...

Diário do dr. Seward

29 de setembro. – Fiquei tão absorto naquele diário incrível de Jonathan Harker e no de sua esposa que deixei o tempo passar sem perceber. A sra. Harker não havia descido quando a criada veio anunciar o jantar, então eu disse:

– É possível que ela esteja cansada; deixe o jantar esperando por uma hora. – Depois disso, voltei ao trabalho. Eu havia acabado de terminar o diário da sra. Harker quando ela chegou. Sua aparência era meiga e bonita, mas muito triste, e seus olhos apresentavam uma vermelhidão de quem havia chorado. Isso, por algum motivo, comoveu-me bastante. Ultimamente, tenho tido motivos para lágrimas (Deus é testemunha!), mas foi-me negado o alívio que elas trazem; e então, a visão daqueles olhos adoráveis, marcados pelo choro recente, atingiu-me diretamente no coração. Então, falei do modo mais gentil que consegui:

– Receio que causei-lhe mágoa.

– Ah, não, não causou mágoa – ela respondeu. – Mas fiquei mais comovida com seu pesar do que posso expressar em palavras. É uma máquina fantástica, mas sua veracidade é cruel. Revelou-me em seus tons a angústia de seu coração. Era como uma alma gritando a Deus Todo-Poderoso. Ninguém nunca mais deve voltar a ouvir esses tons! Tentei ser útil, entende? Copiei as palavras em minha máquina de escrever e mais ninguém precisa ouvir, como eu ouvi, o pulsar de seu coração.

– Ninguém precisa saber de meu relato; ninguém nunca saberá – falei com a voz baixa.

Ela colocou sua mão sobre a minha e disse, séria:

– Ah, mas é preciso que saibam!

– É preciso?! Mas por quê? – perguntei.

– Porque faz parte da história terrível, faz parte da morte da pobre Lucy e de tudo que levou a isso; porque no desafio que temos diante de nós, de livrar a Terra desse monstro terrível, precisamos de todo o conhecimento e ajuda que pudermos obter. Creio que os cilindros que me deu continham mais do que o senhor pretendia que eu soubesse; mas noto que, em seu registro, há muitas luzes para esse mistério sombrio. O senhor aceitará minha ajuda, não? Sei de tudo até certo ponto e já entendo, mesmo só tendo seu diário até o dia sete de setembro, como Lucy foi atacada e como seu terrível destino foi traçado. Jonathan e eu temos trabalhado dia e noite desde que o professor Van Helsing nos visitou. Ele foi a Whitby buscando obter mais informações e estará aqui amanhã para ajudar-nos. Não precisamos guardar segredos uns dos outros; trabalhando juntos e com absoluta confiança, é certo que teremos mais força do que se alguns de nós ficarmos às escuras.

Ela olhou para mim de um jeito tão suplicante, ao mesmo tempo demonstrando tamanha coragem e determinação em sua postura, que cedi imediatamente.

– A senhora deve agir como achar melhor. Deus que me perdoe se agi mal! Ainda há verdades terríveis a se aprender, mas, se vossa mercê já percorreu tanto da estrada que leva à morte de Lucy, sei que não ficará contente em permanecer às escuras. Não só isso como o fim, a ultimíssima parte da história, talvez lhe dê um vislumbre de paz. Venha, o jantar está servido. Depois de comer, vossa mercê saberá sobre o resto, e responderei a quaisquer perguntas que fizer, caso haja algo que a senhora não tenha entendido, mas que era evidente para os ali presentes.

Diário de Mina Harker

29 de setembro. – Depois do jantar, fui com o dr. Seward a seu escritório. Ele pegou de volta o fonógrafo no meu quarto e trouxe minha máquina de escrever. Providenciou para mim uma cadeira confortável e dispôs o fonógrafo de modo que eu pudesse mexer nele sem levantar-me e mostrou-me como parar caso eu quisesse interromper a reprodução. Então, com bastante consideração, sentou-se em uma cadeira de costas para mim, de modo que eu sentisse o máximo de liberdade possível, e se pôs a ler. Coloquei o metal bifurcado em minhas orelhas e passei a escutar o diário.

Quando terminei de ouvir a terrível história da morte de Lucy e de... e de tudo o que ocorreu depois, recostei-me na cadeira, sem forças. Felizmente, não sou propensa a desmaios. Quando o dr. Seward viu-me, ele se sobressaltou com uma exclamação horrorizada e às pressas pegou uma garrafa de uma cristaleira, serviu-me um pouco de conhaque que, em poucos minutos, me revigorou parcialmente. Meu cérebro se movia em espiral e se, em meio àquela profusão de horrores, não houvesse o raio de luz sagrado de saber que minha tão querida Lucy estava enfim em paz, acho que não a teria aguentado sem fazer um escândalo. É tudo tão absurdo, misterioso e estranho que, se não estivesse familiarizada com a experiência de Jonathan na Transilvânia, eu não teria acreditado. No estado atual das coisas, não soube no que acreditar, então evitei minha dificuldade cuidando de outra tarefa. Removi a capa de minha máquina de escrever e propus ao dr. Seward:

– Deixe-me transcrever tudo isso. Precisamos estar prontos para o doutor Van Helsing quando ele chegar. Mandei um telegrama a Jonathan dizendo que viesse para cá ao chegar em Londres, vindo de Whitby. Nesse quesito, datas são tudo; e creio que se deixarmos todo o material pronto, com tudo disposto em ordem cronológica, teremos feito muita coisa. O senhor contou-me que o lorde Godalming e o senhor Morris também estão a caminho. Que estejamos prontos para contar tudo a eles quando chegarem.

De acordo, ele configurou o fonógrafo para velocidade baixa e comecei a datilografar a partir do começo do sétimo cilindro. Usei papel-carbono para fazer três cópias do diário, assim como fiz com todo o restante. Estava tarde quando terminei, mas o dr. Seward foi cuidar de seu trabalho e conduzir uma ronda nos pacientes; ao concluir a ronda, ele voltou, sentou-se perto de mim e ficou lendo, para que eu não me sentisse muito solitária enquanto trabalhava. Como ele é bondoso e atencioso; o mundo parece cheio de bons homens, mesmo que *de fato* haja monstros nele. Antes de deixá-lo, lembrei-me do que Jonathan escrevera no diário a respeito do aspecto transtornado do professor ao ler algo em um jornal da tarde na estação de Exeter; então, ao notar que o dr. Seward guardava seus jornais, peguei emprestado seus arquivos do *Westminster Gazette* e do *Pall Mall Gazette* e levei-os a meu quarto. Lembro o quanto os recortes que fiz do *Dailygraph* e do *Whitby Gazette* ajudaram-nos a entender os eventos terríveis em Whitby, quando o conde Drácula aportou, então examinarei os jornais da tarde desde então a fim de talvez descobrir mais informações. Não estou com sono e o trabalho vai ajudar-me a me acalmar.

Diário do dr. Seward

30 de setembro. – O sr. Harker chegou às nove em ponto. Ele recebera o telegrama da esposa pouco antes de partir. Ele é peculiarmente perspicaz, pelo que seu rosto indica, e cheio de energia. Se esse diário é verdade – e, considerando as experiências fantásticas que este que vos fala teve, tem que ser –, é um homem de muito brio. Aquela história de descer até as criptas uma segunda vez foi um ato de intrepidez notável. Após ler seu relato, estava preparado para deparar-me com um bom exemplo de masculinidade, mas não o cavalheiro quieto e organizado que apareceu hoje.

Mais tarde. – Depois do almoço, Harker e a esposa voltaram a seus aposentos e, ao passar perto do cômodo, há pouco ouvi os cliques da máquina de escrever. Trabalhavam duro. A sra. Harker comentou que eles estão costurando, em ordem cronológica, cada evidência que tinham, por menor que fosse. Harker obteve as cartas entre o consignatário das caixas em Whitby e os transportadores em Londres que ficaram encarregados delas. Ele agora lê a transcrição que a esposa fez de meu diário. Pergunto-me o que ele concluirá a partir disso. Aqui vem ele...

Estranho que nunca ocorreu-me que a casa logo ao lado pudesse ser o esconderijo do conde! Deus sabe que tivemos pistas suficientes a partir da conduta do paciente Renfield! A pilha de cartas relativas à compra da casa estava junto à transcrição. Ah, se ao menos as tivéssemos antes, talvez tivéssemos salvado a pobre Lucy! Pare; esse é um caminho que leva à loucura! Harker voltou e está novamente reunindo seu material. Ele disse que até a hora do jantar conseguirá apresentar uma narrativa completa e conectada. Enquanto isso, acha que eu deveria ver Renfield, pois ele até então havia sido uma forma de indício das idas e vindas do conde. Não consigo fazer essa associação, mas, quando eu comparar as datas, imagino que conseguirei. Que bom que a sra. Harker datilografou meus cilindros. De outro modo, nunca teríamos encontrado as datas...

Encontrei Renfield sentado e plácido em seu quarto com as mãos juntas e um sorriso benevolente. No momento, parecia tão são quanto qualquer pessoa que eu já tivesse visto. Sentei-me e falei com ele sobre vários assuntos, todos recebidos por ele com naturalidade. Então, voluntariamente, falou de ir para casa, um assunto que, até onde sei, ele nunca mencionou durante sua estada aqui. Inclusive, falava com bastante confiança de receber alta imediatamente. Creio que, se eu não tivesse tido a conversa com Harker e lido as cartas e as datas de seus surtos, teria estado disposto a aprovar-lhe um período breve de observação. Na situação atual, estou terrivelmente desconfiado. Todos esses surtos estavam de alguma forma ligados à proximidade do conde. O que, então, esse conteúdo significa em sua totalidade? Será que seu instinto está satisfeito com o triunfo definitivo do vampiro? Ele próprio é um zoófago e em seus delírios à porta da capela da casa abandonada ele sempre falava de um "mestre". Isso tudo parece confirmar nossa hipótese. Porém, fui embora depois de um tempo; meu amigo no momento está um pouco são demais para questioná-lo muito a fundo. Ele pode começar a pensar nisso e então... Assim, retirei-me. Não confio nesse estado aquietado dele; então, sugeri ao assistente que ficasse de olho nele e mantivesse uma camisa de força pronta para usar, caso necessário.

Diário de Jonathan Harker

29 de setembro, no trem para Londres. – Quando recebi a mensagem cortês do sr. Billington, dizendo que me daria toda informação em seu poder, pensei que era melhor ir a Whitby e perguntar, cara a cara, tudo o que queria saber. Era agora meu objetivo rastrear aquela carga horrenda do conde até sua localização em Londres. Posteriormente, talvez consigamos fazer algo a respeito disso. O Billington filho, um bom rapaz, encontrou-se comigo na estação e levou-me à casa do pai, onde eles decidiram que eu deveria passar a noite. São acolhedores, um exemplo genuíno da hospitalidade de Yorkshire, que consiste em dar tudo a um hóspede e deixá-lo livre para fazer o que quiser. Sabiam que eu estava ocupado e que minha estada seria curta, e o sr. Billington deixou prontos em seu escritório os documentos relativos à consignação das caixas. Meu estômago quase se revirou quando vi novamente uma das cartas com que me deparara na mesa do conde antes de tomar conhecimento de seus planos diabólicos. Tudo havia sido pensado com cuidado e realizado de maneira sistemática e precisa. Ele parecia ter se planejado para qualquer obstáculo que pudesse se interpor por acidente no caminho e atrapalhasse a execução de suas intenções. Como dizem os americanos, ele "não arriscou nada" e a precisão absoluta com a qual suas instruções foram cumpridas eram apenas o resultado lógico de seu esmero. Vi a fatura e tomei nota: "Cinquenta caixas de terra comum, para uso experimental". Além disso, havia a cópia da carta à Carter Paterson, e a resposta da empresa; obtive cópias de ambas. Isso era tudo o que o sr. Billington podia dar-me de informação, então desci até o porto e prestei visita aos guardas costeiros, oficiais de alfândega e capitão do porto. Todos tinham algo a dizer a respeito da estranha chegada do navio, que já começava a ocupar um lugar na tradição local; mas ninguém conseguia acrescentar nada à simples descrição de "cinquenta caixas de terra comum". Então, falei com o chefe de estação, que teve a gentileza de me colocar em contato com os sujeitos que efetivamente recolheram as caixas. O registro deles correspondia exatamente com a lista, e eles não tinham nada a acrescentar além de que as caixas eram "pesadas pra caramba, um peso de matar" e que movê-las foi um trabalho de secar a garganta. Um deles acrescentou que foi azar não haver nenhum "cavalheiro como vossa mercê" para demonstrar alguma aprovação de seus esforços de forma líquida; outro emendou que a sede gerada pelo trabalho foi tamanha que, mesmo depois de tanto tempo, ainda não havia sido saciada de todo. Não é preciso dizer que, antes de ir embora, cuidei para que a fonte dessa queixa fosse resolvida de maneira adequada e permanente.

30 de setembro. – O chefe de estação foi gentil ao conectar-me com seu antigo colega, o chefe de estação de King's Cross, de modo que, quando eu chegasse lá de manhã, pudesse perguntar-lhe a respeito da chegada das caixas. Ele também imediatamente colocou-me em contato com os oficiais encarregados e notei que o registro batia com a fatura original. As oportunidades de adquirir uma sede anormal aqui foram limitadas; porém, foi feito um uso nobre delas e novamente fui encorajado a lidar com o resultado de modo *ex post facto*.

Dali, dirigi-me ao escritório central da Carter Paterson, onde fui recebido com extrema cortesia. Eles consultaram a transação no registro diário e no registro de cartas, além de telefonarem imediatamente para o escritório em King's Cross à procura de mais detalhes. Por sorte, os homens que realizaram o transporte estavam aguardando serviços e o oficial os mandou na mesma hora, enviando também com um deles a relação de itens e todos os documentos relacionados à entrega das caixas em Carfax. Aqui mais uma vez percebi que o registro correspondia com exatidão; os homens da transportadora conseguiram complementar a pobreza das palavras escritas com certos detalhes, que eram, logo descobri, ligados quase exclusivamente à natureza empoeirada do serviço e à consequente sede que surgia nos operadores. Ao fornecer-lhe uma oportunidade, por meio da moeda vigente no reino, de aliviar posteriormente esse mal benéfico, um dos homens disse:

— Aquela casa, chefia, é o lugar mais estranho em que já fui. Cruz credo! Mas faz uns cem anos que não encostam ali. Tinha uma camada de pó tão grossa que dava pra dormir ali sem machucar osso nenhum; e o lugar era tão abandonado que é capaz de dar pra sentir o cheiro da velha Jerusalém. Mas a capelinha antiga... essa sim foi a campeã! Eu e meu parceiro achamos que nunca era cedo demais pra sair dali. Deus do céu, eu não ficaria ali depois de escurecer por menos do que um conto por segundo.

Tendo estado na casa, podia acreditar nele; mas, se ele soubesse o que sei, creio que cobraria mais. De uma coisa agora tenho certeza: *todas* as caixas que chegaram a Whitby, de Varna, na *Demeter*, estavam depositadas em segurança na velha capela em Carfax. Devia haver cinquenta delas lá, a não ser que alguma tivesse sido removida desde então – o que receio ser o caso, pelo diário do dr. Seward.

Devo tentar encontrar os cocheiros que retiravam as caixas em Carfax quando Renfield os atacou. Seguindo essa pista, talvez descubramos bastante coisa.

Mais tarde. – Mina e eu trabalhamos o dia todo e colocamos todos os documentos em ordem.

Diário de Mina Harker

30 de setembro. – Estou tão contente que mal consigo conter-me. É, suponho, a reação ao medo que me assombrava: o de que esse incidente terrível e a reabertura da velha ferida pudessem ter um efeito negativo em Jonathan. Vi-o partir para Whitby com um rosto tão destemido quanto possível, mas passei mal de apreensão. Os esforços, porém, fizeram-lhe bem. Ele nunca esteve tão resoluto, tão forte, tão repleto de energia vulcânica, como no momento. É como o bom e caro professor Van Helsing dissera: ele é indomável, e melhora diante de esforços que matariam alguém de natureza mais fraca. Ele retornou cheio de vida, esperança e determinação; temos tudo em ordem para hoje à noite. Sinto-me um tanto agitada de entusiasmo. Creio que alguém deva ter pena de uma coisa tão perseguida quanto o conde. Mais eis aí a questão: essa Coisa não é humana; nem animal é. Ler o relato do dr. Seward sobre a morte da pobre Lucy, e sobre o que ocorreu depois, é suficiente para secar as nascentes de pena no coração de qualquer um.

Mais tarde. – O lorde Godalming e o sr. Morris chegaram mais cedo do que esperávamos. O dr. Seward havia saído a negócios, e levou Jonathan consigo, então tive de recebê-los. Foi um encontro doloroso para mim, pois me fizeram lembrar todas as esperanças de minha querida Lucy apenas alguns meses atrás. É claro que Lucy falou-lhes sobre mim, e parece que o dr. Van Helsing também "tem cantado louvores a mim", como disse o sr. Morris. Pobrezinhos, nenhum deles tem ciência de que sei dos pedidos de casamento que fizeram a Lucy. Eles não sabiam ao certo o que dizer ou fazer, pois não sabiam até onde ia meu conhecimento; por isso, ativeram-se a assuntos neutros. Porém, refleti sobre o assunto e cheguei à conclusão de que a melhor atitude a tomar seria atualizá-los sobre o que sabíamos até o momento. Sabia, pelo diário do dr. Seward, que eles estiveram presentes para a morte de Lucy – sua morte real – e não precisei ter medo de entregar nenhum segredo antes da hora. Então lhes disse, da melhor forma que pude, que havia lido todos os documentos e diários, e que eu e meu marido, depois de transcrevermos tais materiais, havíamos acabado de colocá-los em ordem. Entreguei uma cópia a cada um, para que lessem na biblioteca. Quando o lorde Godalming pegou a sua e folheou-a (era uma pilha de tamanho bem considerável), ele disse:

– A senhora escreveu tudo isso, senhora Harker?

Aquiesci e ele prosseguiu:

– Não entendo muito o propósito disso, mas vossas mercês são pessoas tão gentis e bondosas, e têm trabalhado com tanto afinco e honestidade, que tudo o que posso fazer é aceitar suas ideias às cegas e tentar ajudar. Já aprendi uma lição sobre aceitar fatos que deveriam tornar um homem humilde até a hora final de sua vida. Além disso, sei que a senhora amava minha pobre Lucy... – Nisso, ele virou-se e cobriu o rosto com as mãos. Pude ouvir as lágrimas em sua voz. O sr. Morris, com uma delicadeza instintiva, colocou uma mão sobre seu ombro por um momento e os dois se retiraram do cômodo em silêncio. Suponho que haja algo na natureza das mulheres que faz com que os homens sintam-se livres para desmoronarem diante delas e expressarem seus sentimentos de aspecto tenro e emocional sem sentir que mancham sua masculinidade; pois, quando o lorde Godalming viu-se a sós comigo, sentou-se no sofá e abriu-se por completo. Sentei-me ao lado dele e peguei sua mão. Espero que ele não tenha achado atrevido de minha parte, e que, se ele lembrar-se do fato futuramente, não pense assim. Isso é injusto com ele; *sei* que não pensará assim, pois é um cavalheiro deveras genuíno. Disse-lhe, pois podia ver que seu coração estava partido:

– Eu amava minha querida Lucy e sei o que ela significava para o senhor, assim como sei o que o senhor significava para ela. Nós duas éramos como irmãs e agora ela partiu; o senhor permitiria que eu fosse como uma irmã para vossa mercê em tempos difíceis? Entendo as tristezas pelas quais passou, embora não possa medir a profundidade delas. Se a compaixão e a pena podem ajudar em seu sofrimento, deixaria que eu tivesse alguma serventia, em nome de Lucy?

Em um instante, meu pobre colega foi dominado pelo luto. Pareceu-me que tudo o que ele havia sofrido em silêncio ultimamente encontrou um escape de uma vez só. Ele ficou um tanto histérico e, erguendo as mãos abertas, juntou as palmas em uma agonia perfeita de dor. Ele levantou-se e em seguida sentou-se de novo, e as lágrimas jorravam sobre suas bochechas. Senti uma pena sem-fim dele e abri meus braços sem pensar. Com um soluço, ele repousou a cabeça em meu ombro e chorou como uma criança esgotada, trêmulo de emoção.

Nós, mulheres, temos algo de mãe em nós que nos fazem superar questões menores quando o espírito materno é invocado; sentia a cabeça grande de um homem triste apoiada em mim, como se fosse a cabeça de um bebê que um dia talvez venha a repousar em meu peito, e acariciei seu cabelo como se fosse meu próprio filho. Não pensei no momento em como isso tudo era estranho.

Depois de um tempo, seus soluços pararam, e ele levantou-se pedindo desculpas, embora não tentasse disfarçar a emoção. Contou-me que, nos dias e noites anteriores – dias esgotantes e noites insones –, ele não conseguiu falar com ninguém, como um homem deve falar quando está em luto. Não houve mulher cuja compaixão lhe pudesse ser dada ou com quem, devido às terríveis circunstâncias que rodeavam esse luto, ele pudesse falar livremente.

– Agora sei o quanto sofri – ele disse, enxugando os olhos. – Mas, mesmo neste momento ainda não sei, e ninguém mais nunca saberá, o quanto sua compaixão doce foi importante para mim hoje. Saberei melhor com o tempo; e creia em mim quando digo que, embora eu não seja ingrato agora, minha gratidão aumentará conforme compreendo. Poderias permitir que eu seja como um irmão teu, pelo resto de nossas vidas, em nome de nossa querida Lucy?

– Em nome de nossa querida Lucy – respondi enquanto dávamos as mãos.

– Sim, e em teu próprio nome – ele acrescentou. – Pois, se a estima e a gratidão de um homem merecem ser ganhadas por alguém, tu ganhaste ambas de mim hoje. Se o futuro levar-te a uma hora na qual precisares da ajuda de um homem, crê em mim: não hás de chamar-me em vão. Que Deus garanta que essa hora nunca chegue para ofuscar o brilho de tua vida; mas, se chegar, promete-me que me informarás.

Ele foi tão sincero e sua dor estava tão fresca que senti que isso iria reconfortá-lo, então disse:

– Prometo.

Enquanto passava pelo corredor, vi o sr. Morris olhando por uma janela. Ele virou-se ao ouvir meus passos.

– Como está Art? – indagou. Então, ao notar meus olhos vermelhos, continuou: – Ah, vejo que reconfortava-o. Coitado de meu velho amigo! Ele precisa de algo assim. Ninguém além de uma mulher poderia ajudar um homem com um problema do coração; e ele não tinha ninguém para trazer-lhe esse conforto.

Ele aguentava sua própria dor com tanta coragem que me condoeu. Vi o manuscrito em sua mão e sabia que, quando o lesse, saberia o quanto eu sei; então disse-lhe:

– Gostaria de reconfortar todos os que sofrem do coração. O senhor permite que eu seja sua amiga, de modo que venha a mim por conforto caso precise? Saberá, mais tarde, por que digo isso.

Ele viu que eu falava com sinceridade e, curvando-se, pegou minha mão, ergueu-a até seus lábios e beijou-a. Parecia pouco conforto a uma alma tão corajosa e altruísta, e por impulso inclinei-me e dei-lhe um beijo. Lágrimas surgiram em seus olhos, e sua garganta engasgou por um momento; ele disse com calma:

– Mocinha, enquanto viveres, nunca se arrependerás desta gentileza do fundo do coração! – Em seguida, foi ao escritório ver o amigo.

"Mocinha"! As mesmas palavras que usara com Lucy; e, ai, ele provou-se mesmo um amigo!

XVIII

Diário do dr. Seward

30 de setembro. – Cheguei em casa às cinco em ponto e descobri que Godalming e Morris não só haviam chegado como já haviam estudado a transcrição dos vários diários e cartas que Harker e sua maravilhosa esposa haviam feito e arrumado. Harker ainda não voltou de sua visita aos homens da transportadora sobre os quais o dr. Hennessey mencionou para mim em seu relatório. A sra. Harker nos deu uma xícara de chá e posso dizer com sinceridade que, pela primeira vez desde que moro aqui, esta construção velha pareceu ser *minha casa*. Quando terminamos, a sra. Harker disse:

– Doutor Seward, posso pedir um favor ao senhor? Quero ver seu paciente, o senhor Renfield. Permita-me que eu o veja. O que o senhor relatou sobre ele em seu diário interessa-me tanto! – Ela parecia tão encantadora e bela que não tive como recusar, e não havia razão possível para fazê-lo; então, levei-a comigo.

Quando cheguei ao quarto, disse ao homem que uma dama gostaria de vê-lo, ao que ele apenas respondeu:

– Por quê?

– Ela está visitando a casa e quer ver todos que moram aqui – respondi.

– Ah, está bem – ele disse. – Deixe que ela entre, claro; mas só espere um minuto para eu arrumar o lugar. – Seu método para arrumar as coisas era peculiar: ele simplesmente engolia todas as moscas e aranhas nas caixas antes que eu pudesse detê-lo. Era bem evidente que ele tinha medo, ou ciúme, de qualquer possível intervenção. Quando concluiu sua tarefa nojenta, disse, alegre: – Pode permitir que a dama entre. – E sentou-se à beira de sua cama, cabisbaixo, mas com as pálpebras erguidas a fim de vê-la entrando. Por um momento, pensei que ele talvez tivesse intenções homicidas (lembrei-me de como ficara quieto pouco antes de atacar-me em meu próprio escritório), e tomei o cuidado de me posicionar em um lugar onde poderia agarrá-lo imediatamente se tentasse partir para cima dela. Ela entrou no quarto com uma graciosidade tranquila que na mesma hora ganharia o respeito de qualquer lunático; pois a tranquilidade é uma das qualidades que os loucos mais respeitam. Ela andou até ele, com um sorriso agradável, e lhe estendeu a mão.

– Boa noite, senhor Renfield – ela disse. – Sabe, eu o conheço, pois o doutor Seward contou-me sobre o senhor.

Ele não respondeu de imediato, mas a examinou da cabeça aos pés com atenção e as sobrancelhas fixas em uma expressão franzida, que deu lugar a uma de curiosidade, que misturou-se com dúvida; então, para meu espanto, disse:

– A senhora não é a moça com a qual o doutor queria casar, é? Não pode ser; afinal, ela está morta.

A sra. Harker esboçou um sorriso meigo ao responder:

– Ah, não! Já tenho um marido, com o qual me casei antes mesmo de ver o doutor Seward, ou de ele me ver. Sou a senhora Harker.

– E o que faz aqui?

– Meu marido e eu estamos visitando o doutor Seward.

– Então não fique aqui.

– Por que não?

Pensei que esse estilo de conversa talvez não seria mais agradável à sra. Harker do que era para mim, então intervim:

– Como sabia que eu queria casar com alguém?

Sua resposta foi puramente desdenhosa, proferida durante um momento no qual passou seus olhos da sra. Harker para mim, em seguida instantaneamente voltando para onde estavam.

– Mas que pergunta imbecil!

– Não me parece nada imbecil, senhor Renfield – disse a sra. Harker, defendendo-me na mesma hora.

Ele respondeu a ela com cortesia e respeito em igual medida ao desdém que demonstrara por mim:

– A senhora entenderá, é claro, senhora Harker, que, quando um homem é tão querido e reverenciado quanto nosso anfitrião, tudo que diz respeito a ele é de interesse de nossa humilde comunidade. O doutor Seward é querido não apenas por sua família e amigos, mas até mesmo por seus pacientes, dentre os quais alguns, definitivamente com desequilíbrio mental, são capazes de distorcer causas e efeitos. Como eu mesmo tenho sido um habitante de manicômio, não tenho como deixar de notar que as tendências sofísticas de alguns dos detentos costumam ser erros de *non causa* e *ignoratio elenchi*.

Arregalei os olhos ante essa nova revelação. Ali estava meu lunático de estimação – o caso mais grave de seu tipo que eu já havia visto – falando de filosofia elementar, e com os modos de um cavalheiro arrojado. Pergunto-me se foi a presença da sra. Harker que mexeu em algum fio de sua memória. Se essa nova fase era espontânea ou em qualquer aspecto causada pela sua influência inconsciente, ela deve ter um dom ou poder raro.

Continuamos falando por algum tempo e, vendo que ele parecia agir de forma bastante razoável, ela arriscou, olhando para mim em dúvida ao começar, conduzi-lo a seu assunto favorito. Fiquei novamente atônito, pois ele tratou do assunto com uma imparcialidade da mais absoluta sanidade; até tratou a si mesmo como exemplo ao mencionar certas coisas.

– Veja, eu por exemplo sou um homem que tinha uma crença estranha. Sem dúvida, não é de se surpreender que meus amigos tenham estado alarmados, insistindo que eu ficasse sob o controle de alguém. Eu imaginava que a vida era uma entidade positiva e perpétua e que, ao consumir uma série de coisas vivas, não importasse seu nível na escala da criação, era possível prolongar a vida indefinidamente. Em determinados momentos, acreditei nisso com tanta veemência que cheguei a tentar tirar vidas humanas. O doutor aqui confirmará que, em certa ocasião, tentei matá-lo visando fortalecer meus poderes vitais pela assimilação de sua vida a meu corpo por meio de seu sangue; com base, claro, na frase das Escrituras: "Pois o sangue é a vida". Embora, de fato, o vendedor de um certo remédio milagroso tenha vulgarizado essa obviedade a ponto de torná-la desprezível. Não é verdade, doutor? – Aquiesci, pois estava tão estupefato que mal sabia o que pensar ou dizer; era difícil imaginar que eu o vira comer aranhas e moscas havia menos de cinco minutos.

Olhando para meu relógio, vi que eu deveria ir à estação encontrar-me com Van Helsing, então, avisei à sra. Harker que era hora de partir. Ela veio imediatamente, após dizer de modo agradável ao sr. Renfield:

– Adeus, espero conseguir vê-lo novamente, em condições mais agradáveis ao senhor. – Ao que, para minha perplexidade, ele respondeu:

– Adeus, minha cara. Rogo a Deus para que eu nunca mais veja seu rosto adorável. Que Ele abençoe-a e guarde-a!

Quando fui encontrar Van Helsing na estação, deixei os rapazes para trás. O coitado do Art parecia mais contente do que havia estado desde que Lucy começou a adoecer e Quincey está mais próximo do seu entusiasmo típico que não manifestava havia vários dias.

Van Helsing saiu da carruagem com a ligeireza ávida de um menino. Ele viu-me de imediato e foi às pressas até mim, dizendo:

– Ah, amigo John, como está tudo? Bem? Que bom! Estive ocupado, pois vim agora para ficar, se necessário. Todos os meus assuntos estão resolvidos e tenho muito a contar. A senhora Mina está contigo? Sim. E o excelentíssimo marido dela? E Arthur e meu amigo Quincey, também estão contigo? Ótimo!

Enquanto íamos para casa, contei-lhe sobre o que acontecera nesse ínterim e como meu diário ganhara utilidade por meio da sugestão da sra. Harker, o que fez o professor interromper-me:

– Ah, a incrível senhora Mina! Ela tem um cérebro de homem, o cérebro que um homem superdotado deveria ter, e um coração de mulher. O bom Deus a criou com um propósito, crê em mim, quando fez uma combinação tão boa. Amigo John, até agora a sorte fez com que essa mulher nos ajudasse muito; após a noite de hoje, ela não deve ter nada a ver com esse assunto terrível. Não é correto que ela corra um risco tão grande. Nós, homens, estamos determinados, inclusive sob juramento, a destruir esse monstro; mas isso não é tarefa para uma mulher. Mesmo se ela não se ferir, seu coração pode ceder diante de horrores tão grandes e numerosos; e depois ela talvez sofra: tanto desperta, com seus nervos, como dormindo, com seus sonhos. E, além disso, ela é uma mulher jovem e há pouco tempo casada; com o tempo, deve haver outras coisas a considerar, mesmo que não as considere agora. Disseste-me que ela escreveu tudo, então ela deve reunir-se conosco, mas a partir de amanhã ela dá adeus a esse trabalho e seguimos sozinhos. – Concordei com ele do fundo do coração, e depois relatei o que havíamos encontrado durante sua ausência: que a casa que Drácula comprara ficava ao lado da minha. Ele ficou surpreso, e uma grande preocupação pareceu ocorrer-lhe. – Ah, se tivéssemos sabido antes! – disse. – Pois assim teríamos posto as mãos nele a tempo de salvar a pobre Lucy. Porém, "o leite que se derramou não se chora posteriormente", como dizem nesta terra. Não pensaremos nisso, mas seguiremos nossa jornada até o fim. – Ele então mergulhou em um silêncio que durou até que adentrássemos meus portões. Antes que fôssemos nos preparar para o jantar, ele disse à sra. Harker:

– Meu amigo John disse-me, senhora Mina, que a senhora e seu marido dispuseram em ordem exata todos os eventos que ocorreram até este momento.

– Não até este momento, professor – ela respondeu, impulsiva. – Só até esta manhã.

– Mas por que parar na manhã? Vimos até agora como foi bom iluminar todos os pormenores. Contamos nossos segredos e, apesar disso, ninguém que contou algo saiu prejudicado.

A sra. Harker começou a corar e, pegando um papel no bolso, disse:

– Doutor Van Helsing, o senhor pode ler isso e dizer-me se deve ser incluído? É meu registro do dia de hoje. Também notei a necessidade de anotar tudo por ora, por mais trivial que seja; mas há pouco escrito aqui além do pessoal. Devo incluir?

O professor examinou com seriedade e devolveu, dizendo:

– Não é preciso incluir se não desejar; mas peço que considere fazê-lo. Pode fazer com que seu marido ame-a ainda mais e com que todos nós, seus amigos, tenhamos ainda mais reverência pela senhora, bem como estima e carinho. – Ela pegou o papel, mais ruborizada e com um sorriso vivaz.

Assim, agora, todos os registros estão completos e em ordem até a última hora. O professor pegou uma cópia para estudar depois do jantar e antes de nossa reunião, marcada para as nove horas. O restante de nós já havia lido tudo; então, quando nos reunirmos no escritório, estaremos todos a par dos fatos e poderemos traçar nosso plano de batalha contra esse inimigo terrível e misterioso.

Diário de Mina Harker

30 de setembro. – Quando nos encontramos no escritório do dr. Seward, duas horas depois do jantar, que havia sido às seis, formamos de modo inconsciente uma espécie de bancada ou comitê. O professor Van Helsing ficou na ponta da mesa, oferecida pelo dr. Seward assim que entrou. Ele fez com que eu me sentasse ao lado dele, à direita, e pediu que eu atuasse como secretária; Jonathan sentou-se a meu lado. Do lado oposto ao nosso ficaram o lorde Godalming, o dr. Seward e o sr. Morris, com o lorde Godalming ao lado do professor e o dr. Seward no centro. O professor disse:

– Devo entender que todos estão familiarizados com os fatos presentes nestes documentos. – Todos assentimos, e ele continuou: – Sendo assim, acho melhor contar a vossas mercês algo sobre o tipo de inimigo com que lidamos. Então os tornarei cientes de parte da história desse homem, as partes que averiguei pessoalmente. Assim poderemos discutir como devemos agir e tomar providências de acordo com isso.

Com isso, explicou:

– Vampiros são seres reais; alguns de nós possuem evidências de sua existência. Mesmo se não tivéssemos a prova de nossa experiência infeliz, os ensinamentos e registros do passado dão prova suficiente para os sãos. Admito que inicialmente eu fui cético. Não fossem pelos longos anos que passei treinando para manter uma mente aberta, não teria sido capaz de acreditar até que o fato retumbasse em minhas orelhas: "Viu? Viu? Sou prova, sou prova!". Que desgraça! Se eu soubesse desde o começo o que sei agora, se eu ao menos tivesse um palpite, teria sido poupada uma vida tão preciosa para muitos de nós que a amavam. Mas isso é passado; e precisamos agir para que outras pobres almas não sucumbam, enquanto podemos salvá-las. O *nosferatu* não morre como a abelha ao dar uma única ferroada. Ele só fica mais forte e, estando mais forte, obtém ainda mais poder para praticar o mal. Esse vampiro que circula entre nós é sozinho tão forte quanto vinte homens; é mais astuto do que os mortais, pois sua astúcia vem com eras de amadurecimento; ele ainda tem ajuda da necromancia que, como sugere a etimologia, é a adivinhação por meio dos mortos, e todos os mortos dos quais consegue aproximar-se ficam sob seu comando; é um bárbaro e muito mais que um bárbaro: é insensível feito o diabo e coração não há nele; é capaz, com certas limitações, de aparecer onde e quando quiser, e nas várias formas que consegue assumir; até certo alcance, pode conduzir os elementos: a tempestade, a neblina e o trovão; pode comandar todas as coisas menores: a ratazana, a coruja e o morcego, a mariposa, a raposa e o lobo; ele pode crescer e pode diminuir; e pode às vezes sumir e permanecer incógnito. Como, então, começaremos o ataque que o destruirá? Como encontramos seu paradeiro e, ao encontrá-lo, acabamos com ele? Meus amigos, isso é excepcional; é uma tarefa terrível com a qual nos comprometemos, e pode haver consequências de arrepiar os mais corajosos. Pois, se fracassarmos nessa luta nossa, ele sem dúvida vencerá; e então, o que será de nós? A vida não é nada, e perdê-la não me preocupa. Mas fracassar aqui não consiste meramente em vida ou morte, mas sim no risco de ficarmos igual a ele; que daí em diante nos tornemos criaturas da noite sórdidas como ele; sem coração nem consciência, rapinando os corpos e almas de quem mais amamos. Para nós, os portões do Paraíso ficarão para sempre fechados; afinal, quem irá reabri-los para nós? Seguiremos a eternidade abominados por todos; uma mancha na face do sol divino; uma flecha no flanco d'Ele, que morreu pelos homens. Mas estamos frente a frente com o dever; e devemos encolher numa situação dessas? Por mim, digo que não, mas sou velho, e a vida, com seus dias ensolarados, lugares belos, canções de pássaro, música e amor, está toda no passado. Vossas mercês são jovens. Alguns encontraram o sofrimento, mas há dias melhores à espera. O que me dizem?

Enquanto o professor falava, Jonathan pegou minha mão. Temia tanto que a natureza pavorosa de nosso perigo começava a dominar sua mente quando vi sua mão esticar-se; mas sentir seu toque me dava vida – tão forte, tão confiante, tão decidido. A mão de um homem corajoso tem voz própria; não precisa nem do amor de uma mulher para fazer ouvirem sua música.

Quando o professor terminou de falar, meu marido olhou-me nos olhos e eu nos dele; não havia necessidade de palavras entre nós.

— Respondo por Mina e por mim — ele disse.

— Conte comigo, professor — falou o sr. Quincey Morris, lacônico como sempre.

— Estou com os senhores — disse o lorde Godalming. — Em nome de Lucy, no mínimo.

Doutor Seward apenas fez que sim com a cabeça. O professor levantou-se e, após colocar seu crucifixo de ouro na mesa, estendeu as mãos cada uma para um lado. Peguei sua mão direita e o lorde Godalming a esquerda. Jonathan pegou minha mão direita com a sua esquerda e estendeu a outra sobre a mesa até o sr. Morris. Então, de mãos dadas, fizemos nosso pacto solene. Senti meu coração gelar, mas sequer ocorreu-me retroceder. Voltamos a nossas respectivas posições e o dr. Van Helsing prosseguiu com um tipo de animação que mostrava que o trabalho sério havia começado. Era para ser tratado de maneira tão sóbria e profissional como qualquer outra atividade da vida.

— Bem, agora sabem o que está contra nós; mas nós, também, não estamos sem forças. Temos ao nosso lado o poder da união; um poder que é negado à espécie vampírica; temos as fontes da ciência; somos livres para agir e pensar, e tanto as horas do dia como as da noite são nossas. Aliás, onde nossos poderes atuam eles são irrestritos e somos livres para usá-los. Temos devoção em uma causa e um objetivo a atingir, o qual não é egoísta. Essas coisas valem muito. Agora, vejamos até que ponto os poderes gerais dispostos contra nós são restritos e as coisas que o indivíduo não pode fazer. Em suma, consideremos as limitações de vampiros em geral e deste em particular.

— Tudo o que temos são tradições e superstições. Essas de início não parecem tão importantes quando o assunto é de vida ou morte... digo, de algo que é mais do que a vida ou a morte. E, no entanto, deve nos bastar; primeiro porque é o que temos, nenhum outro meio está sob nosso controle; e, em segundo lugar, porque, no fim, essas coisas, tradição e superstição, são tudo. A crença da existência de vampiros por parte dos outros, infelizmente não por nossa parte, não reside nelas? Um ano atrás, quais de nós aceitariam essa possibilidade, em meio ao nosso século XIX, tão científico, cético e pragmático? Nós até rejeitamos uma crença que vimos comprovada debaixo de nossos narizes. Considerem, assim, que o vampiro, a crença em suas limitações e sua cura residem por ora no mesmo alicerce. Pois, permitam-me dizer-lhes, ele é conhecido em todo lugar que já pisou o homem. Na Grécia antiga, na Roma antiga; ele floresceu em toda a Alemanha, na França, na Índia e até mesmo na *Chersonesus Aurea*; e na China, tão longe de nós por qualquer rota, até lá ele existe, temido pelos povos ainda hoje. Ele seguiu o rastro dos *berserkir* islandeses, dos filhos do diabo hunos, dos eslavos, dos saxões, dos magiares. Até o momento, portanto, dispomos de tudo o que podemos usar para agir;

e permitam-me dizer que muitas das crenças são sustentadas pelo que vimos em nossa própria experiência infeliz. O vampiro perdura, sem morrer pela mera passagem do tempo; pode prosperar quando tem como engordar com o sangue dos vivos. Mais do que isso, entre nós, observamos que ele pode até rejuvenescer; que suas faculdades vitais ganham vigor, e parece que eles renovam-se quando esse pasto especial é abundante. Mas ele não consegue manter-se sem sua dieta; não come que nem os outros. Mesmo nosso amigo Jonathan, que passou semanas com ele, nunca o viu comer, jamais! Ele não tem sombra; não cria reflexo no espelho, como novamente Jonathan notara. Tem a força de muitos em sua mão; novamente, Jonathan testemunhou-o quando ele fechou a porta contra os lobos e quando o ajudou a sair da diligência. Pode transformar-se em lobo, pelo que concluímos da chegada do navio em Whitby, quando ele lacerou o cão; pode ser um morcego, como a senhora Mina viu na janela em Whitby, como o amigo John viu voar de sua casa tão próxima e como meu amigo Quincey viu à janela da senhorita Lucy. Ele pode vir dentro da névoa que ele mesmo cria; o nobre capitão daquela embarcação comprovou isso; porém, pelo que sabemos, o alcance dessa névoa é limitado, e ela só pode ocorrer ao redor dele próprio. Ele pode transportar-se nos raios de luar como poeira elementar; como, novamente, Jonathan viu acontecer com aquelas irmãs no castelo de Drácula. Ele pode ficar extremamente pequeno; nós mesmos vimos a senhorita Lucy, antes de encontrar a paz, adentrar a cripta por uma fresta na porta tão fina quanto um fio de cabelo. Pode, depois de encontrar seu caminho, sair de qualquer lugar ou entrar em qualquer lugar, não importando o quanto está fechado ou até mesmo fundido com fogo, ou soldado, como dizem. Ele consegue enxergar no escuro, um poder nada insignificante em um mundo com sempre uma metade isolada da luz. Ah, mas ouçam-me. Ele pode fazer tudo isso, mas não é livre. Não, é ainda mais prisioneiro do que os escravos das galés e do que os loucos em suas celas. Ele não pode ir aonde deseja; ele, que não pertence à natureza, ainda precisa obedecer algumas de suas leis... o porquê não sabemos. Ele não pode adentrar nenhum lugar pela primeira vez a não ser que alguém da propriedade o convide a entrar; embora depois disso possa ir e vir como quiser. Seu poder é interrompido, assim como todas as suas maldades, com a chegada da manhã. Apenas em determinadas horas ele pode ter uma liberdade limitada. Se não estiver no lugar ao qual pertence, pode apenas mudar ao meio-dia ou exatamente no nascer ou no pôr do sol. Essas coisas foram-nos contadas, e em nosso registro podemos inferir provas disso. Portanto, ao passo que ele pode fazer o que quiser dentro de seus limites, quando tem o lar de terra, o lar do caixão, o lar infernal, o lugar profano, como vimos quando foi ao túmulo do suicida em Whitby; porém, em outro momento, só podia mudar na hora certa.

Diz-se também que ele só pode atravessar água corrente quando a maré está em seu nível mais baixo ou mais alto. E depois vêm as coisas que o afligem de modo a anular seu poder, como o alho que já sabemos, e, quanto a coisas sagradas, como este símbolo, meu crucifixo aqui entre nós enquanto discutimos, ele não é nada para elas, mas, diante da presença delas, ele se afasta silenciosa e respeitosamente. Há mais outras coisas sobre as quais contarei a vossas mercês para o caso de precisarmos usá-las em nossa busca. Um ramo de flor silvestre sobre seu caixão impede que ele saia de lá; uma bala sagrada atirada no caixão mata-o de modo que fique morto de verdade e, quanto à perfuração por estaca, já sabemos da paz que ela cria, ou do descanso que a decapitação proporciona. Vimos com nossos olhos.

– Portanto, quando encontrarmos a habitação desse homem-que-deixou--de-ser-um, podemos confiná-lo em seu caixão e destruí-lo, se obedecermos ao que sabemos. Mas ele é sagaz. Pedi a meu amigo Arminius, da Universidade de Budapeste, que elaborasse um relatório e, usando todos os meios disponíveis, ele contou-me o que esse ser já foi no passado. Ele deve ter de fato sido o Drácula voivoda que ganhou seu nome contra os turcos, sobre o grande rio bem na fronteira do território turco. Se é verdade, ele não era um homem comum; pois, naquela época, e por séculos depois, era referido como um dos mais sagazes e astutos, bem como o mais corajoso, dos filhos da "terra além da floresta". Aquele cérebro potente e determinação férrea foram levados para o túmulo e mesmo agora tramam contra nós. Os Drácula eram, segundo Arminius, uma raça grandiosa e nobre, embora vez ou outra houvesse descendentes que eram acusados por seus contemporâneos de pactos com o Coisa Ruim. Ele aprendeu seus segredos na Șolomanță,[11] em meio às montanhas ao redor do lago Hermanstadt, onde o diabo reivindica o décimo estudante como seu. Nos registros constam palavras como "stregoica", bruxa, "ordog", satã, e "pokol", inferno; e em um manuscrito esse Drácula é referido como um "wampyr", cujo significado entendemos muito bem. Das sementes desse próprio saíram grandes homens e boas mulheres, cujos túmulos tornam sagrada a terra em que apenas essa vileza pode pisar. Pois é um de seus grandes horrores que essa coisa maligna esteja profundamente arraigada em algo bom; em um solo carente de memórias sagradas ela não encontra descanso.

Enquanto o professor falava, o sr. Morris olhava firmemente para a janela e, naquele momento, levantou-se em silêncio e saiu do cômodo. Houve uma breve pausa e então o professor continuou:

– E agora precisamos decidir o que faremos. Aqui temos muitos dados e precisamos traçar nossa missão. Sabemos pela investigação de Jonathan

---

11   Escola de magia negra, também conhecida como "Scholomance". (N.E.)

que, do castelo de Whitby, vieram cinquenta caixas de terra, que foram todas entregues a Carfax; também sabemos que pelo menos algumas dessas caixas foram removidas de lá. Parece-me que nosso primeiro passo deveria ser determinar se todas as demais permanecem na casa do outro lado de nosso muro ou se mais alguma foi removida. No segundo caso, devemos rastrear...

Nisso fomos interrompidos de um modo bastante assustador. Veio de fora da casa o som de uma pistola disparando; o vidro da janela foi estilhaçado com uma bala que, ricocheteando do topo do vão, acertou a parede oposta. Receio que tenho o coração de uma covarde, pois gritei alto. Os homens puseram-se de pé; o lorde Godalming lançou-se até a janela e abriu-a de imediato. Ao fazê-lo, ouvimos a voz do sr. Morris do lado de fora:

– Perdão! Receio que os tenha alarmado. Irei para dentro e contarei tudo.

Um minuto depois, ele chegou e disse:

– Foi uma idiotice o que fiz, e peço seu perdão, senhora Harker, com toda a sinceridade. Receio que lhe causei um susto terrível. Mas o fato é que, enquanto o professor falava, apareceu um morcegão que ficou no peitoril da janela. Por causa dos eventos recentes, tenho um horror tão grande desses bichos danados que não os suporto, e saí para atirar nele, como tenho feito tarde da noite, sempre que vejo um. Tu rias de mim quando eu fazia isso, Art.

– O senhor acertou? – perguntou o dr. Van Helsing.

– Não sei; imagino que não, pois ele voou para a floresta.

Sem dizer mais nada, ele voltou a seu assento, e o professor prosseguiu com o que dizia:

– Precisamos rastrear cada uma dessas caixas e, quando estivermos prontos, devemos ou capturar ou matar esse monstro em seu covil; ou devemos, por assim dizer, esterilizar a terra, de modo que ele não possa mais encontrar refúgio nela. Então, no fim, poderemos encontrá-lo em sua forma de homem entre o meio-dia e o pôr do sol, e assim enfrentá-lo em seu estado mais fraco. E agora, madame Mina, para a senhora esta noite é o fim até que tudo acabe bem. A senhora é preciosa demais para sofrer tamanho risco. Quando partirmos esta noite, não deve fazer perguntas a nós. Contaremos tudo em seu devido tempo. Somos homens e capazes de aguentar isso; mas a senhora deve ser nossa estrela e esperança, e agiremos mais livremente sabendo que a senhora não está sujeita aos mesmos perigos que nós.

Todos os homens, até mesmo Jonathan, pareciam aliviados; mas não me pareceu correto que eles enfrentassem o perigo e talvez diminuíssem sua segurança (visto que a força é a melhor garantia) para proteger-me; mas suas mentes estavam decididas e, embora fosse difícil para mim engolir isso, nada pude dizer além de aceitar a preocupação cavalheiresca deles comigo.

O sr. Morris prosseguiu com a discussão:

– Como não há tempo a perder, proponho que examinemos a casa dele agora mesmo. O tempo é tudo no que diz respeito a ele; uma ação rápida de nossa parte talvez salve outra vítima.

Reconheço que meu coração começou a vacilar quando a hora da ação ficou tão próxima, mas não falei nada, pois temia mais ainda parecer um fardo ou um empecilho em meio ao trabalho deles, talvez até me impedissem de participar das reuniões. Agora partiram para Carfax, pretendendo entrar na casa.

Como fazem os homens, falaram para eu ir para a cama e dormir; como se uma mulher pudesse dormir enquanto as pessoas que ama estão em perigo! Deitarei e fingirei que durmo, para evitar que Jonathan tenha uma ansiedade a mais por minha causa quando voltar.

Diário do dr. Seward

1º de outubro, quatro da manhã. – Bem no momento que estávamos prestes a sair da casa, recebi uma mensagem urgente de Renfield pedindo para vir falar com ele imediatamente, pois tinha algo de suma importância para dizer a mim. Disse ao mensageiro que atenderia aos desejos dele pela manhã, pois estava ocupado naquele momento. O assistente acrescentou:

– Ele parece bastante perturbado, senhor. Nunca o vi com tanta avidez. Não sei ao certo, mas creio que, se o senhor não o visitar logo, ele terá um de seus surtos violentos.

Sabia que ele não teria falado isso sem propriedade, então respondi:

– Está bem, irei agora. – Pedi aos outros que me esperassem por alguns minutos, pois tinha que ir ver meu "paciente".

– Leve-me contigo, amigo John – disse o professor. – O caso dele em teu diário interessou-me muito, e foi pertinente, por vezes, em *nosso* caso. Gostaria muito de vê-lo, especialmente com a mente perturbada.

– Posso ir também? – perguntou o lorde Godalming.

– E eu? – disse Quincey Morris.

– Posso ir? – disse Harker. Eu aquiesci, e todos seguimos pelo corredor juntos.

Encontramos o paciente em um estado de agitação considerável, mas com uma fala e um comportamento mais racionais do que jamais havia visto manifestar. Possuía uma compreensão atípica de si mesmo, diferente do que qualquer coisa que eu já havia presenciado em um lunático; e ele estava certo de que seu raciocínio ressoaria com pessoas totalmente sãs. Nós cinco entramos no cômodo, mas nenhum dos outros disse nada de início. Seu pedido era que eu desse-lhe alta imediatamente e o mandasse para casa.

Ele sustentava isso com argumentos relativos à sua completa recuperação e apresentando sua sanidade agora existente:

– Apelo a seus amigos – ele disse. – Eles talvez não se incomodem de dar um veredito a meu caso. A propósito, o senhor não me apresentou.

Eu estava tão atônito que a estranheza de apresentar um louco em um manicômio não me ocorreu no momento; além disso, havia certa dignidade nos modos do homem, tanta naturalidade em ser tratado como semelhante, que fiz a introdução na mesma hora:

– Lorde Godalming, professor Van Helsing, senhor Quincey Morris, do Texas, senhor Jonathan Harker, senhor Renfield.

Ele apertou as mãos de todos eles, dizendo a cada um:

– Lorde Godalming, tive a honra de endossar o pai do senhor no clube Windham; lamento saber, pelo fato de o senhor deter o título, que ele não está mais entre nós. Era um homem querido e estimado por todos que o conheciam; e em sua juventude era, pelo que ouvi dizer, o inventor de um ponche de rum flambado, muito requisitado nas noites de dérbi. Senhor Morris, o senhor deve ter orgulho de seu grande Estado. Sua inclusão na União abriu um precedente que pode ter efeitos amplos depois disso, agora que o polo e os trópicos podem aliar-se às Estrelas e Faixas. O poder do Tratado pode provar-se uma grande força motriz de expansão, quando a doutrina Monroe reivindicar seu lugar como fábula política. Como um homem pode expressar seu prazer ao conhecer Van Helsing? Senhor, não foi erro meu não mencionar prefixos convencionais. Quando um indivíduo revoluciona o campo da terapia com sua descoberta da evolução constante da matéria cerebral, títulos convencionais não cabem, pois parecem limitá-lo a uma única classe. Vossas mercês, que, por nacionalidade, herança ou talentos naturais, são qualificados para ocupar seus postos neste mundo em movimento, tenho-os como testemunhas de que estou tão são quanto a maioria dos homens em liberdade. E tenho certeza de que o senhor, doutor Seward, humanitário e médico jurista, bem como cientista, considerará um dever moral lidar comigo considerando-me alguém sob circunstâncias excepcionais. – Ele fez esse último apelo com um ar de convicção que não deixava de ter um charme próprio.

Creio que todos ficamos estonteados. Eu, pessoalmente, fiquei convencido, apesar de meu conhecimento do caráter e histórico do sujeito, de que sua razão fora restaurada; e senti um forte impulso de dizer-lhe que estava satisfeito com sua sanidade e que cuidaria das formalidades necessárias para liberá-lo na manhã seguinte. Porém, achei melhor esperar antes de declarar algo tão sério, pois de antes sabia das mudanças repentinas às quais este paciente em particular estava sujeito. Então, contentei-me em fazer uma declaração genérica de que ele parecia estar melhorando muito rapidamente; que teria uma conversa mais prolongada com ele pela manhã e que então veria o que poderia fazer no sentido de cumprir seus desejos. Isso não o satisfez nem um pouco, pois ele logo disse:

— Mas receio, doutor Seward, que o senhor mal compreende o que desejo. Quero partir imediatamente; aqui e agora; neste exato momento, se puder. O tempo urge, e em nosso acordo implícito com o velho ceifador é essencial. Tenho certeza de que é apenas necessário expressar um desejo tão simples, mas tão importante, a um médico admirável como o doutor Seward para garantir sua realização.

Ele olhou para mim de forma aguda e, vendo a expressão negativa em meu rosto, virou-se para os outros e examinou-os com atenção. Sem obter nenhuma resposta suficiente, continuou:

— É possível que eu estivesse errado em minha suposição?

— Sim – falei de maneira franca, mas, ao mesmo tempo, senti, brutal.

Houve uma pausa considerável e então ele disse devagar:

— Então, creio que devo mudar a forma de meu pedido. Permita-me pedir essa concessão, favor, privilégio, como queira chamar. Estou disposto a implorar por isso, não por razões pessoais, mas pelo bem dos outros. Não tenho liberdade para dar-lhe minhas razões integralmente; mas garanto ao senhor que elas são boas, sensatas e altruístas, e surgem de meu mais nobre senso de dever. Se o senhor pudesse ver o fundo de meu coração, aprovaria totalmente os sentimentos que me motivam. Não, mais do que isso, o senhor me consideraria um de seus melhores amigos.

Mais uma vez, ele olhou para todos nós agudamente. Eu tinha uma convicção crescente de que essa mudança repentina de método intelectual era apenas outra forma ou fase de sua loucura, e assim decidi deixá-lo prosseguir um pouco mais, sabendo por experiência que ele iria, como todos os lunáticos fazem, entregar-se no final. Van Helsing o contemplava com um olhar de extrema intensidade, com suas sobrancelhas cheias quase encontrando-se com sua expressão fixa e concentrada. Ele se dirigiu a Renfield em um tom que não surpreendeu-me na hora, mas apenas quando refleti a respeito posteriormente, por tratar-se de alguém falando com um semelhante:

— O senhor não pode dizer sinceramente a verdadeira razão para desejar a liberdade esta noite? Garanto que, se sua vontade convencer mesmo a mim, um estranho sem predisposições e com o hábito de manter a mente aberta, o doutor Seward dará ao senhor, por conta e risco próprios, o privilégio que quer. – Ele balançou a cabeça. O professor continuou: – Ora, senhor, considere. O senhor afirma deter o privilégio da mais elevada razão, visto que busca impressionar-nos com sua razoabilidade. Apesar de fazê-lo, temos razão para duvidar de sua sanidade, já que ainda não recebeu alta do tratamento médico devido precisamente a essa deficiência. Se não nos ajudar em nossos esforços para decidir o curso de ação mais sensato, como podemos realizar o dever que o próprio senhor cobra de nós? Mostre discernimento e colabore conosco; e, se pudermos, ajudaremos o senhor a conseguir seu desejo.

Ele ainda assim balançou a cabeça ao falar:

– Doutor Van Helsing, não tenho nada a dizer. Seu argumento é sólido e, se eu tivesse liberdade para falar, não hesitaria por um momento sequer; mas não sou meu próprio senhor nessa questão. Posso apenas pedir que confiem em mim. Se eu receber a recusa, a responsabilidade não será minha.

Considerei que era hora de pôr fim à cena, cuja seriedade ficava cada vez maior e mais cômica, então fui até a porta, dizendo apenas:

– Venham, amigos, temos trabalho a fazer. Boa noite.

Porém, conforme eu aproximava-me da porta, uma nova mudança ocorreu no paciente. Ele avançou até mim com tanta rapidez que por um instante temi que ele estivesse prestes a realizar outro ataque homicida. Meus temores, porém, eram infundados, pois ele estendeu as duas mãos em súplica, pedindo de um jeito comovente. Ao ver que os próprios excessos de sua emoção atuavam em seu detrimento, levando-nos a formas anteriores de nossa relação, ele passou, mesmo assim, a demonstrá-los ainda mais. Olhei para Van Helsing e vi minha convicção refletida nos olhos dele; então fiquei um pouco mais firme, se não mais severo, em minha postura, gesticulando para ele que seus esforços eram em vão. Havia antes visto algo com a mesma agitação crescente nele quando ele tinha de fazer um pedido que na época considerava significativo – como quando queria um gato – e eu estava preparado para vê-lo desmoronar com a mesma anuência taciturna de ocasiões assim. Minha expectativa, porém, não concretizou-se, pois, quando ele descobriu que seu apelo não teria sucesso, ficou em uma condição bastante frenética. Atirou-se de joelhos e ergueu os braços, torcendo-os em uma triste súplica, jorrando uma torrente de rogos, com lágrimas escorrendo nas bochechas e todo o rosto e corpo expressando emoções da ordem mais profunda:

– Permita pedir-lhe, doutor Seward; ai, permita suplicar-lhe que me deixe sair deste lugar imediatamente. Mande-me embora como e para onde quiser; mande guardas comigo com chicotes e correntes, deixe que me levem em uma camisa de força, com algemas e grilhões; mande-me até mesmo para uma cadeia; mas deixe-me sair daqui. O senhor não sabe o que faz ao deixar-me aqui. Falo do fundo do meu coração, com toda a minha alma. O senhor não sabe quem está destratando e como o faz, e eu não posso contar. Ai de mim! Não posso contar. Por tudo que lhe é sagrado, por tudo que lhe é caro, pelo amor que perdeu, pela sua esperança que ainda vive, em nome do Todo-Poderoso, tire-me daqui e salve minha alma da culpa. Não me ouve, homem? Não entende? Não vai aprender? Não entende que agora falo com sanidade e sinceridade; que não sou um lunático em um acesso de loucura, mas um homem são lutando pela própria alma? Ah, ouça-me! Ouça-me! Deixe-me ir! Deixe-me ir! Deixe-me ir!

Pensei que, conforme isso se prolongasse, mais desvairado ele ficaria, levando a um ataque; então, peguei-o pela mão e o fiz se colocar de pé.

– Venha cá – falei, severo. – Chega disso; já foi mais do que o suficiente. Vá para sua cama e tente portar-se de maneira mais prudente.

Ele de repente parou e olhou para mim atentamente por vários segundos. Então, sem se pronunciar, levantou-se, andou e sentou-se à beira da cama. O desmoronamento chegou, assim como nas ocasiões anteriores, como eu esperava.

Quando eu deixava o quarto, o último em nosso grupo, ele disse com uma voz discreta e polida:

– Espero, doutor Seward, que o senhor tenha a justeza de manter em mente, depois, que fiz o que pude para convencê-lo na noite de hoje.

XIX

Diário de Jonathan Harker

1º de outubro, cinco da manhã. — Fui com o grupo rumo à busca com a mente despreocupada, pois nunca vi Mina tão forte e sadia. Estou tão contente que ela consentiu em ficar para trás e deixar que nós, homens, executássemos o trabalho. De certa forma, já era apavorante para mim o fato de que ela estivesse envolvida nesse assunto medonho; mas agora que a tarefa dela foi feita, e que é graças à energia, ao cérebro e à providência dela que a história toda está organizada de modo que cada minúcia tenha significado, ela pode contentar-se com o fato de sua parte ter se concluído e, de agora em diante, deixar o resto conosco. Estávamos, creio eu, todos um pouco incomodados com a cena que ocorreu com o sr. Renfield. Quando saímos de seu quarto, ficamos em silêncio até voltarmos ao escritório. Depois disso, o sr. Morris disse ao dr. Seward:

— Olha, Jack, se aquele homem não estava blefando, ele é o lunático mais são que já vi. Não sei ao certo, mas creio que ele tinha um propósito sério e, se fosse o caso, foi muito ríspido não dar-lhe uma chance.

O lorde Godalming e eu ficamos em silêncio, mas o dr. Van Helsing acrescentou:

— Amigo John, entendes mais de lunáticos do que eu, e sou grato por isso, pois receio que, se coubesse a mim decidir, eu teria, antes daquele último surto histérico, concedido liberdade a ele. Mas vive-se e aprende-se. E em nossa tarefa atual, não podemos arriscar nada, como diria meu amigo Quincey aqui. É melhor deixar tudo como está.

O dr. Seward pareceu responder aos dois de uma forma um tanto sonhadora:

– Não sei nada além do fato de que concordo contigo. Se aquele homem fosse um lunático comum, teria arriscado confiar nele; mas ele parece tão envolvido com o conde, e de forma tão indicativa, que temo em fazer qualquer mal cedendo a seus caprichos. Não posso esquecer como ele rogou com fervor quase semelhante por um gato, e depois tentou rasgar minha garganta com os dentes. Além disso, chamara o conde de "mestre e senhor" e pode querer sair para ajudá-lo de alguma maneira diabólica. Aquela coisa horrenda faz com que os lobos e os ratos e os de sua própria espécie o ajudem, então suponho que ele não se recusaria a tentar usar um lunático de respeito. Porém, ele definitivamente parecia sincero. Apenas espero que tenhamos tomado a melhor decisão. Essas coisas, em conjunto com o trabalho inacreditável que temos em mãos, ajudam a debilitar quem passa por elas.

O professor aproximou-se e, colocando a mão em seu ombro, disse, à sua maneira sóbria e gentil:

– Amigo John, não temas. Estamos tentando cumprir nosso dever em um caso extremamente triste e terrível; podemos apenas agir como julgarmos ser melhor. Que outra esperança temos, além da pena do bom Deus?

O lorde Godalming desfalcara o grupo por alguns minutos, mas agora tinha voltado. Ele ergueu um pequeno apito prateado, comentando:

– Aquela casa velha pode estar infestada de ratazanas e, se for o caso, tenho um antídoto pronto.

Depois de transpassarmos o muro, caminhamos até a casa, tomando cuidado para permanecermos sob a sombra das árvores do jardim quando a luz do luar brilhava. Quando chegamos à entrada, o professor abriu sua bolsa e retirou vários itens, que ele colocou sobre o degrau, separadas em quatro grupos menores, claramente um para cada um de nós. Então, falou:

– Meus amigos, estamos adentrando um perigo terrível, e precisamos de armas de diversos tipos. Nosso inimigo não é meramente espiritual. Lembrem-se de que ele tem a força de vinte homens e de que, embora nossos pescoços e traqueias sejam comuns e possam, portanto, ser quebrados e esmagados, os dele não são afetados por mera força. Um homem mais forte ou um grupo de homens mais fortes do que ele em sua totalidade poderiam detê-lo em certas ocasiões; mas não são capazes de feri-lo do modo como podemos ser feridos por ele. Devemos, portanto, proteger-nos de seu toque. Mantenham isso perto do coração. – Ao dizê-lo, levantou um pequeno crucifixo de prata e estendeu-o para mim, visto que eu estava mais próximo dele.

– Coloquem essas flores em seu pescoço. – Nisso, ele deu-me uma guirlanda de flores de alho murchas. – Para inimigos mais mundanos, este revólver e esta faca; e, para ajudar com tudo, essas lanternas elétricas bem pequenas, que os senhores podem colocar no peito; e, finalmente, para todas as ocasiões e, acima de tudo, isto, que não podemos violar sem necessidade. – Era uma porção de Hóstias Sagradas, que ele colocou em um envelope e entregou a mim. Cada um dos outros recebeu um equipamento igual. – Agora – disse –, amigo John, onde estão as chaves-mestras? Se pudermos abrir a porta, não precisaremos invadir a casa pela janela, como fizemos na casa da senhorita Lucy.

O dr. Seward tentou usar uma ou outra chave-mestra, auxiliado por sua destreza mecânica de cirurgião. Em pouco tempo, encontrou uma que servia; depois de um leve vaivém, a tranca cedeu e, com um clangor enferrujado, recuou. Nós empurramos a porta, as dobras oxidadas rangeram e ela abriu-se aos poucos. Era espantosamente similar à imagem remetida pelo diário do dr. Seward acerca de quando abriram o túmulo da srta. Westenra; creio que a mesma noção ocorreu aos demais, pois retraíram-se em uníssono. O professor foi o primeiro a avançar e atravessou o vão da porta.

– *In manus tuas, Domine!* – ele disse, fazendo o sinal da cruz enquanto cruzava o limiar.

Fechamos a porta atrás de nós, para, quando acendêssemos nossas lanternas, não corrêssemos o risco de chamar atenção de alguém na estrada. O professor testou com cuidado a tranca, a fim de evitar que não conseguíssemos abri-la por dentro caso precisássemos sair às pressas. Depois disso, todos acendemos nossas lanternas e iniciamos nossa busca.

A luz das lanternas pequenas lançava-se sobre as mais diversas formas conforme os raios cruzava-se ou a opacidade de nossos corpos criavam sombras enormes. Não conseguia por nada desvencilhar-me da sensação de que havia mais alguém entre nós. Creio que fosse a lembrança, recuperada com tanta potência pelo ambiente sombrio, daquela experiência terrível na Transilvânia. Creio que todos tínhamos essa sensação, pois notei que os demais olhavam por cima do ombro a cada som e a cada nova sombra, assim como eu me pegava fazendo.

O lugar todo estava coberto por uma camada grossa de poeira. Parecia ter centímetros de espessura no chão, exceto onde havia pegadas recentes, nas quais, baixando minha lanterna, eu conseguia ver marcas de tachas de sola que romperam o pó. As paredes estavam macias e pesadas de tanta poeira e, nos cantos, havia enormes teias de aranha, nas quais o pó acumulou-se até que parecessem trapos velhos e o peso fizesse com que partes rasgassem e ficassem penduradas. Em uma mesa do salão principal havia um enorme molho de chaves, cada uma com uma etiqueta amarelada pelo tempo. Elas haviam sido usadas muitas vezes, pois na mesa havia várias falhas similares no lençol de poeira, similares à que o professor expôs ao erguer o molho. Ele virou-se para mim e disse:

– Conheces este lugar, Jonathan. Tens cópias de seu mapa, e ao menos sabes mais dele do que nós. Como podemos chegar à capela?

Eu tinha certa noção de sua direção, embora em minha visita anterior não tenha conseguido obter acesso a ela; então, liderei a trilha e, depois de algumas tentativas erradas, vi-me ante uma porta de carvalho baixa e arqueada, adornada com tiras de ferro.

– É aqui – falou o professor, apontando sua lâmpada para um pequeno mapa da casa, copiado do arquivo de minha correspondência original referente à compra. Com uma dificuldade momentânea, encontramos a chave no molho e abrimos a porta. Estávamos preparados para o desagradável, pois, conforme abríamos a porta, um odor fraco e malcheiroso parecia exalar pelas frestas, mas nenhum de nós esperava um cheiro tão forte quanto aquele com o qual nos deparamos. Nenhum dos outros havia sequer ficado em um espaço fechado com o conde e, quando eu o vi, ou ele estava em seu estágio de jejum dentro de cômodos fechados, ou estava em estágio de jejum em seus aposentos, ou cheio de sangue fresco em um prédio em ruínas arejado; mas este lugar era pequeno e fechado, e o desuso prolongado tornou o ar estagnado e repugnante. Havia um cheiro terroso, como um miasma seco, que acompanhava o ar fétido. Mas, quanto ao odor em si, como posso descrevê-lo? Não era apenas o fato de ser composto de todos os males da mortalidade misturados com o cheiro pungente de sangue, mas como se a própria corrupção tivesse sido corrompida. Credo! Fico enjoado só de pensar. Cada expiração daquele monstro parecia ter-se agarrado ao lugar e intensificado sua repugnância.

Sob circunstâncias comuns, um fedor desses encerraria nossa empreitada; mas esse não era um caso comum, e o propósito elevado e terrível no qual estávamos envolvidos dava-nos força que ia além de considerações meramente físicas. Depois da retração involuntária consequente da primeira inalação nauseante, cada um de nós seguiu adiante como se aquele lugar asqueroso fosse um jardim de rosas.

Examinamos com precisão o lugar; ao começarmos, o professor disse:

– A primeira coisa a conferir é quantas das caixas restam aqui; devemos revirar cada canto e fresta e tentar obter alguma pista do que ocorreu com as demais. – Um rápido olhar foi suficiente para mostrar quantas ainda restavam, pois os contêineres de terra eram grandes e não havia como confundi-los.

Das cinquenta, restavam apenas vinte e nove! Em um momento, tomei um susto, pois, ao ver o lorde Godalming de repente virar-se e fitar pelo vão da porta para o corredor escuro, olhei também e, por um momento, meu coração parou. Em algum lugar, olhando de dentro das sombras, achei ter visto os contornos do rosto maligno do conde: o nariz adunco, os olhos rubros, os lábios vermelhos, a palidez horrenda. Foi só por um momento, pois o lorde Godalming disse:

– Achei ter visto um rosto, mas eram apenas as sombras. – E voltou à sua investigação.

Depois disso, apontei minha lanterna naquela direção e fui até o corredor. Não havia sinal de ninguém e, como não havia esquinas, portas ou aberturas de qualquer tipo, apenas as paredes sólidas do corredor, não havia lugar nem mesmo para *ele* esconder-se. Concluí que o medo alimentara a imaginação e não disse nada.

Minutos depois, vi Morris recuar de repente de um canto que examinava. Todos seguimos seus movimentos com nossos olhos, pois sem dúvida o nervosismo crescia entre nós, nos deparamos com uma massa enorme de fosforescência que cintilava tal qual as estrelas. Nós recuamos instintivamente. O lugar todo ganhava vida na forma de ratazanas.

Por certo momento, ficamos parados, amedrontados; todos menos o lorde Godalming, aparentemente pronto para uma emergência do tipo. Disparando para a enorme porta de carvalho reforçada com ferro, a que o dr. Seward descrevera pelo lado de fora e que eu chegara a ver, ele girou a chave na fechadura, puxou as enormes trancas e abriu a porta. Então, pegando o pequeno apito prateado em seu bolso, emitiu um silvo baixo e agudo, que foi respondido por latidos vindos de trás da casa do dr. Seward, e em cerca de três minutos três Manchester terriers chegaram circundando a casa. Inconscientemente, todos havíamos ido em direção à porta e, à medida que avançávamos, eu notava que a poeira havia sido bastante perturbada: as caixas que partiram foram removidas por ali. Mas, mesmo naquele intervalo de minuto, o número de ratazanas havia aumentando significativamente. Parecia uma horda invadindo o lugar simultaneamente, até que a luz das lâmpadas, refletindo seus corpos escuros em movimento e olhos cintilantes e perversos, fazia o lugar parecer uma margem de rio repleta de vaga-lumes. Os cães seguiam correndo, mas, diante do limiar, de repente pararam, rosnaram e, depois, levantando os narizes ao mesmo tempo, uivaram de uma forma deveras lúgubre. Os ratos multiplicavam-se aos milhares e nós saímos.

O lorde Godalming ergueu um dos cães, levou-o para dentro e colocou-o no chão. No momento que seus pés tocaram o chão, ele pareceu recobrar a coragem e disparou para cima de seus inimigos naturais. Eles fugiram dele tão rápido que, antes que ele tomasse a vida de algumas dezenas, os outros cães, que então foram levantados do mesmo modo, só tinham presas pequenas antes que a massa como um todo desaparecesse.

Com o sumiço deles parecia que uma presença maligna havia partido, pois os cães brincavam e latiam alegres enquanto faziam avanços repentinos aos adversários prostrados, e os reviraram várias vezes e os sacudiram no ar de forma cruel. Todos parecíamos ter recuperado os ânimos. Se foi a purificação da atmosfera mortal ao abrir a porta da capela ou o alívio que sentíamos por estar a céu aberto, não sei; mas definitivamente a sombra do horror parecia desvencilhar-se de nós como um roupão, e a ocasião de nossa visita perdeu parte de seu significado aterrorizante, embora nossa determinação não tenha desleixado nem um pouco. Fechamos a porta do lado de fora, com tranca e barra, e, trazendo os cães conosco, começamos a busca pela casa. Não encontramos nada além de uma quantidade extraordinária de poeira, e tudo estava intocado, com exceção de minhas próprias pegadas de quando fiz minha primeira visita. Em momento algum, os cães demonstraram sintomas de inquietação e, mesmo quando voltamos à capela, eles brincavam como se estivessem caçando coelhos no bosque em um dia de verão.

A manhã chegava pelo leste quando saímos pela porta da frente. O dr. Van Helsing tirara a chave da porta de entrada do molho e trancou a porta do modo tradicional, guardando a chave no bolso depois de fazê-lo.

– Até o momento – disse – nossa noite foi um sucesso eminente. Nenhum mal nos ocorreu como eu temia que ocorresse e averiguamos quantas caixas estão faltando. Mais do que tudo, fico feliz que este primeiro passo, e talvez o passo mais difícil e perigoso, foi dado sem ter que envolver nossa doce senhora Mina nem perturbar o sono ou a vigília de sua mente com as visões, sons e cheiros de horrores que ela talvez nunca esquecesse. Uma lição que também aprendemos, se nos for permitido inferir o geral a partir do particular: aquelas feras selvagens que estão sob o comando do conde não são de todo submissas a seu poder espiritual; pois vejam: os ratos que atenderam a seu chamado, assim como do topo de seu castelo ele convocara os lobos diante de sua partida e dos gritos daquela pobre mãe, embora tenham vindo, fugiram na hora dos cães tão pequenos do meu caro Arthur. Temos outras questões diante de nós; outros perigos, outros medos; e aquele monstro... ele não usou seu poder sobre o mundo dos ferais pela única ou última vez esta noite. Se ele foi para outro lugar, que seja. Melhor assim! Deu-nos a oportunidade de dizer "xeque" de algumas maneiras nesta partida de xadrez de que participamos com almas humanas em jogo. E agora vamos para casa. A manhã aproxima-se e temos motivo para estarmos contentes com nossa primeira noite de trabalho. Pode ser determinado que tenhamos adiante muitas noites e dias cheios de perigo; mas precisamos continuar, e nenhum perigo pode retrair nosso avanço.

A casa estava silenciosa quando chegamos, com exceção de uma pobre criatura que gritava em uma das alas mais distantes, e um gemido baixo vindo do quarto de Renfield. O coitado sem dúvida torturava-se, como fazem os insanos, com pensamentos desnecessariamente dolorosos.

Entrei em meu quarto nas pontas dos pés e encontrei Mina dormindo, sua respiração tão leve que tive de aproximar minha orelha para ouvir. Ela parecia mais pálida do que o normal. Espero que a reunião de hoje não a tenha aborrecido. Estou genuinamente grato que ela tenha sido deixada de fora de nosso trabalho futuro, e mesmo de nossas deliberações. Era um desgaste grande demais para que uma mulher aguentasse. Não pensava assim de início, mas agora tenho uma opinião mais informada. Por tal motivo, fico feliz que isso esteja decidido. Pode haver coisas que a assustariam se ela ouvisse; e, no entanto, escondê-las dela poderia ser pior do que contar-lhe se ela tivesse qualquer suspeita da ocultação. De agora em diante, nosso trabalho é um livro selado aos olhos dela, pelo menos até o momento em que pudermos contar-lhe que tudo está terminado e que a terra está livre de um monstro do mundo inferior. Ouso dizer que será difícil manter o silêncio, considerando a confiança que depositamos um no outro; mas preciso manter-me determinado e amanhã devo deixá-la às escuras sobre o que foi feito esta noite, e recusar-me a falar sobre qualquer coisa que tenha acontecido. Dormirei no sofá, de modo a não perturbá-la.

1º de outubro, mais tarde. – Creio que era esperado que todos nós dormíssemos até tarde, pois o dia havia sido atribulado e a noite não teve descanso algum. Mesmo Mina deve ter sentido essa exaustão, pois, embora eu tenha dormido até que o sol ficasse a pino, acordei antes dela e tive de chamá-la duas ou três vezes antes que despertasse. Inclusive, dormia tão profundamente que por alguns segundos não me reconheceu, olhando para mim com uma forma de terror absoluto, como o de alguém que foi desperto de um pesadelo. Ela reclamou de um pouco de cansaço, e permiti que descansasse até mais tarde. Sabemos agora que vinte e uma caixas foram removidas e, caso essas remoções tenham sido de várias delas juntas, talvez consigamos rastrear todas. Isso iria, é claro, simplificar nosso trabalho imensamente e, quanto mais cedo o assunto for resolvido, melhor. Irei atrás de Thomas Snelling hoje.

Diário do dr. Seward

1º de outubro. – Foi perto do meio-dia que fui acordado pelo professor entrando em meu quarto. Ele estava mais alegre e jovial do que de costume, e era bem evidente que o trabalho da noite anterior o ajudara a aliviar parte do peso sorumbático em sua mente. Após falar de nossa aventura noturna, ele de repente disse:

– Teu paciente me desperta enorme interesse. Será que eu poderia visitá-lo contigo hoje? Ou, se estiveres muito ocupado, posso ir sozinho, se for o caso. É para mim uma nova experiência ver um lunático que filosofa e raciocina de um jeito tão razoável.

Tinha alguns assuntos urgentes de trabalho, então disse que ficaria feliz se ele fosse sozinho, pois assim não o faria esperar; então, chamei um assistente e passei-lhe as instruções necessárias. Antes que o professor deixasse o quarto, alertei-o para não obter falsas impressões do paciente.

– Mas – ele respondeu – quero que ele fale de si mesmo e de seu delírio relativo a consumir coisas vivas. Ele disse à senhora Mina, como conferi na entrada de ontem de teu diário, que ele um dia chegou a acreditar nisso. Por que sorris, amigo John?

– Perdão – falei –, mas eis a resposta. – Pus a mão no material datilografado. – Quando nosso lunático são e erudito fez essa afirmação de como *antes* consumia seres vivos, sua boca nojenta estava cheia de moscas e aranhas que comera logo antes de a senhora Harker entrar no quarto.

Van Helsing reagiu com um sorriso.

– Ótimo! – comentou. – Tua memória está correta, amigo John. Deveria ter-me lembrado. E, no entanto, são exatamente esses pensamentos e lembranças oblíquas que tornam doenças mentais algo tão fascinante de se estudar. Talvez eu obtenha mais conhecimento dos disparates desse louco do que eu conseguiria com os ensinamentos dos mais sábios. Quem sabe?

Continuei meu trabalho e, pouco tempo depois, fiz tudo o que era necessário. Parecia que o tempo havia sido de fato bem curto, mas lá estava Van Helsing de volta ao escritório.

– Estou atrapalhando? – ele perguntou, educado, parado na entrada.

– Nem um pouco – respondi. – Entre. Meu trabalho está concluído e estou livre. Posso ir contigo agora, se quiseres.

– Não é necessário; visitei-o!

– E então?

– Receio que ele não tenha muita estima por mim. Nossa entrevista foi breve. Quando entrei no quarto, ele estava sentado em um banco no centro, com os cotovelos nos joelhos, e seu rosto era um retrato de desgosto taciturno. Falei com ele da forma mais animadora possível, além do máximo de respeito que eu pudesse transmitir. Ele não respondeu absolutamente nada. "O senhor não sabe quem sou?", perguntei. Sua resposta não foi animadora: "Sei muito bem quem és. És Van Helsing, o velho tolo. Espero que vás para longe daqui e leve teu cérebro idiota junto. Malditos sejam os holandeses cabeças-duras!". Não disse nem uma palavra além dessas, em vez disso permanecendo sentado em sua taciturnidade implacável, indiferente a mim a ponto de ser como se eu sequer estivesse no cômodo. E assim se foi por ora minha oportunidade de aprender algo com esse lunático sagaz; então, devo retirar-me, se puder, e alegrar-me com algumas palavras alegres da senhora Mina, aquela doce alma. Amigo John, é inefável a alegria que tenho por ela não ter mais de sofrer, não ter mais de preocupar-se com nossas coisas terríveis. Embora sentiremos falta da ajuda dela, é melhor assim.

– Concordo contigo de coração – respondi com sinceridade, pois não queria que ele voltasse atrás nessa questão. – É melhor para a senhora Harker ficar fora disso. As contingências já estão bastante ruins para nós, homens do mundo, que já passamos por muitos apertos nesta vida; mas isto não é lugar para uma mulher e, se ela tivesse permanecido envolvida no caso, isso com o tempo inevitavelmente a arruinaria.

Então, Van Helsing foi falar com a sra. Harker, ao passo que Harker, Quincey e Art estão todos seguindo pistas relativas às caixas de terra. Terminarei minha ronda e nos encontraremos hoje à noite.

Diário de Mina Harker

1º de outubro. – Acho estranho ser mantida às escuras como fui hoje; depois das confidências irrestritas de Jonathan por tantos anos, vê-lo ativamente evitando certos assuntos, e logo os mais vitais de todos. Esta manhã, dormi até tarde graças às fadigas de ontem e, embora Jonathan também tivesse deitado tarde, foi ele quem acordou mais cedo. Ele falou comigo antes de partir, mais carinhoso e tenro do que nunca, mas sem jamais mencionar absolutamente nada do que aconteceu durante a visita à casa do conde. E apesar disso ele deve saber como fiquei terrivelmente ansiosa. Coitado de meu querido! Creio que isso deve tê-lo perturbado mais do que perturbou a mim. Todos eles concordaram que era melhor que eu não fosse mais envolvida por essa missão terrível e eu aceitei. Mas só de pensar que ele esconde qualquer coisa de mim! E agora choro como uma tola, quando *sei* que o motivo disso é o grande amor de meu marido e as intenções tão boas desses outros homens distintos.

Isso fez-me bem. E ora, algum dia, Jonathan irá contar-me tudo; e, para caso em algum momento ele pensar que escondi algo dele, manterei meu diário como sempre. Assim, se ele tiver receio quanto à minha confiança, posso mostrar-lhe cada pensamento de meu coração registrado para que seus amados olhos leiam. Sinto-me estranhamente triste e desanimada hoje. Suponho que seja uma reação a toda essa agitação terrível.

Ontem à noite fui para a cama quando os homens partiram, simplesmente porque eles disseram-me para fazê-lo. Não sentia sono, mas sim uma ansiedade que me devorava inteira. Ficava pensando em tudo que aconteceu desde que Jonathan veio ver-me em Londres, e parece tudo uma tragédia horrível, com o destino avançando invariavelmente a um determinado desfecho. Tudo o que se fazia parecia, independentemente de ser certo ou não, levar àquilo que mais se queria evitar. Se eu não tivesse ido a Whitby, talvez a coitada da Lucy estivesse conosco agora. Ela não adquiriu o hábito de visitar o adro até minha chegada; se ela não tivesse ido lá durante o dia, não teria caminhado por ali sonâmbula; e, se ela não tivesse ido para lá à noite e dormindo, aquele monstro não teria conseguido destruí-la como aconteceu. Ai, por que fui a Whitby? Veja só, chorando de novo. Pergunto-me o que há de errado comigo hoje. Preciso esconder isso de Jonathan, pois se ele soubesse que chorei duas vezes em uma só manhã – eu, que nunca tive uma crise de choro e a quem ele nunca fez derramar uma lágrima –, meu querido ficaria extremamente aflito. É melhor eu adotar um semblante de coragem e, se eu sentir vontade de chorar, não deixar que ele veja. Creio que essa é uma das lições que nós, mulheres, infelizmente precisamos aprender.

Não lembro bem como caí no sono ontem à noite. Lembro-me de ouvir o latido repentino de cães e vários sons insólitos, como orações tumultuadas, vindos do quarto do sr. Renfield, em algum lugar abaixo deste quarto. E então, tudo ficou silencioso; foi um silêncio tão profundo que me espantou, e eu levantei e olhei para fora através da janela. Tudo estava escuro e quieto; sombras escuras criadas pelo luar pareciam repletas de um mistério silencioso próprio. Nada parecia se mover, tudo aparentava tão terrivelmente fixo quanto a morte ou o destino, de modo que uma neblina fina e branca, que chegava com uma lentidão quase imperceptível pela grama rumo à casa, parecia ter vida e consciência próprias. Creio que as divagações de minha mente foram boas para mim, pois, quando voltei à cama, senti uma letargia chegando. Deitei um pouco, mas não conseguia dormir, então fui até a janela novamente. A névoa espalhava-se e agora estava ao redor da casa, de modo que eu podia ver sua espessura encostando nas paredes, como se escalassem até as janelas. O pobre paciente falava mais alto do que nunca e, embora eu não conseguisse distinguir qualquer palavra do que dizia, pude de algum modo reconhecer em seus tons uma súplica emocionada por parte dele. Então, veio o som de um conflito, e soube que os assistentes foram intervir. Fiquei tão assustada que me enfiei na cama e puxei as cobertas sobre minha cabeça, colocando os dedos nas orelhas. Continuava sem sono, ou pelo menos era o que eu achava; mas devo ter adormecido, pois, com exceção de sonhos, não lembro de nada até de manhã, quando Jonathan despertou-me. Creio que precisei de esforço e um pouco de tempo para me dar conta de onde estava, e que era Jonathan curvado sobre mim.

Meu sonho foi bastante peculiar, quase típico do modo que pensamentos despertos misturam-se com sonhos ou perduram neles.

Pensei que estava dormindo e esperando a volta de Jonathan. Estava muito ansiosa por ele, e me sentia impotente: meus pés, minhas mãos e meu cérebro estavam pesados, de modo que nada podia prosseguir no ritmo normal. Então, eu dormia com dificuldade e pensava. E comecei a notar que o ar estava pesado, úmido e frio. Retirei a coberta de cima do rosto e descobri, para minha surpresa, que tudo estava na penumbra. A lamparina que deixei acesa para Jonathan, no fogo baixo, emitia apenas uma minúscula faísca vermelha pelo nevoeiro, que claramente havia ficado mais espesso e adentrado o quarto. Então, lembrei-me de que havia fechado a janela antes de me deitar. Teria me levantado para confirmar, mas uma letargia pesada como chumbo parecia acorrentar meus membros e até mesmo minha vontade. Fiquei deitada e aguentei; isso foi tudo. Fechei os olhos, mas ainda olhava através das pálpebras (é incrível como os sonhos fazem truques conosco e como a imaginação age de forma conveniente). A névoa ficou mais e mais espessa e eu agora via como havia invadido, pois a enxergava como se fosse fumaça – ou o vapor branco de água fervente –, entrando não pela janela, mas pelas frestas da porta. Tornou-se cada vez mais espessa, até que pareceu concentrar-se em algo como um pilar de nuvem dentro do quarto; em seu topo eu conseguia distinguir a luz da lâmpada a gás brilhando como um olho vermelho. As coisas começaram a rodar pelo meu cérebro assim como a coluna de nuvem rodava dentro do quarto, e, em meio a isso, ocorreu-me a passagem das Escrituras: "Durante o dia, uma coluna de nuvem; durante a noite, uma coluna de fogo". Seria na verdade essa orientação espiritual que vinha a mim em sonho? Mas o pilar era composto tanto da orientação diurna como da noturna, pois havia o fogo no olho vermelho que, diante dessa ideia, causou-me nova fascinação; até que, conforme observava, o fogo se dividiu, e pareceu brilhar em minha direção através da névoa como dois olhos vermelhos, como os que Lucy mencionara para mim em seu devaneio mental momentâneo quando, no penhasco, a luz do sol poente iluminou as janelas da Igreja de St. Mary. De repente, o horror irrompeu em mim ao considerar que foi assim que Jonathan viu aquelas mulheres terríveis formarem-se na realidade pela névoa giratória sob a luz do luar, e em meu sonho devo ter desmaiado, pois tudo tornou-se breu. O último esforço consciente que a imaginação fez foi mostrar-me um rosto branco e lívido saindo da névoa e curvando-se sobre mim. Preciso ter cuidado com sonhos assim, pois eles tirariam a razão de uma pessoa se ocorressem com muita frequência. Pediria ao dr. Van Helsing ou ao dr. Seward que receitassem algo para me ajudar a dormir, mas temo alarmá-los. Um sonho desses no momento presente aumentaria os temores deles por mim. Hoje à noite, hei de esforçar-me para dormir naturalmente. Se não conseguir, amanhã à noite lhes pedirei que me deem uma dose de cloral; isso não deve fazer mal uma única vez, e me dará uma boa noite de sono. A noite de ontem me deixou mais cansada do que se eu não tivesse dormido nada.

2 de outubro, dez da noite. – Ontem à noite eu dormi, mas não sonhei. Devo ter dormido profundamente, pois não fui acordada por Jonathan vindo à cama; mas o sono não me revigorou, pois hoje sinto-me fraca e sem ânimo. Passei o dia de ontem inteiro tentando ler ou deitada, cochilando. À tarde, o sr. Renfield perguntou se podia ver-me. Coitado, foi bastante gentil, e quando retirei-me ele beijou minha mão e pediu a Deus que me abençoasse. Por algum motivo, afetou-me muito; choro ao pensar nele. Essa é uma nova fraqueza, com a qual preciso tomar cuidado. Jonathan ficaria arrasado se soubesse que tenho chorado. Ele e os outros ficaram fora até a hora do jantar, e todos chegaram cansados. Fiz o que pude para animá-los, e suponho que o esforço fez-me bem, pois esqueci meu próprio cansaço. Depois do jantar, falaram para eu ir para a cama, e saíram para fumar juntos, segundo eles mesmos, mas eu sabia que queriam falar uns aos outros sobre o que ocorreu com cada um durante o dia; pude ver pelos maneirismos de Jonathan que ele tinha algo importante a comunicar. Não estava tão sonolenta quanto deveria; então, antes que se retirassem, pedi ao dr. Seward que me desse um pouco de algum tipo de opiáceo, visto que eu não havia dormido bem na noite anterior. Ele muito encarecidamente preparou para mim uma dose sonífera, e deu-a para mim, dizendo que não me faria mal, pois era bem suave… Tomei e agora aguardo o sono, que ainda me ignora. Espero não ter cometido um erro, pois, conforme o sono começa a flertar comigo, um novo medo me ocorre: o de que eu tenha sido tola ao privar-me da capacidade de acordar. Talvez eu acabe querendo-a. Chegou o sono. Boa noite.

XX

Diário de Jonathan Harker

1º de outubro, noite. – Encontrei Thomas Snelling em sua casa em Bethnal Green, mas infelizmente ele não estava em condições de lembrar-se de nada. A própria expectativa por cerveja que ele enxergou com minha visita mostrou-se excessiva, e ele começou cedo demais seus excessos previsíveis. Descobri, porém, graças à sua esposa, uma coitada que parecia ter uma alma decente, que ele era apenas assistente de Smollet, o qual, entre os dois, era o responsável. Então, fui a Walworth e encontrei o sr. Joseph Smollet em casa, de camisa e sem paletó, tomando um chá depois da hora em um pires. Ele é um sujeito decente e inteligente, um trabalhador distinto e confiável, e com uma mente própria. Lembrava tudo a respeito do incidente das caixas, e com um incrível caderno cheio de dobras de orelha – que ele retirou de algum receptáculo misterioso perto do traseiro da calça e que tinha entradas hieroglíficas anotadas com um lápis grosso e gasto pela metade –, ele deu-me os destinos das caixas. Havia, segundo ele, seis na carroça que ele pegou em Carfax e deixou na Chicksand Street, nº 197, em Mile End New Town, e outras seis que depositou na Jamaica Lane, em Bermondsey. Se o conde pretendia espalhar esses seus refúgios fantasmáticos por Londres, tais lugares foram selecionados como os primeiros pontos de entrega, para que posteriormente ele pudesse distribuir as caixas mais ainda. O modo sistemático como isso foi feito fez-me pensar que seu plano não podia ser limitar-se a dois lados de Londres. Ele agora estava situado no extremo leste do litoral norte, no leste do litoral sul e no sul. O norte e o oeste sem dúvida não seriam deixados de fora de seu esquema diabólico, muito menos a cidade em si e o coração da Londres moderna, no sudoeste e oeste. Falei novamente com Smollet e perguntei-lhe se ele tinha como dizer se qualquer outra caixa havia sido retirada de Carfax. Ele respondeu:

– Olha, chefia, o senhor me tratou muito bem – havia dado meio-soberano a ele –, e vou contar tudo o que sei. Ouvi um sujeito chamado Bloxam falar, quatro noites atrás no Caçá à Lebre, em Pincher's Alley, sobre como ele e o parceiro fizeram um serviço bem do poeirento em uma casa velha em Purfect. Não tem muitos serviços assim por aqui, e acho que o Sam Bloxam talvez possa te contar alguma coisa.

Perguntei se sabia me informar onde eu podia encontrá-lo. Falei que, se ele conseguisse o endereço para mim, isso lhe renderia mais meio-soberano. Com isso, ele engoliu o resto do chá e levantou-se, dizendo que começaria a busca naquela mesma hora. À porta, ele parou e disse:

– Olha só, chefia, não tem por que fazer o senhor ficar aqui mais tempo. Talvez eu encontre o Sam logo, talvez não; de qualquer jeito, duvido que ele vá estar em condição de contar muita coisa hoje. Sam é um tipo raro quando começa a bebedeira. Se o senhor me der um envelope com seu endereço e um selo, descubro onde encontrar o Sam e envio uma carta pro senhor ainda hoje; mas é melhor ir atrás dele bem cedinho, senão talvez não chegue a tempo de falar com ele; Sam começa a beber cedo, mesmo que já tenha bebido bastante na noite anterior.

Tudo isso era prático de se fazer, então uma das crianças recebeu alguns trocados para comprar um envelope e uma folha de papel, podendo ficar com o troco. Quando ela voltou, coloquei o endereço e o selo no envelope e, depois que Smollet novamente jurou que enviaria o endereço assim que o descobrisse, fui para casa. Seja como for, estamos no caminho certo. Estou cansado esta noite, e quero dormir. Mina dorme profundamente, e parece um pouco pálida demais, seus olhos sugerem que ela tem chorado. Pobrezinha, não tenho dúvida que a corrói por dentro ficar sem saber de nada, e talvez isso provoque nela ansiedade em dobro, por mim e pelos outros. Mas é a melhor opção. É melhor ficar desapontada e preocupada desse modo agora do que perder os nervos. Os dois médicos tinham razão quanto a deixá-la alheia a esse trabalho terrível. Preciso manter-me firme, pois em mim repousa esse fardo particular do silêncio. Não devo abordar o assunto com ela sob nenhuma circunstância. Na verdade, talvez não seja uma tarefa difícil, afinal, pois ela própria passou a ficar reticente a esse respeito, e não mencionou o conde e suas atividades desde que lhe contamos nossa decisão.

2 de outubro, noite. – Um dia longo, penoso e animador. O correio da manhã trouxe-me meu envelope com um pedaço de papel sujo dentro, no qual estava escrito com lápis de carpinteiro em letra grande:

Sam Bloxam, Korkran, nº 4, Poters Cort, Bartel Street, Walworth. Pregunte pelo resprensitente.

Recebi a carta ainda na cama e levantei-me sem acordar Mina. Ela parecia abatida, com sono e pálida, nada bem. Decidi não despertá-la, mas, quando retornasse dessa nova busca, providenciaria para que ela voltasse a Exeter. Acho que ficaria mais feliz em casa, com afazeres diários para tomar sua atenção, em vez de ficar aqui em meio a nós e à ignorância. Vi o dr. Seward por apenas um momento, e lhe disse aonde eu iria, prometendo voltar e contar aos demais assim que descobrisse algo. Fui até Walworth e encontrei, com certa dificuldade, o Potter's Court. O erro ortográfico do sr. Smollet induziu-me ao erro, e pedi direções para "Poter's Court" em vez de "Potter's Court". Contudo, ao chegar lá, não foi difícil encontrar a hospedaria dos Corcoran. Quando falei ao homem que atendeu a porta que queria falar com o "reprensentente", ele balançou a cabeça e disse:

– Não sei quem é esse, não. Não tem ninguém aqui com esse nome; não ouvi falar desse aí em toda a minha vida. Não acho que tenha alguém desse tipo por aqui ou em qualquer outro lugar.

Peguei a carta de Smollet e, ao lê-la, ocorreu-me que a lição aprendida pela grafia do nome da praça pudesse dar-me uma luz.

– O que o senhor é?

– Eu sou o representante – ele respondeu. Notei imediatamente que estava no caminho certo. A grafia havia me enganado de novo.

Uma gorjeta de meia coroa deixou os conhecimentos do representante à minha disposição, e descobri que o sr. Bloxam, que fez passar os efeitos da cerveja da noite anterior dormindo no Corcoran, saíra para trabalhar, em Poplar, às cinco da manhã daquele dia. O homem não soube me dizer onde estava situado o lugar em que Bloxam trabalhava, mas tinha uma vaga noção de que era, de algum modo, "um desses armazéns novos de hoje em dia"; e com essa pista parca tive de ir até Poplar. Já havia passado das doze horas quando consegui uma pista satisfatória a respeito do prédio, o que ocorreu em um café, onde alguns trabalhadores comiam. Um deles sugeriu que erguiam, na Cross Angel Street, um novo "depósito refrigerado"; e, como isso se qualificava como "um desses armazéns novos de hoje em dia", fui para lá imediatamente. Uma conversa com um porteiro carrancudo e outra com um mestre de obras ainda mais carrancudo, ambos apaziguados com uma moeda vigente, levaram-me a caminho de Bloxam; ele foi convocado devido à minha insinuação de que estava disposto a pagar seu salário do dia ao mestre de obras pelo privilégio de fazer-lhe algumas perguntas de assunto particular. Ele era um sujeito inteligente, mas de postura e fala brutas. Quando prometi pagar pela informação e entreguei-lhe uma garantia, ele contou-me que fizera duas viagens entre Carfax e uma casa na Piccadilly, e que levou da primeira casa à segunda nove caixas grandes ("pesadas pra caramba") com um cavalo e uma carroça que ele alugou só para isso. Perguntei se ele podia dar-me o número da casa na Piccadilly, fazendo-o responder:

— Bem, chefia, o número eu não lembro, mas era só umas portas depois de uma igrejona branca ou algum prédio do tipo, que não é obra antiga. A casa era outra velha e empoeirada, mas nem se compara à poeira das casas de onde pegamos os raios das caixas.

— Como o senhor entrou nas casas se ambas estavam vazias?

— O sujeito velho que me contratou me esperava na casa em Purfleet. Ele me ajudou a levantar as caixas e a colocar elas na carroça. E, diabos, era o homem mais forte que já vi, e era já bem velho, com um bigode branco, do tipo que seria de imaginar não ter forças nem pra lançar a própria sombra.

Como essa frase arrepiou-me!

— Ele pegava o lado dele das caixas como se fosse umas libras de chá, e eu perdendo o fôlego só pra conseguir levantar meu lado... e olha que não sou nenhum fracote.

— Como o senhor entrou na casa na Piccadilly? — indaguei.

— Ele também estava lá. Deve ter saído correndo e chegado lá antes de mim, porque, quando toquei a sineta, ele veio abrir a porta e me ajudou a levar as caixas pro salão de entrada.

— Todas as nove?

— Sim. Tinha cinco na primeira leva e quatro na segunda. Era um trabalho de dar uma secura do caramba, e nem lembro bem como voltei pra casa...

Eu o interrompi.

— As caixas ficaram no salão de entrada?

— Sim; era um salão bem grande, e não tinha mais nada ali.

Fiz mais uma tentativa de conseguir algum avanço:

— O senhor não tinha nenhuma chave?

— Nunca usei nem chave nem nada. O senhor velho, ele abriu a porta e fechou quando fui embora. Não lembro como foi da última vez... mas é por causa da cerveja.

— E não consegue lembrar o número da casa?

— Não, senhor. Mas o senhor não vai ter dificuldade com isso. É uma altona, tem uma fachada de pedra com um arco em cima, e degraus altos para a entrada. Dos degraus eu lembro bem por ter que carregar as caixas com três vadios que apareceram pra ganhar uns trocados. O velho senhor deu pra eles uns xelins e, quando eles viram que ganharam tanto, quiseram mais;

mas ele pegou um pelo ombro e parecia que ia jogar ele escada abaixo, e os outros foram embora xingando.

Pensei que, com tal descrição, eu encontraria a casa, então, depois de pagar por essa informação, parti para a Piccadilly. Ganhei uma nova informação dolorosa: o conde claramente era capaz de manipular as caixas de terra por conta própria. Nesse caso, o tempo era precioso; pois, agora que ele conseguira certo nível de distribuição, ele podia, dentro de seu próprio tempo, terminar a tarefa sem ser visto. Na Piccadilly Circus, desci da condução e caminhei na direção oeste; depois do clube Junior Constitutional, passei pela casa descrita, e achei satisfatório para concluir que esse era o mais novo dos covis providenciados por Drácula. A casa parecia não ter moradores havia um tempo. As janelas estavam revestidas de poeira e as venezianas estavam abertas. A estrutura estava enegrecida pelo tempo, e do ferro a pintura havia em sua maioria descascado. Era evidente que até recentemente houvera um quadro de avisos grande em frente ao alpendre que fora, porém, arrancado de modo grosseiro, deixando as traves que o sustentavam. Atrás do parapeito do alpendre havia algumas tábuas soltas, cujas extremidades irregulares pareciam brancas. Gostaria muito de poder ter visto o quadro de avisos intacto, pois talvez fornecesse alguma pista a respeito da posse da casa. Lembrava de minha experiência investigando e comprando Carfax, e não conseguia deixar de sentir que, se encontrasse o proprietário antigo, talvez houvesse algumas maneiras de ganhar acesso à casa.

Não havia nada no momento a se aprender pela entrada na Piccadilly e nada podia ser feito; então dei a volta no quarteirão para ver se descobria algo do outro lado. As vielas estavam movimentadas e as ruas da Piccadilly estavam na maior parte ocupadas. Perguntei a alguns dos estribeiros e ajudantes que vi por perto se podiam contar-me algo sobre a casa vazia. Um deles contou que ouviu falar que havia sido comprada recentemente, mas que não sabia por quem. Porém, disse-me que, até muito pouco tempo, havia um mural de anúncios de "À venda" lá, e que talvez a Mitchell, Filhos & Candy, a agência imobiliária, pudesse contar-me algo, pois lembrava de ouvir o nome dessa firma no mural. Não quis parecer interessado demais, ou deixar que meu informante soubesse ou pudesse inferir coisas demais, então o agradeci de forma casual e fui embora. Agora o crepúsculo aumentava e a noite de outono estava cada vez mais perto, então não perdi tempo. Ao descobrir o endereço da Mitchell, Filhos & Candy em um catálogo de endereços no Berkeley, logo estava no escritório deles na Sackville Street.

O cavalheiro que me atendeu tinha modos particularmente aprazíveis, mas igualmente não comunicativos. Após me informar que a casa da Piccadilly – que durante a nossa conversa ele chamava de "mansão" – havia sido vendida, ele considerou minha questão como concluída.

Quando perguntei quem a comprou, ele arregalou os olhos ligeiramente e deteve-se por alguns segundos antes de responder:
– Ela foi vendida, senhor.
– Perdão – falei, correspondendo em polidez –, mas tenho um motivo especial para querer saber quem a comprou.

Novamente, ele fez uma pausa longa e ergueu as sobrancelhas mais ainda.
– Ela foi vendida, senhor. – Foi, mais uma vez, sua resposta lacônica.
– Ora – falei. – O senhor não se importaria em dar-me essa informação, não?
– Importo-me, sim – respondeu. – Os assuntos dos clientes estão absolutamente seguros nas mãos da Mitchell, Filhos & Candy.

Era claramente um empolado de primeira, e não adiantaria discutir com ele. Decidi que seria melhor falar com ele de igual para igual, então disse:
– Seus clientes, senhor, são felizes por ter um guardião tão determinado de suas confidências. Eu também sou um profissional. – Nisso, dei-lhe meu cartão. – Neste caso, não estou motivado por mera curiosidade; atuo em favor do lorde Godalming, que deseja saber algo a respeito da propriedade que estava, segundo o entendimento dele, até recentemente à venda.

Essas palavras criavam um tom diferente na situação. Ele disse:
– Adoraria ajudar o senhor se pudesse, senhor Harker, e especialmente adoraria ajudar sua senhoria. Uma vez tratamos de uma atividade menor de alugar alguns quartos para ele quando era o honorável Arthur Holmwood. Se o senhor permitir que eu tenha o endereço de sua senhoria, consultarei a diretoria sobre isso e, de qualquer modo, enviarei uma resposta à sua senhoria pelo correio da noite hoje. Será um prazer se pudermos criar uma exceção à regra para fornecer a informação à sua senhoria.

Queria garantir um amigo e não fazer inimigos, então agradeci, dei o endereço do dr. Seward e fui embora. Agora estava escuro, e eu estava cansado e faminto. Tomei uma xícara de chá na Aërated Bread Company e vim para Purfleet no trem seguinte.

Encontrei todos os demais na casa. Mina parecia cansada e pálida, mas fez um esforço heroico para ficar animada e alegre; doía meu coração guardar qualquer segredo dela e causar-lhe tal inquietude. Graças a Deus, esta será a última noite em que nos verá ir a reuniões e sentirá a pontada de que não confiamos nela. Precisei de toda a minha coragem para manter a decisão sábia de mantê-la alheia de nossa missão terrível. Ela parece um pouco mais conformada; ou talvez o assunto em si tenha se tornado repugnante para ela, pois chegava a estremecer ante qualquer alusão acidental. Fico contente que tenhamos tomado essa decisão na hora certa, pois, considerando uma sensação como essa, nosso conhecimento crescente seria uma tortura para ela.

Não podia contar aos outros sobre as descobertas do dia até que ficássemos a sós; então, depois do jantar, seguido de um pouco de música para manter as aparências até para nós mesmos, levei Mina ao seu quarto e deixei-a enquanto ela ia para a cama. Minha querida estava mais afetuosa comigo do que nunca e agarrou-me, como se fosse impedir-me de ir; mas havia muito a se conversar e retirei-me. Graças a Deus, o cessar de nossas confidências não fez diferença entre nós.

Quando desci novamente, encontrei os demais reunidos ao redor da lareira do escritório. No trem, escrevi em meu diário o que ocorrera até então e simplesmente li essa parte a eles como a melhor forma de atualizá-los com minhas informações; quando terminei, Van Helsing se pronunciou:

– Este foi um ótimo dia de trabalho, amigo Jonathan. Sem dúvida estamos seguindo a trilha das caixas. Se encontrarmos todas naquela casa, então nosso trabalho está perto do fim. Mas, se faltarem algumas, devemos continuar a busca até que as achemos. Depois, daremos nosso golpe final, caçando o vilão e levando-o à sua morte verdadeira.

Todos permanecemos quietos por um tempo e de repente o sr. Morris falou:

– Mas digam-me: como vamos entrar naquela casa?

– Conseguimos entrar na outra – o lorde Godalming respondeu prontamente.

– Mas, Art, isso é diferente. Invadimos a casa no terreno de Carfax, mas tínhamos a noite e uma área murada para proteger-nos. Será muito diferente cometer invasão de propriedade na Piccadilly, de dia ou de noite. Confesso que não sei como conseguiremos acesso a não ser que aquele sujeitinho da agência providencie-nos uma chave ou algo assim; talvez saberemos quando receberes a carta dele amanhã.

As sobrancelhas do lorde Godalming contraíram-se e ele se levantou e caminhou pelo cômodo. Depois de um tempo, parou e disse, olhando para cada um de nós.

– Quincey é sensato no que diz. Esse negócio de invadir propriedades está ficando sério; nos safamos uma vez, mas agora temos uma tarefa peculiar à nossa frente... a não ser que encontremos o molho de chaves do conde.

Como nada podia ser feito antes da manhã, e como era no mínimo aconselhável esperar que o lorde Godalming tivesse notícias da Mitchell etc., decidimos não tomar nenhuma medida ativa antes da hora do desjejum. Por um bom tempo ficamos sentados fumando e discutindo o assunto sob várias perspectivas; aproveitei a oportunidade para atualizar este diário até o último momento. Estou com bastante sono e irei para a cama...

Só mais umas linhas. Mina dorme bem e sua respiração está regular. Sua testa está franzida, com pequenas rugas, como se pensasse, mesmo dormindo. Ela ainda está muito pálida, mas não parece tão abatida como estava hoje pela manhã. Amanhã, espero, isso tudo será reparado; ela estará em casa, em Exeter. Ah, que sono!

Diário do dr. Seward

1º de outubro. – Mais uma vez, estou intrigado com Renfield. Seu humor muda tão rápido que tenho dificuldade em acompanhá-lo e, como essas mudanças sempre diziam respeito a algo além de seu próprio bem-estar, elas rendiam estudos deveras interessantes. Esta manhã, quando fui visitá-lo após repelir Van Helsing, sua postura era de um homem no comando do próprio destino. Ele, de fato, comandava o destino... de modo subjetivo. Não lhe importava nenhuma dessas coisas da Terra mundana; ficava nas alturas e desdenhava de todas as fraquezas e carências que nós, meros mortais, tínhamos. Pensei em aproveitar a ocasião para aprender algo, então perguntei-lhe:

– E as moscas? Como vão?

Ele sorriu para mim com certo ar de superioridade, um sorriso perfeito para Malvólio, ao responder-me:

– A mosca, meu caro senhor, tem uma característica impressionante: suas asas são típicas das capacidades aéreas das faculdades psíquicas. Os antigos fizeram bem ao tipificar a alma como uma borboleta!

Decidi levar essa analogia a seu extremo lógico, então repliquei na mesma hora:

– Ah, então é uma alma que o senhor agora busca?

A loucura dele atrapalhou seu raciocínio, e uma expressão confusa espalhou-se em seu rosto enquanto, balançando a cabeça com uma certeza que eu raramente vira nele, falou:

– Ah, não; ah, não! Não quero almas. Vida é tudo o que quero. – Então, animou-se. – No momento, isso não me importa muito. A vida está boa; tenho tudo o que quero. Precisará de um novo paciente, doutor, se quiser estudar a zoofagia!

Isso me intrigou um pouco; então, instiguei-o:

– Então, agora o senhor comanda a vida; é um deus, imagino?

Ele sorriu com uma superioridade benevolente inefável.

– Ah, não! Longe de mim apropriar-me indevidamente dos atributos da Divindade. Nem ao menos interesso-me pelos especialmente espirituais d'Ele. Se puder declarar meu posicionamento intelectual, estou, no que tange às coisas puramente terrestres, em uma posição similar à ocupada espiritualmente por Enoque!

Isso foi uma complicação para mim. Não conseguia naquele momento lembrar-me do que tornava Enoque relevante; então, tive que fazer uma pergunta simples, embora sentisse que, ao fazê-lo, rebaixava-me aos olhos do lunático:

– E por que a comparação com Enoque?

– Porque ele andou ao lado de Deus.

Não conseguia captar a analogia, mas não queria admitir isso; assim, retornei à sua negação.

– Então, o senhor não se importa com a vida e não deseja almas. Por que não? – perguntei de um jeito rápido e um tanto ríspido, de propósito, para desconcertá-lo. A tentativa deu certo; por um instante, ele foi acometido por uma recaída e retomou seus antigos modos servis, curvou-se diante de mim e bajulou-me efetivamente como um cão ao responder:

– Não quero almas, verdade, verdade! Não as quero. Não teria o que fazer com elas se as tivesse; não teria como fazer uso delas. Não posso comê-las ou... – Ele de repente parou e a velha expressão astuta percorreu seu rosto, como o vento agitando a superfície da água. – E, doutor, quanto à vida, no que ela consiste, afinal? Quando se tem tudo do que se precisa e sabe que isso nunca faltará, isso é tudo. Eu tenho amigos, bons amigos, como o senhor, doutor Seward – disse isso com um olhar indizível de tão ardiloso. – Sei que nunca me faltarão os meios de vida!

Creio que as nuvens de sua insanidade o tenham levado a enxergar antagonismo de minha parte, pois ele imediatamente recuou para o último refúgio que alguém como ele tinha: um silêncio tenaz. Depois de certo tempo, percebi que por ora seria inútil falar com ele, que estava amuado, então retirei-me.

Mais tarde no dia, ele pediu que me chamasse. Normalmente, eu não teria ido sem um motivo especial, mas ando tão interessado nele que faria esse esforço de bom grado. Além disso, fico feliz em ter qualquer coisa para passar o tempo. Harker saiu para investigar pistas; o mesmo pode ser dito do lorde Godalming e de Quincey. Van Helsing está em meu escritório examinando os registros preparados pelos Harker; parece acreditar que um conhecimento exato de todos os detalhes revelará alguma pista. Ele não quer ser incomodado sem motivo durante essa tarefa. Eu o teria levado comigo para ver o paciente, mas pensei que, depois da última vez, em que foi repelido, ele talvez não se interessasse em ir novamente. Havia também outra razão: Renfield talvez não falasse tão livremente na frente de um terceiro como quando estava a sós comigo.

Encontrei-o sentado no meio do quarto, em seu banquinho, numa postura que geralmente indicava certa energia mental por parte dele. Quando entrei, ele disse de imediato, como se a pergunta estivesse esperando em seus lábios:

– E quanto às almas? – Era então evidente que minha suposição foi acertada. A atividade cerebral inconsciente fazia seu trabalho, mesmo com o lunático. Decidi levar a questão adiante.

– Diga-me o senhor: e quanto a elas? – perguntei.

Ele não respondeu por um momento, mas olhou ao seu redor, para cima e para baixo, como se esperasse encontrar inspiração para responder.

– Não quero almas! – respondeu de forma débil, como se pedisse desculpas.

O assunto parecia afligir sua mente, e decidi aproveitar-me disso, "ser cruel para poder ser gentil". Então, disse:

– O senhor gosta da vida e quer vida?

– Ah, sim! Mas isso não é problema; o senhor não precisa preocupar-se com isso.

– Mas – perguntei – como podemos obter a vida sem também obter a alma? – Isso pareceu deixá-lo confuso, então elaborei: – Será uma situação curiosa quando estiver pairando no céu, com as almas de milhares de moscas, aranhas, pássaros e gatos zunindo, piando e miando ao seu redor. O senhor tomou a vida deles, como bem sabe, e precisará aguentar suas almas!

Algo pareceu afetar sua imaginação, pois ele colocou os dedos nas orelhas e fechou os olhos, apertando-os com força, como um menininho cujo rosto foi ensaboado. Havia algo de patético na cena que me comoveu; também ensinou-me algo, pois parecia que à minha frente havia uma criança – nada além de uma criança, embora as feições fossem gastas e o pouco de barba fosse branco. Era evidente que ele passava por um processo de perturbação mental e, sabendo como seus humores anteriores interpretaram coisas que lhe pareciam estranhas, pensei em fazer meu melhor para entrar na mente dele e segui-lo. O primeiro passo foi restabelecer a confiança, então lhe perguntei, falando bem alto para que ele me ouvisse mesmo com as orelhas tapadas:

– Gostaria de um pouco de açúcar para juntar moscas de novo?

Ele pareceu despertar completamente de uma vez só, balançando a cabeça. Com uma risada, respondeu:

– Na verdade, não! Coitadinhas das moscas, afinal! – Depois de uma pausa, acrescentou: – Mas também não quero as almas delas zunindo aonde eu for.

– E aranhas? – continuei.

– Às favas com as aranhas! De que servem aranhas? Não há nada nelas para comer ou... – Ele parou de repente, como se lembrasse de um assunto proibido. *Ora, ora!*, pensei. *Esta é a segunda vez em que ele deteve-se antes do verbo "beber"; o que isto significa?* Renfield pareceu ciente de ter cometido um lapso, pois prosseguiu às pressas, como se na tentativa de distrair-me do fato: – Não me importo com essas coisas. "Ratazanas, camundongos e os menores dos cervos", como disse Shakespeare, "ninharias na despensa", por assim dizer. Superei essas bobagens. Faz tanto sentido pedir a um homem para comer moléculas com palitos chineses quanto tentar fazer com que eu me interesse por carnivorismos menores quando sei o que há diante de mim.

– Entendo – falei. – O senhor deseja coisas grandes nas quais pudesse cravar os dentes? O que acharia de um elefante para o desjejum?

– Mas que bobagem disparatada! – Ele estava ficando alerta em excesso, então decidi pressioná-lo ainda mais.

– Pergunto-me – falei, reflexivo – como é a alma de um elefante!

Obtive o efeito desejado, pois ele no mesmo instante abandonou o nariz empinado e reverteu ao estado de criança.

– Não quero a alma de um elefante, nem alma alguma! – retrucou. Ele ficou ali, desolado, por alguns momentos. De repente, levantou-se de sobressalto, com olhos flamejantes e todos os sinais de agitação cerebral intensa: – Ao inferno contigo e com tuas almas! – gritou. – Por que me assombras com almas? Já não tenho com o que me preocupar, me afligir e me distrair sem pensar em almas? – Ele parecia tão hostil que pensei que sucumbiria a outro ataque homicida, então soprei meu apito.

Porém, no momento em que o fiz, ele acalmou-se e desculpou-se:

– Perdão, doutor; perdi a compostura. O senhor não precisará de ajuda. Estou com tantas preocupações na mente que fico propenso a irritar-me. Se ao menos o senhor soubesse o problema que preciso enfrentar e com o qual estou lidando, o senhor se compadeceria, toleraria e perdoaria. Por favor, não me coloque na camisa de força. Quero pensar, e não consigo pensar livremente com o corpo confinado. Tenho certeza de que me entende!

Ele sem dúvida tinha autocontrole; então, quando os assistentes chegaram, avisei que não se preocupassem, e eles retiraram-se. Renfield os viu indo embora; quando a porta fechou-se, ele disse com candura e dignidade consideráveis:

– Doutor Seward, o senhor tem me tratado com muita consideração. Acredite quando digo que sou muito, muito grato ao senhor! – Pensei que seria bom deixá-lo com esse humor, então retirei-me.

É certo que há algo a se ponderar a respeito do estado desse homem. Vários aspectos parecem compor o que repórteres americanos chamam de "uma matéria", desde que sejam devidamente ordenados. Ei-los:

Não menciona "beber".

Teme a ideia de carregar o fardo da "alma" de qualquer coisa.

Não tem medo de desejar "vida" no futuro.

Despreza totalmente as formas menores de vida, embora tema ser assombrado por suas almas.

Pela lógica, todas essas coisas apontam para um mesmo sentido! Ele tem algum modo de garantia de que irá adquirir uma forma mais elevada de vida. Ele teme as consequências – o fardo de almas. Então, é uma vida humana que ele aspira!

E a garantia...

Deus tenha piedade! O conde o visitou, e há um novo esquema de terror em andamento!

Mais tarde. – Depois de minha ronda, fui a Van Helsing e contei sobre minha suspeita. Ele ficou bastante sério e, depois de pensar no assunto por um tempo, pediu que eu o levasse até Renfield. Fi-lo. Ao entrarmos pela porta, ouvimos o lunático do lado de dentro cantando alegre, como fazia em tempos que agora parecem tão distantes. Quando entramos, tivemos o espanto de testemunhar que ele havia espalhado seu açúcar como antigamente; as moscas, com a letargia do outono, começavam a entrar zunindo no quarto. Tentamos impeli-lo para que falasse do assunto de nossa conversa anterior, mas ele não respondeu. Continuou com a cantoria, como se nem estivéssemos presentes. Ele pegou um pedaço de papel e o dobrou a fim de formar um caderno. Nós fomos embora tão ignorantes quanto antes.

É mesmo um caso curioso o dele; devemos observá-lo esta noite.

Carta, de Mitchell, Filhos & Candy para o lorde Godalming

1º de outubro.

Meu senhor.

É sempre um prazer para nós atender aos vossos desejos. Gostaríamos, com relação ao desejo de vossa senhoria, exprimido pelo sr. Harker em vosso nome, de fornecer as seguintes informações relativas à venda e compra da casa nº 347, na Piccadilly Street. O vendedor original são os testamenteiros do falecido sr. Archibald Winter-Suffield. O comprador é um nobre estrangeiro, o conde de Ville, que realizou a compra pessoalmente pagando o valor em notas "em dinheiro vivo", com o perdão de vossa senhoria por nosso uso de uma expressão tão vulgar. Não sabemos mais nada sobre ele além disso.

Somos, meu senhor,
humildes servos de vossa senhoria,
Mitchell, Filhos & Candy

Diário do dr. Seward

2 de outubro. – Coloquei um funcionário no corredor ontem à noite, e pedi que ele registrasse com precisão qualquer coisa que porventura ouvisse do quarto de Renfield, e lhe instruí que, se houvesse qualquer estranheza, deveria me chamar. Depois do jantar, quando nos reunimos todos em volta da lareira do escritório – tendo a sra. Harker ido para a cama –, discutimos as tentativas e descobertas do dia. Harker foi o único que obteve resultados, e temos altas expectativas de que a pista dele talvez seja importante.

Antes de ir para a cama, fui ao quarto do paciente e olhei pela vigia da porta. Ele dormia profundamente, e seu coração subia e baixava junto à respiração regular.

Hoje de manhã, o funcionário apontado relatou para mim que pouco depois da meia-noite ele ficou irrequieto e passou a rezar um tanto alto. Questionei se isso era tudo; ele disse que foi tudo o que ouviu. Havia algo tão suspeito em seu comportamento que perguntei sem rodeios se ele tinha dormido. Ele negou ter dormido, mas admitiu que "pescou" por um tempo. É lamentável que não se pode confiar em homens a não ser que fiquem sob vigia.

Hoje Harker está indo atrás de sua pista, e Art e Quincey estão providenciando cavalos. Godalming acredita que será bom ter cavalos sempre a postos, pois, quando tivermos a informação que queremos, não haverá tempo a perder. Precisamos esterilizar toda a terra importada entre o nascer e o pôr do sol; iremos, assim, cercar o conde em seu estado mais fraco, e sem um refúgio para o qual recorrer. Van Helsing foi ao Museu Britânico buscar autoridades em medicina antiga. Os médicos de antigamente consideravam aspectos que seus sucessores não aceitam; o professor quer encontrar curas para bruxarias e demônios, que nos podem ser úteis no futuro.

Eu às vezes acho que todos nós só podemos estar loucos, e que, quando voltarmos à sanidade, descobriremos que estamos em camisas de força.

Mais tarde. – Reunimo-nos outra vez. Parecemos enfim estar na trilha certa, e nosso trabalho de amanhã talvez seja o início do fim. Pergunto-me se o silêncio de Renfield tem algo a ver com isso. Seu humor tem acompanhado tanto as ações do conde que a destruição iminente do monstro pode estar repercutindo nele de alguma maneira sutil. Se ao menos pudéssemos ter alguma dica do que se passou em sua mente, desde minha conversa com ele até seu retorno à captura de moscas, talvez isso nos rendesse uma pista valiosa. Ele agora parece ter ficado quieto por um tempo... ou será que não? Esse grito descontrolado parece ter vindo do quarto dele.

O enfermeiro veio correndo até mim e disse que Renfield de alguma forma sofreu um acidente. Ele ouviu-o gritar e, quando foi até ele, encontrou-o deitado de cara no chão, todo coberto de sangue. Preciso ir imediatamente...

XXI

Diário do dr. Seward

3 de outubro. – Vou registrar com o máximo de exatidão que conseguir tudo o que lembro de ter ocorrido desde meu último registro. Nenhum detalhe que eu puder lembrar deve ser esquecido; devo proceder com extrema calma.

Quando cheguei ao quarto de Renfield, encontrei-o deitado no chão, apoiado no flanco esquerdo, sobre uma poça brilhante de sangue. Quando fui mexê-lo de lugar, ficou evidente que ele sofrera ferimentos terríveis; não parecia haver rastro da unidade de propósito entre as partes do corpo que definem mesmo a sanidade mais letárgica. Ao expor o rosto, pude comprovar hematomas horríveis, como se a cabeça tivesse sido batida contra o chão; inclusive, era dos ferimentos do rosto que a poça de sangue originava-se. O assistente, ajoelhado ao lado do corpo, disse-me enquanto o virávamos:

– Creio, senhor, que ele quebrou a coluna. Veja, a perna e o braço direitos e toda a lateral do rosto estão paralisados. – Tentando entender como algo assim podia ter acontecido, o assistente manifestava uma confusão incomensurável. Ele parecia bastante atônito, e suas sobrancelhas foram de encontro uma à outra ao falar: – Não consigo entender a combinação das duas coisas. Ele poderia ter marcado o rosto assim batendo a própria cabeça no chão. Uma vez vi uma mulher fazer isso no manicômio Eversfield antes que qualquer um pudesse contê-la. E acho que seria possível ele quebrar o pescoço caindo da cama, se estivesse em uma posição desajeitada. Mas, pela minha própria vida, não consigo imaginar como ambas as coisas aconteceram juntas. Se a coluna quebrou, ele não conseguiria ficar batendo a cabeça; e, se seu rosto estivesse assim antes de ele cair da cama, haveria sangue em outros lugares.

Repliquei-lhe:

— Vá até o doutor Van Helsing e peça encarecidamente que venha imediatamente para cá. Quero-o aqui sem demora alguma.

O sujeito foi correndo e, em poucos minutos, o professor, de pijama e chinelos, apareceu. Ele viu Renfield no chão, olhou com atenção para ele por um momento e depois virou-se para mim. Acho que reconheceu em meus olhos o que eu pensava, pois disse bem baixo, claramente para os ouvidos do assistente:

— Ah, que acidente trágico! Ele precisará de muito cuidado na observação, e muita atenção. Irei acompanhá-lo pessoalmente; mas preciso vestir-me primeiro. Se ficar aqui, devo em alguns minutos juntar-me ao senhor.

O paciente agora respirava com dificuldade, e era evidente que ele sofrera ferimentos terríveis. Van Helsing voltou com uma celeridade extraordinária, trazendo consigo um kit de cirurgia. Ele claramente vinha pensando acerca disso e estava com a mente decidida; pois, pouco antes de olhar para o paciente, sussurrou para mim:

— Dispense o assistente. Precisamos ficar a sós com Renfield quando ele recobrar a consciência após a operação.

Com isso, falei:

— Acho que isso basta por ora, Simmons. Fizemos tudo que podíamos no momento. É melhor ir fazer sua ronda, enquanto o doutor Van Helsing opera o paciente. Avise-me no mesmo instante se houver algo atípico em qualquer lugar.

O homem nos deixou e iniciamos um exame rigoroso no paciente. As feridas no rosto eram superficiais; a lesão real era uma fratura do crânio com afundamento, estendendo-se até a área motora. O professor refletiu por um instante e concluiu:

— Precisamos reduzir a pressão e deixá-la o mais próximo possível das condições normais; a rapidez da sufusão indica a natureza terrível da lesão. Toda a área motora parece afetada. A hemorragia do cérebro aumentará rapidamente, então precisamos trepanar o crânio agora ou pode ser tarde demais.

Enquanto ele falava, houve uma leve batida à porta. Fui até ela e a abri, encontrando no corredor do lado de fora Arthur e Quincey, de pijama e chinelos. Art disse:

— Ouvi seu funcionário chamar o doutor Van Helsing e mencionar um acidente. Então, acordei Quincey; ou melhor, avisei-o, pois ele não estava dormindo. Os eventos estão avançando rápido demais e de forma demasiado estranha para qualquer um de nós dormir bem nestes tempos. Venho pensando que a noite de amanhã terminará com as coisas diferentes do que elas têm sido. Teremos de olhar para o passado, bem como para o futuro, com mais atenção do que lhes dedicávamos até agora. Podemos entrar?

Aquiesci e segurei a porta enquanto eles entravam; depois, fechei-a novamente. Quando Quincey viu a posição e o estado do paciente, além da horrível poça no chão, disse em voz baixa:

– Meu Deus! O que aconteceu com ele? Pobre diabo!

Expliquei-lhe brevemente e acrescentei que esperávamos que ele recobrasse a consciência após a operação... por um curto período, em todo caso. Ele imediatamente foi até a cama e sentou-se em sua beirada, com Godalming ao lado dele; todos observávamos com paciência.

– Devemos esperar – disse Van Helsing – só o suficiente para determinar o melhor ponto para a trepanação, para assim removermos o coágulo do modo mais rápido e infalível; pois é evidente que a hemorragia está aumentando.

Os minutos durante os quais esperamos passavam com uma lentidão apavorante. Meu coração apertou de um jeito horrível, e pelo rosto de Van Helsing eu supunha que ele sentia certo medo ou apreensão com relação ao que viria. Eu temia as palavras que Renfield pudesse vir a dizer. Tinha medo absoluto de pensar nisso, mas a convicção a respeito do acontecimento vindouro também me acompanhava, pois já li sobre homens que ouviram os ponteiros do relógio da morte. A respiração do coitado veio em arquejos incertos. A cada instante parecia que ele iria abrir os olhos e falar; mas em seguida vinha um respiro prolongado e difícil, e ele sucumbia novamente a um estado imóvel e insensível. Por mais que estivesse habituado com leitos de enfermos e com a morte, esse suspense aumentava cada vez mais em minha mente. Quase conseguia ouvir o meu próprio coração batendo e o sangue passando por minhas têmporas pareciam golpes de martelo. O silêncio finalmente tornou-se agoniante. Olhei para meus companheiros, um a um, e percebi em seus rostos corados e cenhos suados que passavam por tortura semelhante. Um suspense nervoso pairava sobre todos nós, como se um sino mortal fosse ressoar a todo volume quando menos esperássemos.

Por fim, houve um momento no qual era evidente que o paciente piorava rápido e podia morrer a qualquer momento. Fitei o professor e deparei-me com seus olhos fixos nos meus. Seu rosto estava solene e fixo ao dizer:

– Não há tempo a perder. As palavras dele podem salvar muitas vidas; refleti sobre isso, enquanto esperava. Pode haver uma alma em jogo! Faremos a operação bem acima da orelha.

Sem dizer mais nada, iniciou o procedimento. Por dados momentos, a respiração continuou difícil. Depois veio um arquejo tão prolongado que pareceu que abriria seu peito. De repente, seus olhos abriram-se, e lançaram um olhar fixo, desvairado e desamparado. Isso prosseguiu por um curto período; em seguida, atenuou-se e tornou-se uma surpresa contente, e dos lábios saiu um suspiro de alívio. Ele mexeu-se como se convulsionasse e, ao fazê-lo, disse:

– Vou me comportar, doutor. Fale para eles tirarem a camisa de força. Tive um sonho terrível, que me deixou tão fraco que não consigo mexer meu corpo. O que aconteceu com meu rosto? Parece todo inchado e dói demais. – Ele tentou virar a cabeça; mas mesmo com o esforço seus olhos pareciam ficar novamente vidrados, então arrumei a posição para a anterior.

Em seguida, Van Helsing pediu em um tom baixo e solene:

– Conte-nos sobre seu sonho, senhor Renfield.

Ao ouvir a voz, seu rosto mutilado iluminou-se e ele comentou:

– É o doutor Van Helsing. Que gentileza sua estar aqui. Dê-me um pouco de água, meus lábios estão secos; e tentarei contar aos senhores. Eu sonhei... – Ele parou e pareceu desmaiar.

Falei baixo a Quincey:

– O conhaque; está em meu escritório. Rápido!

Ele foi correndo e voltou com um copo, a garrafa de conhaque e uma jarra de água. Nós umedecemos os lábios ressecados e o paciente despertou com agilidade. Porém, aparentemente, seu cérebro permaneceu em atividade no intervalo de tempo, pois, quando ficou mais consciente, ele olhou para mim de modo penetrante com uma confusão agoniada que jamais esquecerei, dizendo:

– Não devo enganar-me; não foi sonho, mas sim uma terrível realidade. – Então, seus olhos percorreram o quarto; ao avistar as duas figuras sentadas pacientemente na beirada da cama, ele prosseguiu: – Se eu ainda não tivesse certeza, saberia graças a eles.

Por um instante, seus olhos fecharam-se – não de dor ou sono, mas de maneira voluntária, como se reunisse todas as suas forças para aguentar aquilo. Ao abri-los, falou, às pressas e com mais energia do que jamais havia mostrado:

– Rápido, doutor, rápido. Estou morrendo! Sinto que tenho apenas alguns minutos; depois tenho que me entregar à morte... ou a coisa pior! Molhe meus lábios com conhaque novamente. Tenho algo que preciso dizer antes de morrer; ou antes que meu pobre cérebro esmagado morra, seja como for! Obrigado! Foi aquela noite depois que o senhor deixou-me, ao passo que eu implorava para que me deixasse ir. Não podia falar naquele momento, pois sentia minha língua presa; mas estava tão são naquela hora, exceto por isso, como estou agora. Fiquei na agonia do desespero por muito tempo depois que me deixou; pareceram horas. Então, veio-me uma paz repentina. Meu cérebro pareceu acalmar-se novamente, e dei-me conta de onde estava. Ouvi os cães latirem atrás de nossa casa, mas não onde Ele estava!

Enquanto ele falava, os olhos de Van Helsing não piscaram em nenhum momento, mas sua mão mexeu-se, foi até a minha e a segurou firme. Ele, contudo, não entregou o que tinha em mente; deu um leve aceno positivo de cabeça e disse com uma voz baixa:

– Prossiga.

– Ele veio pela janela na névoa, como muitas vezes o vi antes. Mas dessa vez estava sólido; não era um fantasma, e seus olhos eram ferozes como os de um homem furioso. Ele ria com a boca vermelha; os dentes brancos e afiados reluziram no luar quando ele virou-se a fim de olhar para o conjunto de árvores na direção em que os cães latiam. Eu inicialmente não iria convidá-lo para entrar, embora soubesse que ele queria, como sempre quis. Então, ele começou a me fazer promessas, não com palavras, mas sim realizando-as.

Ele foi interrompido por uma palavra do professor:

– Como?

– Fazendo com que acontecessem; assim como ele antes mandava as moscas para dentro enquanto o sol brilhava, grandes e gordas e com aço e safira nas asas, e mariposas grandes à noite, com caveiras e ossos cruzados nas costas.

Van Helsing aquiesceu para o paciente e sussurrou para mim de modo inconsciente.

– *Acherontia atropos*, da família Sphingidae... o que aqui chamam de "mariposa face-da-morte"?

O paciente continuou sem deter-se:

– Depois começou a sussurrar: "Ratos, ratos, ratos! Centenas, milhares, milhões deles, e cada um deles uma vida; e cães para comê-los e gatos também. Todos eles vidas! Todos sangue vermelho, com anos de vida neles; não reles moscas barulhentas!". Ri dele, pois queria ver o que era capaz de fazer. Então, os cães latiram, longe, depois das árvores escuras em Sua casa. Ele me chamou para ir à janela. Levantei-me e olhei para fora. Ele levantou as mãos e pareceu chamar sem usar palavras. Uma massa escura espalhou-se sobre a grama, aproximando-se com a forma de uma chama; depois, Ele moveu a névoa de um lado ao outro, e pude notar que havia milhares de ratos com olhos de brilho vermelho, como os d'Ele, mas menores. Ele ergueu a mão e todos eles pararam; e pareceu-me que ele dizia "Todas essas vidas darei-lhe, sim, e muitas outras maiores, por inúmeras eras, se, prostrado, adorar-me!".

Então, uma nuvem vermelha, com a cor do sangue, pareceu fechar-se sobre meus olhos; e, antes que me desse conta do que fazia, vi-me abrindo a janela e dizendo: "Entre, meu mestre e senhor!". Os ratos todos se foram, mas Ele entrou no quarto pela janela, embora ela só estivesse aberta alguns poucos centímetros, assim como a própria lua muitas vezes penetra pelas menores aberturas e ficou diante de mim com todo seu tamanho e esplendor.

Sua voz enfraqueceu, então molhei seus lábios com conhaque mais uma vez e ele deu continuidade; mas parecia que sua memória continuou atuando nesse período, pois a história havia avançado. Eu estava prestes a pedir que voltasse de onde havíamos parado, mas Van Helsing sussurrou para mim:

– Deixe que continue. Não o interrompa; ele não tem como voltar, e talvez não tenha nem como prosseguir se em algum momento perder o fio da meada.

Assim, Renfield continuou:

– O dia todo esperei notícias dele, mas ele não me mandou nada, nem mesmo uma mosquinha, e quando a lua subiu eu estava bem irritado com ele. Quando atravessou a janela, sem nem bater e mesmo com ela fechada, exaltei-me com ele. Ele tratou-me com escárnio, e seu rosto branco saía da névoa com os olhos vermelhos cintilando, e ele seguiu adiante como se fosse dono do lugar e eu não fosse ninguém. Ele nem parecia ter o mesmo cheiro ao passar por mim. Não pude contê-lo. Por algum motivo, achei que a senhora Harker viera ao quarto.

Os dois homens sentados na cama levantaram-se e aproximaram-se, ficando atrás dele, de modo que ele não pudesse vê-los, mas eles pudessem ouvi-lo melhor. Ambos estavam em silêncio, mas o professor sobressaltou-se e arrepiou-se; seu rosto, porém, ficou ainda mais sombrio e solene. Renfield prosseguiu sem notar isso:

– Quando a senhora Harker veio visitar-me esta tarde, ela não era a mesma. Era como um chá depois que adicionam água ao bule. – Nisso, todos nos remexemos, mas ninguém disse nada. Ele continuou: – Não soube que ela estava aqui até que ela falou; e não parecia a mesma de antes. Não me agradam pessoas pálidas; gosto delas com bastante sangue dentro e o dela parecia haver se esgotado. Não pensei nisso na hora, mas quando ela se foi comecei a pensar e me enfureceu saber que Ele vinha tirando a vida dela. – Pude sentir que os demais estremeciam, assim como eu, mas mantivemo-nos firmes. – Então, quando Ele veio hoje à noite, eu estava pronto. Assisti à névoa infiltrar-se, e a agarrei com força. Uma vez ouvi dizer que os loucos têm uma força sobrenatural; e, como eu sabia que era um louco, pelo menos de vez em quando, decidi usar meu poder. É, e Ele sentiu, pois teve que sair da névoa para enfrentar-me. Segurei firme e pensei que iria vencer, pois não queria que

Ele roubasse mais da vida dela, até que vislumbrei Seus olhos. Eles foram como um ferrete em mim, e minha força virou água. Ele escapou de meus braços e, quando tentei agarrá-Lo, ergueu-me e lançou-me ao chão. Surgiu uma nuvem vermelha diante de mim, e um barulho como o de um trovão, e a névoa pareceu infiltrar-se por baixo da porta. – A voz ficava cada vez mais fraca, e a respiração, cada vez mais difícil. Van Helsing levantou-se instintivamente.

– Agora sabemos a pior parte – disse. – Ele está aqui e sabemos seu objetivo. Talvez não seja tarde demais. Vamos juntar nossas armas, as mesmas de noites atrás, mas não percamos tempo; nenhum instante pode ser desperdiçado. – Não era necessário expressar nosso medo nem nossa convicção em palavras; todos nós partilhávamos de ambos.

Corremos para nossos quartos e pegamos os mesmos itens que tínhamos quando entramos na casa do conde. O professor tinha seu equipamento pronto e, quando nos reunimos no corredor, ele apontou com ênfase para os utensílios ao dizer:

– Nunca fico sem eles; e assim será até que esse assunto infeliz encerre-se. Tenham essa mesma prudência, meus amigos. Não é um inimigo comum o que enfrentamos. Que tragédia! Que tragédia que a senhora Mina tenha sofrido! – Ele se deteve; sua voz falhava, e não sei se em meu coração predominava a raiva ou o terror.

À frente da porta do aposento dos Harker, paramos. Art e Quincey recuaram, e o segundo disse:

– Será que devemos perturbá-la?

– É imperativo que o façamos – anunciou Van Helsing. – Se a porta estiver trancada, irei arrombá-la.

– Isso não lhe causará um susto terrível? Não é normal invadir o quarto de uma dama!

Van Helsing respondeu com solenidade:

– O senhor sempre tem razão no que diz; mas isso é questão de vida ou morte. Todos os quartos são iguais para um médico. E, mesmo se não fossem, esta noite o são para mim. Amigo John, quando eu virar a maçaneta, se a porta não abrir, posiciona teu ombro e dá um empurrão; os senhores também, meus amigos. Agora!

Ele virou a maçaneta ao falar, mas a porta não cedeu. Jogamo-nos contra ela; ela abriu com um estrondo e quase caímos de cara no chão do quarto. O professor caiu de fato, e eu olhava por cima dele enquanto este apoiava-se nas mãos e joelhos a fim de levantar-se. O que vi me deixou horrorizado. Senti os pelos na nuca se eriçarem e meu coração pareceu parar.

O luar brilhava tão forte que, mesmo com a persiana amarela grossa, o quarto estava iluminado o suficiente para se poder enxergar. Na cama ao lado da janela estava deitado Jonathan Harker, com o rosto corado e respiração pesada, como se estivesse em estado de torpor. Ajoelhada na beirada da cama oposta à janela havia a figura de sua esposa envolvida em branco. Ao seu lado estava de pé um homem alto e magro, de trajes negros. Seu rosto estava de costas para nós, mas no instante em que o vimos todos reconhecemos o conde em todos os aspectos, incluindo até mesmo a cicatriz em sua testa. Com sua mão esquerda ele segurava ambas as mãos da sra. Harker, deixando os braços dela esticados ao máximo; sua mão direita a agarrava pela nuca, forçando a cabeça dela no peito dele. A camisola branca estava manchada de sangue e um fio esguio escorria no peito do homem, exposto por suas roupas abertas. O comportamento dos dois tinha uma semelhança terrível com o de uma criança forçando o nariz de um filhote de gato em uma tigela de leite para fazê-lo beber. Quando entramos no quarto, o conde virou o rosto, e o olhar infernal que me foi descrito pareceu possuí-lo. Seus olhos flamejavam em tons vermelhos com paixão diabólica; as grandes narinas do nariz aquilino e branco expandiram-se e tremeram nas extremidades; os dentes brancos e afiados, atrás dos lábios cheios da boca encharcada de sangue, rangiam como os de uma fera selvagem. Com um movimento brusco, que jogou a vítima de volta à cama como se fosse arremessada do alto, ele lançou-se em direção a nós. A essa altura, o professor havia se levantado e segurava na direção do adversário o envelope que continha a Hóstia Sagrada. O conde parou de repente, assim como Lucy fizera do lado de fora do mausoléu, e recuou encolhido. Foi recuando mais e mais conforme nós, com crucifixos erguidos, avançávamos. O luar de repente minguou quando uma nuvem negra e grande perpassou o céu; e, quando a luz de lamparina acendeu, com o fósforo de Quincey, não vimos nada além de um vapor tímido. Conforme o observávamos, ele passou por baixo da porta, que, devido à força com que a abrimos, ricocheteara e fechara-se novamente. Van Helsing, Art e eu fomos até a sra. Harker, que nesse momento havia recuperado o fôlego e com isso dado um grito tão descontrolado, tão ensurdecedor e tão desesperador que mesmo agora parece que soará em meus ouvidos até o dia de minha morte. Por alguns segundos, ela permaneceu deitada em uma postura desarranjada e desamparada. Seu rosto estava fantasmagórico, com uma palidez acentuada pelo sangue que manchava seus lábios, bochechas e queixo; de seu pescoço escorria um fio esguio de sangue; seus olhos estavam desvairados de terror. Ela colocou à frente do rosto as pobres mãos esmagadas, que levavam em sua brancura a marca vermelha do terrível aperto do conde, e por trás delas saiu uma lamúria baixa e desolada que fez o grito terrível parecer apenas a expressão breve de um pesar sem-fim. Van Helsing aproximou-se e depositou a coberta gentilmente sobre seu corpo, ao passo que Art, depois de olhar em desespero para o rosto dela por um instante, saiu correndo do quarto. Van Helsing sussurrou para mim:

– Jonathan está em um torpor como o que sabemos que o vampiro é capaz de produzir. Não podemos fazer nada para a pobre senhora Mina por alguns instantes, até que ela se recupere; preciso acordá-lo!

Ele mergulhou a ponta de uma toalha em água fria e começou a batê-la no rosto dele, enquanto a esposa mantinha o próprio rosto entre as mãos e chorava de um modo que partia o coração. Subi a persiana e olhei pela janela para o lado de fora. A lua brilhava muito, e enquanto observava pude ver Quincey Morris correr pelo jardim e esconder-se à sombra de um teixo grande. Fiquei intrigado ao pensar no porquê de ele fazer isso; mas no mesmo instante ouvi a exclamação breve de Harker, que acordara parcialmente, e virei-me para a cama. Em seu rosto, como era de se esperar, havia uma expressão de espanto irrestrito. Ele pareceu pasmo por alguns segundos, e então a consciência plena pareceu irromper de uma vez só nele, que levantou-se de sobressalto. O rápido movimento tirou a esposa do estado de choque, que virou-se para ele com os braços estendidos, como se fosse abraçá-lo; porém, imediatamente, ela desfez o movimento e, juntando os cotovelos, pôs as mãos na frente do rosto e tremeu até que a cama abaixo de si estremecesse junto.

– Em nome de Deus, o que aconteceu?! – Harker gritou. – Doutor Seward, doutor Van Helsing, o que é isto? O que ocorreu? Qual é o problema? Mina, querida, o que foi? O que é este sangue? Meu Deus, meu Deus! As coisas chegaram a esse ponto? – E, levantando o tronco e ficando de joelhos, uniu as mãos, frenético. – Meu bom Deus, ajudai-nos! Ajudai-la, Senhor! Ajudai-la! – Com um movimento rápido, ele pulou da cama e começou a vestir-se; sua masculinidade despertou por completo diante da necessidade de esforços imediatos. – O que aconteceu? Contem-me tudo! – ele gritou sem pausa para respirar. – Doutor Van Helsing, sei que tu amas Mina. Por favor, faz algo para salvá-la. A criatura não deve ter ido tão longe. Cuida dela enquanto vou atrás *dele*!

Sua esposa, em meio ao terror, horror e angústia, viu que ele correria um perigo certo; instantaneamente esquecendo o próprio pesar, ela o agarrou e gritou:

– Não! Não! Jonathan, não podes deixar-me. Deus é testemunha de que já sofri demais esta noite sem ter o medo de que ele faça-te mal. Deves ficar comigo. Fica com estes amigos que cuidarão de ti. – Sua expressão ficava frenética conforme ela falava e, depois que ele cedeu a seu pedido, ela o puxou, fazendo-o sentar-se na beirada da cama, e agarrou-se a ele com avidez.

Van Helsing e eu tentamos acalmar ambos. O professor ergueu seu pequeno crucifixo de ouro e falou com uma calma notável:

– Não tema, minha querida. Estamos aqui e, enquanto isto estiver perto de ti, nada de sórdido poderá aproximar-se. Estás segura esta noite, e precisamos ter calma e discutirmos isso juntos.

Ela estremeceu e ficou quieta, apoiando a cabeça no peito dele. Quando a levantou, o pijama branco do marido estava manchado com sangue onde os lábios dela o haviam tocado, e onde a pequena ferida aberta em seu pescoço goteara. No instante que ela viu o sangue, recuou com uma lamúria baixa e sussurrou, entre soluços engasgados:

– Impura, impura! Não devo mais tocá-lo ou beijá-lo. Ai, e pensar que sou eu agora seu pior inimigo, e a quem ele mais deve temer.

Diante disso, ele falou decidido:

– Isso é tolice, Mina. Ouvir isso traz a minha desonra. Não aceito ouvir isso de ti; e não ouvirei. Que Deus julgue-me por minha deserção e puna-me com mais sofrimento e amargor que até mesmo este momento traz, se por qualquer ato ou vontade minha algo nos separar!

Ele estendeu os braços e a envolveu em seu peito; e por um tempo ela ficou ali, aos soluços. Ele olhou para nós por cima da cabeça baixa dela, com olhos que piscavam marejados sobre as narinas trêmulas; sua boca estava rija como aço. Depois de determinado tempo, os soluços dela se tornaram menos frequentes e mais fracos, e então ele disse-me, falando com uma tranquilidade calculada que senti empregar toda a energia de seus nervos:

– E agora, doutor Seward, conta-me tudo. O principal já entendi muito bem; conta-me tudo o que ocorreu.

Contei exatamente o que acontecera e ele escutou com aparente serenidade; mas suas narinas tremiam e seus olhos flamejavam conforme eu contava a respeito de como as mãos implacáveis do conde seguraram sua esposa naquela posição terrível e horrenda, com a boca dela na ferida aberta de seu peito. Chamou minha atenção, mesmo naquele momento, que, enquanto o rosto empalidecido de emoção atuava convulsivamente sobre a cabeça baixa, as mãos acariciavam o cabelo desgrenhado com ternura e amor. Quando terminei, Quincey e Godalming bateram à porta. Eles entraram depois que os chamamos. Van Helsing lançou para mim um olhar sugestivo. Entendi que queria dizer que devíamos aproveitar a chegada deles para distrair, se possível, as mentes do marido e esposa infelizes das preocupações de um pelo outro e por si próprios; então, quando aquiesci com a cabeça para ele, ele perguntou-lhes o que haviam visto ou feito. E o lorde Godalming respondeu:

– Não consegui vê-lo em lugar algum nos corredores, ou em nenhum de nossos quartos. Olhei o escritório, mas, embora ele tivesse estado lá, já havia partido. Porém, ele... – deteve-se de repente, mirando a pobre figura abatida na cama.

Van Helsing incentivou com seriedade:

– Vamos, Arthur, meu amigo. Não queremos esconder mais nada. Nossa esperança agora reside em saber tudo. Fala à vontade.

Com isso, Art prosseguiu:

– Ele *esteve* lá, e, embora possa ter sido por alguns segundos, ele fez um tremendo estrago. Todos os manuscritos foram queimados, e as chamas azuis tremeluziam em meio às cinzas brancas. Os cilindros de teu fonógrafo também foram lançados ao fogo, e a cera alimentou as chamas.

Nisso, interrompi-o:

– Graças a Deus há outra cópia no cofre!

Seu rosto iluminou-se por um momento, mas ficou sombrio novamente conforme ele continuava:

– Depois disso, desci correndo, mas não vi sinal dele. Olhei no quarto de Renfield; mas não havia rastro dele, exceto... – Novamente uma pausa.

– Continue – Harker falou, rouco.

Então, ele baixou a cabeça e, umedecendo os lábios com a língua, acrescentou:

– ... exceto o fato de que o pobre sujeito morreu.

A sra. Harker ergueu a cabeça e, olhando para cada um de nós, ela disse, com solenidade:

– Seja feita a vontade de Deus.

Não consegui evitar a sensação de que Art estava deixando de dizer algo; mas, como supus que havia uma razão para isso, não falei nada. Van Helsing virou-se para Morris e perguntou:

– E o senhor, amigo Quincey, tem algo a dizer?

– Uma coisinha – respondeu. – Talvez acabe sendo mais do que isso, mas, no momento, não sei. Pensei que seria bom, se possível, saber aonde o conde iria quando deixasse a casa. Não o vi; mas vi um morcego alçar voo da janela de Renfield e ruflar suas asas na direção oeste. Esperava vê-lo de alguma forma voltar a Carfax; mas ele claramente buscou outro refúgio. Ele não voltará esta noite; pois o céu está avermelhando-se no leste e o amanhecer se aproxima. Precisaremos fazer nosso trabalho amanhã!

Ele proferiu as últimas palavras entredentes. Por um período de talvez alguns minutos, houve silêncio, e imaginei poder ouvir o som de nossos corações pulsando; então, Van Helsing disse, depositando sua mão com ternura sobre a cabeça da sra. Harker:

– E agora, senhora Mina, minha pobre e muito estimada senhora Mina: conta-nos exatamente o que aconteceu. Deus sabe que não desejo tua dor; mas é necessário que saibamos tudo. Pois agora, mais do que nunca, todo o trabalho precisa ser feito rápida e precisamente, com uma seriedade mortal.

Está perto de nós o dia que dará fim a isso tudo, se assim for; agora é a nossa oportunidade de viver e aprender.

Nossa querida dama, pobrezinha, estremeceu, e consegui perceber a tensão em seus nervos conforme ela apertava-se com mais força contra o marido e afundava cada vez mais sua cabeça no peito dele. Então, ela ergueu a cabeça com orgulho e estendeu uma mão para Van Helsing, que a pegou e, após curvar-se e beijar seu dorso com reverência, segurou firme. A outra mão segurava com força a do marido, que estava com seu outro braço ao redor dela, em um gesto protetor. Depois de uma pausa na qual ela claramente organizava seus pensamentos, começou:

– Tomei a dose sonífera que o senhor tão encarecidamente me deu, mas por muito tempo ela não fez efeito. Parecia ficar mais desperta, e uma série de fantasias terríveis começaram a popular minha mente; todas conectadas com morte e vampiros, com sangue, dor e sofrimento. – O marido dela soltou um gemido involuntário, fazendo-a virar-se e dizer: – Não se aflija, querido. Precisas ser corajoso e forte, e ajudar-me durante a horrível tarefa. Se ao menos soubesses o esforço que faço só para falar sobre essa coisa horrenda, entenderia o quanto preciso de sua ajuda... Enfim, concluí que, se queria algum resultado, precisava tentar ajudar o remédio a ter efeito com minha força de vontade, então deitei-me decidida a adormecer. E, como era de se esperar, o sono deve ter chegado logo, pois não lembro de mais nada. A chegada de Jonathan não me acordou, pois minha lembrança seguinte era dele deitado ao meu lado. Havia no quarto a mesma névoa branca e fina que eu notara antes. Mas agora não lembro se os senhores sabem disso; verão o relato em meu diário, que depois lhes mostrarei. Senti o mesmo terror vago que havia sentido antes e a mesma sensação de alguma presença. Virei-me para acordar Jonathan, mas vi que ele dormia tão profundamente que parecia como se tivesse sido ele quem tomara o sonífero, e não eu. Tentei, mas não consegui acordá-lo. Isso causou-me um medo enorme, e olhei ao redor aterrorizada. Foi então que meu coração apertou: ao lado da cama, como se saísse da névoa – ou melhor, como se névoa se transformasse em sua forma, já que ela desaparecera – havia um homem alto e magro, todo de preto. Reconheci-o imediatamente pela descrição dos outros. O rosto pálido, o nariz aquilino sobre o qual a luz formava uma linha fina, os lábios rubros abertos, com dentes afiados entre eles, e os olhos vermelhos que achei ter visto durante o pôr do sol nas janelas da Igreja de St. Mary em Whitby. Reconheci também a cicatriz vermelha na testa, onde Jonathan o golpeara. Por um instante, meu coração parou; eu teria gritado, exceto que estava paralisada. Nesse ínterim, ele falou em um sussurro agudo e cortante, apontando para Jonathan enquanto falava: "Silêncio! Se fizeres algum barulho, irei pegá-lo e desmiolá-lo diante de teus olhos". Fiquei horrorizada e estava espantada demais para fazer ou falar algo. Com um sorriso jocoso, ele colocou uma mão em meu ombro e, segurando-me firme, expôs minha garganta com a outra, dizendo ao fazê-lo: "Primeiro, um refresco para recompensar meus esforços. Teu silêncio não deverá ser um problema; não é a primeira nem a segunda vez que tuas veias serviram a saciar minha sede!". Estava atônita e, estranhamente, não queria atrapalhá-lo. Imagino que seja parte da horrível maldição que ocorre quando ele toca suas vítimas. E, ai, meu Deus, meu Deus, tenha piedade de mim. Ele colocou seus lábios asquerosos em meu pescoço!

O marido gemeu de novo. A sra. Harker pegou a mão dele com mais força e contemplou-o com pena, como se fosse ele a vítima, e prosseguiu:

– Senti minhas forças se esvaírem, e fiquei parcialmente inconsciente. Quanto tempo esse ato horrendo durou, não sei; mas parecia que muito tempo havia se passado até ele retirar sua boca sórdida, repugnante e zombeteira. Vi-a pingando sangue fresco!

A lembrança pareceu subjugá-la por um instante. Ela baixou e teria caído se não fosse o braço do marido a lhe dar apoio. Com muito esforço, ela recuperou-se e continuou:

– Ele então falou-me em zombaria: "Então, como os outros, também queres usar teu cérebro contra mim. Queres ajudar esses homens a me caçar e a frustrar meus planos! Agora sabes, assim como eles já sabem em parte e em breve saberão por completo, o que significa cruzar meu caminho. Eles deveriam ter aplicado suas energias mais perto da própria casa. Enquanto tentavam vencer-me com o intelecto – logo eu, que comandei nações e por elas teci intrigas e travei guerras séculos antes de nascerem –, eu preparei minha contramina. E tu, a mais amada deles, agora és para mim carne da minha carne, sangue do meu sangue, uma das minhas; meu farto lagar há alguns dias; e futuramente serás minha companheira e minha ajudante. E serás, por tua vez, vingada, pois todos eles, sem exceção, atenderão às suas necessidades. Mas por ora deves ser punida pelo que fizeste. Ajudaste os que se opuseram a mim; agora atenderá ao meu chamado. Quando meu cérebro disser-lhe 'vem', cruzarás terra ou mar para fazer minha vontade; e, para que assim seja...''; nisso, ele rasgou a própria camisa e com suas unhas longas e afiadas abriu uma veia no peito. Quando o sangue começou a sair, ele usou uma de suas mãos para pegar as minhas, segurando-as com firmeza, e a outra para agarrar meu pescoço e forçar minha boca na ferida, de modo que eu ou sufocava ou engolia parte do... ai, meu Deus! Meu Deus! O que foi que fiz? O que fiz para merecer um destino desses? Eu, que tentei seguir o caminho da humildade e justeza em todos os dias da minha vida.

Deus, tende piedade de mim! Olhai esta pobre alma em um perigo pior do que a morte e, por misericórdia, tende piedade daqueles a quem ela é cara! – Então, começou a esfregar os lábios como se tentasse despoluí-los.

Enquanto ela contava sua história terrível, o céu ao leste começou a despertar, e tudo ficou cada vez mais claro. Harker estava parado e silencioso; mas em seu rosto, conforme a narrativa medonha prosseguia, surgia uma expressão sombria que se aprofundava mais e mais à luz da manhã, de modo que, quando o primeiro raio vermelho do amanhecer foi lançado, a pele contrastava com o cabelo grisalho.

Determinamos que um de nós deveria ficar à disposição do casal desafortunado até que pudéssemos nos reunir e organizar nosso plano de ação.

Disto tenho certeza: o sol que nasce hoje não iluminará nenhuma casa mais desolada em todo o ciclo deste dia.

XXII

Diário de Jonathan Harker

3 de outubro. – Como preciso fazer algo para não enlouquecer, escrevo neste diário. Agora são seis horas e devemos nos reunir no escritório em meia hora e comer algo, pois o dr. Van Helsing e o dr. Seward concordaram que, se não comermos, não trabalharemos tão bem. O nosso melhor, Deus bem sabe, será necessário hoje. Preciso continuar escrevendo em toda oportunidade, pois não ouso parar para pensar. Tudo, da maior à menor das coisas, precisa ser registrado; talvez, no fim de tudo, as menores coisas podem ser as que mais nos ensinarão. A lição, grande ou pequena, não poderia vir para mim e para Mina em uma situação pior do que a de hoje. Porém, devemos manter a confiança e a esperança. Mina, a pobrezinha, acaba de dizer-me, com lágrimas correndo nas maçãs de seu rosto tão querido, que é nas dificuldades e provações que nossa fé é testada; que precisamos continuar confiantes; e que Deus nos ajudará até o fim. O fim! Ai, meu Deus! Que fim…? Ao trabalho! Ao trabalho!

Depois de conferirem o corpo do pobre Renfield, o dr. Van Helsing e o dr. Seward retornaram e começamos seriamente a discutir o que seria feito. Primeiro, o dr. Seward contou-nos que, quando ele e o dr. Van Helsing foram ao quarto, no andar inferior, viram Renfield no chão, todo contorcido. Seu rosto estava todo machucado e afundado e os ossos do pescoço haviam sido quebrados.

O dr. Seward perguntou ao assistente, que era o plantonista do corredor, se ele ouvira algo. Ele respondeu que estava sentado (confessou que dormia acordado) quando ouviu vozes altas no quarto, e então Renfield gritou alto e repetidas vezes "Deus! Deus! Deus!"; depois disso, houve o som de algo caindo e, quando ele entrou no quarto, encontrou-o deitado com a cara no chão, assim como os médicos o haviam visto. Van Helsing perguntou se ele havia ouvido "vozes" ou apenas "uma voz"; ele respondeu que não tinha como ter certeza, que inicialmente parecia-lhe que havia duas, mas, como não havia ninguém no quarto, só podia ter sido uma só. Podia jurar, se fosse necessário, que a palavra "Deus" foi proferida pelo paciente. O dr. Seward nos disse, quando estávamos a sós, que não quis aprofundar a questão; a possibilidade de haver um inquérito precisava ser considerada, e não era uma opção revelar a verdade, já que ninguém acreditaria. Na situação atual, ele achava que com as evidências do assistente ele podia dar um atestado de óbito declarando um acidente decorrente de uma queda da cama. Se o legista exigisse, haveria um inquérito normal, que necessariamente chegaria à mesma conclusão.

Quando começou a discussão acerca de qual deveria ser nosso próximo passo, a primeira coisa que foi decidida foi que Mina deveria saber de tudo; que nada em nenhum aspecto – por mais doloroso que seja – deve ser escondido dela. Ela concordou com a prudência dessa decisão, e deu pena vê-la tão corajosa, e no entanto tão pesarosa e com um desespero tão profundo.

– Não pode haver nenhum segredo – ela disse. – Infelizmente, já tivemos segredos demais. Além disso, não há nada em todo o mundo capaz de me causar mais dor do que aquilo pelo que já passei, do sofrimento que tenho agora! Aconteça o que acontecer, deve renovar minhas esperanças ou minha coragem!

Van Helsing a olhava fixamente enquanto ela falava e disse de forma repentina, mas discreta:

– Mas, minha cara senhora Mina, não tens medo, não por ti mesma, mas pelos outros, depois do que aconteceu?

Os traços de seu rosto se enrijeceram, mas seus olhos brilharam com a devoção de um mártir ao responder:

– Ah, não! Pois já decidi meu curso!

– De que modo? – ele perguntou gentilmente, ao passo que os demais entre nós permaneceram imóveis; pois, cada um à sua maneira, todos tínhamos uma noção vaga do que ela queria dizer. Ela respondeu com uma simplicidade direta, como se meramente apontasse um fato:

– Se eu encontrar em mim, e procurarei com atenção, algum sinal de mal a alguém que eu amo, morrerei.

– Não tirarias a própria vida, tirarias? – ele perguntou, rouco.

– Tiraria, sim, se não houver um amigo que me ame e que me poupe dessa dor e desse esforço tão desesperado! – Ela o contemplou de forma expressiva ao falar.

Ele estava sentado, mas agora levantou-se, aproximou-se dela, colocou a mão em sua cabeça e disse solenemente:

– Minha jovem, há esse amigo se isso for para teu próprio bem. Pois eu me justificaria diante de Deus por realizar essa eutanásia por ti, mesmo nesse momento, se fosse melhor assim... Não só isso, mas se fosse seguro! Mas, jovem... – Por um momento ele pareceu engasgar, e um grande soluço subiu à sua garganta; ele o engoliu e continuou: – Há aqui aqueles que ficariam entre tua pessoa e a morte. Não podes morrer. Não podes morrer pela mão de alguém, especialmente não pela tua própria. Enquanto o outro, que profanou tua doce vida, não estiver genuinamente morto, não podes morrer; pois, se ele ainda estiver em estado de morto-vivo, tua morte te faria igual a ele. Não, deves viver! Deves lutar e se esforçar para viver, mesmo que a morte pareça uma dádiva indizível. Deves enfrentar a própria Morte, chegue ela a ti em dor ou em júbilo, no dia ou à noite, em segurança ou em perigo! Por tua alma viva insisto para que não morras... mais do que isso, que não penses em morte, até que esse grande mal esteja no passado.

Minha querida ficou branca como a morte, em choque, tremendo como eu vi areia movediça tremer diante da subida da maré. Estávamos todos em silêncio; não podíamos fazer nada. Depois de um tempo, ela acalmou-se e falou com doçura – mas oh, com tanto pesar! –, estendendo a mão.

– Prometo-te, caro amigo, que, se Deus permitir que eu viva, hei de me esforçar para viver; até que, quando Ele assim desejar, esse horror esteja distante de mim.

Ela era tão bondosa e corajosa que todos sentimos nossos corações serem fortalecidos, estimulados a trabalhar e prevalecer em nome dela, e começamos a discutir o que faríamos. Disse-lhe que ficasse com todos os documentos no cofre, e todos os documentos, diários e fonógrafos que pudermos vir a usar; e que ela deveria registrar tudo, como vinha fazendo antes. Ela ficou contente com a possibilidade de fazer qualquer coisa – se é que se pode falar em "contente" quando ligada a um assunto tão mórbido.

Como sempre, Van Helsing estava passos à frente de todos nós, e havia preparado uma ordenação exata de nosso trabalho.

– Talvez tenha sido melhor – pontuou – que em nossa reunião após a visita a Carfax decidimos não fazer nada com as caixas de terra que estavam lá. Se o tivéssemos feito, o conde teria adivinhado nosso objetivo e sem dúvida teria providenciado para frustrar nossos esforços com relação às outras;

mas por ora ele não sabe de nossas intenções. Mais do que isso, é provável que nem saiba que detemos um poder capaz de esterilizar seus covis, de modo que ele não possa usá-los como antes. Estamos agora tão avançados em nosso conhecimento a respeito da disposição das caixas que, quando tivermos examinado a casa na Piccadilly, talvez encontremos até a última delas. Hoje, portanto, o dia é nosso, e nisso reside nossa esperança. O sol que hoje nasceu com nossa tristeza nos protege esta manhã em seu percurso. Até que se ponha a noite, aquele monstro precisa reter a forma que agora tiver. Está confinado dentro das limitações de seu invólucro terreno. Ele não pode se dissolver no ar nem desaparecer por rachaduras, fendas e fissuras. Se quiser passar por um vão de porta, precisará abrir a porta como um mortal. Então, temos o dia de hoje para achar todos os covis e esterilizá-los. E assim, se ainda não o tivermos pegado e destruído, o encurralaremos em algum lugar no qual a captura e a destruição serão questão de tempo. – Nisso, levantei-me, pois não conseguia conter-me ante a ideia de que os minutos e segundos que carregavam o peso tão precioso da vida e da felicidade de Mina passavam à nossa frente, pois enquanto conversávamos era impossível agir. Mas Van Helsing ergueu a mão em alerta. – Não, amigo Jonathan – disse. – Neste caso, o caminho mais rápido é o mais longo, como diz o provérbio de tua cultura. Devemos todos agir e fazê-lo com uma rapidez desesperada, quando a hora chegar. Mas pensa: é provável que o elemento-chave da situação esteja naquela casa na Piccadilly. O conde pode ter muitas casas, que ele comprou. Terá delas escrituras, chaves e outras coisas. Terá papel no qual escreve, terá um talão de cheques. Há muitos pertences que ele deve ter em algum lugar; por que não neste lugar tão bem localizado, tão tranquilo, por onde pode ir e vir pela frente ou pelos fundos a qualquer hora, quando em meio à vastidão do tráfego não há ninguém para reparar. Devemos ir até lá e revirar aquela casa, e, quando descobrirmos o que ela contém, então fazemos o que nosso amigo Arthur chama, em seu jargão de caça, de "fechar os buracos" e vamos atrás de nossa raposa velha… e então? Não é esse o caso?

– Então, vamos imediatamente! – exclamei. – Estamos desperdiçando um tempo preciosíssimo.

O professor não se mexeu, simplesmente replicando:

– E como vamos entrar naquela casa na Piccadilly?

– Como pudermos! – gritei. – Arrombaremos a porta, se necessário.

– E a polícia? Onde estará e o que achará disso?

Estava desorientado; mas sabia que, se ele queria prolongar o processo, tinha um bom motivo para fazê-lo. Então disse, o mais baixo que pude:

– Não espere mais que o necessário; sabes, tenho certeza, da tortura em que me encontro.

– Ah, meu jovem, isso eu sei; e sem dúvida não é desejo meu aumentar tua angústia. Mas pensa: o que podemos fazer até o mundo todo entrar em movimento? Depois disso, virá nossa hora. Pensei detidamente, e parece-me que o modo mais simples é o melhor. Neste momento desejamos entrar na casa, mas não temos chave, não é?

Aquiesci.

– Agora suponhamos que tu fosses, de verdade, o dono daquela casa, e ainda assim não estivesse com chave; pense que não há invasor nenhum, o que faria?

– Encontraria um chaveiro de respeito e pediria que abrisse a fechadura para mim.

– E a polícia, não interferiria?

– Ah, não! Não se soubessem que o chaveiro foi devidamente contratado.

– Então – ele olhou para mim de forma tão penetrante quanto falava –, tudo que está em dúvida é a consciência do empregador, e a opinião do policial se o empregador age de boa ou má-fé. Os policiais de seu país precisam ser homens zelosos e perspicazes, tão perspicazes, em ler o coração para se darem a esse trabalho. Não, não, amigo Jonathan, podes abrir a tranca de centenas de casas vazias na tua Londres, ou em qualquer cidade no mundo; e se fizeres como as coisas são feitas devidamente, e na hora que essas coisas são feitas, ninguém há de interferir. Li sobre um cavalheiro que era dono de uma casa tão fina em Londres e, quando ele foi para a Suíça por alguns meses do verão e trancou sua casa, um gatuno veio, quebrou uma janela dos fundos e entrou. Depois, abriu as persianas de frente para a rua e saiu pela porta da frente, diante dos olhos da polícia. Depois, organizou um leilão na casa, e anunciou o leilão em jornais e em uma placa grande; e quando chegou o dia ele vendeu, com um leiloeiro renomado, todos os bens daquele outro homem. Então, foi a um construtor e vendeu a casa, com um acordo que ele a demolisse e retirasse o escombro em um determinado período. E a polícia e outras autoridades o ajudaram como podiam. E, quando o proprietário voltou de suas férias na Suíça, deparou-se com um buraco vazio onde antes era sua casa. Isso tudo foi feito "dentro das regras" e nosso trabalho também será "dentro das regras". Não iremos tão cedo a ponto de os policiais, que ainda têm pouco com o que se preocupar nesse horário, considerarem isso estranho. Mas iremos depois das dez, quando há muita gente nas ruas, e coisas assim seriam feitas se fôssemos de fato donos da casa.

Não tive como não perceber que ele estava coberto de razão; além disso, o desespero terrível no rosto de Mina relaxou um pouco; há esperança em um conselho tão bom. Van Helsing continuou:

– Depois que estivermos dentro da casa, talvez encontremos mais pistas. Em qualquer caso, alguns de nós podem ficar lá enquanto os demais encontram os outros lugares onde há outras caixas de terra: em Bermondsey e Mile End.

O lorde Godalming levantou-se.

– Nisso posso ser útil – ele disse. – Mandarei um telegrama para meu pessoal providenciar cavalos e carruagens de acordo com o que nos for mais conveniente.

– Espera, velho amigo – falou Morris. – É uma tremenda ideia ter tudo pronto caso queiramos ir a cavalo; mas não achas que uma de tuas carruagens elegantes adornadas com brasões em uma viela de Walworth ou Mile End trariam atenção demais para o que pretendemos fazer? Parece-me que devemos chamar charretes de aluguel quando formos ao sul ou ao leste; e inclusive descer delas nos arredores da vizinhança para a qual formos.

– O amigo Quincey tem razão! – concordou o professor. – Tens o que tua cultura chama de cabeça bem posicionada. Nossa tarefa é muito difícil e não queremos gente observando-nos, se pudermos evitar.

Mina tornou-se cada vez mais interessada em tudo e fiquei muito feliz em ver que as necessidades relativas à tarefa ajudavam-na a esquecer por um tempo a experiência terrível da noite. Ela estava muito, muito pálida, quase fantasmagórica; e tão magra que seus lábios estavam retraídos, exibindo seus dentes com certa proeminência. Não mencionei essa última parte, para que não lhe causasse dor desnecessária; mas fazia o sangue gelar em minhas veias pensar no que ocorrera com a pobre Lucy quando o conde sugou seu sangue. Por ora, não há sinal dos dentes afiarem; mas passara pouco tempo, e ainda havia tempo para se ter medo.

Quando passamos a discutir a sequência de nossos esforços e a distribuição de nossas forças, houve novas fontes de dúvida. Por fim, concordamos que, antes de ir à Piccadilly, deveríamos destruir o covil mais próximo do conde. Caso ele descobrisse nosso plano cedo demais, ainda estaríamos à frente dele com relação a nosso trabalho de destruição; e sua presença em sua forma puramente material e no estado mais fraco pode nos fornecer novas pistas.

Quanto à distribuição de nossas forças, a sugestão do professor foi que, depois de nossa visita a Carfax, deveríamos todos entrar na casa na Piccadilly; que os dois médicos e eu deveríamos permanecer lá enquanto o lorde Godalming e Quincey encontravam os covis em Walworth e Mile End e os destruíam. O professor reforçou que era possível, ainda que improvável, que o conde aparecesse na Piccadilly durante o dia e que, se fosse o caso, tínhamos de estar prontos para lidar com ele ali, na mesma hora. De qualquer modo, nossas forças combinadas podem igualar-se à dele. Protestei veementemente contra essa parte do plano no que dizia respeito a mim, pois argumentei que pretendia ficar aqui e proteger Mina. Achava que estava decidido com relação a isso, mas Mina não aceitou meu protesto. Ela alegou que podia haver algum assunto jurídico no qual eu pudesse ser útil; que em meio aos documentos do conde podia haver uma pista que eu poderia entender em razão de minha experiência na Transilvânia; e que, na situação atual, toda a força que pudéssemos reunir era necessária para lidar com o poder extraordinário do conde. Tive de ceder, pois a determinação de Mina era incólume; ela disse que a última esperança que *ela* tinha era que todos trabalhássemos juntos.

– Quanto a mim – ela falou –, não tenho medo. A situação já ficou tão ruim quanto pode ficar, e qualquer coisa que acontecer deve ter algum elemento de esperança ou conforto. Vai, meu marido! Deus pode, se assim desejar, cuidar de mim sozinha tão bem quanto se houvesse qualquer um presente.

Então, levantei-me exclamando:

– Então, em nome de Deus, vamos logo, pois estamos perdendo tempo. O conde pode ir à Piccadilly mais cedo do que imaginamos.

– Não exatamente! – rebateu Van Helsing, erguendo a mão.

– Mas por quê?

– Esqueces – disse, efetivamente sorrindo – que na noite passada ele esbanjou ao alimentar-se e dormirá até tarde?

Se eu esqueci?! Será que algum dia esquecerei... seria sequer possível? Será que algum de nós um dia esquecerá aquela cena terrível? Mina lutou para manter o rosto corajoso; mas a dor venceu-a e ela colocou as mãos à frente do rosto, e tremeu enquanto gemia. Van Helsing não pretendia lembrar-lhe da experiência aterrorizante. Ele apenas havia, em meio a seu esforço intelectual, perdido vista dela e de seu papel. Quando se deu conta de suas palavras, ficou horrorizado com o próprio descuido e tentou reconfortá-la.

– Oh, senhora Mina – disse. – Minha querida, tão querida, senhora Mina, que infortúnio que, logo eu, que tanto que a reverencio, dissesse algo tão negligente. Esses meus lábios idiotas de velho e essa minha cabeça idiota de velho não merecem, mas podes esquecer o que eu disse?

Ele curvou-se ao lado dela enquanto falava. Ela pegou sua mão e, contemplando-o com os olhos marejados, respondeu, rouca:

– Não, não esquecerei, porque é melhor que eu lembre-me; e junto a ela haverá tantas lembranças amáveis tuas que aceito todas elas. Agora, os senhores precisam ir logo, o desjejum está pronto e precisamos todos comer para ficarmos fortes.

O desjejum foi uma refeição estranha para todos nós. Tentamos ficar animados e encorajar um ao outro, e Mina era a mais alegre e animada entre nós. No fim, Van Helsing levantou-se e disse:

– Agora, caros amigos, damos início à nossa terrível empreitada. E estamos todos armados, bem como estávamos na noite em que visitamos o covil de nosso inimigo pela primeira vez; armados contra ataques tanto fantasmáticos como carnais? – Todos confirmamos. – Muito bem, então. Agora, senhora Mina, estás em qualquer caso *deveras* segura aqui até o pôr do sol; e antes disso devemos retornar... se é que... Sim, voltaremos! Mas, antes de partirmos, permite-me que eu te arme contra ataques pessoais. Depois que desceste, preparei pessoalmente seus aposentos colocando as coisas sobre as quais já sabemos, de modo que ele não possa entrar. Agora deixa que eu estenda essa proteção até ti. Em tua testa ponho este pedaço de Hóstia Sagrada em nome do Pai, do Filho e...

Seguiu-se um grito medonho cujo som quase gelou nossos corações. Ao encostar a Hóstia na testa de Mina, queimou-a, inflamou a carne como se fosse um metal escaldante. O cérebro de meu pobre amor alertou-a sobre a importância do fato com a velocidade que seus nervos recebiam a dor; e ambas as coisas assoberbaram-na de tal forma que sua natureza extenuada ganhou voz naquele grito terrível. Mas as palavras para o que pensava chegaram rápido; o eco do grito não havia acabado de ressoar no ar quando veio a reação, e ela caiu de joelhos no chão, na agonia da degradação. Colocando os belos cabelos sobre o rosto, como os leprosos de antigamente faziam com seus mantos, ela disse aos lamentos:

– Impura! Impura! Mesmo o Todo-Poderoso rejeita minha carne poluída! Devo carregar essa marca de vergonha em minha testa até o Juízo Final.

Todos pararam. Eu, ao lado dela, lançara-me a uma agonia de pesar desamparado e, envolvendo meus braços nela, apertei-a com força. Por alguns minutos, nossos corações pesarosos bateram juntos, ao passo que os amigos ao nosso redor desviaram os olhos, dos quais lágrimas corriam em silêncio. Então, Van Helsing virou-se e disse com austeridade – tanta austeridade que não pude deixar de sentir que ele estava de algum modo inspirado e que as palavras vinham de algo além dele:

– Talvez tenhas de carregar esta marca pelo tempo que Deus julgar adequado, e Ele sem dúvida irá, no Juízo Final, emendar todos os erros da terra e de Seus filhos que Ele aqui colocou. E, oh, senhora Mina, minha querida, tão querida, que nós que te amamos estejamos lá para ver quando essa cicatriz vermelha, sinal do conhecimento de Deus a respeito do ocorrido, não mais existir, deixando tua fronte tão pura quanto o coração que bem conhecemos. Pois é tão certo quanto nossas vidas que a cicatriz sumirá quando Deus julgar certo suspender o pesado fardo que temos sobre nós. Até lá, carreguemos nossas cruzes, como fez Seu Filho em obediência à Sua vontade. É possível que sejamos os instrumentos escolhidos de Seu bel-prazer e que, como o Filho, cumpramos Sua ordem com açoites e vergonha, com lágrimas e sangue, com medos e dúvidas, e tudo que compõe a diferença entre Deus e homem.

Havia esperança em suas palavras, assim como conforto; e elas trouxeram a resignação. Mina e eu nos sentimos assim, e simultaneamente pegamos cada um uma mão do velho senhor, curvamo-nos e as beijamos. Então, sem dizer nada, todos ajoelhamo-nos juntos e, de mãos dadas, juramos lealdade uns aos outros. Nós, homens, comprometemo-nos a levantar o véu de pesar da cabeça dela, que, cada qual a seu modo, todos amávamos; e rogamos por ajuda e orientação na terrível tarefa disposta diante de nós.

Era, então, hora de começar. Então, despedi-me de Mina, uma despedida que nenhum de nós esquecerá até nossos últimos dias, e partimos.

A respeito de uma coisa eu estava decidido: se descobríssemos que Mina transformara-se irreversivelmente em uma vampira, ela não iria sozinha a essa terra desconhecida e terrível. Suponho que é por isso que antigamente um vampiro significava vários; assim como seus corpos hediondos só podiam descansar em solo sagrado, era o amor mais puro quem recrutava para suas fileiras fantasmáticas.

Adentramos Carfax sem dificuldades e encontramos todas as coisas do mesmo jeito que da primeira vez. Era difícil acreditar que em meio a um ambiente de abandono, poeira e deterioração tão prosaicos houvesse qualquer razão para o medo que já nos era familiar. Se nossas mentes não estivessem decididas, e se não houvesse lembranças terríveis para nos impelir, é improvável que teríamos seguido adiante em nossa tarefa. Não encontramos qualquer documento ou sinais de uso da casa; e na capela antiga as caixas grandes pareciam exatamente como as havíamos visto da última vez. O dr. Van Helsing declarou solene quando nós estávamos diante delas:

— E agora, meus amigos, temos um dever a cumprir aqui. Precisamos esterilizar esta terra, tão abençoada por memórias sagradas que ele as trouxe de uma terra distante para seu uso vil. Ele escolheu esta terra porque ela foi consagrada. E, portanto, derrotamo-lo com sua própria arma, pois a tornaremos ainda mais sagrada. Ela foi santificada para o uso dos homens; agora, santifiquemos-na para Deus. — Ao dizê-lo, tirou da bolsa uma chave de fenda e uma chave de porca, e em pouco tempo o topo de uma das caixas foi aberto. A terra tinha um cheiro bolorento e sufocante, mas de algum modo parecíamos não nos importar, pois nossa atenção estava voltada ao professor. Retirando de sua caixa um pedaço da Hóstia Sagrada, ele a depositou respeitosamente na terra e então, baixando a tampa, começou a recolocar os parafusos, e nós ajudávamos conforme ele trabalhava.

Uma a uma, tratamos da mesma forma cada caixa grande e deixamos todas elas aparentemente como as encontramos; mas em cada uma delas havia um pedaço de Hóstia.

Então, quando fechamos a porta do lado de fora, o professor declarou solene:

– Muito já foi feito. Se com todas as outras conseguirmos o mesmo sucesso, o pôr do sol desta tarde reluzirá na fronte da senhora Mina tão branco quanto o marfim, sem qualquer mancha.

Enquanto passávamos pelo jardim a caminho da estação a fim de pegar nosso trem, pudemos ver a frente do manicômio. Eu olhava ávido, e na janela de meu quarto via Mina. Acenei para ela e fiz um gesto de cabeça para avisá-la de que nosso trabalho ali fora cumprido com sucesso. Ela imitou o gesto de cabeça para indicar que entendera. Por último, vi-a acenando com a mão para despedir-se. Foi com o coração pesado que fomos para a estação e por pouco pegamos o trem, que chegava quando entrávamos na plataforma.

Escrevi o registro anterior dentro do trem.

Piccadilly, 12h30. – Logo antes de chegarmos à Fenchurch Street, o lorde Godalming disse-me:

– Quincey e eu encontraremos um chaveiro. É melhor que não vás conosco caso surja qualquer dificuldade; pois, sob as circunstâncias do momento, não pareceria tão grave se nós invadíssemos uma casa vazia. Mas és advogado, e tua associação talvez diga que tu deverias saber o que é certo e o que é errado. – Não queria ser deixado de fora do risco, mesmo que fosse o risco de cair em desgraça, mas ele continuou: – Além disso, chamará menos atenção se não formos em tantos. Meu título deve deixar tudo bem com o chaveiro e com qualquer policial que porventura aparecer. Deves ir com Jack e o professor e ficar no Green Park, em algum lugar com vista para a casa; e, quando vires a porta abrir e o chaveiro partir, todos devem vir. Ficaremos à espera e permitiremos que entrem.

– O conselho é bom! – comentou Van Helsing, então não dissemos mais nada. Godalming e Morris tomaram uma charrete, e na sequência nós subimos em outra. Na esquina da Arlington Street, nosso grupo desceu e foi caminhando ao Green Park. Meu coração bateu forte quando identifiquei a casa na qual depositávamos tanto de nossas esperanças, com aparência sombria e silenciosa em seu estado abandonado entre os vizinhos de aspecto mais vívido e arrumado. Sentamo-nos em um banco com uma boa linha de visão e começamos a fumar charutos para atrair o mínimo de atenção possível. Os minutos pareceram avançar a passos de chumbo enquanto esperávamos a chegada dos demais.

Depois de um tempo, vimos chegar uma carruagem de quatro rodas. Dela, de forma despreocupada, desceram o lorde Godalming e Morris; e, do assento do condutor, desceu um trabalhador parrudo com suas ferramentas em uma cesta de vime. Morris pagou o cocheiro, que agradeceu com o chapéu e se foi. Juntos, ambos subiram os degraus e o lorde Godalming indicou o que queria que fosse feito. O trabalhador retirou o casaco com calma e o pendurou em uma das lanças da grade, dizendo algo ao policial que naquele momento passava. O policial aquiesceu e o sujeito, ajoelhando-se, colocou sua cesta ao seu lado. Depois de revirá-la, retirou dali um conjunto de ferramentas que dispôs ao seu lado de maneira ordenada. Depois, levantou-se, espiou dentro da fechadura, soprou-a e, virando-se para seus empregadores, fez algum comentário. O lorde Godalming sorriu e o homem ergueu um molho de chaves de tamanho considerável; selecionando uma delas, pôs-se a testá-la na fechadura, como se para descobrir até que ponto ela entraria. Depois de tentar por um tempo, experimentou outra, depois mais outra. Na terceira, a porta abriu de repente com um empurrão ligeiro, e ele entrou no salão com os outros dois. Permanecemos sentados; meu charuto queimava furiosamente, mas o de Van Helsing apagara por completo. Esperamos pacientemente, enquanto víamos o trabalhador sair levando sua cesta. Ele então manteve a porta parcialmente aberta, firmando-a com os joelhos, ao passo que encaixava uma chave na fechadura. Por fim, entregou essa chave ao lorde Godalming, que pegou o porta-moedas e deu-lhe algo. O homem agradeceu com o chapéu, pegou sua cesta, vestiu o casaco e partiu; nenhuma vivalma notou minimamente a transação como um todo.

Quando o homem já estava longe dali, nós três atravessamos a rua e batemos à porta, que foi imediatamente aberta por Quincey Morris, com o lorde Godalming ao seu lado, acendendo um charuto.

– Este lugar tem um cheiro tão asqueroso – disse o segundo enquanto entrávamos.

O cheiro era mesmo asqueroso – como a capela antiga em Carfax – e com nossa experiência prévia nos era claro que o conde vinha usando bastante o lugar. Pusemo-nos a explorar a casa, todos juntos para o caso de um ataque; pois sabíamos ter um inimigo forte e ardiloso e ainda não tínhamos certeza de que o conde não estava na casa. Na sala de jantar, que ficava logo depois do salão, encontramos oito caixas de terra. Apenas oito, das nove que procurávamos! Nosso trabalho não havia acabado, e nunca acabaria até que achássemos a caixa remanescente. Primeiro, abrimos as venezianas das janelas com vista para um jardim estreito com ladrilhos de pedra que acabavam nos fundos de um estábulo, projetado para parecer a fachada de uma casa em miniatura. Não havia janelas, então não temíamos que alguém ali dentro nos observasse. Não perdemos tempo ao examinar as caixas. Com as ferramentas que havíamos trazido, abrimos todas, uma a uma, tratando-as como tratáramos aquelas na capela antiga. Era evidente para nós que o conde não estava na casa no momento, e passamos a procurar por seus pertences.

Depois de uma busca superficial pelos demais cômodos, do porão ao sótão, concluímos que a sala de jantar continha qualquer bem que pudesse pertencer ao conte, e então os examinamos minuciosamente. Eles estavam dispostos em um tipo de desordem ordenada sobre a mesa espaçosa da sala de jantar. Havia escrituras da casa da Piccadilly em um maço grande; comprovantes de compra das casas em Mile End e Bermondsey; papel de carta, envelopes, caneta e tinteiro. Tudo estava coberto por um papel de embrulho fino para protegê-los da poeira. Também havia uma escova de roupas, uma escova de cabelo, um pente, uma jarra e uma bacia – essa última continha uma água suja, avermelhada como se contivesse sangue. Por fim, havia um pequeno molho de chaves de todos os tipos e tamanhos, provavelmente pertencentes às outras casas. Quando examinamos essa última descoberta, o lorde Godalming e Quincey Morris anotaram com precisão os vários endereços das casas no leste e no sul, levaram consigo as chaves em um grande molho e foram destruir as caixas nesses lugares. Os demais entre nós, com a paciência que temos, esperamos o retorno deles... ou a chegada do conde.

XXIII

Diário do dr. Seward

3 de outubro. – Pareceu terrivelmente longo o tempo durante o qual esperamos a chegada de Godalming e Quincey Morris. O professor tentou manter nossas mentes em atividade usando-as constantemente. Entendi sua intenção benevolente pelos olhares que relanceava a Harker de tempos em tempos. O pobre sujeito estava sobrepujado por um sofrimento que era pavoroso de se testemunhar. Na noite anterior ele era um homem de aparência feliz e sincera, com um rosto forte e jovial cheio de energia e cabelos castanho-escuros. Hoje ele é um velho tenso e fatigado, cujos cabelos brancos combinam com os olhos vazios e ardentes e rugas de angústia no rosto. Sua energia permanecia intacta; na verdade, está como uma chama viva. Isso pode ser sua salvação, pois, se tudo correr bem, essa energia o fará superar o período desesperador em que nos encontramos; ele então, de certa forma, despertará novamente para as realidades da vida. Coitado, eu achava que meus problemas eram graves o suficiente, mas os dele... O professor sabe muito bem disso e está fazendo seu melhor para manter a mente dele ocupada. O que ele dizia era, sob as atuais circunstâncias, pertinente e cativante. Até onde consigo lembrar, eis o que disse:

– Estudei, repetidas vezes desde que os obtive, todos os documentos relativos a esse monstro; e, quanto mais estudo, maior parece a necessidade de eliminá-lo por completo. Em tudo o que via, havia sinais de seu avanço; não apenas de seu poder como também de seu conhecimento a respeito disso. Descobri com as pesquisas de meu amigo Arminius, de Budapeste, que ele foi em vida um homem incrível. Soldado, estadista e alquimista; esse último era o desenvolvimento mais avançado de conhecimento científico de seus tempos. Tinha um cérebro potente, uma escolaridade incomparável e um coração que desconhecia o medo e o remorso. Ousou até mesmo ir à Şolomanţă, e não houve ramo do conhecimento de seu tempo no qual ele não se envolveu. Bem, nele os poderes do cérebro sobreviveram à morte física; embora pareça que sua memória não seja de todo completa. Em alguns aspectos da mente ele vinha sendo, e ainda é, apenas uma criança; mas está crescendo, e alguns aspectos nos quais inicialmente era infantil agora lida com o porte de um homem. Está fazendo experimentos e se saindo bem; e, se não tivéssemos cruzado seu caminho, ele viraria, e ainda pode virar se falharmos, o pai ou propagador de uma nova ordem de seres, cujo caminho leva à morte, não à vida.

Harker soltou um gemido e disse:

— E tudo isso se põe contra meu amor! Mas como ele faz experimentos? É um conhecimento que pode ajudar-nos a derrotá-lo!

— Ele tem, esse tempo todo, desde que chegou, testado seu poder, aos poucos mas seguramente; aquele seu cérebro infantil enorme está funcionando. Felizmente para nós, ainda é um cérebro de criança por ora; pois, se ele ousasse, desde o começo, tentar fazer certas coisas, teria há muito ficado além de nossas capacidades. Porém, ele deseja obter sucesso, e um homem que já viveu séculos pode dar-se ao luxo de esperar e ir devagar. Seu lema poderia muito bem ser *"festina lente"*.

— Não entendo — comentou Harker, cansado. — Por favor, simplifique para mim! Talvez a tristeza e a preocupação estejam comprometendo meu cérebro.

O professor colocou a mão no ombro dele com ternura e disse:

— Ah, meu jovem, simplificarei. Não notas como, ultimamente, este monstro vem obtendo conhecimento de modo sorrateiro e experimental? Vê como ele fez uso do paciente zoófago para obter acesso à casa do amigo John; pois o vampiro, embora depois possa ir e vir como bem entender, só consegue entrar pela primeira vez se convidado por um residente. Mas esses não são seus experimentos mais importantes. Consideremos que, de início, todas essas caixas tão grandes eram movidas por outras pessoas. Ele não sabia outra maneira além dessa. Mas ao mesmo tempo seu grande cérebro infantil crescia e ele começou a considerar se não era capaz ele mesmo de mover as caixas. Então, começou a ajudar e, então, ao descobrir que não havia problema, tentou mover todas por conta própria. E assim ele progrediu, e espalhou esses seus túmulos; e ninguém além dele sabe onde estão escondidos. Ele podia ter a intenção de enterrá-los bem fundo. Como ele só usa a terra à noite, ou em horas nas quais pode mudar de forma, as caixas continuariam servindo; e ninguém saberia que são seu esconderijo! Mas, meu jovem, não te desesperes; ele obteve esse conhecimento um pouco tarde demais! Todos os seus refúgios menos um foram ou estão sendo esterilizados, e esse último deve sê-lo antes do pôr do sol. Não há lugar aonde ele pode ir se esconder. Demorei-me esta manhã para que nos certificássemos de tudo. Não há mais em jogo para nós do que para ele? Então, por que não ser ainda mais cuidadoso do que ele? Pelo meu relógio, é uma hora agora; se tudo deu certo, os amigos Arthur e Quincey já estão a caminho. Hoje é o nosso dia e precisamos agir de forma garantida, mesmo que lenta, de não perder oportunidades. Vê, haverá cinco de nós quando voltarem os que se ausentaram.

Enquanto ele falava, tomamos um susto devido a alguém batendo à porta: uma batida dupla, típica de carteiros e, no caso, entregadores de telegrama. Todos fomos ao salão de entrada num só impulso, e Van Helsing, erguendo uma mão para pedir que mantivéssemos silêncio, foi à porta e abriu-a. O rapaz do telegrama entregou-lhe uma mensagem. O professor fechou a porta novamente e, depois de conferir o endereço, abriu e leu em voz alta.

– "Cuidado com o D. Agora, 12h45, acaba de sair às pressas de Carfax em direção ao sul. Parece ir em direção à casa e talvez pretenda encontrá--los. Mina."

Houve uma pausa, interrompida pela voz de Jonathan Harker:

– Agora, graças a Deus, nosso encontro será em breve!

Van Helsing virou-se para ele rapidamente e disse:

– Deus agirá da forma e no tempo que Ele desejar. Não temas, e ainda não te alegres; pois o que desejamos no momento pode ser nossa ruína.

– Com nada me importo agora – ele respondeu, agitado. – Só me importa varrer esse ser da face da Terra. Venderia minha alma para fazê-lo!

– Ora, calma, calma, meu jovem! – disse Van Helsing. – Deus não compra almas dessa maneira; e o Diabo, embora possa comprar, não cumpre sua parte. Mas Deus é misericordioso e justo; sabe de tua dor e tua devoção à cara senhora Mina. Pensa como a dor dela seria dobrada se ela sequer ouvisse tuas palavras insensatas. Não temas por nenhum de nós, estamos todos dedicados a essa causa, e hoje veremos sua conclusão. O tempo para agir se aproxima; hoje este vampiro está limitado aos poderes dos homens, e até o pôr do sol, não poderá mudar. Levará algum tempo para chegar aqui, considerando que agora são uma e vinte, e ainda há algum tempo antes que ele consiga vir para cá, mesmo com toda a sua velocidade. Precisamos ter esperança de que o lorde Arthur e Quincey cheguem antes.

Mais ou menos meia hora depois de recebermos o telegrama da sra. Harker, houve uma batida discreta, mas determinada, à porta principal. Era uma batida comum, como a realizada regularmente por milhares de cavalheiros, mas fez com que o coração do professor e o meu batessem alto. Entreolhamo-nos e juntos fomos até o salão de entrada; ambos estávamos prontos para usar nossas armas diversas: a espiritual na mão esquerda, a mortal, na direita. Van Helsing abriu o trinco e, segurando a porta entreaberta, recuou, deixando as duas mãos prontas para a ação. O contentamento em nossos corações deve ter transparecido no rosto ao vermos na entrada, próximos ao vão da porta, o lorde Godalming e Quincey Morris. Eles entraram rapidamente e fecharam a porta; o segundo disse, enquanto seguiam pelo salão:

– Tudo certo. Encontramos os dois lugares; seis caixas em cada um e destruímos todas!

– Foram destruídas? – perguntou o professor.

– Para ele, sim!

Ficamos em silêncio por um minuto, interrompido por Quincey:

– Não há nada a fazer além de esperar aqui. Se, porém, ele não chegar até as cinco, precisamos partir; pois não devemos deixar a senhora Harker sozinha após o pôr do sol.

– Ele estará aqui muito em breve – afirmou Van Helsing, que consultava seu caderno de bolso. – *Nota bene*, segundo o telegrama da senhora Mina, ele foi no sentido sul saindo de Carfax, o que significa que foi cruzar o rio, o que só pode fazer na maré mais baixa, que deve ter ocorrido aproximadamente à uma hora. O fato de ele ter ido nessa direção é significativo para nós. Ele por ora só tem suspeitas; e saiu de Carfax rumo ao lugar sobre o qual a suspeita era menor. Os senhores devem ter saído de Bermondsey pouco antes de ele chegar. O fato de ele não estar aqui ainda indica que ele foi em seguida para Mile End. Isso deve ter tomado algum tempo dele, pois precisou arranjar algum meio de transporte por sobre o rio. Creiam em mim, meus amigos, não precisaremos esperar muito mais. Devemos aprontar algum plano de ataque, para que não desperdicemos nenhuma chance. Silêncio, não há mais tempo. Peguem suas armas! Fiquem prontos! – Ele ergueu uma mão enquanto falava, pois todos ouvimos uma chave colocada delicadamente na tranca da porta principal.

Não tive como não admirar, mesmo em um momento desses, a forma como um espírito dominante afirmava-se. Em todos os nossos grupos de caça e nossas aventuras em diferentes partes do mundo, Quincey Morris sempre foi o que criava um plano de ação, e Arthur e eu nos acostumamos a obedecê-lo implicitamente. Agora, o velho hábito parecia renovar-se por instinto. Com um rápido olhar pelo cômodo, ele imediatamente organizou nosso plano de ataque e, sem dizer nada, com um gesto, colocou cada um de nós em posição. Van Helsing, Harker e eu ficamos logo atrás da porta, para que, quando ela se abrisse, o professor pudesse bloquear seu acesso enquanto nós dois nos colocávamos entre o recém-chegado e a porta. Godalming atrás e Quincey à frente estavam fora de vista para depois ficarem à frente das janelas. Esperamos em um suspense que fez os segundos passarem com uma lentidão pesadelar. Os passos lentos e cautelosos atravessaram o salão; o conde claramente estava pronto para uma surpresa – ou ao menos temia uma.

De repente, com um único salto, ele entrou no cômodo, passando-nos antes que qualquer um de nós pudesse detê-lo. Havia algo de pantera em seu movimento, algo tão inumano que pareceu nos tirar do choque de sua chegada. O primeiro a agir foi Harker, que, com um movimento rápido, lançou-se à frente da porta que dava para a entrada da casa. Quando o conde nos viu, um rosnado passou por seu rosto, exibindo os caninos longos e pontudos; mas o sorriso vil logo se transformou em um olhar frio de desdém leonino. Sua expressão mudou novamente quando, em um mesmo impulso, todos avançamos para cima dele. Era uma pena que não tínhamos um plano de ataque mais organizado, pois mesmo naquele momento eu perguntava-me o que faríamos. Eu não sabia se nossas armas letais nos serviriam de algo. Harker claramente estava disposto a descobrir, pois estava pronto com sua faca *kukri* e desferiu um ataque feroz e repentino no inimigo. Foi um golpe potente, e o conde foi salvo apenas pela rapidez diabólica com a qual recuou. Por um segundo, a lâmina afiada teria cortado seu coração. No fim, o que acabou ocorrendo foi que a ponta cortou apenas o tecido de seu traje, criando uma abertura ampla da qual uma pilha de papel-moeda e uma torrente de ouro vazaram. A expressão no rosto do conde era tão infernal que por um momento temi pela vida de Harker, embora o visse erguer a faca terrível para outro ataque. Instintivamente, avancei com um impulso protetor, segurando o crucifixo e a hóstia em minha mão esquerda. Senti um poder enorme percorrer meu braço; e foi sem surpresa que vi o monstro retrair e recuar antes que um movimento similar fosse feito espontaneamente por cada um de nós. Seria impossível descrever a expressão de ódio e perversidade estupefata, de raiva e de fúria infernal, que surgiu no rosto do conde. Seu tom esbranquiçado tornou-se verde-amarelado com o contraste de seus olhos ardentes, e a cicatriz vermelha na testa destacava-se na pele pálida como uma ferida palpitante. No instante seguinte, com um salto sinuoso, ele passou por debaixo do braço de Harker, antes que o golpe pudesse ser aplicado, e, pegando um maço de dinheiro do chão, correu pelo salão de entrada e jogou-se pela janela. Em meio ao estrondo e o brilho do vidro partido, ele caiu na área pavimentada abaixo. Junto ao som dos cacos de vidro, pude ouvir o tinido de ouro conforme alguns dos soberanos caíam no pavimento.

Corremos até a janela e o vimos levantar-se do chão sem ferimentos. Correndo pelos degraus, ele atravessou o jardim pavimentado e abriu a porta do estábulo com um empurrão. Depois disso, virou-se e disse-nos:

– Pensais que me espantais, vós, com rostos pálidos lado a lado, como ovelhas em um matadouro? Haveis de arrepender-vos, cada um de vós. Acheis que me deixastes sem um lugar para descansar; mas tenho mais. Minha vingança está apenas começando. Minha vida se distribui em séculos, e tenho o tempo do meu lado. As jovens que vós amais já são todas minhas; e por meio delas vós e muitos outros haverão de ser meus; minhas criaturas, que farão minha vontade e serão meus lacaios quando eu quiser me alimentar. Bah! – Com um olhar de puro desprezo, ele atravessou a porta e nós ouvimos a tranca enferrujada fechar-se do lado dele. Uma porta além de nossa vista abriu-se e fechou-se. O primeiro a falar foi o professor, conforme, ao percebermos a dificuldade de segui-lo estábulo adentro, íamos para o salão de entrada.

– Aprendemos algo; aprendemos muito! Não obstante suas palavras corajosas, ele nos teme; teme o tempo; teme suas necessidades! Se não fosse esse o caso, por que a pressa? Seu tom foi o que entregou-o, caso meus ouvidos não me tenham enganado. Por que pegar o dinheiro? Vão atrás dele. Os senhores são caçadores de feras selvagens e disso entendem. Quanto a mim, irei assegurar que nada aqui tenha serventia para ele, caso retorne. – Ao dizer isso, colocou o dinheiro restante em seu bolso; pegou as escrituras da pilha deixada por Harker e colocou o restante dos itens na lareira, ateando fogo nelas com um fósforo.

Godalming e Morris correram para o jardim e Harker desceu da janela para seguir o conde. Porém, ele havia trancado a porta do estábulo e, quando conseguiram abri-la à força, não havia mais sinal dele. Van Helsing e eu tentamos fazer perguntas a quem estivesse nos fundos da casa, mas as baias estavam todas vazias e ninguém viu-o partir.

Era agora o fim da tarde, e o pôr do sol não demoraria muito para chegar. Precisamos reconhecer que nosso plano fora revelado; foi com dor no coração que concordamos com o professor quando disse:

– Voltemos à senhora Mina... pobre, pobre senhora Mina. Tudo o que podemos fazer no momento está feito; e lá podemos ao menos protegê-la. Mas não devemos entrar em desespero. Há apenas mais uma caixa de terra e devemos tentar encontrá-la; quando isso estiver feito, talvez tudo ainda esteja bem. – Notei que ele falava com toda a coragem que conseguia juntar para reconfortar Harker. O coitado estava bastante abatido; vez por outra soltava um gemido baixo que não conseguia suprimir; pensava na esposa.

Voltamos à minha casa com corações entristecidos, e ali encontramos a sra. Harker esperando-nos, com uma aparência animada que honrava sua coragem e altruísmo. Ao ver nossos rostos, o dela tornou-se pálido como a morte: por alguns segundos, seus olhos fecharam-se como se rezasse em segredo; depois, disse alegremente:

– Nunca haverá agradecimento suficiente aos senhores. Ah, meu pobre amor! – Ao falar, ela pegou a mão acinzentada do marido e beijou-a. – Bota aqui tua cabeça e descansa. Tudo há de ficar bem, querido! Deus há de nos proteger se essa for Sua vontade. – O coitado gemeu. Palavras não cabiam em sua desolação sublime.

Ceamos juntos um tanto desinteressadamente, e acho que isso nos animou um pouco. Talvez fosse o mero calor animal que a comida desperta em pessoas com fome – visto que nenhum de nós havia comido nada desde o desjejum –, ou talvez o senso de companheirismo nos tenha ajudado; mas de qualquer maneira estávamos todos menos agoniados, e víamos o dia seguinte sem total desesperança. Cumprindo nossa promessa, contamos à sra. Harker tudo o que ocorrera; e, embora ela tenha ficado branca como a neve em momentos nos quais o perigo parecia ameaçar seu marido, e vermelha quando a devoção que ele tinha por ela manifestava-se, ela escutou brava e calmamente. Quando chegamos à parte na qual Harker havia avançado para cima do conde de forma tão displicente, ela agarrou-se ao braço do marido, e segurou-o firme como se com o gesto pudesse protegê-lo de qualquer mal que pudesse acontecer a ele. Porém, não disse nada até que a narração tivesse terminado por completo e todas as questões tivessem sido abordadas até o tempo presente. Então, sem soltar a mão do marido, ela levantou-se e se pronunciou. Ah, quem me dera ser capaz de ilustrar a cena: aquela mulher tão, tão doce e tão, tão boa em toda a sua beleza radiante da juventude e do ânimo, com a cicatriz vermelha na testa, da qual tinha ciência e cuja imagem nos fazia ranger os dentes, lembrando de quando e como ela ocorreu; sua gentileza amorosa em oposição a nosso ódio sombrio; sua fé tenra em oposição a nossos medos e dúvidas; e nosso conhecimento de que, no que dizia respeito a símbolos, ela – com toda a sua bondade, pureza e fé – estava exilada de Deus.

– Jonathan – ela chamou, e a palavra parecia música em seus lábios de tanto amor e ternura que nela havia. – Jonathan, meu querido, e todos os senhores, meus amigos mais genuínos, quero que tenham algo em mente durante todo esse período terrível. Sei que precisam lutar; que precisam destruí-lo como destruíram a Lucy falsa, para que a Lucy verdadeira pudesse viver no além; mas esta não é uma missão de ódio. Aquela pobre alma que causou todo esse sofrimento é o caso mais triste de todos. Pense apenas na alegria que ele terá quando também tiver sua pior parte destruída de modo que sua melhor parte alcance imortalidade espiritual. Devem ter pena dele também, embora isso não deva fazer suas mãos hesitarem em destruí-lo.

Enquanto ela falava, eu podia ver o rosto do marido contrair-se e assumir aspecto sombrio, como se a emoção nele fizesse murchar seu âmago. Instintivamente, apertou mais forte a mão da esposa, até que os dedos dele ficassem brancos. Ela não retraiu-se da dor que eu sabia que ela devia sentir no momento, mas em vez disso contemplou-o com olhos mais suplicantes do que nunca. Quando ela encerrou sua fala, ele ficou de pé imediatamente, quase arrancando sua mão da dela ao falar:

– Que Deus coloque-o em minhas mãos apenas por tempo suficiente para que eu destrua a vida terrena dele, que é nosso objetivo. Se depois disso eu pudesse enviar sua alma para todo o sempre ao inferno ardente, assim o faria!

– Ora, para! Para! Em nome de nosso bom Senhor. Não diga coisas assim, Jonathan, meu marido; ou me encherá de medo e horror. Pensa, meu amor; como eu tenho pensado durante este dia tão, tão longo; pensa que... talvez... algum dia... eu também precise dessa pena; e que outra pessoa igual a ti, com uma raiva igualmente justificada, poderia negá-la a mim! Oh, meu marido! Meu marido, eu pouparia tua mente de pensar a respeito se houvesse outro modo; mas rogo a Deus para que não tenha acolhido tuas palavras descontroladas como algo além da lamúria desolada de um homem carinhoso e terrivelmente aflito. Oh, Deus, tratai esses cabelos brancos como evidência do que ele sofreu; ele, que em toda a vida não faltou com ninguém e que tantos pesares vem sofrendo.

Nós, homens, estávamos todos em lágrimas a essa altura. Não tinha como resistir a elas, e choramos abertamente. Ela também chorava ao observar que seu conselho gentil prevalecera. O marido ficou de joelhos ao seu lado e, envolvendo-a com os braços, escondeu o rosto nas dobras do vestido dela. Van Helsing fez um gesto para nós e retiramo-nos do recinto, deixando apenas os dois corações amorosos a sós com seu Deus.

Antes que se recolhessem, o professor arrumou o quarto com o intuito de protegê-lo de qualquer possível vinda do vampiro, e assegurou à sra. Harker que ela podia descansar em paz. Ela tentou assimilar essa certeza e, evidentemente pelo bem do marido, tentou parecer satisfeita. Era um esforço valente e, creio eu, não era em vão. Van Helsing deixou à mão um sino que qualquer um dos dois poderia tocar no caso de alguma emergência. Após recolherem-se, Quincey, Godalming e eu combinamos que ficaríamos de vigia, dividindo a noite entre nós três e cuidando da segurança da pobre dama acometida. O primeiro turno era de Quincey, então, com exceção dele, deveríamos ir para a cama o mais cedo possível.

Godalming já recolheu-se, pois o turno dele é o segundo. Agora que meu trabalho está feito, também irei deitar.

Diário de Jonathan Harker

3–4 de outubro, próximo à meia-noite. – Achei que o dia de ontem nunca acabaria. Havia em mim um anseio por dormir, parte de uma crença irracional de que acordar significaria encontrar tudo mudado, com todas as mudanças sendo para melhor. Antes de nos separarmos, discutimos qual seria nosso próximo passo, mas não chegamos a nenhuma conclusão. Tudo o que sabíamos é que restava uma caixa de terra e que apenas o conde sabia onde ela estava. Se escolhesse ficar escondido, poderia eludir-nos por anos; e enquanto isso... era uma noção horrível demais, mesmo agora não ouso pensar nisso. Disto sei: se algum dia houve uma mulher que fosse pura perfeição, é minha querida injustiçada. Amo-a mil vezes mais por sua piedade tenra de noite passada, uma piedade que fez meu próprio ódio pelo monstro parecer repugnante. Sem dúvida, Deus não permitiria que o mundo se tornasse pior pela perda de uma criatura assim. Isso me dá esperança, a correnteza nos levava de encontro a um recife, e a fé é nossa única âncora. Graças a Deus! Mina está dormindo, e dorme sem sonhar. Temo como podem ser seus sonhos, com lembranças tão terríveis para alicerçá-los. Desde que o sol se pôs, não a vejo tão calma quanto agora. Então, por um tempo, surgiu em seu rosto um sossego que era como a primavera após os ventos de março. Pensei no momento que era a suavidade do pôr do sol vermelho sobre seu rosto, mas por algum motivo agora creio ter um significado mais profundo. Não estou com sono, embora esteja cansado, morto de cansaço. Porém, devo tentar dormir, pois deve-se pensar no amanhã, e não haverá descanso para mim até que...

Mais tarde. – Devo ter caído no sono, pois fui acordado por Mina, que estava sentada na cama e com uma expressão assustada no rosto. Era fácil de se perceber, pois não deixamos o quarto todo escuro; ela colocou uma mão de alerta sobre minha boca, e agora sussurrava em minha orelha:

– Silêncio! Tem alguém no corredor! – Levantei de mansinho e, atravessando o quarto, abri a porta de leve.

Do lado de fora, estirado em um colchão, estava o sr. Morris, totalmente desperto. Ele levantou a mão para pedir silêncio e sussurrou para mim:

– Quieto! Volte para a cama; está tudo bem. Haverá um de nós aqui a noite toda. Não queremos arriscar nada!

Sua expressão e gesto não davam espaço para discussão, então voltei à cama e expliquei-o para Mina. Ela suspirou e claramente esboçou um sorriso em seu pobre rosto pálido, envolvendo-me em seus braços e dizendo baixinho:

– Ai, graças a Deus pelos homens bons e corajosos! – Com outro suspiro, ela mergulhou novamente no sono. Escrevo isto agora por não sentir sono, embora deva tentar dormir de novo.

4 de outubro, manhã. – Mais uma vez durante a noite fui acordado por Mina. Desta vez, todos dormimos bem, pois o tom cinzento do amanhecer iminente fazia das janelas retângulos nítidos, e a luz a gás era mais uma mancha do que um disco de luz. Ela disse, às pressas:

– Vai chamar o professor. Quero falar com ele agora mesmo.

– Por quê? – perguntei.

– Tive uma ideia. Creio que deve ter-me ocorrido durante a noite e amadurecido sem que eu soubesse. Ele precisa hipnotizar-me antes do amanhecer, e só então poderei dizer. Vai rápido, meu querido; o tempo está acabando.

Fui à porta. O dr. Seward descansava no colchão e, ao me ver, ficou de pé em um só movimento.

– Algo de errado? – perguntou, alarmado.

– Não – respondi. – Mas Mina quer ver o doutor Van Helsing imediatamente.

– Irei chamá-lo – disse, e foi correndo ao quarto do professor.

Depois de dois ou três minutos, Van Helsing estava no quarto com seu pijama, e o sr. Morris e o lorde Godalming estavam com o dr. Seward à porta fazendo perguntas. Quando o professor se deparou com Mina, um sorriso amplo expulsou a ansiedade de seu rosto; ele esfregou as mãos e disse:

– Ora, minha cara senhora Mina, isso é de fato uma mudança. Vê, amigo Jonathan! Nossa querida senhora Mina de antigamente retornou para nós hoje! – Então, voltando-se para ela, disse, alegre: – E o que devo fazer por ti? Pois, a essa hora, não deseja minha presença por algo desimportante.

– Quero que me hipnotizes! – ela replicou. – Faça antes do amanhecer, pois sinto que assim posso falar, e falar livremente. Sê rápido, pois o tempo é curto!

Sem dizer nada, ele gesticulou para que ela permanecesse sentada na cama. Olhando-a fixamente, começou a fazer movimentos de mão na frente dela: do topo de sua cabeça para baixo, com uma mão de cada vez. Mina fitou-o por alguns minutos, durante os quais meu coração batia como um martelo hidráulico, pois sentia que havia uma crise iminente. Gradualmente, seus olhos fecharam-se e ela ficou completamente imóvel; apenas a respiração gentil em seu peito nos permitia saber que ainda estava viva. O professor fez mais alguns movimentos e depois parou, e pude ver que sua testa estava coberta com grandes gotas de transpiração. Mina abriu os olhos; mas não parecia ser a mesma mulher. Havia um aspecto distante em sua expressão, e sua voz tinha um ar triste e sonhador que me era inédito. Levantando a mão para decretar silêncio, o professor gesticulou para que eu trouxesse os outros para dentro. Eles vieram nas pontas dos pés, fechando a porta, e ficaram ao pé da cama, observando. Mina não parecia vê-los. A quietude foi interrompida pela voz de Van Helsing, falando em um tom baixo que não atrapalharia o fluxo de pensamentos dela no momento:

– Onde estás?

A resposta veio de modo neutro:

– Não sei. O sono não tem um lugar que possa reivindicar para si.

Por vários minutos, houve silêncio. Mina sentava-se com o corpo rígido e o professor permanecia de pé encarando-a fixamente; os demais entre nós mal ousavam respirar. O quarto ficava mais iluminado; sem tirar seus olhos dos de Mina, o dr. Van Helsing gesticulou para que eu erguesse a persiana. Assim o fiz, e o dia parecia estar chegando. Um raio vermelho lançou-se, e uma luz rosada parecia difundir-se pelo quarto. Nesse instante, o professor voltou a falar:

– Onde estás agora?

A resposta veio em um tom onírico, mas deliberado; era como se ela estivesse interpretando algo. Ouvi-a usar esse mesmo tom ao ler suas notas taquigrafadas.

– Não sei. É tudo tão estranho para mim!

– O que vês?

– Não vejo nada; está tudo escuro.

– O que ouves? – Pude detectar o esforço presente na voz paciente do professor.

– Águas batendo. Gorgolejam aqui perto, e ondas menores agitam-se. Consigo ouvi-las do lado de fora.

– Então, estás em um navio?

Todos nos entreolhamos, tentando captar algo uns dos outros. Estávamos com medo de pensar. A resposta veio logo.

– Ah, sim!

– O que mais ouves?

– Os passos de homens acima conforme eles correm. Há o rangido de uma corrente e o tinido alto de quando a trava do cabrestante é aplicada.

– O que fazes?

– Estou imóvel... ai, tão imóvel. É como a morte! – a voz esvaiu-se em uma respiração profunda, como a de uma pessoa dormindo, e os olhos abertos fecharam-se de novo.

A essa altura, o sol havia nascido, e estávamos todos sob a plena luz do dia. O dr. Van Helsing depositou as mãos nos ombros de Mina e deitou-a delicadamente em seu travesseiro. Ela ficou ali deitada como uma criança dormindo por alguns momentos e depois, com uma respiração profunda, acordou e fitou-nos surpresa ao ver todos nós ao seu redor.

– Falei algo enquanto dormia? – Isso foi tudo o que disse. Ela parecia, porém, entender a situação sem que lhe respondessem algo, embora estivesse ávida para saber o que havia dito. O professor repetiu a conversa e ela disse:

– Então, não há um momento sequer a perder: pode não ser tarde demais!

O sr. Morris e o lorde Godalming foram em direção à porta, mas a voz calma do professor os chamou de volta.

– Fiquem, amigos. O navio, seja lá qual for, levantava as âncoras no momento em que ela falou. Há muitos navios levantando âncora neste momento no grande porto desta Londres dos senhores. Qual deles é o que procuramos? Graças a Deus temos novamente uma pista, embora não saibamos para onde ela nos levará. Nossa visão foi de certa maneira ofuscada; como ocorre com os homens, visto que, quando olharmos para trás, talvez vejamos o que deveríamos ter visto adiante se fôssemos capazes de ver o que poderíamos ter visto. Ora, mas essa frase foi uma bagunça, não? Agora sabemos o que o conde tinha em mente quando pegou aquele dinheiro, mesmo com a faca feroz de Jonathan colocando-o em um perigo que mesmo ele temia. Pensava em fugir. Ouviram? Fugir! Ele percebeu que, com apenas uma caixa de terra e um grupo de homens seguindo-o como cães caçando uma raposa, esta Londres não era lugar para ele. Embarcou sua última caixa de terra em um navio e deixou a terra. Ele pensa em fugir, mas não! Havemos de segui-lo. "Alvo à vista!", diria o amigo Arthur quando fica de casaca vermelha. Nossa velha raposa é manhosa, e como é! Devemos proceder com manha. Também sou manhoso e em algum tempo devo entender o que ele tem em mente. Enquanto isso, podemos descansar e ficar em paz, pois há águas entre nós que ele não deseja passar e que, se quisesse, não poderia, a não ser que o navio aporte e, mesmo assim, somente na maré mais alta ou mais baixa. Vejam, o sol acaba de nascer, e o restante do dia, até o pôr do sol, é nosso. Tomemos banho, vistamo-nos e façamos o desjejum do qual todos precisamos e cuja comida podemos comer tranquilamente, já que ele não está na mesma terra que nós.

Mina fitou-o suplicante ao perguntar:

– Mas por que continuar a segui-lo quando ele afastou-se de nós?

Ele pegou a mão dela e acariciou-a para responder:

– Não me perguntes nada por ora. Depois que desjejuarmos, respondo todas as perguntas. – Ele não disse mais nada e nos separamos a fim de nos arrumarmos.

Depois do desjejum, Mina repetiu a pergunta. Ele a encarou com seriedade por um minuto e depois disse, com pesar:

– Porque, minha tão querida senhora Mina, agora mais do que nunca precisamos encontrá-lo, mesmo que precisemos segui-lo até a boca do Inferno!

Ela empalideceu e perguntou, com a voz fraca:

– Por quê?

– Porque – ele respondeu, solene – ele pode viver por séculos, ao passo que tu és uma mera mulher mortal. O avanço do tempo é motivo de medo... desde a primeira vez que ele colocou esta marca em teu pescoço.

Por pouco consegui pegá-la quando ela desmaiou caindo para frente.

XXIV

Diário fonográfico do dr. Seward, gravação de Van Helsing

Para Jonathan Harker.

Deves ficar com sua querida senhora Mina. Faremos nossa busca – se eu posso chamá-la assim, quando buscamos o que já sabemos e só queremos confirmar. Mas fica e cuida dela por hoje. É tua melhor e mais sagrada tarefa. Hoje, não haverá sinal dele aqui. Conto-te para que saibas o que nós quatro já sabemos, pois contei aos outros. Ele, nosso inimigo, foi embora; voltou a seu castelo na Transilvânia. Sei muito bem, como se uma enorme mão de fogo tivesse escrito na parede. Ele estava preparado para isso de algum modo, e a última caixa de terra estava pronta para despacho em algum lugar. Por isso pegou o dinheiro; por isso a pressa, para que não o apanhássemos antes de o sol baixar no horizonte. Era sua última esperança, a não ser que tentasse esconder-se na cripta da srta. Lucy, achando que ela ainda era como ele e o receberia. Mas não teria tempo para isso. Com esse plano arruinado, ele foi para seu último recurso – sua última obra terrena, eu diria, se desejasse um duplo sentido. Ele é sagaz, ah, como é! Sabia que seu jogo aqui havia acabado; assim, decidiu voltar para casa. Achou um navio que seguisse a rota pela qual veio e embarcou nele. Agora vamos descobrir qual era o navio e seu respectivo destino; quando descobrirmos, voltaremos e contaremos tudo. Assim, reconfortaremos a ti e a cara senhora Mina com novas esperanças. Pois isso é esperançoso, se refletires bem: é sinal de que não está tudo perdido. Essa criatura que perseguimos levou centenas de anos para chegar a Londres; no entanto, em um dia, sabendo como havia se espalhado, o enxotamos daqui. Ele é finito, embora tenha poder de fazer muito mal e não sofra como nós. Mas somos fortes, cada um com sua motivação, e ficamos ainda mais fortes quando juntos. Acalma teu coração, caro marido da senhora Mina. Esta batalha apenas começou, e no fim venceremos; estou tão certo disso quanto de que Deus está lá no alto observando Seus filhos. Portanto, fica em paz até que retornemos.

Van Helsing

Diário de Jonathan Harker

4 de outubro. – Quando li para Mina a mensagem que Van Helsing gravou no fonógrafo, a pobrezinha alegrou-se consideravelmente. A certeza de que o conde estava fora do país já lhe serviu de conforto, e conforto para ela é força. Quanto a mim, agora que esse perigo horrível não nos enfrenta face a face, parece quase impossível acreditar em sua existência. Mesmo minha própria experiência terrível no castelo de Drácula parece um sonho há muito esquecido. Aqui, no ar de outono refrescante sob a brilhante luz do sol...

Mas, céus! Como eu poderia desacreditar? Em meio a meus pensamentos meu olho recaiu sobre a cicatriz vermelha na testa alva de minha pobre querida. Enquanto aquilo perdurar, não pode haver descrença. E depois a própria lembrança dela manterá essa fé cristalina. Mina e eu tememos ficar ociosos, então repassamos todos os diários inúmeras vezes. De algum modo, embora a realidade pareça aumentar, a dor e o medo parecem diminuir. Há algo como um propósito orientador manifestando-se ao longo de tudo, o que traz conforto. Mina diz que talvez sejamos instrumentos do bem maior. Talvez seja verdade! Buscarei pensar da mesma forma que ela. Até agora não falamos um com o outro sobre o futuro. É melhor esperar até que nos reunamos com o professor e os demais, quando encerrarem essa investigação.

Achava que nunca mais um dia passaria tão rápido para mim como está passando o de hoje. Agora são três horas.

Diário de Mina Harker

5 de outubro, cinco da tarde. – Nossa reunião para atualizar todos. Presentes: professor Van Helsing, lorde Godalming, dr. Seward, sr. Quincey Morris, Jonathan Harker, Mina Harker.

O dr. Van Helsing descreveu os passos tomados durante o dia para descobrir em que barco o conde Drácula realizou sua fuga e qual era seu destino:

– Como sabia que ele queria voltar para a Transilvânia, tinha certeza de que ele deveria ir pela foz do Danúbio ou então por uma vereda no Mar Negro, considerando que foi assim que ele veio. Tínhamos um nada desolador diante de nós. *Omne ignotum pro magnifico*; e então, com dor no coração, começamos a descobrir quais navios zarparam rumo ao Mar Negro ontem à noite. Ele estava em um barco a vela, pois a senhora Mina mencionou velas sendo içadas. Esse tipo de barco não é importante o suficiente para contar na lista de expedições do *Times*, então vamos, por sugestão do lorde Godalming, ao Lloyd's, onde há registro de todos os navios que saem, por menores que sejam. Ali descobrimos que apenas uma embarcação partiu em direção ao Mar Negro com a leva de ontem. Era o *Czarina Catarina*, e zarpou do cais do Doolittle em direção a Varna, e dali iria para outros lugares e subiria o Danúbio. "Ora", eu disse, "é esse o navio onde está o conde." Então, fomos ao cais do Doolittle e lá encontramos um sujeito em um escritório tão pequeno que o homem parecia maior do que o escritório. A ele perguntamos o trajeto do *Czarina Catarina*. Ele falava muitos palavrões, tinha o rosto vermelho e a voz alta, mas era um bom sujeito; e quando Quincey deu-lhe algo do bolso, que crepitou ao ser enrolado e colocado em um saco muito pequeno escondido em suas roupas, ele tornou-se um sujeito ainda melhor e um humilde servo ao nosso dispor. Veio conosco e perguntou a muitos homens bruscos e esquentados; esses também tornaram-se sujeitos melhores quando não tinham mais sede. Falavam muito de raios e excrementos, e de outras coisas que não compreendi, mas cujo significado posso imaginar; independentemente disso, contaram-nos tudo o que queríamos saber.

– Eles nos informaram que, na tarde de ontem, por volta das cinco horas, chegou um homem com muita pressa. Um sujeito alto, magro e pálido, com nariz adunco e dentes muito brancos e olhos que pareciam arder. Estava todo de preto com exceção de um chapéu de palha que não condizia com ele nem com a hora. Que usou dinheiro à vontade para descobrir rápido qual navio partiria para o Mar Negro e onde aportaria. Alguns o levaram ao escritório e depois ao navio, no qual ele não embarcou; parou logo antes da prancha e pediu ao capitão que fosse com ele. O capitão veio quando soube que ele pagaria bem; e, embora tenha xingado muito de início, concordou com os termos. Então, o homem magro retirou-se e alguém lhe contou onde se podia contratar cavalo e carroça. Ele foi ao lugar e logo voltou, conduzindo ele mesmo uma carroça com uma caixa grande que ele próprio baixou, embora tenham sido necessários muitos para colocá-la no barco. Falou muito com o capitão a respeito de como e onde essa caixa deveria ser guardada; mas o capitão não gostou disso, xingou-o em várias línguas e disse-lhe que, se quisesse, podia ir junto e ver onde ficaria. Mas ele disse "não", que ainda não viria, pois tinha muito a fazer. Nisso, o capitão disse-lhe que era melhor ter uma rapidez comparável a uma meretriz, pois o navio deixaria aquele lugar posteroinferior antes que os excrementos da maré mudassem. Então, o homem magro sorriu e disse que era claro que ele deveria ir quando achasse mais adequado, mas que ficaria surpreso se ele partisse tão logo. O capitão xingou-o de novo, bastante poliglota, e o homem magro curvou-se e lhe agradeceu, alegando que só abusaria de sua boa vontade mais um pouco para também embarcar antes que zarpassem. Por fim, o capitão, mais vermelho do que nunca, avisou em ainda mais línguas que não queria nenhum francês amaldiçoado, nem o raio que lhe pertencia, em seu navio, também amaldiçoado. Então, após perguntar onde nos arredores poderia comprar formulários de embarque, partiu.

– Ninguém sabia aonde ele foi e "não estavam nem aí", como disseram, pois tinham outra questão com a qual se preocupar... novamente relacionada a excrementos; pois logo ficou claro para todos que o *Czarina Catarina* não zarparia conforme o esperado. Uma névoa fina começou a subir do rio, e aumentou cada vez mais até que logo um nevoeiro denso envolvia a nau e tudo ao redor dela. O capitão xingou de forma poliglota, muito poliglota, como uma meretriz poliglota, mas nada podia fazer. A água foi subindo e ele começou a temer que perderia a maré para zarpar. Não estava em um humor amigável quando, na maré mais alta, o homem magro voltou à prancha e pediu para ver onde sua caixa foi guardada. Então, o capitão respondeu que desejava que ele e sua caixa, velha e dona de um raio por sua vez dono de um excremento, estivessem no inferno. Mas o homem magro não ficou ofendido, e foi com o imediato ver onde fora alocada, depois subiu e ficou um tempo no convés enevoado. Deve ter desembarcado por conta própria, pois ninguém o notou. Na verdade, sequer pensaram nele, pois logo a névoa começou a se dissipar, e tudo estava nítido novamente. Meus amigos da sede e do linguajar cheio de raios e excrementos riram, pois contaram sobre como os xingamentos do capitão foram além até mesmo de seu poliglotismo de sempre, e eram mais pitorescos do que nunca, quando ele indagou outros marinheiros que subiram ou desceram o rio naquela hora e descobriu que poucos haviam sequer visto alguma névoa, além da que rodeava o cais. Porém, o navio zarpou na maré baixa e, pela manhã, sem dúvida descia a foz do rio. Estava, naquele momento em que nos contavam, em alto-mar.

– Então, minha cara senhora Mina, por isso devemos descansar por um tempo, pois nosso inimigo está no mar, comandando a névoa e a caminho da foz do Danúbio. Viajar a vela leva tempo, mesmo com a embarcação mais rápida; e, quando começarmos nosso trajeto, seremos mais rápido pela terra, e o encontraremos lá. Nossa melhor esperança é encontrá-lo quando estiver dentro da caixa e entre o nascer e o pôr do sol; pois assim ele não pode oferecer resistência, e podemos lidar com ele da forma como deveríamos. Temos dias, nos quais podemos preparar nosso plano. Sabemos tudo sobre o seu destino; pois falamos com o dono da embarcação, que nos mostrou faturas e todos os documentos possíveis. A caixa que procuramos deve desembarcar em Varna, e ser entregue a um agente, chamado Ristics, que apresentará suas credenciais no local; assim, nosso amigo mercador terá feito sua parte. Quando perguntou-nos se havia algo de errado, pois, se houvesse, poderia telegrafar e solicitar um inquérito em Varna, dissemos que não; pois o que precisa ser feito não diz respeito à polícia ou à alfândega. Precisa ser feito por nós e da nossa maneira.

Quando o dr. Helsing encerrou a fala, perguntei-lhe se tinha certeza de que ele permanecera a bordo do navio. Ao que respondeu:

– Temos a melhor prova disso: a evidência trazida por ti mesma, durante o transe hipnótico hoje de manhã.

Perguntei-lhe novamente se era mesmo necessária a perseguição ao conde, pois, oh, como temia que Jonathan me deixasse, e sabia que ele certamente iria aonde os outros fossem. Ele respondeu com uma intensidade crescente, calma de início. Conforme prosseguia, ficava furioso e enérgico, até que no fim mal conseguíamos vislumbrar o autocontrole que por tanto tempo fez dele um mestre entre os homens:

– Sim, é necessário... necessário, necessário! Primeiro pelo seu bem, depois, pelo bem da humanidade. Este monstro já fez muito mal dentro do escopo pequeno onde se encontrava e no curto tempo em que era apenas um corpo tateando seu alcance tão curto em meio às trevas e o desconhecido. Tudo isso contei aos outros; tu, minha cara senhora Mina, descobrirás pelo fonógrafo do amigo John, ou no diário de teu marido. Contei-lhes como o ato de deixar seu próprio domínio infecundo e despovoado e vir a uma nova terra, na qual a vida do homem abunda como um campo cheio de trigo, foi um trabalho de séculos. Se outros mortos-vivos como ele tentassem fazer o que ele fez, talvez nem todos os séculos do mundo, passados ou futuros, poderiam ser suficientes. No caso dele, todas as forças da natureza que são ocultas, profundas e fortes devem ter atuado em harmonia de um modo inacreditável. O próprio lugar que ele habitou enquanto morto-vivo por todos esses séculos é repleto de estranhezas do mundo geológico e químico. Há cavernas e fissuras profundas que chegam a lugares desconhecidos por todos. Houve vulcões cujas aberturas ainda expelem águas com propriedades estranhas e gases que matam ou dão vida. Sem dúvida, há algo magnético ou elétrico em algumas dessas combinações de forças ocultas que atuam de forma estranha na vida física; e nele próprio havia desde antes algumas grandes qualidades. Em tempos de dificuldades e belicismo, celebrava-se que ele tivesse nervos mais férreos, um cérebro mais sutil e um coração mais valente do que qualquer outro homem. Nele algum princípio vital, de algum modo estranho, encontrou seu ápice; e, conforme seu corpo fica mais forte, cresce e prospera, seu cérebro também se desenvolve. E tudo isso sem aquela ajuda diabólica com a qual certamente contou, visto que ela precisa curvar-se aos poderes que vêm do bem e o bem simbolizam. E agora eis o que ele é para nós. Ele infectou-te... Ah, perdão, minha cara, que eu precise mencionar isso, mas falo pelo teu próprio bem. Ele infectou-te de tal forma que, mesmo que ele não faça mais nada, tu apenas tem de viver, seguir tua vida do mesmo modo doce de antigamente, que, com o tempo, a morte, comum a todos os homens e sancionada por Deus, fará de ti igual a ele. Isso não pode acontecer! Juramos em conjunto que não pode. Assim, somos representantes do desejo do próprio Deus: que o mundo e os homens pelos quais Seu Filho morreu não sejam entregues a monstros cuja existência em si são uma difamação ao Senhor. Ele já nos permitiu redimir uma alma, e partimos como antigos cavaleiros da Cruz a fim de realizar mais redenções. Como eles, devemos viajar rumo ao sol nascente e, como eles, se sucumbirmos, será por uma boa causa.

Ele parou por um momento e eu disse:

– Mas o conde não aprendeu com sua expulsão? Já que foi forçado a sair da Inglaterra, não passará a evitá-la, como faz o tigre com o vilarejo que o caçou?

– A-há! – ele disse. – Acho tua imagem do tigre boa e hei de adotá-la. Teu devorador de homens, como na Índia chamam o tigre que já experimentou o sangue humano, não se importa mais com as outras presas e fica incessantemente à espreita até obter o que quer. Este que caçamos de nosso vilarejo também é um tigre, um devorador de homens, e nunca deixará de espreitar. E mais: ele próprio não é do tipo que se retira e mantém distância. Em vida, na vida de vivo, ele atravessou a fronteira turca e atacou o inimigo em seu próprio território; foi forçado a retroceder as forças, mas ficou por isso? Não, ele avançou de novo e de novo e de novo. Vê a persistência e perseverança dele. Com o cérebro infantil que ele tinha, há muito concebeu a ideia de vir a uma grande cidade. O que ele fez? Encontrou o lugar no mundo que lhe era mais promissor. Depois, deliberadamente põe-se a realizar preparativos para a missão. Descobre, com a paciência, o nível de sua força e as capacidades de seus poderes. Estuda novas línguas, aprende uma nova vida social, um novo ambiente de velhos costumes: a política, as leis, as finanças, as ciências, os hábitos de uma nova terra e um novo povo que surgiu no tempo em que ele existia. O vislumbre que teve apenas aguçou seu apetite e amolou seu desejo. Não só isso: ajudou-o a desenvolver o cérebro; pois comprovou como tinha razão em suas suposições iniciais. Ele fez isso sozinho; completamente sozinho! E de uma tumba em ruínas em uma terra esquecida. O que mais ele poderia fazer quando o mundo intelectual mais amplo abrir-se para ele? Ele, que pode rir da morte, como bem sabemos; que é capaz de prosperar em meio a doenças que matam povos inteiros? Ah, se alguém assim surgisse em nome de Deus, não do Diabo, que força do bem não seria neste nosso velho mundo! Mas juramos libertar o mundo. Nossa labuta deve ser silenciosa e todos os nossos esforços, secretos; pois nesta era esclarecida, na qual os homens não acreditam nem no que veem, a incredulidade da gente sábia será sua maior força. Será ao mesmo tempo sua bainha, sua armadura e suas armas para destruir seus inimigos: nós, que estamos dispostos a arriscar mesmo nossas próprias almas pela segurança daquela que amamos, pelo bem da humanidade e pela honra e glória de Deus.

Depois de uma discussão geral, determinou-se que nada seria decidido em definitivo esta noite; que deveríamos deixar os fatos descansarem e tentar chegar às conclusões certas. Amanhã, no desjejum, nos encontraremos de novo e, depois de compartilharmos nossas conclusões uns com os outros, decidiremos um curso de ação mais definido.

Senti uma enorme paz e descanso esta noite. É como se uma assombração tivesse sido desvencilhada de mim. Talvez...
Não concluí minha conjectura; não tinha como. Pois vislumbrei no espelho a marca vermelha em minha testa; e soube que ainda estava impura.

Diário do dr. Seward

5 de outubro. – Todos nos levantamos cedo e creio que o sono contribuiu muito a todos nós. Quando nos encontramos no desjejum, no começo da manhã, havia mais animação geral do que qualquer um de nós esperava sentir novamente nesta vida.

Era mesmo incrível quanta resiliência há na natureza humana. Basta que uma obstrução, não importa qual, seja removida de qualquer forma – mesmo pela morte – para que voltemos aos princípios de esperança e regozijo. Mais de uma vez, enquanto estávamos sentados à mesa, meus olhos abriram-se, questionando se tudo nos últimos dias não foram um sonho. Era só quando via a mancha vermelha na fronte da sra. Harker que eu voltava para a realidade. Mesmo agora, enquanto analiso seriamente o assunto, é quase impossível considerar que a causa de todos os nossos problemas ainda existe.

Mesmo a sra. Harker parece perder seu problema de vista por períodos inteiros; é apenas vez ou outra, quando ela lembra-se de algo, que pensa em sua terrível cicatriz. Vamos nos reunir aqui em meu escritório dentro de meia hora a fim de decidir nosso curso de ação. Só há uma dificuldade imediata que enxergo nisso, por instinto, não por razão: todos devemos falar abertamente; e, no entanto, receio que, de alguma forma misteriosa, a língua da pobre sra. Harker esteja presa. *Sei* que ela tira suas próprias conclusões, e considerando tudo o que aconteceu posso imaginar como elas devem ser geniais e corretas; mas ela não quer, ou não pode, expressá-las. Mencionei isso a Van Helsing e nós dois devemos conversar sobre isso quando estivermos a sós. Creio que seja parte daquele veneno horrendo que entrou em suas veias começando a agir. O conde tinha suas próprias intenções ao dar a ela o que Van Helsing chamou de "o batismo de sangue do vampiro". Bem, pode haver um veneno que se destila a partir de coisas boas; em uma era na qual a existência da ptomaína é um mistério, não deveríamos nos surpreender com nada! De uma coisa sei: que, se meu instinto estiver certo a respeito do silêncio da pobre sra. Harker, haverá uma dificuldade terrível e um perigo desconhecido no trabalho que temos diante de nós. O mesmo poder que força seu silêncio pode forçar sua fala. Não ouso pensar mais além disso; pois não deveria em meus pensamentos desonrar uma mulher nobre!

Mais tarde. – Quando o professor entrou, discutimos o estado das coisas. Pude notar que ele tinha algo em mente, o qual desejava expressar, mas sentia certa hesitação em abordar o assunto. Depois de enrolar um pouco, ele de repente disse:

– Amigo John, há algo a respeito do qual nós dois precisamos conversar a sós, pelo menos inicialmente. Depois, talvez tenhamos de incluir os outros no segredo.

Então, parou. Esperei. Ele continuou:

– A senhora Mina, nossa pobre e querida senhora Mina, está mudando. – Um arrepio frio congelou-me ao ter meus piores temores reforçados. Van Helsing continuou: – Com a lamentável experiência da senhorita Lucy, precisamos desta vez ficar prevenidos antes de as coisas irem longe demais. Nossa tarefa agora é, na verdade, mais difícil do que nunca, e este novo problema torna cada hora que passa da mais suma importância. Consigo perceber as características de vampiro surgindo em seu rosto. É no momento muito, muito leve; mas é visível se tivermos olhos que reparam sem noções preconcebidas. Seus dentes estão um pouco mais afiados e às vezes seus olhos estão mais vidrados. Mas isso não é tudo, há o seu silêncio agora predominante; como era com a senhorita Lucy. Ela não falava, mesmo quando escrevia o que queria que soubessem depois. Meu medo agora é esse. Se ela consegue, por meio de nosso transe hipnótico, contar o que o conde vê e ouve, não é ainda mais verdade que aquele que a hipnotizou primeiro, e que bebeu seu sangue e a fez beber o dele, deveria, se quisesse, ser capaz de fazer sua mente revelar o que sabe?

Concordei com a cabeça. Ele prosseguiu:

– Então, quanto ao que devemos fazer para evitar isso: precisamos mantê-la ignorante de nossos planos, de modo que ela não possa contar o que não sabe. Que tarefa dolorosa! Tão dolorosa que parte meu coração pensar nisso; mas precisa ser assim. Quando nos encontrarmos hoje, contarei a Mina que, por razões que não detalharei, ela não pode mais ficar em nossa junta, passando a ser apenas protegida por nós. – Ele esfregou o braço na testa, que começou a transpirar profusamente ao pensar na dor que teria de causar à pobre alma, já tão torturada. Sabia que serviria de consolo se eu contasse que eu chegara à mesma conclusão; pelo menos removeria a dor da dúvida. Disse-lhe e o efeito foi o esperado.

Agora está próximo da hora de nossa reunião geral. Van Helsing retirou-se a fim de se preparar para a reunião e para a parte dolorosa que haveria nela. Creio que desejava ir rezar sozinho.

Mais tarde. – Logo no início de nossa reunião, um grande alívio pessoal ocorreu a Van Helsing e a mim. A sra. Harker enviara um recado por meio do marido dizendo que não se juntaria a nós no momento, pois pensava que era melhor que ficássemos livres para discutir nossos movimentos sem a presença dela para constranger-nos. O professor e eu entreolhamo-nos por um instante, e ambos parecíamos aliviados em alguma medida. Por mim, posso dizer que pensei que, se a própria sra. Harker se deu conta do perigo, evitou-se muita dor, bem como muitos perigos. Sob as circunstâncias concordamos, com um olhar inquisitivo e um dedo nos lábios, manter nossas suspeitas não declaradas, até que pudéssemos conversar a sós outra vez. Começamos imediatamente nosso Plano de Campanha. Primeiro, Van Helsing apresentou-nos os fatos de um jeito simplificado:

– O *Czarina Catarina* deixou o Tâmisa ontem de manhã. Levará, na velocidade máxima já alcançada por ele, pelo menos três semanas para chegar a Varna; mas podemos seguir em terra para o mesmo local em três dias. Agora, se considerarmos dois dias a menos para a viagem de navio, devido às influências que o conde pode exercer sobre os ventos, e somarmos um dia e noite inteiros para acomodar qualquer atraso que talvez nos ocorra, temos uma margem de quase duas semanas. Então, para ficarmos bem assegurados, devemos sair daqui o mais tardar no dia dezessete. Assim, de qualquer modo, devemos chegar a Varna um dia antes do navio, e podemos fazer preparativos conforme for necessário. Devemos, é claro, ir todos armados; armados contra tudo o que há de maligno, tanto espiritual como físico.

Nisso, Quincey Morris acrescentou:

— Pelo que sei, o conde vem de um país de lobos, e pode ser que chegue lá antes de nós. Proponho que incluamos Winchesters a nosso arsenal. Tenho certa fé em uma Winchester quando há um problema como esses à espreita. Lembras, Art, quando uma matilha nos perseguiu em Tobolsk? O que eu não teria dado por uma arma de repetição para cada um de nós!

— Excelente! — disse Van Helsing. — Winchesters, está decidido. A cabeça de Quincey está sempre bem posicionada, mas especialmente quando se trata da caça, seja a desonra à ciência trazida pela metáfora maior como o perigo aos homens trazido pelos lobos. Enquanto isso, não podemos fazer nada aqui; e, como creio que Varna não é familiar a nenhum de nós, por que não ir para lá o quanto antes? Demora o mesmo esperar aqui e lá. Esta noite e amanhã de manhã, podemos nos preparar, e então, se estiver tudo em ordem, nós quatro partimos para nossa jornada.

— Nós quatro? — indagou Harker, inquisitivo, olhando para cada um de nós.

— É claro! — o professor respondeu prontamente. — Deves ficar para cuidar de tua querida esposa!

Harker ficou em silêncio por um intervalo de tempo e em seguida disse com uma voz fraca:

— Falemos dessa questão amanhã. Quero conversar com Mina a respeito.
— Pensei que esse seria o momento para Van Helsing avisá-lo para não contar nossos planos a ela; mas ele não reagiu. Olhei para ele sugestivamente e tossi. Em resposta, ele colocou os dedos nos lábios e virou-se.

Diário de Jonathan Harker

5 de outubro, tarde. — Por certo tempo depois de nossa reunião esta manhã, não conseguia pensar. As novas fases das coisas deixaram minha mente em um estado indagativo que não deixava espaço para raciocínio ativo. A determinação de Mina em não participar da discussão fez-me pensar; e, como eu não podia discutir isso com ela, só podia conjecturar. Estou tão longe de uma solução quanto antes. O modo como os outros receberam a notícia também me intrigou; da última vez que falamos do assunto, concordamos que não devia ocorrer qualquer ocultação entre nós. Mina agora dorme, calma e meiga como uma criança. Seus lábios estão curvados e seu rosto radia de felicidade. Graças a Deus ainda há momentos assim para ela.

Mais tarde. – Como é tudo tão estranho. Sentei-me e assisti ao sono feliz de Mina, e quase fiquei eu mesmo tão feliz quanto acho que conseguirei ser nesta vida. Conforme a noite chegava, e a terra ganhava sombras com a descida do sol, o silêncio do quarto tornou-se cada vez mais solene para mim. De repente, Mina abriu os olhos e, fitando-me com ternura, disse:

– Jonathan, quero que me prometas algo com palavra de honra. Uma promessa feita a mim, mas feita sagrada pelo testemunho de Deus, e que não deve ser desfeita mesmo que eu ajoelhe-me e implore-te em um pranto amargurado. Rápido, deves prometer-me agora mesmo.

– Mina – respondi. – Uma promessa dessa forma eu não posso fazer de imediato. Talvez não tenha o direito de fazê-la.

– Mas, meu querido – ela disse, com tanta intensidade espiritual que seus olhos eram como estrelas polares –, sou eu quem faz esse desejo; e não o faço por mim. Podes perguntar ao doutor Van Helsing se não tenho razão; se ele discordar, podes agir como preferir. Não, mais que isso, se todos concordarem, estarás absolvido da promessa.

– Prometo! – falei, e por um momento ela pareceu extremamente feliz; embora para mim toda a felicidade que poderia sentir por ela era negada pela cicatriz na testa.

Ela disse:

– Promete-me que não me contarás nada sobre os planos organizados para a missão contra o conde. Seja de maneira explícita, implícita ou dedutível; não o fará enquanto isto permanecer em mim! – E ela apontou solenemente para a cicatriz. Notei que ela falava de coração, e respondi com igual solenidade:

– Prometo! – E, ao proferir essa palavra, senti naquele instante uma porta entre nós dois fechar-se.

Mais tarde, meia-noite. – Mina ficou alegre e animada a noite toda, a ponto de que todos nós parecemos ganhar coragem, como se sua alegria nos contagiasse; como resultado disso, mesmo eu senti como se o peso sombrio em nossos ombros tivesse aliviado um pouco. Todos recolhemo-nos cedo. Mina agora dorme como uma criança; é fantástico que sua capacidade de dormir tenha permanecido em meio à crise terrível que a acomete. Louvado seja Deus por isso, pois assim ela pelo menos pode afastar-se de sua preocupação. Talvez seu exemplo afete-me como a alegria afetou-me esta noite. Hei de tentar. Ah! Por um sono sem sonhos!

6 de outubro, manhã. – Mais uma surpresa. Mina acordou-me cedo, aproximadamente à mesma hora de ontem, e pediu que eu trouxesse o dr. Van Helsing. Pensei que era outra oportunidade de hipnose e sem questionar fui ao professor. Ele claramente esperava ser chamado, pois encontrei-o vestido no quarto. Sua porta estava entreaberta, de modo que conseguiu ouvir a porta de nosso aposento abrir. Ele veio imediatamente; enquanto entrava no quarto, perguntou a Mina se os outros deveriam vir também.

– Não – ela disse, sem delongas. – Não será necessário. Podes lhes contar depois. Devo acompanhá-los na viagem.

O dr. Van Helsing ficou tão perplexo quanto eu. Depois de um momento, ele perguntou:

– Mas por quê?

– Os senhores precisam me levar junto. Estarei mais segura com vossas mercês, que também ficarão mais seguros assim.

– Mas por que, minha cara senhora Mina? Sabes que tua segurança é nossa obrigação mais solene. Estamos indo em direção ao perigo, que é, ou pode ser, uma ameaça ainda maior a ti do que a qualquer um de nós, devido a... às circunstâncias... a coisas que ocorreram. – Ele deteve-se, constrangido.

Ao responder, ela levantou o dedo e apontou para a própria fronte.

– Eu sei. É por isso que preciso ir. Posso contar agora, enquanto o sol está nascendo; talvez não possa fazê-lo novamente. Sei que, quando o conde assim desejar, precisarei ir. Sei que, se ele disser para que eu vá em segredo, precisarei agir de modo ardiloso; usando todos os recursos para enganar... até mesmo Jonathan.

Deus pôde ver o olhar que ela lançou-me ao falar, e, se houvesse de fato um anjo registrador, aquele olhar era evidência de sua honra perpétua. Pude apenas pegar sua mão. Não conseguia falar, minhas emoções tão fortes que mesmo lágrimas não poderiam aliviá-las.

Ela continuou:

– Homens como os senhores são corajosos e fortes. Têm força na união, pois podem desafiar aquele que acabaria com a resistência humana de alguém que tivesse de ficar sozinho de guarda. Além disso, posso ser útil, já que podes hipnotizar-me e descobrir aquilo que nem eu mesma sei.

O dr. Van Helsing disse, sério:

– Senhora Mina, és, como sempre, deveras sábia. Deves vir conosco, e juntos atingiremos o objetivo que estabelecemos.

Quando ele terminou de falar, o longo período de silêncio de Mina fez-me olhar para ela. Ela havia caído novamente no travesseiro, dormindo; nem acordou quando levantei a persiana e deixei entrar a luz do sol, que inundou o quarto. Van Helsing gesticulou para que eu o acompanhasse em silêncio. Fomos a seu quarto e, dentro de um minuto, o lorde Godalming, o dr. Seward e o sr. Morris também estavam conosco. Ele contou-lhes o que Mina disse-nos e depois falou:

– Pela manhã, partiremos para Varna. Agora, temos de lidar com um novo fator: a senhora Mina. Ah, como é sincera a alma dela. É, para ela, uma agonia contar tudo o que nos contou; mas o que diz está certo e fomos alertados a tempo. Não deve-se perder oportunidades, e em Varna precisamos estar prontos para agir no instante em que o navio chegar.

– O que devemos fazer, exatamente? – perguntou o sr. Morris, lacônico.

O professor deteve-se por um momento antes de responder:

– Devemos primeiro embarcar no navio; depois, quando houvermos identificado a caixa, colocaremos um ramo de flor silvestre em cima dela. Ela deve ser amarrada, pois, enquanto estiver ali, nada pode emergir dela; pelo menos segundo a superstição. E na superstição precisamos confiar inicialmente; era a fé do homem no início, e ainda tem sua raiz na fé. Então, quando tivermos a oportunidade que buscamos, quando não houver ninguém por perto para ver, abriremos a caixa e... e tudo há de ficar bem.

– Não hei de esperar por oportunidade nenhuma – anunciou Morris. – Quando eu vir a caixa, hei de abri-la e de destruir o monstro, mesmo que haja mil homens testemunhando e que eu seja eliminado por causa disso no instante seguinte! – Peguei sua mão por instinto e descobri que estava tão firme quanto aço. Acho que ele entendeu minha expressão; espero que tenha entendido.

– Bom rapaz – disse o dr. Van Helsing. – Rapaz corajoso. Quincey é um homem de verdade. Que Deus o abençoe por isso. Meu jovem, crê em mim quando digo que nenhum de nós há de ficar para trás ou de deter-se devido ao medo. Digo apenas o que podemos vir a fazer; o que devemos fazer. Mas, na verdade, de fato, não podemos dizer o que faremos. Há tantas coisas que podem acontecer, e seus modos e fins são tantos que até que chegue o momento, não temos como dizer. Ficaremos todos armados, de todas as formas; e, quando a hora final chegar, nosso esforço pode ser suficiente. Agora, coloquemos hoje todas as questões em ordem. Completemos todos os assuntos que tratem de outras pessoas que nos são caras e que de nós dependem; pois nenhum de nós tem como afirmar qual, ou quando, ou como será o fim. Quanto a mim, meus assuntos estão regularizados e, como não tenho mais nada a fazer, tratarei das providências relativas à viagem. Obterei todos os bilhetes e tudo o mais para a nossa jornada.

Não havia mais nada a se dizer e nos separamos. Devo agora resolver todas as minhas questões terrenas e preparar-me para o que quer que venha a seguir.

Mais tarde. – Está tudo feito; meu testamento está escrito e completo. Mina, se sobreviver, é minha única herdeira. Se não for esse o caso, os outros que têm sido tão bons conosco ficarão com o espólio.

Agora o pôr do sol está próximo; a inquietação de Mina chama minha atenção para esse fato. Tenho certeza de que há algo em sua mente que na hora exata do pôr do sol irá revelar. Essas ocasiões estão se tornando períodos angustiantes para todos nós, pois cada nascer e pôr do sol expõe um novo perigo; uma nova dor, que, apesar de tudo, pode ser pela vontade de Deus um meio para um fim nobre. Escrevo todas essas coisas no diário porque meu amor não pode ouvi-las agora; mas, se acontecer de ela poder vê-las novamente, elas estarão prontas.

Agora ela me chama.

XXV

Diário do dr. Seward

11 de outubro, noite. – Jonathan Harker pediu que eu fizesse este registro, pois disse que não está à altura da tarefa, e deseja que seja feito um registro exato.

Creio que nenhum de nós ficou surpreso quando fomos chamados para ver a sra. Harker pouco antes do pôr do sol. Passamos a entender recentemente que os momentos do sol nascente e poente são, para ela, períodos de uma liberdade peculiar; quando seu eu antigo pode manifestar-se sem que qualquer força controladora domine-a, restrinja-a ou incite-a a agir. Esse humor ou condição começa cerca de meia hora antes de o sol ou nascer ou se pôr de fato, e dura, respectivamente, ou até que o sol esteja no alto ou enquanto as nuvens ainda brilharem com os raios saindo do horizonte. Inicialmente, há algo como uma condição negativa, como se um nó fosse afrouxado, e a liberdade absoluta vinha logo em seguida; porém, quando a liberdade acaba, a mudança ou recaída vem rápido, precedida apenas por um período de silêncio de advertência.

Esta noite, quando nos reunimos, ela estava um tanto restringida, e apresentava todos os sinais de uma luta interna. Atribuo isso a ela fazer um esforço violento o mais cedo possível. Poucos minutos depois, no entanto, dava-lhe total controle sobre si; então, gesticulando para que seu marido se sentasse a seu lado no sofá onde estava parcialmente reclinada, fez com que todos aproximássemos nossas cadeiras. Colocando a mão do marido entre as suas, começou:

– Estamos todos aqui juntos em liberdade, talvez pela última vez! Eu sei, querido; sei que sempre estarás comigo, até o fim. – Isso foi para seu marido, cuja mão, pudemos ver, apertou firme as dela. – Pela manhã, seguiremos para nossa tarefa, e apenas Deus sabe o que aguarda cada um de nós. Os senhores terão a bondade de levar-me junto. Sei que farão tudo o que homens valentes e honestos puderem fazer por uma pobre mulher fraca, cuja alma talvez esteja perdida... não, não, ainda não, mas que de qualquer modo está em risco. Mas lembrem-se de que não sou como vossas mercês. Há um veneno em meu sangue, em minha alma, que talvez me destrua; que irá me destruir, a não ser que um alívio nos abençoe. Oh, meus amigos, sabem tão bem quanto eu que minha alma está em jogo; e, embora eu saiba que há uma saída para mim, nenhum de nós, nem mesmo eu, deve usá-la! – Ela olhou suplicante para nós um a um, começando e terminando com o marido.

– Que saída é essa? – perguntou Van Helsing, em uma voz rouca. – Que saída é essa que nós não podemos, e não iremos, usar?

– Seria minha morte agora, pelas minhas mãos ou de outrem, antes que o mal maior seja inteiramente eliminado. Sabem tão bem quanto eu que, depois que eu morrer, vossas mercês poderiam, e iriam, libertar meu espírito imortal, como fizeram com o de minha pobre Lucy. Fosse a morte, ou o medo da morte, a única coisa em meu caminho eu não hesitaria em morrer aqui, agora, em meio a amigos que me amam. Mas a morte não é tudo. Não creio que morrer em uma situação assim, quando há esperança para nós e uma tarefa angustiante a se realizar, seja a vontade de Deus. Portanto, de minha parte, renuncio aqui a certeza do descanso eterno, e adentro o breu onde talvez haja as coisas mais obscuras a habitar tanto o nosso mundo como o mundo inferior!

Permanecemos todos em silêncio, pois sabíamos instintivamente que isso era apenas um prelúdio. O rosto dos demais estava rígido e o de Harker ficou acinzentado; talvez ele tivesse uma ideia melhor do que o restante de nós a respeito do que viria a seguir. Ela continuou:

– É com isso que posso contribuir em nossa colação de bens. – Não tive como não notar o jargão jurídico peculiar que ela usou nessa situação, e com tanta seriedade. – O que cada um dos senhores dará? Suas vidas, eu sei. – Ela logo preosseguiu: – Isso é fácil para homens corajosos. Suas vidas são de Deus, e podem devolvê-las a Ele; mas o que darão a mim? – Ela olhou novamente, sugestiva, mas dessa vez evitou o rosto do marido. Quincey pareceu entender; ele aquiesceu e o rosto dela iluminou-se. – Então, contarei claramente o que desejo, pois não deve haver dúvida nesta conexão que realizamos agora.

Cada um de vossas mercês, incluindo a ti, meu marido tão amado, deve prometer-me que, quando a hora chegar, os senhores irão matar-me.

– Que hora seria essa? – A voz era de Quincey, mas estava baixa e cansada.

– Quando estiverem convencidos de que estou tão mudada que é melhor minha morte do que minha vida. E, quando eu estiver morta na carne, então os senhores irão, sem atraso algum, perfurar-me com uma estaca e cortar minha cabeça; ou farão o que mais for necessário para conceder-me o descanso!

Quincey foi o primeiro a levantar-se depois do silêncio que se seguiu. Ajoelhou-se diante dela e, pegando sua mão, disse com solenidade:

– Sou só um sujeito rústico, que talvez não tenha vivido como deveria viver um homem para receber tamanha distinção, mas juro por tudo que me é sagrado e caro que, se a hora chegar, não hesitarei em cumprir o dever que nos deste. E prometo-te também que agirei com garantia, pois, se eu tiver a menor dúvida, considerarei que a hora chegou.

– Meu amigo genuíno! – Foi tudo o que ela conseguiu dizer em meio a lágrimas ininterruptas, em seguida curvando-se e beijando sua mão.

– Prometo a mesma coisa, minha cara senhora Mina! – disse Van Helsing.

– E eu também – disse o lorde Godalming.

Um após o outro, cada um deles ajoelhava-se diante dela para fazer o juramento. Eu o fiz em seguida. Por fim, o marido virou-se para ela, com olhos sem brilho e uma palidez esverdeada que atenuou o tom branco como a neve de seus cabelos, e perguntou-lhe:

– E eu também devo fazer essa promessa, minha esposa?

– Também deves, meu amor – ela disse com anseio e pena infinitos em sua voz e olhos. – Não deves hesitar. És a pessoa que me é mais querida e mais próxima; és meu mundo; nossas almas estão entrelaçadas como uma só, por toda a vida e toda a eternidade. Pensa, meu querido, que houve tempos em que homens corajosos mataram suas esposas e as mulheres de seu povo para evitar que elas caíssem nas mãos do inimigo. As mãos deles não vacilaram mais porque aquelas que os amavam imploraram pela própria morte. É o dever de homens para com suas amadas, em tempos tão adversos! E, oh, meu querido, se for necessário que eu vá ao encontro da morte por qualquer mão que for, que seja a mão daquele que mais me ama. Doutor Van Helsing, não esqueci, no caso da pobre Lucy, de sua misericórdia para com aquele que mais amava... – ela deteve-se com um rubor passageiro e mudou a escolha de palavras – ... para com aquele que tinha mais direito de conceder-lhe a paz. Se essa hora chegar novamente, confio em ti para que seja uma lembrança feliz na vida de meu marido o fato de sua mão amorosa ter sido a que me libertou da terrível servidão à qual fui submetida.

– Novamente, prometo! – repetiu a voz ressoante do professor.

A sra. Harker sorriu, um sorriso de verdade, e com um suspiro de alívio reclinou-se e disse:

– E agora trago um alerta, alerta este que os senhores não devem esquecer: se essa hora chegar, ela pode chegar de forma rápida e inesperada, e, nesse caso, não percam tempo e aproveitem a primeira oportunidade. Nessa hora, eu talvez esteja... não; se essa hora chegar, eu *estarei* aliada ao inimigo e agindo contra vossas mercês. – Ela ficou bastante solene antes de continuar: – Mais um pedido. Não é vital e necessário como o outro, mas gostaria que fizessem uma coisa para mim, se puderem.

Todos aquiescemos, mas ninguém falou nada; palavras não eram necessárias.

– Quero que leiam textos de cerimônia fúnebre para mim. – Ela foi interrompida por uma lamúria profunda de seu marido; pegando suas mãos, ela as segurou sobre o coração e prosseguiu: – Os senhores teriam que fazê-lo sobre meu corpo algum dia. Qualquer que seja o desenrolar dessa terrível situação, será algo agradável à mente de todos ou alguns de nós. Espero que tu, meu amor, realizes a leitura, pois assim ela ficará com tua voz em minha memória para sempre... aconteça o que acontecer.

– Mas, oh, minha querida – ele apelou –, a morte ainda está distante de ti.

– Não – ela disse, erguendo uma mão em alerta. – Estou mais imersa na morte neste momento do que se o peso de uma terra de sepultura estivesse sobre mim!

– Oh, minha esposa, preciso fazê-lo? – disse, antes de começar.

– Me traria conforto, meu marido! – foi tudo o que ela disse; e ele começou a ler quando ela providenciou-lhe o livro.

Como posso – como alguém poderia – relatar a estranha cena, com toda a sua solenidade, melancolia, tristeza, horror e, ao mesmo tempo, doçura. Mesmo um cético, que nada pode ver além de uma paródia da verdade amarga em tudo que é sagrado ou emocional, teria o coração derretido se visse aquele pequeno grupo de amigos amorosos e devotados ajoelhando-se ao redor da dama acometida e entristecida ou escutasse a paixão tenra na voz de seu marido, que, em tons tão afetados pela emoção que ele várias vezes teve de parar, lia os belos salmos para o sepultamento dos mortos. Eu... eu não consigo continuar... faltam-me palavras... e falta-me a voz!

O instinto dela estava certo. Por mais estranho que tenha sido; por mais que em retrospecto tenha parecido bizarro mesmo para nós, que sentimos sua influência potente na hora, trouxe-nos conforto; e o silêncio, que indicava a iminente perda da liberdade de sua alma, não nos parecia tão cheio de desespero como temíamos que fosse.

Diário de Jonathan Harker

15 de outubro, Varna. – Deixamos a estação Charing Cross na manhã do dia doze, fomos a Paris na mesma noite e ocupamos os assentos que nos foram reservados no Expresso Oriente. Viajamos dia e noite, chegando aqui aproximadamente às cinco horas. O lorde Godalming foi ao consulado averiguar se qualquer telegrama chegara para ele, enquanto os demais entre nós foram a um hotel chamado "O Odessus". A viagem talvez tenha tido incidentes; eu, contudo, estava tão ávido para embarcar nela que nada notei. Até que o *Czarina Catarina* aporte não terei interesse em mais nada neste mundo. Graças a Deus, Mina está bem, e parece estar revigorando-se; sua cor está voltando. Ela dorme bastante; ao longo da viagem ela dormiu quase o tempo todo. Antes do nascer e do pôr do sol, porém, ela fica bastante desperta e alerta; e virou um hábito para Van Helsing hipnotizá-la nesses momentos. Inicialmente, foi necessário certo esforço e ele teve de mover as mãos várias vezes; mas, agora, ela parecia ceder imediatamente, como se fosse força do hábito, e quase nenhuma ação era necessária. Ele parece nesses momentos em particular ter o poder de simplesmente desejar que os pensamentos dela lhe obedeçam. Ele sempre pergunta o que ela consegue ver e ouvir.

Para o primeiro, responde:

– Nada; está tudo escuro.

E para o segundo:

– Ouço as ondas batendo no navio e a água correndo nos arredores. A vela e as cordas esticam-se e mastros e vergas crepitam. O vento está forte... consigo ouvi-lo agitando os brandais e a proa encontrando-se com a espuma. – Era evidente que o *Czarina Catarina* ainda estava no mar, rumando rapidamente para Varna. O lorde Godalming acabou de voltar. Ele tinha quatro telegramas, um para cada dia desde que partimos, e todos com conteúdo semelhante: dizendo que o *Czarina Catarina* não enviou notícias de lugar nenhum ao Lloyd's. Ele havia acertado antes de sair de Londres que seu agente deveria mandar-lhe todo dia um telegrama avisando se a embarcação tinha dado notícias. Ele devia mandar mensagens mesmo com a ausência de notícias, para assegurar que havia alguém vigilante do outro lado.

Jantamos e fomos cedo para a cama. Amanhã visitaremos o vice-cônsul e providenciaremos, se possível, permissão para subir no navio assim que ele chegar. Van Helsing disse que nossa melhor chance será subir na embarcação entre o nascer e o pôr do sol. O conde, mesmo se assumir a forma de um morcego, não pode cruzar a água corrente voluntariamente e, portanto, não pode sair do navio. Como ele não teria como mudar para a forma humana sem levantar suspeitas – algo que ele evidentemente deseja evitar –, precisa permanecer na caixa. Se, então, pudermos subir a bordo depois do sol nascer, ele estará à nossa mercê, pois podemos abrir a caixa e dar cabo dele, como fizemos com a pobre Lucy, antes que ele acorde. A misericórdia que ele receberá de nós não será muito significativa. Imaginamos que não encontraremos muitas dificuldades por parte dos oficiais ou marinheiros. Graças a Deus, esse é o país no qual subornos são capazes de tudo, e estamos bem abastecidos de dinheiro. Só precisamos garantir que o navio não possa aportar entre o pôr do sol e o nascer do sol sem que sejamos avisados e ficaremos em segurança. O Juiz Bolsos-Cheios há de arbitrar esse caso, creio eu!

16 de outubro. – O relatório de Mina continua o mesmo: ondas batendo e água correndo, escuridão e vento em popa. Claramente fizemos bem em chegar cedo, e, quando tivermos notícia do *Czarina Catarina*, estaremos prontos. Como ele precisa passar pelo Dardanelos, é certo que teremos alguma atualização.

17 de outubro. – Tudo está bem estabelecido agora, creio eu, para que recebamos o conde, que retorna de seu passeio. Godalming disse aos armadores que suspeitava que a caixa levada a bordo podia conter uma peça roubada de um amigo, e recebeu leve permissão de abri-la por conta e risco próprios. O proprietário deu-lhe um papel pedindo ao capitão para que oferecesse toda a sua flexibilidade para fazer o que desejasse a bordo do navio e uma autorização semelhante a seu agente em Varna. Encontramo-nos com o agente, que ficou bastante impressionado com a maneira gentil com a qual Godalming tratou-o, e ficamos todos assegurados de que tudo o que ele pudesse fazer para auxiliar nossos desejos seria feito. Já planejamos o que fazer caso abramos a caixa. Se o conde estiver lá, Van Helsing e Seward cortarão sua cabeça de imediato e afundarão uma estaca em seu coração. Morris, Godalming e eu devemos evitar interferências, mesmo que tivermos de usar armas, as quais estaremos prontos para usar. O professor diz que, se assim pudermos cuidar do corpo do conde, ele virará pó logo em seguida. Nesse caso, não haverá evidência contra nós, caso qualquer suspeita de homicídio seja levantada. Mas, mesmo se isso não ocorrer, devemos viver e morrer por nossas ações, e talvez algum dia esse próprio manuscrito seja a evidência colocada entre nós e uma corda. Por mim, aproveitarei a oportunidade de muito bom grado, caso surja. Não pretendemos poupar qualquer esforço para realizar o que tencionamos. Combinamos com certos oficiais que, no instante que o *Czarina Catarina* for avistado, seremos informados por um mensageiro especial.

24 de outubro. – Uma semana inteira de espera. Telegramas diários para Godalming, mas sempre com a mesma história: "Ainda não avistada". As respostas hipnotizadas de Mina no amanhecer e anoitecer seguem invariáveis: ondas batendo, águas correndo e mastros rangendo.

Telegrama, de Rufus Smith, Lloyd's, em Londres, para o lorde Godalming, aos cuidados de sua majestade britânica, vice-cônsul em Varna

24 de outubro. – *Czarina Catarina* avistada esta manhã no Dardanelos.

Diário do dr. Seward

25 de outubro. – Que saudade de meu fonógrafo! Considero enfadonho escrever um diário com caneta; mas Van Helsing diz que devo fazê-lo. Ficamos todos extremamente animados ontem, quando Godalming recebeu seu telegrama do Lloyd's. Agora sei como os homens em batalha se sentem quando ouvem o chamado para a ação. A sra. Harker foi a única em nosso grupo que não demonstrou qualquer sinal de emoção. Não é estranho, afinal, que tenha sido assim; pois tomamos cuidados especiais para não permitir que ela soubesse de nada, e todos tentamos não mostrar nenhuma animação quando estávamos diante de sua presença. Antigamente ela teria, tenho certeza, percebido, independentemente do quanto tentássemos esconder; mas nesse quesito ela mudou bastante durante as últimas três semanas. A letargia aumenta nela e, embora pareça forte e bem e esteja recuperando parte de sua cor, Van Helsing e eu não estamos satisfeitos. Falamos bastante dela; contudo, não falamos nada aos outros. Partiria o coração do pobre Harker – certamente acabaria com seus nervos – se soubesse que tínhamos uma suspeita sequer a respeito disso. Van Helsing me conta que examina seus dentes com cuidado enquanto ela está no estado hipnótico, pois diz que, enquanto eles não começarem a afiar, não há um perigo ativo nas mudanças dela. Se essa mudança ocorrer, será necessário tomar medidas! Nós dois sabemos quais medidas seriam essas, embora não mencionemos nossos pensamentos um ao outro. Nenhum de nós deve recuar da tarefa, por mais terrível que seja contemplá-la. "Eutanásia" é uma palavra tão excelente e reconfortante! Sou grato por quem quer que a tenha inventado.

São apenas vinte e quatro horas de viagem navegando do Dardanelos até aqui, pelo ritmo com o qual o *Czarina Catarina* veio de Londres. Ele deve, portanto, chegar em algum momento pela manhã; mas, como não é possível que ele aporte antes disso, vamos todos nos recolher cedo. Levantaremos à uma, para ficarmos prontos.

25 de outubro, meio-dia. – Nenhuma notícia ainda da chegada da embarcação. O relato hipnótico da sra. Harker foi o mesmo de sempre, então é possível que recebamos notícias a qualquer momento. Nós, homens, estamos todos com uma agitação febril, exceto Harker, que está calmo: suas mãos estão frias como gelo e uma hora atrás o vi afiando a lâmina da grande faca *ghoorka* que ele agora sempre leva consigo. Não será nada bom para o conde se a lâmina daquela "*kukri*" tocar sua garganta, empunhada por aquela mão severa e gélida!

Van Helsing e eu ficamos um pouco alarmados com sra. Harker hoje. Mais ou menos ao meio-dia, ela entrou em um estado letárgico do qual não gostamos; embora tenhamos mantido nosso silêncio, nenhum de nós ficou contente com isso. Ela ficou irrequieta a manhã toda; então, ficamos inicialmente felizes em saber que ela dormia. Porém, quando o marido mencionou casualmente que ela dormia tão profundamente que ele não conseguia acordá-la, nós fomos a seu quarto conferir. Ela respirava naturalmente e parecia tão bem e em paz que concordamos que o sono era melhor do que qualquer outra coisa para ela. Pobre moça, ela tem tanto o que olvidar que não é de se surpreender que o sono, caso traga esquecimento, faça-lhe bem.

Mais tarde. – Nossa opinião provou-se acertada, pois, quando após um sono refrescante de algumas horas, ela acordou, parecia melhor e mais bem-disposta do que havia estado em muitos dias. Ao pôr do sol, ela fez seu relatório hipnótico de sempre. Onde quer que ele esteja no Mar Negro, o conde corre para seu destino. Para sua ruína, quero acreditar!

26 de outubro. – Mais um dia e nenhuma novidade do *Czarina Catarina*. Ele deveria estar aqui a essa altura. Que ele ainda está viajando *para algum lugar* é claro, pois o relatório hipnótico da sra. Harker durante o sol nascente continuou o mesmo. É possível que a embarcação esteja parada, esperando um nevoeiro passar; alguns dos barcos a vapor que chegaram na última noite falaram de trechos enevoados ao norte e ao sul do porto. Precisamos continuar nossa vigia, pois o navio agora pode aparecer a qualquer momento.

27 de outubro, meio-dia. – Muito estranho; ainda nenhuma notícia do navio que esperamos. A sra. Harker relatou na noite passada e na manhã de hoje o de sempre: "ondas batendo e água correndo", embora ela tenha acrescentado que "as ondas estavam bem fracas". Os telegramas de Londres também têm sido iguais: "nada a relatar". Van Helsing está terrivelmente ansioso, e acaba de dizer-me que teme que o conde escape de nós. Ele acrescentou, com pertinência:

– Não gostei da letargia da senhora Mina. Almas e lembranças podem provocar efeitos estranhos durante o transe. – Eu estava prestes a fazer-lhe mais perguntas, mas Harker entrou na mesma hora, e o professor ergueu uma mão de alerta. Precisamos esta noite, no pôr do sol, fazê-la falar mais durante seu estado hipnótico.

Telegrama, de Rufus Smith, Londres, para o lorde Godalming, a/c s.m.b., *vice-cônsul em Varna*

28 de outubro. – Relatos do *Czarina Catarina* entrando em Galați hoje, à uma hora.

Diário do dr. Seward

28 de outubro. – Quando chegou o telegrama anunciando a chegada em Galați, creio que não ficamos tão chocados quanto seria esperado. É verdade que não sabíamos de onde, como ou quando viria a surpresa; mas creio que todos esperávamos que algo estranho acontecesse. O atraso da chegada em Varna nos deixou individualmente certos de que as coisas não seriam exatamente como esperávamos; aguardávamos apenas para descobrir onde ocorreria a mudança. Mesmo assim, foi uma surpresa. Creio que a natureza opere com base na esperança, de modo que, apesar de tudo, acreditamos que as coisas serão como devem ser, não como sabemos que elas serão. O transcendentalismo é um farol para os anjos, mesmo que para os homens seja fogo-fátuo. Foi uma experiência estranha, à qual todos reagiram de forma diferente. Van Helsing levou a mão acima da cabeça por um momento, como se protestasse contra o Todo-Poderoso; mas não disse nada, e em poucos segundos levantou-se com um semblante fixamente sóbrio. O lorde Godalming ficou bem pálido, e permaneceu sentado, ofegante. Eu fiquei parcialmente estonteado e olhei perplexo para meus companheiros, um a um. Quincey Morris apertou seu cinto com aquele movimento rápido que conheço tão bem: antigamente, em nossos tempos de viagem, significava "ação". A sra. Harker assumiu uma palidez fantasmática, de modo que a cicatriz em sua fronte parecia arder, mas ela entrelaçou as mãos com humildade e olhou para cima, em prece. Harker sorriu, de verdade, o sorriso sombrio e amargo de quem perdeu as esperanças; mas ao mesmo tempo suas ações não correspondiam às suas palavras, pois suas mãos instintivamente foram à empunhadura da grande faca *kukri* e ali repousaram.

– Quando sai o próximo trem para Galați? – indagou Van Helsing para todos nós.

– Amanhã de manhã, às seis e meia!

Todos nos surpreendemos, pois a resposta veio da sra. Harker.

– Como é possível que saibas isso? – questionou Art.

– Esqueces, ou talvez não saibas, embora Jonathan e o doutor Van Helsing saibam, que sou a maníaca dos trens. Em casa, em Exeter, eu decorava as tabelas de horários, para ser útil a meu marido. Descobri que era tão útil por vezes que agora sempre estudo tabelas de horários. Sabia que, se algo nos levasse ao castelo de Drácula, deveríamos ir por Galați ou ao menos por Bucareste, então aprendi os horários com cuidado. Infelizmente, não havia muito o que aprender, pois o único trem de amanhã sai no horário que eu disse.

– Maravilha de mulher! – murmurou o professor.

– Não podemos contratar um trem particular? – perguntou o lorde Godalming.

Van Helsing balançou a cabeça.

– Receio que não. Esta terra é muito diferente da tua ou da minha; mesmo se tivéssemos um trem particular, provavelmente não chegaria mais cedo do que nosso trem normal. Além disso, temos algo a preparar. Precisamos pensar. Organizemo-nos agora. Amigo Arthur, vai ao trem e obtém os bilhetes e providencia para que tudo fique pronto para partirmos amanhã de manhã. Amigo Jonathan, vai ao agente do navio e obtém dele cartas para o agente em Galați, com autorização para realizar uma busca no navio como tínhamos aqui. Quincey Morris, vê o vice-cônsul e obtém o auxílio dele para tratar com seu colega em Galați e fazer tudo o que for possível para facilitar nossas atividades, de modo que não percamos tempo do outro lado do Danúbio. John ficará com a senhora Mina e comigo, e discutiremos a questão. Desse modo, se as tarefas levarem tempo, os senhores podem demorar; e não importará se o sol se pôr, pois estarei aqui com a senhora a fim de obter seu relato.

– E eu – disse a sra. Harker, animada e mais parecida com a dama de outrora do que vinha sendo em muitos dias – tentarei ser útil de todas as maneiras; pensarei e escreverei por vossas mercês como eu fazia antes. Há algo em mim que está mudando de uma forma estranha, e sinto-me com mais liberdade do que tenho tido recentemente! – Os três homens mais jovens pareciam felizes naquele momento, aparentando entender a significância de suas palavras; mas Van Helsing e eu, virando um para o outro, trocamos olhares sóbrios e preocupados. Mas não dissemos nada naquele momento.

Quando os três homens haviam saído para cumprir suas tarefas, Van Helsing pediu à sra. Harker que consultasse a cópia dos diários e encontrasse o trecho no diário de Harker de quando estava no castelo. Ela saiu para buscá-lo; quando a porta fechou-se, ele disse-me:

– Temos a mesma coisa em mente! Diz o que pensas!

– Há alguma mudança. É uma esperança que me nauseia, pois pode ser enganosa.

– Exato. Sabes por que pedi a ela que pegasse o manuscrito?

– Não! – respondi. – A não ser que tenha sido para ter a oportunidade de ficar a sós comigo.

– Estás parcialmente correto, amigo John, mas apenas parcialmente. Quero contar-te algo. E, oh, meu amigo, estou assumindo um risco enorme e terrível; mas creio estar certo. No momento em que a senhora Mina disse aquelas palavras que chamaram nossa atenção, uma inspiração ocorreu-me. No transe de três dias atrás, o conde enviou seu espírito até ela para ler sua mente; ou melhor, levou-a para vê-lo em sua caixa de terra no navio com água corrente, assim como ela ia voluntariamente no nascer e pôr do sol. Ele então descobriu que estávamos aqui; pois ela tem mais a contar com sua vida ao ar livre, com olhos para ver e ouvidos para escutar, do que ele, fechado como está em seu caixão. Ele agora faz seu melhor esforço para fugir de nós. No momento, não a deseja. Ele tem certeza, com seu conhecimento tão grandioso, que ela viria a ele se a chamasse. Mas desvencilhou-se dela; dissociou-a de seu próprio poder, como é capaz de fazer, para que ela não venha a ele. Ah! Nisso tenho esperança de que nossos cérebros de homem, que de homem têm sido há tanto tempo e não perderam a graça de Deus, superem seu cérebro de criança que repousou em sua tumba por séculos, que ainda não se desenvolveu no mesmo nível que os nossos, e que apenas opera de modo egoísta e, portanto, mesquinho. Aí vem a senhora Mina; não diz uma palavra a ela sobre seu transe! Ela não sabe disso; e essa informação só a deixaria extenuada e desesperada logo no momento em que desejamos toda a sua esperança, toda a sua coragem; quando mais desejamos o máximo de seu excelente cérebro, que é treinado como o cérebro de um homem, mas é docemente feminino e tem um poder especial dado pelo conde, o qual não pode ser tirado por inteiro, embora ele não ache ser esse o caso. Fica quieto! Deixa-me falar, que tu verás. Ah, John, meu amigo, estamos em uma péssima situação. Tenho medo, mais do que jamais tive antes. Podemos apenas confiar no bom Deus. Silêncio! Aí vem ela!

Achei que o professor teria um colapso mental e sofreria um ataque de histeria, como ocorreu quando Lucy morreu, mas com muito esforço ele manteve o controle e estava com uma compostura perfeita e nervosa quando a sra. Harker adentrou o cômodo animada, contente, pensando no trabalho e, aparentemente, sem se lembrar de seu sofrimento. Ao entrar, entregou a Van Helsing uma série de papéis datilografados, que os analisou com seriedade. Seu rosto iluminava-se conforme lia. Então, segurando as páginas entre o polegar e o indicador, disse:

– Amigo John, para ti, que já tem muita experiência, e para ti também, senhora Mina, que é jovem, eis uma lição: nunca se deve ter medo de pensar. Um princípio de pensamento vem zunindo em meu cérebro com frequência, mas tenho receio de soltar suas asas. Aqui e agora, com mais conhecimento, volto ao lugar de origem desse princípio de pensamento e descubro que não era mero princípio; era um pensamento completo, embora fosse tão jovem que ainda não tinha força para usar as próprias asas. Não, como o "Pato Feio" de meu amigo Hans Andersen, ele não era um pensamento-pato, mas um enorme pensamento-cisne, que plana com nobreza e asas grandes quando chega a hora de usá-las. Eis aqui o que Jonathan escrevera:

"... outro de sua raça que, em uma era posterior, levou suas forças repetidamente até as terras turcas pelo grande rio? Quando foi forçado a recuar, ele invadiu de novo e de novo e de novo, embora tivesse que voltar sozinho do campo ensanguentado onde suas tropas eram massacradas, já que sabia que somente ele poderia triunfar no final!"

– O que isso nos diz? Não muita coisa? Não! A mentalidade de criança do conde não vê nada; por isso fala com tanta liberdade. O pensamento de homem de vossas mercês não veem nada, assim como meu pensamento de homem não via nada até agora. Não! Mas eis que surge outra fala de alguém que fala sem pensar porque ela também não sabe o que significa; o que *pode* significar. Assim como há elementos que ficam em repouso, mas, quando em meio ao curso da natureza, cruzam o caminho um do outro, tocam-se... e então *puf*! E em seguida surge um lampejo de luz, do tamanho do céu, que cega, mata e destrói, mas ilumina e expõe toda a terra por léguas e mais léguas? Não é assim? Bem, devo explicar. Para começar: algum dos dois já estudou a filosofia do crime? Um "sim" e um "não". John, sim, pois é um campo da insanidade. Senhora Mina, não, pois o crime não é algo que te toca... com uma exceção. Ainda assim, tua mente atua corretamente, e não raciocina *a particulari ad universale*. Há uma peculiaridade nos criminosos. É tão constante, em todos os países e épocas, que mesmo a polícia, que não sabe muito de filosofia, passou a ter por experiência conhecimento disso, que é esse o caso. A peculiaridade é o empirismo. O criminoso sempre está ocupado com um crime; isso no caso do criminoso genuíno, que parece predestinado ao crime, e que não deseja mais nada. O criminoso em questão não tem um cérebro pleno de homem. É sagaz, ardiloso e versátil; mas o cérebro não tem a estatura de homem. Em muitas coisas, tem cérebro de criança. Este nosso criminoso também é predestinado ao crime; ele também tem cérebro de criança, e é próprio de uma criança fazer o que ele fez. O filhote de pássaro, o filhote de peixe e os demais animais filhotes aprendem não por princípio, mas empiricamente; e, quando aprendem, há o alicerce para que comecem a fazer mais coisas. "*Dos pou sto*", disse Arquimedes. "Dê-me um ponto de apoio que moverei o mundo!" Fazer algo uma vez é o ponto de apoio que torna o cérebro de criança cérebro de homem; e até que ele tenha motivo para fazer mais, continuará a fazer a mesma coisa todas as vezes, como fez antes! Oh, minha cara, vejo que teus olhos se abriram e que para ti o relâmpago mostra todas as léguas. – O comentário foi porque a sra. Harker começou a bater as palmas das mãos e seus olhos reluziram.

Ele prosseguiu: – Agora, deves falar. Conta a nós dois, homens de ciência secos, o que vê com seus olhos tão brilhantes.

Ele pegou sua mão e a segurou enquanto ela falava. O polegar e o indicador fecharam-se ao redor do pulso, creio que de forma instintiva e inconsciente, enquanto dizia:

– O conde é um criminoso e do tipo criminoso. Nordau e Lombroso assim o classificariam; e, como é um criminoso, tem uma mente de formação imperfeita. Portanto, diante da dificuldade ele recorre ao hábito. Seu passado é uma pista e o pouco que sabemos dele, vindo de seus próprios lábios, diz que uma vez, quando estava no que o senhor Morris chamaria de uma "enrascada", ele voltou a seu próprio país pelo território que tentara invadir e, em seguida, sem perder sua determinação, preparou-se para uma nova tentativa. Foi novamente mais bem equipado para sua missão e venceu. Então, ele veio a Londres buscando invadir um novo território. Foi derrotado e, quando toda a esperança de sucesso perdeu-se e sua existência ficou em perigo, ele fugiu pelo mar para sua casa; assim como no passado fugiu das terras turcas pelo Danúbio.

– Muito bom! Muito bom! Ah, que dama sagaz que és! – disse Van Helsing, entusiasmado, curvando-se e beijando sua mão. No momento seguinte, disse a mim, com a mesma calma de quem recebia um enfermo no consultório: – Apenas setenta e dois; e com toda essa agitação. Tenho esperanças. – Virando-se para ela, disse com expectativa aguda: – Mas continua. Continua! Há mais que podes contar, se desejares. Não temas; eu e John sabemos. Pelo menos eu sei, e poderei dizer-te se estás certa. Fala, sem medo!

– Tentarei, mas peço perdão se eu soar egocêntrica.

– Não! Não temas, deves ser egocêntrica, pois é em ti que pensamos.

– Então, como ele é um criminoso, é egoísta; e, como seu intelecto é pequeno e suas ações baseiam-se no egoísmo, ele se atém a um único propósito. Um propósito desprovido de remorso. Assim como quando fugia pelo Danúbio, deixando suas forças serem feitas em pedaços, sua intenção agora é ficar em segurança, sem se importar com mais ninguém. Assim, seu próprio egoísmo liberta, até certo ponto, minha alma do terrível poder que ele adquiriu sobre mim naquela noite pavorosa. Eu senti! Ai, eu senti! Louvado seja Deus, por Sua grande misericórdia! Minha alma não é tão livre desde antes daquele momento horrível; e tudo o que me assombra é o medo de que, em meio a um transe ou sonho, ele possa ter usado meu conhecimento em benefício próprio.

O professor levantou-se.

– Ele de fato usou tua mente; e com isso nos deixou aqui em Varna enquanto a embarcação que o levava seguiu por uma névoa que a envolvia até Galaţi, onde, sem dúvida, fez preparativos para escapar de nós. Mas sua mente infantil teve uma visão limitada; e talvez, como sempre ocorre em casos de Providência Divina, a coisa com a qual o malfeitor mais contava para seu benefício egoísta acaba sendo a mais prejudicial a ele. O caçador caiu na própria rede, como diz o grande salmista. Pois agora pensa que está livre de qualquer resquício nosso e que escapou com tantas horas de vantagem, e seu cérebro infantil e egoísta o convencerá a adormecer. Ele também pensa que, como desvencilhou-se de obter conhecimentos de tua mente, nenhum conhecimento acerca dele pode chegar a ti; é aí que está errado! Aquele terrível batismo de sangue que ele fez em ti torna-te livre para ir até ele em espírito, como fizeste até então em seus períodos de liberdade, quando o sol nasce e se põe. Nesses momentos, você ouve minhas vontades e não as dele; e esse poder usado para teu bem e para o bem de outros obtiveste sofrendo nas mãos dele. É agora ainda mais precioso que ele não saiba disso, e para proteger-se até abriu mão do conhecimento a respeito de onde estamos. Nós, contudo, não somos egoístas, e cremos que Deus está conosco em meio a todas essas trevas e durante todos esses períodos sombrios. Havemos de segui-lo; e não devemos nem hesitar; mesmo que nos coloquemos em risco de ficarmos como ele. Amigo John, isto tudo tem sido uma grande honra; e muito fez para que avancemos em nosso caminho. Deves atuar como escrivão e registrar tudo, para que, quando os outros voltarem de seus afazeres, possas repassar-lhes; assim, saberão o que sabemos.

E então, escrevi tudo enquanto aguardamos o retorno deles, e a sra. Harker escreveu com sua máquina sobre tudo que ocorreu desde que nos trouxe a cópia do manuscrito.

XXVI

Diário do dr. Seward

29 de outubro. – Redijo isto no trem de Varna para Galați. Ontem à noite, reunimo-nos um pouco antes do pôr do sol. Cada um de nós havia cumprido suas tarefas tão bem quanto podia; no que diz respeito a reflexão, empenho e oportunismo, estamos preparados para nossa jornada em sua íntegra, bem como para nossa tarefa quando chegarmos a Galați. Quando o horário de sempre chegou, a sra. Harker preparou-se para seu trabalho hipnótico; e, depois de um esforço mais prolongado e sério por parte de Van Helsing do que normalmente era necessário, ela mergulhou no transe. Normalmente, ela fala diante do menor estímulo; mas dessa vez o professor teve de fazer perguntas, e de modo bastante resoluto, antes que descobríssemos qualquer coisa. Por fim, sua resposta veio:

– Não enxergo nada; estamos parados; não há ondas batendo, apenas uma corrente constante de água passando pela espia. Ouço vozes de homens gritando, perto e longe, e o movimento e rangido de remos nas forquetas. Uma arma foi disparada em algum lugar; seu eco parece distante. Há pés correndo acima e cordas e correntes sendo arrastadas. O que é isso? Há um raio de luz; posso sentir o ar soprando em mim.

Nisso, ela parou. Ela havia se colocado de pé, como que por impulso, de seu lugar no sofá e, levantando ambas as mãos, com as palmas para cima, como se erguesse um peso. Van Helsing e eu olhamos um para o outro em um gesto de compreensão partilhada. Quincey ergueu as sobrancelhas de leve e olhou para ela intensamente, ao passo que a mão de Harker instintivamente fechou-se na empunhadura de sua *kukri*. Houve uma longa pausa. Todos sabíamos que o período no qual ela podia falar estava no fim; mas sentimos que não adiantaria dizer nada. De repente, ela sentou-se e, ao abrir os olhos, disse com meiguice:

– Os senhores não gostariam de uma xícara de chá? Devem estar tão cansados! – Tudo o que podíamos fazer era agradá-la e, portanto, aquiescemos. Ela foi às pressas pegar chá; quando retirou-se, Van Helsing disse:

– Tomem nota, meus amigos. *Ele* está próximo da terra firme: deixou sua arca de terra. Mas ainda precisa desembarcar. À noite, ele pode ficar escondido em algum lugar; mas, se não for carregado para fora do navio, ou se a embarcação não ancorar na costa, ele não tem como descer. Nesse caso ele pode, se for noite, mudar de forma e pular ou voar pela costa, como fizera em Whitby. Mas se o dia chegar e ele ainda não estiver na costa, então, a não ser que possa ser carregado, ele não tem como fugir. E, se carregado for, então os agentes alfandegários talvez descubram o conteúdo da caixa. Portanto, em suma, se ele não escapar para a terra firme esta noite ou antes do amanhecer, terá o dia inteiro perdido. Podemos, então, chegar a tempo; pois, caso ele não escape à noite, podemos chegar a ele durante o dia, fechado na caixa e à nossa mercê; pois ele não ousaria ficar em sua verdadeira forma, desperto e visível, já que seria descoberto.

Não havia mais nada a ser dito, então esperamos pacientemente até o amanhecer, horário no qual talvez descobríssemos mais coisas por meio da sra. Harker.

Na manhã de hoje, escutamos, com uma ansiedade de prender o fôlego, sua resposta durante o transe. O estado hipnótico demorou ainda mais para vir do que antes, e, quando veio, o tempo que faltava para o sol terminar de nascer era tão curto que começamos a ficar desesperados. Van Helsing parecia esforçar-se com toda a sua alma; por fim, em obediência à vontade dele, ela respondeu:

– Tudo escuro. Ouço águas batendo, na minha altura, e alguns rangidos de madeira em contato com madeira. – Ela deteve-se e o sol vermelho descolou do horizonte. Precisamos esperar até hoje à noite.

E agora viajamos para Galați com a agonia da expectativa. Devemos chegar entre as duas e três horas na manhã; mas, agora em Bucareste, já estamos atrasados três horas, então não teremos como chegar antes do sol já estar a pino. E, com isso, teremos mais duas mensagens hipnóticas da sra. Harker; qualquer uma delas ou ambas podem esclarecer um pouco mais o que está acontecendo.

Mais tarde. – O pôr do sol veio e foi-se. Felizmente, ele veio em um momento sem distrações; se tivesse ocorrido enquanto estávamos na estação, talvez não teríamos conseguido providenciar a calma e o isolamento necessários. A sra. Harker cedeu à influência hipnótica com ainda menos prontidão do que de manhã. Receio que seu poder de ler as sensações do conde talvez se esvaia quando mais precisamos dele. Parece-me que a imaginação dela está começando a atuar. Enquanto ela estava em transe até então, limitou-se aos fatos mais simples. Se essa tendência continuar, pode acabar induzindo-nos ao erro. Pensar que o poder do conde sobre ela sumiria junto ao poder de conhecimento dela seria um pensamento feliz; mas receio que não seja o caso. Quando ela falou, suas palavras eram enigmáticas:

– Há algo saindo; consigo sentir passar por mim como um vento frio. Consigo ouvir sons confusos à distância; como homens falando em línguas estranhas, quedas d'água ferozes e o uivo de lobos. – Ela parou e um arrepio percorreu seu corpo, aumentando em intensidade por alguns segundos até que, no fim, ela tremeu como em um surto paralisante. Não disse mais nada, nem mesmo em resposta ao interrogatório imperativo do professor. Quando acordou do transe, estava fria, exausta e lânguida, mas com a mente completamente alerta. Não conseguia lembrar-se de nada e perguntou o que havia dito; quando lhe contamos, ela ponderou profundamente a respeito por bastante tempo e em silêncio.

30 de outubro, sete da manhã. – Agora estamos próximos de Galați e talvez eu não tenha tempo para escrever mais tarde. O sol nascente da manhã de hoje foi aguardado com ansiedade por todos nós. Sabendo da dificuldade crescente de induzir o transe hipnótico, Van Helsing começou seus movimentos de mão mais cedo do que antes. Eles, porém, não surtiram efeito até o horário normal, quando ela cedeu com dificuldade ainda maior, faltando apenas um minuto para o sol nascer por completo. O professor não perdeu tempo no interrogatório; a resposta dela veio com rapidez semelhante:

– Tudo está escuro. Ouço água correndo, na altura de minhas orelhas, e o rangido de madeira em contato com madeira. Som baixo de gado à distância. Há outro som, insólito, como... – Ela parou e ficou branca, e em seguida empalideceu ainda mais.

– Vamos, vamos! Fala! Comando-te! – disse Van Helsing com uma voz agoniada. Também havia desespero em seus olhos, pois o sol nascente avermelhava mesmo o rosto pálido da sra. Harker. Ela abriu os olhos, e todos assustaram-se quando ela disse, de forma doce e aparentemente muitíssimo preocupada:

– Ah, professor, por que pedir a mim aquilo que sabes que não posso fazer? Não me lembro de nada. – Então, ao ver a expressão surpresa

em nossos rostos, olhou para todos nós com um semblante preocupado:
– O que eu disse? O que fiz? Não sei de nada, só que estava ali deitada, quase dormindo, e te ouvi dizendo: "Vamos! Fala, comando-te!". Parecia tão engraçado ouvir-te dando-me ordens, como se eu fosse uma criança malcriada!

– Oh, senhora Mina – ele disse, triste. – É prova, se prova for necessária, do quanto a amo e a respeito, quando uma palavra dita pelo teu bem, proferida com mais sinceridade do que nunca, parece tão estranha, por se tratar de uma ordem minha àquela a quem tenho orgulho de obedecer!

Os apitos soaram; estamos perto de Galați. Fervemos de ansiedade e avidez.

Diário de Mina Harker

30 de outubro. – O sr. Morris levou-me ao hotel onde nossos quartos haviam sido reservados por telégrafo, sendo ele o mais dispensável para as demais tarefas, já que não falava nenhum idioma estrangeiro. As forças foram divididas de maneira similar a como foram em Varna, exceto pelo fato de que o lorde Godalming foi ao vice-cônsul, visto que seu título poderia servir como forma de garantia imediata à autoridade e nós tínhamos muitíssima pressa. Jonathan e os dois médicos foram aos agentes logísticos para descobrir os detalhes da chegada do *Czarina Catarina*.

Mais tarde. – O lorde Godalming retornou. O cônsul não está presente no momento e o vice-cônsul está enfermo; então, o trabalho rotineiro foi realizado por um funcionário, que foi bastante solícito e ofereceu fazer tudo que poderia.

Diário de Jonathan Harker

30 de outubro. – Às nove, o dr. Van Helsing, o dr. Seward e eu visitamos os srs. Mackenzie & Steinkoff, os agentes da firma londrina Hapgood. Eles receberam um telegrama de Londres, decorrente do pedido telegrafado do lorde Godalming, pedindo que nos tratassem com toda a civilidade de que dispusessem. Eles foram extremamente gentis e corteses, e nos levaram imediatamente a bordo do *Czarina Catarina*, ancorado no porto do rio. Ali, encontramo-nos com o capitão, chamado Donelson, que nos contou sobre sua viagem. Ele disse que, em toda a sua vida, nunca teve uma viagem tão favorável.

– Mas, homem! – disse. – Como deu medo na gente, porque a gente achava que teria que pagar com um bocadinho de má sorte, pra ficar na média. Não é normal sair voando de Londres até o Mar Negro de vento em popa, como se o próprio Capeta soprasse a vela por seus próprios motivos.

E na hora não dava pra avistar nada. Quando a gente ficava perto de um porto ou de outro navio, baixava uma névoa que viajava com a gente, e, quando ela subia e a gente voltava a olhar, não achávamos nadinha. Corremos por Gibraltar sem poder sinalizar; e até que a gente chegasse no Dardanelos e precisasse de permissão para passar, não nos encontramos com ninguém. De início, pensei em baixar as velas e ficar ali até a névoa passar; mas aí pensei que, se o Capeta queria fazer a gente chegar ao Mar Negro depressa, ele ia fazer isso com a gente querendo ou não. Se a nossa viagem fosse rápida, os donos não iam achar ruim e não faria mal pro nosso trabalho; e o Homem Lá de Baixo que tinha lá suas intenções ficaria grato de não atrapalharmos seus negócios.

Essa mistura de simplicidade e astúcia, de superstição e raciocínio comercial, encantou Van Helsing, que disse:

– Amigo meu, o Diabo é mais sagaz do que alguns pensam; e sabe quando encontra alguém à sua altura!

O capitão, que não achou ruim o elogio, continuou:

– Quando passamos o Bósforo, os homens começaram a reclamar, uns deles, os romenos, vieram pedir pra eu jogar pro mar uma caixona que foi colocada a bordo por um velho esquisito logo antes de a gente sair de Londres. Vi esses homens olhando o sujeito e apontar pra ele com dois dedos, pra proteger de mau-olhado. Mas, homem! Como é ridícula a superstição desses estrangeiros! Mandei eles cuidarem das suas vidas na hora; mas logo depois uma névoa cercou a gente e me senti um bocadinho que nem eles, embora não diria que tivesse a ver com a caixona. Bem, a gente seguiu e, como a névoa não deu trégua por cinco dias, só deixei o vento levar a gente; porque, se o Capeta queria ir pra algum lugar, ele daria um jeito. E se não desse, bem, de qualquer jeito a gente ficaria de olho. E, no fim, a gente seguiu bem e ficou sempre em águas profundas; e dois dias atrás, quando o sol da manhã atravessou o nevoeiro, a gente descobriu que estava no rio de frente para Galați. Os romenos enlouqueceram, e queriam que, por bem ou por mal, eu pegasse a caixa e jogasse no rio. Tive de discutir com eles usando um espeque e, quando o último deles saiu do convés com a mão na cabeça, tinha convencido todos que, com ou sem mau-olhado, a propriedade e a confiança dos proprietários que me contrataram estavam melhor na minha mão do que no rio Danúbio. E olha que eles já tinham levado a caixa pro convés e estavam prontinhos pra jogar ela no rio, e, como nela dizia "Galați *via* Varna", pensei em deixar ela ali até que a gente descarregasse no porto e se livrasse dela de vez. Não deu pra liberar muita coisa naquele dia, e tivemos de passar a noite ancorados; mas de manhã cedinho, uma hora antes de o sol nascer, chegou um homem com uma ordem de serviço, vinda da Inglaterra, pra receber uma caixa endereçada a um tal de conde Drácula. E, no fim, ele já tinha toda a questão resolvida. Tinha os papéis certinhos, e fiquei feliz em me livrar da coisa, porque mesmo eu estava ficando incomodado. Se o Capeta tivesse bagagem no navio, não podia ser nenhuma outra além dela!

– Qual era o nome do homem que a recebeu? – perguntou o dr. Van Helsing, com uma avidez contida.

– Já te digo! – respondeu e, indo a seus aposentos, voltou com um recibo assinado "Immanuel Hildesheim". O endereço era Burgen-strasse, nº 16. Descobrimos que isso era tudo o que o capitão sabia, então agradecemos e fomos embora.

Encontramos Hildesheim em seu escritório; era um hebreu dos tipos do Adelphi Theatre, com um nariz de ovelha e um fez. Seus argumentos eram pontuados por dinheiro, sendo nosso o papel de fazer a pontuação, e com um pouco de barganha contou-nos o que sabia. Era simples, mas relevante. Ele recebera uma carta do sr. de Ville de Londres, pedindo que recebesse, preferencialmente antes de o sol nascer, para evitar a alfândega, uma caixa que chegaria em Galați no *Czarina Catarina*. Ele então a entregaria a um certo Petrof Skinsky, que lidava com os eslovacos que faziam comércio entre o porto e o rio abaixo. Ele foi pago por seu trabalho com um papel-moeda inglês, que foi devidamente trocado por ouro no Banco Internacional do Danúbio. Quando Skinsky veio até ele, ele o levou à embarcação e deixou-o com a caixa, assim economizando o custo de uma carreta. Isso era tudo o que sabia.

Procuramos então Skinsky, mas não conseguimos encontrá-lo. Um de seus vizinhos, que não parecia ter qualquer afeição por ele, disse que ele partira havia dois dias, e ninguém sabia para onde. O proprietário da casa em que morava corroborou a história, tendo recebido por serviço de mensageiro a chave da casa junto ao pagamento previsto do aluguel, em dinheiro inglês. Isso foi ontem, entre dez e onze horas da noite. Estávamos novamente sem rumo.

Enquanto conversávamos com outras pessoas, alguém chegou correndo e, quase sem fôlego, disse que o corpo de Skinsky fora encontrado dentro do cemitério de St. Peter, e que sua garganta fora rasgada como que por um animal selvagem. As pessoas com quem falávamos foram correndo ver a cena horrível, e algumas mulheres disseram:

– Isto é obra de um eslovaco!

Retiramo-nos rapidamente, para que não fôssemos de alguma maneira envolvidos na questão e acabássemos detidos.

Chegando a nossos aposentos, não tínhamos qualquer conclusão definitiva. Estávamos todos convencidos de que a caixa estava a caminho, pela água, de algum lugar; que lugar era esse, precisaríamos descobrir. Foi com corações apertados que fomos até Mina, no hotel.

Quando nos reunimos, a primeira coisa que fizemos foi decidir se incluiríamos Mina novamente em nossos segredos. A situação está ficando desesperadora, e isso nos dá uma chance, mesmo que seja perigosa. De forma preliminar, fui liberado de minha promessa a ela.

Diário de Mina Harker

30 de outubro, noite. – Eles estavam tão cansados, desgastados e abatidos que não havia nada a se fazer antes que descansassem; então, pedi-lhes que se deitassem por meia hora enquanto eu registrava tudo até o momento. Sou tão grata ao homem que inventou a máquina de escrever portátil, e ao sr. Morris por obter esta para mim. Eu me sentiria bastante perdida se tivesse que escrever com caneta...

Está tudo feito; pobre Jonathan, tão, tão querido, o que deve ter sofrido, o quanto deve estar sofrendo agora. Ele está deitado no sofá; mal parece respirar e seu corpo parece todo desmoronado. Suas sobrancelhas estão franzidas; seu rosto, contraído de dor. Pobre homem, talvez esteja pensando, e consigo ver seu rosto todo enrugado com a concentração de seus pensamentos. Oh! Se eu pudesse ajudar de alguma forma... Farei o que puder.

Perguntei ao dr. Van Helsing, e ele deu-me todos os papéis que ainda não vi... Enquanto eles descansam, hei de examiná-los com bastante cuidado, e talvez eu chegue a alguma conclusão. Tentarei seguir o exemplo do professor e pensar nos fatos diante de mim sem noções preconcebidas...

Creio que, por providência divina, fiz uma descoberta. Irei pegar os mapas para examiná-los melhor...

Tenho mais certeza do que nunca de que estou certa. Minha nova conclusão está pronta, então reunirei nosso grupo e lerei a eles. Eles podem fornecer o veredito; é importante garantir a precisão, e cada minuto é precioso.

Memorando de Mina Harker (redigido em seu diário)

Base da investigação: o problema do conde Drácula é chegar a seu castelo.

Ele precisa *ser levado* por alguém. Isso é evidente; pois, se tivesse o poder para movimentar-se à vontade, podia ir como homem, lobo, morcego, ou outra forma qualquer. Ele claramente teme que descubram ou interfiram em seu plano, no atual estado de desamparo em que deve encontrar-se, confinado em sua caixa de madeira entre o amanhecer e o pôr do sol.

Como ele pode ser levado? – Nisso, um processo de eliminação pode ajudar-nos. Pela estrada, de trem ou pelas águas?
Pela estrada. – Há inúmeras dificuldades, especialmente para deixar a cidade.

Há muitas pessoas nela; pessoas são curiosas e investigam as coisas. Uma alusão, suspeita ou dúvida com relação ao conteúdo da caixa causaria sua destruição.

Há, ou pode haver, agentes alfandegários e cobradores de pedágio no caminho.

Seus perseguidores podem ir atrás dele. Esse é seu maior medo; e, para prevenir que algo o entregue, ele repeliu, dentro de suas capacidades, até mesmo sua vítima: eu!
De trem. – Não há ninguém encarregado da caixa. Ele teria de correr o risco de sofrer atrasos; e atrasos seriam fatais com inimigos atrás dele. É verdade que ele poderia escapar à noite; mas o que seria dele, se fosse deixado em um lugar desconhecido, sem refúgio para onde escapar? Essa não é sua intenção, e ele não pretende correr riscos.
Pelas águas. – É o caminho mais seguro, em um aspecto, mas o mais perigoso em outro. Na água, ele fica impotente, exceto à noite; e mesmo nesse caso tudo o que pode fazer é invocar nevoeiros, tempestades, neves e seus lobos. Mas, se naufragasse, a água em movimento o engoliria, deixando-o plenamente perdido e desamparado. Ele poderia conduzir a embarcação à terra firme; mas se fosse uma terra pouco amigável, onde ele não tivesse liberdade para ir e vir, sua situação ainda seria desesperadora.

Sabemos pelo registro que ele estava em águas; agora o que precisamos fazer é determinar *quais* águas.

O primeiro passo é descobrir exatamente o que ele fez até agora; assim, podemos descobrir algo sobre sua próxima tarefa.
Em primeiro lugar, precisamos diferenciar o que ele fez em Londres como parte de seu plano geral e os momentos de pressão nos quais teve de se ajustar da melhor forma como podia.
Em segundo lugar, devemos ver e deduzir da melhor forma como pudermos, a partir dos fatos que conhecemos, o que ele fez aqui.

Quanto ao primeiro item, ele claramente pretendia chegar a Galați, e mandou uma fatura para Varna a fim de nos despistar caso encontrássemos seu meio de fuga da Inglaterra; seu objetivo naquele momento, única e imediatamente, era escapar. A prova disso era a carta com instruções enviadas a Immanuel Hildesheim para liberar e retirar a caixa *antes de o sol nascer*. Também há as instruções a Petrof Skinsky. Sobre isso, podemos apenas especular; mas deve ter havido uma carta ou mensagem, visto que Skinsky encontrou-se com Hildesheim.

Que, até agora, seus planos foram bem-sucedidos, sabemos. O *Czarina Catarina* fez uma viagem fenomenalmente rápida, a ponto de deixar o capitão Donelson desconfiado; mas a superstição e a sagacidade do capitão favoreceram a jogada do conde, e ele seguiu com seu vento favorável mesmo em meio à névoa até que fosse levado, de olhos vendados, a Galați. Está comprovado que o conde tomou as providências necessárias. Hildesheim liberou a caixa, tirou-a do navio e deu-a a Skinsky, que pegou-a e… aqui é onde perdemos seu rastro. Sabemos apenas que a caixa está em algum corpo d'água, seguindo adiante. Se havia agentes alfandegários e cobradores, eles tinham sido evitados.

Agora, chegamos ao que o conde deve ter feito após sua chegada; *em terra firme*, em Galați.

A caixa foi entregue a Skinsky antes de o sol nascer. Depois disso, o conde poderia surgir com sua própria forma. Aqui, perguntamo-nos por que Skinsky foi escolhido para ajudar na tarefa? No diário de meu marido, menciona-se que Skinsky lida com os eslovacos que fazem comércio rio abaixo com o porto; e o comentário das pessoas, que o assassinato foi obra de um eslovaco, mostra a opinião negativa generalizada que se tem da classe. O conde queria isolar-se.

Minha hipótese é a seguinte: em Londres, o conde decidiu voltar a seu castelo de barco, pois era a maneira mais segura e secreta. Ele foi transportado do castelo por *szgany*, que provavelmente entregaram o carregamento a eslovacos, que levaram as caixas a Varna, pois foi de lá que elas partiram para Londres. Portanto, o conde tinha conhecimento das pessoas que poderiam providenciar esse serviço. Quando a caixa ficou em terra firme, enquanto o sol não estava no céu, ele saiu da caixa, encontrou-se com Skinsky e instruiu como providenciar o transporte da caixa por um rio. Quando isso foi resolvido, e ele sabia que tudo estava encaminhado, ele apagou seus rastros, ou assim pensou ter feito, assassinando o agente.

Examinei o mapa e descobri que o rio mais adequado para os eslovacos navegarem contra a correnteza é ou o Prut ou o Siret. Li no relato do dr. Seward que, em meu transe, ouvi o som baixo de vacas, água correndo na altura de minhas orelhas e o rangido de madeira. O conde, naquele momento em sua caixa, estava em um rio em uma embarcação aberta, provavelmente movida a remo ou a varas que fincavam na bacia, já que a margem estava próxima e o barco ia contra a corrente. Não haveria esse tipo de som se a embarcação flutuasse rio abaixo.

Claro que pode não ser nem o Siret nem o Prut, mas talvez possamos investigar mais a questão. Por ora, quanto a esses dois, o Prut é mais fácil de se navegar, mas o Siret, na altura de Fundu,[12] liga-se ao Bistrița, que rio acima contorna o Passo de Borgo. A volta que ele dá é indubitavelmente o mais próximo que se pode chegar ao castelo de Drácula de barco.

Diário de Mina Harker (cont.)

Quando terminei de ler, Jonathan tomou-me em seus braços e beijou-me. Os outros apertavam ambas as minhas mãos e o dr. Van Helsing disse:

– Nossa cara senhora Mina é novamente nossa professora. Seus olhos estavam onde nossa visão foi ofuscada. Agora estamos novamente na trilha, e dessa vez talvez tenhamos sucesso. Nosso inimigo está em seu estado mais desamparado; e, se pudermos chegar a ele de dia, sobre as águas, nossa tarefa chegará ao fim. Ele está na nossa frente, mas não tem como apressar-se, já que não pode deixar sua caixa sem levantar suspeitas dos que o carregam e a desconfiança deles o fariam jogá-lo à correnteza, onde ele morreria. Ele sabe disso e não sairá da caixa. Agora, homens, ao nosso Conselho de Guerra; pois, aqui e agora, devemos planejar o que cada um de nós deve fazer.

– Eu providenciarei uma lancha a vapor e irei atrás dele – disse o lorde Godalming.

– E eu, cavalos, para segui-lo na margem caso ele desembarque – disse o sr. Morris.

– Excelente! – disse o professor. – Ambos excelentes. Mas nenhum dos dois deve ir sozinho. Deve haver forças para superar outras forças, se necessário; os eslovacos são fortes e brutos e carregam armas grosseiras. – Todos os homens sorriram, pois carregavam entre eles um pequeno arsenal.

O sr. Morris disse:

– Eu trouxe algumas Winchesters; são bastante úteis em multidões, e pode haver lobos. O conde, os senhores devem lembrar, tomou outras medidas de precaução; fez pedidos a outros que a senhora Harker não conseguiu ouvir ou entender bem. Precisamos estar prontos a todo instante.

O dr. Seward disse:

– Acho que é melhor que eu vá com Quincey. Estamos acostumados a caçar juntos e nós dois, bem armados, podemos encarar o que quer que venha à frente. Tu não deves ficar sozinho, Art. Pode ser necessário enfrentar os eslovacos, e uma estocada ao acaso, pois não acho que esses sujeitos tenham armas de fogo, acabaria com todos os nossos planos. Nada deve ficar nas mãos do acaso dessa vez; não descansaremos até a cabeça e o corpo do

---

12 Provavelmente Fundu Răcăciuni, aldeia na comuna de Răcăciuni, no distrito de Bacău. (N.E.)

conde estiverem separados e nós tivermos certeza de que ele não tem como reencarnar. – Ele olhou para Jonathan enquanto falava, e Jonathan olhou para mim. Conseguia ver que a mente do meu querido, coitado, estava dividida. É claro que ele gostaria de ficar comigo; mas a missão no barco seria provavelmente a que destruiria o... o... o... vampiro (por que eu hesitei em escrever a palavra?). Ele ficou em silêncio por um tempo e, durante esse silêncio, o dr. Van Helsing pronunciou-se:

– Amigo Jonathan, isso cabe a ti por dois motivos. Primeiro, porque és jovem e capaz de lutar, e todas as energias podem ser necessárias no momento final; e, novamente, porque é teu direito destruí-lo; destruir a coisa que trouxe tanto sofrimento a ti e à tua. Não tema pela senhora Mina; ela ficará sob meus cuidados, se assim me for permitido. Sou velho. Minhas pernas não correm tão rápido quanto antigamente; e não estou acostumado a cavalgadas tão prolongadas ou em ritmo de perseguição, se necessário, nem a lutas com armas letais. Mas posso ajudar com outras coisas; posso lutar de outra maneira. E posso morrer, se necessário, assim como os mais jovens. Agora permitam-me dizer o que eu faria: enquanto meu senhor lorde Godalming e o amigo Jonathan seguem em seu pequeno e veloz barco a vapor pelo rio, e enquanto John e Quincey vigiam a margem na qual ele poderia desembarcar, levarei a madame Mina diretamente ao coração do país de nosso inimigo. Enquanto a velha raposa está presa em sua caixa, flutuando na água corrente da qual não pode escapar para a terra firme, sem ousar abrir a tampa do caixão devido ao risco dos transportadores eslovacos ficarem com medo e deixarem-no para trás e para a morte certa, devemos seguir a trilha que Jonathan percorreu, de Bistrița pelo Borgo, e encontrar nosso caminho para o castelo de Drácula. Nisso, o poder hipnótico da senhora Mina certamente ajudará, e encontraremos o caminho, que de outra forma seria sombrio e desconhecido, após a primeira alvorada na qual estivermos perto daquele lugar fatídico. Há muito a ser feito, e outros lugares para santificar, de modo que os ninhos de víboras sejam eliminados.

Nisso, Jonathan interrompeu-o, exaltado:

– Estás dizendo, professor Van Helsing, que levaria Mina, em seu triste estado e já maculada com aquela doença diabólica, diretamente ao centro da armadilha do conde? Não! Por nada deste mundo! Nem pelo Céu e o Inferno! – Ele ficou quase sem palavras por um minuto, mas depois continuou: – Sabes o que é aquele lugar? Viste aquele terrível covil de infâmia infernal, no qual o próprio luar fica vivo com formas terríveis e cada grão de poeira que voa no ar é o embrião de um monstro devorador? Sentiste os lábios de vampiro em tua garganta? – Ao falar isso, virou-se para mim, e, quando seus olhos foram para minha testa, ele jogou os braços para o alto com um grito:

– Oh, meu Deus, o que fizemos para sermos sujeitos a esse terror? – E afundou no sofá, desmoronado e desolado. A voz do professor, por falar em tons claros e doces que pareciam vibrar no ar, acalmou a todos nós:

– Oh, meu amigo, é porque quero salvar a senhora Mina daquele lugar terrível que pretendo ir. Deus me livre de levá-la para dentro daquele lugar. Há trabalho a se fazer lá, muito trabalho, que os olhos dela não devem ver. Nós, homens, com exceção de Jonathan, vimos com nossos próprios olhos o que deve ser feito antes que um lugar seja purificado. Lembre que estamos em uma situação terrível. Se o conde escapar de nós desta vez, e ele tem força e sutileza e astúcia para isso, ele pode decidir adormecer por um século e então com o tempo nossa querida... – ele pegou minha mão – ... viria até ele e lhe faria companhia, e seria como aquelas outras que viste com teus próprios olhos. Contaste-nos do sorriso malicioso em seus lábios, ouviste o riso indecente enquanto agarravam o saco que se debatia quando o conde jogou-o a elas. Tu ficas arrepiado, e faz sentido que fiques. Perdão por causar-te tanta dor, mas é preciso. Meu amigo, não é por uma necessidade extrema pela qual eu possivelmente esteja dando minha vida? Caso qualquer um vá para aquele lugar para ficar, sou eu quem deve ir para fazer companhia.

– Faz como quiseres! – disse Jonathan, com um soluço que estremeceu todo seu corpo. – Estamos nas mãos de Deus!

Mais tarde. – Ah, fez-me bem ver o modo como esses homens corajosos trabalhavam. Como uma mulher pode deixar de amar homens quando são tão sinceros, confiáveis e corajosos! Também fez-me pensar no incrível poder do dinheiro! Quantas coisas pode fazer quando bem aplicado e quais as possibilidades quando utilizado de forma vil. Sou tão grata pelo fato de o lorde Godalming ser rico, e de que ele e o sr. Morris, que também tem bastante dinheiro, estejam dispostos a gastar tanto. Pois, se não o fizessem, nossa humilde expedição não teria como começar de forma tão pronta e bem-equipada, como começará dentro de uma hora. Faz menos de três horas que foi determinado qual tarefa cada um de nós executaria; e agora o lorde Godalming e Jonathan têm uma adorável lancha a vapor, pronta para sair a qualquer instante. O dr. Seward e o sr. Morris têm meia dúzia de bons cavalos, todos com sela. Temos todos os mapas e diversos utensílios. O professor Van Helsing e eu partiremos no trem das 11h40 para Vereşti, onde providenciaremos uma carruagem para levar-nos ao Passo de Borgo. Estamos levando bastante dinheiro para uso imediato, pois iremos comprar uma carruagem e cavalos. Conduziremos o veículo por conta própria, pois não há ninguém em quem podemos confiar para isso. O professor sabe um pouco de muitíssimas línguas, então não devemos ter muitos problemas.

Todos temos armas, mesmo eu tenho um revólver de calibre alto; Jonathan não ficaria contente a não ser que eu estivesse armada como os demais. Infelizmente, não posso portar uma arma que os demais portam; a cicatriz em minha testa proíbe que isso aconteça. O querido dr. Van Helsing me conforta dizendo que estou adequadamente armada, pois pode haver lobos. O tempo está ficando mais frio a cada hora que passa e há pancadas de neve, indo e vindo como advertências.

Mais tarde. – Precisei de toda a minha coragem para despedir-me de meu amor. Talvez nunca nos vejamos de novo. Coragem, Mina! O professor olha-te de forma aguda; seu olhar é um aviso. Não deve haver lágrimas agora; a não ser que Deus permita que elas caiam por gratidão.

Diário de Jonathan Harker

30 de outubro, noite. – Escrevo isso à luz da fornalha de nossa lancha a vapor: o lorde Godalming está alimentando o fogo. Ele tem experiência na atividade, pois há anos tem sua própria lancha no Tâmisa e outra na rede de rios e lagos de Norfolk. Quanto a nossos planos, decidimos enfim que o palpite de Mina estava correto e que, se alguma via pluvial foi escolhida para a fuga do conde de volta para seu castelo, o Siret e depois o afluente Bistrița seriam a escolha. Consideramos que algum lugar a aproximadamente 47° de latitude norte seria o local escolhido para cruzar o país entre o rio e os Cárpatos. Não temos medo de correr a uma velocidade boa pelo rio à noite; há bastante água, e as margens são afastadas o suficiente uma da outra para que seja fácil navegar a vapor, mesmo no escuro. O lorde Godalming disse-me para dormir um pouco, pois no momento é suficiente que um fique de vigia. Mas não consigo dormir – nem teria como conseguir, com o perigo terrível que paira sobre minha querida, e com ela indo àquele lugar medonho... meu único conforto é que estamos nas mãos de Deus. Só com essa fé seria mais fácil morrer do que viver, e assim desvencilhar-se de todo o problema. O sr. Morris e o dr. Seward seguiram em sua longa cavalgada antes de nossa partida; eles devem acompanhar a margem direita, distantes o suficiente para ficar em terrenos mais altos, de modo que possam ver um bom trecho do rio e evitem andar em paralelo com suas curvas. Eles têm, para as etapas iniciais, dois homens para cavalgar e conduzir os cavalos adicionais, totalizando quatro, de modo a não despertar curiosidades. Pode ser necessário que juntemos forças; nesse caso, o grupo todo terá montaria. Uma das selas tem um pito ajustável, que pode ser adaptado com facilidade para Mina, se necessário.

É uma aventura inacreditável essa na qual encontramo-nos. Aqui, conforme avançamos depressa pela escuridão, com o frio do rio parecendo subir e atingir-nos, com todas as vozes misteriosas da noite ao nosso redor, dou-me conta de nossa situação. Parecemos estar vagando por lugares e caminhos desconhecidos; indo para todo um mundo de coisas sombrias e pavorosas. Godalming está fechando a portinhola da fornalha...

31 de outubro. – Ainda seguindo em alta velocidade. A manhã chegou e Godalming está dormindo. Estou de vigia. A manhã está terrivelmente fria; o calor da fornalha é bem-vindo, embora tenhamos casacos de pele pesados. Até agora, passamos apenas uns poucos barcos abertos, mas nenhum deles tinha a bordo nenhuma caixa ou pacote ou qualquer tipo de carga do tamanho da que procuramos. Os homens assustavam-se toda vez que apontávamos nossa lanterna elétrica na direção deles, caindo de joelhos e rezando.

1º de novembro, noite. – Nenhuma notícia o dia todo; não encontramos nada similar ao que procuramos. Entramos agora no Bistrița; e, se estivermos errados em nossa suposição, não temos mais chance. Examinamos todas as embarcações, das maiores às menores. Hoje de manhã, uma tripulação achou que fôssemos do governo e tratou-nos conforme essa premissa. Vimos nisso uma forma de facilitar as coisas, então, em Fundu, onde o Bistrița deságua no Siret, arranjamos uma bandeira romena, que agora ostentamos. Com cada barco que examinamos desde então, esse truque funcionou: fomos tratados com total reverência, e não houve nenhuma objeção a qualquer coisa que decidíssemos perguntar ou fazer. Alguns dos eslovacos contaram que um barco grande passara por eles, indo em uma velocidade maior que o normal por estar com o dobro de tripulação. Isso foi antes que eles chegassem a Fundu, então eles não sabiam dizer-nos se o barco virara no Bistrița ou continuara no Siret. Em Fundu, não conseguimos achar quem mencionasse um barco assim, então ele deve ter passado por aqui à noite. Estou com bastante sono; talvez o frio esteja afetando-me e a natureza precisa descansar alguma hora. Godalming insiste para ficar com o primeiro turno da vigia. Que Deus o abençoe por sua bondade comigo e com minha pobre Mina.

2 de novembro, manhã. – O dia já está claro. O bom sujeito não acordou-me. Disse que teria sido um pecado fazê-lo, pois eu descansava em paz e esquecia de minhas preocupações. Parece-me terrivelmente egoísta ter dormido tanto e deixado que ele ficasse a noite inteira de vigia; mas ele tinha razão. Sou um homem novo esta manhã e, enquanto fico aqui e o vejo dormir, consigo fazer tudo o que é necessário no que diz respeito a cuidar do motor, guiar o barco e ficar de vigia. Consigo sentir minha força e energia voltarem. Pergunto-me onde está Mina agora, e Van Helsing. Devem ter chegado a Vereşti quarta--feira, ao meio-dia. Levaria algum tempo para arranjarem a carruagem e os cavalos; então, se eles já partiram e estão viajando rápido, estariam agora no Passo de Borgo. Que Deus os guie e os ajude! Temo em pensar no que pode acontecer. Se ao menos pudéssemos ir mais rápido! Mas não podemos, os motores estão latejando e já atuam no seu limite. Pergunto-me como o dr. Seward e o sr. Morris estão. Parece haver uma infinidade de córregos saindo das montanhas e desaguando neste rio, mas nenhum deles é muito grande – pelo menos no momento, embora sem dúvida devam ser terríveis no inverno, quando a neve derrete –; talvez os cavaleiros não tenham encontrado muitos obstáculos. Espero que os enxerguemos antes que cheguemos a Strasba;[13] pois, se até aquele momento não tivermos alcançado o conde, talvez seja necessário reunirmo-nos para decidirmos juntos o que fazer em seguida.

Diário do dr. Seward

2 de novembro. – Três dias na estrada. Sem notícias, e sem tempo para escrevê-las caso houvesse, pois cada momento é precioso. Descansamos apenas o necessário para os cavalos; mas nós dois estamos aguentando muito bem. Nossos dias de aventura estão sendo de alguma valia. Precisamos avançar, jamais ficaremos felizes até termos a lancha à vista novamente.

3 de novembro. – Ouvimos em Fundu que a lancha subiu pelo Bistriţa. Gostaria que não estivesse tão frio. Há sinais de neve iminente; se nevar muito, isso deterá nosso progresso. Nesse caso, pegaremos um trenó e seguiremos, à maneira dos russos.

4 de novembro. – Hoje tivemos notícias da lancha, detida por um acidente enquanto tentava forçar a subida por uma corredeira. Os barcos eslovacos sobem sem problemas, com ajuda de cordas e guiados com experiência. Alguns haviam subido poucas horas antes. Godalming é um mecânico amador, e é evidente que ele próprio colocou a lancha para funcionar novamente. Eles finalmente subiram pelas corredeiras em segurança, com ajuda de locais, e a busca recomeçou. Receio que a embarcação não esteja tão boa devido ao acidente; os camponeses contaram que, depois que ela voltou à água mansa, parava vez por outra o tempo todo em que ficou à vista. Precisamos avançar com mais ímpeto do que nunca; nossa ajuda pode ser necessária em breve.

---

13 Possivelmente Straja, aldeia na comuna de Tarcău, no distrito de Neamţ. (N.E.)

Diário de Mina Harker

31 de outubro. – Chegamos em Vereşti ao meio-dia. O professor me diz que hoje de manhã ele mal conseguiu hipnotizar-me, e que tudo o que eu dizia era "escuro e quieto". Ele agora saiu para comprar uma carruagem e cavalos. Disse que depois tentará comprar mais cavalos, de modo que troquemos de montaria ao longo do caminho. Temos mais de cem quilômetros à frente. O país é adorável e deveras interessante; se ao menos estivéssemos aqui em outra situação, que deleite seria ver tudo que ele oferece. Se Jonathan e eu estivéssemos viajando de carroça aqui, só nós dois, que prazeroso seria. Parar e ver as pessoas, aprender algo de suas vidas e encher nossas mentes e memórias com o aspecto colorido e pitoresco de todo esse país incrível e belo e de seu povo singular! Mas que pena!

Mais tarde. – O dr. Van Helsing voltou. Ele conseguiu a carruagem e os cavalos; jantaremos algo e partiremos em uma hora. A senhoria está preparando para nós um enorme cesto de suprimentos; parece o suficiente para uma tropa de soldados. O professor a incentivou, sussurrando para mim que pode passar uma semana até que voltemos a encontrar comida de qualidade. Ele também fez suas próprias compras e trouxe uma bela quantidade de trajes e peças de pele e todo tipo de coisa quente. Não haverá risco de passarmos frio.

Devemos partir em breve. Tenho medo de pensar no que pode acontecer-nos. Estamos genuinamente nas mãos de Deus. Só Ele sabe o que pode ocorrer e, com toda a força de minha humilde e triste alma, rezo para que Ele cuide de meu amado marido; que, aconteça o que acontecer, Jonathan saiba que o amei e o reverenciei mais do que posso pôr em palavras, e que meu último pensamento, meu pensamento mais sincero, será sempre por ele.

XXVII

Diário de Mina Harker

1º de novembro. – O dia todo viajamos, e a uma boa velocidade. Os cavalos parecem saber que estão sendo bem tratados, pois vão de boa vontade à sua melhor velocidade. Realizamos tantas trocas e obtivemos o mesmo resultado com tanta constância que isso nos estimula a pensar que a viagem será fácil. O dr. Van Helsing está lacônico; diz aos camponeses que está com pressa para chegar a Bistrița e paga-os bem pela troca de cavalos. Tomamos sopa quente, ou café, ou chá, e voltamos à estrada. É um país adorável, cheio de belezas de todas as formas imagináveis, e com um povo valente, forte, simples e aparentemente cheio de qualidades agradáveis. São *muito, muito* supersticiosos. Na primeira casa na qual paramos, quando a mulher que nos serviu notou a cicatriz em minha testa, fez o sinal da cruz e apontou dois dedos para mim, para espantar o mau-olhado. Creio que se deram ao trabalho de colocar em nossa comida uma porção extra de alho, que eu não suporto. Depois disso, tomei cuidado para não tirar meu chapéu nem meu véu, e com isso fiquei livre de suas suspeitas. Viajamos acelerado e, como não temos condutor conosco para espalhar histórias, avançamos mais rápido do que os boatos; mas ouso dizer que o medo do mau-olhado nos seguirá intensamente o trajeto todo. O professor parece obstinado; o dia todo ficou sem descansar, embora tenha feito com que eu dormisse por um longo período. No pôr do sol, hipnotizou-me, e disse que respondi, como sempre: "escuridão, água batendo e madeira rangendo"; então, nosso inimigo ainda está no rio. Tinha medo de pensar em Jonathan, mas, por algum motivo, não temo por ele, nem por mim. Escrevo isso em um sítio, enquanto esperamos os cavalos ficarem prontos. O dr. Van Helsing está dormindo; coitado, parece tão cansado e envelhecido e cinzento, mas sua boca está rija como a de um conquistador. Mesmo em sono ele mantém uma determinação instintiva. Quando tivermos partido, preciso fazê-lo descansar enquanto eu conduzo. Direi que temos dias à frente, e não podemos desmoronar quando, acima de tudo, a força dele for necessária... Está tudo pronto; partimos em breve.

2 de novembro, manhã. – Tive sucesso e revezamos a tarefa, conduzindo a carruagem a noite toda; agora estamos sob a luz do dia, brilhando em meio ao frio. Há um peso estranho no ar – falo "peso" por falta de palavra melhor; o que quero dizer é que há uma sensação que oprime a nós dois. Está bastante frio, e apenas nossos trajes de pele quente nos fornecem conforto. Na alvorada, Van Helsing hipnotizou-me; disse que respondi: "escuridão, ranger de madeira e águas turbulentas"; então, o rio está mudando conforme o barco sobe. Espero que meu amor não corra nenhum risco ou perigo – mais do que o necessário –, mas estamos nas mãos de Deus.

2 de novembro, noite. – O dia todo viajando. O país parece ficar mais agreste conforme avançamos, e os grandes picos dos Cárpatos, que em Vereşti pareciam tão distantes de nós e tão baixos no horizonte, agora parecem rodear-nos e sobrancear-nos. Parecemos ambos bem dispostos, e creio que façamos um esforço para animar um ao outro; ao fazer isso, animamos a nós mesmos. O dr. Van Helsing diz que até amanhã de manhã devemos chegar ao Passo de Borgo. As casas agora são poucas por aqui, e o professor disse que os últimos cavalos que obtivemos terão de seguir conosco até o fim, pois não teremos como trocá-los. Ele comprou dois além dos dois que foram trocados, então agora temos uma parelha improvisada de quatro cavalos. Os estimados cavalos são pacientes e gentis, e não nos causam problemas. Não estamos preocupados com outros viajantes, de modo que mesmo eu posso conduzir. Chegaremos ao Passo sob a luz do dia; não queremos chegar antes disso. Então, seguimos com calma, e cada um de nós descansa bem por um turno. Ah, o que o amanhã trará para nós? Vamos procurar o lugar no qual meu pobre amado tanto sofreu. Que Deus garanta que sejamos guiados corretamente, e que Ele tenha a benevolência de manter os olhos em meu marido e naqueles que são caros a nós dois e que enfrentam um perigo tão mortal. Quanto a mim, não sou digna de Seus olhos.

Que tristeza! Sou impura a Seus olhos, e assim continuarei até que Ele me permita constar em Sua vista como alguém que não despertou sua ira.

Memorando, por Abraham Van Helsing

4 de novembro. – Isso é para meu bom e velho amigo, o dr. John Seward, de Purfleet, em Londres, caso eu não o veja. Talvez isso explique as coisas. É manhã, e eu escrevo sob um fogo que mantive aceso a noite toda (a senhora Mina me ajuda). Está frio, frio; tão frio que o céu cinzento e pesado está cheio de neve, que quando cai fica ali pelo resto do inverno, pois o chão a recebe endurecendo. Isso parece ter afetado a senhora Mina; ela tem estado com a cabeça tão pesada o dia todo que não parece ela mesma. Ela dorme e dorme e dorme! Ela, que normalmente é tão alerta, literalmente não fez nada o dia todo; até perdeu o apetite. Não fez nenhum registro em seu diário; ela, que escreve com tanta diligência a cada momento de repouso. Sinto que há algo de errado. Contudo, esta noite ela está mais vívida. Seu longo sono o dia todo a refrescou e recuperou, pois agora ela está meiga e vivaz como sempre. Ao pôr do sol, tentei hipnotizá-la, mas, infelizmente, sem efeito; o poder enfraquece mais e mais a cada dia que passa, e hoje fracassou por completo. Bem, que seja feita a vontade de Deus – qualquer que seja e para onde quer que ela nos leve!

Agora, para o histórico, pois, como a senhora Mina não escreveu em seu estenógrafo, devo fazê-lo, a meu modo antiquado e enfadonho, para que nenhum dia nosso fique sem registro.

Chegamos ao Passo de Borgo logo depois do amanhecer de ontem. Quando vi os sinais da alvorada, preparei-me para a hipnose. Paramos a carruagem e descemos dela para que não houvesse perturbações. Fiz um leito com nossas roupas de pele e a senhora Mina, deitada, cedeu como sempre, mas mais devagar e por menos tempo que qualquer outra vez, ao sono hipnótico. Como antes, veio a resposta: "escuridão e movimento de água". Então, ela acordou, vivaz e radiante, seguimos caminho e logo chegamos ao Passo. Nessa hora e local, ela ficou com um zelo fervoroso; um novo poder de orientação despertou nela, pois ela apontou para uma estrada e disse:

– É este o caminho.

– Como sabes? – perguntei.

– É claro que sei – respondeu. Depois de uma pausa, acrescentou: – Afinal, meu Jonathan não viajou para cá e relatou essa viagem?

Inicialmente, achei um tanto estranho, mas logo vi que era a única estrada secundária do tipo. Era usada muito pouco e era bastante diferente da estrada de coche de Bucovina para Bistrița, mais larga, mais firme e mais usada.

Então, seguimos pela estrada; quando encontrávamos outros caminhos – nem sempre sabíamos se sequer eram estradas, pois estavam abandonadas e um pouco de neve havia caído –, os cavalos, e só eles, sabiam por onde ir. Soltei as rédeas e deixei que seguissem com sua paciência. Com o tempo, achamos todas as coisas que Jonathan registrara em seu incrível diário. Então, seguimos por horas e horas muito, muito longas. Inicialmente, falei para a senhora Mina dormir; ela tentou e conseguiu. Dormiu o tempo todo; até que, enfim, senti minhas suspeitas aumentarem e tentei despertá-la. Mas ela continuou dormindo, e não consegui acordá-la, por mais que tentasse. Não queria ser muito insistente, para não fazer-lhe mal; pois sei que ela sofreu muito e dormir um pouco é tudo o que ela tem. Acho que cochilei um pouco, pois de repente sinto culpa, como se tivesse feito algo; pego-me endireitando as costas, com as rédeas em mão e os bons cavalos seguindo aos trotes e trotes como sempre. Baixo o olhar e vejo a senhora Mina, ainda dormindo. Agora o pôr do sol não deve demorar muito, e sobre a neve a luz do sol flui como uma inundação amarela, de modo que lançamos uma sombra grande e longa na subida íngreme da montanha. Pois estamos subindo e subindo e tudo é – oh! – tão agreste e rochoso, como se fosse o fim do mundo.

Acordo, então, a senhora Mina. Dessa vez, ela desperta sem grandes dificuldades, e em seguida tento induzi-la ao sono hipnótico. Mas ela não dormiu; era como se eu não tivesse feito nada. Apesar disso, continuei tentando e tentando, até que, de repente, vejo que nós dois estamos no escuro; então, olho ao redor e descubro que o sol se pôs. A senhora Mina riu, e virei-me para olhar para ela. Agora, está bem desperta e não a vejo tão bem desde aquela noite em Carfax, quando entramos na casa do conde pela primeira vez. Estou surpreso e um pouco incomodado; mas ela é tão vivaz, tenra e cheia de consideração que esqueço todo o medo. Acendo uma fogueira, pois trouxemos um estoque de madeira conosco, e ela prepara a comida enquanto eu desato os cavalos e os coloco para comer em um espaço protegido. Quando volto à fogueira, ela está com minha refeição pronta. Vou ajudá-la, mas ela sorri e diz que já comeu; que estava com tanta fome que não conseguiu esperar. Não gosto disso e tenho dúvidas sérias, mas não quero assustá-la, e não expresso nada disso. Ela me ajuda e eu como sozinho; e então nos envolvemos em roupas de pele e deitamos ao lado do fogo, e falo para ela dormir enquanto eu fico de vigia. Mas, pouco depois, esqueci da vigília e, quando lembrei-me, deparei-me com ela deitada em silêncio, mas desperta, e olhando para mim com olhos reluzentes. Uma ou duas vezes isso ocorre de novo e eu acabo dormindo bastante até de manhã. Quando acordo, tento hipnotizá-la; mas, infelizmente, embora ela feche os olhos com obediência, não consegue dormir. O sol sobe e sobe e sobe; e o sono chega a ela tarde demais, mas é tão pesado que ela não acorda. Tenho que levantá-la e colocá-la dormindo na carruagem depois de atar os cavalos e deixar tudo pronto. A madame ainda dorme, e em seu sono parece mais saudável e corada do que antes. E não gosto disso. E estou com medo, medo, medo! Estou com medo de tudo, até de pensar, mas preciso seguir adiante. O que está em jogo é vida e morte, até mais do que isso, e não podemos recuar.

5 de novembro, manhã. – Permita que eu seja preciso em relação a tudo, pois, embora nós dois tenhamos presenciado estranhezas juntos, podes achar inicialmente que eu, Van Helsing, enlouqueci; que os vários horrores e o desgaste tão prolongado enfim afetaram meu cérebro.

Ontem, viajamos o dia todo, ficando cada vez mais perto das montanhas e adentrando um terreno mais selvagem e deserto. Há enormes precipícios sombrios e muitas quedas d'água; a Natureza parecia ter realizado um carnaval. A senhora Mina continua a dormir e dormir; e, embora eu tenha sentido fome e a saciado, não pude acordá-la – nem para comer. Começo a temer que o feitiço fatal do lugar esteja sobre ela, já contaminada pelo batismo vampírico. "Bem", disse a mim mesmo, "se ela dorme o dia inteiro, eu devo ficar a noite inteira sem dormir." Conforme viajamos pela rota acidentada, por se tratar de uma estrada antiga e imperfeita, baixei minha cabeça e dormi. Novamente, acordei com uma sensação de culpa e de tempo passado, e vi a senhora Mina ainda dormindo e o sol baixando. Mas tudo estava muito mudado; as montanhas sombrias pareciam mais distantes e estávamos próximo ao topo de uma colina íngreme, em cujo cume havia um castelo como o que Jonathan relatara em seu diário. Fiquei ao mesmo tempo feliz e com medo; pois agora, para o bem ou para o mal, o fim estava próximo.

Acordei a senhora Mina e mais uma vez tentei hipnotizá-la; mas, infelizmente, ficou inalcançável até que fosse tarde demais. Então, antes que a grande escuridão nos envolvesse – pois, mesmo depois do pôr do sol, os céus refletem o sol passado na neve, e tudo ficou por um tempo sob um grande crepúsculo –, recolhi os cavalos e os alimentei no que pudesse passar por abrigo. Depois disso, faço a fogueira, e perto dela faço a senhora Mina, agora desperta e mais encantadora do que nunca, sentar-se de forma confortável em meio a suas mantas. Cuidei da comida, mas ela não quis comer, dizendo apenas que não tinha fome. Não insisti, sabendo que não teria sucesso com ela. Mas comi a minha parte, pois agora preciso ser forte por todos. Então, com o meu medo do que poderia acontecer, desenhei um círculo ao redor de onde a senhora Mina estava sentada, grande o suficiente para que ela ficasse confortável ali; ao redor do círculo passei um pouco da hóstia, partindo-a em pedaços finos para que ficasse tudo bem protegido.

Ela ficou sentada e imóvel o tempo todo – tão imóvel quanto alguém morto; ficava mais e mais branca até que a neve estivesse menos pálida e nem uma palavra proferiu. Mas, quando aproximei-me, ela agarrou-se a mim, e eu sabia que sua pobre alma vibrava da cabeça aos pés com um tremor doloroso de se sentir. Depois disse a ela, quando aquietou-se:

– Poderias vir para perto do fogo? – Queria testar o que ela era capaz de fazer. Ela levantou-se, obediente, mas, quando foi dar um passo, parou, e ficou ali como uma pessoa estarrecida.

– Por que não continuas? – perguntei.

Ela balançou a cabeça e, voltando, sentou-se em seu lugar. Depois, olhando para mim com olhos abertos, como os de alguém recém-desperto do sono, disse apenas:

– Não consigo! – E ficou em silêncio. Regozijei-me, pois sabia que, se havia algo que ela não conseguia fazer, nenhum daqueles que temíamos conseguiria. Embora possa haver perigo a seu corpo, sua alma está a salvo!

Depois de um tempo, os cavalos começaram a berrar e a lutar contra as cordas que os prendiam, até que eu fui até eles e os acalmei. Quando sentiram minhas mãos neles, relincharam baixinho como uma expressão de alegria, lamberam minhas mãos e aquietaram-se por um tempo. Muitas vezes durante a noite fui até eles, até chegar a hora fria, na qual toda a natureza fica mais retraída; e toda vez minha chegada trazia o silêncio deles. Na hora fria, o fogo começou a apagar-se. E eu estava prestes a ir até ele para alimentá-lo, pois nessa hora a neve caía com um vento forte e era acompanhada de uma névoa gelada. Mesmo no escuro, havia uma forma de luz, como sempre há sobre a neve, e parecia como se as rajadas de neve e as névoas da nevasca tomassem a forma de mulheres com vestidos que iam até o chão. Tudo estava em um silêncio completo e mórbido, exceto pelos relinchos dos cavalos, que se encolhiam, aterrorizados, como se temessem o pior. Comecei a alimentar temores; temores terríveis. Porém, ocorreu-me a sensação de segurança trazida pelo círculo no qual estava. Comecei a pensar também que as ideias que tive foram fruto da noite, da escuridão, da inquietação pela qual passei e de toda a terrível ansiedade. Era como se minhas lembranças a respeito da experiência horrenda de Jonathan me enganassem, pois os flocos de neve e o nevoeiro começaram a girar, até que eu tivesse um ligeiro vislumbre das mulheres que o beijaram. Os cavalos encolheram-se mais e mais, e gemeram de terror como homens gemem de dor. Nem mesmo a loucura do pânico ocorria-lhes, de modo a fazer com que fugissem. Temia por minha cara senhora Mina quando essas figuras estranhas aproximaram-se e cercaram-nos. Olhei para ela, mas estava sentada e calma, e sorriu para mim; quando eu ia até a fogueira alimentar o fogo, ela me pegou e me impediu, sussurrando como uma voz que se ouve em um sonho, de tão baixo que falava:

– Não! Não! Não saia. Aqui estás seguro!

Virei-me para ela e, olhando-a nos olhos, disse:

– Mas e quanto a ti? É por ti que temo!

Nisso, ela riu – um riso baixo e surreal – e disse:

– Temes por *mim*! Por que temer por mim? Não há ninguém no mundo mais protegido delas do que eu.

Enquanto eu considerava o significado de suas palavras, um sopro de vento fez a chama aumentar, e olhei para a cicatriz vermelha em sua testa. Então – mas que tristeza! –, entendi. Se não tivesse entendido, logo entenderia, pois as figuras rodopiantes de neve e nevoeiro aproximaram-se, mas ficando sempre fora do círculo sagrado. Em seguida, começaram a materializar-se até que – a não ser que Deus deixou-me desprovido de razão, pois vi com meus próprios olhos – ficaram diante de mim, em carne e osso, as mesmas três mulheres que Jonathan viu naquele quarto, quando beijaram seu pescoço. Reconheci as formas sinuosas e redondas, os olhos brilhantes e vidrados, os dentes brancos, o tom rosado, os lábios voluptuosos. Elas sorriam para a pobre e cara senhora Mina e, enquanto o riso delas cortava o silêncio da noite, elas entrelaçaram os braços e apontaram para ela, falando naqueles doces tons tilintantes que Jonathan comparara à doçura insuportável de copos musicais:

– Vem, irmã. Vem conosco. Vem! Vem!

Com medo, virei-me para a pobre senhora Mina e a gratidão fez meu coração aumentar como uma chama; pois – oh! – o terror em seus doces olhos, a repulsa, o horror, contava uma história a meu coração que era totalmente esperançosa. Graças a Deus ela não era, ainda, uma delas. Peguei um pouco da lenha que tinha por perto e, segurando com a mão estendida uma porção da Hóstia, avancei em meio a elas na direção do fogo. Elas recuaram e deram seu riso baixo e horrendo. Alimentei o fogo e não tive medo delas, pois sabia que estávamos seguros dentro de nossas proteções. Elas não podiam aproximar-se de mim, enquanto eu estivesse armado, nem da senhora Mina, enquanto ela continuasse dentro do círculo, que era tão inescapável para ela quanto era impenetrável para as três. Os cavalos haviam parado de gemer, e encontravam-se deitados no chão, imóveis; a neve caía neles de leve e eles empalideciam. Sabia que acabara o terror para esses infelizes animais.

E assim ali ficamos até o vermelho da alvorada recair sobre a escuridão da neve. Eu estava desolado e com medo, cheio de angústia e terror; mas, quando o belo sol começou a ascender no horizonte, recuperei a vida. Ao primeiro sinal do amanhecer, as figuras horrendas derreteram na neve e nevoeiro rodopiantes; as nuvens de morbidez transparente foram em direção ao castelo e perderam-se de vista.

Instintivamente, com a chegada do amanhecer, virei-me para a senhora Mina, pretendendo hipnotizá-la; mas ela estava em um sono profundo e repentino e eu não conseguia acordá-la. Tentei hipnotizá-la enquanto dormia, mas ela não teve reação, absolutamente nenhuma; e o dia raiou. Ainda sinto receio em me mexer. Acendi uma fogueira e conferi os cavalos: todos morreram. Hoje, tenho muito a fazer aqui, e esperarei até que o sol fique a pino; pois pode haver lugares para os quais preciso ir onde essa iluminação, por mais que seja obscurecida por névoas e nevascas, trará para mim segurança.

Hei de revigorar-me com o desjejum, e então seguirei para minha terrível tarefa. A senhora Mina ainda dorme; e – louvado seja Deus! – seu sono é calmo...

Diário de Jonathan Harker

4 de novembro, noite. – O acidente com a lancha foi um acontecimento terrível para nós. Não fosse por ele, teríamos alcançado o barco há muito tempo; e a essa altura minha querida Mina estaria livre. Tenho medo de pensar nela, lá nas planícies próximas àquele lugar horrendo. Providenciamos cavalos e seguiremos os rastros do conde. Escrevo isto enquanto Godalming faz os preparativos. Temos nossas armas. Os sz*gany* devem tomar cuidado se quiserem briga. Ah, se ao menos Morris e Seward estivessem conosco. Só nos resta ter esperança. Caso eu não escreva mais, adeus, Mina! Que Deus te abençoe e te proteja.

Diário do dr. Seward

5 de novembro. – Com o amanhecer, vimos o conjunto de sz*gany* à nossa frente saindo rápido com seu *leiter-wagon*. Eles a rodeavam como um enxame, e apressavam-se como se estivessem sob ataque. A neve cai de leve e há uma excitação esquisita no ar. Pode ser nossos próprios sentimentos, mas a depressão é estranha. À distância, ouço o uivo de lobos; a neve os faz descer das montanhas, e há perigos para todos nós por todos os lados. Os cavalos estão quase prontos e logo partiremos. Cavalgamos rumo à morte de alguém. Só Deus sabe quem ou o que – e onde, quando e como – morrerá...

Memorando do dr. Van Helsing

5 de novembro, tarde. – Estou, pelo menos, são. Deus seja abençoado pela misericórdia em tudo que acontece, embora as provações tenham sido terríveis. Quando deixei a senhora Mina dormindo dentro do círculo sagrado, segui para o castelo. O martelo de ferreiro que peguei na carruagem em Vereşti foi útil; embora as portas estivessem todas abertas, quebrei-as nas dobras enferrujadas, evitando que más intenções ou má sorte as fechassem, de modo que eu entrasse em um lugar e não conseguisse depois sair. A experiência amarga de Jonathan aqui foi-me útil. Lembrando-me de seu diário, encontrei o caminho para a velha capela, pois sabia que ali residia meu trabalho. O ar era opressivo; era como se houvesse um vapor sulfuroso, que às vezes me deixava zonzo. Ou havia um ruído em meus ouvidos ou eu escutava à distância o uivo de lobos. Então, pensei em minha cara senhora Mina e fiquei em uma situação terrível. Caí nas presas do dilema.

Não ousei trazê-la a este lugar, deixando-a na segurança dos vampiros naquele círculo sagrado, mas, mesmo assim, haveria os lobos! Decidi que meu trabalho era ali, e que precisávamos ficar sujeitos aos lobos, se fosse essa a vontade de Deus. De qualquer modo, só havia a morte e a liberdade em nosso futuro. Então, fiz a escolha por ela. Se tivesse que optar por mim, teria sido fácil: a boca do lobo seria um melhor lugar para descansar que o túmulo do vampiro! Então, escolhi continuar minha tarefa.

Sabia que havia pelo menos três túmulos para encontrar – túmulos habitados; então, procurei incansavelmente e encontrei um deles. Ela jazia no sono de vampiro, tão cheia de vida e beleza voluptuosa que arrepiei-me como se tivesse vindo cometer um assassinato. Ah, não duvido que nos tempos antigos, quando coisas assim ocorriam, muitos homens que seguiam para cumprir uma missão como a minha sentiam, no último momento, o coração fraquejar, seguido pelos nervos. Então, ele esperava e esperava e esperava, até que a própria beleza e encanto da morta-viva lasciva o hipnotizassem; e ele continuaria ali, até que o sol se pusesse e o sono de vampiro findasse. Então, os belos olhos da bela mulher abriam-se, aparentando amor, e a boca cheia de volúpia oferecia um beijo... e o homem é fraco. E assim surge mais uma vítima agregada aos vampiros; mais um para aumentar as fileiras terríveis e repugnantes de mortos-vivos!

Há um fascínio, sem dúvida, quando a mera presença de um ser assim mexe comigo, mesmo deitada como ela estava, em uma tumba corroída pelo tempo e carregada com a poeira de séculos, com aquele odor horrendo que os refúgios do conde tinham. Sim, mexeu comigo – eu, Van Helsing, com toda a minha determinação e motivação para odiá-la – e senti uma vontade de postergar minhas ações que pareciam paralisar minhas funções e congestionar minha própria alma. Podia ser que a falta de sono natural e a estranha opressão do ar começassem a vencer-me. Era certo que eu começava a cair no sono, o sono de olhos abertos de alguém que cede a um doce fascínio, quando veio pelo ar aquietado pela neve uma lamúria longa e grave, cheia de angústia e pena que despertou-me como o som de uma trombeta. Pois foi a voz de minha cara senhora Mina que ouvi.

Então, voltei a ater-me à tarefa horrenda e, arrancando lajes de túmulos, encontrei uma de suas irmãs, a outra morena. Não ousei parar para olhá-la como fiz com a irmã, assim evitando que eu fosse de novo vítima do encanto; em vez disso, continuei procurando até que, depois de um tempo, encontrei em um enorme túmulo elevado, como se tivesse sido feito para alguém muito amado, a irmã alva que, como Jonathan, eu vi formar-se a partir dos átomos da névoa. Ela era tão linda de se ver, de uma beleza tão radiante, de uma volúpia tão rara que meu instinto de homem, que clama a alguns de meu sexo a amar e proteger aqueles do dela, fez minha cabeça girar com novas emoções. Mas, graças a Deus, aquela lamúria vinda da alma de minha cara senhora Mina não havia saído de meus ouvidos; e, antes que o feitiço pudesse ter mais efeito sobre mim, juntei minhas forças e meus nervos para fazer meu trabalho bárbaro. A essa altura, tinha revistado todos os túmulos na capela que encontrei; e, como houve apenas três desses fantasmas mortos-vivos rodeando-nos à noite, concluí que não havia mais mortos-vivos ativos. Havia um grande túmulo mais senhoril que os demais; era enorme e de proporções nobres. Nele, havia apenas uma palavra:

DRÁCULA

Era esse, então, o lar morto-vivo do rei-vampiro, ao qual tantos outros prestavam contas. Seu estado vazio confirmava com eloquência o que eu já sabia. Antes de começar a restaurar as mulheres a suas formas mortas com meu trabalho medonho, coloquei no túmulo de Drácula um pouco da Hóstia, banindo-o dali, como morto-vivo, para sempre.

Então, teve início minha terrível tarefa, que me trazia apreensão. Se fosse apenas uma, teria sido fácil comparativamente. Mas três! Começar mais duas vezes depois de ter passado por um dever horroroso; pois, se foi terrível com a doce srta. Lucy, como seria com essas estranhas que sobreviveram por séculos e que foram fortalecidas pela passagem dos anos? Elas que, se pudessem, lutariam por suas vidas corrompidas...

Ah, meu amigo John, mas foi um trabalho de açougueiro; se eu não tivesse sido encorajado pensando em outros mortos e nos vivos sobre os quais pairava tamanho manto de medo, não teria conseguido seguir adiante. Tremia e continuo tremendo agora, embora já esteja tudo acabado. Graças a Deus, meus nervos aguentaram. Se eu não tivesse visto primeiro o repouso, e a gratidão que passava por ele logo antes da dissolução final, como a descoberta de que a alma fora resgatada, não teria conseguido continuar minha carnificina. Eu não teria conseguido suportar os berros horrendos enquanto fincava a estaca, mergulhando-a nas formas que convulsionavam, com bocas espumando sangue. Teria fugido de terror e deixado meu trabalho inacabado. Mas está feito! E posso agora ter pena e chorar por essas pobres almas, pensando na placidez do sono pleno da morte que demonstraram por um curto momento antes de findarem. Pois, amigo John, mal tinha minha faca cortado a cabeça de cada uma quando o respectivo corpo começou a desfazer-se e desmoronar na forma de sua poeira originária, como se a morte que devia ter vindo séculos atrás houvesse finalmente reivindicado seu trabalho e dito em voz alta: "Estou aqui!".

Antes de deixar o castelo, selei suas entradas de modo que nunca mais o conde possa entrar ali como morto-vivo.

Quando entrei no círculo onde a senhora Mina dormia, ela despertou de seu sono e, ao ver-me, gritou em dor dizendo que eu passara por coisas demais.

– Vem! – disse. – Vamos embora deste lugar horroroso! Vamos encontrar meu marido, que eu sei que está vindo até nós. – Ela parecia magra, pálida e fraca, mas seus olhos estavam puros e brilhavam de fervor. Fiquei feliz de vê-la pálida e mal, pois minha mente estava repleta do horror fresco daquele sono vampírico corado.

Então, com confiança e esperança, mas ainda cheios de medo, vamos ao leste para nos encontrarmos com nossos amigos... e com *ele*, que a senhora Mina diz-me *saber* que está vindo ao nosso encontro.

Diário de Mina Harker

6 de novembro. – Era fim de tarde quando o professor e eu seguimos no sentido leste do qual sabia que Jonathan vinha. Não íamos rápido, embora o caminho fosse uma descida íngreme, pois tínhamos de levar mantas e cobertas pesadas conosco; não ousávamos enfrentar a possibilidade de ficar sem calor em meio ao frio e à neve. Também precisávamos levar alguns de nossos suprimentos, pois estávamos na mais perfeita solidão, e, até onde podíamos ver em meio à neve, não havia sequer indícios de lugares habitados. Aproximadamente no meio do segundo quilômetro, fiquei cansada da caminhada pesada e sentei para descansar. Depois, olhamos para trás e vimos onde o nítido contorno do castelo de Drácula cortava o céu, pois havíamos descido tanto a colina onde ele ficava que o ângulo de perspectiva deixava os Cárpatos bem abaixo dele. Vimo-lo com toda a sua grandeza, elevado centenas de metros no topo de um precipício abrupto, e com um espaço aparentemente grande entre ele e os declives das montanhas adjacentes em qualquer dos lados. Havia algo de incrível e misterioso no lugar. Conseguíamos escutar os uivos distantes de lobos. Estavam bem longe, mas o som, mesmo vindo abafado pela neve que caía, vinha carregado de terror.

Sabia pelo modo como o dr. Van Helsing examinava os arredores que ele buscava algum lugar estratégico, no qual ficaríamos menos expostos caso ocorresse um ataque. A estrada acidentada ainda conduzia para baixo; conseguíamos determinar pelos acúmulos de neve.

Depois de algum tempo, o professor fez um sinal para mim, então levantei-me e juntei-me a ele. Ele encontrara um lugar maravilhoso, um tipo de concavidade natural em uma rocha, com uma entrada entre dois rochedos que parecia um vão de porta. Ele pegou-me pela mão e levou-me para dentro.

– Olha! – falou. – Aqui, estarás abrigada, e, se os lobos vierem, posso encontrar-me com eles um de cada vez.

Ele trouxe para dentro nossas roupas de pele, e fez um abrigo aconchegante para mim, pegou alguns suprimentos e ordenou que eu comesse. Mas eu não conseguia; mesmo tentar era repulsivo para mim e, por mais que eu quisesse agradar-lhe, não conseguia juntar forças para fazê-lo. Ele pareceu ficar bastante triste, mas não me repreendeu. Pegando o binóculo em sua mala, ele ficou no topo da rocha e começou a sondar o horizonte. De repente, gritou:

– Olha! Senhora Mina, olha! Olha!

Levantei-me em um só movimento e fiquei ao seu lado na rocha. Ele entregou-me o binóculo e apontou. A neve agora caía mais grossa, e movia-se com mais intensidade, pois um vento forte passava a soprar. Havia, porém, momentos nos quais ocorria uma pausa entre essas pancadas de neve e eu conseguia ver até bem longe. Da altura em que estávamos, era possível enxergar até uma boa distância; e, ao longe, para além do deserto de neve, conseguia ver o rio disposto como uma fita negra com voltas e torções conforme traçava seu caminho. Diretamente à nossa frente e não muito longe – na verdade, tão perto que perguntei-me como não havíamos notado antes – veio um grupo de homens montados seguindo com pressa. Em meio a eles havia uma carroça, um *leiter-wagon* longo, que se mexia de um lado para o outro, como o rabo de um cão balançando, a cada irregularidade brusca da estrada. Como contrastavam com a neve, pude ver pela roupa dos homens que eram camponeses ou ciganos.

Na carroça, havia uma enorme arca quadrada. Meu coração disparou ao vê-la, pois senti que o fim era iminente. A noite agora estava próxima, e eu sabia muito bem que, com o pôr do sol, a Coisa, que até então estava aprisionada ali, adquiriria um novo grau de liberdade e poderia de diversas formas despistar qualquer perseguição. Com medo, virei-me para o professor; contudo, para meu choque, ele não estava ali. Um instante depois, vi que estava abaixo de mim. Ao redor da rocha, fizera um círculo, assim como aquele no qual abrigamo-nos na noite anterior. Quando completou-o, ficou ao meu lado novamente e disse:

– Ao menos aqui ficarás a salvo *dele*! – Pegou o binóculo de mim e, na calmaria de neve seguinte, examinou todo o espaço abaixo de nós. – Observa – disse. – Eles vêm rápido; açoitam os cavalos e galopam com o máximo de força possível. – Ele deteve-se e continuou com uma voz oca: – Estão competindo com o pôr do sol. Talvez seja tarde demais para nós. Que seja feita a vontade de Deus!

Caiu outra nevasca cegante e toda a paisagem virou um borrão. Mas ela logo passou e novamente seu binóculo fixou-se na planície. Então, veio um grito repentino:

– Olha! Olha! Olha! Vê, há dois homens seguindo rápido, vindos do sul. Devem ser Quincey e John. Pega o binóculo. Vê antes que a neve borre tudo! – Peguei e olhei. Os dois homens podiam ser o dr. Seward e o sr. Morris. Sabia de qualquer modo que nenhum deles era Jonathan. Ao mesmo tempo, *sabia* que Jonathan não estava longe; olhando ao redor, vi ao norte do grupo que se aproximava outros dois homens, cavalgando a uma velocidade vertiginosa. Um deles eu sabia que era Jonathan e o outro presumi ser, é claro, o lorde Godalming. Eles também seguiam o grupo da carroça. Quando contei ao professor, ele gritou de alegria como um garotinho e, depois de olhar com atenção até que uma pancada de neve tornasse impossível enxergar, deixou seu fuzil Winchester pronto para uso, apoiado na rocha da entrada de nosso abrigo. – Estão todos convergindo – disse. – Quando a hora chegar, teremos os ciganos cercados por todos os lados. – Deixei meu revólver pronto à mão, pois, enquanto falávamos, o uivo de lobos ficou mais alto e mais próximo. Quando a tempestade de neve acalmou-se por um momento, olhamos de novo. Era estranho ver a neve cair em flocos tão espessos perto de nós e, à distância, o sol brilhar cada vez mais conforme mergulhava nos picos de montanha distantes. Examinando nossos arredores com o binóculo, pude ver aqui e ali pontos movendo-se sozinhos, em duplas, em trios e em grupos maiores – os lobos se juntavam para seguir a presa.

Cada instante parecia uma era enquanto esperávamos. O vento agora vinha em rajadas fortes, e a neve chegava com fúria, atingindo-nos em turbilhões. Em certos momentos, não conseguíamos ver além de onde nosso braço alcançava; mas, em outros, quando o vento de som oco afastava-se de nós, o espaço ao nosso redor parecia clarear de modo que podíamos enxergar grandes distâncias. Ficamos ultimamente tão acostumados a atentar para o nascer e o pôr do sol que sabíamos com precisão razoável quando ocorreria, e sabíamos que em breve o sol iria se pôr. Era difícil de acreditar, a partir de nossas vigias, que ficamos menos de uma hora esperando no abrigo rochoso antes que os vários corpos começassem a convergir perto de nós. O vento agora vinha em rajadas mais ferozes e amargas, e mais regularmente a partir do norte. Ele aparentemente afastou de nós as nuvens de neve, pois ela caía apenas de vez em quando. Conseguíamos distinguir claramente os indivíduos de cada grupo, os perseguidos e os perseguidores. Curiosamente, os perseguidos não pareciam notar que eram perseguidos, ou no mínimo não se importavam; pareciam, porém, avançar com velocidade redobrada conforme o sol descia implacavelmente pelos cumes das montanhas.

Mais e mais perto ficavam. O professor e eu permanecemos agachados atrás de nossa rocha e deixamos nossas armas prontas; pude perceber que ele havia decidido que eles não poderiam passar. Absolutamente ninguém estava ciente de nossa presença.

– Alto lá! – disseram duas vozes ao mesmo tempo; uma era de meu Jonathan, levada a um tom agudo de emoção; a outra era a do sr. Morris, com o aspecto forte e resoluto de um imperativo discreto. Os ciganos podiam não saber a língua, mas não havia como confundir o tom, qualquer que fosse o idioma no qual as palavras foram ditas. Instintivamente, puxaram as rédeas e, nesse instante, o lorde Godalming e Jonathan avançaram para um dos lados e o dr. Seward e o sr. Morris para o outro. O líder dos ciganos, um sujeito de aparência esplêndida cuja postura sobre seu cavalo era como a de um centauro, gesticulou com a mão para que se afastassem e em uma voz impetuosa mandou de alguma forma que seus companheiros seguissem em frente. Eles açoitaram os cavalos e avançaram; mas os quatro homens ergueram os fuzis Winchester e, de forma inconfundível, mandaram parar. Ao mesmo tempo, o dr. Van Helsing e eu levantamo-nos de trás da rocha e apontamos nossas armas para eles. Percebendo que estavam cercados, os homens puxaram as rédeas e pararam. O líder virou-se para eles e falou algo que fez com que cada homem no grupo de ciganos sacasse sua respectiva arma, fosse faca ou pistola, e ficasse pronto para atacar. A disputa começou em um instante.

O líder, com um rápido movimento de rédea, lançou seu cavalo para frente e, apontando primeiro para o sol – agora bem próximo aos picos – e depois para o castelo, disse algo que não entendi. Em resposta, todos os quatro homens pularam de seus cavalos e correram até a carroça. Eu devia ter sentido um medo terrível de ver Jonathan em tamanho perigo, mas devia estar tomada pelo ardor da batalha, assim como eles estavam; não senti medo, e sim um desejo crescente e irrefreável de fazer algo. Ao ver o movimento rápido de nossos grupos, o líder dos ciganos deu uma ordem; seus homens instantaneamente puseram-se ao redor da carroça com um esforço um pouco indisciplinado – todos davam empurrões e cotoveladas uns nos outros, ávidos para cumprir o que foi mandado.

Em meio a isso, pude ver que Jonathan, em um lado do círculo de homens, e Quincey, no outro, forçavam passagem para chegar à carroça; era evidente que estavam decididos a concluir a tarefa antes que o sol se pusesse. Nada parecia detê-los ou mesmo retardá-los. Nem as armas apontadas ou as facas em riste dos ciganos à frente deles nem os uivos dos lobos atrás pareciam sequer atrair sua atenção. A impetuosidade de Jonathan e sua clara determinação de objetivo único pareciam intimidar aqueles à sua frente; instintivamente, eles encolheram-se, desviaram e deixaram-no passar. Em um instante, ele pulou para cima da carroça e, com uma força que parecia inacreditável, ergueu a enorme caixa e lançou-a por sobre a roda até o chão. Enquanto isso, o sr. Morris teve de usar a força para atravessar o círculo de *szgany* do seu lado. Por todo o tempo que assisti ansiosamente a Jonathan, vi, com o rabo do olho, o sr. Morris forçando sua passagem desesperadamente, e vi as facas dos ciganos brilharem enquanto ele passava por eles, que o golpeavam. Ele aparara com sua grande faca *bowie*, e primeiro achei que ele tinha conseguido passar por eles em segurança; mas, quando se lançou para o lado de Jonathan, que a essa altura tinha pulado para fora da carroça, pude ver que sua mão esquerda agarrava a lateral do tronco e que sangue jorrava por entre seus dedos. Não obstante isso, ele não desacelerou, pois ao passo que Jonathan, com uma energia desesperada, atacou uma extremidade da caixa, tentando arrancar a tampa com sua grande faca *kukri*, ele golpeou a outra extremidade com sua *bowie*. Com o esforço conjunto dos dois, a tampa começou a ceder; os pregos saíram com um som estridente e o topo da caixa foi lançado para longe.

A essa altura, os ciganos, vendo que estavam na mira das Winchesters e à mercê do lorde Godalming e do dr. Seward, entregaram-se sem oferecer resistência. O sol estava quase todo atrás das montanhas, e as sombras do grupo todo ficaram longas sobre a neve. Vi o conde deitado dentro da caixa e sobre a terra que, devido à queda brusca da carroça, espalhara-se um pouco sobre ele. Estava com uma palidez fantasmagórica, como uma figura de cera, e os olhos vermelhos encaravam com o aspecto horrível e vingativo que eu conhecia bem até demais.

Vi os olhos notarem o sol mergulhando e a expressão de ódio neles tornou-se de triunfo.

Porém, no mesmo instante, veio o movimento e o reflexo da grande faca de Jonathan. Gritei ao vê-la rasgar a garganta ao passo que, simultaneamente, a faca *bowie* do sr. Morris afundava no coração.

Foi como um milagre; diante de nossos próprios olhos, e quase que em um suspiro, o corpo todo desfez-se, virando poeira e dissipando até sumir.

Serei grata pelo resto de minha vida por, mesmo naquele momento de desintegração final, haver no rosto um semblante de paz, como eu jamais imaginaria poder repousar ali.

O castelo de Drácula agora destacava-se no céu vermelho, e cada rocha de suas ameias danificadas contrastava com a luz do sol poente.

Os ciganos, de alguma forma achando que fôssemos a causa desse desaparecimento extraordinário do homem morto, deram as costas, sem nada dizer, e correram para longe como se suas vidas dependessem disso. Os que não estavam montados subiram no *leiter-wagon* e gritaram para que os outros não os abandonassem. Os lobos, que haviam recuado para uma distância segura, reagiram de modo igual, deixando-nos em paz.

O sr. Morris, que caiu no chão, apoiou-se no cotovelo, mantendo a mão contra a lateral do tronco; o sangue ainda escapava por entre os dedos. Fui correndo até ele – pois o círculo sagrado não me impedia mais –, assim como os dois médicos. Jonathan ajoelhou-se atrás dele e o homem ferido apoiou a cabeça em seu ombro. Com um suspiro e em um esforço débil, usou sua mão limpa para pegar a minha. Deve ter visto em meu rosto a agonia de meu coração, pois sorriu para mim e disse:

– Só fico feliz em ter ajudado! Oh, Deus! – gritou de repente, apontando para mim enquanto tentava, com dificuldade, ficar sentado. – Por isso, valeu a pena morrer! Vejam! Vejam!

O sol agora estava logo atrás do topo da montanha, e os raios vermelhos caíram em meu rosto, de modo que fui banhada por uma luz rosada. Com um impulso, os homens desabaram de joelhos e todos proferiram um "amém" sincero e profundo conforme seus olhos seguiam a direção apontada pelo dedo. O homem no leito de morte disse:

– Louvado seja Deus por não ter sido tudo em vão! Vejam! A neve não é mais imaculada que a fronte dela! A maldição se foi!

E, para nosso amargor e pesar, com um sorriso e em silêncio, ele morreu, um cavalheiro e um herói.

Nota

Sete anos atrás, todos nós percorremos as chamas; e acreditamos que a felicidade de alguns de nós desde então fez valer a dor que sofremos. É uma alegria adicional para Mina e para mim que o aniversário de nosso pequeno seja no mesmo dia em que Quincey Morris faleceu. Sei que sua mãe acredita secretamente que parte do espírito de nosso amigo corajoso foi herdado por ele. Seu nome composto une todo o nosso pequeno grupo de homens, mas o chamamos de Quincey.

No verão deste ano, viajamos para a Transilvânia e fomos ao velho terreno que nos era, e nos é, tão repleto de lembranças terríveis e vívidas. Era quase impossível acreditar que as coisas que tínhamos visto com nossos próprios olhos e escutado com nossos próprios ouvidos eram pura verdade. Todo rastro do que aconteceu foi apagado. O castelo permanece como antes, elevado acima de um ermo arruinado.

Quando chegamos em casa, falávamos dos velhos tempos; que conseguíamos rememorar sem desespero, pois tanto Godalming como Seward estão casados e felizes. Recolhi os papéis do cofre onde ficaram desde nosso retorno há tanto tempo. Ficamos espantados com o fato de que, em meio a todos os materiais que compõem o registro, quase não há qualquer documento autêntico; somente um monte de textos datilografados, com exceção dos cadernos que Mina, Seward e eu usamos depois e do memorando de

Van Helsing. Mal poderíamos pedir a alguém, mesmo que quiséssemos, para aceitar tudo isso como prova de uma história tão absurda. Van Helsing resumiu a questão ao dizer, com nosso pequeno em seu colo:

– Não queremos provas; não pedimos a ninguém para que acredite! Este rapaz um dia saberá como sua mãe é uma mulher corajosa e nobre. Ele já sabe de sua doçura, amor e carinho; no futuro, entenderá o quanto alguns homens a amaram, a ponto de muitas coisas arriscarem por seu bem-estar.

Jonathan Harker

FIM